DAS LEBEN GEBRAUCHSANWEISUNG

Georges Perec
DAS LEBEN
Gebrauchsanweisung

ROMANE

Deutsch von Eugen Helmlé

Zweitausendeins

Deutsche Erstausgabe.
1. Auflage, März 1982.
2. Auflage, als Sonderausgabe, September 1986.
3. Auflage, April 1998.
4., um Beiheft und Puzzle erweiterte Auflage, Februar 2002.
5. Auflage, Oktober 2002.
6. Auflage, als Sonderausgabe, März 2006.

Titel der Originalausgabe »La Vie Mode D'Emploi«.

Titelphoto von Anne de Brunhoff.

Umschlaggestaltung: Sabine Kauf, PubliContor, Hamburg.
Herstellung: Dieter Kohler GmbH, Nördlingen.
Druck und Einband: Druckerei C. H. Beck, Nördlingen.
Printed in Germany.

Dieses Buch gibt es nur bei Zweitausendeins im Versand,
Postfach, D-60381 Frankfurt am Main,
Telefon 069-420 8000, Fax 069-415 003.
Internet www.Zweitausendeins.de, E-Mail Service@Zweitausendeins.de
oder in den Zweitausendeins-Läden in Berlin, Düsseldorf,
Frankfurt am Main, Freiburg, 2 x in Hamburg, in Hannover, Köln,
Mannheim, München, Nürnberg, Stuttgart.

In der Schweiz über buch 2000,
Postfach 89, CH-8910 Affoltern a. A.

ISBN 10: 3-86150-768-4
ISBN 13: 978-3-86150-768-0

in memoriam Raymond Queneau

Freundschaft, Geschichte und Literatur haben mir einige der Figuren dieses Buches geliefert. Jede sonstige Ähnlichkeit mit lebenden Zeitgenossen oder Menschen, die es wirklich oder fiktiv gegeben hat, ist reiner Zufall.

Schau mit beiden Augen, schau

(Jules Verne,
Michel Strogoff)

E I N L E I T U N G

Das Auge folgt den Wegen, die im Werk für es angelegt worden sind

(Paul Klee, *Pädagogisches Skizzenbuch*)

Zu Anfang erscheint die Kunst des Puzzles als eine Schmalspurkunst, eine Kleinkunst, gänzlich in einer dürftigen Lehre der Gestalttheorie enthalten: die ins Auge gefaßte Sache – ob es sich um einen Akt der Wahrnehmung, einen ersten Versuch, ein physiologisches System oder in dem uns interessierenden Fall um ein Holzpuzzle handelt, ist keine Summe von Elementen, die man zuerst einmal aussondern und analysieren müßte, sondern eine Gesamtheit, das heißt eine Form, eine Struktur: das Element existiert nicht vor dem Ganzen, es ist weder gleichzeitiger noch älter, es sind nicht die Elemente, die das Ganze bestimmen, sondern das Ganze bestimmt die Elemente: die Kenntnis des Ganzen und seiner Gesetze, der Gesamtheit und ihrer Struktur könnte nicht aus der gesonderten Kenntnis der sie zusammensetzenden Teile abgeleitet werden: das heißt, daß man den Baustein eines Puzzles drei Tage lang ansehen und glauben kann, alles über seine Konfiguration und seine Farbe zu wissen, ohne auch nur im entferntesten weitergekommen zu sein: was zählt, ist allein die Möglichkeit, diesen Baustein mit anderen Bausteinen zu verbinden, und in dieser Hinsicht besteht eine gewisse Gemeinsamkeit zwischen der Kunst des Puzzles und der Kunst des Go; nur die zusammengefügten Teile erlangen die Eigenschaft der Lesbarkeit, bekommen einen Sinn: einzeln betrachtet hat der Baustein eines Puzzles keine Bedeutung; er ist nur eine unmögliche Frage, eine undurchsichtige Herausforderung; doch kaum ist es einem gelungen, ihn nach einigen Minuten der Versuche und der Irrtümer oder in einer ungewöhnlich inspirierten Halbminute mit einem seiner Nachbarn zu verbinden, verschwindet der Baustein, hört auf, als Baustein oder Einzelteil zu existieren: die gewaltige Schwierigkeit, die diesem Zusammenrücken vorausgegangen ist und die das Wort *Puzzle* – Rätsel – auf Englisch so treffend kennzeichnet, hat nicht nur keine Daseinsberichtigung mehr, sondern scheint nie eine gehabt zu haben, so sehr ist sie Selbstverständlichkeit geworden: die beiden auf wunderbare Weise miteinander vereinigten Bausteine sind zu einer Einheit geworden, die nun ebenfalls Ursache für Irrtum, Zögern, Verwirrung und Hoffen ist.

Die Rolle des Puzzle-Herstellers ist schwer zu bestimmen. In den meisten Fällen – ganz besonders bei allen Puzzle-Spielen aus Pappe – werden die Puzzles mit der Maschine hergestellt und das Ausstanzen gehorcht keiner Notwendigkeit: eine Schneidepresse, die nach einer unveränderlichen Zeichnung eingestellt ist, zerschneidet die Papptafeln auf immer gleiche Weise: der echte Puzzlespieler wirft diese Puzzles weg, nicht nur, weil sie aus Pappe statt aus Holz sind, auch nicht, weil ein Modell außen auf der Schachtel wiedergegeben ist, sondern weil dieses Ausstanzverfahren gerade die besondere Eigenheit des Puzzles aufhebt; entgegen einer in den Köpfen der Öffentlichkeit fest verankerten Vorstellung spielt es hierbei keine Rolle, daß das Ausgangsbild als einfach gilt (eine Genreszene in der Art Vermeers zum Beispiel oder das Farbfoto eines österreichischen Schlosses) oder als schwierig (ein Jackson Pollock, ein Pissarro oder – elendes Paradoxon – ein weißes Puzzle): nicht das Motiv des Bildes oder die Technik des Malers machen die Schwierigkeit des Puzzles aus, sondern die

Subtilität des Ausschneidens, und ein aleatorisches Ausschneiden wird notwendigerweise zu einer aleatorischen Schwierigkeit führen, die schwankt zwischen einer ungeheueren Leichtigkeit bei den Rändern, den Einzelheiten, den Lichtflecken, den klar eingekreisten Gegenständen, den Linien, den Übergängen, und einer widerwärtigen Schwierigkeit bei allem übrigen: dem wolkenlosen Himmel, dem Sand, der Wiese, den gepflügten Äckern, den Schattenzonen usw.

Bei solchen Puzzles lassen sich die Bausteine oder Einzelteile in einige große Klassen einteilen, von denen die bekanntesten

die Männchen

die Lothringerkreuze

und die Kreuze

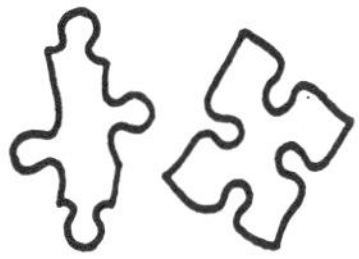

sind.

Sobald die Ränder wiederhergestellt, die Einzelheiten an ihrem Platz – der Tisch mit seiner roten Decke mit den hellgelben, fast weißen Fransen, auf dem ein Pult mit einem aufgeschlagenen Buch steht, der reichverzierte Rahmen des Spiegels, die Laute, das rote Kleid der Frau – und die großen Massen der Hintergründe in Bündel getrennt sind, je nach dem dominierenden Farbton Grau, Braun, Weiß oder Himmelblau – besteht die Lösung des Puzzles ganz einfach darin, nacheinander alle plausiblen Kombinationen auszuprobieren.

Die Kunst des Puzzles beginnt mit den von Hand ausgeschnittenen Holzpuzzles, wenn der, der sie fertigt, sich alle Fragen zu stellen sucht, die der Spieler lösen muß, wenn er, statt den Zufall die Spuren verwischen zu lassen, an seine Stelle die List, die Falle, die Illusion zu setzen gedenkt: ganz überlegt dienen die auf dem zu rekonstruierenden Bild vorkommenden Elemente – wie der mit Goldbrokat bezogene Sessel, wie der mit einer schwarzen, ein wenig schadhaften Feder geschmückte schwarze Dreispitz, wie die ganz mit Silbergalonen bedeckte blaßgelbe Livrée – als Ausgang einer trügerischen Information: der organisierte, zusammenhängende, strukturierte, bedeutungsvolle Raum des Bildes wird nicht nur in träge, amorphe, bedeutungs- und informationsarme Elemente zerlegt, sondern in verfälschte Elemente, die Träger falscher Informationen sind: zwei Fragmente eines Kranzgesimses, die genau ineinander passen, obgleich sie in Wirklichkeit zu zwei ganz auseinanderliegenden Teilen der Decke gehören, die Schnalle eines Uniformgürtels, die sich letztlich als ein Metallteil entpuppt, der einen großen Kandelaber zusammenhält, mehrere auf fast gleiche Weise ausgeschnittene Bausteine, von denen der eine zu einem Zwergorangenbaum gehört, der auf einem Kamin steht, die andern zu seinem kaum getrübten Spiegelbild in einem Spiegel, sind klassische Beispiele für die Fallen, in die die Spieler geraten können.

Man wird daraus etwas ableiten, das sicherlich die höchste Wahrheit des Puzzles ist: allem Anschein zum

Trotz ist es kein solitäres Spiel: jede Gebärde, die der Puzzlespieler macht, hat der Puzzlehersteller vor ihm bereits gemacht; jeder Baustein, den er immer wieder zur Hand nimmt, den er betrachtet, den er liebkost, jede Kombination, die er versucht und wieder versucht, jedes Tasten, jede Intuition, jede Hoffnung, jede Entmutigung, sind von dem andern ergründet, auskalkuliert, beschlossen worden.

ERSTER TEIL

ERSTES KAPITEL

Im Treppenhaus, 1

Ja, so könnte es anfangen, hier, einfach so, auf eine etwas schwerfällige und langsame Weise, an diesem neutralen Ort, der allen und niemand gehört, wo die Leute aneinander vorbeigehen, fast ohne sich zu sehen, wo das Leben im Haus gedämpft und gleichmäßig nachhallt. Von dem, was sich hinter den schweren Türen der Wohnungen abspielt, nimmt man meistens nur diese schallenden Echos wahr, diese Brocken, diese Fetzen, diese Skizzen, diese Köder, diese Zwischenfälle oder Unfälle, die sich in dem abspielen, was man die »Gemeinschaftsräume« nennt, diese leisen, gedämpften Geräusche, die der verschossene Teppich aus roter Wolle erstickt, diese Embryos des Gemeinschaftslebens, die immer auf den Treppenabsätzen haltmachen. Die Bewohner eines gleichen Wohnhauses wohnen nur einige Zentimeter voneinander entfernt, eine einfache Wand trennt sie, sie teilen sich die gleichen Räume, die sich über die Stockwerke hinweg wiederholen, sie machen zur gleichen Zeit die gleichen Bewegungen, den Wasserhahn aufdrehen, an der Wasserspülung ziehen, das Licht anknipsen, den Tisch decken, einige Dutzend gleichzeitiger Existenzen, die sich von Stockwerk zu Stockwerk, von Haus zu Haus, und von Straße zu Straße wiederholen. Sie verbarrikadieren sich in ihren Privaträumen – da man es so nennt – und am liebsten wäre ihnen, wenn nichts von dort hinausginge, doch so wenig sie von dort auch hinauslassen, den Hund an der Leine, das Kind, das zum Brotholen geht, der Hinausgeleitete oder Hereingeleitete, man geht immer durchs Treppenhaus hinaus. Denn alles, was geschieht, führt durchs Treppenhaus, alles was kommt, kommt durchs Treppenhaus, die Briefe, die Familienanzeigen, die Möbel, die die Möbelträger bringen oder wegbringen, der eilends herbeigerufene Arzt, der Reiselustige, der von einer langen Reise zurückkommt. Deshalb bleibt das Treppenhaus ein anonymer, kalter, fast feindseliger Ort. In den alten Häusern gab es noch Steinstufen, schmiedeeiserne Geländer, Skulpturen, Kandelaber, manchmal eine Bank, damit die älteren Leute sich zwischen zwei Etagen ausruhen konnten. In den modernen Mietshäusern gibt es Aufzüge, deren Wände mit Gekritzel bedeckt sind, das obszön sein soll, und »Feuerleiter« genannte Treppen aus Rohbeton, schmutzig und dröhnend. In diesem Wohnhaus hier, in dem es einen Aufzug gibt, der fast immer außer Betrieb ist, ist das Treppenhaus ein baufälliger Ort von zweifelhafter Sauberkeit, der nach den Konventionen bürgerlicher Respektabilität von Stockwerk zu Stockwerk immer mehr verkommt: bis zum dritten Stock dicke Teppiche, dann ein dünner und schließlich überhaupt keiner mehr für die beiden Etagen im Dachstuhl.

Ja, hier wird es beginnen: zwischen dem dritten und dem vierten Stock in der Rue Simon-Crubellier Nummer 11. Eine Frau von etwa vierzig Jahren steigt gerade die Treppe hoch, sie ist bekleidet mit einem langen Regenmantel aus Skai und trägt auf dem Kopf eine Art Filzmütze in Form eines Zuckerhuts, ein wenig so, wie man sich eine Heinzelmännchenmütze vorstellt, die in rote und graue Karos eingeteilt ist. Eine große Beuteltasche aus graubraunem Segeltuch, eine jener Taschen, die man gemeinhin Einholtasche nennt, hängt an ihrer rechten Schulter. Ein kleines Batisttaschentuch ist um einen der verchromten Metallringe geknotet, die

die Tasche mit dem Tragriemen verbindet. Drei wie mit der Schablone aufgedruckte Motive wiederholen sich gleichmäßig über die gesamte Oberfläche der Tasche: eine große Pendeluhr, ein in der Mitte durchgeschnittenes Bauernbrot und ein Kupfergefäß ohne Henkel.

Die Frau schaut auf einen Plan, den sie in der linken Hand hält. Es ist ein gewöhnliches Stück Papier, dessen noch sichtbare Knicke bezeugen, daß es gefaltet gewesen war, und das mit einer Büroklammer an einem dicken, hektographierten Konvolut befestigt ist: das Wohneigentumsstatut für die Wohnung, die diese Frau besichtigen will. Auf dem Blatt Papier sind eigentlich nicht einer, sondern drei Pläne aufgezeichnet: der erste, oben rechts, ermöglicht die Lokalisierung des Wohnhauses etwa in der Mitte der Rue Simon-Crubellier, die schräg das Viereck teilt, das im Viertel der Plaine Monceau, 17. Arrondissement, die Rue Médéric, die Rue Jadin, die Rue De Chazelles und die Rue Léon Jost zusammen bilden; der zweite, oben links, ist eine Aufrißzeichnung des Hauses und gibt schematisch die Anordnung der Wohnungen sowie die Namen einiger Wohnungsinhaber an: Madame Nochère, Hausmeisterin; Madame de Beaumont, zweiter Stock rechts; Bartlebooth, dritter Stock links; Rémi Rorschach, Fernsehproduzent, vierter Stock links; Dr. Dinteville, sechste Etage links, ferner die leerstehende Wohnung in der sechsten Etage rechts, die Gaspard Winckler, Handwerker, bis zu seinem Tod innehatte; der dritte Plan, auf der unteren Hälfte des Blattes, ist der von Wincklers Wohnung: drei Zimmer, die nach der Straße liegen, eine Küche und ein Waschraum, die auf den Hof gehen, ein fensterloser Abstellraum.

Die Frau hat in der rechten Hand einen umfangreichen Schlüsselbund, an dem wahrscheinlich die Schlüssel aller Wohnungen hängen, die sie im Laufe des Tages besichtigt hat; mehrere hängen an extravaganten Schlüsselringen: eine Miniaturflasche Marie Brizard, eine Golfabschlagstelle und eine Wespe, ein Dominostein, der eine Doppel-Sechs darstellt, und eine achteckige Plastikmarke, in die eine Tuberoseblüte eingelassen worden ist.

Gaspard Winckler ist vor fast zwei Jahren gestorben. Er hatte keine Kinder. Über Verwandte von ihm war nichts bekannt. Bartlebooth beauftragte einen Notar damit, eventuelle Erben ausfindig zu machen. Seine einzige Schwester, Madame Anne Voltimand, war 1942 gestorben. Sein Neffe, Grégoire Voltimand war im Mai 1944 beim Durchbruch der Gustav-Linie am Garigliano gefallen. Der Notar brauchte einige Monate, bis er einen Urgroßvetter Wincklers aufstöberte: er hieß Antoine Rameau und arbeitete bei einem Fabrikanten für ausklappbare Polstermöbel. Die Erbschaftssteuer, zu der noch die Kosten für die Feststellung der Erbberechtigung hinzukam, erwies sich als so hoch, daß Antoine Rameau alles versteigern lassen mußte. Bereits vor einigen Monaten sind die Möbel von verschiedenen Auktionshäusern versteigert worden und vor einigen Wochen ist die Wohnung von einem Immobilienhändler aufgekauft worden.

Die Frau, die die Treppe hinaufsteigt, ist nicht die Immobilienhändlerin, sondern ihre Stellvertreterin; sie kümmert sich nicht um kaufmännische Fragen, auch nicht um die Beziehungen zu den Kunden, sondern ausschließlich um technische Probleme. Vom Immobilienstandpunkt aus ist es ein gesundes Geschäft, das Viertel ist gut, die Fassade aus behauenen Steinen, das Treppenhaus korrekt, trotz der Baufälligkeit des Aufzugs, und die Frau kommt jetzt, um den Zustand der Örtlichkeiten aufmerksamer zu inspizieren, einen genaueren Plan über die Räume aufzustellen, zum Beispiel mit dickeren Strichen, um die tragenden Wände von den Zwischenwänden zu unterscheiden, und mit pfeilmarkierten Halbkreisen, um anzugeben, in welcher Richtung die Türen aufgehen, und die Instandsetzungsarbeiten vorzubereiten, sowie einen ersten Kostenvoranschlag für die Renovierung aufzustellen: die Wand zwischen dem Waschraum und dem Abstellraum fällt weg, wodurch die Einrichtung eines Badezimmers mit Sitzbadewanne und WC möglich wird; die Fliesen in der Küche werden neu verlegt; ein Wand-Gasheizkessel (mit Warmwasserboiler) wird den Platz des alten Kohlenheizkessels einnehmen; der Holzfußboden wird in den drei Zimmern herausgerissen und durch einen Estrichboden ersetzt, der dann mit einem Veloursteppich ausgelegt wird.

Von diesen drei kleinen Zimmern, in denen Gaspard Winckler fast vierzig Jahre lang gelebt und gearbeitet hat, bleibt nicht mehr viel übrig. Seine wenigen Möbel, seine kleine Werkbank, seine Stichsäge, seine winzigen Feilen sind weg. An der Schlafzimmerwand, gegenüber seinem Bett, neben dem Fenster, hängt nicht mehr dieses quadratische Bild, das er so sehr mochte: es stellte ein Vorzimmer dar, in dem sich drei Männer aufhielten. Zwei standen, blaß und fett, sie waren im Gehrock und trugen Zylinder, die an ihre Köpfe angeschraubt zu sein schienen. Der dritte, ebenfalls schwarz gekleidet, saß neben der Tür in der Haltung eines Herrn, der auf jemanden wartet, und war damit beschäftigt, ein paar neue Handschuhe überzustreifen, deren Finger sich den seinen anschmiegten.

Die Frau steigt die Treppe hinauf. Bald wird die alte Wohnung ein schmuckes Appartement werden, Eß- und Wohnz., Zentr.-Heiz., Komf., Aussicht, Ruhe. Gaspard Winckler ist tot, doch die lange Rache, über die er so geduldig, so sorgfältig gebrütet hat, ist noch lange nicht gestillt.

ZWEITES KAPITEL

Beaumont, 1

Der Salon von Madame de Beaumont ist fast gänzlich ausgefüllt von einem großen Konzertflügel, auf dessen Pult die geschlossene Partitur eines berühmten amerikanischen Schlagers steht, *Gertrude of Wyoming,* von Arthur Stanley Jefferson. Ein alter Mann, den Kopf mit einem orangenfarbenen Nylonschal bedeckt, sitzt vor dem Klavier und schickt sich an, es zu stimmen.

In der linken Ecke des Raums steht ein großer, moderner, aus einer riesigen Halbkugel aus stahlgefaßtem Plexiglas gefertigter Sessel, der auf ein verchromtes Stahlgestell montiert ist. Daneben dient ein achteckig zugeschnittener Marmorblock als niedriger Tisch; ein Stahlfeuerzeug steht darauf sowie ein zylindrischer Übertopf, aus dem eine Zwergeiche ragt, einer jener japanischen *Bonsais,* dessen Wachstum derart kontrolliert, verlangsamt, modifiziert worden ist, daß sie alle Zeichen der Reife und selbst des Alterns zeigen, da sie praktisch nie gewachsen sind, und von denen jene, die sie züchten, sagen, daß ihre Vollkommenheit weniger von der materiellen Pflege abhängt, die man ihnen angedeihen läßt, als von der meditativen Konzentration, die ihr Züchter ihnen entgegenbringt.

Direkt auf dem Parkettboden aus hellem Holz, ein wenig vor dem Sessel, steht ein Puzzle aus Holz, dessen gesamter Rand praktisch wieder in seinen ursprünglichen Zustand versetzt worden ist. Im unteren rechten Drittel sind einige zusätzliche Bausteine zusammengefügt worden: sie stellen das ovale Gesicht eines schlafenden Mädchens vor; die in einem Zopf über der Stirn aufgesteckten blonden Haare werden von einem doppelten Stirnband aus geflochtenem Stoff zusammengehalten; ihre Wange stützt sich auf die rechte zu einer Muschelschale gebogene Hand, als ob sie im Traum dabei sei, auf etwas zu lauschen.

Links von dem Puzzle steht ein verziertes Tablett mit einer Kaffeekanne, einer Tasse mit Unterteller und einer Zuckerdose aus Britanniametall. Die auf das Tablett gemalte Szene wird von diesen drei Gegenständen teilweise verdeckt; trotzdem erkennt man zwei Einzelheiten: rechts beugt sich ein kleiner Junge in bestickter Hose über einen Fluß; in der Mitte zappelt ein aus dem Wasser gezogener Hecht an einer Angel; der Angler und die andern Personen bleiben unsichtbar.

Vor dem Puzzle und dem Tablett sind mehrere Bücher, Hefte und Aktenordner auf dem Fußboden ausgebreitet. Der Titel eines der Bücher ist sichtbar: *Sicherheitsvorschriften in Gruben und Steinbrüchen*. Einer der Aktenordner ist bei einer Seite aufgeschlagen, die zum Teil mit Gleichungen in einer engen, zierlichen Schrift bedeckt sind:

Wenn $f \in \mathrm{Hom}\,(\nu, \mu)$ (resp. $g \in \mathrm{Hom}\,(\xi, \nu)$) ein homogener Morphismus ist, dessen Grad die Matrix α (resp. β) ist, so ist $f \circ g$ homogen und sein Grad ist Matrix Produkt $\alpha\,\beta$.

Es seien $\alpha = (\alpha_{ij}), l \leq i \leq m, l \leq j \leq n; \beta = (\beta_{kl})$, $l \leq k \leq n$, $l \leq 1 \leq p$ $(|\xi| = p)$ die berücksichtigten Matrizen. Wir gehen davon aus, daß man $f = (f_l, \ldots, f_m)$ $g = (g_l, \ldots, g_n)$ hat, und das $h \sqcap \rightarrow \xi$ ein Morphismus $(h = h_l, \ldots h_p)$ ist.

Es sei schließlich $(a) = (a_l \ldots, a_p)$ ein Element von A^p. Ermitteln wir, als einzigen Indiz i zwischen l und m $(|\mu| = m)$ den Morphismus

$x_i = f_i \, o \, go \, (a_l h_l, \ldots, a_p h_p)$. Wir haben zuerst
$x_i = f_i \, o \, (a_l^{\beta ll} \ldots a_p^{\beta lv} g_l, \ldots, a_l^{\beta il} \ldots a_p^{\beta iv} g_i, \ldots, \alpha_p^{\beta vl} \ldots a_l^{\beta vv} g_p) \, o \, h$
dann $x_i = a_l^{\alpha il \beta il} + \ldots a^{ij\beta jl} \ldots + a^{in\beta nl} \ldots a_j^{\alpha il \beta ij} + \ldots + a^{ju\beta lj} \ldots a_p^{\alpha il \beta iv} + \ldots f_i \, o \, g \, o \, h \, f \, o \, g$ bestätigt also die Gleichheit der Gradhomogenität $\alpha \, \beta$ (|1.2.2.|)

Die Wände des Zimmers sind weiß gelackt. Mehrere eingerahmte Plakate hängen hier. Eines von ihnen stellt vier Mönche dar, die mit kennerhafter Miene um einen Tisch mit einem Camembert herumsitzen, auf dessen Etikett vier Mönche mit kennerhafter Miene – die gleichen – wiederum um einen Tisch herumsitzen. Die Szene wiederholt sich ganz deutlich bis zum vierten Mal.

Fernand de Beaumont war ein Archäologe, dessen Ehrgeiz dem Schliemanns gleichkam. Er versuchte, die Spuren jener legendären Stadt wiederzufinden, die die Araber Lebtit nannten und die ihre Hauptstadt in Spanien gewesen sein soll. Niemand bestritt die Existenz dieser Stadt, aber die meisten Spezialisten, ob Hispanisten oder Islamisten, waren sich einig, sie entweder mit Ceuta, auf afrikanischem Boden, gegenüber Gibraltar, oder mit Jaén in Andalusien, am Fuße der Sierra de Magina gleichzusetzen. Beaumont lehnte diese Identifikationen ab, wobei er sich auf die Tatsache stützte, daß keine der in Ceuta oder Jaén vorgenommenen Ausgrabungen bestimmte Charakteristiken hatte sichtbar werden lassen, die die Berichte Lebtit zuschrieben. Es war darin insbesondere die Rede von einem Schloß, »dessen Flügeltür weder zum Hinein- noch zum Hinausgehen diente. Sie war dazu bestimmt, geschlossen zu bleiben. Jedesmal, wenn ein König starb und ein anderer König seinen erhabenen Thron erbte, brachte er eigenhändig ein neues Schloß an der Tür an. Am Ende gab es vierundzwanzig Schlösser, eines für jeden König«.

Es gab in diesem Schloß sieben Säle. Der siebte »war so lang, daß der geschickteste Bogenschütze, der von der Schwelle aus schoß, seinen Pfeil nicht in die Wand im Hintergrund hätte bohren können«. Im ersten gab es »vollkommene Gestalten«, die Araber »auf ihren schnellen Reittieren, Pferden oder Kamelen zeigten, mit ihren auf der Schulter wehenden Turbanen, den Krummsäbel mit Riemen festgemacht und die Lanze in der rechten Hand im Anschlag«.

Beaumont gehörte zu jener Schule von Mediävisten, die sich selber als »materialistisch« bezeichnet hat und die zum Beispiel einen Professor für Religionsgeschichte dazu veranlaßte, die Buchhaltung der päpstlichen Kanzlei zu dem einzigen Zwecke unter die Lupe zu nehmen, nachzuweisen, daß in der ersten Hälfte des 12. Jahrhunderts der Verbrauch von Pergament, Blei und Siegelband in einem solchen Maß über die Menge hinausging, die der offiziell erklärten und registrierten Anzahl von Bullen entsprach, daß man, selbst wenn man einen eventuellen Schmu und eine wahrscheinliche Vergeudung in Betracht zieht, daraus auf eine relativ bedeutende Anzahl von Bullen (es handelte sich wirklich um Bullen und nicht um Breven, denn nur die Bullen wurden mit Blei versiegelt, die Breven hingegen mit Siegellack) schließen konnte, die vertraulich, wenn nicht gar geheim geblieben waren. Daher auch die gerade zu seiner Zeit berühmte These über *Die geheimen Bullen und die Frage der Gegenpäpste,* die die Berichte Innocenz II., Anaklet II. und Viktor IV. in einem neuen Lichte erscheinen ließ.

Auf nahezu gleiche Weise wies Beaumont nach, daß, wenn man sich nicht auf den von Sultan Selim III. 1798 aufgestellten Weltrekord von 888 Metern bezog, sondern auf die gewiß bemerkenswerten, aber nicht außergewöhnlichen Leistungen der englischen Bogenschützen in Crécy, der siebte Raum im Schloß von

Lebtit eine Länge von mindestens zweihundert Metern haben mußte und, berücksichtigt man die Schußneigung, eine Höhe, die schwerlich unter dreißig Metern liegen konnte. Weder die Ausgrabungen von Ceuta noch die Ausgrabungen von Jaén noch irgendeine andere Ausgrabung hatten einen Saal zutage gefördert, der die erforderlichen Ausmaße gehabt hätte, weshalb Beaumont behaupten konnte, daß, »wenn diese legendäre Stadt ihre Ursprünge in irgendeiner mutmaßlichen Festung hat, es auf jeden Fall nicht in einer von denen ist, deren Überreste wir heute kennen«.

Über diesen rein negativen Beweis hinaus schien ein anderes Fragment der Legende von Lebtit Beaumont einen Hinweis über den Standort der Zitadelle zu liefern. Auf der uneinnehmbaren Wand im Saal der Bogenschützen war, wie es hieß, eine Inschrift eingeritzt, die besagt: »Wenn ein König je die Tür dieses Schlosses öffnet, werden seine Krieger versteinert werden wie die Krieger des ersten Saales und die Feinde werden seine Reiche verwüsten«. Beaumont sieht in dieser Metapher eine Umschreibung der Erschütterungen, die die *Reyes de taifas* auseinanderfallen ließen und die *Reconquista* auslösten. Genauer noch beschrieb ihm zufolge die Legende von Lebtit das, was man »den kantabrischen Zusammenbruch der Mauren« nannte, das heißt die Schlacht von Covalonga, in deren Verlauf Pelayo Emir Alkhamah vernichtend schlug, bevor er sich auf dem Schlachtfeld zum König von Asturien krönen ließ. Und gerade in Oviedo, dem Zentrum Asturiens, beschloß Fernand de Beaumont mit einem Enthusiasmus, der ihm die Bewunderung seiner schlimmsten Verleumder eintrug, die Reste der legendären Festung zu suchen.

Die Anfänge Oviedos waren unklar. Für die einen war es ein Kloster, das zwei Mönche gebaut hatten, um den Mauren zu entkommen; für andere eine westgotische Zitadelle; für wieder andere ein ehemaliges spanisch-römisches Oppidum, das bald Lucus asturum, bald Ovetum genannt wurde; für andere schließlich war es Pelayo selber, den die Spanier Don Pelayo nennen, und aus dem sie den ehemaligen Lanzenträger von König Rodrigez in Jerez machen, während die Araber ihn Belai-el-Roumi nennen, weil er römischer Abstammung sein und die Stadt gegründet haben soll. Diese widersprüchlichen Hypothesen begünstigten die Argumente Beaumonts: für ihn war Oviedo dieses sagenhafte Lebtit, die nördlichste der maurischen Festungen in Spanien, und gerade von daher das Symbol ihrer Herrschaft über die gesamte Halbinsel. Ihr Verlust soll das Ende der islamischen Vorherrschaft in Westeuropa deutlich gemacht haben, und nur um diese Niederlage zu beweisen, habe sich der siegreiche Pelayo dort niedergelassen.

Die Ausgrabungen begannen 1930 und dauerten über fünf Jahre. Im letzten Jahr bekam Beaumont Besuch von Bartlebooth, der in das nahegelegene Gijón, ebenfalls eine ehemalige Hauptstadt des Königs von Asturien, gekommen war, um dort die ersten seiner Seestücke zu malen.

Einige Monate später kam Beaumont nach Frankreich zurück. Er schrieb einen 78 Seiten langen technischen Bericht über die Organisation der Ausgrabungen, wobei er vor allem für die Auswertung der Ergebnisse ein Auszählsystem vorschlug, das sich auf die allgemeine Dezimalklassifizierung gründet, die ein Modell ihrer Art bleibt. Dann beging er am 12. November 1935 Selbstmord.

DRITTES KAPITEL

Dritter Stock rechts, 1

Man stelle sich ein Wohnzimmer, einen fast kahlen Raum, mit englischem Parkettboden vor. Die Wände sind mit Metallpaneelen verkleidet.

Vier Männer werden in der Mitte des Raums kauern, praktisch auf den Fersen sitzend, die Knie breit gespreizt, sich mit den Ellbogen auf die Knie stützend, die Hände gefaltet, die Mittelfinger gekreuzt, die andern Finger ausgestreckt. Drei der Männer werden sich auf einer Linie befinden und dem vierten ins Gesicht sehen. Sie werden alle mit nacktem Oberkörper und barfuß im Raum kauern und nur mit einer schwarzen Seidenhose bekleidet sein, auf der sich das gleiche aufgedruckte Motiv, das einen Elefanten darstellt, wiederholen wird. Ein Metallring, in den ein Obsidian von runder Form eingesetzt sein wird, wird am Ringfinger ihrer rechten Hand stecken.

Das einzige Möbelstück des Raumes ist ein Louis-XIII-Sessel mit geschwungenen Beinen, die Arme und die Rückenlehne mit nägelbeschlagenem Leder bezogen. Eine lange, schwarze Socke hängt an einem der Arme.

Der Mann, der den drei andern gegenübersitzt, ist Japaner. Er heißt Ashikaga Yoshimitsu. Er gehört zu einer 1960 in Manilla von einem Fischer, einem Postbeamten und einem Metzgergesellen gegründeten Sekte. Der japanische Name der Sekte ist »Shira nami«, »Die

Weiße Welle«; ihr englischer Name »The Three Free Men«, »Die Drei Freien Männer«.

In den drei auf die Gründung der Sekte folgenden Jahren gelang es jedem »dieser drei freien Männer«, drei andere zu bekehren. Die neun Männer der zweiten Generation initiierten ihrerseits im Lauf der folgenden drei Jahre siebenundzwanzig andere. Der sechste Jahrgang zählte 1975 siebenhundertneunundzwanzig Mitglieder, darunter Ashigage Yoshimitsu, der zusammen mit einigen anderen beauftragt wurde, den neuen Glauben im Westen zu verbreiten. Die Initiation zur Sekte der Drei Freien Männer ist langwierig, schwierig und äußerst kostspielig, aber offensichtlich fand Yoshimitsu ohne größere Schwierigkeiten drei Proselyten, die reich genug waren, um über die Zeit und das Geld zu verfügen, die für ein solches Unternehmen notwendig sind.

Die Novizen sind erst ganz am Anfang ihrer Initiation und müssen Vorprüfungen bestehen, in deren Verlauf sie lernen, sich ganz in die Betrachtung eines völlig trivialen – materiellen oder geistigen – Gegenstandes zu vertiefen, und zwar derart, daß sie darüber jedes Empfinden, und sei es noch so schmerzhaft, vergessen: zu diesem Zweck ruhen die Fersen der kauernden Neophyten nicht direkt auf dem Boden, sondern auf dicken Metallwürfeln mit besonders scharfen Kanten, die auf zwei ihrer gegenüberliegenden Seiten im Gleichgewicht gehalten werden, wobei die eine den Boden und die andere die Ferse berührt: das kleinste Aufrichten des Fußes zieht auf der Stelle das Umfallen des Würfels nach sich, was zum augenblicklichen und endgültigen Ausschluß nicht nur des schuldigen Schülers, sondern auch seiner zwei Gefährten führt; die kleinste Lockerung der Stellung läßt die Spitze des Würfels ins Fleisch dringen und löst damit einen schnell unerträglich werdenden Schmerz aus. Die drei Männer müssen in dieser unangenehmen Stellung sechs Stunden lang verharren;

es wird geduldet, daß sie alle dreiviertel Stunden für zwei Minuten aufstehen, obgleich es nicht gern gesehen wird, sich mehr als dreimal pro Sitzung dieser Erlaubnis zu bedienen.

Was den Gegenstand ihrer Meditation angeht, so ist er bei jedem der drei verschieden. Der erste, Alleinvertreter für Frankreich einer schwedischen Fabrik für Hängeregistraturen, muß ein Rätsel lösen, das sich ihm in Form einer weißen Briefkarte darstellt, auf die mit violetter Tinte die folgende Frage in Schönschrift geschrieben worden ist

Welches ist die Minze, aie Linae geworaen ist?

worüber die künstlerisch gezeichnete Zahl 6 steht.

Der zweite Schüler ist ein Deutscher, Besitzer einer Fabrik für Babywäsche in Stuttgart. Er hat ein Stück Flößholz vor sich, das auf einem Stahlkubus liegt und dessen Form ziemlich stark an eine Ginsengwurzel erinnert.

Der dritte, ein – französischer – Star des Chansons, sieht sich einem umfangreichen Werk über die Kochkunst gegenüber, einem jener Bücher, die man üblicherweise für die Feiertage am Ende des Jahres zum Verkauf bringt. Das Buch liegt auf einem Musikpult. Es ist bei einer Illustration aufgeschlagen, das einen 1890 von Lord Radner in den Salons von Longford Castle gegebenen Empfang darstellt. Auf der linken Seite, eingerahmt von Jugendstilblumenzierat und Girlandenornamenten, steht ein Rezept für

ERDBEER-
SCHAUM

Man nehme dreihundert Gramm Wald- oder Gartenerdbeeren. Durch ein feinmaschiges Sieb drücken. Mit zweihundert Gramm Puderzucker mischen. Einen halben Liter sehr steif geschlagener Sahne unter diese Masse heben. Mit dieser Masse kleine, runde Papierförmchen füllen und zum Abkühlen zwei Stunden lang in einen nicht allzu kalten Eiskeller stellen. Vor dem Servieren eine dicke Erdbeere auf jedes Schaumgebilde legen.

Yoshimitsu selber sitzt auf seinen Fersen, ohne daß er durch die Würfel behindert ist. In den Händen hält er eine kleine Flasche mit Orangensaft, aus der mehrere Strohhalme herausragen, die so ineinander gesteckt sind, daß sie ihm bis zum Mund reichen.

Smautf hat ausgerechnet, daß es bis 1978 zweitausendeinhundertsiebenundachtzig neue Adepten der Sekte der Drei Freien Männer geben wird und damit, vorausgesetzt, daß keiner der alten Schüler stirbt, eine Gesamtzahl von dreitausendzweihundertsiebenundsiebzig Gläubigen. Dann wird es sehr viel schneller gehen: 2017 wird die neunzehnte Generation mehr als eine Milliarde Individuen zählen. 2020 wird die gesamte Menschheit des Planeten, und sogar noch weit darüber, initiiert sein.

Es ist niemand im dritten Stock rechts. Der Eigentümer ist ein gewisser Monsieur Foureau, der in Chavignolles, zwischen Caen und Falaise, in einer Art Schloß und einem Hof von achtunddreißig Hektar leben soll. Vor einigen Jahren wurde dort vom Fernsehen ein Fernsehspiel mit dem Titel ›Das sechzehnte Blatt dieses Würfels‹ *(La seizième lame de ce cube)* gedreht: Rémi Rorschach wohnte zwar den Dreharbeiten bei, traf jedoch den Besitzer nicht dort an.

Niemand scheint ihn je gesehen zu haben. Sein Name steht weder auf der Wohnungstür noch auf der Liste, die an der Glastür der Hausmeisterloge hängt. Die Läden sind immer geschlossen.

VIERTES KAPITEL

Marquiseaux, 1

Ein leeres Wohnzimmer im vierten Stock rechts.

Auf dem Boden liegt ein Teppich aus geflochtenem Sisalhanf, dessen Fasern sich so ineinanderschlingen, daß sie sternförmige Muster bilden.

An der Wand stellt eine Tapete, die die Nachahmung einer Toile de Jouy ist, große Segelschiffe dar, Viermaster vom portugiesischen Typ, bestückt mit Kanonen und Geschützen, die sich anschicken, in den Hafen einzulaufen; das große Focksegel und das Briggsegel sind vom Wind aufgebläht; Matrosen sind ins Tauwerk geklettert und raffen die andern Segel.

An der Wand hängen vier Bilder.

Das erste ist ein Stilleben, das trotz seines modernen Stils ziemlich genau an jene Kompositionen erinnert, die um das Thema der fünf Sinne angeordnet sind und im Europa der Renaissance des ausgehenden 18. Jahrhunderts so verbreitet waren: auf einem Tisch sind angeordnet ein Aschenbecher, in dem eine Havanna qualmt, ein Buch, dessen Titel und Untertitel man lesen kann – *Die unvollendete Symphonie,* Roman – dessen Autorennamen jedoch verborgen bleibt, eine Flasche Rum, ein Stehaufmännchen und, in einer Schale, eine Anhäufung getrockneter Früchte, Nüsse, Mandeln, Aprikosenhälften, Pflaumen usw.

Das zweite stellt eine Vorortstraße bei Nacht, zwischen Ödland vor. Rechts ein metallener Lichtmast, dessen Traversen auf jedem ihrer Schnittpunkte eine große, brennende elektrische Lampe tragen. Links gibt ein umgekehrtes Sternbild (Basis am Himmel und Spitze zur Erde hin) die genaue Form des Pylons wider. Der Himmel ist mit Blüten bedeckt (dunkelblau auf hellerem Untergrund), die identisch sind mit den Eisblumen auf einer Fensterscheibe.

Das dritte stellt ein Fabeltier dar, den Tarande oder Klammtätzel, von dem Gélon der Sarmate eine erste Beschreibung gegeben hatte:

> *Klammtätzel ist ein gar erschröcklich und furchtbar Wesen, so kleine Kindlein frißt und an grünen Tischen weidet. Das Fell trägt er nicht außen haarig, sondern einwändig, und jedweder von ihnen hat als Wappenzeichen und Kennspruch einen maulsperrigen Ranzen angetan. Ich weiß ihn nichts anderem zu vergleichen als der Chimära, der Sphinx, dem Cerberus oder dem Götzen Osiris, wie ihn die Ägypter darstellten, mit drei verschiedenen Häuptern, nämlich eines brüllenden Leuen, eines wedelnden Hundes, eines gierenden Wolfs, darum sich ein Drache wickelte, der sich in den Schwanz biß und mit Feuerzacken um sich blitzte. Die Hände, daran Harpyienkrallen saßen, klebten ihm von Blut; aus der Schnauze sprang ein Rabenschnabel mit Hauern wie bei einem vierjährigen Eber; die Augen glühten wie der Höllenrachen, und das Ganze war von einem Mörselaltar mit Klöppelzotteln bedeckt, daraus nur die Klauen herfürstanden.*

Das vierte ist die Schwarz-Weiß-Reproduktion eines Bildes von Forbes mit dem Titel *Eine Maus hinter der Tapete*. Dieses Bild bezieht sich auf eine wahre Begebenheit, die sich im Verlaufe des Winters 1858 in Newcastle-upon-Tyne zutrug.

Die alte Lady Fortright hatte eine Sammlung von Uhren und Automaten, auf die sie sehr stolz war und deren Juwel eine winzige, in ein zerbrechliches Alabasterei eingesetzte Uhr war. Die Aufsicht über ihre

Sammlung hatte sie dem ältesten ihrer Diener anvertraut. Es war ein Kutscher, der ihr seit über sechzig Jahren treu diente und der heftig in sie verliebt war, seit er zum ersten Mal das Privileg hatte, sie auszufahren. Er hatte seine stumme Leidenschaft auf die Sammlung seiner Herrin übertragen und da er handwerklich besonders geschickt war, ließ er ihr eine außerordentliche Pflege angedeihen und verbrachte seine Tage und seine Nächte damit, diese empfindlichen Getriebe, von denen einige schon über zwei Jahrhunderte alt waren, in ordentlichem Zustand zu halten oder sie in einen solchen zu bringen.

Die schönsten Stücke der Sammlung wurden in einem kleinen Raum aufbewahrt, der eigens zu diesem Zweck vorgesehen war. Einige waren in Vitrinen eingeschlossen, doch die meisten hingen an der Wand und waren durch einen dünnen Musselinbehang vor Staub geschützt. Der Kutscher schlief in einem angrenzenden Verschlag, denn seit einigen Monaten hatte sich ein einzelgängerischer Gelehrter nicht weit vom Schloß entfernt in einem Laboratorium niedergelassen, wo er nach dem Beispiel Martin Magrons und des Turiners Vella die antagonistischen Wirkungen des Strychnins und des Kurares an Ratten beobachtete, während die alte Frau und ihr Kutscher überzeugt waren, daß es sich um einen Räuber handelte, den allein die Begehrlichkeit in diese Gegend gelockt habe, und der irgendeine teuflische List ausheckte, um sich in den Besitz dieser kostbaren Schmuckstücke zu bringen.

Eines Nachts wurde der alte Kutscher durch ein ganz leises Quietschen geweckt, das aus dem Raum zu kommen schien. Er stellte sich vor, der diabolische Gelehrte habe eine seiner Ratten dressiert und ihr beigebracht, die Uhren aus dem Raum zu holen. Er stand auf, nahm aus seinem Werkzeugkasten, den er immer bei sich hatte, einen Hammer, betrat den Raum, näherte sich so leise wie möglich dem Wandbehang und schlug heftig auf die Stelle ein, von der ihm das Geräusch zu kommen schien. Leider war es keine Ratte, sondern nur diese prächtige, in ihr Alabasterei eingelassene Uhr, deren Werk ein wenig aus dem Takt gekommen war, so daß sie ein fast nicht wahrnehmbares Knirschen von sich gab. Lady Forthright, durch den Hammerschlag aus dem Schlaf aufgeschreckt, war unterdessen herbeigelaufen und traf den alten Diener verstört, mit offenem Mund an, in der einen Hand den Hammer und in der anderen das zerschlagene Schmuckstück. Ohne ihm die Zeit zu lassen, zu erklären, was vorgefallen war, rief sie ihre andern Angestellten herbei und ließ ihren Kutscher als tollwütigen Irren einsperren. Sie starb zwei Jahre später. Der alte Kutscher erfuhr es, vermochte aus seiner fernen Irrenanstalt zu fliehen, kehrte ins Schloß zurück und erhängte sich genau in dem Raum, in dem das Drama stattgefunden hatte.

Forbes hatte sich bei diesem Bild, das ein noch kaum von Bonnats Einfluß gelöstes Jugendwerk ist, sehr frei von dieser vermischten Nachricht leiten lassen. Er zeigt uns das Zimmer, dessen Wände mit Uhren bedeckt sind. Der alte Kutscher trägt eine weiße Lederuniform; er steht auf einem dunkelrot lackierten chinesischen Stuhl mit geschweiften Formen. Er befestigt eine lange Seidenschärpe an einem Balken an der Decke. Die alte Lady Forthright steht in der Tür; sie sieht ihren Diener mit dem Ausdruck heftigsten Zorns an; mit der ausgestreckten rechten Hand hält sie das Silberkettchen von sich, an dem ein Stück des Alabastereis hängt.

Es gibt mehrere Sammler in diesem Wohnhaus, die oft noch besessener und schrullenhafter sind als die Personen dieses Bildes. Valène selber hat lange die Postkarten aufbewahrt, die Smautf ihm jedesmal, wenn er irgendwo anlegte, schickte. Er besaß auch eine aus dem besagten Newcastle-upon-Tyne und eine andere aus dem australischen Newcastle in Neusüdwales.

FÜNFTES KAPITEL

Foulerot, 1

Im fünften Stock rechts, ganz hinten: es ist genau über dem Raum, in dem Gaspard Winckler seine Werkstatt hatte. Valène erinnerte sich an das Paket, das er zwanzig Jahre lang alle vierzehn Tage bekommen hatte: selbst im dicksten Krieg waren sie weiterhin regelmäßig angekommen, immer gleich, absolut gleich; natürlich waren die Briefmarken jeweils anders, so daß die Concierge, die noch nicht Madame Nochère, sondern Madame Claveau war, sie für ihren Sohn Michel erbitten konnte; doch abgesehen von den Briefmarken gab es nichts, was ein Paket vom andern unterschied: das gleiche Packpapier, die gleiche Schnur, das gleiche Wachssiegel, das gleiche Etikett; man hätte meinen können, Bartlebooth habe Smautf, bevor sie aufbrachen, gebeten, die Menge Seidenpapier, Packpapier, Schnur und Siegelwachs zu besorgen, die man für fünfhundert Pakete benötigt! Wahrscheinlich hatte er ihn nicht einmal darum zu bitten brauchen, weil Smautf es bestimmt von selbst verstanden hatte! Und auf einen Koffer mehr oder weniger kam es ihnen nicht an.

Hier, im fünften Stock rechts, ist das Zimmer leer. Es ist ein Badezimmer, matt orangefarben gestrichen. Auf dem Rand der Badewanne eine große Perlmuttmuschel, die von einer Perlenauster stammt und ein Stück Seife und einen Bimsstein enthält. Über dem Waschbecken hängt ein achteckiger, von gemasertem Marmor eingerahmter Spiegel. Zwischen der Badewanne und dem Waschbecken steht ein Klappstuhl, auf den eine Strickweste aus schottischem Kashmere und ein Trägerrock geworfen worden sind.

Die hintere Tür steht offen und geht auf einen langen Flur. Ein Mädchen von kaum achtzehn Jahren ist auf dem Weg zum Badezimmer. Sie ist nackt. In der rechten Hand hat sie ein Ei, das sie benutzen wird, um sich die Haare zu waschen, in der linken Hand hat sie die Nummer 40 der Literaturzeitschrift *Les Lettres Nouvelles* (Juli-August 1956), in der außer einer Notiz von Jacques Lederer über *Das Tagebuch eines Priesters* von Paul Jury (Gallimard) eine Novelle von Luigi Pirandello von 1913 abgedruckt ist, die den Titel *Im Abgrund* hat und in der erzählt wird, wie Romeo Daddi verrückt geworden ist.

SECHSTES KAPITEL

Dienstmädchenzimmer, 1

Es ist ein Dienstmädchenzimmer im siebten Stock, rechts neben dem, das der alte Maler Valène ganz hinten im Flur bewohnt. Das Zimmer gehört zu der großen Wohnung im zweiten Stock rechts, die Madame Beaumont, die Witwe des Archäologen, mit ihren beiden Enkeltöchtern, Anne und Béatrice Breidel, innehat. Béatrice, die jüngste, ist siebzehn Jahre alt. Sie ist eine begabte, sogar glänzende Schülerin und bereitet sich auf die Aufnahmeprüfung für die Ecole Normale Supérieure von Sèvres vor. Sie hat von ihrer strengen Großmutter die Erlaubnis erhalten, in diesem außerhalb der Wohnung gelegenen Zimmer zwar nicht zu wohnen, aber doch wenigstens zu arbeiten.

Der Boden ist mit roten Backsteinen gefliest und die Tapete an den Wänden stellt verschiedene Sträucher dar. Trotz der Enge des Zimmerchens hat Béatrice fünf ihrer Klassenkameradinnen empfangen. Sie selber sitzt neben ihrem Arbeitstisch auf einem Stuhl mit hoher Lehne, dessen Beine in Form von Schafsknochen geschnitzt sind; sie ist bekleidet mit einem Trägerrock und einer roten Bluse mit leichten Puffärmeln; am rechten Handgelenk trägt sie ein silbernes Armband und zwischen Daumen und Zeigefinger ihrer linken Hand hält sie eine lange Zigarette, der sie zusieht, wie sie sich selber raucht.

Eine ihrer Schulkameradinnen, die einen langen, weißen Leinenmantel trägt, steht an der Tür und scheint aufmerksam einen Plan der Pariser Metro zu betrachten. Die vier andern, die einheitlich mit Jeans und gestreiften Hemdblusen bekleidet sind, sitzen auf dem Boden, um ein Teeservice herum, das auf einem Tablett neben einer Lampe steht, deren Fuß aus einem kleinen Fäßchen gemacht ist, wie sie vermutlich die Bernhardiner um den Hals trugen. Eines der jungen Mädchen gießt den Tee aus. Ein anderes öffnet eine Schachtel mit kleinen Käsewürfeln. Das dritte liest einen Roman von Thomas Hardy, auf dessen Umschlag man eine bärtige Person sieht, die mitten auf einem Fluß in einem Boot sitzt und angelt, während am steilen Flußufer ein Reiter in Rüstung sie anzurufen scheint. Das vierte betrachtet mit einem Ausdruck absoluter Gleichgültigkeit eine Radierung, die einen Bischof darstellt, der sich über einen Tisch beugt, auf dem eines jener Spiele steht, die man *Solitärspiele* nennt. Es besteht aus einer Holzscheibe, deren Trapezform ziemlich deutlich an die Form eines Rakettrahmens erinnert, in den fünfundzwanzig rautenförmige Mulden eingelassen sind, die in der Lage sind, Kugeln aufzunehmen, die hier Perlen von schöner Größe sind, die rechts von der Scheibe auf einem kleinen Kissen aus schwarzer Seide liegen. Die Radierung, ganz offensichtlich eine Nachahmung des berühmten Gemäldes von Bosch mit dem Titel *Der Bauernfänger* aus dem Stadtmuseum von Saint-Germain-en-Laye, trägt einen lustigen Titel – obgleich er dem Anschein nach nicht viel erklärt – der in gotischen Lettern darunter steht

Wer beim Suppeessen trinkt
nach seinem Tod im Boden versinkt

Der Selbstmord Fernand de Beaumonts hatte seine Witwe Véra mit einem kleinen sechsjährigen Töchterchen namens Elizabeth, das seinen Vater, der wegen seiner kantabrischen Ausgrabungen fern von Paris war, nie gesehen hatte, allein zurückgelassen. Seine Mutter, die in der alten und neuen Welt einer Karriere als Sängerin nachging, die durch ihre kurze Heirat mit dem Archäologen praktisch nicht unterbrochen worden war, hatte das Kind nicht viel öfters gesehen.

Zu Anfang des Jahrhunderts in Rußland geboren, war Véra Orlowa – unter diesem Namen ist sie auch weiterhin bei den Musikliebhabern bekannt – im Frühjahr achtzehn geflohen und hatte sich zuerst in Wien niedergelassen, wo sie die Schülerin Schönbergs im *Verein für musikalische Privataufführung* wurde. Nachdem sie Schönberg nach Amsterdam gefolgt war, trennte sie sich von ihm, als er nach Berlin zurückkehrte, kam nach Paris und gab dort in der Salle Erard eine Reihe von Solokonzerten. Trotz der sarkastischen oder stürmischen Feindseligkeit eines Publikums, das offensichtlich wenig an die Technik des *Sprechgesangs* gewöhnt war und nur mit der Unterstützung einer Handvoll von Fanatikern gelang es ihr, in ihren Programmen, die hauptsächlich aus Opernarien, Liedern von Schumann und Hugo Wolf und Melodien von Mussorgsky bestanden, einige der Vokalstücke der Wiener Schule aufzunehmen, die sie damit den Parisern nahebrachte. Bei einem Empfang, den Graf Orfanik, auf dessen Bitte sie die Schlußarie der Angelica im *Orlando* von Arconati

Innamorata, mio cuore tremante,
Voglio morire...

sang, gegeben hatte, lernte sie den kennen, der ihr Mann werden sollte. Doch da sie überall mit immer größerem Nachdruck verlangt, von triumphalen Tourneen beansprucht wurde, die manchmal ein ganzes Jahr dauerten, lebte sie kaum mit Fernand de Beaumont zusammen, der seinerseits sein Arbeitszimmer nur verließ, um an

Ort und Stelle seine gewagten Hypothesen zu überprüfen.

1929 geboren, wurde Elizabeth also von ihrer Großmutter väterlicherseits, der alten Gräfin de Beaumont, großgezogen, wobei sie ihre Mutter nur einige Wochen im Jahr sah, wenn die Sängerin sich dazu aufraffte, sich den immer größer werdenden Forderungen ihres Impresarios zu entziehen, um sich für einige Zeit im Schloß der Beaumonts in Lédignan auszuruhen. Erst gegen Ende des Krieges, als Elizabeth fünfzehn Jahre alt geworden war, ließ ihre Mutter, die auf die Konzerte und die Tourneen verzichtet hatte, um sich dem Gesangsunterricht zu widmen, sie nach Paris zu sich kommen. Doch das junge Mädchen lehnte sehr schnell die Bevormundung durch eine Frau ab, die, des Kitzels der Logen und der Galavorstellungen sowie der Rosenberge, die ihre Konzerte abschlossen, beraubt, zänkisch und autoritär wurde. Sie verschwand ein Jahr danach. Ihre Mutter sollte sie nicht mehr wiedersehen, und alle Nachforschungen, die sie anstellte, um ihre Spur wiederzufinden, blieben ohne Ergebnis. Erst im September 1959 erfuhr Véra Orlowa gleichzeitig alles über Leben und Tod ihrer Tochter. Elizabeth hatte zwei Jahre zuvor einen belgischen Maurer, François Breidel, geheiratet. Sie lebten in den Ardennen, in Chaumont-Porcien. Sie hatten zwei kleine Töchterchen. Anne, die ein Jahr alt war, und Béatrice, die Elizabeth gerade zur Welt gebracht hatte. Als am Montag, den 14. September, eine Nachbarin Weinen im Hause hörte, versuchte sie, hineinzukommen. Da es ihr nicht gelang, holte sie den Feldhüter. Sie riefen, erhielten jedoch keine andere Antwort als die immer gellenderen Schreie der Babys, dann brachen sie mit Hilfe einiger anderer Dorfbewohner die Küchentür auf, stürzten ins Schlafzimmer der Eltern und fanden sie nackt auf dem Bett liegend, die Kehle durchschnitten, in ihrem Blut badend.

Véra de Beaumont erfuhr die Nachricht noch am gleichen Abend. Das Geheul, das sie ausstieß, ertönte im ganzen Haus. Am andern Morgen kam sie, von Kléber, dem Chauffeur Bartlebooths, der, von der Concierge unterrichtet, ganz spontan seine Dienste angeboten hatte, die ganze Nacht hindurch gefahren, in Chaumont-Porcien an, um sogleich mit den beiden Kindern wieder abzufahren.

SIEBTES KAPITEL

Dienstmädchenzimmer, 2
Morellet

Morellet hatte ein Zimmer unter den Dächern, im achten Stock. An seiner Tür sah man noch, grün gestrichen, die Nummer 17.

Nachdem er verschiedene Berufe ausgeübt hatte, deren Liste er gern in einem immer schneller werdenden Rhythmus herunterlas, Schlosser, Sänger, Kohlentrimmer, Reitlehrer, Matrose, Varietékünstler, Kapellmeister, Schinkenputzer, Heiliger, Clown, fünf Minuten lang Soldat, Küster in einer spiritualistischen Kirche, und sogar Statist in einem der ersten Kurzfilme von Laurel und Hardy, war Morellet mit neunundzwanzig Jahren Laborgehilfe an der Ecole Polytechnique geworden und er wäre es sicherlich bis zu seiner Pensionierung geblieben, wenn ihm nicht, wie so vielen anderen, eines Tages Bartlebooth über den Weg gelaufen wäre.

Als Bartlebooth im Dezember neunzehnhundertvierundfünfzig von seinen Reisen zurückkam, suchte er nach einem Verfahren, das ihm, nachdem die Puzzles zusammengesetzt waren, erlauben würde, die ursprünglichen Seestücke zurückzuerlangen; hierzu mußte man zunächst einmal die Holzstücke zusammenkleben, eine Möglichkeit finden, alle Sägespuren zum Verschwinden zu bringen und dem Papier seine ursprüngliche Struktur zurückzugeben. Wenn man dann mit einer Klinge die beiden zusammengeklebten Teile trennte, würde man das Aquarell unversehrt vorfinden, so wie Bartlebooth es zwanzig Jahre zuvor gemalt hatte. Es war ein schwieriges Problem, denn wenn auch bereits zu jener Zeit verschiedene Harze und synthetische Schutzanstriche auf dem Markt waren, die die Spielzeuggeschäfte benutzten, um Modellpuzzles in ihren Schaufenstern auszustellen, so blieben doch die Schnittstellen darauf immer allzu sichtbar.

Seiner Gewohnheit folgend wollte Bartlebooth, daß die Person, die ihm bei seinen Versuchen half, im Haus selbst oder so nahe wie möglich wohnte. So lernte er durch Vermittlung seines treuen Smautf, der sein Zimmer auf dem gleichen Stockwerk hatte wie der Laborgehilfe, Morellet kennen. Morellet besaß keine der theoretischen Kenntnisse, die zur Lösung eines solchen Problems erforderlich waren, aber er schickte Bartlebooth zu seinem Chef, einem Chemiker deutscher Herkunft namens Kusser, der behauptete, ein ferner Nachkomme des Komponisten

> Kusser oder Cousser (Johann Sigismond) deutscher Komponist ungarischer Abstammung (* Preßburg 1660, † Dublin 1727). Arbeitete während eines Aufenthaltes in Frankreich (1674-1682) mit Lully zusammen. Kapellmeister im Dienste mehrerer Fürstenhöfe in Deutschland, Leiter der Hamburger Oper, wo er mehrere Opern aufführen ließ: E rindo (1693), Porus (1694), Pyramus und Thisbe (1694), Scipio Afrikanus (1695), Jason (1697). 1710 wurde er Kapellmeister an der Dubliner Kathedrale und blieb es bis zu seinem Tod. Er war einer der Begründer der Hamburger Oper, wo er »französischen Stil« einführte, und einer der Vorläufer Händels auf dem Gebiet des Oratoriums. Sechs Ouvertüren und verschiedene andere Kompositionen dieses Künstlers sind erhalten geblieben.

zu sein.

Nach mehreren fruchtlosen Versuchen mit allen möglichen tierischen oder pflanzlichen Leimen und verschiedenen synthetischen Acrylharzen ging Kusser das Problem auf eine völlig andere Weise an. Da ihm klar war, daß er eine Substanz finden mußte, die die Papierfasern eng miteinander gerinnen zu lassen vermochte, ohne die Farbpigmente zu beschädigen, deren Unterlage sie sind, erinnerte er sich gerade zum richtigen Zeitpunkt an eine Technik, von der er in seiner Jugend gesehen hatte, daß gewisse italienische Stempelschneider sich ihrer bedienten: sie überzogen das Innere ihrer Prägestempel mit einer sehr dünnen Schicht Alabasterstaub, wonach die Stücke, die sie aus der Form nahmen, von fast vollkommener Glätte waren, so daß die Entgratungs- und Säuberungsarbeit praktisch überflüssig wurde. Seine Untersuchungen in dieser Richtung fortsetzend, entdeckte Kusser eine Art Gips, der sich als zufriedenstellend erwies. Der Gips, zu fast staubfeinem Pulver vermahlen, mit gelatineartigen Kolloid vermischt und bei einer bestimmten Temperatur unter hohem Druck mit einer Mikrospritze injiziert, die sich so handhaben ließ, daß man der komplexen Form der ursprünglich von Winckler vorgenommenen Ausstanzungen genau folgen konnte, würde die Fasern des Papiers wieder zusammenpressen und ihm seine anfängliche Struktur zurückgeben. Das feine Pulver, das nach der Abkühlung wieder vollkommen durchsichtig wurde, hatte keine erkennbare Wirkung auf die Farben des Aquarells.

Der Vorgang war einfach und verlangte nur Geduld und Sorgfalt. Es wurden eigens entsprechende Apparate gebaut und in Morellets Zimmer aufgestellt, der, von Bartlebooth großzügig entlohnt, seine Aufgaben an der Ecole Polytechnique immer mehr vernachlässigte, um sich dem reichen Kunstliebhaber zu widmen.

Offen gestanden hatte Morellet nicht viel zu tun. Alle

vierzehn Tage brachte ihm Smautf das Puzzle herauf, dessen schwierige Zusammensetzung Bartlebooth wieder einmal gelungen war. Morellet paßte es in einen Metallrahmen ein und schob es unter eine Spezialpresse, wodurch er einen Abdruck der Schnittstellen erhielt. Nach diesem Abdruck stellte er ein durchbrochenes Gitter her, ein strenges, zauberhaftes Metallspitzengewebe, das ganz getreu alle Umrisse des Puzzles wiedergab, auf das diese Matrize dann sehr sorgfältig eingepaßt wurde. Nachdem Morellet seine auf die gewünschte Temperatur gebrachte Gipsschlämmung angerichtet hatte, füllte er damit die Mikrospritze und brachte sie an einem Arm an, der so verstellbar war, daß die Spitze der Nadel, die nicht dicker war als einige Mikronen, genau in die Öffnungen des Gitters appliziert wurde. Alles Übrige ging automatisch, da der Auswurf des Gipses und die Verschiebung der Spritze durch ein Elektroniksystem von einer Schalttafel aus gesteuert wurde, was eine zwar langsame, aber gleichmäßige Ablagerung der Substanz gewährleistete.

Der letzte Teil des Verfahrens gehörte nicht zum Aufgabenbereich des Laborgehilfen: das zusammengeschweißte Puzzle, das wieder ein auf eine dünne Pappelholzplatte geklebtes Aquarell geworden war, wurde zum Restaurator Guyomard gebracht, der mit der Klinge das Blatt Papier Marke Whatman ablöste und dann auf der Rückseite jede Spur von Leim entfernte, ein heikles, aber routinemäßiges Verfahren für diesen Experten, der dadurch berühmt geworden war, daß er Fresken abtrug, die mit mehreren Schichten Gips und Farbe bedeckt waren, und ein Blatt Papier, auf das Hans Bellmer auf die Vorder- und auf die Rückseite gezeichnet hatte, der Dicke nach auseinanderschnitt.

Genau genommen brauchte Morellet also einfach nur einmal alle vierzehn Tage eine Reihe von Arbeiten vorzubereiten und zu überwachen, die, alles in allem, Säuberung und Wegräumen einbegriffen, nicht ganz einen Tag dauerten.

Dieser erzwungene Müßiggang hatte ärgerliche Folgen. Frei von jeglichen finanziellen Sorgen, doch gepackt vom Dämon des Forschens, nutzte Morellet seine freie Zeit, um sich zu Hause Physik- und Chemie-Experimenten hinzugeben, die ihm offensichtlich in seinen langen Jahren als Laborgehilfe ganz besonders gefehlt zu haben scheinen. Da er in allen Kneipen des Viertels Visitenkarten verteilte, die ihn hochtrabend als »Chef de Trauvaux Pratiques à l'Ecole Pyrotechnique« ausgaben, bot er großzügig seine Dienste an und bekam zahllose Bestellungen für super-aktive Shampons für Haare oder Teppichböden, Fleckenreiniger, Energiespargeräte, Zigarettenfilter, Totosysteme, Anti-Husten-Tee und andere Wundererzeugnisse.

Als er an einem Februarabend neuzehnhundertsechzig in einem Schnellkochtopf eine Mischung aus Kolophonium und Diterpene-Karbid erhitzte, die zur Herstellung einer Zahnpasta mit Zitronegeschmack bestimmt war, explodierte der Apparat. Morellets linke Hand wurde zerfetzt und er verlor drei Finger.

Dieser Unfall kostete ihn seine Arbeit – die Vorbereitung des Metallgitters verlangte ein Minimum an Fingerfertigkeit – und zur Bestreitung seines Lebensunterhaltes hatte er nur eine unvollständige Pension, die die Ecole Polytechnique schäbigerweise zahlte, sowie eine kleine Rente, die Bartlebooth ihm aussetzte. Doch sein Forscherdrang ließ nicht nach; im Gegenteil, er verschlimmerte sich. Obgleich Smautf, Winckler und Valène ihm ernste Vorhaltungen machten, setzte er seine Experimente fort, die sich meistens als zwar wirkungslos aber unschädlich erwiesen, außer für eine gewisse Madame Schwann, die alle Haare verlor, nachdem sie sie mit einem Spezial-Haarfärbemittel gewaschen hatte, das Morellet ausschließlich für sie zusammengebraut hatte; zwei- oder dreimal indes endeten diese Manipulationen mit Explosionen, die eher spektakulär als gefährlich waren, und beginnenden Bränden, die schnell unter Kontrolle gebracht wurden.

Diese Zwischenfälle machten zwei Menschen glücklich, nämlich seine Nachbarn zur Rechten, das Ehepaar Plassaert, junge Händler von indischen Artikeln, die bereits drei Dienstmädchenzimmer zu einem einfallsreichen Domizil (falls man eine Wohnung, die im Dachgeschoß liegt, überhaupt so nennen kann) hergerichtet hatten, und die mit Morellets Zimmer rechneten, um es noch etwas zu vergrößern. Bei jeder Explosion reichten sie eine Klage ein, ließen Petitionen im ganzen Haus zirkulieren, in denen sie den Hinauswurf des ehemaligen Laborgehilfen verlangten. Das Zimmer gehörte dem Verwalter des Wohnhauses, der, als das Haus in Wohneigentum überging, fast die Gesamtheit der beiden Stockwerke des Dachgeschosses für sich persönlich aufgekauft hatte. Mehrere Jahre lang zögerte der Verwalter, den Greis vor die Tür zu setzen, der immerhin zahlreiche Freunde im Haus hatte, angefangen bei Madame Nochère selber, für die Monsieur Morellet ein echter Gelehrter war, ein großer Kopf, ein Geheimnisträger, und die persönlichen Profit aus den kleinen Katastrophen zog, die die letzte Etage des Wohnhauses von Zeit zu Zeit erschütterten, nicht so sehr wegen der Trinkgelder, die sie bei diesen Gelegenheiten manchmal bekam, sondern wegen der epischen, rührenden und mysteriösen Berichte, die sie im ganzen Viertel darüber verbreiten konnte.

Dann kam es vor einigen Monaten zu zwei Unfällen in der gleichen Woche. Der erste führte für einige Minuten zu einem Stromausfall im Haus; der zweite verursachte sechs zerbrochene Fensterscheiben. Die Plassaerts kamen mit ihrer Forderung durch und Morellet wurde in eine Heilanstalt eingewiesen.

Auf der Liste steht das Zimmer wie es heute ist; der Händler indischer Artikel hat es dem Verwalter abgekauft und mit den Umbauarbeiten begonnen. Die Farbe an den Wänden ist kastanienbraun, blaß und schon ziemlich alt, und die Matte auf dem Boden ist fast überall bis zum Faden abgetreten. Der Nachbar hat bereits zwei Möbelstücke aufgestellt: einen niedrigen Tisch mit einer Rauchglasplatte, die auf einem sechseckigen Polyäder liegt, und eine Renaissance-Truhe. Auf dem Tisch liegt eine Schachtel Münsterkäse, auf deren Deckel ein Einhorn dargestellt ist, ein fast leeres Säckchen mit Kümmel und ein Messer.

Drei Arbeiter sind im Begriff, den Raum zu verlassen. Sie haben bereits mit den für die Verbindung der beiden Wohnungen notwendigen Arbeiten begonnen. Sie haben an die hintere Wand, neben der Tür, einen großen Plan auf Pauspapier befestigt, auf dem der künftige Standort des Heizkörpers, der Durchgang der Leitungsrohre und der elektrischen Leitungen und der Teil der Trennwand, der abgerissen wird, angegeben sind.

Einer der Arbeiter trägt dicke Handschuhe, wie sie die Elektriker anziehen, wenn sie Leitungen verlegen. Der zweite hat eine bestickte und ausgefranste Wildlederweste an. Der dritte liest einen Brief.

ACHTES KAPITEL

Winckler, 1

Jetzt sind wir in dem Raum, den Gaspard Winckler das Wohnzimmer nannte. Von den drei Räumen seiner Wohnung liegt er dem Treppenhaus am nächsten, liegt von uns aus gesehen am weitesten links.

Es ist ein eher kleiner, fast quadratischer Raum, dessen Tür direkt auf den Treppenabsatz geht. Die Wände sind mit einem einst blauen Jutestoff bespannt, der fast farblos geworden ist, außer an einigen Stellen, wo Möbel und Bilder ihn vor dem Licht geschützt haben.

Es standen wenige Möbel im Wohnzimmer. Es ist ein Raum, in dem Winckler sich für gewöhnlich nicht aufhielt. Er arbeitete den ganzen Tag über im dritten Raum, dort, wo er seine Werkstatt eingerichtet hatte. Seine Mahlzeiten nahm er nie mehr zu Hause ein; er hatte nie kochen gelernt und verabscheute das. Seit neunzehnhundertdreiundvierzig nahm er sogar sein Frühstück lieber bei Riri, in der kleinen Kneipe an der Ecke der Rue Jadin und der Rue de Chazelles, ein. Nur wenn er Besuch von Leuten bekam, die er nicht sehr gut kannte, empfing er sie in seinem Wohnzimmer. Er hatte einen runden Ausziehtisch, den er sicherlich nicht sehr oft benutzt hatte, sechs strohgeflochtene Stühle und eine selbstgeschnitzte Truhe, deren Motive die Hauptszenen aus *Die geheimnisvolle Insel* illustrierten: der Absturz von Richmonds davongeflogenem Ballon, das wundersame Wiederaufspüren Cyrus Smiths, das letzte Streichholz, das in einer Westentasche Gédéon Spiletts gefunden wurde, die Auffindung des Koffers und sogar die herzzerreißenden Geständnisse Ayrtons und Nemos, mit denen diese Abenteuer abschlossen und sie so aufs wunderbarste mit den *Kindern des Kapitäns Grant* und mit *Zwanzig Meilen unter dem Meer* verband. Man brauchte sehr lange, bis man diese Truhe sah, bis man sie wirklich betrachtete. Von weitem glich sie irgendeiner bretonisch-rustikalen Anrichte im Stil Henri II. Erst wenn man näher an sie herantrat, die Einlagearbeiten fast mit dem Finger berührte, konnte man feststellen, was diese winzigen Szenen darstellten, und zugleich ermessen, wievieler Geduld, Sorgfalt und selbst Genie es bedurft hatte, um sie zu schnitzen. Valène kannte Winckler seit neunzehnhundertzweiunddreißig, aber erst Anfang der sechziger Jahre war ihm aufgefallen, daß es kein Büffet war wie die andern und daß es sich lohnte, sich das Möbelstück einmal näher anzusehen. Es war die Zeit, in der Winckler damit begonnen hatte, Ringe herzustellen, und Valène hatte die kleine Besitzerin des Parfümladens in der Rue Logelbach mitgebracht, die zu Weihnachten gern eine Spielzeugabteilung in ihrem Laden eingerichtet hätte. Sie saßen alle drei um den Tisch herum und Winckler hatte seine Ringe darauf ausgebreitet; es müssen damals knapp dreißig gewesen sein, die alle auf mit schwarzem Satin ausgeschlagenen Musterschalen nebeneinander lagen. Winckler hatte sich wegen des schlechten Lichts entschuldigt, das von der Deckenleuchte kam, dann hatte er seine Anrichte geöffnet und drei kleine Gläser und ein Fläschchen Cognac 1938 hervorgeholt; er trank sehr selten, aber jedes Jahr ließ Bartlebooth ihm mehrere Flaschen Jahrgangsweine und -schnäpse schicken, die er großzügig im Haus und im Viertel weiterverschenkte, wobei er nur eine oder zwei für sich selber behielt. Valène saß neben der Anrichte und während die Parfümeriebesitzerin schüchtern einen Ring nach dem andern in die Hand nahm, schlürfte er seinen Cognac und betrachtete dabei die Skulpturen; was ihn erstaunte, noch bevor es ihm klar zu Bewußtsein kam, war die Tatsache, daß er darauf gefaßt war, Hirschköpfe, Girlanden, Blattwerk oder pausbäckige Engelchen zu sehen, während er in Wirklichkeit kleine Personen, das Meer, den Horizont und die ganze Insel entdeckte, die noch nicht Lincoln-Insel hieß, so wie die Schiffbrüchigen des Weltraumschiffes sie mit einer Mischung aus Verblüffung und Mißtrauen entdeckten, als sie den höchsten Gipfel erreicht hatten. Er fragte Winckler, ob er diese Anrichte geschnitzt habe, und Winckler sagte ja, in seiner Jugend, erklärte er noch, ohne jedoch nähere Einzelheiten mitzuteilen.

Heute ist natürlich alles weg: die Anrichte, die Stühle, der Tisch, die Deckenleuchte, die drei eingerahmten Reproduktionen. Valène erinnert sich nur an eine von ihnen genau: sie stellte *Den Großen Umzug des Karusellfestes* dar, Winckler hatte sie in einer Weihnachtsnummer der *Illustration* gefunden; Jahre später, im Grunde erst vor wenigen Monaten, erfuhr Valène, als er den *Petit Robert*, ein französisches Wörterbuch, durchblätterte, daß das Bild von Israel Silvestre war.

Es ist alles so weggegangen, von einem Tag auf den andern: die Möbeltransporteure sind gekommen, der entfernte Vetter hat alles in ein Auktionslokal schaffen lassen, aber nicht im Drouot, sondern in Levallois; als sie es erfuhren, war es zu spät, andernfalls hätten sie vielleicht versucht, Smautf, Morellet oder Valène, hinzugehen, und vielleicht sogar einen der Gegenstände zu ersteigern, an denen Winckler besonders hing; nicht die Anrichte, denn für sie hätten sie nie einen Platz gefunden, aber gerade diese eine Graphik, oder die andere, die im Schlafzimmer hing und die drei Männer im Gesellschaftsanzug darstellte oder auch einige von seinen Werkzeugen oder von seinen Bilderbüchern. Sie sprachen miteinander darüber, und sie sagten sich, daß es im Grunde vielleicht doch besser war, daß sie nicht hingegangen waren, daß Bartlebooth der einzige war, der es hätte tun sollen, daß sich aber weder Valène noch Smautf noch Morellet erlaubt hätten, ihn darauf hinzuweisen.

Jetzt ist in dem kleinen Wohnzimmer das zurückgeblieben, was zurückbleibt, wenn nichts mehr zurückbleibt: Fliegen zum Beispiel oder auch Prospekte, die Studenten unter alle Türen im Haus schoben und die eine neue Zahnpasta anpreisen oder jedem Käufer von drei Paketen Waschpulver einen Preisnachlaß von fünfundzwanzig Centimes anbieten oder aber alte Nummern des *Jouet Français*, der Spielzeug-Zeitschrift, die er sein ganzes Leben lang bekommen hatte und deren Abonnement erst einige Monate nach seinem Tod auslief, oder aber unbedeutende Dinge, die auf dem Fußboden herumliegen oder in den Ecken der Wandschränke und von denen man nicht weiß, wie sie dorthin gekommen noch warum sie dort liegengeblieben sind: drei verwelkte Feldblumen, weiche Stiele, an deren Ende kümmerliche Fäden abstehen, von denen man meinen könnte, sie seien verglüht, eine leere Coca-Cola-Flasche, eine offenstehende Tortenschachtel, neben der noch die Schnur aus falschem Bast liegt und auf der die Worte »Aux délices de Louis XV, Pâtissiers-Confiseurs depuis 1742« ein schönes, von einer Girlande umranktes und von vier pausbäckigen Putten flankiertes Oval zeichnen oder, hinter der Eingangstür, eine Art schmiedeeiserner Kleiderständer, mit einem in drei ungleiche, vage die Form eines Y andeutende Teile gesprungenen Spiegel, in dessen Rahmen noch eine Postkarte steckt, die einen jungen, offensichtlich japanischen Athleten darstellt, der eine brennende Fackel mit ausgestrecktem Arm vor sich trägt.

Vor zwanzig Jahren, neunzehnhundertfünfundfünfzig, hat Winckler, wie vorgesehen, das letzte der Puzzles fertiggestellt, die Bartlebooth bei ihm bestellt hatte. Es besteht zu der Vermutung Anlaß, daß sein Vertrag mit dem Milliardär eine ausdrückliche Klausel enthielt, in der festgehalten war, daß er nie wieder andere Puzzles herstellen dürfe, es ist aber durchaus wahrscheinlich, daß er einfach keine Lust mehr dazu hatte.

Er begann kleine Holzspielzeuge zu machen, ganz einfache Würfel für Kinder, mit Zeichnungen drauf, die er von seinen Epinaler Bilderbogen abkopierte und mit farbiger Tinte kolorierte.

Etwas später begann er Ringe zu machen: er nahm kleine Steine, Achate, Karneole, Ptyx-Steine, Rheinkiesel, Glimmersteine, und montierte sie auf dünne Ringe, die aus sorgfältig geflochtenen Silberfäden hergestellt waren. Eines Tages erklärte er Valène, daß sie ebenfalls so etwas wie Puzzles seien, und zwar mit die schwierigsten, die es überhaupt gibt: die Türken nennen sie »Teufelsringe«: sie bestehen aus sieben, elf oder siebzehn Gold- oder Silberkreisen, die ineinandergefügt werden und deren vielschichtige Verzahnung zu einer kompakten, geschlossenen Spirale führt, die von vollkommener Gleichmäßigkeit ist: in den Kneipen Ankaras sprechen die Händler die Fremden an und zeigen ihnen den geschlossenen Ring, um dann die ineinandergefügten Reifen mit einer Handbewegung voneinander zu lösen; meistens handelt es sich um ein vereinfachtes Modell mit nur fünf Reifen, die sie mit einigen unmerklichen Bewegungen ineinanderschlingen, sie dann von neuem öffnen und anschließend den Touristen minutenlang vergebens sich abmühen lassen, bis ein Komplize, meistens einer der Kellner des Lokals, sich bereit erklärt, mit einigen lässigen Handgriffen den Ring wieder zusammenzusetzen oder aber wohlwollend den Trick verrät, zum Beispiel einmal von oben, einmal von unten und wenn dann nur noch ein freier Reif übrigbleibt, das Ganze umdrehen.

Das Wunderbare an Wincklers Ringen war, daß die Reifen, einmal ineinandergeschlungen, eine winzige, runde Öffnung freiließen, in die der Halbedelstein eingesetzt wurde, der, einmal eingefaßt und mit der Pinzette fest hineingedrückt, die Reifen für immer zusammenschweißte. »Teuflisch«, sagte er eines Tages zu Valène, »sind sie nur für mich. Bartlebooth selber würde nichts dagegen einzuwenden finden.« Es war das einzige Mal, daß Valène Winckler den Namen des Engländers aussprechen hörte.

Er brauchte etwa zehn Jahre, um rund hundert Ringe herzustellen. Jeder verlangte ihm mehrere Wochen Arbeit ab. Zu Anfang versuchte er sie abzusetzen, indem er sie Juwelieren aus dem Viertel anbot. Dann verlor er allmählich das Interesse daran; er gab der Besitzerin des Parfümladens einige in Kommission und vertraute einige andere Madame Marcia, der Antiquarin an, die ihren Laden und ihre Wohnung im Erdgeschoß des Hauses hatte. Dann begann er sie zu verschenken. Er gab Madame Riri und ihren Töchtern welche, Madame Nochère, Martine, Madame Orlowska und seinen Nachbarinnen, den beiden kleinen Breidels, Caroline Echard, Isabelle Gratiolet und Véronique Altamont und am Ende sogar Leuten, die gar nicht im Haus wohnten und die er praktisch nicht kannte.

Einige Zeit danach fand er auf dem Flohmarkt in Saint-Ouen einen ganzen Posten kleiner, konvexer Spiegel, und er begann das herzustellen, was man »Hexenspiegel« nennt, indem er sie in unermüdlich bearbeitete Zierleisten aus Holz einpaßte. Er war handwerklich unheimlich geschickt und bis zu seinem Tod bewahrte er sich eine Präzision, eine Sicherheit, einen Blick, die ganz außergewöhnlich waren, doch von dieser Zeit an verlor er, wie es scheint, allmählich die Lust an der

Arbeit. Er bastelte tagelang an jedem Rahmen herum, schnitt sie zu und durchbrach sie unaufhörlich, bis es ganz feine Holzspitzen wurden, in deren Mitte der kleine polierte Spiegel ein Metallblick, ein weit geöffnetes, kaltes Auge voller Ironie und Feindseligkeit zu sein schien. Der Kontrast zwischen dieser wie ein flammendes Kirchenfenster bearbeiteten unwirklichen Aureole, und dem grauen, strengen Glanz des Spiegels schuf einen Eindruck des Unbehagens, als ob diese sowohl in der Quantität wie in der Qualität disproportionierte Einfassung nur da gewesen wäre, um die unheilvolle Eigenschaft der Konvexität zu unterstreichen, die den gesamten verfügbaren Raum auf einen einzigen Punkt konzentrieren zu wollen schien. Die Leute, denen er sie zeigte, mochten sie nicht: sie nahmen einen in die Hand, drehten ihn ein paar mal hin und her, bewunderten die Holzarbeit und legten ihn dann, fast verlegen, schnell wieder hin. Am liebsten hätte man ihn gefragt, warum er soviel Zeit darauf verwandte. Er versuchte nie, einen zu verkaufen und verschenkte auch nie einen; er hing sie nicht einmal zu Hause auf; sobald er einen fertig hatte, legte er ihn in eine Schublade und fing einen andern an.

Es war praktisch seine letzte Arbeit. Als sein Vorrat an Spiegeln aufgebraucht war, machte er noch ein paar Kleinigkeiten, kleines Spielzeug, das er auf Bitten Madame Nochères für diesen oder jenen ihrer zahllosen Großneffen herstellte oder für eines der Kinder im Haus oder im Viertel, das Keuchhusten, Masern oder Mumps bekommen hatte. Zuerst sagte er immer nein, und dann machte er schließlich doch ausnahmsweise einen Hasen aus ausgestanztem Holz mit Ohren, die sich bewegten, eine Marionette aus Pappe, eine Puppe aus Lumpen oder eine kleine Landschaft mit einer Kurbel, wo man nacheinander einen Nachen, ein Segelschiff und ein Boot in Form eines Schwans auftauchen sah, das einen Mann zog, der Wasserschi fuhr.

Vor vier Jahren schließlich, zwei Jahre vor seinem Tod, hatte er die Arbeit völlig eingestellt, alle seine Werkzeuge weggeräumt und seine Werkbank abgeschlagen.

Zu Anfang ging er noch gern aus dem Haus. Er spazierte in den Park Monceau oder ging durch die Rue de Courcelles und die Avenue Franklin-Roosevelt bis zu den Parkanlagen Marigny unterhalb der Champs-Elysées. Er setzte sich mit zusammengestellten Beinen, das Kinn auf den Knauf seines Stockes gestützt, den er mit beiden Händen umklammerte, auf eine Bank und blieb ein oder zwei Stunden lang dort sitzen, ohne sich zu rühren und schaute den Kindern zu, die vor ihm im Sand spielten, oder er betrachtete das alte Karussel mit dem orangenfarbenen und blauen Zeltdach, den Holzpferden mit den stilisierten Mähnen und den beiden mit einer orangenen Sonne geschmückten Gondeln oder aber die Schiffschaukeln oder das kleine Kasperletheater.

Bald wurden seine Spaziergänge seltener. Eines Tages fragte er Valène, ob er mit ihm ins Kino gehen wolle. Sie gingen in die *Cinémathèque* im Palais de Chaillot, in die Nachmittagsvorstellung, um sich *Die Grünen Wiesen* anzusehen, eine fade, abgeschmackte Version von *Onkel Toms Hütte*. Beim Hinausgehen fragte ihn Valène, warum er sich diesen Film hatte ansehen wollen; er gab ihm zur Antwort, daß es nur wegen des Titels war, wegen des Wortes »Wiese«, und daß er nie in diesen Film gegangen wäre, wenn er gewußt hätte, daß es das war, was sie gerade gesehen hatten.

Schließlich ging er nur noch hinunter, um seine Mahlzeiten bei Riri einzunehmen. Er kam gegen elf Uhr morgens. Sie setzten ihn an einen kleinen runden Tisch zwischen der Theke und der Terrasse und Madame Riri oder eine ihrer Töchter brachten ihm eine große Tasse Schokolade und zwei schöne Butterbrote. Es war nicht sein Frühstück, sondern sein Mittagessen, es war das, was er allem andern vorzog, das einzige, was er mit wirklichem Vergnügen aß. Dann las er die Zeitungen, alle Zeitungen, die Riri bekam – *Le Courrier arverne, L'Echo des Limonadiers* – sowie die, die die Gäste am Morgen liegen gelassen hatten: *L'Aurore, Le Parisien libéré* oder, seltener, *Le Figaro, L'Humanité* oder *Libération.* Er blätterte sie nicht durch, er las sie gewissenhaft, Zeile für Zeile, ohne rührende, scharfsinnige oder empörte Kommentare abzugeben, aber bedächtig, ruhig, ohne aufzublicken, gleichgültig gegenüber dem Hochbetrieb zu Mittag, der das Lokal mit seinem Lärm von Spielautomaten und Musikboxen, von Gläsern, Tellern, von Stimmengewirr und zurückgeschobenen Stühlen erfüllte. Um zwei Uhr, wenn die ganze Aufregung des Mittagessens vorüber war, wenn Madame Riri hinauf in ihre Wohnung ging, um sich auszuruhen, wenn die beiden Mädchen das Geschirr in dem winzigen Raum hinter dem Lokal spülten und wenn Monsieur Riri über seinen Abrechnungen döste, saß er immer noch da, zwischen der Sportseite und dem Gebrauchtwagenmarkt. Manchmal blieb er den ganzen Nachmittag über am Tisch sitzen, aber meistens ging er gegen drei Uhr hinauf in seine Wohnung und kam um sechs Uhr wieder herunter: es war der große Augenblick seines Tagesablaufs, die Zeit seiner Partie Tricktrack mit Morellet. Sie spielten beide mit einem verbissenen Fanatismus, unterstrichen von Ausrufen, Flüchen, Beleidigungen und Zwistigkeiten, was bei Morellet überhaupt nicht verwunderte, bei Winckler aber völlig unverständlich schien: er, der von einer Ruhe war, die schon an Apathie grenzte, von einer unbedingt zuverlässigen Sanftmut und Resignation, er, den niemand je hatte zornig werden sehen, er war imstande, wenn Morellet zum Beispiel aussetzte und eine Doppel-Fünf zog, was ihm erlaubte, seinen Postillon (den er hartnäckig »Jockey« nannte, und zwar auf Grund einer angeblich etymologischen Strenge, die er aus sehr zweifelhaften Quellen bezog, wie etwa dem Almanach Vermot oder der Rubrik »Vergrößern Sie Ihren Wortschatz« des *Reader's Digest*) beim ersten Zug einzubringen, war also imstande, mit beiden Händen das Spiel zu packen und es in die Ecke zu feuern, wobei er den armen Morellet einen Falschspieler nannte und so einen Streit vom Zaun brach, den zu schlichten die Gäste des Lokals oft lange brauchten. Meistens wurde der Streit trotz allem schnell beigelegt, damit die Partie fortgesetzt werden konnte, bevor sie, wieder Freunde geworden, zusammen ihr Kalbskotelett mit Muschelnudeln oder ihre Leber mit Püree aßen, die Madame Riri eigens für sie zubereitete. Aber mehrere Male ging der eine oder andere türschlagend hinaus, wobei er sich gleichzeitig um Spiel und Abendessen brachte.

Das letzte Jahr ging er überhaupt nicht mehr aus dem Haus. Smautf gewöhnte sich an, ihm zweimal täglich was zu essen hinaufzubringen und sich um seinen Haushalt und seine Wäsche zu kümmern. Morellet, Valène oder Madame Nochère erledigten kleine Besorgungen für ihn, falls er was brauchte. Den ganzen Tag über behielt er seine Schlafanzughose und ein rotes, baumwollenes Unterhemd an. Wenn ihm kalt war, zog er eine Art Hausjacke aus Flanell drüber und einen getüpfelten Schal. Valène besuchte ihn mehrmals am Nachmittag. Er fand ihn an seinem Tisch sitzend, wie er die Hoteletiketten betrachtete, die Smautf jeder seiner Aquarellsendungen beigefügt hatte: Hotel Hilo Honolulu, Villa Carmona Granada, Hotel Theba Algesiras, Hotel Peninsula Gibraltar, Hotel Nazareth Galilea, Hotel Cosmo London, Passagierdampfer Ile-de-France, Hotel Regis, Hotel Canada Mexico DF, Hotel Astor New York, Town House Los Angeles, Passagierdampfer Pennsylvania, Hotel Mirador Acapulco, la

Companía Mejicana de Aviación usw. Er würde gern, so erklärte er, diese Etiketten ordnen, aber das sei sehr schwierig: natürlich war die chronologische Reihenfolge möglich, aber die fand er kläglich, noch kläglicher als die alphabetische Reihenfolge. Er hatte es nach Erdteilen versucht, dann nach Ländern, aber das befriedigte ihn nicht. Was ihm vorschwebte, war, daß jedes Etikett mit dem folgenden verbunden sei, aber jedesmal aus einem anderen Grund; sie könnten zum Beispiel ein gemeinsames Detail besitzen, einen Berg oder einen Vulkan, eine angestrahlte Bucht, eine besondere Blume, eine gleiche rotgoldene Borte, das strahlende Gesicht eines Hotelboys, oder sie könnten das gleiche Format haben, einen gleichen Schriftzug, zwei ähnliche Werbeslogans (»Die Perle des Ozeans«, »Der Diamant der Küste«), oder aber eine Verbindung, die nicht auf einer Ähnlichkeit begründet ist, sondern auf einem Gegensatz oder einer schwachen, fast willkürlichen Assoziation: ein winziges Dorf an einem italienischen See, worauf die Wolkenkratzer von Manhattan folgen, Schifahrer, die auf Schwimmer folgen, ein Feuerwerk auf ein Abendessen bei Kerzenlicht, eine Eisenbahn auf ein Flugzeug, ein Bakkaratisch auf eine Eisenbahn usw. Es ist nicht nur schwierig, fügte Winckler noch hinzu, es ist auch sinnlos: wenn man die Etikette lose liegen läßt und jeweils zwei davon wahllos heraussucht, kann man sicher sein, daß sie immer mindestens drei Dinge gemein haben.

Nach einigen Wochen legte er die Etikette wieder in den Schuhkarton zurück, in dem er sie aufbewahrte, und stellte den Karton in die hinterste Ecke seines Schrankes. Er unternahm nichts besonderes mehr. Er blieb den ganzen Tag über in seinem Zimmer, in einem Sessel am Fenster sitzend, und sah hinaus auf die Straße, oder vielleicht nicht einmal, sah nur ins Leere. Auf dem Nachttisch stand ein Rundfunkgerät, das ununterbrochen lief, ganz leise; niemand wußte wirklich, ob er zuhörte, obgleich er eines Tages Madame Nochère daran gehindert hatte, es abzustellen, wobei er ihr sagte, daß er jeden Abend den Pop-Shop höre.

Valène hatte sein Zimmer direkt über der Werkstatt Wincklers, und fast vierzig Jahre lang waren seine Tage von dem schwachen Geräusch der winzigen Feilen des Handwerkers begleitet gewesen, vom fast unmerklichen Surren seiner Stichsäge, vom Knarren seines Fußbodens, vom Pfeifen seines Wasserkessels, wenn er, nicht um sich Tee zu kochen, sondern zur Herstellung dieses oder jenes Leims oder Überzugs, der für seine Puzzles notwendig war, Wasser zum Kochen brachte. Seitdem er seine Werkbank abgeschlagen und seine Werkzeuge weggeräumt hatte, betrat er nie wieder diesen Raum. Er erzählte niemandem, wie er seine Tage und seine Nächte zubrachte. Man wußte nur, daß er fast nicht mehr schlief. Wenn Valène ihn besuchte, empfing er ihn in seinem Schlafzimmer, bot ihm den Sessel am Fenster an und setzte sich auf die Bettkante. Sie sprachen nicht viel. Einmal sagte er ihm, er sei in La Ferté-Milon geboren, am Ufer des Ourcq-Kanals. Ein anderes Mal erzählte er Valène mit plötzlicher Wärme von dem, der ihn das Arbeiten gelehrt hatte.

Er hieß Monsieur Gouttman und stellte Devotionalienartikel her, die er selber in den Kirchen und Klöstern verkaufte: Kreuze, Medaillons und Rosenkränze in allen Größen, Kandelaber für Betzimmer, tragbare Altäre, Talmisträuße, Herz-Jesu-Figuren aus blauer Pappe, Heilige Josephs mit rotem Bart, Kalvarienberge aus Porzellan. Gouttman hatte ihn als Lehrling genommen, als er gerade zwölf Jahre alt geworden war; er nahm ihn zu sich nach Hause – eine Art Hütte in der Umgebung von Charny, im Departement Meuse – brachte ihn in dem Verschlag unter, der ihm als Werkstatt diente und machte sich daran, ihm mit einer erstaunlichen Geduld, denn er war ansonsten von sehr aufbrausender Art, das beizubringen, was er zu machen verstand. Das dauerte mehrere Jahre, denn er konnte alles machen. Doch trotz seiner zahllosen Talente war Gouttman kein sehr guter Geschäftsmann. Wenn er seine Waren alle verkauft hatte, ging er in die Stadt und verjubelte sein Geld innerhalb von zwei oder drei Tagen. Er kam dann nach Hause und begann wieder zu schnitzen, zu weben, zu flechten, einzufädeln, zu sticken, zu nähen, zu kneten, zu kolorieren, zu lacken, auszuschneiden, zusammenzusetzen, bis er abermals sein Warenlager zusammen hatte, und von neuem machte er sich auf den Weg, um es zu verkaufen. Eines Tages kam er nicht mehr zurück und Winckler erfuhr später, daß er am Straßenrand, im Argonnerwald, zwischen Islettes und Clermont, erfroren war.

An diesem Tag fragte Valène Winckler, wie er nach Paris gekommen sei und wie er Bartlebooth kennengelernt habe. Aber Winckler antwortete nur, es sei deshalb gewesen, weil er jung war.

NEUNTES KAPITEL

Dienstmädchenzimmer, 3

Es ist das Zimmer, in dem der Maler Hutting seine beiden Dienstboten Joseph und Ethel beherbergt.

Joseph Nieto ist Chauffeur und Handlanger. Er ist ein Paraguayer von etwa vierzig Jahren, ehemaliger Maat der Handelsmarine.

Ethel Rogers, eine sechsundzwanzigjährige Holländerin, dient als Köchin und Wäschebeschließerin.

Ein großes Bett im Empire-Stil, dessen Pfosten in zwei sorgfältig polierten Kupferkugeln enden, nimmt fast das ganze Zimmer ein. Halb versteckt von einem Wandschirm aus mit Blumenmotiven geschmücktem Reispapier, über den ein großes, bedrucktes Umschlagtuch aus Kaschmir geworfen ist, macht Ethel Rogers ihre Toilette. Nieto, mit einem weißen, gestickten Hemd und einer schwarzen Hose mit breitem Gürtel bekleidet, liegt auf dem Bett; er hält in seiner linken, bis in Höhe seiner Augen erhobenen Hand einen Brief, dessen Briefmarke in Form eines Rechtecks das Bild Simon Bolivars darstellt, und in seiner rechten Hand, deren Mittelfinger ein großer Siegelring schmückt, ein brennendes Feuerzeug, als schicke er sich an, diesen Brief, den er gerade bekommen hat, zu verbrennen.

Zwischen dem Bett und der Tür befindet sich eine kleine Kommode aus Obstbaumholz, auf der eine Flasche Black and White Whisky steht, erkennbar an den beiden Hunden. Daneben ein Teller mit verschiedenem Salzgebäck.

Das Zimmer ist hellgrün gestrichen. Auf dem Boden liegt ein Teppich mit gelben und rosafarbenen Karos. Ein Frisiertisch, ein einziger, strohgeflochtener Stuhl, auf dem ein abgenutztes französisches Lehrbuch liegt: *Le Français par les textes. Cours moyen. Deuxième année*, vervollständigen das Mobilar.

Über dem Bett ist eine Reproduktion angeheftet mit dem Titel: *Arminius und Segimer*. Sie stellt zwei Kolosse im grauen Kittel mit Stiernacken, gewaltigen Bizepsen und roten Gesichtern mit struppigen, dichten Schnurrbärten und buschigen Koteletten dar.

An der Tür ist mit einer Heftzwecke eine Postkarte befestigt: sie stellt eine Monumentalskulptur von Hutting dar – *Die Tiere der Nacht* – die den Ehrenhof der Präfektur von Pontarlier schmückt: es ist ein Wirrwarr von Schlackenblöcken, deren Gesamtheit ziemlich undeutlich an irgendein prähistorisches Tier erinnert.

Die Whiskyflasche und das Salzgebäck sind ein Geschenk oder genauer gesagt ein Trinkgeld, das ihnen Madame Altamont schon im voraus hat heraufbringen lassen. Hutting und die Altamonts sind sehr eng befreundet und der Maler hat den Altamonts seine Dienstboten ausgeliehen, die an diesem Abend als Aushilfskellner bei dem Jahresempfang auftragen werden, den sie in ihrer großen Wohnung im zweiten Stock rechts, über Bartlebooth, geben. So verhält es sich jedes Jahr, und die Altamonts zeigen sich ihm dafür erkenntlich bei den oft prunkvollen Festen, die der Maler fast in jedem Trimester in seinem Atelier gibt.

WENN SIE MEHR DARÜBER WISSEN WOLLEN:

Bosseur, J. – Les Sculptures de Franz Hutting. Paris, Galerie Maillard, 1965.

Jaquet, B. – *Hutting ou de l'Angoisse*. Forum, 1967, 7.

HUTTING, F. – *Manifeste du Mineral Art*. Bruxelles, Galerie 9 + 3, 1968.
HUTTING, F. – *Of Stones and Men*. Urbana Museum of Fine Arts, 1970.
NAHUM, E. T *Towards a Planetary Consciousness:* Grillner, Hagiwara, Hutting. In: S. Gogolak (Ed.), *An Anthology of Neo-creative Painting*. Los Angeles, Markham and Collidge, 1974.
NAHUM, E. – *Les Brumes de l'Etant. Essai sur la Peinture de Franz Hutting*. Paris, XYZ, 1974.
XERTIGNY, A. DE – *Hutting portraitiste*. Cahiers de l'art nouveau, Montréal, 1975, 3.

ZEHNTES KAPITEL

Dienstmädchenzimmer, 4

In der obersten Etage, unter den Dächern, ist ein ganz kleines Zimmer, das von einer jungen, sechzehnjährigen Engländerin, Jane Sutton, bewohnt wird, die als Au-Pair-Mädchen bei den Rorschachs arbeitet.

Das junge Mädchen steht am Fenster. Mit freudestrahlendem Gesicht liest sie – oder tut es vielleicht schon zum zwanzigsten Mal – einen Brief und knabbert dabei an einer Brotkante. Am Fenster hängt ein Käfig; ein Vogel mit grauem Gefieder sitzt darin, der am linken Fuß einen Metallring hat.

Das Bett ist sehr schmal: es ist eigentlich nur eine Schaumstoffmatratze auf drei Holzwürfeln, die als Schubladen dienen, und darüber eine Daunendecke in Patchwork. An der Wand über dem Bett hängt eine Korktafel von etwa sechzig Zentimeter auf einen Meter, an der mehrere Papiere festgesteckt sind – die Gebrauchsanweisung eines elektrischen Toasters, ein Wäschereischein, ein Kalender, der Stundenplan der Vorlesungen bei der Alliance française und drei Fotos, die das Mädchen – zwei oder drei Jahre jünger – in Theaterstücken zeigen, die an seiner Schule in England aufgeführt wurden, in Greenhill, ganz in der Nähe von Harrow, wo etwa fünfundsechzig Jahre zuvor Bartlebooth in der Nachfolge Byrons, Sir Robert Peels, Sheridans, Spencers, John Percevals, Lord Palmerstons und einer Menge ebenso vortrefflicher Männer aufs College gegangen war.

Auf der ersten Fotografie erscheint Jane Sutton als Page in einer roten Brokathose mit Goldbesatz, hellroten Strümpfen, einem weißen Hemd, einem kurzen, kragenlosen Wams von roter Farbe mit leicht bauschigen Ärmeln und Einfassungen aus ausgefranster gelber Seide.

Auf der zweiten ist sie die Prinzessin Béryl, die am Krankenbett ihres Großvaters, des Königs Utherpandragon (*»Als König Utherpandragon von der Krankheit des Todes befallen war, ließ er die Prinzessin zu sich kommen...«*), kniet.

Das dritte Foto zeigt vierzehn junge Mädchen in einer Reihe. Jane ist die vierte von links (ein Kreuz über ihrem Kopf kennzeichnet sie, andernfalls wäre es schwer, sie zu erkennen). Es ist die Schlußszene aus *Der Graf von Gleichen*, von Yorick:

Der Graf von Gleichen wurde in einer Schlacht gegen die Sarazenen gefangen genommen und zur Sklaverei verurteilt. Da er bei den Arbeiten im Garten des Serails beschäftigt wurde, fiel er der Tochter des Sultans auf. Sie fand, daß er ein Mann von vornehmem Stand war, wurde von Liebe zu ihm ergriffen und schlug ihm vor, ihm zur Flucht zu verhelfen, wenn er sie heiraten würde. Er ließ ihr antworten, daß er verheiratet sei, wogegen die Prinzessin, an den Ritus der Vielweiberei gewöhnt, keinerlei Bedenken hatte. Sie waren sich bald einig, segelten los und legten in Venedig an. Der Graf begab sich nach Rom und berichtete Gregor IX. alle näheren Umstände seiner Geschichte. Der Papst erteilte ihm auf das Versprechen hin, die Sarazenin zum christlichen Glauben zu bekehren, die Dispens, seine beiden Frauen zu behalten.

Die erste war bei der Ankunft ihres Mannes so außer sich vor Freude, daß sie auf alles einging, alle Bedingungen akzeptierte und seiner Wohltäterin ihre überschwengliche Dankbarkeit bezeigte. Die Geschichte lehrt uns, daß die Sarazenin keine Kinder hatte und daß sie für die ihrer Rivalin mütterliche Liebe empfand. Wie schade, daß sie nicht einem Menschenkind das Leben schenkte, das ihr glich!

Man zeigt in Gleichen das Bett, in dem diese drei großartigen Menschen zusammen schliefen. Sie wurden in der gleichen Gruft bei den Benediktinern von Petersburg begraben; und der Graf, der seine beiden Frauen überlebte, gab die Anweisung, auf das Grab, das später auch das seine wurde, diesen von ihm verfaßten Epitaph zu setzen:

»Hier liegen zwei rivalisierende Frauen, die sich wie Schwestern liebten und die mich gleichfalls liebten. Die eine gab Mohammed auf, um ihrem Gatten zu folgen, und die andere stürzte sich in die Arme der Rivalin, die ihn ihr zurückbrachte. Vereint durch die Bande der Liebe und der Ehe, hatten wir während unseres Lebens nur ein Ehebett; und derselbe Stein bedeckt uns nach unserem Tod.« Wie es sich gehört, wurden am Grab eine Eiche und zwei Linden gepflanzt.

Das einzige andere Möbelstück des Zimmers ist ein schmaler, niedriger Tisch, der den dürftigen, zwischen Bett und Fenster verfügbaren Raum einnimmt und auf dem sich ein Plattenspieler – einer dieser ganz kleinen, Platten-Fresser genannten Apparate –, eine viertelvolle Flasche Pepsi-Cola, ein Kartenspiel und ein Kaktus im Blumentopf, der geschmückt ist mit einigen bunten Kieselsteinen, einer kleinen Plastikbrücke und einem winzigen Sonnenschirm, befinden.

Einige Schallplatten sind unter dem niedrigen Tisch aufeinandergestapelt. Eine davon, aus der Plattenhülle genommen, ist fast vertikal gegen den Rand des Bettes gestellt: es ist eine Jazzplatte – *Gerry Mulligan Far East Tour* – und die Plattenhülle stellt die im Frühnebel verschwindenden Tempel von Angkor Vat dar.

An einem an der Tür befestigten Kleiderhaken hängen ein Regenmantel und ein langer Kaschmirschal.

Eine vierte quadratische, großformatige Fotografie ist mit Heftzwecken rechts an der Wand befestigt, nicht weit von der Stelle entfernt, wo das junge Mädchen steht; sie stellt einen großen Salon mit Parkettboden dar, in dem kein einziges Möbelstück steht mit Ausnahme eines riesigen geschnitzten Sessels im Stil Napoleon III., auf dessen rechter Seite, eine Hand auf der Lehne, die andere in die Hüfte gestützt, das Kinn vorgestreckt, ein ganz kleiner, als Musketier verkleideter Mann steht.

ELFTES KAPITEL

Das Atelier Huttings, 1

Auf der äußersten Rechten der beiden obersten Stockwerke des Wohnhauses hatte der Maler Hutting acht Dienstmädchenzimmer, ein Stück des Flurs und die entsprechenden Speicherräume zusammengefaßt, um daraus ein riesiges Atelier zu machen, das eine große Loggia, die in mehrere Zimmer führt, auf drei Seiten einschließt. Um die Wendeltreppe herum, die zu dieser Loggia führt, hat er so etwas wie ein kleines Wohnzimmer herrichten lassen, wo er sich während zweier Arbeitssitzungen gern ausruht und während des Tages seine Freunde oder Kunden empfängt, ein Wohnzimmer, das vom eigentlichen Atelier durch ein Möbelstück in L-Form getrennt ist, ein Bücherschrank ohne Rückwand in einem irgendwie chinesischen Stil, das heißt schwarz lackiert mit Einlegearbeiten aus Perlmuttimitationen und kunstvoll gearbeiteten Kupferbeschlägen, hoch, breit und lang – wobei das längste Seitenteil etwas mehr als zwei Meter beträgt, das kürzeste eineinhalb Meter.

Oben auf diesem Möbelstück stehen eine Reihe von Formen, eine alte Marianne aus einem Bürgermeisteramt, große Vasen, drei schöne Gipspyramiden, nebeneinander, während die fünf Regalbretter unter einem Haufen von Nippsachen, Kuriositäten und Kleinigkeiten zusammenbrechen: ein Kartoffelschäler, ein Majonäseschlagbesen mit einem kleinen Trichter, aus dem das Öl Tropfen um Tropfen herauskommt, ein Gerät, um harte Eier in dünne Scheiben zu schneiden, ein anderes, um Butterröllchen herzustellen, eine Art furchtbar komplizierte Bohrwinde, die sicherlich nichts anderes ist als ein perfektionierter Korkenzieher; Readymades surrealistischer Inspiration – ein völlig versilbertes Stangenbrot – oder Pop-Art: eine Dose Seven-up; getrocknete Blumen unter Glas in kleinen romantischen oder Rokoko-Rahmen aus bemaltem Karton oder Stoff, bezaubernde, perspektivisch genau gemalte Bilder, bei denen jede Einzelheit minuziös wiedergegeben ist, ein Spitzendeckchen auf einem zwei Zentimeter hohen Beistelltischchen ebenso wie einen kreuz und quer verlegten Parkettboden, bei dem jedes einzelne Riemchen nicht mehr als zwei oder drei Millimeter mißt; ein ganzer Satz alter Postkarten, die Pompeji zu Anfang des Jahrhunderts darstellen: Der Triumphbogen des Nero (Arco di Nerone, Arc de Néron, Nero's Arch), die Casa dei Vetti *(»eines der schönsten Beispiele einer vornehmen römischen Villa, die schönen Gemälde und Marmordekorationen sind unverändert im Säulenumgang, der mit Pflanzen geschmückt war, belassen worden...«)*, Casa di cavio rufo, Vico de Lupanare usw. Die schönsten Stücke dieser Sammlungen sind die empfindlichen Musikdosen; eine von ihnen, die als alt gilt, ist eine kleine Kirche, die, wenn man leicht den Glockenturm hebt, das berühmte *Smanie implacabili che m'agitate* aus *Cosi fan tutte* spielt; eine andere ist ein kostbares Pendelührchen, dessen Bewegung eine kleine Ratte im Ballettröckchen tanzen läßt.

In das Rechteck, das bestimmt wird von diesem Möbelstück in L-Form, dessen Seitenteile auf Öffnungen gehen, die von Ledervorhängen verhüllt werden können, hat Hutting eine niedrige Couch gestellt, einige Polsterhocker und eine kleine fahrbare Bar, die mit Flaschen, Gläsern und einem Eiskübel bestückt ist, der aus einem berühmten Nachtclub Beiruts stammt, The Star: er stellt einen dicken, gedrungenen, sitzenden Mönch dar, der in der rechten Hand einen Becher hält; er trägt eine lange, graue Kutte mit einem Knotenstrick; sein Kopf und seine Schultern stecken in einer schwarzen Kapuze, die den Deckel des Kübels bildet.

Die Wand zur Linken. die dem längsten Teil des L-förmigen Bücherschranks gegenüberliegt, ist mit einer Korktapete tapeziert. Über eine etwa zwei Meter fünfzig überm Boden befestigte Schiene gleiten einige Metallgestänge, an die der Maler etwa zwanzig seiner Bilder, in den meisten Fällen Kleinformate, gehängt hat: sie gehören fast alle einer früheren Malweise des Malers an, die er selber seine *»Nebelperiode«* nennt und durch die er Berühmtheit erlangt hat: es handelt sich in der Regel um gut ausgeführte Kopien berühmter Bilder – *Die Mona Lisa, Angelus, Der Rückzug aus Rußland, Frühstück im Freien, Die Anatomiestunde* usw. –, die er dann mit mehr oder weniger starken Nebeleffekten übermalte, wodurch er zu einem verschwommenen Grau in Grau kam, aus dem die Silhouetten seiner berühmten Modelle kaum hervortreten. Die Ausstellungseröffnung in der Pariser Galerie 22 im Mai 1960 war von einem künstlichen Nebel begleitet, den der Andrang zigarren- oder zigarettenrauchender Gäste zur großen Freude der Lokalberichterstatter noch undurchsichtiger machte. Zwei oder drei Kritiker machten sich über die Ausstellung lustig, darunter der Schweizer Beyssandre, der schrieb: »Das Grau Huttings erinnert nicht an das *Weiße Quadrat vor weißem Hintergrund* Malewischs, sondern eher an die Schlacht der Neger in einem Tunnel, die von unseren Kalauerkönigen so gern beschworen wird.« Doch die meisten waren von dem begeistert, was einer von ihnen diese *metereologische Lyrik* nannte, die, wie er sagte, Hutting seinem berühmten und fast homonymen Kollegen Huffing gleichstellte, dem New Yorker Meister der *Arte brutta.*

Gut beraten, behielt Hutting annähernd die Hälfte dieser Bilder, von denen er sich heute nur zu exorbitanten Bedingungen zu trennen bereit ist.

In diesem kleinen Wohnzimmer befinden sich drei Personen. Die eine von ihnen ist eine Frau von etwa vierzig Jahren; sie kommt gerade die Treppe herunter, die zur Loggia führt; sie ist mit einem Overall aus schwarzem Leder bekleidet und hält in der Hand einen fein gearbeiteten orientalischen Dolch, den sie mit einem Fensterleder reinigt. Die Tradition will, daß dieser Dolch derjenige ist, dessen sich der Fanatiker Suleyman el-Halebi bedient haben soll, um am 14. Juni 1800 in Kairo General Jean-Baptiste Kléber zu ermorden, als dieser geniale Stratege, den Bonaparte nach dem Halberfolg seines ägyptischen Feldzugs im Land zurückgelassen hatte, auf das Ultimatum Admiral Keiths gerade mit dem Sieg von Heliopolis geantwortet hatte.

Die beiden andern Personen sitzen auf Hockern. Es ist ein Ehepaar von etwa sechzig Jahren. Die Frau ist mit einem Patchwork-Rock, der ihr bis übers Knie geht und schwarzen Netzstrümpfen mit sehr breiten Maschen bekleidet; sie zerdrückt ihre mit Lippenstift befleckte Zigarette in einem Kristallaschenbecher, dessen Form an einen Seestern erinnert; der Mann ist mit einem Anzug mit sehr feinen roten Streifen, einem blaßblauen Hemd und passender blauer Krawatte und Ziertüchlein mit roten Diagonalen bekleidet; graumeliertes Haar im Bürstenschnitt; Hornbrille. Auf den Knien hat er ein kleines Buch mit rotem Umschlag liegen, das den Titel trägt *Das Steuerrecht.*

Die junge Frau im Lederoverall ist die Sekretärin Huttings. Der Mann und die Frau sind österreichische Kunden. Sie sind eigens aus Salzburg angereist, um über den Ankauf eines der am höchsten im Kurs stehenden *Nebelbilder* Huttings zu verhandeln, und zwar das, dessen Ausgangswerk kein geringeres als

Das türkische Bad war, das durch die Behandlung, die Hutting ihm hatte angedeihen lassen, mit einer Überfülle an Dampf versehen worden war. Von weitem erinnert das Werk seltsamerweise an ein Aquarell Turners, *Harbour near Tintagel,* das Valène Bartlebooth zu der Zeit, als er ihm Unterricht gab, mehrmals als vollendetstes Beispiel dessen zeigte, was man im Aquarell machen kann und von dem der Engländer an Ort und Stelle, in Cornwall, eine genaue Kopie anfertigte.

Obgleich er nur selten in seiner Pariser Wohnung ist, da er seine Zeit zwischen einem New Yorker *loft,* einem Schloß in der Dordogne und einem Bauernhaus unweit von Nizza teilt, ist Hutting zum Empfang der Altamonts nach Paris zurückgekommen. Er arbeitet im Augenblick in einem der oberen Räume, wo es selbstverständlich strengstens untersagt ist, ihn zu stören.

ZWÖLFTES KAPITEL

Réol, 1

Sehr lange Zeit hindurch wurde die kleine Zweizimmerwohnung im fünften Stock links von einer alleinstehenden Dame, Madame Hourcade, bewohnt. Vor dem Krieg arbeitete sie in einer Kartonagenfabrik, die aus starkem, mit Seide, Leder oder Schwedenstoff überzogenem Karton Schuber für Kunstbücher mit kalt geprägten Titeln herstellte, ferner Ordner, Musterkoffer, Schreibtischgarnituren, Ablagekästen aus dunkelrotem oder empiregrünem Tuch mit feinen Goldfäden, und Geschenkschachteln – für Handschuhe, Zigaretten, Pralinen, Fruchtgeleebonbons – mit Schablonenverzierungen. Selbstverständlich hatte Bartlebooth neunzehnhundertvierunddreißig, wenige Monate vor seiner Abreise, bei ihr die Schachteln bestellt, in denen Winckler jeweils nach Fertigstellung seine Puzzles verstauen sollte: fünfhundert völlig gleiche Schachteln, zwanzig Zentimeter lang, zwölf Zentimeter breit, acht Zentimeter hoch, aus schwarzem Karton, verschlossen mit einer schwarzen Schleife, die Winckler mit Wachs versiegelte, ohne andere Angaben als einem ovalen Etikett mit den Initialen P.B. und einer fortlaufenden Nummer.

Während des Krieges gelang es der Fabrik nicht, sich Rohstoffe von ausreichender Qualität zu beschaffen, so daß sie schließen mußte. Madame Hourcade brachte sich mühsam über die Runden, bis sie das Glück hatte, in der Avenue des Ternes eine Stelle in einem großen

Haushaltswarengeschäft zu finden. Es war eine Arbeit, die ihr offensichtlich gefiel, denn sie behielt sie nach der Befreiung bei, selbst als die Fabrik ihre Tore wieder öffnete und ihr anbot, sie wieder einzustellen.

Anfang der siebziger Jahre trat sie in den Ruhestand und zog sich in ein kleines Haus zurück, das sie in der Umgebung von Montargis besaß. Sie führt dort ein zurückgezogenes und friedliches Leben und antwortet einmal im Jahr auf die Glückwünsche von Mademoiselle Crespi.

Die Leute, die nach ihr die Wohnung bezogen haben, heißen Réol. Es war damals ein junges Paar mit einem dreijährigen Sohn. Einige Monate nach ihrem Einzug brachten sie an der Glastür der Hausmeisterloge eine Mitteilung an, in der sie ihre Heirat ankündeten. Madame Nochère führte im Haus zwar eine Sammlung durch, um ihnen ein Geschenk zu machen, heimste jedoch nur 41 Francs ein!

Die Réols werden in ihrem Eßzimmer sein und gerade zu Abend gegessen haben. Auf dem Tisch wird eine Flasche pasteurisiertes Bier stehen, die Reste eines Kuchens, in dem noch ein Messer stecken wird und eine Obstschale aus geschliffenem Kristall, die Studentenfutter enthält, das heißt eine Mischung aus getrockneten Früchten, Pflaumen, Mandeln, Nüssen, Haselnüssen, Rosinen und Korinthen, Feigen und Datteln.

Die junge Frau, die neben einem Geschirrschrank im Stil Louis XIII mit ausgestreckten Armen auf den Zehenspitzen steht, nimmt vom obersten Brett des Möbels eine verzierte Steingutschüssel herunter, auf der eine romantische Landschaft dargestellt ist: riesige, von Holzzäunen umgebene Wiesen, die durchschnitten werden von dunklen Tannenwäldern und kleinen, über die Ufer getretenen, Seen bildenden Bächen, dazu in der Ferne ein schmales, hohes Gebäude mit einem Balkon und einem abgestumpften Dach, auf dem ein Storch steht.

Der Mann ist mit einem getüpfelten Pullover bekleidet. Er hält eine Taschenuhr in der linken Hand und schaut darauf, während er mit der rechten Hand die Zeiger einer großen Pendeluhr vom Typ Early American, auf die eine Gruppe von Negro Minstrels geschnitzt ist, auf die richtige Uhrzeit einstellt. Die Gruppe besteht aus zehn Musikern mit Zylindern, Cutaways und großen Schleifen, die verschiedene Blasinstrumente, Banjos und Shuffleboard spielen.

Die Wände sind mit Jute bespannt. Es gibt kein Bild, keine Reproduktion, nicht einmal einen Postkalender. Das Kind – es ist heute acht Jahre alt – sitzt auf allen vieren auf einem sehr feinen Strohteppich. Es trägt so etwas wie eine rote Ledermütze auf dem Kopf. Es spielt mit einem kleinen Summerkreisel, auf den Vögel dergestalt gezeichnet sind, daß man den Eindruck hat, sobald der Kreisel langsamer wird, daß sie mit den Flügeln schlagen. In einer Comic-Strip-Zeitschrift, die neben ihm liegt, sieht man einen großen jungen Mann mit wildem Haarschopf und einem blauen Pullover mit weißen Streifen, der einen Esel reitet. In der Sprechblase, die aus dem Mund des Esels kommt – denn es ist ein sprechender Esel – liest man folgende Worte: »Den Esel führt man nur einmal aufs Eis.«

DREIZEHNTES KAPITEL

Rorschach, 1

Die Diele der von den Rorschachs bewohnten Maisonnettenwohnung. Der Raum ist leer. Die Wände sind weiß lackiert, der Boden ist mit großen, grauen Lavaplatten bedeckt. In der Mitte ein einziges Möbelstück: ein mächtiger Empire-Schreibtisch, der versehen ist mit Schubladen, die durch kleine Holzsäulen voneinander getrennt sind, welche einen zentralen Säulengang bilden, in den eine Pendeluhr eingelassen ist, deren geschnitztes Motiv eine neben einem kleinen Wasserfall liegende nackte Frau darstellt. Mitten auf dem Möbelstück liegen ganz auffällig zwei Gegenstände: ein Klotz Trauben, von dem jede Beere eine zarte, geblasene Glaskugel ist, und eine kleine Bronzestatue, einen Maler darstellend, der mit gestrafftem Oberkörper, den Kopf leicht zurücklegt, vor einer großen Staffelei steht; er hat einen langen, spitz zulaufenden Schnurrbart und die Haare fallen ihm in Locken über die Schultern. Er ist bekleidet mit einem weiten Wams und hält in der einen Hand seine Palette, in der anderen einen langen Pinsel.

Auf der hinteren Wand eine große Federzeichnung, die Rémi Rorschach selbst darstellt. Er ist ein hochgewachsener, hagerer Greis mit einem Vogelkopf.

Das Leben Rémi Rorschachs stellt so, wie er es in einem von einem spezialisierten Schriftsteller entgegenkommenderweise verfaßten Erinnerungsband erzählt hat, eine schmerzliche Mischung von Kühnheit und Irrtümern dar. Er begann seine Karriere nach dem Krieg Vierzehn/Achtzehn mit der Nachahmung Max Lindners und amerikanischer Komiker in einem Marseiller Varieté. Groß und mager, mit einer melancholischen und traurigen Mimik, die tatsächlich an Keaton, Lloyd oder Laurel erinnern mochte, hätte er vielleicht den Durchbruch geschafft, wäre er nicht um einige Jahre seiner Zeit voraus gewesen. Damals waren die Komißkomiker in Mode, und während die Menge Fernandel, Gabin und Préjean zujubelte, die der Film bald berühmt machen sollte, versauerte »Harry Cover« – dies war sein Künstlername – in kläglichen Verhältnissen und hatte immer größere Mühe, seine Nummern an den Mann zu bringen. Der kurz zurückliegende Krieg, die heilige Union, die horizontblaue Uniform brachten ihn dann auf den Gedanken, eine Gruppe zu gründen, die in Gassenhauern, Ulanenquadrillen, Auf der Heide blüht ein Blümelein und anderen Alten Kameraden spezialisiert war. Ein Foto aus der Zeit zeigt ihn mit seinem Orchester, »Albert Préfleury und seine Fröhlichen Landser«, ziemlich keck, das Phantasiekäppi schief auf dem Ohr, die Matrosenjacke mit breiten Schnüren verziert, die Wickelgamaschen tadellos gewickelt. Der Erfolg war unbestreitbar, doch er dauerte nur einige Wochen. Die Invasion des Paso doble, des Foxtrotts, des Béguine und anderer exotischer Tänze aus den drei Amerikas und anders woher, verschloß ihm die Türen der Dancings und der Musette-Tanzlokale und seine lobenswerten Bemühungen sich umzustellen (»Barry Jefferson And His Hot Pepper Seven«, »Paco Domingo und die drei Caballeros«, »Fedor Kowalski und seine Steppen-Magyaren«, »Alberto Sforzi und seine Gondolieri«) schlossen eine nach der andern mit einem Mißerfolg. Allerdings erinnert er in diesem Zusammenhang daran, daß sich nur die Namen und die Hüte änderten: das

Repertoire blieb praktisch das gleiche, man begnügte sich, das Tempo ein wenig zu modifizieren, eine Gitarre durch eine Balalaika, ein Banjo oder eine Mandoline zu ersetzen und je nachdem einige bedeutungsvolle »Baby«, Olé!« »Towaritsch«, »mio amore« oder »corazón« hinzuzufügen.

Kurz darauf, angeekelt und entschlossen, jeder künstlerischen Karriere zu entsagen, ohne jedoch die Welt des Varietés aufgeben zu wollen, wurde Rorschach der Impressario eines Akrobaten, eines Trapezkünstlers, den zwei Besonderheiten schnell berühmt gemacht hatten: die eine war seine große Jugend – er war erst zwölf Jahre alt, als Rorschach seine Bekanntschaft machte –, die zweite war seine Fähigkeit, mehrere Stunden hintereinander auf seinem Trapez zu bleiben. Die Menge drängte sich in den Varietés und den Zirkussen, wo er auftrat, um zu sehen, wie er nicht nur seine Kunststücke vollführte, sondern auf dem schmalen Balken des Trapezes, dreißig oder vierzig Meter über dem Erdboden, seine Siesta hielt, sich wusch, anzog und eine Tasse Schokolade trank.

Zu Anfang war ihre Verbindung von Erfolg gekrönt und alle großen Städte Europas, Nordafrikas und des Vorderen Orients klatschten diesen außergewöhnlichen Heldentaten Beifall. Doch mit zunehmendem Alter wurde der Trapezkünstler immer anspruchsvoller. Zuerst nur aus dem Streben nach Vervollkommnung, später auch aus tyrannisch gewordener Gewohnheit, hatte er sein Leben derart eingerichtet, daß er, solange er im gleichen Unternehmen arbeitete, Tag und Nacht auf dem Trapez blieb. Allen seinen, übrigens sehr geringen Bedürfnissen wurde durch einander ablösende Diener entsprochen, welche unten wachten und alles, was oben benötigt wurde, in eigens konstruierten Gefäßen hinauf- und hinabgezogen. Besondere Schwierigkeiten für die Umwelt ergaben sich aus dieser Lebensweise nicht; nur während der sonstigen Programmnummern war es ein wenig störend, daß er, wie sich nicht verbergen ließ, oben geblieben war und daß, obwohl er sich in solchen Zeiten ruhig verhielt, hie und da ein Blick aus dem Publikum zu ihm abirrte. Doch verziehen ihm dies die Direktionen, weil er ein außerordentlicher, unersetzlicher Künstler war. Auch sah man natürlich ein, daß er nicht aus Mutwillen so lebte, und eigentlich nur so sich in dauernder Übung erhalten, nur so seine Kunst in ihrer Vollkommenheit bewahren konnte.

Doch die Lösung des Problems wurde schwieriger, wenn die Verträge ausliefen und der Trapezkünstler sich in eine andere Stadt begeben sollte. Zwar sorgte der Impressario dafür, daß er von jeder unnötigen Verlängerung seiner Leiden verschont blieb: für die Fahrten in den Städten benutzte man Rennautomobile, mit denen man, womöglich in der Nacht oder in den frühen Morgenstunden, durch die menschenleeren Straßen mit letzter Geschwindigkeit jagte, aber freilich zu langsam für des Trapezkünstlers Sehnsucht; im Eisenbahnzug war ein ganzes Kupee bestellt, in welchem der Trapezkünstler, zwar in kläglichem, aber doch in irgendeinem Ersatz seiner sonstigen Lebensweise, die Fahrt oben im Gepäcknetz zubrachte; im nächsten Gastspielort war im Theater lange vor der Ankunft des Akrobaten das Trapez schon an seiner Stelle, auch waren alle zum Theaterraum führende Türen weit geöffnet, alle Gänge freigehalten, damit der Akrobat, ohne eine einzige Sekunde zu verlieren, wieder in die Höhe klettern konnte. »Wenn ich sah«, schreibt Rorschach, »wie er den Fuß auf die Strickleiter setzte, schnell wie der Blitz nach oben kletterte und endlich wieder oben an seinem Trapez hing, erlebte ich immer wieder einen der schönsten Augenblicke meines Lebens.«

Leider kam der Tag, an dem der Trapezkünstler sich weigerte, wieder herunterzukommen. Seine letzte Vorstellung im Großen Theater von Livorno war gerade zu Ende gegangen und er sollte am gleichen Abend noch nach Tarbes weiterreisen. Trotz Rorschachs und des Varietédirektors Flehen, dem sich bald die immer überschwenglicher werdenden Rufe der übrigen Truppe, der Musiker, der Angestellten und Bühnenarbeiter des Theaters anschlossen, sowie auch der Menge, die bereits begonnen hatte, das Theater zu verlassen, jedoch stehengeblieben und zurückgekommen war, als sie all dieses Geschrei hörte, schnitt der Akrobat stolz die Strickleiter durch, die ihm erlaubt hätte, wieder herunterzusteigen, und begann in einem immer schneller werdenden Rhythmus eine ununterbrochene Folge von Überschlägen auszuführen. Diese Hochleistung dauerte zwei Stunden und verursachte im Saal dreiundfünfzig Ohnmachtsanfälle. Die Polizei mußte einschreiten. Trotz der Warnungen Rorschachs brachten die Polizisten eine Feuerwehrleiter herbei und begannen, sie hinaufzuklettern. Sie kamen nur bis in halbe Höhe: der Trapezkünstler öffnete die Hände und mit einem langen Schrei schlug er nach einer tadellosen Flugbahn auf dem Boden auf.

Nachdem er die Direktoren entschädigt hatte, die sich seit Monaten um den Akrobaten stritten, blieb Rorschach etwas Bargeld übrig, das er im Export-Import-Geschäft zu investieren beschloß. Er kaufte eine ganze Partie Nähmaschinen und begleitete sie nach Aden, wo er sie gegen Parfüme und Gewürze einzutauschen hoffte. Davon wurde er von einem Kaufmann abgebracht, dessen Bekanntschaft er während der Überfahrt machte und der verschiedene Kupferinstrumente und -geräte mit sich führte, vom Ventilhebel über die Perlensiebe, Schmor- und Butterpfannen bis hin zu den Destillierkolbenspiralen. Der Gewürzmarkt, erklärte ihm dieser Kaufmann, und darüber hinaus alles, was mit dem Warenaustausch zwischen Europa und dem Mittleren Osten zu tun hat, werde von englisch-arabischen Trusts streng kontrolliert, die, um ihr Monopol zu erhalten, nicht davor zurückschreckten, bis zur physischen Ausschaltung ihrer Konkurrenten zu gehen. Hingegen sei der Handel zwischen Arabien und Schwarzafrika viel weniger streng überwacht und biete Gelegenheit zu einträglichen Geschäften. Vor allem der Handel mit Kauris: diese Muscheln dienen, wie man weiß, auch heute noch zahlreichen afrikanischen und indischen Stämmen als Zahlungsmittel. Was man aber nicht weiß, und da ist das große Geld zu verdienen, ist die Tatsache, daß es verschiedene Arten von Kauris gibt, die sich je nach Stamm verschiedener Wertschätzung erfreuen. So stehen etwa die Kauris vom roten Meer (*Cyproca turdus*) auf den Komoren sehr hoch im Kurs, wo sie sich leicht gegen indische Kauris eintauschen lassen (*Cyproea caput serpentis*) und zwar zu einem ganz und gar günstigen Kurs von fünfzehn *caput serpentis* für einen *turdus*. Und nicht weit davon entfernt, in Daressalam, ist der Kurs der *caput serpentis* ständig am Steigen, und es ist nicht selten, daß man Transaktionen auf der Grundlage von einem *caput serpentis* für drei *Cyproea moneta* erleben kann. Diese dritte Gattung der Kauris wird gemeinhin die Geld-Kauri genannt: das heißt, daß sie fast überall absetzbar ist; aber in Westafrika, vor allem in Kamerun und in Gabun, wird sie derart geschätzt, daß manche Stämme so weit gehen, sie mit Gold aufzuwiegen. Man konnte also damit rechnen, alle Unkosten einbegriffen, seinen Einsatz zu verzehnfachen. Das Unternehmen war völlig risikolos, es erforderte nur Zeit. Rorschach, der nicht das Zeug zu einem großen Weltreisenden in sich spürte, hatte keine allzu große Lust, doch die Sicherheit des Kaufmanns beeindruckte ihn so sehr, daß er das Angebot, sein Teilhaber zu werden, welches er ihm bei der Landung machte, ohne zu zögern annahm.

Die Transaktionen verliefen genau so, wie der Kaufmann dies vorhergesehen hatte. In Aden tauschten sie ihre Bestände an Kupferwaren und Nähmaschinen ohne Schwierigkeiten gegen vierzig Kisten Cyproea *turdus* ein. Sie brachen von den Komoren mit achthundert Kisten *caput serpentis* auf, wobei die Beschaffung des Holzes für die besagten Kisten das einzige Problem war, das sie gehabt hatten. In Daressalam mieteten sie eine Karawane von zweihundertfünfzig Kamelen, um Tanganjika mit ihren eintausendneunhundertvierzig Kisten Geld-Kauris zu durchqueren, erreichten den großen Fluß Kongo und fuhren ihn in vierhundertfünfundsiebzig Tagen fast bis zur Mündung hinunter, davon zweihunderteinundzwanzig Tage Schiffahrt, hundertsiebenunddreißig Tage Zwischenverladung auf dem Schienenweg, vierundzwanzig Tage Zwischenverladung auf Menschenrücken und dreiundneunzig Tage Warten, Ruhe, erzwungene Untätigkeit, Palaver, Konflikte mit den Behörden, verschiedene Zwischenfälle und Unannehmlichkeiten, wobei das Ganze übrigens eine bemerkenswerte Leistung darstellte.

Es waren etwas mehr als zweieinhalb Jahre her, seit sie in Aden gelandet waren. Was sie nicht wußten – und wie um Gotteswillen hätten sie es auch wissen können! – ist die Tatsache, daß zum gleichen Zeitpunkt, als sie in Arabien ankamen, ein anderer Franzose namens Schlendrian Kamerun verließ, nachdem er es mit Geld-Kauris aus Sansibar überschwemmt und damit in West- und Mittelafrika eine nicht wieder rückgängig zu machende Entwertung verursacht hatte. Die Kauris von Rorschach und seinem Teilhaber waren nicht nur nicht mehr absetzbar, sondern sie waren gefährlich geworden: die französischen Kolonialbehörden fanden zu recht, daß das Auf-den-Markt-Werfen von siebenhundert Millionen Muscheln – mehr als dreißig Prozent der gesamten als Kaufmünze in ganz Französisch-West-Afrika dienenden Kauris-Menge – eine beispiellose Wirtschaftskatastrophe auslösen würde (allein schon das Gerücht, das darüber umging, verursachte Störungen bei der Notierung der Kolonialwaren, Störungen, in denen gewisse Wirtschaftsexperten heute übereinstimmend eine der Hauptursachen für den Börsenkrach von Wall Street sehen): die Kauris wurden also beschlagnahmt: Rorschach und sein Gefährte wurden höflich aber nachdrücklich aufgefordert, den ersten Passagierdampfer nach Frankreich zu nehmen.

Rorschach hätte alles getan, um sich an Schlendrian zu rächen, aber es gelang ihm nicht, seine Spur aufzufinden. Das einzige, was er in Erfahrung zu bringen vermochte, war die Tatsache, daß es tatsächlich während des Krieges von 1870 einen General Schlendrian gegeben hatte. Aber er war schon lange tot und hatte offensichtlich keine Nachkommen hinterlassen.

In den nun folgenden Jahren schlug sich Rorschach irgendwie durch. Er selber schweigt sich in seinen Erinnerungen über diesen Punkt völlig aus. Zu Anfang der dreißiger Jahre schrieb er einen Roman, der weitgehend von seinem afrikanischen Abenteuer angeregt wurde. Der Roman erschien neunzehnhundertzweiunddreißig in den Editions du Tonneau unter dem Titel *Das afrikanische Gold.* Der einzige Kritiker, der das Buch rezensierte, verglich es mit *Reise ans Ende der Nacht,* das etwa zur gleichen Zeit herausgekommen war.

Der Roman fand wenig Anklang, verschaffte Rorschach jedoch die Möglichkeit, in die literarischen Kreise eingeführt zu werden. Einige Monate später gründete er eine Zeitschrift, die er merkwürdigerweise *Vorurteile* nannte, womit er sicherlich zum Ausdruck bringen wollte, daß die Zeitschrift keine hatte. Die Zeitschrift erschien bis zum Krieg, und zwar vierteljährlich. Sie veröffentlichte mehrere Texte von Autoren, von denen sich manche später durchsetzten. Obgleich Rorschach in diesem Punkt sehr sparsam mit genaueren Angaben ist, scheint die Annahme doch mehr als wahrscheinlich, daß es sich um eine Veröffentlichung im Eigenverlag handelte. Auf jeden Fall ist dies von allen seinen Vorkriegsunternehmungen die einzige, von der er nicht sagt, daß sie völlig fehlgeschlagen ist.

Manche erzählen, daß er den Krieg in den Streitkräften des freien Frankreichs mitmachte, und daß ihm mehrere Missionen diplomatischen Charakters anvertraut worden waren. Andere wiederum behaupten, daß er mit den Streitkräften der Achsenmächte kollaborierte und daß er nach dem Krieg nach Spanien flüchten mußte. Sicher ist jedenfalls, daß er zu Anfang der sechziger Jahre reich und wohlhabend und sogar verheiratet nach Frankreich zurückkehrte. Es war um jene Zeit, wo man sich nur, wie er scherzhaft in Erinnerung ruft, in eines der zahllosen leerstehenden Büros des neuen Gebäudes des französischen Rundfunks zu setzen brauchte, um Abteilungsleiter zu werden, als er für das Fernsehen zu arbeiten begann. Es war auch um jene Zeit, als er Olivier Gratiolet die beiden letzten Wohnungen abkaufte, die dieser außer dem kleinen Appartement, das er selber bewohnte, in dem Haus noch besaß. Er ließ sie zu einer wunderbaren Maisonettenwohnung zusammenfassen, die *La Maison française, Haus und Garten, Schöner Wohnen, Forum, Kunst und Architektur heute* und andere Fachzeitschriften mehrere Male fotografiert haben.

Valène erinnert sich noch daran, wie er ihn zum ersten Mal sah. Es war an einem jener Tage, an dem der Aufzug, wie das so üblich geworden war, streikte. Als er aus seiner Wohnung kam, wollte er zuerst Winckler besuchen, und die Treppe hinuntergehend, war er an der Tür des neuen Eigentümers vorbeigekommen. Sie stand weit offen. Arbeiter gingen in der großen Diele hin und her und Rorschach hörte sich, während er sich am Kopf kratzte, die Ratschläge seines Innenarchitekten an. Er kleidete sich damals auf die amerikanische Art, Hemden mit Rankenmuster, Taschentücher anstelle des Halstuchs und Armbänder am Handgelenk. Später hat er sich auf den Typ des alten, müden Löwen verlegt, des alten Einzelgängers, der immer auf Reisen war und sich bei den Wüstenbeduinen wohler fühlte als in den Pariser Salons: Galoschen, Lederjacken, graue Leinenhemden.

Heute ist er ein kranker Greis, der fast ständig zu Klinikaufenthalten oder Genesungsurlauben genötigt ist. Seine Menschenfeindlichkeit ist immer noch sprichwörtlich, allerdings findet er immer seltener die Gelegenheit, sich darin zu üben.

BIBLIOGRAPHIE

RORSCHACH, R. *Mémoires d'un lutteur (Memoiren eines Kämpfers).* Paris, Gallimard, 1974.

RORSCHACH, R. *L'or africain (Das afrikanische Gold).* Paris, Ed. du Tonneau, 1932.

GÉNÉRAL A. COSTELLO. *L'offensive Schlendrian aurait-elle pu sauver Sédan? (Hätte die Schlendrian-Offensive Sedan retten können?) Rev. Hist.* Armées 7, 1907.

LANDÈS, D. *The Cauri System and African Banking.* Harvard. J. Econom. 48, 1965.

ZGHAL, A. *Les systèmes d'échanges inter-africains. Mythes et réalités.* Z. f. Ethnol. 194, 1971.

VIERZEHNTES KAPITEL

Dinteville, 1

Die Praxis von Dr. Dinteville: ein Untersuchungssofa, ein fast kahler Metallschreibtisch, auf dem sich nur ein Telefon, eine schwenkbare Lampe, ein Rezeptblock, ein Schreiber aus mattem Stahl in der Rinne eines Marmortintenfasses befinden; eine kleine, mit gelbem Leder bezogene Couch, über der eine große Reproduktion von Vasarely hängt, zwei Fettpflanzen auf jeder Seite des Fensters, die wuchernd und breit aus zwei Übertöpfen aus geflochtener Nadelpalme emporwachsen; ein Möbelstück mit Regalen, auf dessen oberster Platte sich einige Instrumente befinden, ein Stethoskop, ein Wattespender aus verchromtem Metall, ein kleines Fläschchen mit neunzigprozentigem Alkohol; und an der ganzen Wand zur Rechten Paneelen aus glänzendem Metall, die verschiedene medizinische Apparaturen und die Wandschränke verbergen, in die der Arzt seine Instrumente, seine Aktenordner und seine Arzneimittel einräumt.

Dr. Dinteville sitzt an seinem Schreibtisch und stellt mit völlig gleichgültigem Gesicht ein Rezept aus. Er ist ein Mann von etwa vierzig Jahren, fast kahl, mit eiförmigem Schädel. Die Patientin ist eine alte Frau. Sie schickt sich an, vom Untersuchungssofa aufzustehen, auf dem sie gelegen hatte, wobei sie die Brosche, die ihre Bluse geschlossen hält, wieder zurechtrückt, eine Metallraute, in die ein stilisierter Fisch eingraviert ist.

Eine dritte Person sitzt auf der Couch; es ist ein Mann reifen Alters mit einer Lederjacke und einem karierten Schal mit Fransenrand.

Die Dintevilles stammen von einem Postmeister ab, der von Ludwig XIII. zur Belohnung für die Hilfe, die er in Luynes und in Vitry bei der Ermordung Concinis leistete, geadelt wurde. Cadignan hat uns von diesem Menschen, der ein nicht sehr umgänglicher Haudegen gewesen zu sein scheint, ein packendes Porträt hinterlassen.

> *„D'Inteville war von schicklicher Mittelgröße, hatt' eine ziemlich gebogene Adlernase wie ein Rasiermesserheft, zählte damals etwa fünfunddreißig Jahr und ließ an mannbarer Ritterlichkeit nichts zu wünschen über, nur daß er ein wenig weibersüchtig war und von Natur aus einer Krankheit unterworfen, von der es damals hieß, kein Kreuzer Geld, das schlimmste Übel von der Welt. Immerhin gebot er über dreiundsechzig Mittel, seinen Säckel wieder zu füllen, wovon das einfachste und harmloseste gemeinhin als heimliche Stibitzerei umläuft. Ein Tunichtgut, Falschspieler, Zechbruder, Pflastertreter und Nachtschwärmer wie nur je einer zu Paris, doch sonst, ich sag' es ungescheut, der wackerst Bursche weit und breit. Alleweil hatt' er einen Handel gegen die Scharwächter und Ortsbüttel."*

Seine Nachkommen waren in der Regel braver und schenkten Frankreich gut fünfzehn Bischöfe und Kardinäle und verschiedene andere Persönlichkeiten, unter denen vor allem hervorzuheben sind:

Gilbert de Dinteville (1774–1796): als glühender Republikaner meldete er sich mit siebzehn Jahren freiwillig; drei Jahre später war er Oberst. Er führte sein Bataillon beim Sturmangriff von Montenotte an. Seine heroische Haltung kostete ihn zwar das Leben, entschied aber über den glücklichen Ausgang der Schlacht.

Emmanuel de Dinteville (1810–1849): als Freund Liszts und Chopins ist er vor allem als der Komponist eines berauschenden Walzers bekannt, der gerade deshalb den Beinamen *Der Kreisel* bekam.

François de Dinteville (1814–1867): nachdem er mit siebzehn Jahren die Ecole Polytechnique als Bester abgeschlossen hatte, schlug er die glänzende Karriere als Ingenieur und Industrieller, die ihm angeboten wurde, aus, um sich ganz der Forschung zu widmen. 1840 glaubte er das Geheimnis der Herstellung des Diamanten auf der Basis von Kohle entdeckt zu haben. Sich auf eine Theorie stützend, die er »die Verdoppelung der Kristalle« nannte, gelang es ihm, durch Abkühlung eine karbongesättigte Lösung zur Kristallisierung zu bringen. Die Akademie der Wissenschaften, der er seine Proben vorlegte, erklärte, daß sein Experiment zwar interessant, jedoch nicht sehr überzeugend sei, da die Diamanten, die er hergestellt hatte, matt, brüchig, leicht mit dem Fingernagel zerkratzbar und manchmal sogar zerreibbar seien. Diese Widerlegung hinderte Dinteville indes nicht daran, seine Methode patentieren zu lassen und darüber zwischen 1840 und seinem Tod 34 originelle Abhandlungen und technische Gutachten zu schreiben. Ernest Renan erinnert in einer seiner Chroniken (Mélange, 47, passim) an seinen Fall: »*Wenn Dinteville tatsächlich Diamanten hergestellt hätte, so hätte er damit zweifelsohne in einem gewissen Maße diesen groben Materialismus befriedigt, mit dem mehr und mehr derjenige rechnen muß, der sich um die Angelegenheiten der Menschheit zu kümmern gedenkt; er hätte den nach dem Ideal strebenden Seelen diesen Urstoff köstlicher Geistigkeit, von dem wir heute noch zehren, nicht gegeben.«*

Laurelle de Dinteville (1842–1861) war eines der unglücklichen Opfer und wahrscheinlich auch die Urheberin einer der entsetzlichsten Begebenheiten unter der Rubrik Verschiedenes im Zweiten Kaiserreich. Im Verlaufe eines Empfangs, den der Duc de Crécy-Couvé, den sie einige Wochen später hätte heiraten sollen, gab, brachte die junge Frau einen Trinkspruch auf ihre zukünftige Schwiegermutter aus, wobei sie ihr Champagnerglas in einem Zug leerte und es dann in die Luft warf. Das Verhängnis wollte, daß sie genau unter einem riesigen Kronleuchter stand, der aus der berühmten Baucis-Werkstatt von Murano kam. Der Kronleuchter riß und verursachte bei seinem Fall den Tod von acht Personen, unter ihnen Laurelle und der alte Marschall de Crécy-Couvé, der Vater des Duc, dem während des Rußlandfeldzugs drei Pferde unterm Leib zusammengeschossen worden waren. Die Hypothese eines Attentats wurde nicht aufrechterhalten. François de Dinteville, der Onkel Laurelles, der bei dem Empfang zugegen war, äußerte die Hypothese einer »Pendelverstärkung, die von den antagonistischen Vibrationsphasen des Kristallglases und des Kronleuchters ausgelöst wurden«, doch niemand wollte diese Erklärung ernst nehmen.

FÜNFZEHNTES KAPITEL

Dienstmädchenzimmer, 5
Smautf

Unter den Dächern, zwischen dem Atelier Huttings und dem Zimmer Jane Suttons, das Zimmer von Mortimer Smautf, des alten Butlers von Bartlebooth.

Der Raum ist leer. Die Augen halb geschlossen, die Vorderbeine in Sphinxstellung angezogen, döst eine Katze mit weißem Fell auf dem orangenfarbenen Bettvorleger vor sich hin. Auf einem kleinen Nachttisch neben dem Bett findet sich ein Aschenbecher aus geschliffenem Glas, von dreieckiger Form, auf dem das Wort »Guinness« eingraviert ist, ein Band Kreuzworträtsel, und ein Kriminalroman mit dem Titel *Die Sieben Verbrechen Azincourts.*

Smautf ist schon seit über fünfzig Jahren in Bartlebooths Dienst. Obgleich er sich selber Butler nennt, ist seine Funktion eher die eines Kammerdieners oder eines Sekretärs; oder, noch genauer, die beider zugleich: tatsächlich war er vor allem sein Reisegefährte, sein Faktotum und wenn auch nicht sein Sancho Pansa, so doch zumindest sein Passepartout (denn es läßt sich nicht abstreiten, daß in Bartlebooth etwas von Phileas Fogg steckte), nacheinander Gepäckträger, Schuhputzer, Barbier, Fahrer, Reiseführer, Schatzmeister, Reiseagent und Regenschirmhalter.

Die Reisen Bartlebooths und damit auch Smautfs dauerten zwanzig Jahre lang, von neunzehnhundertfünfunddreißig bis neunzehnhundertvierundfünfzig, und sie führten sie auf eine bisweilen kapriziöse Weise rund um die Welt. Ab neunzehnhundertdreißig begann Smautf sie vorzubereiten, wobei er alle für die Visa benötigten Papiere besorgte, sich nach den in den verschiedenen zu durchreisenden Ländern üblichen Formalitäten erkundigte, an mannigfaltigen geeigneten Stellen gut ausgestattete Konten eröffnete, Reiseführer, Karten, Fahrpläne und -preise sammelte, Hotelzimmer und Schiffskarten reservieren ließ. Bartlebooths Idee war die, in fünfhundert verschiedenen Häfen fünfhundert Seestücke zu malen. Die Häfen wurden von Bartlebooth mehr oder weniger aufs Geratewohl ausgesucht. Er blätterte dazu in Atlanten, Geographiebüchern, Reiseberichten und Faltprospekten für Touristen, wobei er sich jeweils die Orte ankreuzte, die ihm gefielen. Smautf prüfte dann die Möglichkeiten, dorthin zu gelangen sowie die Wohngelegenheiten.

Der erste Hafen in der ersten Januarhälfte neunzehnhundertfünfunddreißig war Gijon im Golf von Biskaya, nicht weit von dem Ort entfernt, wo der unglückliche Beaumont hartnäckig nach den Spuren einer unwahrscheinlichen arabischen Hauptstadt in Spanien suchte. Der letzte war Brouwershaven, in Seeland, an der Scheldemündung, in der zweiten Dezemberhälfte neunzehnhundertvierundfünfzig. In der Zwischenzeit hatte es den kleinen Hafen in Muckanaghederdauhaulia, nicht weit von Costello, in der Camus-Bucht in Irland gegeben und den noch kleineren Hafen in U auf den Karolineninseln; es gab baltische Häfen und lettische Häfen, chinesische Häfen und madagassische Häfen, chilenische Häfen, texanische Häfen; winzige Häfen mit zwei Fischerbooten und drei Netzen und riesige Häfen mit kilometerlangen Hafendämmen, Docks und Quais, hunderten von Kränen und Laufkränen; im Nebel versunkene Häfen, heiße Häfen und Häfen, die vom Eis eingeschlossen waren; verlassene Häfen, im Sand versunkene Häfen, Vergnügungshäfen mit künstlichen Stränden, verpflanzten Palmen, Fassaden von Palästen und Kasinos; höllische Werften, die Liberty Ships zu Tausenden herstellten; von Bomben verwüstete Häfen; ruhige Häfen, wo nackte kleine Mädchen sich neben Sampans mit Wasser besprengten; Pirogenhäfen, Gondelhäfen; Kriegshäfen, kleine Buchten, Trockendocks, Ankerplätze, Hafenbecken, Fahrrinnen, Molen; ganze Haufen von Fässern, Tauen und Schwämmen; aufeinandergetürmte rote Bäume, Berge von Dünger, Phosphaten, Mineralien; Kisten, in denen es von Hummern und Krabben wimmelt; Tische voller Knurrhähne, Glattbutten, Kaulköpfen, Goldbrassen, Merlanen, Makrelen, Rochen, Thunfischen, Tintenfischen und Neunaugen; nach Seife oder Chlor stinkende Häfen; vom Unwetter verwüstete Häfen; von der Hitze erstickte, verlassene Häfen; aufgeschlitzte Panzerkreuzer, die nachts von Tausenden von Schweißbrennern repariert wurden; jubelnde Dampfer umgeben von Tankern, die in einem Getöse von Sirenen und Glocken ihre Fluten abließen.

Bartlebooth widmete jedem Hafen zwei Wochen, Reise einbegriffen, so daß ihm in der Regel fünf bis sechs Tage an Ort und Stelle blieben. An den beiden ersten Tagen spazierte er am Meeresufer entlang, beobachtete die Schiffe, plauderte mit den Fischern, soweit sie eine der fünf Sprachen sprachen, die er beherrschte – englisch, französisch, spanisch, arabisch und portugiesisch – und fuhr manchmal mit ihnen aufs Meer hinaus. Am dritten Tag suchte er sich seinen Platz aus und zeichnete einige Skizzen, die er sogleich zerriß. Am vorletzten Tag malte er sein Seestück, in der Regel am späten Vormittag, es sei denn, er suchte oder erwartete einen besonderen Effekt, Sonnenaufgang oder -untergang, drohendes Gewitter, heftiger Wind, schwacher

Regen, Ebbe oder Flut, Vogelflug, Ausfahrt der Boote, Ankunft eines Schiffes, Wäsche waschende Frauen usw. Er malte äußerst schnell und fing nie von vorne an. Kaum war das Aquarell trocken, riß er das Blatt Papier Marke Whatman aus seinem Block und gab es Smautf. (Smautf konnte während der ganzen übrigen Zeit tun und lassen, was er wollte, die Souks besuchen, die Tempel, die Bordelle und die Spelunken, aber er mußte in dem Augenblick anwesend sein, in dem Bartlebooth malte und mit einem großen Schirm hinter ihm stehen, einem Schirm, der den Maler und seine zerbrechliche Staffelei vor Regen, Sonne oder Wind schützte.) Smautf wickelte das Seestück in Seidenpapier ein, schob es in einen halb-steifen Umschlag und umgab das Ganze mit Packpapier, das verschnürt und versiegelt wurde. Noch am gleichen Abend oder spätestens am nächsten Tag, wenn kein Postamt an Ort und Stelle war, wurde das Paket aufgegeben an

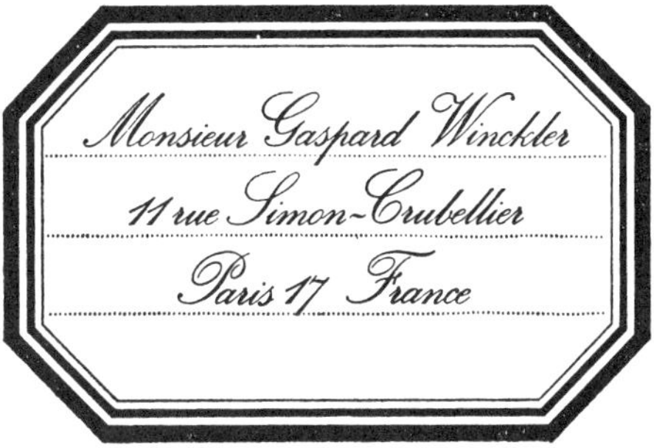

Die Stelle wurde von Smautf sorgfältig markiert und in einem eigens dazu angelegten Register verzeichnet. Am nächsten Tag stattete Bartlebooth dem englischen Konsul, wenn einer am Ort oder in der Gegend war oder irgendeinem anderen der örtlichen Honoratioren einen Besuch ab. Am übernächsten Tag reisten sie wieder ab. Die Länge der Aufenthalte veränderte manchmal leicht diese Zeiteinteilung, doch in der Regel wurde sie gewissenhaft eingehalten.

Sie fuhren nicht unbedingt zum nächsten Hafen. Je nach den Transportannehmlichkeiten kam es vor, daß sie wieder zurückkehrten oder ziemlich große Umwege machten. So fuhren sie zum Beispiel mit der Eisenbahn von Bombay nach Bandar, fuhren dann durch den Golf von Bengalen bis zu den Andaman-Inseln, kehrten nach Madras zurück, von wo aus sie Ceylon erreichten und nach Malakka, Borneo und Celebes aufbrachen. Von dort aus fuhren sie, statt sich direkt nach Puerto Princesa auf der Insel Palawan zu begeben, zuerst nach Mindanao, dann nach Luçon bis hinauf nach Formosa, bevor sie wieder nach Palawan hinabfuhren.

Allerdings läßt sich sagen, daß sie nacheinander so gut wie alle Kontinente erforschten. Nachdem sie von 1935 bis 1937 einen großen Teil Europas bereist hatten, setzten sie nach Afrika über und durchwanderten es im Uhrzeigersinn von 1938 bis 1942; von dort gelangten sie nach Südamerika (1943 bis 1944), nach Mittelamerika (1945), nach Nordamerika (1946–1948) und schließlich nach Asien (1949–1951). 1952 zogen sie durch Ozeanien, 1953 folgte die Fahrt durch den Indischen Ozean und das Rote Meer. Im letzten Jahr durchquerten sie die Türkei und das Schwarze Meer, betraten den Boden der UdSSR, fuhren hinauf bis nach Dudinka, jenseits des Polarkreises, an der Mündung des Jenissej, durchfuhren in einem langen, schmalen Boot die Karasee und die Barentssee und fuhren vom Nordkap an den skandinavischen Fjorden entlang, bevor sie ihre lange Rundreise in Brouwershaven beendeten.

Die historischen und politischen Umstände – der zweite Weltkrieg und alle lokalen Konflikte, die ihm zwischen 1935 und 1954 vorangingen und folgten: Äthiopien, Spanien, Indien, Korea, Palestina, Madagaskar, Guatemala, Nordafrika, Zypern, Indonesien,

Indochina usw. – hatten praktisch keinen Einfluß auf ihre Reisen, es sei denn, daß sie in Hongkong einige Tage auf ein Visum nach Kanton warten mußten und daß in ihrem Hotel eine Bombe explodierte, als sie in Port-Said waren. Die Sprengladung war schwach und ihre Koffer litten praktisch kaum darunter.

Bartlebooth kam mit fast leeren Händen von seinen Reisen zurück: er war nur gereist, um seine fünfhundert Aquarelle zu malen, und hatte sie jeweils, nachdem sie gemalt waren, an Winckler abgeschickt. Smautf hingegen hatte drei Sammlungen angelegt, eine Briefmarkensammlung für den Sohn von Madame Claveau, eine Sammlung von Hoteletiketten für Winckler und eine von Postkarten für Valène, und brachte ferner drei Gegenstände mit, die jetzt in seinem Zimmer sind.

Der erste ist ein prachtvoller Schiffskoffer aus weichem Korallenholz (pterocarpe gummifer, wie er gern klarstellt) mit Kupferbeschlägen. Er hatte ihn bei einem Shipchandler aus Sankt Johann in Neufundland gefunden und ihn einem Schleppnetzfischer anvertraut, der ihn nach Frankreich brachte.

Der zweite ist eine merkwürdige Skulptur, eine Basaltstatue der dreiköpfigen Muttergöttin, etwa vierzig Zentimeter hoch. Smautf tauschte sie auf den Seychellen gegen eine andere, ebenfalls dreiköpfige Skulptur ein, die in der Konzeption jedoch völlig verschieden war: es war ein Kruzifix, an dem drei Holzstatuetten mit einem einzigen Bolzen befestigt waren: ein schwarzes Kind, ein großer Greis und eine lebensgroße, einst weiße Taube. Er hatte sie in den Souks von Agadir gefunden und der Mann, der sie ihm verkaufte, hatte ihm erklärt, es seien die beweglichen Figuren der Dreieinigkeit und jedes Jahr würde eine von den dreien »die Oberhand gewinnen«. Der Sohn war damals vorn, der (fast unsichtbare) Heilige Geist am Kreuz. Es war ein sperriger Gegenstand, der jedoch geeignet war, den eigenwilligen Geist Smautfs lange Zeit zu faszinieren. Daher kaufte er ihn ohne lange zu handeln und schleppte ihn von 1939 bis 1953 mit sich herum. Am Tag nach seiner Ankunft auf den Seychellen betrat er eine Kneipe: das erste, was er dort sah, war die Statue der Muttergöttin, die auf der Theke zwischen einem verbeulten Shaker und einem Glas voller Fähnchen und Champagnerquirlen in Form von Miniaturkrücken stand. Seine Verblüffung war so groß, daß er umgehend ins Hotel zurückkehrte, mit dem Kruzifix wiederkam und mit dem malayischen Barmixer ein langes Gespräch in Pidgin-Englisch über die statistische Quasi-Unmöglichkeit begann, innerhalb von vierzehn Jahren zweimal auf zwei dreiköpfige Statuen zu stoßen, ein Gespräch, an dessen Ende Smautf und der Barmixer sich unverbrüchliche Freundschaft schworen, die sie durch den Austausch ihrer Kunstwerke besiegelten.

Der dritte Gegenstand ist eine große Graphik, in der Art eines Abziehbildes. Smautf hatte sie im letzten Jahr ihrer Reise in Bergen gefunden. Sie stellt ein Kind dar, das von einem alten Lehrer ein Buch zur Belohnung erhält. Das Kind ist sieben oder acht Jahre alt, es trägt eine Jacke aus hellblauem Tuch, kurze Hosen und leichte Lackschuhe; seine Stirn ist mit einem Lorbeerkranz bekränzt; es steigt die drei Stufen eines parkettbelegten Podiums hinauf, das mit Fettpflanzen geschmückt ist. Der Greis ist im Talar. Er hat einen langen, grauen Bart und eine Stahlbrille. In der rechten Hand hält er ein Lineal aus Buchsbaumholz, in der linken Hand ein großes, roteingebundenes Blatt, auf dem man lesen kann *Erindringer fra en Reise i Skotland* (es ist, wie Smautf erfuhr, der Bericht über die Reise, die der dänische Pastor Plenge im Sommer 1859 nach

Schottland unternahm). Neben dem Schulmeister steht ein Tisch mit einem grünen Tischtuch, auf dem andere Bände liegen, eine Weltkarte und eine Musikpartitur von italienischem Format, die aufgeschlagen ist. Eine schmale, gravierte Kupferplatte, die auf dem Holzrahmen der Graphik befestigt ist, gibt den Titel an, der offensichtlich keinen Bezug zur dargestellten Szene hat: *Laborynthus.*

Smautf wäre gern dieser belohnte gute Schüler gewesen. Sein Bedauern, keine Schulbildung zu haben, hat sich mit den Jahren in eine krankhafte Leidenschaft für die vier Grundrechenarten verwandelt. Ganz zu Anfang ihrer Reisen hatte er in einem Varieté in London einen Wunderrechner gesehen, und während der zwanzig Jahre seiner Weltreise las er immer wieder eine nicht mehr ganz neue Abhandlung über mathematische und arithmetische Zeitvertreibe, die er bei einem Antiquar in Inverness gefunden hatte, er frönte dem Kopfrechnen, so daß er bei seiner Rückkehr in der Lage war, mit relativer Geschwindigkeit Quadrat- und Kubikwurzeln aus neunstelligen Zahlen zu ziehen. In dem Augenblick, in dem das für ihn etwas zu leicht zu werden begann, packte ihn die Raserei der Fakultäten: $1! = 1$; $2! = 2$; $3! = 6$; $4! = 24$; $5! = 120$; $6! = 720$; $7! = 5040$; $8! = 40320$; $9! = 362880$; $10! = 3628800$; $11! = 39916800$; $12! = 479001600$; (...); $22! = 1124000727777607680000$, das heißt mehr als eine Milliarde Mal siebenhundertsiebenundsiebzig Milliarden!

Smautf ist heute bei 76!, doch er findet kein Papier mehr von ausreichendem Format, es gäbe keinen Tisch, der groß genug wäre, um es darauf auszubreiten. Er hat immer weniger Vertrauen zu sich, so daß er seine Berechnungen unaufhörlich neu beginnt. Vor einigen Jahren hat Morellet versucht, ihn zu entmutigen, indem er ihn darüber aufklärte, daß die Zahl, die 9^{9^9}

geschrieben wird, das heißt neunte Potenz hoch neun in der neunten Potenz, welche die größte Zahl ist, die man unter Benutzung von nur drei Zahlen schreiben kann, ganz ausgeschrieben dreihundertneunundsechzig Millionen Zahlenzeichen hätte, daß man, bei einer Zahl pro Sekunde, elf Jahre daran schriebe und daß sie, rechne man einen Zentimeter für zwei Zahlen, eine Länge von tausendachthundertfünfundvierzig Kilometern erreichen würde! Aber nichtsdestoweniger setzte Smautf auch weiterhin auf die Rückseite von Briefumschlägen, an den Rand von Notizbüchern oder Wurstpapieren Zahlenreihen neben Zahlenreihen.

Smautf ist jetzt annähernd achtzig Jahre alt. Bartlebooth hat ihm schon lange vorgeschlagen, in Pension zu gehen, aber er hat es jedesmal abgelehnt. Offen gestanden hat er nicht viel zu tun. Morgens legt er Bartlebooths Kleider zurecht und hilft ihm beim Anziehen. Bis vor fünf Jahren hatte er ihm den Bart gestutzt – mit einem Krautschneider, der dem Ururgroßvater Bartlebooths gehört hatte – doch seine Augen waren sehr viel schwächer geworden und seine Hand hat angefangen ein wenig zu zittern, so daß er ihn durch einen jungen Mann ersetzte, den Monsieur Pois, der Friseur aus der Rue de Prony, jeden Morgen heraufschickt.

Bartlebooth verläßt nie seine Wohnung und er geht im Verlauf des Tages kaum aus seinem Büro. Smautf hält sich im Nebenzimmer auf, mit den andern Dienstboten, die nicht viel mehr Arbeit haben als er und die die Zeit damit zubringen, Karten zu spielen und von der Vergangenheit zu reden.

Smautf bleibt jeden Tag lange Zeit in seinem Zimmer. Er versucht, bei seinen Multiplikationen etwas voran zu kommen; um sich zu entspannen, löst er Kreuzworträtsel, liest Kriminalromane, die ihm Madame Orlowska leiht oder streichelt stundenlang die weiße Katze, die schnurrt und dabei mit ihren Krallen die Knie des Greises massiert.

Die weiße Katze gehört nicht Smautf, sondern der gesamten Etage. Von Zeit zu Zeit lebt sie bei Jane Sutton oder bei Madame Orlowska oder sie geht hinunter zu Isabelle Gratiolet oder zu Mademoiselle Crespi. Sie ist vor drei oder vier Jahren über die Dächer gekommen. Sie hatte eine breite Wunde am Hals. Madame Orlowska hat sie aufgenommen und gepflegt. Man hat festgestellt, daß sie verschiedenfarbige Augen hatte, das eine Auge war blau wie chinesisches Porzellan und das andere Auge goldfarben. Etwas später hatte man festgestellt, daß sie völlig taub war.

SECHZEHNTES KAPITEL

Dienstmädchenzimmer, 6
Mademoiselle Crespi

Das alte Fräulein Crespi ist in ihrem Zimmer im siebten Stock, zwischen der Wohnung Gratiolets und dem Dienstmädchenzimmer Huttings.

Sie liegt im Bett unter einer grauen Wolldecke. Sie träumt: ein Leichenträger mit vor Haß glänzenden Augen steht ihr gegenüber auf der Türschwelle; mit seiner halb erhobenen rechten Hand weist er eine schwarz umrandete Visitenkarte vor. Seine linke Hand trägt ein rundes Kissen, auf dem zwei Orden liegen, von denen das eine das Kreuz der Helden von Stalingrad ist.

Hinter ihm, jenseits der Tür, erstreckt sich eine Alpenlandschaft: ein See, dessen umwaldetes Rund zugefroren und mit Schnee bedeckt ist; und hinter seinem fernsten Ufer scheinen Bergschrägen sich am Boden zu treffen, hinter denen fremde Gipfel, verschneit, einander vor dem Himmelsblau überhöhen. Im Vordergrund gehen drei Personen langsam einen Pfad hinauf, der zu einem Friedhof führt, in dessen Mitte eine Säule mit einer Brunnenschale aus Onyx aus einem Gebüsch von Lorbeeren und Aukuben emporragt.

SIEBZEHNTES KAPITEL

Im Treppenhaus, 2

Durch die Treppenhäuser huschen die flüchtigen Schatten all derer, die eines Tages da waren.

Er erinnerte sich an Marguerite, an Paul Hébert und an Laetizia, und an Emilio und an den Sattler und an Marcel Appenzzell (mit zwei »z«, im Gegensatz zum Kanton und zum Käse); er erinnerte sich an Grégoire Simpson und an die geheimnisvolle Amerikanerin und an die wenig liebenswürdige Madame Araña; er erinnerte sich an den Herrn mit den gelben Schuhen mit seiner Nelke im Knopfloch und seinem Stock mit dem Malachitknauf, der zehn Jahre lang täglich in die Sprechstunde von Dr. Dinteville gekommen ist; er erinnerte sich an Monsieur Jérôme, den Geschichtslehrer, der ein *Wörterbuch der spanischen Kirche im 17. Jahrhundert* geschrieben hatte, das von 46 Verlegern abgelehnt worden war; er erinnerte sich an den jungen Studenten, der einige Monate lang das Zimmer bewohnt hatte, in dem heute Jane Sutton lebte, und der von dem Vegetarierrestaurant, in dem er abends arbeitete, fristlos entlassen worden war, als man ihn dabei ertappte, wie er eine große Flasche Viandox in den Kochtopf goß, in dem die Gemüsesuppe bei schwacher Hitze kochte; er erinnerte sich an Troyan, den Antiquariatsbuchhändler, dessen Laden in der Rue Lepic war, der eines Tages in einem Posten Kriminalromane drei Briefe Victor Hugos an Henri Samuel, seinen belgischen Verleger, gefunden hatte, die die Veröffentlichung der *Züchti-*

gungen betrafen; er erinnerte sich an Berloux, den Luftschutzwart, einen kleinlichen Kretin im grauen Kittel und mit Baskenmütze, der zwei Nummern oberhalb wohnte und der eines Morgens im Jahre 1941 auf Grund irgendeines Erlasses der Luftschutzbehörde in der Eingangshalle und in dem kleinen Hof, in dem man die Ascheneimer abstellte, mit Sand gefüllte Fässer hatte aufstellen lassen, die nie zu etwas gebraucht wurden; er erinnerte sich an die Zeit, in der Präsident Danglars für seine Kollegen vom Appellationsgericht große Empfänge gab: an diesen Tagen bezogen zwei Soldaten der republikanischen Nationalgarde vor der Tür des Hauses Posten, das Vestibül wurde mit großen Töpfen mit Aspidistras und Philodendrons geschmückt und links vom Aufzug wurde eine Garderobe eingerichtet, eine lange Röhre auf Rädern, die mit Kleiderhölzern versehen war, welche die Concierge im Laufe des Abends mit Nerzmänteln, Zobelpelzen, Breitschwanzmänteln, Persianern und dicken, taillierten Damenmänteln mit Fischotterkragen behing. Madame Claveau zog an diesen Tagen ihr schwarzes Kleid mit dem Spitzenkragen an und setzte sich auf einen Regency-Stuhl (der zusammen mit den Kleiderhölzern und den Grünpflanzen beim Wirt ausgeliehen worden war) neben ein Tischchen mit Marmorplatte, auf das sie ihre Dose mit den Kontrollmarken stellte, eine viereckige Metalldose, die mit kleinen, mit Pfeil und Bogen bewaffneten Liebesgöttern geschmückt war, einem gelben Aschenbecher, der die Vorzüge des Wasserstoffsuperoxyd Cusenier (weiß oder grün) pries sowie einen Unterteller, auf dem schon im vorhinein Fünffrancsstücke lagen.

Er war der älteste Bewohner des Hauses. Älter als Gratiolet, dessen Familie früher das ganze Haus besessen hatte, der aber nur während des Krieges einige Jahre hier gelebt hatte, bevor er das erbte, was noch davon übrig geblieben war, vier oder fünf Wohnungen, deren er sich eine nach der andern entledigte, wobei er am Ende nur sein kleines Appartement mit den zwei Zimmern im siebten Stock behielt; älter als Madame Marquiseaux, deren Eltern schon die Wohnung besessen hatten und die hier praktisch zur Welt gekommen war, als er schon fast seit dreißig Jahren hier wohnte; älter als die alte Mademoiselle Crespi, als die alte Madame Moreau, als die Beaumonts, die Marcias und die Altamonts. Älter sogar als Bartlebooth: er erinnerte sich genau an den Tag im Jahre neunzehnhundertneunundzwanzig, an dem der junge Mann – denn er war damals ein junger Mann, er war noch keine dreißig Jahre alt – nach der täglichen Aquarellstunde zu ihm gesagt hatte:

»Übrigens, die große Wohnung im dritten Stock scheint frei zu sein. Ich glaube, ich werde sie kaufen. Ich verliere dann weniger Zeit, um zu Ihnen zu kommen.«

Und er hatte sie noch am gleichen Tag gekauft, natürlich ohne über den Preis zu verhandeln.

Valène lebte zu jener Zeit bereits seit zehn Jahren im Haus. Er hatte sein Zimmer an einem Oktobertag des Jahres neunzehnhundertneunzehn gemietet, als er aus Etampes kam, seiner Heimatstadt, die er praktisch nie verlassen hatte, um sich an der Ecole des Beaux-Art einzuschreiben. Er war gerade neunzehn Jahre alt. Es sollte nur eine vorübergehende Wohnung sein, die ein Freund seiner Familie ihm zur Verfügung stellte, um ihm aus der Verlegenheit zu helfen. Später würde er heiraten, berühmt werden oder nach Etampes zurückkehren. Die Berühmtheit kam nicht, höchstens etwa fünfzehn Jahre später eine diskrete Bekanntheit; einige treue Kunden, einige Illustrationen für Märchenbücher, einige Unterrichtsstunden erlaubten es ihm, relativ gut zu leben, zu malen, ohne sich zu eilen, einige Reisen zu machen. Später, selbst als sich die Gelegenheit bot, eine größere Wohnung zu finden oder sogar ein richtiges Atelier, merkte er, daß er zu sehr an seinem Zimmer hing, an seinem Haus, an seiner Straße, um sie zu verlassen.

Es gab natürlich Leute, von denen er fast nichts wußte, von denen er nicht einmal sicher war, daß er sie wirklich identifiziert hatte, Leute, denen er ab und zu im Treppenhaus begegnete und von denen er nicht so genau wußte, ob sie im Haus wohnten oder ob sie hier nur Freunde hatten; es gab Leute, an die er sich einfach nicht mehr zu erinnern vermochte, andere, von denen ihm nur ein einziges, komisches Bild im Gedächtnis blieb: die Lorgnette von Madame Appenzzell, die aus Kork geschnitzten Figuren, die Monsieur Troquet in Flaschen einbaute, um sie dann sonntags auf den Champs-Elysées zu verkaufen, die auf einer Ecke des Küchenherds von Madame Fresnel immer warm gehaltene blaue Emaillekaffeekanne.

Er versuchte, die unmerklichen Einzelheiten, die im Verlauf dieser fünfundfünfzig Jahre das Leben dieses Hauses ausgemacht und die die Jahre eine nach der andern ausgelöscht hatten, wieder lebendig werden zu lassen: die tadellos gewachsten Linoleumböden, auf denen man nur mit Filzpantoffeln gehen durfte, die rot und grün gestreiften Wachstücher, auf denen die Mutter und die Tochter die Erbsen enthülsten; die zusammenschiebbaren Schüsseluntersätze, die Hängelampen aus weißem Porzellan, die man nach dem Abendessen mit einem Finger hochschob; die Abende um das Fernsehgerät, mit dem Mann in der Flanelljacke, der Frau mit der geblümten Schürze und der dösenden Katze, die sich an den Kamin schmiegte; die Kinder in den Holzpantinen, die mit verbeulten Kannen Milch holen gingen; die großen Holzöfen, deren Asche man in ausgebreiteten alten Zeitungen auflas...

Wo waren die Van Houten-Kakaodosen, die Banania-

Dosen mit ihrem lustigen Infanteristen, die Dosen aus gedrechseltem Holz mit den Madeleine-Kuchen aus Commercy? Wo waren die Speiseschränke unter den Fenstern, die Saponitepakete mit dem guten Waschpulver der berühmten Madame Sans-Gêne, die Wärmewattepakete mit ihrem von Cappiello gezeichneten feuerspuckenden Teufel, die Lithiumoxydbeutel des guten Dr. Gustin?

Die Jahre waren dahingegangen, die Möbelpacker hatten Klaviere hinuntergetragen und Truhen, zusammengerollte Teppiche, Geschirrkartons, Stehlampen, Aquarien, Vogelkäfige, hundertjährige Uhren, rußschwarze Küchenherde, Ausziehtische mit sechs Stühlen, Kühlschränke, große Familienbilder.

Die Treppen waren für ihn auf jedem Stock eine Erinnerung, eine Emotion, etwas Überholtes und nicht Fühlbares, etwas, das irgendwo in der flackernden Flamme seines Gedächtnisses zuckte: eine Gebärde, ein Duft, ein Geräusch, ein Glanz, eine junge Frau, die Opernarien sang und sich dazu auf dem Klavier begleitete, ein ungeschicktes Schreibmaschinenklappern, ein hartnäckiger Kresolgeruch, ein Lärm, ein Schrei, ein Tohuwabohu, ein Rauschen und Knistern von Seiden und Pelzen, ein klagendes Miauen hinter einer Tür, Klopfen an Wänden, auf knackenden Plattenspielern abgedroschene Tangos oder im sechsten Stock rechts das hartnäckige Dröhnen der Stichsäge Gaspard Wincklers, dem drei Stockwerke tiefer, im dritten Stock links, auch weiterhin nur eine unerträgliche Stille antwortete.

ACHTZEHNTES KAPITEL

Rorschach, 2

Das Eßzimmer Rorschachs, rechts von der großen Diele. Es ist leer. Es ist ein viereckiger Raum, etwa fünf Meter lang, vier Meter breit. Auf dem Boden ein dicker, aschgrauer Teppichboden.

An der linken, mattgrün gestrichenen Wand hängt ein stahlgefaßtes Schmuckkästchen, das 54 alte Geldstücke enthält, die alle das Bildnis des Sergius Sulpicius Galba tragen, jenes Geldverleihers, der an einem einzigen Tag dreißigtausend Lusitanier ermorden ließ und seinen Kopf dadurch rettete, daß er pathetisch vor Gericht auf seine Kinder zeigte.

Auf der hinteren Wand, die wie die Diele weiß lackiert ist, stellt über einer niedrigen Anrichte ein großes Aquarell mit dem Titel *Rake's Progress* und der Signatur U.N.Owen einen kleinen Bahnhof auf freiem Feld dar. Links steht der Bahnbeamte, der sich auf ein hohes Pult stützt, das als Schalter dient. Er ist ein Mann von etwa fünfzig Jahren mit Stirnglatze, rundem Gesicht, üppigem Schnurrbart. Er trägt keine Jacke, nur eine Weste. Er tut so, als schlage er in einem Fahrplan nach, während er in Wirklichkeit aus einem halb unter dem Fahrplan versteckten Almanach ein *Mint-Cake*-Rezept auf ein kleines viereckiges Stück Papier abschreibt. Vor ihm, auf der anderen Seite des Pultes, wartet ein Fahrgast mit einem Kneifer auf der Nase und einem Gesicht, das eine Riesenwut widerspiegelt, auf seine Fahrkarte, wobei er sich die Fingernägel feilt. Rechts kommt eine dritte Person in Hemdsärmeln und mit breiten, geblümten Hosenträgern aus dem Bahnhof, wobei sie ein großes Faß vor sich herrollt. Rings um den Bahnhof erstrecken sich Kleefelder, auf denen Kühe grasen.

An der rechten Wand, die in einem etwas dunkleren Grün gestrichen ist als die linke Wand, hängen neun Teller, geschmückt mit Zeichnungen, die folgendes darstellen:

- einen Priester, der einem Gläubigen das Aschenkreuz auf die Stirn macht
- einen Mann, der ein Geldstück in eine faßförmige Sparbüchse steckt
- eine Frau, die in der Ecke eines Eisenbahnwagens sitzt, den Arm durch eine Armschlinge gesteckt
- zwei Männer in Holzschuhen bei Schneewetter, die ihre Schuhsohlen gegeneinandertreten, um warme Füße zu bekommen
- einen Rechtsanwalt beim Plädoyer, ungestüm gestikulierend
- einen Mann in Hausjacke, der sich anschickt, eine Tasse Schokolade zu trinken
- einen Geiger, der mit aufgesetztem Dämpfer spielt
- einen Mann im Nachthemd, der mit einem Handleuchter in der Hand an der Wand eine Spinne betrachtet, Symbol der Hoffnung
- einen Mann, der einem andern seine Visitenkarte hinhält. Feindselige Haltungen, die an ein Duell gemahnen.

Mitten im Zimmer steht ein runder Jugendstiltisch aus dem Holz des Lebensbaums, umgeben von acht mit gemustertem Samt bezogenen Stühlen. In der Mitte des Tisches steht eine etwa fünfundzwanzig Zentimeter hohe Statuette aus Silber. Sie stellt einen Ochsen dar, der auf seinem Rücken einen nackten Mann mit Helm und einem Ziborium in der linken Hand trägt.

Das Aquarell, die Statuette, die antiken Geldmünzen und die Teller sollen, nach Rémi Rorschachs eigener Aussage, Zeugen dessen sein, was er »seine unermüdliche Aktivität als Filmproduzent« nennt. Die Statuette, eine klassische karikaturale Darstellung dieses kleinen Arkanums, das der Pokalreiter heißt, soll während der Vorbereitungen zu dem »Filmdrama« mit dem Titel *Das sechzehnte Blatt dieses Würfels*, von dem wir bereits zu reden Gelegenheit hatten und das eine geheimnisvolle Hellseheraffäre zum Inhalt hat, aufgetrieben worden sein; die Teller sollen eigens als Hintergrund für den Vorspann einer Fernsehserie gemalt worden sein, in der ein und derselbe Schauspieler nacheinander die Rollen eines Priesters, eines Bankiers, einer Frau, eines Bauern, eines Rechtsanwalts, eines Restaurantchronisten, eines Virtuosen, eines leichtgläubigen Drogisten und eines hochnäsigen Großherzogs gespielt haben soll; die antiken Geldmünzen – die für echt gelten – sollen ihm von einem Sammler geschenkt worden sein, der von einer den zwölf Cäsaren gewidmeten Sendereihe begeistert war, obgleich dieser Sergius Sulpicius Galba überhaupt nichts mit dem Servius Sulpicius Galba zu tun hat, der eineinhalb Jahrhunderte später zwischen Nero und Othon sieben Monate lang herrschte, bevor er auf dem Märzfeld von seinen eigenen Truppen niedergemetzelt wurde, denen er das *Donativum* abgeschlagen hatte.

Was das Aquarell angeht, so soll es ganz einfach eines der Modelle für die Dekorationen einer modernen französisch-britischen Adaptation der Oper Strawinskys sein.

Es ist schwer herauszufinden, was an diesen Erklärungen wahr ist und was nicht. Von diesen vier Fernsehsendungen wurden zwei nie gedreht: die neunteilige Filmserie, bei der alle vorgeschlagenen Schauspieler – Belmondo, Bouise, Bourvil, Cuvelier, Haller, Hirsch und Maréchal – die Rolle ablehnten, nachdem sie das Drehbuch gelesen hatten und *Rake's Progress,* ein dem Tagesgeschmack angepaßter Film, dessen Kosten von der BBC als übertrieben angesehen wurden. Die Reihe der Zwölf Cäsaren wurde für das Schulfernsehen gedreht, mit dem Rorschach offenkundig nichts zu tun hatte, und ebenso verhält es sich mit dem Film *Das sechzehnte Blatt dieses Würfels,* der von einer jener Produktionsgesellschaften gedreht worden zu sein scheint, auf deren Dienste das französische Fernsehen so oft zurückgreift.

Rorschachs Karriere beim Fernsehen spielte sich tatsächlich ausschließlich in Büros ab. Mit dem vagen Titel eines »Beauftragten der Hauptabteilung« oder eines »Delegierten für die Umstrukturierung der Forschungsarbeiten und des experimentellen Filmschaffens« ausgestattet, bestand seine einzige Tätigkeit darin, täglich an den Vorbereitungskonferenzen, den gemischten Kommissionen, den Studienseminaren, Verwaltungsratsitzungen, interdisziplinaren Unterredungen, Hauptversammlungen, Vollversammlungen, Lektoren- und Dramaturgenbesprechungen und anderen Arbeitssitzungen teilzunehmen, die auf dieser Ebene der Hierarchie den wesentlichen Teil des Lebens einer solchen Organisation ausmachen mit Telefongesprächen, Flurunterhaltungen, Geschäftsessen, der Vorführung von Musterkopien und Reisen ins Ausland. Trotzdem läßt sich tatsächlich vorstellen, daß es ihm im Verlaufe einer dieser Zusammenkünfte gelungen ist, die Idee einer französisch-englischen Oper oder einer von Suétone inspirierten historischen Filmreihe vorzubringen, doch wahrscheinlicher ist, daß er seine Zeit damit zubrachte, Zuschauerbefragungen vorzubereiten oder auszuwerten, an Budgets herumzunörgeln, Berichte über die Benutzungsdichte der Studios zu schreiben, Gutachten zu diktieren oder von Konferenzsaal zu Konferenzsaal zu gehen und darauf zu achten, daß er immer an mindestens zwei Orten gleichzeitig unentbehrlich war, damit er, kaum daß er saß, ans Telefon gerufen wurde und unbedingt wieder gehen mußte.

Diese vielfältigen Tätigkeiten befriedigten die Eitelkeit Rorschachs, seinen Gefallen an der Macht, seine Vorliebe für Intrigen und Palaver, aber sie stillten nicht sein »schöpferisches« Sinnen und Trachten: innerhalb von fünfzehn Jahren gelang es ihm immerhin, zwei Produktionen unter Dach und Fach zu bringen, zwei Schulfernsehreihen, die für den Export bestimmt waren; die erste, *Doudoune et Mambo,* betrifft den Französisch-Unterricht in Schwarzafrika; die zweite – *Anamous und Pamplenas* – ist auf einem völlig identischen Drehbuch aufgebaut, doch ihr Ziel ist es, »die Schüler der Gymnasien der Alliance française mit den Schönheiten und der Harmonie der griechischen Kultur vertraut zu machen«.

Anfangs der siebziger Jahre kam Bartlebooths Plan Rorschach zu Ohren. Obgleich Bartlebooth seit fünfzehn Jahren wieder zurück war, wußte damals niemand wirklich über die ganze Angelegenheit Bescheid. Jene, die etwas hätten wissen können, sprachen nur sehr wenig oder gar nicht darüber; die andern wußten zum Beispiel, daß Madame Hourcade ihm Schachteln geliefert hatte oder daß er in Morellets Zimmer eine merkwürdige Maschine hatte aufstellen lassen oder auch, daß er zwanzig Jahre lang mit seinem Diener um die Welt gereist war und daß Winckler während dieser zwanzig Jahre aus der ganzen Welt etwa zwei Pakete monatlich bekommen hatte. Aber niemand wußte wirklich, wie sich alle diese Elemente untereinander kombinieren ließen und außerdem legte niemand besonderen Wert darauf, es zu wissen. Und Bartlebooth, der zwar wußte, daß die kleinen Geheimnisse, die sein Leben umgaben, im Haus Anlaß zu widersprüchlichen und oft zusammenhanglosen Hypothesen und manchmal sogar zu unfreundlichen Mimiken gaben, war tausend Meilen von dem Gedanken entfernt, man könne eines Tages kommen und ihn bei seinem Plan stören.

Doch Rorschach war Feuer und Flamme und die bruchstückhafte Vorstellung dieser zwanzig Jahre Weltumseglung, dieser auseinandergeschnittenen, wieder zusammengefügten, von neuem auseinandergenommenen Bilder usw. und aller Geschichten Wincklers und Morellets brachten ihn auf den Gedanken einer Riesensendung, bei der man nichts anderes tun würde, als die ganze Geschichte zu rekonstruieren.

Bartlebooth lehnte selbstverständlich ab. Er empfing Rorschach eine Viertelstunde und ließ ihn wieder hinaus begleiten. Rorschach krallte sich fest, befragte Smautf und die anderen Dienstboten, fragte Morellet geschickt aus, der ihn mit Erklärungen überschwemmte, von denen eine sonderbarer war als die andere, suchte Winckler heim, der hartnäckig schwieg, fuhr bis nach Montargis, um sich, nutzlos für ihn, mit Madame Hourcade zu unterhalten und hielt sich schließlich an Madame Nochère schadlos, die zwar nicht viel wußte, dafür aber ihre Rede gern ausschmückte.

Da kein Gesetz es verbot, die Geschichte eines Mannes zu erzählen, der Seestücke malt und Puzzles macht, beschloß Rorschach, sich über Bartlebooths Ablehnung hinwegzusetzen und lieferte in der Programmdirektion ein Projekt ab, das gleichzeitig etwas von den Sendereihen *Meisterwerke in Gefahr* und *Große Schlachten der Vergangenheit* hatte.

Rorschach hatte einen zu großen Einfluß beim Fernsehen, als daß seine Idee abgelehnt worden wäre. Er hatte allerdings nicht genug Einfluß, um sie schnell verwirklichen zu können. Drei Jahre später, als Rorschach so krank wurde, daß er innerhalb weniger Wochen praktisch jede berufliche Tätigkeit aufgeben mußte, hatte noch keines der drei Fernsehprogramme sein Projekt endgültig angenommen und das Drehbuch war immer noch nicht abgeschlossen.

Ohne den Ereignissen allzu sehr vorgreifen zu wollen, dürfte es sicherlich nicht ohne Nutzen sein festzuhalten, daß die Initiative Rorschachs für Bartlebooth ernste Folgen hatte. Auf dem Umweg über diese televisuellen Verdrüsse erlangte Beyssandre letztes Jahr Kenntnis von Bartlebooths Geschichte. Und seltsamerweise suchte Bartlebooth nun Rorschach auf, damit er ihm einen Regisseur empfehle, der die letzte Phase seines Unternehmens filmen würde. Das nützte ihm übrigens gar nichts, außer daß er sich noch tiefer in ein Netz von Widersprüchen verstrickte, von denen er seit Jahren schon wußte, daß er ihr unerbittliches Gewicht kennenlernen würde.

NEUNZEHNTES KAPITEL

Altamont, 1

Im zweiten Stock, bei den Altamonts, wird der traditionelle Jahresempfang vorbereitet. In jedem der fünf zur Straßenseite gelegenen Zimmer der Wohnung gibt es ein kaltes Büffet. In diesem hier, das gewöhnlich ein kleiner Salon ist – das erste der Zimmer, das auf die große Diele geht und dem eine Rauchsalon-Bibliothek, ein großer Salon, ein Boudoir und ein Eßzimmer folgen –, wurden die Teppiche aufgerollt, wodurch ein kostbarer Parkettboden zur Geltung kommt. Fast alle Möbel sind entfernt worden; zurück bleiben nur noch acht Stühle aus lackiertem Holz, deren Lehnen mit Szenen aus dem Boxeraufstand geschmückt sind.

An den Wänden hängt kein einziges Bild, denn die Wände und die Türen sind selber Dekor: sie sind mit einem bemalten Stoff bespannt, ein prächtiges Panorama, dessen wenige Trompe-l'oeil-Effekte einen auf den Gedanken bringen, daß es sich um eine eigens für dieses Zimmer nach wahrscheinlich älteren Entwürfen angefertigte Kopie handelt, darstellend das Leben in Indien, wie es sich das Volk in der zweiten Hälfte des neunzehnten Jahrhunderts in seiner Phantasie vorstellen mochte: zuerst ein üppiger Dschungel voller Affen mit riesigen Augen, dann eine Lichtung an den Ufern eines Flußarmes, in dem drei Elefanten herumprusten und sich gegenseitig bespritzen; etwas weiter weg Strohhütten auf Pfählen, vor denen Frauen in gelben, himmelblauen und wassergrünen Saris und Männer im Lendenschurz Teeblätter und Ingwerwurzeln trocknen lassen, während andere, vor Holzrahmen sitzend, mit Hilfe geschnitzter Holzklötze, die sie in mit Pflanzenfarben gefüllte Töpfe tauchen, große Kaschmirquadrate schmücken; zur rechten schließlich die klassische Szene einer Tigerjagd: zwischen einem zweifachen Spalier von Spahis, die Klappern und Zimbeln schütteln, schreitet ein stark herausgeputzter Elefant dahin, auf der Stirn eine viereckige, mit einem roten, geflügelten Pferd bedruckte Standarte mit Fransen und Troddeln; hinter dem zwischen den Ohren des Dickhäuters kauernden Elefantenführer ragt ein Tragsessel empor, in dem ein Europäer mit roten Koteletten und Tropenhelm und ein Maharadscha Platz genommen haben, dessen Tunika mit Edelsteinen inkrustiert ist und dessen fleckenlosen Turban ein langer Federbusch schmückt, der von einem riesigen Diamanten gehalten wird; vor ihnen, am Rande des Dschungels, halb aus dem Unterholz hervorgekommen, setzt ein Raubtier zum Sprung an.

An der linken Wand, in der Mitte, ein mächtiger Kamin aus rosa Marmor, über dem ein großer Spiegel hängt; auf dem Gesims eine hohe, rechteckig geschnittene Kristallvase, die mit Immortellen gefüllt ist, sowie eine Sparbüchse aus der Zeit um neunzehnhundert: ein stehender, leicht verrenkter Neger mit breitem Lächeln: er ist bekleidet mit einer schottischen Regenhaut, bei der das Rot vorherrscht, trägt weiße Handschuhe, eine Brille mit Stahlgestell und einen mit *stars and stripes* geschmückten Zylinder, der in breiten, blauroten Schriftzeichen die Zahl »75« trägt. Seine linke Hand ist ausgestreckt, die rechte umklammert den Knauf eines Stocks. Wenn man ein Geldstück auf den ausgestreckten Handteller legt, hebt sich der Arm und das Geldstück wird unerbittlich geschluckt: anstelle eines Dankes bewegt der Automat fünf- oder sechsmal die Beine auf eine Weise, die ziemlich deutlich an den Jitterbug erinnert.

Ein Tisch auf Böcken, bedeckt mit weißen Tischtüchern nimmt die gesamte hintere Wand ein. Die Speisen für das kalte Büffet sind mit Ausnahme von fünf wieder zusammengesetzten Hummern mit scharlachroter Schale, die sternförmig auf einer großen Silberplatte angeordnet sind, noch nicht angerichtet.

Auf einem Schemel zwischen dem Büffet und der zur großen Diele führenden Tür sitzend, mit dem Rücken an die Wand gelehnt, die Beine ausgestreckt und leicht gespreizt, die einzige lebende Person der Szene: ein Diener in schwarzer Hose und weißer Weste; er liest mit einem Ausdruck vollkommener Langeweile den Waschzettel eines Romans, auf dessen Umschlag eine fast nackte Frau, in einer Hängematte liegend, eine lange Zigarettenspitze zwischen den Lippen, nachlässig einen kleinen Revolver mit Perlmuttgriff auf den Leser richtet:

»In *›Die Falle‹*, dem letzten Roman Paul Winthers, findet der Leser mit Vergnügen den Lieblingshelden des Autors von *›Leg dich in die Esparsette‹*, *›Die Schotten sind zornig‹*, *›Der Mann mit dem Regenmantel‹* und so vieler anderer Perlen der Krimi-Literatur von heute und von morgen wieder: Hauptmann Horty, diesmal im Kampf mit einem gefährlichen Psychopathen, der in einem Ostseehafen den Tod verbreitet.«

ZWANZIGSTES KAPITEL

Moreau, 1

Ein Zimmer der großen Wohnung im ersten Stock. Der Boden ist mit einem tabakfarbenen Teppich ausgelegt; die Wände sind mit hellgrauen Jutepaneelen bespannt.

Im Raum befinden sich drei Personen. Die eine ist eine alte Frau, Madame Moreau, die Eigentümerin der Wohnung. Sie liegt in einem großen Empire-Bett, unter einer weißen, mit blauen Blumen übersäten Steppdecke.

Vor dem Bett stehend, zieht die Jugendfreundin Madame Moreaus, Madame Trévins, bekleidet mit einem Regenmantel und einem Kopftuch aus Kaschmir, eine gerade angekommene Ansichtskarte aus der Handtasche, um sie ihr zu zeigen: sie stellt einen Affen mit Helm am Steuer eines Lieferwagens dar. Darüber flattert eine rosa Schleife mit der Inschrift: *Erinnerung an Saint-Mouezy-sur-Eon.*

Rechts vom Bett, auf einem Nachttisch, befinden sich eine Nachttischlampe mit einem Lampenschirm aus gelber Seide, eine Tasse Kaffee, eine Dose mit bretonischem Sandgebäck, auf deren Deckel man einen Bauern sieht, der seinen Acker pflügt, ein Parfümfläschchen, dessen vollkommen halbkugelförmiger Korpus an die Form mancher Tintenfässer von früher erinnert, ein Unterteller, auf dem einige getrocknete Feigen und ein Stück ausgetrockneter Edamer liegen, sowie eine Metallraute, die an den vier Ecken mit Mondsteinen eingefaßt ist und das Foto eines etwa vierzigjährigen Mannes einrahmt, der eine kurze Jacke mit einem Pelzkragen trägt und unter freiem Himmel an einem mit Eßwaren überladenen ländlichen Tisch sitzt: ein Lendenbraten, Innereien, Blutwurst, ein Hühnerfrikassee, perlender Apfelwein, Obstkuchen und in Branntwein eingelegte Pflaumen.

Auf dem unteren Brett des Nachttisches sind einige Bücher aufgestapelt. Das obere hat den Titel *Das Liebesleben der Stuarts* und sein Hochglanzumschlag zeigt einen Mann im Kostüm Louis XIII, Perücke, Federhut, breiter Spitzenbesatz, eine sehr offenherzige Kammerzofe auf den Knien, der einen riesigen, mit Schnitzereien verzierten Seidel an die Lippen hebt: es ist ein suspektes Machwerk, das wohlgefällig die Charles I zugeschriebenen Ausschweifungen und Verderbtheiten schildert, eines jener Bücher ohne Autorennamen, die versiegelt und mit der Aufschrift »nur für Erwachsene« versehen an den Seinequais und in den Bahnhofsbuchhandlungen verkauft werden.

Die dritte Person sitzt leicht im Hintergrund zur Linken. Es ist eine Krankenschwester. Sie blättert gleichgültig in einer Illustrierten, auf deren Umschlag man einen Schmalzsänger in einem mit Silberpailletten besetzten petrolblauen Anzug mit schweißüberströmtem Gesicht, gespreizten Beinen und gekreuzten Armen vor entfesselten Zuschauern knien sieht.

Mit dreiundachtzig Jahren ist Madame Moreau die Älteste im Haus. Sie ist so um neunzehnhundertsechzig hier eingezogen, als die Entwicklung ihrer Geschäfte sie dazu zwang, ihr kleines Dorf Saint-Mouezy-sur-Eon (Indre) zu verlassen, um ihren Verpflichtungen als Chefin eines Unternehmens wirksam nachzukommen. Erbin einer kleinen Fabrik für gedrechselte Hölzer, die hauptsächlich die Möbelhändler in der Rue du Faubourg Saint-Antoine belieferte, erwies sie sich schnell als eine bemerkenswerte Geschäftsfrau. Als zu Anfang der fünfziger Jahre der Möbelmarkt zusammenbrach und dem gedrechselten Holz nur noch ebenso kostspielige wie zufällige Absatzchancen bot – Geländer für Treppen und Loggien, Lampenfüße, Altarschranken, Kreisel, Stehaufmännchen und Jo-Jos – stellte sie sich kühn auf die Herstellung, Einführung und den Vertrieb von Werkzeugen für den Privatbereich um, da sie vorausahnte, daß die Preissteigerung im Dienstleistungsgewerbe unweigerlich einen beachtlichen Aufschwung des Heimwerkermarktes zur Folge haben würde. Ihre Hypothese bestätigte sich weit über ihre Erwartungen hinaus und ihr Unternehmen erlebte eine solche Blüte, daß es bald zu den größten im Lande gehörte und sogar seine gefährlichen deutschen, britischen und schweizerischen Konkurrenten bedrohte, die ihr bald schon einträgliche Assoziierungsverträge anboten.

Witwe seit vierzig Jahren – ihr Mann, ein Reserveoffizier, fiel am sechsten Juni in der Schlacht an der Somme – ohne Kinder und ohne andere Freundin als diese Madame Trévins, ihre Schulkameradin, die sie zu ihrer Unterstützung hatte zu sich kommen lassen, leitet sie auch heute noch, halb gelähmt, von ihrem Bett aus mit eiserner Hand eine blühende Gesellschaft, deren Katalog fast den gesamten Werkzeugmarkt für Innen- und Wohnungseinrichtungen abdeckt und sich sogar auf verschiedene Nebenbereiche erstreckt:

TAPEZIERKASTEN: Plastikkoffer mit folgendem Inhalt: 1 zusammenklappbares Metermaß, 1 Schere, 1 Roller, 1 Hammer, 1 zwei Meter lange Metallmeßlatte, 1 Elektriker-Schraubendreher, 1 Randschneider, 1 Messer, eine Bürste, 1 Senklot, 1 Zange, 1 Malermesser, 1 Schlagstock. Länge 45, Breite 30, Höhe 8 cm. Gewicht 2,5 kg. 1 Jahr Garantie.

SCHNELLNAGLER. Für Klammern von 4, 6, 8, 10, 12 und 14 cm. Wird in einem Metallkasten geliefert, der eine Schachtel Klammern in jeder Größe enthält, das heißt

6 Schachteln mit insgesamt 7000 Klammern. Genaue Gebrauchsanleitung. Zubehör: Anritzmesser, Adapter (Fernsehen, Telefon, elektrische Leitung). Nageleisen, Klinge für Stoffmesser, Magnetunterlage. 1 Jahr Garantie.

MALERKASTEN mit folgendem Inhalt: 1 neun Liter fassender Plastikbehälter, 1 Trockengitter, 1 Polyamid-Rolle 175 mm, 1 Schaumwalze, 1 Mohairwalze zum Lackieren, 1 runder Pinsel ⌀ 25 mm REINE SEIDE 60 mm lang, 4 Flachpinsel 60, 45, 25 und 15 mm breit, 17, 15, 10 und 7 mm dick. REINE SEIDE. Extra-Qualität. Länge 55, 45, 38, 33 mm. 1 Jahr Garantie.

SPRITZPISTOLE mit auswechselbaren Düsen, die als Rundstrahl- und Flachstrahldüsen geliefert werden. Membranenkompressor, Korpus aus Gußaluminium. Druck max 3 kg/cm², Spritzleistung max 7 m³/h. Druckregler stufenlos verstellbar, verschleißhemmende Kraftübertragung, luftlose Arbeitsweise. Elektromotor 220 V ⅓ PS mit Schalter ein-aus, 2 m langem Versorgungskabel mit Erdung. Gesamtgewicht 12 kg. 1 Jahr Garantie.

FAHRBARES LEITERGERÜST: 1 Standleiter von 1,6 Breite mit Rollen, 1 Standleiter von 1,6 Breite mit Klemmen, 2 Aufsätze von 60 cm, 1 Arbeitsbühne von 145 × 50 mit Geländer und Kreuzverstrebungen, um jeweils 30 cm verstellbare Bühnenhöhe von 50 bis 220. Spannweite auf dem Boden 190 × 68. Bremsvorrichtung. Gesamtgewicht 38 kg. 1 Jahr Garantie.

VIELZWECKLEITER. Unentbehrlich für Haus, Hof, Garten und Handwerk. Blitzschnell in eine Anlege-, Bock- oder Stehleiter, Arbeitsbühne usw. zu verwandeln. Mit Sicherheitsrastergelenken. Die 3,60-m-Leiter ist zusammenklappbar auf 105 × 58 × 21 cm, die 4,80-m-Leiter auf 133 × 64 × 23 cm. 1 Jahr Garantie.

WERKBANK. Solide Verarbeitung. Der stabile Arbeitsplatz mit umfangreichen Ablage- und Aufbewahrungsmöglichkeiten bietet außer einer Werkplatte aus Multiplex-Sperrholz in den Maßen 4 × 120 × 60 eine auf Rollen laufende Schublade, ein Schrankfach sowie eine Werkzeug-Lochwand. Standfester Stahlblechrahmen. Graue Farbe. Arbeitshöhe 90 cm. Gewicht 60 kg. 1 Jahr Garantie.

ELEKTRONISCHE SCHLAGBOHRMASCHINE MIT STEUERELEKTRONIK. 220 V. 250 Watt. Doppelte Isolierung. Funk- und fernsehentstört. Leerlaufdrehzahlen

0 bis 1400/3000 U/min. Schlagzahlen 0 bis 14000/35200. Bohrleistung in Stahl: 10 mm, in Beton: 12 mm, in Holz: 20 mm. Mitgeliefert werden Bohrfutter von 10 mm, 3m langes Kabel, abnehmbarer Ringgriff, Tiefenbegrenzer. Gewicht 2,5 kg. Zubehör: Universal-Adapter, Pistolengriff, Handgriff, Obergriff, Schraubzwinge, doppeltes Bohrfutter, Reduktor, Schlitten, Untergestell, Nuß mit Vierkantloch, kleiner Tisch, kleine Lenksäule, Bohrmobil, Bohrständer, Horizontalständer, Fräs- und Bohrständer mit eingebautem Winkelgelenk, Schraubvorsatz, Handkreissäge, Stichsäge, Bandsäge, Lochsäge, Schlitzsäge, Schwingschleifer, Vorsatz-Schleifvorrichtung, Abrichthobel, Trennschleifer, Schrubber, Schleifscheibe, Polierhaube, Zapfenlochvorsatz, Kombihobel, Sägefeile, Scharnierlochbohrer, Profilfräser, Schlitzfräser, Falz- und Nutfräser, Raspelsatz, Bürste, Heckenschere, Rüttler, Kompressor, Spritzpistole, Verlängerungsstück, Schraubstock, 13 Hochleistungsspiralbohrer ⌀ 2–8 mm in bruchsicherer Metallkassette, 4 Hartmetall-Gesteinsbohrer ⌀ 4, 5, 6 und 8 mm, in bruchsicherer Metallkassette, und 4 vanadiumverchromte Metallbohrer ⌀ 4, 5, 6 und 8 mm, Fräse 6 mm, Fräse 8 mm, Fräse 10 mm, Dübel, Hobelmesser, Hobelbank, Adapter für Festhobel, Kreisel, Lochmaschine, Schleifaggregat, kleine Schleifmaschine. 1 Jahr Garantie.

SUPER-WERKZEUGSCHRANK. Inhalt: Handkreissäge mit Teflon-Sägeblatt, Stichsäge mit 3 Sägeblättern, Schwingschleifer mit Schleifpapier und 1 Horizontalständer. Ferner: 8tlg. Gabelschlüsselsatz aus CV-Stahl 6–22 mm und 8tlg. Ringschlüsselsatz aus CV-Stahl, 2 Schraubzwingen 150 × 80 mm, 5tlg. Nestsäge mit Holzgriff, 1 Meißel, 1 Körner, 1 Durchschläger, 1 Dübelsteinbohrer, 2 Holzbohrer, 1 Metallsägebogen, 4 Schraubendreher, 1 Spannungsprüfer, 1 Universalmesser, 3 Stechbeitel, 1 Spachtel, 1 Zollstock 2 m, 1 Simshobel, 1 Hobel, 1 Wasserwaage, 1 Feile, 1 Schraubstock, 6 Zangen, 3tlg. Lötmittelgarnitur, 1 Lötkolben, 1 Gipsbecher, 1 Eckrohrzange 1″, 6 Schlüsselfeilen, 1 Sägeraspel, 1 Stichling, 5tlg. Nestsäge, 1 Winkel, 1 Isolierband, 8tlg. Stiftschlüsselsatz, 2 Nagelbohrer, 3 Schleifkörper und 1 Versenker, 1 Seitenschneider, 1 Kombizange 7″, verchromt und mit transparentem Handgriff, 1 Wasserpumpenzange, 1 Blechschere, 1 Kantenzange 24 cm, 1 Dübeleisen, 1 Präzisionsschieblehre, rostfrei. 1 Jahr Garantie.

WERKZEUGSCHRANK, Kofferform. Wird mit 24 perforierten Plättchen und 80 Gerätehaken geliefert. Höhe 55, Breite 45, Tiefe 15 cm. 7tlg. Flachschlüsselsatz 6 bis 9 mm; 9tlg. Gabelschlüsselsatz 4/14; Sägebogen; Kreuzschlitzschraubendreher; Spannungsprüfer 4 × 100; Schraubendreher 6 × 150; Vielzweckzange, isoliert; Kombizange, isoliert; Bohrfutter 13 mm mit Morsekonus MK2; 13tlg. Bohrersatz 1 bis 10 mm; Hobel Nr. 3; Stichsäge m. 3 Stichsägeblätter; Schnitzmesservorsatz 10 mm; Schnitzmesservorsatz 20 mm; Niethammer, lackiert; halbrunde Raspel; halbrunde Feile; Dreikantfeile; Zollstock; Splintauszieher; 2 Mauerbohrer; 2 Bohrer; 1 Zange; Wasserwaage. Gesamtgewicht 14,5 kg. 1 Jahr Garantie.

12TLG. FLACHSCHLÜSSELSATZ, aus CV-Stahl, 6–7, 8–9, 10–11, 12–13, 14–15, 16–17, 18–19, 20–22, 21–23, 24–26, 25–28, 27–32. 1 Jahr Garantie.

KOMPLETTAUSSTATTUNG ZUM GEWINDESCHNEIDEN. Inhalt: je 1 Schneideeisen und 1 Gewindebohrer in 1 × 0,25, 2 × 0,40, 2,5 × 0,45, 3 × 0,50, 3,5 × 0,60, 4 × 0,70, 4 × 0,35, 5 × 0,80, 6 × 1,00, 7 × 1,00, 8 × 1,25, 8 × 1,00, 10 × 1,50, 10 × 1,00, 12 × 1,75, 12 × 1,00. Weiterhin vorhanden: 1 kleiner Schraubenzieher, 1 Gewindelehre, 1 Schneideeisenhalter, 3 verschiedene Gewindebohrhalter sowie 1 ausführliche Anleitung über das Gewindeschneiden. 1 Jahr Garantie.

PUMPENDÜSENSATZ mit Vorsätzen zum Aufblasen von Reifen und Campingartikeln aller Art, wie zum Beispiel Fahrrad-, Motorrad- und Autoreifen, Luftmatratzen, Bälle, Schlauchboote usw. 1 Jahr Garantie.

SUPER-STECKSCHLÜSSELSATZ. Gefertigt aus hochwertigem, mit Chrom und Vanadium legiertem Stahl, Oberfläche hochglanzverchromt. Inhalt: 11 Stecknüsse 6kant ¼″ 4; 4,5; 5; 5,5; 6; 7; 8; 9; 10; 11; 12; je eine Umschaltknarre ⅛″ und ½″, T-Griff mit Gleitstück ½; Verlängerung ½; 125 mm lang und je 1 Verlängerung ¼″ und ⅜″ mit 150 mm Länge. 1 Handdreher mit ¼″ Vierkant, 1 Reduzierstück ¾″ sowie 1 Kardangelenk mit ½″ Verbindung und 1 Zündkerzennuß. In Blechkassette. 1 Jahr Garantie.

SCHUHREPARATUR-SET. Alles für das fachgerechte Besohlen der Schuhe: je 1 Paar Damenabsätze, Lg. 50 mm, Br. 41 mm und Lg. 64 mm, Br. 46 mm, je 1 Paar Damen-Kleinstflecke, Lg. 25 mm, Br. 20 mm und Lg. 30 mm, Br.

25 mm, je 1 Paar Herren-Klebeabsätze, Lg. 83 mm, Br. 77 mm und Lg. 94 mm, Br. 85 mm, 1 Absatzgummiplatte, dunkelbraun abriebfest mit Profil, Lg. 100 mm, Br. 175 mm, je 1 Profilsohlen-Platte, dunkelbraun, rutschfest, Gr. 150 × 200 mm für Damen- und Kindersohlen, Gr. 200 × 270 mm für Herrensohlen, 2 Stücke Farbwachs (schwarz und braun), 1 Tube Spezialkleber sowie Schmirgelpapier, Befestigungsstifte und Anleitung. 1 Jahr Garantie.

NÄH-SET. Zum Nähen von schweren Stoffen wie Leder, Gummi, Zeltplane etc. Bestehend aus: 1 Handnähheft mit 2 Vorstechahlen und 1 Nähnadel, 1 Ledernadel, 1 Polsternadel, 1 Sattlernadel, 1 Nähnadel, je 1 × 20 m Leinenzwirn, extra reißfest. Schwarz + Braun. 1 Jahr Garantie.

BLINDNIETBOX. Die ideale Hilfe für Reparaturen an allen Metallwerkstücken. Für 2 Befestigungsmöglichkeiten: Blindnietverbindung und lötbare Schraubverbindung in verschiedenen Werkzeugen einsetzbar. Inhalt: 1 Handnietzange NZ 1, 48 Blindnietmuttern M 4 und M 5 sortiert. 70 Alublindnieten sortiert: Unterlegscheiben. 1 Bohrer, 2 Gewindedorne M 4 und M 5. 1 Jahr Garantie.

FLIESENLEGERWERKZEUG-SET, ein praktisches Sortiment für den »Do-it-yourself«-Mann. Bestehend aus 1 Fliesenschneid-Brechzange, 1 Fliesenlochzange, 1 Paar Fliesenlegerecken, 1 Fliesenlegerhammer 70 g, flach, und 1 Fugengummi 200 mm. 1 Jahr Garantie.

AUTOWERKZEUGKOFFER. Inhalt: 1 PKW-Radkreuzschlüssel und 1 Paar Arbeitshandschuhe im Rückteil des Koffers, 8tlg. Gabelschlüsselsatz 6–22 mm (außer 21 mm) fortlaufend, 1 Kunststoffhammer 21 mm mit Griff, 1 Bastlersäge, 1 Rolle Isolierband, 1 Zündkerzenbürste, 1 Kontaktfeile, 1 Durchschläger, 1 Meißel, 6teiliges Umsteckdreherset, 1 Vergaserschraubendreher, 1 Telefonzange und 1 Kombizange isoliert, 1 Wasserpumpenzange, 1 Autolichtprüfer, 1 Schlosserhammer 200 g, 1 Maulschlüssel verstellbar, 1 Radmutterschlüssel 17 × 19 mm mit Drehstift, 1 Hochdruckschlauch mit Hydraulik-Greifmundstück, 1 Kompressionsdruckprüfer, 1 Zylinderkopf-Prüfgerät, 1 Reifendruck-Meßgerät. 1 Jahr Garantie.

ERSTE HILFE-VERBANDSKASTEN. Aderabbinder, Mullbinden 4 m × 6 cm, 1 Fingerling, Blankoplast, 1 Pinzette, Verbandklammern, Sicherheitsnadeln, Mullbinden 4 m × 8 cm, 1 Verbandspäckchen, Watte, Tampon o.b., Nähgarn, Nähnadeln, Brandbinde, 1 Wundkompresse (gelb), Lav. Ammoniak, Desinfektionsmittel für Wundreinigung und zum Gurgeln, Traubenzucker, Cola-Tabletten gegen Müdigkeit, Hoffmannstropfen gegen Magenbeschwerden, Natrontabletten gegen Sodbrennen, Baldriantabletten gegen Herzbeschwerden, Zucker für Tropfen, verschiedene Pflaster, Schere, 3 Paar Wegwerfhandschuhe, 1 Röhre zur Mund-zu-Mund-Beatmung aus Hartgummi mit Gebrauchshinweis. 1 Jahr Garantie.

PICKNICK-GARNITUR aus Hostalen. Für 6 Personen. Inhalt: 1 Außenbehälter, 2 Deckel, 2 Speisebehälter, 6 flache Teller, 6 Suppenteller, 6 Tassen, 6 3teilige rostfreie Stahlbestecke, (Messer, Gabeln und Suppenlöffel), 6 Becher, 1 Krug, 1 Salz- und Pfefferstreuer. 1 Jahr Garantie.

TURN- UND SCHAUKELKOMBINATION in Luxusausführung. Komplett mit Gondel, Tellerwippe, Doppelleiter, Firstüberstand mit Haken, Schaukelbrett, 2 Ringen und 1 Trapezstange, Strickleiter mit 5 Holzsprossen und Einhängering, Holzbrett-Schaukel, verstellbare Seile durch Stell-Acht, Baby-Gitterschaukel mit gepolstertem Holzbrett. Kunststoff-Querstücke. Höhe verstellbar bis ca. 180 cm. Stabiles Stahlrohrgestell, kunststoffummantelt, grün. Maße, aufgebaut: ca. 315/200. 1 Jahr Garantie.

SCHREIBTISCH-GARNITUR. In verschiedenen Ausführungen: Kunststoff (orange, grün, braun), Jeans (gerauhte Oberfläche) und echtes Leder (rot oder braun). Unterlage ca. 40 × 53 cm. Federschale, Briefständer, Zettelbox, 1 Jahr Garantie.

EINUNDZWANZIGSTES KAPITEL

Im Heizraum, 1

Ein Mann liegt bäuchlings auf dem Heizkessel, der das ganze Haus versorgt. Es ist ein Mann von etwa vierzig Jahren; er sieht nicht wie ein Arbeiter, sondern eher wie ein Ingenieur oder ein Inspektor der Gaswerke aus; er trägt keine Arbeitskleidung, sondern einen Stadtanzug, eine gepunktete Krawatte, ein himmelblaues Tergalhemd. Er hat seinen Kopf mit einem roten Taschentuch geschützt, in das er an den vier Ecken einen Knoten gemacht hat und das entfernt an ein Kardinalskäppchen erinnert. Er wischt mit einem Fensterleder ein kleines, zylindrisches Zubehörteil ab, das auf der einen Seite in einem Schaft mit Gewinde endet, auf der anderen Seite in einem Klappenventil. Neben ihm, auf einer abgerissenen Zeitungsseite, auf der man einige Titel, Anzeigen oder Fragmente lesen kann

General Shalako, der das Widerstandsnest von Vézelize säuberte, ist soeben in Chicago gestorben

»Der Fleischerhund hat Angst« von John Whitmer (bei den Editions de la Calebasse) hat den Großen Preis für Litera-

Die den Frieden meines Volkes und die Regierung dieses Landes zerstört haben, weshalb

Die Musikkapelle des 2. Spahi-Regiments wird heute nachmittag in den Parkanlagen ein Konzert geben

liegen verschiedene andere Einzelteile: Klemmbolzen, Schrauben, Dichtungsringe und Spannbacken, Nieten,

Stifte und einige Werkzeuge. An der Stirnseite des Heizkessels ist ein rundes Schild befestigt, das über einem stilisierten Diamanten die Inschrift RICHARDT & SECHER trägt.

Die Zentralheizung ist relativ neueren Datums. Als die Gratiolets unter den Miteigentümern noch die Mehrheit hielten, hatten sie sich heftig einer Ausgabe widersetzt, die sie für überflüssig hielten, da sie selbst, wie fast alle Pariser zur damaligen Zeit, ihre Wohnung mit Kaminen und Öfen heizten, in denen Holz oder Kohle verfeuert wurde. Erst zu Anfang der sechziger Jahre, als Olivier Gratiolet fast die gesamten, ihm noch verbleibenden Wohnungsanteile an Rorschach verkaufte, wurden die Arbeiten zum Einbau einer Zentralheizung beschlossen und ausgeführt, gleichzeitig übrigens mit einer vollständigen Neueindeckung des Daches und einem kostspieligen neuen, auf Grund des kurz zuvor erlassenen Gesetzes, dem André Malraux seinen Namen geben sollte, vorgeschriebenen Verputz, wobei das Ganze, zu dem obendrein noch die gesamten Innenarbeiten in der Maisonnettenwohnung der Rorschachs und in der Wohnung von Madame Moreau kamen, das Haus annähernd ein Jahr lang in eine schmutzige und lärmende Baustelle verwandelte.

Die Geschichte der Gratiolets beginnt ungefähr wie die Geschichte des Marquis de Carabas, endet jedoch bei weitem nicht so gut: Erfolg hatten weder die, die fast alles hatten, noch die, die fast nichts hatten. Als 1917 Juste Gratiolet starb, der im Holzhandel und in der Holzindustrie reich geworden war – er ist vor allem der Erfinder einer immer noch in zahlreichen Fußbodenfabriken in Gebrauch befindlichen Nut-Maschine – teilten sich die vier Kinder, die ihn überlebten, sein Vermögen nach dem Testament, das er hinterlassen hatte. Dieses Vermögen setzte sich zusammen aus einem Wohnhaus – das gleiche, von dem hier von Anfang an die Rede ist – einem landwirtschaftlichen Betrieb im Berry, der sich zu einem Drittel mit dem Getreideanbau, zu einem Drittel mit der Aufzucht von Schlachtvieh und zu einem Drittel mit der Forstwirtschaft befaßte, einem dicken Aktienpaket der Grubengesellschaft von Haut-Boubandjida (Kamerun) und vier großen Gemälden des bretonischen Landschafts- und Tiermalers Le Meriadech', der damals äußerst geschätzt war. Folglich bekam Emile, der Älteste, das Wohnhaus, Gérard den Bauernhof, Ferdinand die Aktien und Hélène, die einzige Tochter, die Gemälde.

Hélène, die einige Jahre zuvor ihren Tanzlehrer – einen gewissen Antoine Brodin – geheiratet hatte, versuchte sogleich, die Erbschaft anzufechten, doch die Folgerungen der Fachleute waren für sie eindeutig ungünstig. Man führte ihr zum einen vor Augen, daß ihr Vater, als er ihr Kunstwerke vermachte, vor allem daran gedacht habe, ihr die Sorgen und die Verantwortung zu ersparen, die die Verwaltung eines Pariser Wohnhauses, die Bewirtschaftung eines Landgutes oder die Verwaltung afrikanischer Wertpapiere mit sich gebracht hätten, und zum andern, daß es ihr schwerfiele, wenn nicht gar unmöglich sei, nachzuweisen, daß die Aufteilung ungerecht gewesen war, da vier Gemälde eines Malers von großem Ruf mindestens so viel wert sind wie ein Aktienpaket von Gruben, die bisher nicht einmal ausgebeutet worden waren und vielleicht auch nie ausgebeutet werden würden.

Hélène verkaufte die Bilder für die zur damaligen Zeit exorbitante Summe, bedenkt man den Mißkredit, in den Le Meriadech' einige Jahre später geriet und aus dem er heute übrigens wieder emportaucht, von 60000 Francs. Mit diesem kleinen Kapital wanderten sie und ihr Mann in die Vereinigten Staaten aus. Sie wurden Berufsspieler, die in den Nachtzügen und den Dorfspielhöllen verbotene Würfelspiele organisierten, die sich manchmal über mehr als eine Woche erstreckten. Im Morgengrauen des 11. September 1935 wurde Antoine Brodin ermordet; drei Strolche, denen er zwei Tage zuvor den Zutritt zum Spielsaal verboten hatte, brachten ihn in einen verlassenen Steinbruch von Jemima Creek, vierzig Kilometer von Pensacola (Florida) entfernt, und schlugen ihn dort mit Stöcken tot. Hélène kehrte einige Wochen später nach Frankreich zurück. Sie erhielt von ihrem Neffen François, der nach dem ein Jahr zuvor erfolgten Tode Emiles das Haus geerbt hatte, das Nutzrecht an einer kleinen Zweizimmerwohnung im siebten Stock, neben Dr. Dinteville. Sie lebte dort, abgeklärt, ängstlich, unauffällig, bis zu ihrem Tod neunzehnhundertsiebenundvierzig.

Emile hatte das Haus während der siebzehn Jahre, in denen er es besaß, umsichtig und sachkundig verwaltet und sogar verschiedene Modernisierungsarbeiten, insbesondere den Einbau eines Aufzugs 1925 vorgenommen. Doch das Gefühl, daß er der einzige Nutznießer des Erbes war und daß er, indem er den Willen seines Vaters respektierte, seine Geschwister geschädigt hatte, führte dazu, daß er sich für sie verantwortlich fühlte, so daß er schließlich ihre Geschäfte in die Hand nehmen wollte. Diese Skrupel des Ältesten waren der Anfang seines Untergangs.

Gérard, der zweite Sohn, kümmerte sich mit mehr oder weniger großem Erfolg um seinen landwirtschaftlichen Betrieb. Doch Ferdinand, der dritte, hatte große Schwierigkeiten. Die Grubengesellschaft von Haut-Boubandjida (Kamerun), von der er ein relativ bedeutender Aktionär geworden war, war etwa zehn Jahre zuvor mit dem Ziel gegründet worden, die reichen Lager an Zinnerzen, die von drei holländischen, der Zwindeyn-Mission angehörigen Geologen entdeckt worden waren, sorgfältig zu prüfen und später abzubauen. Mehrere vorbereitende Expeditionen waren seitdem aufeinander gefolgt, doch die Ergebnisse ihrer Expeditionen waren in den meisten Fällen nicht sehr ermutigend: einige bestätigten das Vorhandensein von bedeutenden Adern zinnhaltiger Metalle, hatten jedoch Bedenken wegen der Abbau- und vor allem Transportbedingungen; andere behaupteten, daß das Mineral zu unergiebig sei, um einen Abbau zu rechtfertigen, dessen Gestehungspreis notwendigerweise zu hoch wäre; andere wiederum meinten, daß die entnommenen Proben keine Spur Zinn enthielten, dafür aber reichlich Bauxit, Eisen, Manganerz, Kupfer, Gold, Diamanten und Phosphate.

Diese widersprüchlichen Gutachten, obgleich in der Regel pessimistisch, verhinderten indes keineswegs, daß die Grubengesellschaft auch weiterhin rege an der Börse gehandelt wurde und von Jahr zu Jahr Kapitalerhöhungen vornahm. Neunzehnhundertzwanzig hatte die Grubengesellschaft von Haut-Boubandjida (Kamerun) annähernd zwanzig Millionen Francs zusammengebracht, gezeichnet von annähernd siebentausendfünfhundert Aktionären, und zu seinem Verwaltungsrat zählten drei ehemalige Minister, acht Bankiers und elf Großindustrielle. In diesem Jahr wurde im Verlauf einer Hauptversammlung, die einen stürmischen Anfang genommen, aber ein begeistertes Ende gefunden hatte, einstimmig beschlossen, mit diesen nutzlosen Vorbereitungen Schluß zu machen und sogleich den Abbau der Vorkommen, welcher Art sie auch immer seien, in die Wege zu leiten.

Ferdinand war Ingenieur beim Straßenbauamt und es gelang ihm, zum Kontrolleur der Arbeiten ernannt

- Juste 1839-1917 *épouse* Marie Berloux 1852-1888
  - Emile 1870-1934 *épouse* Jeanne Moulin 1864-1930
    - François 1900-1948 *épouse* Marthe Lehameau 1911-1948
  - Louis † 1875
  - Gérard 1877-1934 *épouse* Marie Laurent 1880-1947
    - Louis 1898-1943 *épouse* France Lidron 1895-1940
      - Olivier 1920- *épouse* Arlette Criolat 1937-1965
        - Isabelle 1962-
    - Henri 1904-1938
  - Olivier 1877-1914
  - Ferdinand 1880-1932 *épouse* Germaine Jourdain 1885-1941
    - Marc 1907-1944
  - Hélène 1888-1947 *épouse* Antoine Brodin 1895-1935

zu werden. Am 8. Mai 1923 kam er in Garova an und begann mit fünfhundert an Ort und Stelle angeworbenen Arbeitern, elfeinhalb Tonnen Material und siebenundzwanzig leitenden Angestellten europäischer Herkunft den Oberlauf des Boubandjida bis zu den Hochebenen des Adamaua hinaufzuziehen.

Die Legung der Fundamente und das Vortreiben der Stollen waren schwierig und wurden durch täglichen Regen aufgehalten, der auf dem Fluß unregelmäßiges und unvorhersehbares Hochwasser verursachte, dessen durchschnittliche Gewalt jedesmal genügte, alles das mit fortzureißen, was bis dahin abgetragen oder aufgeschüttet worden war.

Nach zwei Jahren mußte Ferdinand Gratiolet, vom Fieber geschüttelt, repatriiert werden. Es war seine innerste Überzeugung, daß das Zinn von Haut-Boubandjida niemals auf rentable Weise abgebaut werden würde. Andererseits hatte er in den Gegenden, durch die er gekommen war, massenweise Tiere aller Arten und Rassen gesehen, und das brachte ihn auf den Gedanken, mit dem Handel von Fellen zu beginnen. Kaum genesen, stieß er sein Aktienpaket ab und gründete eine Importgesellschaft für exotische Felle, Pelze, Hörner und Schildkrötenpanzer, die sich sehr schnell in der Wohnungsausstattung spezialisierte: tatsächlich ging die Mode damals in Richtung auf Bettvorleger aus Fellen und auf Rohrmöbel, die mit Zorilla, Antilope, Giraffe, Leopard oder Zebu bezogen waren; eine kleine Kommode aus Pitchpine mit Büffelverkleidung brachte beim Verkauf leicht 1200 Francs ein und ein großer Drehspiegel von Tortosi, in Trionyx-Schildpatt eingefaßt, hatte im Auktionshaus Drouot für 38295 Francs einen Abnehmer gefunden!

Das Geschäft kam 1926 in Gang. Ab 1927 kam es bei Leder und Häuten zu einem schwindelerregenden Preisverfall, der sechs Jahre dauern sollte. Ferdinand weigerte sich, an die Krise zu glauben und versteifte sich darauf, seine Warenlager zu vergrößern. Ende neunzehnhundertachtundzwanzig war sein gesamtes Kapital festgelegt, die Ware war praktisch unverkäuflich und er konnte weder die Transport- noch die Lagerkosten bezahlen. Um ihm einen betrügerischen Bankerott zu ersparen, machte ihn Emile wieder flott, indem er zwei der Wohnungen in seinem Haus verkaufte, darunter auch die, die Bartlebooth sich einrichtete. Aber das nützte nicht viel.

Im April 1931, als sich immer mehr bestätigte, daß Ferdinand, Besitzer eines Warenlagers von einigen vierzigtausend Fellen, die ihn drei- bis viermal soviel gekostet hatten, wie er jetzt dafür erlösen könnte, ebenso wenig in der Lage war, für ihre Wartung und Überwachung zu sorgen wie seinen anderen Verpflichtungen nachzukommen, wurde das Lagerhaus La Rochelle, in dem seine Waren gelagert waren, vollkommen eingeäschert.

Die Versicherungsgesellschaft weigerte sich zu zahlen und klagte Ferdinand öffentlich der Brandstiftung an. Ferdinand ergriff die Flucht und verließ seine Frau, seinen Sohn (der gerade mit glänzendem Erfolg das Staatsexamen in Philosophie bestanden hatte) sowie die noch rauchenden Ruinen seines Geschäfts. Ein Jahr später sollte seine Familie erfahren, daß er in Argentinien den Tod gefunden hatte.

Aber die Versicherungsgesellschaft verfolgte nach wie vor die Witwe. Um ihr zu Hilfe zu kommen, opferten sich Emile und Gérard, ihre beiden Schwäger, auf; Emile verkaufte siebzehn der dreißig Wohnungen, die er noch besaß. Gérard veräußerte fast die Hälfte seines Landwirtschaftsbetriebs.

Emile und Gérard starben beide neunzehnhundertvierunddreißig; Emile als erster, im März, an einer Lungenentzündung; Gérard im September an einem

Hirnschlag. Sie hinterließen ihren Kindern nur ein unsicheres Erbe, das die folgenden Jahre immer kleiner werden ließen.

ENDE DES ERSTEN TEILS

ZWEITER TEIL

ZWEIUNDZWANZIGSTES KAPITEL

Die Eingangshalle, 1

Die Eingangshalle ist ein relativ geräumiger, fast vollkommen quadratischer Ort. Ganz hinten links führt eine Tür zu den Kellerräumen; in der Mitte, der Fahrstuhlschacht; an der schmiedeeisernen Tür hängt ein Schild;

FAHRSTUHL
VORÜBERGEHEND
AUSSER
BETRIEB

rechts der Treppenaufgang. Die Wände sind hellgrün lackiert, der Boden ist mit einem Hanfteppich von äußerst dichtem Gewebe ausgelegt. An der linken Wand die mit kleinen Spitzenvorhängen versehene Glastür der Hausmeisterloge.

Vor der Hausmeisterloge steht eine Frau, die gerade die Liste der Hausbewohner durchliest; sie trägt einen weiten Mantel aus braunem Linnen, der von einer dicken, mit Manganblenden eingefaßten Brosche in Fischform geschlossen wird. Über der Schulter trägt sie eine große Umhängetasche aus ungebleichter Leinwand, in der rechten Hand hält sie eine braune Fotografie, die einen Mann im schwarzen Gehrock darstellt. Er hat dicke Koteletten und trägt einen Kneifer; er steht neben einem drehbaren Bücherschrank aus Mahagoni und Kupfer, Stil Napoleon III., auf dem sich eine mit Aronstäben gefüllte Vase aus Glasfluß befindet. Sein Zylinder, seine Handschuhe und sein Stock liegen neben ihm auf einem Ministerschreibtisch mit Schildpattinkrustationen.

Dieser Mann – James Sherwood – war das Opfer einer der berühmtesten Betrugsaffären aller Zeiten: zwei geniale Bauernfänger hatten ihm achtzehnhundertsechsundneunzig das Gefäß verkauft, in dem der Arimathäer das Blut Christi aufgefangen hatte. Die Frau – eine amerikanische Romanschriftstellerin namens Ursula Sobieski – hatte vor drei Jahren mit der Rekonstruktion dieser undurchsichtigen Angelegenheit begonnen, um daraus den Stoff für ihr nächstes Buch zu machen, und der Abschluß ihrer Untersuchung hat sie heute wegen irgendeiner allerletzten Auskunft in dieses Haus geführt.

1833 in Ulverston (Lancashire) geboren, wanderte James Sherwood sehr jung aus und wurde Apotheker in Boston. Anfang der siebziger Jahre erfand er ein Rezept für Brustpastillen auf der Basis von Ingwer. Der Ruf dieser Hustenbonbons bürgerte sich in weniger als fünf Jahren ein; er wurde durch einen berühmt gewordenen Werbespruch verkündet *»Sherwood's put you in the mood«* und durch sechseckige Vignetten illustriert, die einen Ritter in Rüstung darstellten, der mit seiner Lanze das Gespenst der Grippe niedersticht, personifiziert von einem mürrischen Greis, der bäuchlings in einer von Nebel überzogenen Landschaft liegt, Vignetten, die in ganz Amerika reichlich verteilt und auf die Löschblätter der Schüler, auf Streichholzschachteln, auf Mineralwasserkapseln, auf Käseschachteln und auf Tausende kleiner Spielzeuge und Schulartikel gedruckt wurden, die zu ganz bestimmten Zeiten jeder Käufer einer Schachtel *Sherwood's* als Zugabe bekam: Federhalter, kleine Hefte, Würfelspiele, kleine Puzzles, kleine Siebe für Goldklümpchen (der kalifornischen Kundschaft vorbehalten), die Fotos großer Varieté-Stars mit unechten Widmungen.

Das kolossale Vermögen, das diese außergewöhnliche Popularität begleitete, genügte leider nicht, den Apotheker von der Krankheit zu befreien, unter der er litt: eine hartnäckige Neurasthenie, die ihn in einem fast chronischen Zustand der Lethargie und der völligen Entkräftung hielt. Zumindest erlaubte sie ihm, der einzigen Beschäftigung nachzugehen, die ihn einigermaßen seinen Verdruß vergessen zu machen vermochte: die Suche nach *Unica*.

Ein *Unicum* ist im Jargon der Buchhändler, der Trödler und der Kuriositätenhändler, wie sein Name schon verrät, ein Gegenstand, von dem es nur ein Exemplar gibt. Diese etwas vage Definition deckt mehrere Arten von Gegenständen ab; es kann sich um Gegenstände handeln, von denen nur ein einziges Exemplar hergestellt worden ist, wie etwa der Oktobaß, dieser monströse Kontrabaß, der zwei Instrumentalisten erforderte, der eine auf einer Leiter, der sich um die Saiten bemüht, der andere auf einem gewöhnlichen Fußschemel, um den Bogen zu halten, oder wie der Legouix-Vavassor Alsatia, der 1913 den Großen Preis von Amsterdam gewann und dessen Kommerzialisierung durch den Krieg für immer zunichte gemacht wurde; es kann sich aber auch um Tierarten handeln, von denen nur ein einziges Exemplar bekannt ist, wie der Tanrek *Dasogale fontoynanti*, von dem sich das einzige Muster, das in Madagaskar gefangen wurde, im Museum für Naturgeschichte in Paris befindet, wie der Schmetterling *Troides allottei*, den ein Liebhaber 1966 für 1500000 Francs kaufte oder wie der *Monachous tropicalis*, dieser Seehund mit dem weißen Rücken, von dessen Existenz man lediglich durch ein 1962 in Yukatan aufgenommenes Foto weiß; es kann sich auch um Gegenstände handeln, von denen nur noch ein einziges Exemplar übrigbleibt, wie das bei mehreren Briefmarken, Büchern, Graphiken und Schallplattenaufnahmen der Fall ist; es kann sich ferner um Gegenstände handeln, die auf Grund dieser oder jener Besonderheit ihrer Geschichte einzig geworden sind: der Füller, mit dem der Vertrag von Versailles paraphiert und unterschrieben wurde, der Kleiekorb, in den der Kopf Ludwig XVI. oder der Dantons gerollt ist, der Rest der Kreide, deren sich Einstein bei seinem denkwürdigen Vortrag von 1905 bediente; das erste Milligramm reines Radium, das 1898 von den Curies isoliert wurde, die Depesche von Ems, die Boxhandschuhe, mit denen Dempsey am 21. Juli 1921 Carpentier vernichtend schlug, die erste Badehose Tarzans, die Handschuhe Rita Hayworths in *Gilda*, sind klassische Beispiele dieser letzteren Kategorie, die zwar am verbreitetsten, aber auch am zweideutigsten ist, wenn man bedenkt, daß jeder beliebige Gegenstand immer auf eine einzigartige Weise definiert werden kann, und daß es in Japan eine Fabrik gab, die Napoleonhüte in Serienproduktion herstellte.

Mißtrauen und Leidenschaft sind die beiden Charakterzüge der Liebhaber von *Unica*. Mißtrauen verführt sie dazu, bis zum Exzeß Echtheitszeugnisse zusammenzutragen, vor allem aber Beweise für die Einmaligkeit des Gegenstandes, den sie suchen; die Leidenschaft verführt sie zu einer manchmal grenzenlosen Leichtgläubigkeit. Indem sie ständig diese beiden Elemente vor Augen hatten, gelang es den Bauernfängern, Sherwood um ein Drittel seines Vermögens zu bringen.

An einem Apriltag des Jahres 1896 kam ein italienischer Arbeiter namens Longhi, den er vierzehn Tage zuvor eingestellt hatte, um die Gitter seines Parks neu zu streichen, in dem Augenblick zu dem Apotheker, als dieser seine drei Windhunde zu ihrem täglichen Spaziergang ausführen wollte und erklärte ihm in einem eher gebrochenen Englisch, daß er drei Monate zuvor einem Landsmann, einem gewissen Guido Mandetta, der sich als Geschichtsstudent ausgab, ein Zimmer vermietet habe; dieser Guido war plötzlich verschwunden, natürlich ohne zu bezahlen, wobei er lediglich einen alten Koffer voller Bücher und Papiere zurückließ. Longhi hätte nun, um wenigstens zu einem Teil seines Geldes zu kommen, die Bücher gern verkauft, hatte aber Angst, übers Ohr gehauen zu werden und bat Sherwood, ihm zu helfen. Sherwood, der sich von Geschichtslehrbüchern und Vorlesungsaufzeichnungen nichts Interessantes versprach, war nahe daran, abzulehnen oder einen seiner Angestellten hinzuschicken, als Longhi darauf hinwies, daß es hauptsächlich Bücher in lateinischer Sprache seien. Seine Neugier war geweckt und sie wurde nicht enttäuscht.

Longhi nahm ihn mit nach Hause, ein großes Gebäude aus Holz voller Mammas und Kinderscharen, und führte ihn in ein kleines Mansardenzimmer, das Mandetta bewohnt hatte; kaum hatte Sherwood den Koffer geöffnet, als er vor Freude und Überraschung zusammenzuckte: mitten unter einem Haufen Hefte, fliegender Blätter, Notizbücher, Zeitungsausschnitte und abgenutzter Bücher entdeckte er einen alten Quarli, eines von diesen wunderbaren Büchern mit Holzeinband und gemaltem Schnitt, die die Quarlis zwischen 1530 und

1570 in Venedig druckten und die zum größten Teil unauffindbar geworden sind.

Sherwood prüfte das Buch sorgfältig: es war in sehr schlechtem Zustand, aber an seiner Echtheit bestand nicht der geringste Zweifel. Der Apotheker zögerte nicht: er nahm zwei Hundertdollar-Scheine aus der Brieftasche, hielt sie Longhi hin, unterbrach die verwirrten Dankesworte des Italieners, ließ den Koffer zu sich nach Hause bringen und begann seinen Inhalt systematisch zu erforschen und in dem Maße, in dem die Stunden fortschritten und seine Entdeckungen klarer wurden, fühlte er sich von einer immer stärker werdenden Erregung durchflutet.

Der Quarli selbst hatte nicht nur einen bibliophilen Wert. Es war die berühmte *Vita brevis Helenae* von Arnaud de Chemillé, in welcher der Autor, nachdem er die wichtigsten Episoden im Leben der Mutter Konstantin des Großen nacherzählt hatte, den Bau der Grabeskirche und die Umstände, die zur Entdeckung des Echten Kreuzes führten, wieder aufleben läßt. In einer Art auf die Pergamentschutzhülle genähten Tasche steckten fünf handgeschriebene Blätter, die zwar bedeutend jünger waren als das Buch, aber dennoch sehr alt, sicherlich vom Ende des achtzehnten Jahrhunderts: es war eine langweilige und sorgfältige Zusammenstellung, auf der in endlosen Reihen, in einer winzig kleinen und fast unleserlich gewordenen Schrift Standort und Einzelheiten der Reliquien der Passion aufgezählt werden: die Fragmente des Heiligen Kreuzes im Petersdom in Rom, in der Hagia Sophia, in Worms, in Clairvaux, in der Lauzin-Kapelle, im Hospiz der Unheilbaren in Baugé, in der Sankt-Thomas-Kirche in Birmingham usw.; die Nägel in der Abtei in Saint-Denis, in der Kathedrale in Neapel, in San Felice in Syrakus, in den Apostoli in Venedig, in Saint-Sernin in Toulouse; die Lanze, mit der Longinus die Seite des Herrn durchbohrte in San Paolo fuori le mura, im Latran, in Nürnberg und in der Sainte-Chapelle in Paris; der Kelch in Jerusalem; die Drei Würfel, mit denen die Soldaten um den Leibrock Christi würfelten, in der Kathedrale in Sofia; der mit Essig und Honig getränkte Schwamm im Latran, in Santa Maria in Transtevere, in Santa Maria Maggiore, in San Marco, in San Sylvestro in Capite und in der Sainte-Chapelle in Paris; die Dornenkrone in Saint-Taurin in Evreux, in Chateaumeillant, Orléans, Beaugency, Notre-Dame von Reims, Abbeville, Saint-Benoît-sur-Loire, Vézelay, Palermo, Colmar, Montauban, Wien und Padua; das Gefäß in San Lorenzo in Genua; das Schweißtuch der Veronika (die *vera icon*) in San Silvestro in Rom; das Heilige Grabtuch in Rom, Jerusalem, Turin, Cadouin im Périgord, Carcassonne, Mainz, Parma, Prag, Bayonne, York, Paris usw.

Die übrigen Stücke waren nicht weniger interessant. Guido Mandetta hatte eine umfassende wissenschaftliche und historische Dokumentation über die Reliquien von Golgatha zusammengestellt und ganz besonders über die wunderbarste von allen, dieses Gefäß, das der Arimathäer benutzte, um das aus den Wunden Jesu tropfende Blut aufzufangen: eine Artikelserie von einem Professor für Frühgeschichte an der Columbia-Universität in New York, J.P.Shaw, untersuchte die um das Heilige Gefäß umlaufenden Legenden und bemühte sich, die wirklichen Elemente herauszufinden, auf denen sie sich rational begründen ließen. Die Analysen von Professor Shaw waren nicht ermutigend: die Traditionen, die behaupteten, daß der Arimathäer selbst das Gefäß nach England gebracht und dort, um es zu verwahren, das Kloster von Glastonbury gegründet habe, beruhten nur, wie er nachwies, auf der (späteren?) christlichen Anverwandlung der Gralslegende; das *Sacro Catino* aus der Kathedrale in Genua war ein Smaragdkelch, der angeblich von den Kreuzrittern 1102 in Cäsarea entdeckt worden war, von dem man sich jedoch fragen durfte, wie Joseph von Arimathia ihn sich besorgt haben sollte; das Goldgefäß mit den beiden Henkeln, das in der Grabeskirche in Jerusalem aufbewahrt wird und von dem Beda Venerabilis sagte, ohne es gesehen zu haben, das Blut des Herrn sei darin enthalten gewesen, war natürlich nichts anderes als ein gewöhnlicher Kelch. Die Verwechslung war durch den Irrtum eines Kopisten zustandegekommen, der »Blutinhalt« statt »Goldgehalt« gelesen hatte. Was die vierte Legende angeht, die berichtet, daß die Burgunder des Gundoric, nach dem sie sich laut Aetius mit den Sachsen, den Alanen, den Franken und den Westgoten verbündet hatten, um Attila und seine Hunnen aufzuhalten, mit ihren Sühnereliquien – wie das damals üblich war – im vorliegenden Falle dem Heiligen Gefäß, das arianische Missionare, von denen sie bekehrt worden waren, ihnen geschenkt hatten und das ihnen etwa dreißig Jahre später Chlodwig in Soissons geraubt haben soll, auf den katalaunischen Feldern angekommen sind, so verwarf Professor Shaw sie als die unwahrscheinlichste von allen, denn nie hätten die Arianer, die die Transsubstantialität Jesu ablehnten, daran gedacht, seine Reliquien anzubeten oder anbeten zu lassen.

Dennoch, schloß Professor Shaw, sei es nicht undenkbar, daß inmitten dieser starken Strömung des Waren- und Gedankenaustauschs, der zu Anfang des 4. Jahrhunderts bis zum Ende des 18. Jahrhunderts zwischen dem christlichen Westen und Konstantinopel stattfand und wovon die Kreuzzüge nur eine winzige Episode sind, das Echte Gefäß hatte aufbewahrt werden können, zumal es schon am Tag nach der Grablegung ein Gegenstand größter Verehrung wurde.

Als er die von Mandetta zusammengetragenen Dokumente – von denen die meisten übrigens für ihn unverständlich blieben – nach allen Seiten und Richtungen hin studiert hatte, war Sherwood überzeugt davon, daß der Italiener die Spur des Heiligen Gefäßes gefunden hatte. Er hetzte ihm eine Armee von Detektiven auf die Fersen, was aber zu keinem Ergebnis führte, da Longhi ihm nicht einmal eine korrekte Personenbeschreibung hatte geben können. Er beschloß daher, Professor Shaw um Rat zu fragen. Er fand seine Adresse in einer ganz neuen Ausgabe des *Who's Who in America* und schrieb ihm. Die Antwort kam einen Monat später: Professor Shaw war gerade von einer Reise zurück; da er von den Prüfungen zum Semesterende völlig in Anspruch genommen wurde, konnte er nicht nach Boston kommen, aber er würde ihn gerne bei sich zu Hause empfangen.

Die Begegnung fand am 15. Juni 1896 in der New Yorker Wohnung von J.P.Shaw statt. Kaum hatte Sherwood die Entdeckung des Quarli erwähnt, als Shaw ihn unterbrach:

»Es handelt sich um die *Vita brevis Helenae*, nicht wahr?«

»Richtig, aber...«

»Auf dem hinteren Schutzblatt befindet sich ein Täschchen, das die Liste mit allen Reliquien von Golgatha enthält?«

»In der Tat, aber...«

»Nun, lieber Herr, ich bin sehr froh, daß ich Ihnen endlich begegne! Es ist mein eigenes Exemplar, das Sie wiedergefunden haben! Meines Wissens gibt es übrigens kein anderes. Man hat es mir vor zwei Jahren gestohlen.«

Der Professor stand auf, wühlte in einem Aktenschrank herum und kam mit einigen zerknitterten Blättern zurück.

»Hier, das ist die Warnung, die ich in den Fachzeitschriften habe veröffentlichen lassen und die ich an alle Bibliotheken im Lande geschickt habe:

> *GESTOHLEN WURDE am 6. April 1893 in der Wohnung von Professor J.P. SHAW in New York, N.Y., Vereinigte Staaten von Amerika, ein äußerst seltenes Exemplar der VITA BREVIS HELENAE von Arnaud de Chemillé. Quarli, Venedig, 1549, 171 Bl. num., 11 Bl. n. num. Holzbretter stark beschädigt. Schutzblätter aus Pergament. Gemalter Schnitt. Zwei von drei Verschlüssen sind intakt. Zahlreiche handgeschriebene Randbemerkungen. EINLAGE VON 5 HANDGESCHRIEBENEN BLÄTTERN VON J.-B. ROUSSEAU.*

Sherwood mußte Shaw dieses Buch zurückgeben, das er so billig zu erwerben geglaubt hatte. Er lehnte die zweihundert Dollar Belohnung ab, die Shaw ihm anbot. Dafür bat er den Historiker, ihm dabei zu helfen, die ausführliche Dokumentation des Italieners auszuwerten. Diesmal war es der Professor, der ablehnte: seine Arbeit an der Universität nahm ihn völlig in Anspruch, vor allem aber glaubte er nicht, daß er aus den Papieren Mandettas etwas Neues erfahren würde: seit zwanzig Jahren studierte er die Geschichte der Reliquien und er meinte, es sei unmöglich, daß ihm ein Dokument von noch so geringer Bedeutung habe entgehen können.

Sherwood ließ nicht locker und bot dem Professor schließlich eine so sagenhafte Summe, daß er seine Einwilligung erhielt. Einen Monat später, als die Prüfungszeit vorüber war, kam Shaw nach Boston und begann damit, die zahllosen Papiere mit Anmerkungen, Artikeln und Zeitungsausschnitten, die Mandetta zurückgelassen hatte, durchzusehen.

Eine genaue Überprüfung der Reliquien von Golgatha wurde 1718 von dem Dichter Jean-Baptiste Rousseau angestellt, der, nach der düsteren Affäre der Couplets vom Café Laurent aus Frankreich verbannt, damals Sekretär des Prinzen Eugen von Savoyen war. Dieser Prinz, der für Österreich kämpfte, hatte im Jahr davor den Türken Belgrad abgenommen. Sein Sieg, der auf mehrere andere folgte, setzte dem langen Konflikt, den Venedig und die Habsburger mit der Hohen Pforte austrugen, ein Ende und der Frieden wurde am 21. Juli 1718 in Passarowitz unterzeichnet, wobei England und Holland als Vermittler auftraten. Anläßlich dieses Vertrages ließ Sultan Ahmed III. Prinz Eugen, in dem Glauben, damit sein Wohlwollen zu erwerben, einen Posten bedeutender Reliquien überbringen, die aus einem in einer der Mauern der Hagia Sophia angebrachten Versteck stammten. Einzelheiten über diese Sendung sind uns bekannt durch einen Brief Moritz von Sachsens – der sich unter den Befehl des Prinzen gestellt hatte, um das Kriegshandwerk zu erlernen, das er indes schon besser kannte als jeder andere – an seine Frau, die Gräfin von Loben: »*...Ein Eisen der Heiligen Lanze, die Dornenkrone, die Riemen und Ruten der Flagellation, der Purpurmantel und das Rohr der Passion, die Heiligen Nägel, das Allerheiligste Gefäß, das Grabtuch Christi und das Allerheiligste Schweißtuch.*«

Niemand wußte, was aus diesen Reliquien geworden war. Kein Kirchenschatz Österreich-Ungarns oder eines anderen Landes rühmte sich je ihrer. Der Reliquienkult, der während des ganzen Mittelalters und der Renaissance in höchster Blüte gestanden hatte, begann damals ernsthaft an Glanz zu verlieren, und wahrscheinlich darf angenommen werden, daß Prinz Eugen Jean-Baptiste Rousseau in spöttischer Absicht darum gebeten hatte, eine Bestandsaufnahme aller damals verehrten Reliquien zu machen.

Doch etwa fünfzig Jahre später tauchte das Allerheiligste Gefäß von neuem auf: in einem auf italienisch geschriebenen Brief von 1765 erzählte der Publizist Beccaria seinem Gönner Carlo-Josef de Firmiano, daß er das berühmte Antiquitäten-Kabinett besucht habe, das der Philosoph Pitiscus bei seinem Tod 1727 dem Sankt-Hieronymus-Kollegium von Utrecht, dessen Rektor er gewesen war, vermacht hatte und erwähnte besonders *»ein bestimmtes Gefäß aus Siegelton, von dem uns gesagt wurde, es sei das Gefäß vom Kalvarienberg«*.

Professor Shaw kannte natürlich das Verzeichnis Jean-Baptiste Rousseaus, dessen Original in seinem Quarli eingeheftet war, und den Brief Moritz' von Sachsen. Aber er kannte nicht den Brief Beccarias: er ließ ihn Freudensprünge machen, denn die Bemerkung *»Gefäß aus Siegelton«* untermauerte endlich die Hypothese, die seit jeher die seine gewesen war, die er jedoch nie niederzuschreiben gewagt hatte: es gab überhaupt keinen Grund, daß das Gefäß, in dem Joseph von Arimathia am Abend der Passion das Blut Christi aufgefangen hatte, aus Gold, Erz oder Bronze war und schon gar nicht aus einem Smaragd herausgehauen, sondern ganz einfach aus Ton: ein einfaches Tongeschirr, das Joseph auf dem Markt gekauft hatte, bevor er die Wunden seines Heilands säubern ging. Shaw wollte in seiner Begeisterung auf der Stelle den Brief Beccarias veröffentlichen und kommentieren, und Sherwood hatte alle Mühe von der Welt, ihn davon abzubringen, indem er ihm versprach, daß er an dem Tag, an dem sie das Gefäß gefunden hätten, Stoff für einen noch sensationelleren Artikel hätte!

Zuvor jedoch mußte man den Ursprung des Gefäßes von Utrecht herausfinden. Die meisten Stücke aus der

Sammlung Pitiscus' stammten aus der riesigen Sammlung Christines von Schweden, deren Gast der Philologe lange gewesen war, doch die beiden Kataloge, die diese Sammlung beschrieben, das *Nummophylacium reginae Christinae* von Havercamp und das *Musoeum Odescalcum* erwähnten kein Gefäß. Zum Glück übrigens, denn die Sammlungen der Königin Christine waren lange, bevor Ahmed III. Prinz Eugen die Heiligen Reliquien geschickt hatte, angelegt worden. Es mußte sich also um einen späteren Erwerb handeln. Da Prinz Eugen die Reliquien weder den Kirchen gespendet noch sie für sich behalten hatte – in seinen eigenen Sammlungen, die allgemein bekannt waren, tauchten keine auf – ist der Gedanke nicht abwegig, daß er sie seinem Gefolge geschenkt hatte oder wenigstens denen unter seinem schon damals sehr zahlreichen Gefolge, die ein sehr großes Interesse an Archäologie zeigten, und zwar muß das gleich um die Zeit gewesen sein, in der er sie bekommen hatte, das heißt während der Friedensverhandlungen von Passarowitz. Shaw überprüfte diesen entscheidenden Punkt, als er die Entdeckung machte, daß der Sekretär der holländischen Delegation kein anderer war als der Literat Justus Van Effen, nicht nur ein Schüler, sondern auch ein Patenkind von Pitiscus, und es wurde nun klar, daß er um dieses Gefäß für seinen Paten gebeten und es auch erhalten hatte, nicht weil es ein Kultgegenstand war – die Holländer waren Reformierte und infolgedessen von Grund auf dem Reliquienkult gegenüber feindlich eingestellt –, sondern als Museumsgegenstand.

Zwischen Shaw und mehreren holländischen Professoren, Konservatoren und Archivaren setzte ein lebhafter Briefwechsel ein. Die meisten konnten keine zufriedenstellenden Auskünfte erteilen. Nur ein einziger, ein gewisser Jakob Van Deeckt, Bibliothekar bei den Departements-Archiven von Rotterdam, konnte sie über die Geschichte der Sammlung Pitiscus aufklären.

1795, bei der Konstituierung der batavischen Republik, war das Sankt-Hieronymus-Gymnasium geschlossen und in eine Kaserne umgewandelt worden. Die meisten der Bücher und Sammlungen waren damals an »einen sicheren Ort« gebracht worden. 1814 wurde das ehemalige Gymnasium Sitz der neuen Militärakademie des Königreichs der Niederlande. Seine Sammlungen bildeten zusammen mit denen mehrerer anderer öffentlicher und privater Einrichtungen, darunter die alte Künstlerische und Wissenschaftliche Gesellschaft von Utrecht, eine erste Grundlage für das Museum von Oudheden (Antiquitäten-Museum). Doch wenn der Katalog dieses Museums auch mehrere Siegeltongefäße aus der Römerzeit erwähnte, wies er doch gleichzeitig darauf hin, daß es sich um Überreste handelte, die in Vechten in der Umgebung von Utrecht gefunden worden waren, wo sich ein Römerlager befunden hatte.

Diese Zuschreibung gab jedoch Anlaß zu Kontroversen und mehrere Gelehrte waren der Meinung, daß es zum Zeitpunkt des ersten Inventars möglicherweise zu Verwechslungen gekommen ist. Professor Berzelius von der Universität Lund hatte diese Tongeschirre untersucht und nachgewiesen, daß eine Prüfung der Stempel, Prägungen und Inschriften den Schluß zuließe, daß eines von ihnen, und zwar das unter der Nummer BC 1182 ins Register aufgenommene Stück, unzweifelhaft sehr viel älter sei als die andern und daß es zweifelhaft sei, daß man es bei den Ausgrabungen von Vechten gefunden habe, da dieses Lager, wie jeder wisse, erst spät gegründet worden sei. Diese Folgerungen waren in einem auf deutsch geschriebenen Artikel zusammengefaßt, der 1855 im Band 22 der *Antigvarisk Tidsskrift* von Kopenhagen erschien, von dem Jakob Van Deeckt seinem

Brief einen Sonderdruck beigefügt hatte, in dem mehrere ausführlich kommentierte Zeichnungen des betreffenden Gefäßes abgebildet waren. Und dieses gleiche Gefäß BC 1182 war nun, wie Jakob Van Deeckt zum Abschluß hinzufügte, vier oder fünf Jahre zuvor gestohlen worden. Der Bibliothekar erinnerte sich nicht mehr sehr genau an die Umstände des Diebstahls, doch würden sie von den Verantwortlichen des Museums von Oudheden sicherlich genaue Auskünfte erhalten.

Während Sheerwood nur noch nach Luft schnappte, schrieb Shaw dem Konservator des Museums. Die Antwort kam in Form eines langen Briefes, der von Presseausschnitten aus dem *Nieuwe Courant* begleitet war. Der Diebstahl war in der Nacht zum 4. August 1891 ausgeführt worden. Das Museum, das sich im Hoogeland Park befindet, war im Jahr zuvor weitgehend neu eingerichtet worden und noch waren nicht alle Säle für die Besucher geöffnet. Ein Student der Akademie der Schönen Künste, Theo Van Schallaert, hatte die Erlaubnis erhalten, einige Kopien von antiken Kunstwerken herzustellen und arbeitete in einem dieser Säle, die, weil sie nicht besichtigt, auch nicht bewacht wurden. Am Abend des 3. August war es ihm gelungen, sich im Museum einschließen zu lassen, das er unter Mitnahme des kostbaren Gefäßes verlassen hatte, indem er ganz einfach ein Fenster einschlug und sich an einer Regenrinne herabgleiten ließ. Die Hausdurchsuchung, die gleich am nächsten Tag vorgenommen wurde, brachte die Bestätigung, daß der Coup von langer Hand vorbereitet war, aber alle Nachforschungen, ihn wiederzufinden, blieben vergeblich. Die Sache war noch nicht verjährt und der Konservator schloß seinen Brief mit der Bitte um Auskünfte, die zur Verhaftung des Diebes und zur Rückgabe des antiken Gefäßes führen könnte.

Für Sherwood bestand nicht der geringste Zweifel,

daß dieses Gefäß das Allerheiligste Gefäß war und daß der Student der Geschichte Guido Mandetta und der Student der Schönen Künste Theo Van Schallaert ein und dieselbe Person waren. Aber wie sollte er ihn ausfindig machen? Mandetta war jetzt seit über sechs Monaten verschwunden und die von Sherwood engagierten Detektive suchten ihn weiterhin vergeblich auf beiden Seiten des Atlantiks.

Da wollte nun der wunderbare Zufall, daß Longhi, der italienische Arbeiter, dessen betrügerischer Untermieter Mandetta-Van Schallaert war, Sherwood wieder aufsuchte. Er hatte in New Bedford eine Arbeit gefunden, und drei Tage zuvor hatte er den Studenten aus dem Hotel *L'Espadon* kommen sehen. Er hatte den Bürgersteig überquert, um mit ihm zu reden, aber der andere war in eine Kalesche gestiegen, die im Galopp davonfuhr.

Schon am nächsten Tag waren Sherwood und Shaw im *Espadon*, nach einer kurzen Befragung des Personals konnten sie Mandetta, der unter dem Namen Jim Brown in diesem Hotel abgestiegen war, identifizieren. Er hatte das Hotel nicht verlassen und war im Augenblick sogar auf seinem Zimmer. Professor Shaw meldete sich bei ihm und Jim Brown-Mandetta-Van Schallaert machte keinerlei Schwierigkeiten, um ihn und Sherwood zu empfangen und ihnen einige Erklärungen abzugeben.

Während er in Utrecht Jura studierte, hatte er bei einem Antiquariatsbuchhändler einen Einzelband der Korrespondenz Beccarias entdeckt, dessen berühmte Abhandlung *Über Straftaten und Strafen*, die das gesamte Strafrecht revolutioniert hatte, er natürlich kannte. Er hatte das Werk gekauft und als er nach Hause gekommen war, hatte er damit begonnen, flüchtig darin herumzulesen, wobei er ein Gähnen nicht unterdrücken konnte, da seine Italienisch-Kenntnisse zudem eher oberflächlich waren, bis er auf den Brief stieß, in dem von der Besichtigung der Pitiscus-Sammlung berichtet wird. Nun war sein Urgroßvater einst Schüler des Sankt-Hieronymus-Gymnasiums gewesen. Durch diese fortwährenden Zufälle neugierig geworden, beschloß Schallaert, die Spur des Gefäßes vom Kalvarienberg wiederzufinden, und als er sie wiedergefunden hatte, beschloß er, es zu stehlen. Der Coup gelang, und als die Wächter des Museums den Diebstahl entdeckten, war er bereits an Bord eines Linienschiffs, das Amsterdam mit New York verband.

Er rechnete natürlich damit, das Gefäß zu verkaufen, doch der erste Antiquar, dem er es anbot, lachte ihn aus und verlangte bessere Echtheitsbeweise als irgend einen Brief eines Juristen und diverse Trödelkataloge. Wenn nun das Gefäß wirklich das war, das Berzelius beschrieben und ganz sicher das, das Beccaria gesehen hatte, blieb seine frühere Herkunft problematisch. Schallaert hatte bei seinen Nachforschungen von Professor Shaw gehört – Sie sind, sagte er zu ihm, sowohl in der Alten wie in der Neuen Welt eine Kapazität – worüber der Professor errötete – und nachdem er in der Bibliothek gewissenhaft alle Elemente dieser Angelegenheit geprüft und unauffällig seine Vorlesungen und Seminare besucht hatte, schlich er sich während eines Empfangs, den Shaw anläßlich seiner Ernennung zum Direktor des Instituts für Frühgeschichte gab, bei ihm ein und stahl ihm den Quarli. So gelang es ihm, obgleich er von einer anderen Quelle ausging als Shaw und Sherwood, die Geschichte des Gefäßes zu rekonstruieren. Er trat dann, durch Beweise gestützt, eine Reise durch die Vereinigten Staaten an, wobei er im Süden begann, wo er, wie man ihm gesagt hatte, reiche Kunden finden würde. Tatsächlich stellte ihn in New Orleans ein Buchhändler einem steinreichen Baumwollfarmer vor, der ihm 250000 Dollar bot, und er war nun nach New Bedford zurückgekommen, um das Gefäß zu holen.

»Ich biete Ihnen das Doppelte«, sagte Sherwood einfach.

»Das ist unmöglich, ich habe eine feste Zusage gegeben.«

»Für zweihundertfünfzigtausend Dollar mehr können Sie Ihre Zusage durchaus zurücknehmen.«

»Kommt gar nicht in Frage!«

»Ich biete Ihnen eine Million!«

Schallaert schien zu zögern.

»Wer sagt mir, daß Sie überhaupt eine Million besitzen? Sie haben sie nicht bei sich!«

»Nein, aber ich kann diese Summe bis morgen abend zusammenbringen.«

»Wer beweist mir, daß Sie mich bis dahin nicht verhaften lassen?«

»Und wer beweist mir, daß Sie mir dieses Gefäß auch aushändigen werden?«

Shaw unterbrach sie und schlug ihnen folgenden Vergleich vor. Sobald die Echtheit des Gefäßes erwiesen sei, würden Sherwood und Schallaert es zusammen im Tresor einer Bank hinterlegen. Sie würden sich am nächsten Tag dort wieder treffen, Sherwood würde Schallaert eine Million Dollar übergeben und anschließend würde man den Tresor öffnen.

Schallaert fand die Idee ausgezeichnet, lehnte aber die Bank ab, da er einen neutralen und sicheren Ort verlangte. Shaw kam ihnen wieder zur Hilfe: er kannte bestens Michael Stefensson, den Dekan der Harvard-Universität und wußte, daß er zu Hause, in seinem Arbeitszimmer, einen Tresor hatte. Warum sollte man ihn nicht bitten, diese heikle Transaktion in die Hand zu nehmen? Man würde ihn bitten, diskret zu sein und außerdem sei es nicht einmal nötig, daß er wisse, was in den Taschen sei, die man austausche. Sherwood und

Schallaert stimmten zu. Shaw rief Stefensson an und erlangte schließlich sein Einverständnis.

»Tun Sie nichts, was Sie bedauern könnten!« sagte darauf plötzlich Schallaert. Er zog eine kleine Pistole aus der Tasche, wich in den Hintergrund des Zimmers zurück und sagte noch: das Gefäß steht unter dem Bett. Sehen Sie es sich an, aber passen Sie auf.

Shaw holte einen kleinen Koffer unter dem Bett hervor und machte ihn auf. Im Innern, geschützt von einem dicken Polster, befand sich das Allerheiligste Gefäß. Es glich haargenau den Zeichnungen, die Berzelius von dem Gefäß BC 1182 angefertigt hatte und die Inschrift stand mit roter Tinte gut leserlich unter dem Sockel.

Noch am selben Abend kamen sie in Harvard an, wo Stefensson sie erwartete. Die vier Männer begaben sich in das Arbeitszimmer des Dekans, der seinen Tresor aufsperrte und verstauten dort den Koffer.

Am nächsten Abend trafen die vier Männer sich wieder. Stefensson sperrte seinen Tresor auf, nahm den Koffer heraus und übergab ihn Sherwood. Dieser hielt Schallaert eine Reisetasche hin. Schallaert überprüfte schnell den Inhalt – zweihundertfünfzig Bündel zu zweihundert Zwanzig-Dollar-Scheinen – dann grüßte er die Männer mit einem kurzen Kopfnicken und ging hinaus.

»Ich glaube, meine Herren«, sagte Shaw, »daß wir uns redlich ein Glas Champagner verdient haben.«

Es wurde spät, und dankbar nahmen Shaw und Sherwood nach einigen Gläsern die Gastfreundschaft an, die der Dekan ihnen anbot. Doch als Sherwood am nächsten Tag wach wurde, fand er das Haus völlig verlassen vor. Der Koffer stand unter einem niedrigen Tisch am Kopfende seines Bettes und das Gefäß war auch tatsächlich im Koffer. Die übrige Wohnung, die er am Vortag von Dienstboten bevölkert, hell beleuchtet, reich an Kunstgegenständen aller Art gesehen hatte, erwies sich als eine Folge von leeren Tanzsälen und Salons, und das Arbeitszimmer des Dekans als ein kleiner, kaum möblierter Raum, sicherlich eine Diele, völlig ohne Bücher, Tresor und Bilder. Etwas später erfuhr Sherwood, daß er in einer jener Residenzen empfangen worden war, welche die zahlreichen Schülervereinigungen – die Phi Beta Rho, die Tau Kappa Pi usw. – für ihre Jahresempfänge mieten und daß sie zwei Tage zuvor von einem gewissen Arthur King bestellt worden war und zwar im Namen einer sogenannten *Galaad Society*, von der sich natürlich nirgends auch nur die geringste Spur finden ließ.

Er rief Michael Stefensson an und hatte schließlich eine Stimme an der Leitung, die er noch nie gehört hatte, vor allem nicht am Vortag. Dekan Stefensson kannte zwar Professor Shaw vom Hörensagen und er wunderte sich sogar, daß er bereits von der Expedition zurück war, die er in Ägypten leitete.

Die Mamas und die Kinderschar im Hause Longhis ebenso wie die Dienstboten in der Wohnung Stefenssons waren Statisten, die im Stundenlohn bezahlt wurden. Longhi und Stefensson waren Komparsen, die eine präzise Rolle zu spielen hatten, aber nur verschwommen die Hintergründe der Angelegenheit kannten, die Schallaert und Shaw, deren wirkliche Identität auch weiterhin unbekannt ist, eingefädelt hatten. Schallaert, ein talentierter Fälscher, hatte den Brief Beccarias, den Artikel Berzelius' und die falschen Zeitungsausschnitte aus dem *Nieuwe Courant* angefertigt. Von Rotterdam und Utrecht aus hatte er die falschen Briefe Jakob Van Deeckts und des Konservators des Museums van Oudheden abgeschickt, bevor er für die Schlußszene und den Ausgang der Angelegenheit nach New Bedford zurückkam. Die andern Schriftstücke, das heißt die Artikel Shaws, die *Vita brevis Helenae*, die Rezension Jean-

Baptiste Rousseaus und der Brief Moritz' von Sachsen waren echt, falls die beiden letzteren nicht für frühere Betrügereien ausgedacht und gefälscht worden waren; der falsche Shaw hatte diese Dokumente – und damit begann eigentlich die ganze Angelegenheit – in der Bibliothek des Professors gefunden, dessen Mieter er seit des Professors Abreise ins Land der Pharaonen auf die rechtmäßigste Weise von der Welt war. Was das Gefäß angeht, so war es nur eine Art Tonkrug, der in einem Souk in Nabeul (Tunesien) gekauft und leicht umfrisiert worden war.

James Sherwood ist der Großonkel Bartlebooths, der Bruder seines Großvaters mütterlicherseits oder, wenn man das vorzieht, der Onkel seiner Mutter. Als er neunzehnhundert, dem Geburtsjahr Bartlebooths, vier Jahre nach dieser Affäre, starb, ging der Rest seines Riesenvermögens an seine einzige Erbin, seine Nichte Priscilla, die eineinhalb Jahre zuvor einen Londoner Geschäftsmann, Jonathan Bartlebooth, geheiratet hatte. Der Grundbesitz, die Windhunde, die Pferde, die Sammlungen wurden in Boston selbst versteigert und »das römische Gefäß mit den Beschreibungen von Berzelius« erzielte immerhin einen Preis von zweitausend Dollar; aber Priscilla ließ einige Möbel nach England kommen, darunter ein Herrenzimmer aus Mahagoni im reinsten englischen Kolonialstil, das einen Schreibtisch, einen Aktenschrank, einen Ruhesessel, einen Dreh- und Schaukelstuhl, drei Stühle und diesen drehbaren Bücherschrank enthielt, neben dem Sherwood fotografiert worden war.

Dieser Bücherschrank sowie die andern Möbel und einige Gegenstände der gleichen Herkunft, darunter eine dieser von dem Apotheker so leidenschaftlich gesuchten *Unica* – der erste von John Kruesi nach den Plänen Edisons gebaute Walzenphonograph – befinden sich heute bei Bartlebooth. Ursula Sobieski hofft, sie in Augenschein nehmen und darin das Dokument finden zu können, das ihr erlauben würde, ihre lange Nachforschung zu Ende zu bringen.

Als sie die Affäre rekonstruierte und sich die Berichte genau ansah, die einige der Protagonisten darüber gemacht hatten (die »echten« Professoren Shaw und Stefensson, der Privatsekretär Sherwoods, dessen Tagebuch die Romanschriftstellerin einsehen konnte), sah sich Ursula Sobieski mehrmals zu der Frage veranlaßt, ob Sherwood nicht von Anfang an erraten hatte, daß es sich um einen Schwindel handelte: er hätte demnach nicht für das Gefäß bezahlt, sondern für die Inszenierung, von der er sich ködern ließ, wobei er auf das von dem angeblichen Shaw vorbereitete Programm mit einer angemessenen Mischung von Leichtgläubigkeit, Zweifel und Begeisterung antwortete, da er in diesem Spiel eine Ablenkung von seiner Melancholie fand, die noch wirksamer war, als wenn es sich um einen echten Schatz gehandelt hätte. Diese Hypothese ist verführerisch und entspricht ziemlich genau dem Charakter Sherwoods, doch Ursula Sobieski ist es noch nicht gelungen, sie solide zu untermauern. Recht zu geben scheint ihr lediglich die Tatsache, daß James Sherwood offenbar überhaupt nicht darunter litt, daß er eine Million Dollar ausgegeben hatte, wofür sich eine Erklärung vielleicht einer vermischten Nachricht finden läßt, die zwei Jahre nach Abschluß der Angelegenheit in den Zeitungen stand: die 1898 in Argentinien erfolgte Aushebung einer Falschmünzerbande, die versucht hatte, in Massen Zwanzig-Dollar-Noten in Umlauf zu bringen.

DREIUNDZWANZIGSTES KAPITEL

Moreau, 2

Madame Moreau haßte Paris.

Neunzehnhundertvierzig, nach dem Tod ihres Mannes, hatte sie die Leitung der Fabrik übernommen. Es war ein ganz kleiner Familienbetrieb, den ihr Mann nach dem Krieg Vierzehn geerbt und den er mit erfolgreicher Nachlässigkeit geleitet hatte, unterstützt von drei allzu gutmütigen Schreinern, während sie die Bücher führte und in große, in schwarze Leinwand gebundene Register, deren Seiten sie mit violetter Tinte nummerierte, ihre Eintragungen machte. In der übrigen Zeit führte sie ein fast bäuerliches Leben, kümmerte sich um den Hühnerhof und den Gemüsegarten, kochte Marmelade ein und bereitete Fleischpasteten zu.

Sie hätte besser daran getan, alles aufzulösen und auf den Bauernhof zurückzukehren, auf dem sie geboren worden war. Hühner, Kaninchen, einige Tomatenpflanzen, einige Beete mit Salat und Weißkohl, was brauchte sie mehr? Sie wäre in der Kaminecke sitzen geblieben, umgeben von sanften Katzen, dem Ticktack der Pendeluhr, dem Geräusch des Regens auf den Dachrinnen aus Zink, dem fernen Vorüberfahren des Sieben-Uhr-Busses lauschend; sie hätte weiterhin ihr Bett mit einer Wärmeflasche angewärmt, sich auf ihrer Steinbank gesonnt, in *La Nouvelle République* Rezepte entdeckt, die sie in ihr großes Kochbuch eingetragen hätte.

Statt dessen hatte sie das kleine Unternehmen weiterentwickelt, verändert, umgewandelt. Sie wußte nicht, warum sie so gehandelt hatte. Sie hatte sich gesagt, es sei aus Treue zu dem Andenken ihres Mannes, doch ihr Mann hätte das, was aus seiner Werkstatt voller Hobelspäne geworden war, nicht wiedererkannt: zweitausend Personen, Fräser, Dreher, Zurichter, Mechaniker, Monteure, Kabelleger, Kontrolleure, technische Zeichner, Entwerfer, Modellschreiner, Anstreicher, Lagerverwalter, Packer, Fahrer, Auslieferer, Werkmeister, Ingenieure, Sekretärinnen, Werbefachleute, Kundenwerber, Reisende, Vertreter, Stadtreisende, die jedes Jahr mehr als vierzig Millionen Werkzeuge aller Arten und allen Kalibers herstellten und auslieferten.

Sie war hartnäckig und zäh. Um fünf Uhr auf, um elf Uhr im Bett, erledigte sie alle diese Geschäfte mit beispielhafter Pünktlichkeit, Genauigkeit und Entschlossenheit. Autoritär und patriarchalisch, allem und jedem mißtrauend, sich ihrer Intuitionen ebenso sicher wie ihrer Vernunftgründe, hatte sie alle ihre Konkurrenten ausgeschaltet und sich mit einer Leichtigkeit auf dem Markt durchgesetzt, die alle Vorhersagen übertraf, als sei sie gleichzeitig Herrin des Angebots und der Nachfrage gewesen, als habe sie, in dem Maße, in dem sie neue Produkte auf den Markt warf, instinktiv die Absatzmärkte zu finden gewußt, auf die es ankam.

Bis zu diesen letzten Jahren, bis Alter und Krankheit ihr praktisch verboten, das Bett zu verlassen, hatte sie ihr Leben unermüdlich zwischen ihren Fabriken in Pantin und in Romainville, ihren Büros in der Avenue de la Grande Armée und dieser Prestigewohnung, die ihr so wenig glich, eingeteilt. Sie inspizierte die Werkstätten im Laufschritt, hielt die Buchhalter und die Stenotypistinnen in Angst und Schrecken, beschimpfte die Lieferanten, die die Termine nicht einhielten, und stand den Verwaltungsräten, wo alle den Kopf senkten, wenn sie den Mund auftat, mit unbeugsamer Energie vor.

Sie haßte das. Sobald es ihr gelang, sich, und sei es auch nur für einige Stunden, von ihren Aktivitäten loszureißen, fuhr sie nach Saint-Mouezy. Aber der alte Bauernhof ihrer Eltern war verwahrlost. Unkraut überwucherte den Gemüsegarten und den Obstgarten; die Obstbäume trugen nichts mehr. Die Feuchtigkeit im Haus nagte an den Wänden, löste die Tapeten, ließ die Tür- und Fensterbalken aufquellen.

Zusammen mit Madame Trévins machte sie ein Feuer im Kamin, öffnete die Fenster, lüftete die Matratzen. Sie, die in Pantin vier Gärtner hatte, die den Rasen, die Blumenbeete, die Rabatte und die Hecken um die Fabrik herum instand hielten, fand hier am Ort nicht einmal mehr einen Mann, der sich um den Garten gekümmert hätte. Saint-Mouezy, einst ein großer Marktflecken, war nur noch eine Aneinanderreihung restaurierter Zweitwohnsitze, in der Woche verlassen und an den Samstagen–Sonntagen mit Städtern vollgestopft, die, ausgestattet mit Moreau-Bohrern, Moreau-Kreissägen, zerlegbaren Moreau-Werkbänken, Moreau-Leitern für jeden Zweck, die Balken und Steine freilegten, Fiakerlaternen aufhingen, Ställe und Schuppen stürmten.

Dann kam sie wieder nach Paris zurück, zog wieder ihre Schneiderkostüme von Chanel an und gab für ihre reichen ausländischen Kunden prachtvolle Essen, die auf Tellern serviert wurden, die von dem größten italienischen Designer eigens für sie entworfen worden waren.

Sie war weder geizig noch verschwenderisch, sondern eher dem Geld gegenüber gleichgültig. Um die Geschäftsfrau zu sein, die zu sein sie beschlossen hatte, nahm sie es ohne äußere Anstrengungen hin, ihre Wesensart, ihre Garderobe, ihren Lebensstil radikal zu verändern.

Die Einrichtung ihrer Wohnung entsprach dieser Konzeption. Sie behielt sich einen einzigen Raum vor, ihr Schlafzimmer, ließ ihn völlig schalldicht machen, ließ aus ihrem Bauernhof ein großes, hohes, breites Bett kommen und den Ohrensessel, in dem ihr Vater Radio zu hören pflegte. Alles übrige vertraute sie einem Innenarchitekten an, dem sie mit vier Sätzen erklärte, was er zu gestalten hätte: die Pariser Wohnung eines Unternehmers, ein geräumiges, stattliches, reich ausgestattetes, distinguiertes und selbst prunkvolles Interieur, geeignet, sowohl bayrische Industrielle, Schweizer Bankiers, japanische Einkäufer, italienische Ingenieure als auch Professoren der Sorbonne, Unterstaatssekretäre aus dem Handels- und Industrieministerium oder Verkaufsdirektoren von Versandhandelsketten günstig zu beeindrucken. Sie gab ihm keinen Rat, äußerte keinen besonderen Wunsch, setzte ihm keine Höchstgrenzen für die Kosten. Er hätte sich um alles zu kümmern, wäre für alles verantwortlich: für die Wahl der Gläser, die Beleuchtung, die Ausstattung mit Elektrogeräten, die Nippsachen, Tafelwäsche, die Farben, die Türgriffe, die Vorhänge und Übergardinen usw.

Der Innenarchitekt, Henry Fleury, entledigte sich nicht nur einfach seiner Aufgabe. Er begriff, daß er hier die einmalige Gelegenheit und Chance hatte, sein Meisterwerk zu schaffen: während die Einrichtung eines Wohnbereichs sich immer aus den manchmal heiklen Kompromissen zwischen der Konzeption des Architekten und Bauleiters und den oft widersprüchlichen Forderungen seiner Kunden ergibt, könnte er mit diesem wunderbaren und zu Anfang anonymen Dekor ein direktes und getreues Bild seines Talents geben, seine Theorien auf dem Gebiet der Innenarchitektur beispielhaft illustrieren: Umgestaltung des Raums, theatralische Umverteilung des Lichts, Vermischung der Stile.

Der Raum, in dem wir uns jetzt befinden – Rauchzimmer und Bibliothek – ist ziemlich repräsentativ für seine Arbeit. Ursprünglich war es ein rechteckiger Raum von etwa sechs Metern auf vier. Fleury hat zunächst einmal einen ovalen Raum daraus gemacht, an dessen Wänden er acht geschnitzte Holzpaneelen in dunklen Farben angebracht hat, die er sich aus Spanien besorgte und die, wie es scheint, aus dem Prado kommen. Zwischen diesen Holztäfelungen hat er hohe, mit Kupfer verzierte Möbel aus schwarzem Palisander aufgestellt, die auf ihren breiten Regalen eine große Anzahl gleichförmig in havannabraunes Leder gebundene Bücher tragen, meistens Kunstbücher, die alphabetisch angeordnet waren. Ausladende Sofas, mit kastanienbraunem Leder bezogen, stehen unter diesen Bücherschränken, wobei sie genau den Biegungen und Wölbungen folgen. Zwischen diesen Sofas zerbrechliche Leuchtertische aus amarantfarbenem Holz, während in der Mitte ein Vierpaß-Tisch mit Zentralfuß steht, der mit Zeitungen und Zeitschriften bedeckt ist. Der Fußboden wird fast völlig von einem dicken Teppich aus dunkelroter Wolle mit dreieckigen Motiven von einem noch intensiveren Rot verdeckt. Vor einem dieser Bücherschränke befindet sich eine Trittleiter aus Eichenholz mit Kupferbeschlägen, durch die man zu den oberen Regalen gelangt und deren eine Strebe vollständig mit Goldstücken beschlagen ist.

An mehreren Stellen waren die Regale der Bibliothek zu Ausstellungsvitrinen hergerichtet worden. Im ersten Bücherschrank links werden etwa alte Kalender, Almanachs, Taschenkalender des Second Empire ausgestellt sowie einige kleine Plakate, darunter die *Normandie* von Cassandre und der *Große Preis des Triumphbogens* von Paul Colin; im zweiten – der einzige Hinweis auf die Tätigkeit der Hausherrin – einige alte Werkzeuge: drei Hobel, zwei Querbeile, ein Glaserhammer, sechs Hartmeißel, zwei Feilen, drei Hämmer, drei Bohrer, zwei Löffelbohrer, die alle das Monogramm der Suez-Gesellschaft tragen und während der Ausschachtungsarbeiten am Kanal benutzt worden waren, sowie ein herrliches *Multum in parvo* von Sheffield, das das Aussehen eines gewöhnlichen Taschenmessers hat – allerdings dicker – aber nicht nur Klingen verschiedener Größen enthält, sondern Schraubenzieher, Korkenzieher, Zangen, Federn, Nagelfeilen und Pfrieme; im dritten verschiedene Gegenstände, die dem Physiologen Flourens gehört hatten und besonders das vollständig rot gefärbte Skelett dieses jungen Schweins, dessen Mutter der Gelehrte während der letzten 84 Tage der Trächtigkeit mit Nahrungsmitteln fütterte, denen Krapprot beigemischt war, um experimentell nachzuweisen, daß es eine direkte Verbindung zwischen dem Fötus und der Mutter gibt; im vierten ein ein Meter hohes, neunzig Zentimeter breites und sechzig Zentimeter tiefes parallelepipedisches Puppenhaus, das vom Ende des 19. Jahrhunderts stammte und ein typisches britisches Cottage bis in die letzten Einzelheiten nachbildete: ein Salon mit Erkerfenster (zwei Spitzbögen), Thermometer gleich daneben, ein Wohnzimmer, vier Schlafzimmer, zwei Mägdezimmer, gekachelte Küche mit Herd und Spülküche separat, geräumige Halle mit Wandschränken für Wäsche, unterteiltem Bücherregal aus dunkler Eiche, in dem die *Encyclopaedia Britannica* und das *New Century Dictionary* standen, mit diagonal drapierten alten mittelalterlichen und orientalischen Waffen, Essensgong, Alabasterlampe, Hängeschale, automatischem Telefonempfangsapparat aus Hartgummi, das Adreßbuch direkt daneben, handgeknüpftem Axminster-Teppich mit cremefarbenem Grund und Spaliereinfassung, Loo-Tisch mit Standsäule und Klauenbeinen, Kamin mit Feuergerät aus massivem Messing und goldbronziertem Chronometer auf dem Sims, garantiert richtiggehend mit Westminstergeläut, ein Barometer mit hygrographischer Tabelle, Ecksofas aus rubinrotem Plüsch, ein dreiteiliger japanischer

Wandschirm, ein zentraler, pyramidal prismatischer Kristallkronleuchter, eine Aufsitzstange mit ihrem Papagei und mehrere hundert üblicher Gegenstände, Nippsachen, Geschirr, Kleider, mit schrullenhafter Genauigkeit fast mikroskopisch klein nachgebildet: Fußschemel, Öldrucke, Schaumweinflaschen, Pelerinen, die an einem Kleiderständer hingen, Strümpfe und Socken, die in einer Waschküche zum Trocknen hingen und sogar zwei winzige Übertöpfe aus rotem Kupfer, kleiner als Fingerhüte, aus denen zwei grüne Pflanzenbüschel ragten; im fünften Bücherschrank schließlich sind auf geneigten Ständern mehrere Musikpartituren aufgeschlagen, und unter ihnen die Titelseite der Symphonie Nr. 70 von Haydn, wie sie 1782 in London von William Forster veröffentlicht worden ist:

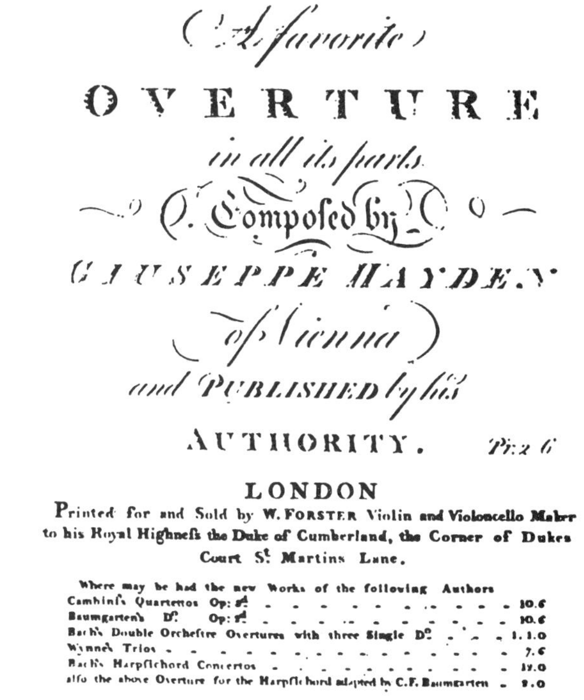
(A favorite)

OVERTURE

in all its parts

Composed by

GIUSEPPE HAYDEN

of Vienna

and PUBLISHED by his

AUTHORITY. Pr: 2 6

LONDON

Printed for and Sold by W. FORSTER Violin and Violoncello Maker to his Royal Highneſs the Duke of Cumberland, the Corner of Dukes Court S.t Martins Lane.

Where may be had the new Works of the following Authors

Cambini's Quartettos Op: 3.d	10.6
Baumgarten's D.o Op: 3.d	10.6
Bach's Double Orcheſtre Overtures with three Single D.o	1.1.0
Wynne's Trios	7.6
Bach's Harpſichord Concertos	15.0
alſo the above Overture for the Harpſichord adapted by C.F. Baumgarten	8.0

Madame Moreau hat Fleury nie gesagt, was sie von seiner Einrichtung hielt. Sie erkennt lediglich an, daß sie ihre Wirkung nicht verfehlt und ist ihm dankbar für die Wahl dieser Gegenstände, von denen jeder einzelne geeignet ist, vor Tisch mühelos einer angenehmen Konversation Nahrung zu geben. Das Miniaturhaus ruft das Entzücken der Japaner hervor; die Partituren Haydns erlauben es den Professoren, zu glänzen und die alten Werkzeuge rufen in der Regel bei den Staatssekretären im Handels- und Industrieministerium einige gelungene Sätze über den Fortbestand der Handarbeit und des französischen Handwerks hervor, deren unermüdliche Garantin Madame Moreau bleibt. Den größten Erfolg hat natürlich das rote Skelett des Schweinebabys von Flourens, und man hat ihr oft bedeutende Summen dafür geboten. Was die in einen der Streben der Bibliotheksleiter eingelassenen Goldstücke angeht, so hat Madame Moreau sich dazu entschließen müssen, sie durch Imitationen ersetzen zu lassen, nachdem sie festgestellt hatte, daß unbekannte Hände verbissen daran arbeiteten, und bisweilen mit Erfolg, sie herauszupullen.

Madame Trévins und die Krankenschwester haben den Tee in diesem Raum eingenommen, bevor sie zu Madame Moreau hinübergehen, in ihr Schlafzimmer. Auf einem der kleinen Tischchen steht ein Tablett aus Rüsterknorren mit drei Tassen, einer Teekanne, einer Wasserkanne und einem Unterteller, auf dem noch einige Crackers liegen. Auf dem Sofa daneben ist eine Zeitung so gefaltet, daß nur das Kreuzworträtsel sichtbar ist: das Gitter ist fast unbeschrieben; gefunden worden sind nur waagrecht 1: ERSTAUNEN, und senkrecht 3: SCHALOTTE.

Die beiden Katzen des Hauses, Pip und La Minouche, schlafen auf dem Teppich, die Pfoten völlig ausgestreckt und entspannt, die Nackenmuskeln gelockert, in jener Stellung, die man mit dem *paradox* genannten Stadium des Schlafs assoziiert und das, wie allgemein geglaubt wird, dem Zustand des Traums entspricht.

Ein kleiner Milchtopf neben ihnen ist in mehrere Stücke zerbrochen. Man errät, daß, kaum hatten Madame Trévins und die Krankenschwester den Raum verlassen, eine der beiden Katzen – war es Pip? War es La Minouche? Oder haben sie sich zu dieser Schandtat verbündet? – ihn mit einem schnellen, aber leider nutzlosen Schlag mit der Pfote erwischt hat, nutzlos deshalb, weil der Teppich auf der Stelle die kostbare Flüssigkeit aufgesogen hat. Die Flecken sind noch sichtbar und bescheinigen, daß diese Szene gerade erst stattgefunden hat.

VIERUNDZWANZIGSTES KAPITEL

Marcia, 1

Der Raum hinter dem Antiquitätenladen von Madame Marcia.

Madame Marcia bewohnt mit ihrem Mann und ihrem Sohn eine Dreizimmerwohnung im Erdgeschoß rechts. Ihr Laden ist ebenfalls im Erdgeschoß, aber links, zwischen der Hausmeisterloge und dem Lieferanteneingang. Madame Marcia hatte nie einen wirklichen Unterschied gemacht zwischen den Möbeln, die sie verkauft und den Möbeln, in denen sie lebt, weshalb ein erheblicher Teil ihrer Tätigkeit darin besteht, Möbel, Kronleuchter, Lampen, Geschirrteile und verschiedene Gegenstände zwischen ihrer Wohnung, ihrem Laden, ihrem Lagerraum, wie wir den Raum hinter ihrem Laden nennen wollen, und ihrem Keller herumzutragen. Dieser ständige Austausch, der sowohl durch Gelegenheitskäufe und -verkäufe (es muß dann Platz geschaffen werden) als auch durch plötzliche Eingebungen, Schrullen, Marotten oder Abneigungen hervorgerufen wird, geschieht nicht aufs Geratewohl und schöpft auch nicht die zwölf Permutationsmöglichkeiten aus, die sich zwischen diesen vier Örtlichkeiten aufstellen ließen und die die Figur 1 klar verdeutlicht; er gehorcht ganz streng dem Schema von Figur 2: wenn Madame Marcia irgend etwas kauft, stellt sie es bei sich, in ihrer Wohnung oder in ihrem Keller unter; von dort kann der besagte Gegenstand in den Lagerraum gelangen und vom Lagerraum in den Laden; vom Laden kann er wieder in die Wohnung zurückkehren – oder dorthin gelangen, wenn er aus dem Keller kam. Ausgeschlossen ist, daß ein Gegenstand wieder in den Keller kommt oder in den Laden gelangt, ohne daß er durch den Lagerraum gegangen ist oder wieder vom Laden in den Lagerraum kommt oder schließlich direkt vom Keller in die Wohnung geht.

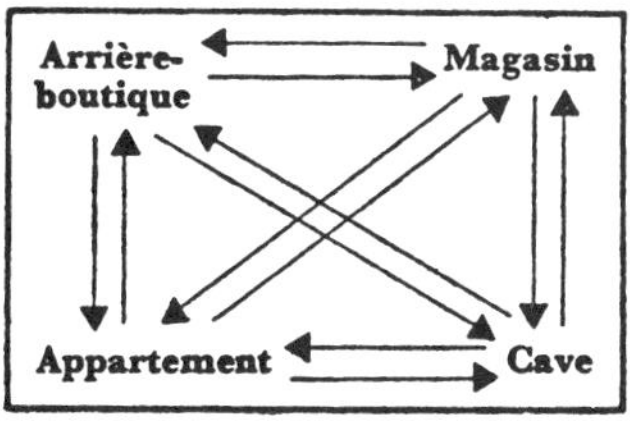

Figur 1

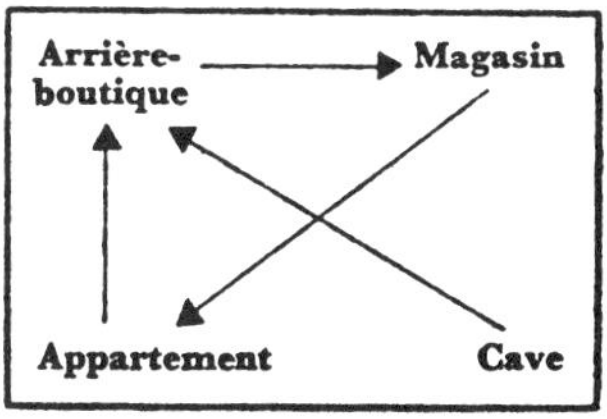

Figur 2

Der Lagerraum ist ein enger, dunkler Raum, dessen Boden mit Linoleum ausgelegt und bis an die Grenze des Unentwirrbaren mit Gegenständen aller Größen vollgestellt ist. Das Durcheinander ist so groß, daß man kein erschöpfendes Inventar dessen aufzustellen vermöchte, was er enthält und sich damit begnügen muß, das zu beschreiben, was aus diesem zusammengewürfelten Haufen etwas deutlicher in Erscheinung tritt.

An der linken Wand, neben der Tür, die den Lagerraum mit dem Laden verbindet, einer Tür, deren Flügel oder Blatt den einzigen einigermaßen freien Platz des Raums schafft, steht ein großer Rollschreibtisch Louis XVI von eher plumper Machart; die Rolltür ist hochgeschoben und gibt den Blick frei auf eine Schreibfläche mit unterlegtem grünen Leder, auf der, zum Teil aufgerollt, ein *Emaki* (bemalte Bildrolle) liegt, der eine berühmte Szene der japanischen Literatur darstellt: Prinz Genji hat sich in den Palast des Gouverneurs Yo No Kami eingeschlichen und betrachtet, hinter einem Vorhang versteckt, dessen Gattin, die schöne Utsusemi, in die er wahnsinnig verliebt ist, und die gerade mit ihrer Freundin Nokiba No Ogi eine Partie Go spielt.

Etwas weiter, längs der Wand, sechs angestrichene Stühle von seegrüner Farbe, auf denen Tapetenrollen mit Jouy-Motiven liegen. Die obere stellt ein ländliches Motiv dar, in dem ein seinen Acker pflügender Bauer mit einem Schäfer abwechselt, der, auf seinen Hirtenstab gestützt, den Hut auf dem Rücken, seinen Hund an der Leine, während seine Schafe rings um ihn herum verstreut sind, die Augen zum Himmel hebt.

Noch etwas weiter weg, hinter einem Haufen Militärausrüstungen, Waffen, Sturmriemen, Trommeln, Schakos, Pickelhauben, Patronentaschen, Koppelschlössern, Husarenuniformjacken aus Wolltuch, geschmückt mit Uniformschnüren, Lederzeug, in dessen Mitte sich deutlicher ein Posten jener kurzen und leicht gekrümmten Infanteriesäbel abhebt, die man auch Seitengewehre nennt, ein mit geblümtem Stoff bezogenes Mahagonisofa in Form eines S, das, wie es heißt, 1892 der Grisi von einem russischen Fürsten geschenkt worden sein soll.

Dann, die ganze rechte Ecke des Raumes einnehmend, zu unstabilen Stapeln aufgetürmt, Bücher: dunkelrote Folianten, eingebundene Sammlungen von *La Semaine théâtrale*, ein schönes Exemplar des *Dictionnaire de Trévoux* in zwei Bänden und eine ganze Reihe von Fin-de-Siècle-Büchern in grüngoldenen Pappeinbänden, unter denen die Namenszüge von Gyp, Edgar Wallace, Octave Mirbeau, Félicien Champsaur, Max und Alex Fisher, Henri Lavedan zu sehen sind, sowie das äußerst seltene Werk von Florence Ballard mit dem Titel *Die Rache des Dreiecks,* das als einer der überraschendsten Vorläufer des Zukunftsromans gilt.

Dann, ungeordnet auf Regalen, auf kleinen Nachttischen, Leuchtertischchen, Frisiertischen, Kirchenstühlen, Spieltischen und Bänken Dutzende, Hunderte von Nippsachen: Tabakdosen, Puderdosen, Pillendosen, Dosen mit Schönheitspflästerchen, Tabletts aus versilbertem Metall, Kerzenleuchter, Handleuchter und Armleuchter, Schreibzeug, Tintenfässer, Lupen mit Hornstil, Fläschchen, Essig- und Ölständer, Vasen, Schachbretter, Spiegel, kleine Rahmen, Almosenbeutel, einige Posten Stöcke, während in der Mitte des Raums eine riesige Schlachtbank steht, auf dem sich ein Bierseidel mit verziertem Silberdeckel sowie drei Naturforscherkuriositäten befinden: eine riesige Vogelspinne, ein angeblich fossiles Drontenei, auf einen Marmorwürfel montiert, und ein großer Ammonit.

Von der Decke hängen mehrere Leuchter herab, holländische, venezianische, chinesische. Die Wände sind fast ganz mit verschiedenen Gemälden, Graphiken und Reproduktionen bedeckt. Die meisten bieten dem Blick im Halbdunkel des Raums nur ein verschwommenes Grau in Grau, von dem sich bisweilen eine Signatur abhebt – Pellerin – ein Titel auf einem Schild am unteren Rand des Rahmens – *L'Ambition, A Day at the Races, Die Erstbesteigung des Matterhorns* – oder ein Detail: ein chinesischer Bauer, der einen Karren zieht, ein kniender Jüngling, der von seinem Herrscher den Ritterschlag erhält. Nur fünf Bilder erlauben eine genauere Beschreibung.

Das erste ist ein Frauenporträt mit dem Titel *Die Venezianerin.* Sie trägt ein Kleid aus hochrotem Samt mit einem Gürtel aus getriebenem Gold, und aus ihrem weiten, mit Hermelin gefütterten Ärmel schimmert ihr nackter Arm, der das Geländer einer hinter ihr emporsteigenden Treppe berührt. Zu ihrer Linken reicht eine große Säule bis zum oberen Rand des Bildes und verbindet sich dort, einen Bogen beschreibend, mit der Architektur. Darunter sieht man in vagem Umriß ein Gebüsch von fast schwarzen Orangenbäumen und darüber einen blauen Himmel mit weißen Wölkchen. Das von einem Teppich bedeckte Geländer trägt eine Silberschüssel mit einem Blumenbukett, einem Rosenkranz von Ambra, einem Dolch und einem Kästchen von altem Elfenbein, aus dem Zechinen quellen; einige sind sogar hier und da zu Boden gefallen und bedecken ihn mit einer Reihe von Goldspritzern, die das Auge auf die Spitze ihres Fußes hinlenken, denn sie sollte auf der vorletzten Treppenstufe in einer ganz natürlichen Haltung im vollen Licht stehen.

Das zweite ist ein schlüpfriger Kupferstich mit dem Titel *Die Dienstboten:* ein etwa fünfzehnjähriger Knabe, der eine Küchenjungenmütze trägt, die Hose auf den Knöcheln, sich über einen schweren Küchentisch beugend, wird von einem fettleibigen Koch sodomisiert; auf einer Bank vor dem Tisch liegend, hat ein Kammerdiener in Livree seinen Hosenlatz aufgeknöpft und läßt sein Geschlecht in voller Erektion zum Vorschein kommen, während eine Kammerzofe, die mit beiden Händen ihre Röcke und ihre Schürze hochhebt, sich rittlings über ihn setzt. Am andern Ende des Tisches sitzt eine fünfte Person, ein schwarz gekleideter Greis, der der Szene ganz offensichtlich gleichgültig beiwohnt, vor einer großen Schüssel voller Makkaroni.

Das dritte ist eine ländliche Szene: eine viereckige, abschüssige Wiese mit dichtem, grünem Gras und einer großen Menge gelber Blumen (offensichtlich gewöhnlicher Löwenzahn). Oberhalb der Wiese steht ein Schweizerhaus, vor deren Tür zwei Frauen eifrig miteinander schwatzen, eine Bäuerin mit einem Kopftuch und ein Kindermädchen. Drei Kinder spielen im Gras, zwei kleine Jungen und ein kleines Mädchen, die die gelben Blumen pflücken und Sträuße daraus machen.

Das vierte ist eine mit Blanchard signierte Karikatur und hat den Titel *Wenn die Hühner Zähne bekommen*. Es stellt General Boulanger und den Abgeordneten Charles Floquet dar, die sich die Hände schütteln.

Das fünfte schließlich ist ein Aquarell mit dem Titel *Das Taschentuch*, das eine klassische Szene des Pariser Lebens illustriert: in der Rue de Rivoli läßt eine junge, elegante Frau ihr Taschentuch fallen und ein Mann im Frack – schmaler Schnurrbart, Monokel, Lackschuhe, Nelke im Knopfloch usw. – stürzt sich drauf, um es aufzuheben.

FÜNFUNDZWANZIGSTES KAPITEL

Altamont, 2

Das Eßzimmer der Altamonts ist, wie alle anderen Räume der Wohnung, die zur Straßenseite liegen, eigens für den großen Empfang hergerichtet worden, der bald hier gegeben wird.

Es ist ein achteckiger Raum, dessen vier Schrägkanten zahlreiche Wandschränke verbergen. Der Boden ist mit glasierten Fliesen gekachelt, die Wände sind mit einer Korktapete tapeziert. Im Hintergrund die Tür, die zur Küche führt, in der drei weiße Gestalten eifrig beschäftigt sind. Die zweiflüglige Tür zur Rechten führt zu den Empfangsräumen. Längs der Wand zur Linken stehen vier Weinfässer auf Holzböcken. In der Mitte, unter einem Kronleuchter aus einem großen, flachen Opalinbecken, das an drei vergoldeten Messingketten hängt, stehen auf einem Tisch, gebildet aus einer aus Pompeji kommenden Lavasäule, auf der eine sechseckige Platte aus Rauchglas liegt, kleine Unterteller mit chinesischem Dekor, die mit verschiedenen Appetithappen gefüllt sind: marinierten Fischfilets, Krabben, Kaschunüssen, geräucherten Sprotten, gefüllten Weinblättern, Schnitten garniert mit Lachs, Spargelspitzen, Scheiben von hartgekochten Eiern, Tomaten, scharlachroter Zunge, Anchovis, ferner Miniatur-Quiches, Zwergpizzas und Käsestangen.

Vor den Fässern ist, sicherlich aus Furcht, der Wein könne tropfen, eine Abendzeitung auf dem Boden ausgebreitet worden. Auf einer der Seiten sieht man ein

Kreuzworträtsel, das gleiche wie das der Krankenschwester von Madame Moreau; hier ist man bei der Lösung, ohne daß das Kästchen ganz ausgefüllt ist, immerhin weitergekommen.

Vor dem Krieg, lange bevor die Altamonts daraus ein Eßzimmer machten, war es der Raum, in dem Marcel Appenzzell während seiner kurzen Pariser Aufenthalte wohnte.

Aus der Schule Malinowskis hervorgegangen, wollte Marcel Appenzzell die Lehre seines Meisters auf die Spitze treiben und beschloß, das Leben des Stammes zu teilen, den er so genau untersuchen wollte, daß er ganz in ihm aufging. 1932, er war damals dreiundzwanzig Jahre alt, brach er allein nach Sumatra auf. Mit einem lächerlichen Gepäck beladen, das so weit wie möglich Instrumente, Waffen und Geräte der westlichen Zivilisation vermied und sich vor allem aus traditionellen Geschenken zusammensetzte – Tabak, Reis, Tee, Reifen und Ringe – nahm er einen malaiischen Fremdenführer namens Soelli in seinen Dienst und versuchte im Einbaum den Fluß Alritam, schwarzer Strom, hinaufzufahren. In den ersten Tagen begegneten sie einigen Heveagummizapfern, einigen Transporteuren kostbarer Hölzer, die mächtige Baumstämme mit dem Strom heranführten. Dann blieben sie völlig allein.

Das Ziel ihrer Expedition war ein Phantomvolk, das die Malaien die Anadalams oder auch die Orang-Kubus oder Kubus nennen. Orang-Kubus heißt »die, die sich wehren«, und Anadalams »die Sönne des Innern«. Während fast die Gesamtheit der Bewohner Sumatras sich in der Nähe des Küstengebiets angesiedelt hat, leben die Kubus im Zentrum der Insel, in einer der unwirtlichsten Gegenden der Welt, einem drückend heißen, mit Sümpfen bedeckten Wald, in dem es von Blutegeln wimmelt. Doch mehrere Legenden, mehrere Dokumente und Spuren scheinen beweisen zu wollen, daß die Kubus einst die Herren der Insel gewesen sind, bevor sie, von den aus Java gekommenen Eindringlingen besiegt, im Herzen des Dschungels ihre letzte Zuflucht suchen mußten.

Soelli war es ein Jahr zuvor gelungen, den Kontakt mit einem Kubu-Stamm herzustellen, dessen Dorf in der Nähe des Flusses gelegen war. Appenzzell und er kamen nach dreiwöchiger Flußfahrt und Fußmarsch dort an. Doch das Dorf – fünf Häuser auf Pfählen – war verlassen. Appenzzell vermochte Soelli davon zu überzeugen, weiter den Fluß hinaufzufahren. Sie fanden kein anderes Dorf und nach acht Tagen beschloß Soelli, die Rückreise ins Küstengebiet anzutreten. Appenzzell blieb eigensinnig und schließlich drang er, Soelli den Einbaum und fast seine gesamte Ladung überlassend, allein, nur mangelhaft ausgerüstet, in den Wald ein.

Nach seiner Rückkehr zur Küste benachrichtigte Soelli die holländischen Behörden. Es wurden mehrere Suchexpeditionen gestartet, die aber zu keinem Ergebnis führten.

Appenzzell tauchte fünf Jahre und elf Monate später wieder auf. Eine Grubenschürfmannschaft, die im Motorboot unterwegs war, entdeckte ihn an den Ufern des Flusses Musi, mehr als sechshundert Kilometer von seinem Ausgangspunkt entfernt. Er wog neunundzwanzig Kilo und war nur mit einer Art Hose bekleidet, die aus zahllosen zusammengenähten kleinen Stoffstücken bestand und von offensichtlich intakten gelben Hosenträgern gehalten wurde, die allerdings ihre Elastizität völlig verloren hatten. Er wurde nach Palembang zurückgebracht und nach einigen Tagen Krankenhausaufenthalt repatriiert, jedoch nicht nach Wien, wo er herstammte, sondern nach Paris, wo sich seine Mutter inzwischen niedergelassen hatte.

Die Rückreise dauerte einen Monat und erlaubte ihm, sich wieder zu erholen. Anfangs noch sehr gebrechlich, fast außerstande, sich zu bewegen und zu ernähren, auf unartikulierte Schreie beschränkt, da er praktisch den Gebrauch der Sprache verloren hatte oder, im Verlaufe von Fieberanfällen, die ihn alle drei oder fünf Tage packten, lange Phasen des Deliriums durchmachend, gelang es ihm allmählich, seine wesentlichen physischen und intellektuellen Fähigkeiten wieder zu erlangen, lernte er wieder, sich in einen Sessel zu setzen, sich einer Gabel und eines Messers zu bedienen, sich zu kämmen und zu rasieren (nachdem der Bordfriseur ihm neun Zehntel seines Haars und seinen gesamten Bart abgenommen hatte), ein Hemd anzuziehen, einen Hemdkragen anzulegen, eine Krawatte zu binden und sogar – was sicherlich das Schwierigste war, denn seine Füße glichen von tiefen Schrunden durchzogenen Hornmassen – Schuhe anzuziehen. Als er in Marseille an Land ging, konnte ihn seine Mutter, die gekommen war, um ihn abzuholen, trotzdem ohne allzu große Mühe erkennen.

Appenzzell war vor seiner Abreise Assistent am ethnographischen Institut in Graz (Steiermark). Dorthin zurückzukehren kam für ihn nicht mehr in Frage. Er war Jude und einige Monate zuvor war der Anschluß erfolgt, der in allen österreichischen Universitäten die Anwendung des Numerus clausus nach sich zog. Selbst sein Gehalt, das ihm während all dieser Arbeitsjahre vor Ort weiterhin ausgezahlt worden war, hatte man gesperrt. Durch Vermittlung Malinowskis, dem er daraufhin schrieb, lernte er Marcel Mauss kennen, der ihm im ethnologischen Institut ein Seminar über die Lebensweise der Anadalams anvertraute.

Von dem, was während dieser 71 Monate geschehen war, hatte Marcel Appenzzell nichts mitgebracht, weder Gegenstände noch Dokumente oder Aufzeichnungen, und er weigerte sich praktisch, darüber zu sprechen, wobei er die Notwendigkeit, sich bis zum Tag seines ersten Vortrags seine vollständigen Erinnerungen, Eindrücke und Analysen zu bewahren, zum Vorwand nahm. Er gab sich sechs Monate Zeit, um sie zu ordnen. Zu Anfang arbeitete er schnell, freudig, fast mit Feuereifer. Doch bald begann er zu trödeln, zu zögern, auszustreichen. Wenn seine Mutter zu ihm ins Zimmer kam, fand sie ihn meistens nicht an seinem Arbeitstisch, sondern auf dem Bett sitzend, mit aufrechtem Oberkörper, die Hände auf den Knien, eine Wespe, die am Fenster herumsummte, betrachtend, ohne sie zu sehen, oder das Leinenhandtuch mit Fransen und schwarzbrauner Doppelbordüre, das hinter der Tür an einem Nagel hing, anstarrend, als wolle er dort wer weiß welchen verlorenen Faden wiederfinden.

Einige Tage vor seinem ersten Vortrag – der Titel – *Die Anadalams von Sumatra. Vorläufige Annäherungen* – war bereits in verschiedenen Zeitungen und Zeitschriften angekündigt worden, doch Appenzzell hatte im Instituts-Sekretariat noch nicht die vierzigzeilige, für

L'année sociologique bestimmte Zusammenfassung abgeliefert –, verbrannte der junge Ethnologe alles, was er geschrieben hatte, packte einige Sachen in einen Koffer und reiste ab, seiner Mutter nur eine kurze Nachricht hinterlassend, in der er ihr mitteilte, daß er nach Sumatra zurückkehre und daß er nicht das Recht habe, auch nur das geringste über die Orang-Kubus zu verbreiten.

Ein schmales Heft, teilweise mit oft unverständlichen Notizen gefüllt, war vom Feuer verschont geblieben. Einige Studenten des ethnologischen Instituts machten sich voller Eifer daran, es zu entziffern und unter Zuhilfenahme der wenigen Briefe, die Appenzzell Malinowski und einigen andern geschickt hatte, sowie von aus Sumatra stammenden Informationen und von Zeugenaussagen jener, denen gegenüber er bei außergewöhnlichen Gelegenheiten einige Einzelheiten seines Abenteuers preisgegeben hatte, gelang es ihnen, in großen Zügen zu rekonstruieren, was ihm zugestoßen war und ein schematisches Porträt dieser geheimnisvollen »Söhne des Innern« zu entwerfen.

Nach einem Fußmarsch von mehreren Tagen hatte Appenzzell endlich ein Kubu-Dorf entdeckt, etwa zehn Hütten auf Pfählen, die im Kreis um eine kleine Lichtung herum angeordnet waren. Zuerst war ihm das Dorf verlassen vorgekommen, dann hatte er mehrere Greise erblickt, die unter dem Vordach ihrer Hütten reglos in Hängematten lagen und ihn ansahen. Er war herangekommen, hatte sie auf malaiische Art gegrüßt, indem er andeutungsweise ihre Finger berührte, bevor er die rechte Hand auf sein Herz legte, und hatte dann bei jedem von ihnen als Opfergabe ein kleines Säckchen Tee oder Tabak niedergelegt. Aber sie antworteten nicht, neigten nicht den Kopf und rührten auch die Geschenke nicht an.

Etwas später begannen Hunde zu bellen und das Dorf bevölkerte sich mit Männern, Frauen und Kindern. Die Männer waren mit Speeren bewaffnet, doch sie bedrohten ihn nicht. Niemand sah ihn an, niemand schien seine Gegenwart zu bemerken.

Appenzzell verbrachte mehrere Tage im Dorf, ohne daß es ihm gelang, mit dessen kurzangebundenen Bewohnern in Verbindung zu treten. Er verbrauchte seinen kleinen Vorrat an Tee und Tabak völlig umsonst; kein Kubu – nicht einmal die Kinder – nahm je auch nur ein einziges dieser kleinen Säckchen an, die die täglichen Gewitter jeden Abend unbrauchbar machten. Er konnte bestenfalls zusehen, wie die Kubus lebten und damit anfangen, schriftlich niederzulegen, was er sah.

Seine wichtigste Beobachtung, so wie er sie Malinowski kurz beschrieben hat, bestätigt, daß die Orang-Kubus tatsächlich die Nachkommen einer hoch entwickelten Zivilisation sind, die, von ihren Territorien vertrieben, sich in die Wälder im Innern vergraben und dort zurückgebildet haben sollen. So hatten die Kubus, obgleich sie das Metall nicht mehr zu bearbeiten wußten, Eisenspitzen an ihren Speeren und silberne Ringe an den Fingern. Ihre Sprache war der des Küstengebiets sehr ähnlich und Appenzzell verstand sie ohne größere Schwierigkeiten. Was ihn vor allem überraschte, war die Tatsache, daß sie einen äußerst beschränkten Wortschatz hatten, der kaum über ein Paar Dutzend Wörter hinausging, und er fragte sich, ob die Kubus nicht in der Art ihrer fernen Nachbarn, der Papuas, ihren Wortschatz freiwillig verarmen ließen, indem sie jedesmal, wenn es im Dorf einen Toten gab, Wörter tilgten. Die Folge davon war, daß ein gleiches Wort eine immer größer werdende Anzahl von Gegenständen bezeichnete. So bedeutete *Pekee,* das malaiische Wort für Jagd, unterschiedslos jagen, gehen, tragen, Speer, Gazelle,

Antilope, schwarzes Schwein, my'am, eine Art äußerst pikantes Gewürz, das bei der Zubereitung von Fleischgerichten reichlich Verwendung findet, Wald, der nächste Tag, Morgendämmerung usw. Ebenso bedeutete *Sinuya*, ein Wort, das Appenzell mit den malaiischen Wörtern *usi*, die Banane, und *nuya*, die Kokosnuß in Verbindung brachte, essen, Mahlzeit, Suppe, Flaschenkürbis, Löffelreiher, Matte, Abend, Haus, Topf, Feuer, Feuerstein (die Kubus schlugen Feuer, indem sie die beiden Feuersteine aneinanderrieben), Gewandspange, Kamm, Haare, Rojas (ein Färbemittel für die Haare, hergestellt auf der Basis von Kokosmilch, die mit verschiedenen Pflanzen und Erden vermischt wird) usw. Wenn von allen Besonderheiten im Leben der Kubus diese linguistischen Züge die weitaus bekanntesten sind, so deshalb, weil Appenzzell sie in einem langen Brief an den schwedischen Philologen Hambo Taskerson, den er in Wien kennengelernt hatte und der damals in Kopenhagen mit Hjelmslev und Brøndal zusammenarbeitete, ausführlich beschrieben hatte. Er wies beiläufig noch darauf hin, daß diese Besonderheiten ganz eindeutig auch für einen europäischen Schreiner zum Beispiel Geltung hätten, der, wenn er von seinem Lehrling Werkzeuge mit ganz präzisen Namen verlangt – Streichmaß, Falzhobel, Hohlkehle, Rauhbank, Kreuzmeißel, Raspel, Simshobel usw. – einfach zu ihm sagt: »gib mir mal das Dings.«

Als Appenzzell am Morgen des vierten Tages wach wurde, war das Dorf verlassen. Die Hütten waren leer. Die gesamte Bevölkerung des Dorfes, Männer, Frauen, Kinder, Hunde und sogar die Greise, die sich für gewöhnlich nicht aus ihren Matten rührten, war aufgebrochen, wobei sie ihre bescheidenen Vorräte an Jamswurzeln, ihre drei Ziegen, ihre *sinuya* und ihre *pekee* mitgenommen hatten.

Appenzzell brauchte mehr als zwei Monate, bis er sie wiederfand. Diesmal waren ihre Hütten überstürzt am Ufer eines von Mücken verseuchten Flußarms erbaut worden. Die Kubus sprachen ebensowenig mit ihm wie beim ersten Mal und gingen auch nicht auf seine Annäherungsversuche ein; eines Tages, als er zwei Männer sah, die einen dicken Baumstamm hochzuheben versuchten, den der Blitz gefällt hatte, ging er zu ihnen, um ihnen dabei zu helfen; doch kaum hatte er die Hand auf den Baum gelegt, ließen die beiden Männer ihn wieder fallen und entfernten sich. Am nächsten Morgen war das Dorf von neuem verlassen.

Fast fünf Jahre lang folgte ihnen Appenzzell hartnäckig. Kaum war es ihm gelungen, wieder ihre Spuren aufzufinden, flohen sie von neuem und zogen sich in immer unbewohnbarere Gegenden zurück, um immer labilere Dörfer aufzubauen. Appenzzell fragte sich lange nach Funktion und Sinn dieses Wanderverhaltens. Die Kubus waren keine Nomaden und brannten auch keine Wald- oder Feldflächen ab, sie hatten also keinen Grund für solche häufigen Ortswechsel; es geschah auch nicht aus Gründen der Jagd oder des Sammelns. Handelte es sich um einen religiösen Ritus, um eine Initiationsprüfung, um ein mit der Geburt oder dem Tod zusammenhängendes magisches Verhalten? Nichts ließ irgendeine Behauptung dieser Art zu: wenn es Riten der Kubus gab, so waren sie von einer unerforschlichen Diskretion, und allem Anschein nach hatten diese Aufbrüche, die für Appenzzell völlig unvorhersehbar zu sein schienen, nichts miteinander zu tun.

Doch endlich kam die Wahrheit, die einleuchtende und grausame Wahrheit an den Tag. Sie findet sich am Schluß des Briefes, den Appenzzell etwa fünf Monate nach seiner Abreise von Rangoon aus seiner Mutter schickte, wunderbar zusammengefaßt:

»So ärgerlich die Enttäuschungen auch sein mögen, denen derjenige sich aussetzt, der sich mit Leib und Seele dem Beruf des Ethnographen verschreibt, um auf diese Weise eine konkrete Einsicht in die tiefe Natur des Menschen zu gewinnen – mit andern Worten einen Einblick in das gesellschaftliche Mindestmaß, das die menschliche Bedingtheit auch in der Andersartigkeit der verschiedenen Kulturen ausmacht – und obgleich er nichts weiter anzustreben vermag, als relative Wahrheiten an den Tag zu bringen (da das Erlangen einer letzten Wahrheit eine illusorische Hoffnung ist), war die ärgste aller Schwierigkeiten, mit denen ich mich herumzuschlagen hatte, überhaupt nicht dieser Art: ich hatte bis zum äußersten Punkt der Wildheit gehen wollen; und war mein Wunsch nicht in Erfüllung gegangen bei diesen anmutigen Eingeborenen, die vor mir noch niemand gesehen hatte und die vielleicht nie mehr jemand sehen würde? Am Ende einer aufregenden Reise hatte ich meine Wilden nun endlich gefunden, und ich wollte nichts anderes, als einer der ihren zu werden, ihre Tage, ihre Mühen, ihre Riten zu teilen! Leider wollten sie nichts von mir wissen, sie waren überhaupt nicht bereit, mich ihre Sitten und ihre Anschauungen zu lehren! Sie wußten nichts mit den Geschenken anzufangen, die ich neben ihnen ablegte, mit der Hilfe, die ich ihnen bringen zu können glaubte! Wegen mir verließen sie ihre Dörfer und sie taten es nur, um mich zu entmutigen, um mich

davon zu überzeugen, daß meine Hartnäckigkeit umsonst sei, daß sie immer unwirtlichere Gebiete aussuchen, sich immer schrecklichere Lebensbedingungen auferlegen würden, um mir zu zeigen, daß sie lieber den Tigern und den Vulkanen, den Sümpfen, dem erstickenden Nebel, den Elefanten, den tödlichen Spinnen die Stirn boten als den Menschen! Ich glaube, den physischen Schmerz ziemlich gut zu kennen. Das Schlimmste von allem aber ist, wenn man spürt, wie die eigene Seele stirbt...«

Marcel Appenzzell schrieb keinen weiteren Brief mehr. Die Nachforschungen, die seine Mutter anstellte, um ihn wiederzufinden, blieben vergeblich. Der Krieg unterbrach die Nachforschungen sehr bald. Madame Appenzzell hielt hartnäckig daran fest, in Paris zu bleiben, selbst nachdem ihr Name auf einer Liste von Juden gestanden hatte, die keinen Judenstern trugen und die von der Wochenzeitschrift *Au Pilori* (Am Schandpfahl) veröffentlicht worden war. Eines Abends schob eine mitleidige Hand einen Brief unter ihrer Tür durch, der sie davon in Kenntnis setzte, daß man am nächsten Tag im Morgengrauen kommen würde, um sie zu verhaften. Es gelang ihr noch am gleichen Abend, Le Mans zu erreichen und sie ging von dort in die freie Zone, wo sie sich der Widerstandsbewegung anschloß. Sie fiel im Juni neunzehnhundertvierundvierzig in der Nähe von Vassieux-en-Vercors.

Die Altamonts – Madame Altamont ist eine entfernte Großkusine von Madame Appenzzell – übernahmen zu Anfang der fünfziger Jahre ihre Wohnung. Sie waren damals ein jungverheiratetes Ehepaar. Sie ist heute fünfundvierzig Jahre alt und er fünfundfünfzig. Sie haben eine Tochter von siebzehn, Véronique, die Aquarelle malt und Klavier spielt. Monsieur Altamont ist ein internationaler Experte, der praktisch nie in Paris ist, und es hat sogar den Anschein, als fände dieser Empfang anläßlich seiner jährlichen Rückkehr statt.

SECHSUNDZWANZIGSTES KAPITEL

Bartlebooth, 1

Ein Vorzimmer, bei Bartlebooth.

Es ist ein fast leerer Raum, nur mit ein paar Strohstühlen möbliert, mit zwei dreibeinigen Schemeln, auf denen flache, rote Kissen mit kleinen Fransen liegen und einer langen, mit grünlichem Kunstleder bezogenen Polsterbank mit gerader Lehne, wie es sie früher in den Wartesälen der Bahnhöfe gab.

Die Wände sind weiß gestrichen, der Boden ist mit einer dicken PVC-Ware ausgelegt. An einem großen Korkquadrat an der hinteren Wand sind mit Nadeln einige Postkarten befestigt: das Schlachtfeld der Pyramiden, der Fischmarkt von Damiette, der ehemalige Walfänger-Kai von Nantucket, die Promenade des Anglais in Nizza, das *Hudson's Bay Company-Building* in Winnipeg, ein Sonnenuntergang am Cap Cod, der Bronze-Pavillon des Sommerpalasts von Peking, eine Reproduktion einer Zeichnung, die Pisanello darstellt, wie er Lionel d'Este in einem Etui vier Goldmedaillen anbietet sowie eine schwarzumrandete Traueranzeige:

Wir nehmen Abschied
von
GASPARD WINCKLER
der im Alter von 63 Jahren am 29. Oktober 1973
in Paris verstorben ist.
Das Begräbnis findet am 3. November 1973
um 10 Uhr morgens von der Leichenhalle des
Bichat-Krankenhauses, 170, Boulevard Ney,
Paris 17e aus statt.
BITTE WEDER BLUMEN NOCH KRÄNZE

Die drei Dienstboten Bartlebooths halten sich in diesem Vorzimmer auf und warten auf das problematische Klingelzeichen ihres Herrn. Smautf steht am Fenster, einen Arm in der Luft, während Hélène, das Mädchen für alles, den rechten Ärmel seiner Jacke ausbessert, die unter der Achsel etwas aufgeplatzt ist. Kléber, der Fahrer, sitzt auf einem der Stühle. Er trägt nicht seine Livree, sondern eine Samthose mit breitem Gürtel und einen weißen Rollkragenpullover. Er hat auf der Kunstlederbank ein Kartenspiel von zweiundfünfzig Karten aufgedeckt, in vier Reihen ausgebreitet und schickt sich an, eine Patience zu legen, die darin besteht, das Spiel, nachdem er die vier Asse herausgenommen hat, nach den vier Folgen der gleichen Farbe neu zu ordnen, wobei er sich der durch Wegnahme der Asse entstandenen freien Plätze bedient. Neben den Karten liegt ein aufgeschlagenes Buch; es ist ein amerikanischer Roman von George Bretzlee, der den Titel trägt *The Wanderers*, und dessen Handlung in New Yorker Jazzkreisen zu Anfang der fünfziger Jahre spielt.

Smautf ist, wie wir gesehen haben, seit fünfzig Jahren in Bartlebooths Dienst. Kléber, der Fahrer, ist 1955 eingestellt worden, als Bartlebooth und Smautf von ihrer Weltreise zurückkamen, und zwar gleichzeitig mit der Köchin, Madame Adèle, einem Küchenmädchen, Simone, einem Weinkellner und Butler, Léonard, einer Wäschebeschließerin, Germaine, einem Hausburschen, Louis, und einem Lakaien, Thomas. Bartlebooth ging damals häufig aus und empfing gern Gäste, wobei er nicht nur geschätzte Essen gab, sondern auch entfernte Verwandte beherbergte oder Personen, die er im Verlaufe seiner Reisen kennengelernt hatte.

Ab neunzehnhundertsechzig ließen diese aufwendigen Feste allmählich nach und die Angestellten, die weggingen, wurden nicht ersetzt. Erst vor drei Jahren, als Madame Adèle in den Ruhestand trat, stellte Smautf

Hélène ein. Hélène, die genau dreißig Jahre alt ist, kümmert sich um alles, um die Wäsche, die Mahlzeiten, den Haushalt, wobei ihr Kléber, der kaum noch Gelegenheit hat, sich des Wagens zu bedienen, bei den groben Arbeiten zur Hand geht.

Bartlebooth empfängt schon lange keine Gäste mehr und in diesen letzten beiden Jahren hat er kaum seine Wohnung verlassen. Die meiste Zeit schließt er sich in seinem Arbeitszimmer ein, wobei er es ein für allemal verboten hat, daß man ihn stört, solange er nicht gerufen hat. Manchmal vergehen achtundvierzig Stunden, ohne daß er ein Lebenszeichen gibt, und er schläft ganz angezogen im Ruhesessel von Großonkel Sherwood, wobei er als einzige Nahrung Zwieback knabbert oder Ingwerbiskuits. Daß er seine Mahlzeiten im großen, strengen Empire-Eßzimmer einnimmt, ist zur Ausnahme geworden. Wenn er sich dazu herbeiläßt, es zu tun, schlüpft Smautf in seinen alten Schwalbenschwanz und serviert ihm, wobei er sich bemüht, nicht zu zittern, das weichgekochte Ei, das bißchen pochierten Schellfisch und die Tasse Eisenkrauttee, die zur großen Verzweiflung Hélènes seit mehreren Monaten die einzige Nahrung bilden, die zu sich zu nehmen er gewillt ist.

Valène brauchte Jahre, bis er begriff, was Bartlebooth eigentlich suchte. Als Bartlebooth ihn zum ersten Mal aufsuchte, im Januar neunzehnhundertfünfundzwanzig, sagte er nur zu ihm, er wolle von Grund auf die Kunst des Aquarellierens erlernen und wünsche zehn Jahre lang täglich eine Unterrichtsstunde zu nehmen. Die Häufigkeit und die Dauer dieser Privatstunden ließen Valène zusammenzucken, der sich schon überglücklich schätzte, wenn er in einem Trimester achtzehn Unterrichtsstunden geben konnte. Aber Bartlebooth schien entschlossen, diesem Lernen genausoviel Zeit zu widmen,wie dazu notwendig war und hatte offensichtlich keine Geldsorgen. Fünfzig Jahre später sagte sich Valène übrigens hin und wieder, daß diese zehn Jahre letztlich gar nicht so überflüssig gewesen waren, geht man von dem völligen Fehlen natürlicher Anlagen aus, wofür Bartlebooth von Anfang an den Beweis lieferte.

Nicht nur, daß Bartlebooth nichts von dieser spröden Kunst wußte, die das Aquarell ist, hatte er auch nie einen Pinsel in der Hand gehalten und kaum einen Bleistift. Im ersten Jahr begann Valène also damit, ihn das Zeichnen zu lehren und ließ ihn mit Kohle, Graphit und Rötel unter Zuhilfenahme von Kopierrahmen nach Vorlagen Kopien anfertigen, erste Skizzen, schraffierte Entwürfe mit Kreideauftrag, dunkel getönte Zeichnungen, perspektivische Übungen machen. Dann ließ er ihn mit Chinatusche oder Sepia Tuschezeichnungen machen, zwang ihn zu lästigen Schönschreibearbeiten und zeigte ihm, wie man seine Pinselstriche mehr oder weniger wässert, um verschiedene Farbwerte zu setzen und Abstufungen zu erhalten.

Nach zwei Jahren beherrschte Bartlebooth allmählich diese Grundtechniken. Alles übrige, behauptete Valène, sei einfach eine Frage des Materials und der Erfahrung. Sie begannen draußen zu arbeiten, im Parc Monceau. an den Ufern der Seine, im Bois de Boulogne zuerst, dann bald schon in der Umgebung von Paris. Jeden Tag um zwei Uhr kam der Fahrer – es war noch nicht Kléber, sondern Fawett, der schon in Priscillas, Bartlebooths Mutter, Dienst gestanden hatte – um Valène abzuholen; der Maler fand seinen Schüler in der großen, schwarz-weißen Chenard-und-Walker-Limousine vor, brav ausgerüstet mit Golfhosen, Gamaschen, Schottenmütze und Jacquard-Pullover. Sie fuhren in den Wald von Fontainebleau, nach Senlis, nach Enghien, nach Versailles, nach Saint-Germain oder in die Vallée de Chevreuse. Sie stellten ihren dreibeinigen Klappstuhl, »Klappstuhl Pinchart« genannt, ihren Sonnenschirm mit spitzem und abknickbarem Untergestell und ihre zerbrechliche, zusammenlegbare Staffelei nebeneinander auf. Mit manischer und, weil er so gründlich war, fast ungeschickter Genauigkeit heftete Bartlebooth ein zuvor auf der Rückseite befeuchtetes Blatt feinkörniges Papier Marke Whatman mit Heftzwecken auf seine arretierbare Meßplatte, nachdem er das Blatt zuvor ans Licht gehalten hatte, um anhand des Wasserzeichens nachzuprüfen, ob er die richtige Seite erwischt hatte, öffnete seine Zinkpalette, deren innere, emaillierte Oberfläche nach der Sitzung vom Vortag sorgfältig gesäubert worden war, und ordnete darauf in ritueller Reihenfolge dreizehn kleine Farbtöpfchen an – Elfenbeinschwarz, Tintenfischschwarz, Terra di Siena, Ockergelb, Indianergelb, helles Chromgelb, Zinnoberrot, Krapprot, Veronesegrün, Olivgrün, Ultramarinblau, Kobaltblau, Preußischblau – sowie einige Tropfen Zinkweiß von Madame Maubois, bereitete sein Wasser vor, seine Schwämme, seine Kreiden, prüfte noch einmal nach, ob seine Pinsel korrekt im Schaft steckten, ob ihre Spitze in vollkommenem Zustand war, die Bauchung nicht zu dick, die Haare ohne Büschel, und sich dann an die Arbeit machend, skizzierte er mit leichten Kreidestrichen die großen Massen, den Horizont, die Vordergründe, die Fluchtlinien, bevor er versuchte, die vergänglichen Metamorphosen einer Wolke, die Brise, die die Oberfläche eines Teichs kräuselt, eine Abenddämmerung in der Ile-de-France, einen Starenaufflug, einen Hirten, der seine Herde nach Hause treibt, den Mond, der über einem verschlafenen Dorf aufgeht, eine von Pappeln gesäumte Landstraße, einen Hund, der vor einem Dickicht verhält usw. in der ganzen Pracht ihrer Augenblicklichkeit, ihrer Unvorhergesehenheit einzufangen.

Die meiste Zeit schüttelte Valène den Kopf, und mit drei oder vier kurzen Sätzen – der Himmel ist zu überladen, das ist nicht ausgeglichen, die Wirkung ist mißlungen, hier fehlt der Kontrast, die Atmosphäre ist nicht wiedergegeben, es gibt keine Farbabstufungen, die Einteilung ist ausdruckslos – unterstrichen von leicht auf das Aquarell geworfenen Kreisen und Streichungen, zerstörte er mitleidlos Bartlebooths Arbeit, der, ohne ein Wort zu sagen, das Blatt von der arretierbaren Meßplatte herunterriß, ein anderes auflegte und wieder von vorn anfing.

Außerhalb dieser kurzangebundenen Pädagogik sprachen Barlebooth und Valène fast nicht miteinander. Obgleich sie genau das gleiche Alter hatten, schien Bartlebooth überhaupt nicht auf Valène neugierig zu sein, und wenn die Exzentrizität seines Schülers Valène auch neugierig machte, so zögerte er doch die meiste Zeit, ihn direkt auszufragen. Dennoch fragte er ihn mehrmals auf dem Heimweg, warum er so hartnäckig daran festhielt, die Kunst des Aquarellierens zu lernen. »Warum nicht?« antwortete Bartlebooth in der Regel. »Weil«, entgegnete Valène eines Tages, »die meisten meiner Schüler an Ihrer Stelle schon längst den Mut verloren und aufgegeben hätten.« – »Dann bin ich also so schlecht?« fragte Bartlebooth. »In zehn Jahren lernt man alles, und Sie werden es lernen, aber warum wollen Sie eine Kunst von Grund auf beherrschen, die Ihnen, spontan, vollkommen gleichgültig ist?« – »Es sind nicht die Aquarelle, die mich interessieren, sondern das, was ich damit machen will.« – »Und was wollen Sie damit machen?« – »Puzzles natürlich«, antwortete Bartlebooth ohne jegliches Zögern.

An diesem Tag machte sich Valène langsam eine klarere und genauere Idee von dem, was Bartlebooth im Kopf hatte. Aber erst, nachdem er die Bekanntschaft Smautfs und dann Gaspard Wincklers gemacht hatte, konnte er den Ehrgeiz des Engländers in seiner ganzen Reichweite ermessen:

Stellen wir uns einen Menschen vor, dessen Vermögen nur noch der Gleichgültigkeit für das gleichkäme, was mit diesem Vermögen in der Regel möglich ist, und dessen sehr viel hochmütigerer Wunsch es wäre, nicht etwa die Totalität der Welt – ein Projekt, das allein schon durch seine Aussage zum Scheitern verurteilt ist – sondern einen Bruchteil von ihr zu erfassen, zu beschreiben, auszuschöpfen: angesichts der unentwirrbaren Zusammenhanglosigkeit der Welt geht es also darum, ein sicherlich beschränktes, aber in sich ganzes, intaktes, unerbittliches Programm völlig zu Ende zu führen.

Mit anderen Worten, Bartlebooth beschloß eines Tages, sein ganzes Leben auf ein einziges Projekt hin auszurichten, dessen willkürliche Notwendigkeit allein sein Selbstzweck wäre.

Die Idee hierzu war ihm gekommen, als er zwanzig Jahre alt war. Zuerst war es eine unbestimmte Idee, eine Frage, die er sich stellte – *was soll ich tun?* –, eine Antwort, die sich abzeichnete: *nichts*. Geld, Macht, Kunst, Frauen interessierten Bartlebooth nicht. So wenig wie die Wissenschaft oder gar das Spiel. Höchstens Krawatten und Pferde oder, wenn man lieber will, verschwommen aber aufregend unter diesen oberflächlichen Illustrationen (obgleich Tausende von Personen ihr Leben wirkungsvoll auf ihre Krawatten ausrichten und eine noch größere Anzahl auf ihre Pferde vom Sonntag), eine gewisse Idee oder Vorstellung von der Vollkommenheit.

Sie entwickelte sich in den folgenden Monaten und

Jahren weiter und gliederte sich um drei Leitgrundsätze:

Der erste war moralischer Art: es ging nicht um eine Heldentat oder um einen Rekord, weder um einen Gipfel, der zu ersteigen war noch um eine Tiefe, die erreicht werden mußte. Was Bartlebooth tun würde, wäre weder spektakulär noch heroisch; es wäre ganz einfach und unauffällig ein zwar schwieriges, aber nicht unrealisierbares, von einem Ende zum andern beherrschtes Projekt, das dafür in allen Einzelheiten das Leben dessen bestimmen würde, der sich darauf einließ.

Der zweite war logischer Art: jeden Rückgriff auf den Zufall ausschaltend, würde das Unterfangen Zeit und Raum als abstrakte Koordinaten in Gang halten, innerhalb derer gleichartige Ereignisse sich mit unerbittlicher Zwangsläufigkeit an ihrem Ort, zu ihrem Zeitpunkt vollziehen.

Der dritte schließlich war ästhetischer Art: nutzlos, da die Zweckfreiheit die einzige Garantie für seine Strenge ist, würde sich das Projekt in dem Maße, in dem es verwirklicht werden würde, selbst zerstören; seine Vollkommenheit wäre kreisförmig: eine Aufeinanderfolge von Ereignissen, die, ineinandergreifend, sich selbst aufheben würden: von nichts ausgegangen, würde Bartlebooth auf dem Umweg über präzise Umwandlungen von Fertigerzeugnissen wieder bei nichts ankommen.

So lief konkret ein Programm ab, das man knapp auf die folgende Formel bringen kann:

Zehn Jahre lang, von 1925 bis 1935, würde Bartlebooth sich mit der Kunst des Aquarellierens vertraut machen.

Zwanzig Jahre lang, von 1935 bis 1955, würde er durch die Welt reisen und im Rhythmus von einem Aquarell alle vierzehn Tage fünfhundert Seestücke vom gleichen Format (65 × 50 oder Papierformat) malen, die Seehäfen darstellen. Jedesmal, wenn eines dieser Seestücke fertiggestellt wäre, würde es einem spezialisierten Handwerker geschickt werden (Gaspard Winckler), der es auf eine dünne Holzplatte kleben und dann in ein aus siebenhundertfünfzig Einzelteilen bestehendes Puzzle zerlegen würde.

Zwanzig Jahre lang, von 1955 bis 1975, würde Bartlebooth, nach Frankreich zurückgekehrt, der Reihe nach die Puzzles wieder zusammenfügen und zwar wieder jeweils ein Puzzle alle vierzehn Tage. Sobald die Puzzles dann zusammengesetzt wären, würden sie wieder »ineinsgebracht« werden, so daß man sie von ihrer Unterlage ablösen und an den Ort zurückbringen könnte, an dem sie – zwanzig Jahre zuvor – gemalt worden waren, wo man sie in eine Reinigungslösung legen würde, aus der lediglich noch ein Blatt Papier Marke Whatman, intakt und jungfräulich, herauskäme.

So würde von diesem Wirken, das seinen Urheber fünfzig Jahre lang in Bewegung gehalten hätte, keine Spur zurückbleiben.

SIEBENUNDZWANZIGSTES KAPITEL

Rorschach, 3

Es ist so etwas wie eine versteinerte Erinnerung, wie eines der Bilder Margrittes, wo man nie ganz genau weiß, ob der Stein lebendig geworden ist, oder ob das Leben mumifiziert ist, so etwas wie ein ein für alle Male festgelegtes, unvergängliches Bild: der mit hängendem Schnurrbart und gekreuzten Armen am Tisch sitzende Mann, dessen Stierhals aus einem kragenlosen Hemd herausragt, und die Frau mit den glatten Haaren, ihrem schwarzen Rock und der geblümten Bluse, die hinter ihm steht, den linken Arm auf seine Schulter gelegt, und die beiden Zwillinge, die vor dem Tisch stehen, sich bei der Hand haltend, in ihrem Matrosenanzug mit den kurzen Hosen, ihrer Kommunionsschleife, ihren Socken, die ihnen auf die Knöchel fallen, und der Tisch mit seiner Wachstuchdecke, mit der blauen Emaillekaffeekanne drauf und das Foto des Großvaters in seinem ovalen Rahmen, und der Kamin auf dem, zwischen zwei konisch zulaufenden Töpfen, geschmückt mit schwarzweißen Fischgrätenmustern und bepflanzt mit bläulichen Rosmarinbüscheln, der Brautkranz unter seiner länglichen Glasglocke steht, mit seinen falschen Orangenblüten – Tupfen zusammengerollter, in Wachs getauchter Baumwolle –, seinem perlfarbenen Untersatz, seinen Dekorationen aus Girlanden, Vögeln und Spiegeln.

In den fünfziger Jahren, lange bevor Gratiolet Rorschach die beiden übereinanderliegenden Wohnungen verkaufte, die er zu einer Maisonettenwohnung herrichten lassen sollte, wohnte eine italienische Familie, die Grifalconis, einige Zeit im vierten Stock links. Emilio Grifalconi, ein in der Restaurierung von Möbeln spezialisierter Kunsttischler aus Verona, war nach Paris gekommen, um an der Instandsetzung des Mobilars von Schloß La Muette zu arbeiten. Er war mit einer jungen Frau verheiratet, die fünfzehn Jahre jünger war als er, Laetizia, die ihm drei Jahre zuvor Zwillinge geboren hatte.

Laetizia, deren strenge und fast düstere Schönheit das ganze Haus, die Straße und das Viertel faszinierte, fuhr jeden Nachmittag ihre Kinder in einem eigens für Zwillinge konzipierten Doppel-Kinderwagen im Parc Monceau spazieren. Sicherlich lernte sie während dieser täglichen Spaziergänge einen der Männer kennen, den ihre Schönheit am stärksten aufgewühlt hatte. Er hieß Paul Hébert und wohnte ebenfalls im gleichen Haus, im fünften Stock rechts. Am siebten Oktober 1943, gerade achtzehn Jahre alt, war Paul Hébert bei der großen Razzia vom Boulevard Saint-Germain nach dem Attentat, das Hauptmann Dittersdorf und die Oberleutnants Nebel und Knödelwurst das Leben gekostet hatte, verhaftet und vier Monate später nach Buchenwald deportiert worden. Fünfundvierzig befreit und sieben Jahre lang in einem Sanatorium in Graubünden behandelt, war er erst kürzlich nach Frankreich zurückgekommen und am Collège Chaptal Lehrer für Physik und Chemie geworden. Es dauerte natürlich nicht lange, bis seine Schüler ihm den Spitznamen pH gaben.

Ihr Verhältnis, das, ohne ausgesprochen platonisch zu sein, sich wahrscheinlich auf kurze Umarmungen und auf flüchtige Händedrücke beschränkte, dauerte seit annähernd vier Jahren, als pH zum neuen Schuljahr 1955 nach Mazamet versetzt wurde, und zwar auf ausdrücklichen Wunsch seiner Ärzte, die ihm ein trockenes Mittelgebirgsklima verordneten.

Mehrere Monate lang schrieb er Lactizia, wobei er sie beschwor, zu ihm zu kommen, was sie jedesmal ablehnte. Der Zufall wollte, daß der Entwurf eines ihrer Briefe ihrem Mann in die Hände fiel:

»Ich bin traurig, verdrossen, furchtbar gereizt. Ich werde wieder, wie schon vor zwei Jahren, schmerzlich empfindlich. Alles tut mir weh und betäubt mich. Deine beiden letzten Briefe haben mein Herz so stark klopfen lassen, daß es fast zersprungen ist. Sie wühlen mich so auf! Wenn mir beim Auseinanderfalten der Duft des Papiers in die Nase steigt und mir der Wohlgeruch Deiner kosenden Sätze ins Herz dringt. Schone dich; mir wird schwindlig bei Deiner Liebe! Wir müssen uns aber klarwerden, daß wir nicht zusammenleben können. Wir müssen uns mit einem schaleren und blasseren Leben abfinden. Ich sähe es gern, wenn Du Dich daran gewöhntest, daß mein Bild, anstatt Dich zu verbrennen, Dich erwärmt, daß es Dich tröstet, anstatt Dich in Verzweiflung zu stürzen. Du mußt. Wir können nicht immer in dieser Seelenkrise leben, denn die Niedergeschlagenheit, die auf sie folgt, ist der Tod. Arbeite, denke an was anderes. Du hast soviel Intelligenz, gebrauche sie ein wenig, um ruhiger zu werden. Ich bin mit meiner Kraft am Ende. Ich fühlte mich sehr mutig für mich allein, aber für zwei! Mein Beruf ist es, aller Welt beizustehen, ich zerbreche daran, betrübe mich nicht mehr mit Deinen Ausbrüchen, die dazu führen, daß ich mich selbst verfluche, ohne jedoch ein Mittel dagegen zu sehen ...«

Emilio wußte natürlich nicht, an wen dieser unvollendete Entwurf sich richtete. Sein Vertrauen in Laetizia war so groß, daß er zuerst glaubte, sie habe einfach nur ein Stück aus einem Fortsetzungsroman abgeschrieben, und wenn Laetizia ihm das hätte vormachen wollen, wäre es ihr mühelos gelungen. Aber wenn Laetizia all diese Jahre hindurch auch imstande gewesen war, die Wahrheit zu verheimlichen, so war sie nicht imstande, sie zu verschleiern. Von Emilio befragt, gestand sie ihm mit erschreckender Ruhe, daß es ihr liebster Wunsch sei, Hébert wiederzusehen, daß sie sich diesen Wunsch aber seinetwegen und der Zwillinge wegen versage.

Grifalconi ließ sie gehen. Er beging keinen Selbstmord, verfiel nicht dem Alkoholismus, sondern kümmerte sich mit unerschütterlicher Aufmerksamkeit um die Zwillinge, brachte sie morgens, bevor er zur Arbeit ging, in die Schule, ging sie abends abholen, besorgte die Einkäufe, kochte, badete die Kinder, schnitt ihnen das Fleisch klein, überwachte ihre Hausaufgaben, las ihnen vor dem Schlafengehen Geschichten vor, ging Samstag nachmittags mit ihnen in die Avenue des Ternes, um ihnen Schuhe zu kaufen, Duffle-coats, Hemdchen, schickte sie zum Katechismusunterricht, ließ sie feierlich zur Kommunion gehen.

Als 1959 sein Vertrag mit dem Kultusministerium – dem die Instandsetzung des Schlosses von La Muette unterstand – auslief, kehrte Grifalconi mit seinen Kindern nach Verona zurück. Doch einige Wochen zuvor suchte er Valène auf und bestellte ein Bild bei ihm. Er wollte, daß der Maler ihn mit seiner Frau und seinen Zwillingen darstelle. Sie sollten alle vier in ihrem Eßzimmer sein. Er würde sitzen; sie hätte ihren schwarzen Rock und ihre geblümte Bluse an, sie würde hinter ihm stehen, die linke Hand in einer Gebärde des Vertrauens und der Heiterkeit auf seine linke Schulter gelegt, die Zwillinge hätten ihre schönen Matrosenanzüge an und die Kommunionsschleife am Arm und auf dem Tisch stünde das Foto seines Großvaters, der die Pyramiden besichtigt hatte und auf dem Kaminsims läge der Brautkranz Laetizias und die beiden Rosmarintöpfe, die sie so sehr liebte.

Valène machte kein Ölbild, sondern eine farbige Federzeichnung. Er ließ Emilio und die Zwillinge Modell stehen, während er sich für Laetizia einiger schon älterer Fotos bediente und verwendete die größte Sorgfalt auf die von unserem Tischler erbetenen Einzelheiten: die kleinen malvenfarbenen und blauen Blumen von Laetizias Bluse, der Tropenhelm und die Gamaschen des Ahnen, das prunkvolle Gold des Brautkranzes, die Damastfalten an den Schleifen der Zwillinge.

Emilio war mit der Arbeit Valènes so zufrieden, daß er nicht nur darauf bestand, ihn zu bezahlen, sondern ihm noch zwei Gegenstände schenkte, an denen er über alles hing: er ließ den Maler zu sich kommen und stellte ein längliches Kästchen aus grünem Leder auf den Tisch. Nachdem er einen Scheinwerfer, der an der Decke hing, angeknipst hatte, um das Kästchen anzustrahlen, öffnete er es: auf dem Futter von glänzendem Rot lag eine Waffe, deren glatter Griff aus Esche und deren flache, sichelförmige Klinge aus Gold waren. »Wissen Sie, was das ist?« fragte er. Valène hob die Augenbrauen zum Zeichen seiner Unwissenheit. »Das ist die goldene Hippe, die Hippe, deren sich die gallischen Druiden bedienten, um die Mistel zu pflücken.« Valène sah Grifalconi mit ungläubigem Gesicht an, doch der Tischler schien die Fassung nicht zu verlieren. »Den Griff habe ich natürlich gemacht, aber die Klinge ist echt; sie ist in einem Grab in der Umgebung von Aix gefunden worden; es hat den Anschein, als sei sie charakteristisch für die Arbeit der Salier.« Valène sah sich die Klinge näher an; sieben winzige Gravuren waren auf eine der Seiten zierlich ziseliert, doch es gelang ihm nicht zu erkennen, was sie darstellten, nicht einmal mit Hilfe einer starken Lupe; er sah nur, daß auf mehreren von ihnen wahrscheinlich eine Frau mit sehr langen Haaren war.

Der zweite Gegenstand war noch seltsamer. Als Grifalconi ihn aus seinem gepolsterten Kistchen nahm, glaubte Valène zuerst, es handele sich um einen Strauß Korallen. Aber Grifalconi schüttelte den Kopf: im Dachstuhl von Schloß La Muette hatte er die Spuren eines Tisches gefunden; die ovale, wunderbar mit Perlmutt ausgelegte Tischplatte war in einem bemerkenswert guten Zustand, aber der Mittelfuß, eine schwere, spindelförmige Säule aus gemasertem Holz, erwies sich als völlig wurmstichig; das Werk der Würmer hatte sich unterirdisch, innerlich vollzogen und unzählige Kanäle und Kanälchen geschaffen, die mit pulverisiertem Holz gefüllt waren. Von außen sah man nichts von dieser Aushöhlungsarbeit und Grifalconi stellte fest, daß es nur möglich war, den ursprünglichen Fuß, der, fast völlig ausgehöhlt, das Gewicht der Platte nicht auszuhalten vermochte, zu erhalten, wenn er innen verstärkt wurde; folglich versuchte er, nachdem er die Kanäle durch Absaugen von ihrem Wurmmehl gereinigt hatte, unter Druck eine fast flüssige Mischung von Blei, Alaun und Asbestfasern einzuspritzen. Die Operation gelang zwar, doch stellte sich schnell heraus, daß der Fuß, selbst verstärkt, immer noch zu schwach und gebrechlich blieb, und Grifalconi mußte sich dazu entschließen, ihn völlig zu ersetzen. Darauf kam ihm der Gedanke, das verbleibende Holz aufzulösen, wodurch er diese phantastische, baumartige Form zum Vorschein kommen ließ, die genaue Spur dessen, was einmal das Leben des Wurms in diesem Stück Holz gewesen war, die unbewegliche, mineralische Übereinanderlagerung aller Bewegungen, die seine blinde Existenz ausgemacht hatten, diese einzigartige Hartnäckigkeit, diese eigensinnige Wegstrecke, diese getreue Materialisierung alles dessen, was er gefressen und verdaut hatte, der Dichtheit der Welt ringsum die für sein Überleben notwendigen unmerklichen Elemente entreißend, das zur Schau gestellte, sichtbare, unvergleichlich verwirrende Bild dieses ziellosen Vorwärtskriechens, das das härteste Holz in ein staubfeines Netz pulverförmiger, unterirdischer Gänge verwandelt hatte.

Grifalconi kehrte nach Verona zurück. Ein- oder zweimal schickte ihm Valène einen der kleinen Linolschnitte, die er für seine Freunde abzog, um ihnen ein gutes neues Jahr zu wünschen. Aber er bekam nie eine Antwort. 1972 erfuhr er durch einen Brief Vittorios – er war einer der Zwillinge –, der in Padua Professor für Pflanzensystematik geworden war, daß sein Vater an den Folgen einer Trichinose gestorben war. Von dem andern Zwilling, Alberto, hieß es in dem Brief nur, er lebe in Südamerika und es gehe ihm gut.

Einige Monate nach der Abreise der Grifalconis verkaufte Gratiolet ihre Wohnung an Rémi Rorschach. Sie bildet heute das Erdgeschoß der Maisonnettenwohnung. Aus dem Eßzimmer ist ein Salon geworden. Der Kamin, auf den Emilio Grifalconi den Brautkranz seiner Frau und die beiden Rosmarintöpfe hatte stellen lassen, ist modernisiert worden und bietet äußerlich das Bild einer glatten Stahlstruktur; der Boden ist mit einer Vielzahl von aufeinandergestapelten Wollteppichen mit exotischen Zeichnungen ausgelegt; als einzige Möbel drei sogenannte »Regisseur«-Sessel, aus graubraunem Tuch und Metallröhren, die in Wirklichkeit nichts anderes sind als leicht verbesserte Camping-Stühle; zahlreiche amerikanische »Gadgets« liegen so ziemlich überall herum, besonders ein elektronisches Tricktrack-Spiel, das *Feedback-Gammon*, bei dem die Spieler nur noch die Würfel zu werfen und auf zwei Tasten zu drücken brauchen, die ihren Zahlenwerten entsprechen, wodurch das Vorrücken der Damen durch im Apparat eingebaute Mikroprozessoren erfolgt; die Steine des Spiels werden durch Lichtkreise dargestellt, die sich auf dem durchsichtigen Damebrett je nach den optimierten Strategien hin- und herbewegen; da jeder Spieler der Reihe nach über den besten Angriff und/oder die beste Verteidigung verfügt, ist der häufigste Ausgang einer Partie das gegenseitige Blockieren der gleichwertigen Steine zu einem Unentschieden.

Die Wohnung Paul Héberts wurde nach dunklen Pfändungsgeschichten vom Verwalter zurückerworben und vermietet. Geneviève Foulerot bewohnt sie im Augenblick mit ihrem Säugling.

Laetizia kam nicht mehr zurück und niemand hat je wieder von ihr gehört. Durch den jungen Riri, der ihn neunzehnhundertsiebzig ganz zufällig getroffen hat, weiß man wenigstens bruchstückhaft, was aus Paul Hébert geworden ist.

Der junge Riri, der heute ungefähr fünfundzwanzig Jahre alt ist, heißt in Wirklichkeit Valentin, Valentin Collot. Er ist das jüngste der drei Kinder Henri Collots, des Wirts, der die Kneipe an der Ecke der Rue Jadin und der Rue de Chazelles besitzt. Alle Welt hat Henri immer nur Riri genannt, seine Frau Lucienne Madame Riri, die beiden Töchter, Martine und Isabelle, die kleinen Riris, und Valentin den jungen Riri, außer Monsieur Jérôme, der ehemalige Geschichtslehrer, der lieber »Riri junior« sagte und eine Zeitlang sogar versucht hatte, den Namen »Riri II.« durchzusetzen, doch niemand war ihm darin gefolgt, nicht einmal Morellet, obgleich der in der Regel dieser Art von Initiativen sehr aufgeschlossen gegenüber stand.

Der junge Riri also, der ein Jahr lang im Collège Chaptal der unglückliche Schüler von pH gewesen war, und der sich noch voller Schrecken an die Joules, Coulombes, Ergs, dyns, ohms und Farads und an das: Säure plus Base ergibt Salz plus Wasser erinnerte, leistete seinen Militärdienst in Bar-le-Duc ab. Eines Samstags nachmittags, als er mit jener hartnäckigen Langeweile, wie sie nur Rekruten empfinden können, in der Stadt herumlief, sah er seinen früheren Lehrer: am Eingang eines Supermarktes stehend, gekleidet als normannischer Bauer mit einem blauen Kittel, einem rotkarierten Schal und einer Mütze, bot Paul Hébert den Vorübergehenden regionale Wurstspezialitäten, Apfelwein, bretonische Kuchen, im Holzofen gebackenes Brot an. Der junge Riri ging zum Stand, kaufte einige Scheiben Knoblauchwurst und fragte sich, ob er es wagen sollte, seinen ehemaligen Lehrer anzusprechen. Als Paul Hébert ihm das Kleingeld zurückgab, trafen sich ihre Blicke für den Bruchteil einer Sekunde und der junge Riri begriff, daß der andere sich erkannt fühlte und ihn anflehte, weiterzugehen.

ACHTUNDZWANZIGSTES KAPITEL

Im Treppenhaus, 3

Hier, im Treppenhaus, es mußten schon gut drei Jahre her sein, war er ihm zum letzten Mal begegnet; auf dem Treppenabsatz des fünften Stocks, gegenüber der Tür jener Wohnung, in der der unglückliche Hébert gewohnt hatte. Als der Aufzug, wieder einmal, außer Betrieb war und Valène mühsam die Treppen hinaufstieg, war er Bartlebooth begegnet, der vielleicht Winckler besuchen gegangen war. Er trug seine gewohnte graue Flanellhose, eine karierte Jacke, und eines von jenen Hemden aus Schottengarn, die er so liebte. Er hatte ihn im Vorbeigehen mit einer kurzen Neigung des Kopfes gegrüßt. Er hatte sich nicht sehr geändert; er war zwar gebeugt, ging aber ohne Stock; sein Gesicht war leicht ausgehöhlt, seine Augen waren fast weiß geworden: das hatte Valène am stärksten betroffen: dieser Blick, dem es nicht gelungen war, dem seinen zu begegnen, als ob Bartlebooth versucht hätte, hinter seinen Kopf zu schauen, seinen Kopf hätte durchqueren wollen, um dahinter den neutralen Zufluchtsort des Treppenhauses zu erreichen mit seinen Trompe-l'oeil-Malereien, die alte Marmorierungen und ihre Säulenplatten mit Holztäfelungseffekten imitierten. Es lag in diesem Blick, der ihm auswich, etwas viel Heftigeres als die Leere, etwas, das nicht nur Stolz oder Haß war, sondern fast schon Panik, etwas wie eine sinnlose Hoffnung, wie ein Hilferuf, wie ein Notsignal.

Seit siebzehn Jahren war Bartlebooth wieder zurück, seit siebzehn Jahren hatte er sich an seinen Tisch gekettet, sich seit siebzehn Jahren hartnäckig darauf versteift, die fünfhundert Seestücke, die Gaspard Winckler in jeweils siebenhundertfünfzig Einzelteile zerlegt hatte, eines nach dem andern wieder zusammenzusetzen. Er hatte bereits über vierhundert rekonstruiert! Anfangs kam er schnell voran, er arbeitete mit Freude, ließ geradezu mit Leidenschaft die Landschaften wieder auferstehen, die er zwanzig Jahre zuvor gemalt hatte, sah mit kindlichem Frohlocken zu, wie Morellet selbst die kleinsten Zwischenräume der vollendeten Puzzles unsichtbar schloß. Im Verlaufe der Jahre war es dann, als ob die Puzzles immer komplizierter werden würden, immer schwerer zu lösen wären. Dabei hatten sich seine Techniken, seine Praxis, seine Inspiration, seine Methoden bis zum Äußersten verfeinert, doch wenn er auch immer häufiger schon im Voraus die Fallen erriet, die Winckler ihm gestellt hatte, so war er nicht mehr immer in der Lage, die passende Antwort darauf zu finden: auch wenn er stundenlang über jedem Puzzle saß, ganze Tage in diesem Dreh-Schaukelstuhl sitzen blieb, der seinem Großonkel aus Boston gehört hatte, es fiel ihm immer schwerer, seine Puzzles innerhalb der Frist, die er sich selbst gesetzt hatte, fertigzustellen.

Für Smautf, der die Puzzles auf dem großen, quadratischen, mit einem schwarzen Tuch bedeckten Tisch erblickte, wenn er seinem Herrn den Tee brachte, den dieser meistens zu trinken versäumte, einen Apfel, von dem er ein Stück abknabberte, bevor er ihn in seinem Korb fleckig werden ließ, oder die Post, die er nur noch ausnahmsweise aufmachte, waren diese Puzzles noch mit Fetzen von Erinnerungen verbunden, mit Gerüchen von Tang, Geräuschen von Wellen, die sich an hohen Deichen brechen, fernen Namen: Majunga, Diego-Suarez, die Comoren, die Seychellen, Sokotra, Mokka, Hodeida... Für Bartlebooth waren sie nur noch die ungestalten Steine eines endlosen Spiels, dessen Regeln er vergessen hatte, nicht einmal mehr wissend, gegen wen er spielte, welches der Einsatz war, kleine Holzstücke, deren eigenwillige Ausschnitte Anlässe zu Alpträumen wurden, die einzigen Gelegenheiten für ein einsames, mürrisches Wiederkäuen, träge, alberne und mitleidlose Bestandteile eines gegenstandslosen Suchens. Majunga war weder eine Stadt noch ein Hafen, es war kein schwerer Himmel, eine Reihe von Lagunen, ein von Schuppen und Friedhöfen starrender Horizont, es war nichts anderes als siebenhundertfünfzig unmerkliche Variationen auf Grau, unverständliche Bruchstücke eines bodenlosen Rätsels, die einzigen Bilder einer Leere, die keine Erinnerung, keine Erwartung je ausfüllen würden, einzige Stützen seiner betrogenen Illusionen.

Gaspard Winckler war einige Wochen nach dieser Begegnung gestorben und Bartlebooth hatte praktisch nicht mehr seine Wohnung verlassen. Von Zeit zu Zeit berichtete Smautf dem Maler Valène von dieser absurden Reise, die der Engländer mit einem Abstand von zwanzig Jahren in der Stille seines gepolsterten Büros fortsetzte: »wir haben Kreta verlassen« – Smautf identifizierte sich oft mit Bartlebooth und sprach von ihm in der ersten Person Mehrzahl, es stimmt allerdings, daß sie alle diese Reisen gemeinsam gemacht hatten – »wir nähern uns den Kykladen: Zaforas, Anafi, Milo, Paros, Naxos, das werden wir nicht allein hinkriegen!«

Manchmal hatte Valène den Eindruck, daß die Zeit um irgendein unbestimmtes Warten herum stehengeblieben, aufgehoben, erstarrt war. Allein schon der Gedanke an dieses Gemälde, das er zu malen plante und dessen ausgebreiteten, auseinandergeborstenen Bildinhalte allmählich selbst noch die kleinsten Augenblicke seines Lebens heimsuchten, seine Träume gestaltend, seinen Erinnerungen Gewalt antuend, allein schon der Gedanke an dieses aufgeschlitzte Haus, das den

Zusammenbruch seiner Gegenwart, die Schrunden seiner Vergangenheit in ihrer ganzen Blöße zeigt, diese fortsetzungslose Anhäufung grandioser oder lächerlicher, frivoler oder erbärmlicher Geschichten, wirkte auf ihn wie ein groteskes Mausoleum, das errichtet wurde zur Erinnerung an Komparsen, versteinert in ewigen Haltungen, die in ihrer Feierlichkeit oder in ihrer Banalität ebenso bedeutungslos sind, als hätte er diese langsamen oder lebendigen Tode vereiteln und zugleich hinauszögern wollen, die, von Stockwerk zu Stockwerk das ganze Haus überfallen zu wollen schienen: Monsieur Marcia, Madame Moreau, Madame de Beaumont, Bartlebooth, Rorschach, Mademoiselle Crespi, Madame Albin, Smautf. Und selbstverständlich er selber, Valène, der älteste Mieter des Hauses.

Darauf durchdrang ihn manchmal ein Gefühl unsäglicher Trauer; er dachte an die andern, an all jene, die schon gegangen waren, an all jene, die das Leben oder der Tod geschluckt hatten: Madame Hourcade, in ihrem kleinen Haus bei Montargis, Morellet in Verrières-le-Buisson, Madame Fresnel mit ihrem Sohn in Neu-Kaledonien, und Winckler und Marguerite, und die Danglars und die Claveaus, und Hélène Brodin mit ihrem kleinen, verängstigten Lächeln, und Monsieur Jérôme, und die alte Dame mit dem kleinen Hund, deren Name er vergessen hatte, den Namen der alten Dame, nicht etwa der kleinen Hündin, denn es war eine Hündin, und an deren Namen erinnerte er sich ganz genau, sie hieß Dodéca, und da sie ständig ihre Notdurft auf dem Treppenabsatz verrichtete, nannte die Concierge – Madame Claveau – sie nie anders als Dodécaca. Die alte Dame wohnte im vierten Stock links, neben den Grifalconis, und man sah sie oft im Treppenhaus herumlaufen nur mit ihrem Unterrock bekleidet. Ihr Sohn wollte Pfarrer werden. Jahre später, nach dem Krieg, hatte

Valène ihn in der Rue des Pyramides getroffen, wo er versuchte, Touristen, die sich gerade anschickten, in Doppeldeckerbussen Paris zu besichtigen, kleine Porno-Romane zu verkaufen, und er hatte ihm eine endlose Geschichte von dunklen Goldgeschäften mit der UdSSR erzählt.

Darauf begann in seinem Kopf noch einmal der traurige Reigen der Möbeltransporteure und der Leichenträger, der Immobilienmakler und ihrer Kunden, der Klempner, der Elektriker, der Maler und Anstreicher, der Plattenleger, der Fußbodenverleger: er begann an das ruhige Leben der Dinge zu denken, an die Geschirrkisten voller Hobelspäne, an die Bücherkartons, an das harte Licht der nackten Birnen, die an ihrer Leitung schaukelten, an das langsame Aufstellen und Anordnen der Möbel und Gegenstände, an die langsame Gewöhnung der Körper an den Raum, an diese ganze Summe winziger, nicht existierender, nicht erzählbarer Ereignisse – einen Lampenfuß, eine Reproduktion, eine Nippsache aussuchen, zwischen zwei Türen einen rechteckigen Spiegel anbringen, vor einem Fenster einen japanischen Garten anlegen, die Regale eines Schranks mit einem geblümten Stoff bespannen – alle diese winzig kleinen Gebärden, in denen sich immer aufs zuverlässigste das Leben einer Wohnung zusammenfassen läßt und die hin und wieder, unvorhersehbar und unabwendbar, tragisch oder heilsam, vorübergehend oder endgültig von den plötzlichen Brüchen eines geschichtslosen Alltags durcheinandergebracht werden: eines Tages wird die kleine Marquiseaux mit dem jungen Réol durchbrennen, eines Tages wird Madame Orlowska ohne ersichtliche Gründe, ohne wirkliche Gründe beschließen, wieder fortzugehen; eines Tages wird Madame Altamont einen Revolverschuß auf Monsieur Altamont abgeben, und das Blut wird auf die glasierten Backsteine ihres achteckigen Eßzimmers spritzen; eines Tages wird die Polizei kommen, um Joseph Nieto zu verhaften und in seinem Schlafzimmer, versteckt in einer der Kupferkugeln des großen Empire-Bettes, den berühmten, einst dem Prinzen Luigi Voudzoi geraubten Diamanten finden.

Vor allem aber wird eines Tages das ganze Haus verschwinden, die ganze Straße und das ganze Viertel werden sterben. Das wird seine Zeit brauchen. Anfangs wird es den Anschein einer Legende haben, eines kaum glaubhaften Gerüchts: man wird von einer möglichen Ausdehnung des Parc Monceau hören, oder von dem Projekt eines großen Hotels oder von einer direkten Verbindung zwischen dem Elysée-Palast und Roissy, die, um den Anschluß an die Stadtautobahn zu finden, über die Avenue de Courcelles führen würde. Dann werden die Gerüchte bestimmter werden; man wird die Namen der Bauträger erfahren und was sie genau anstreben, werden luxuriöse Faltprospekte im Vierfarbendruck illustrieren:

»*... Im Rahmen der vom siebten Plan vorgesehenen Vergrößerung und Modernisierung der Gebäude der Hauptpost des 17. Arrondissements in der Rue de Prony, notwendig geworden durch die beachtliche Entwicklung dieses öffentlichen Dienstes im Verlaufe der beiden letzten Jahrzehnte, hat sich eine vollständige Neustrukturierung der Peripherie als möglich und wünschbar erwiesen ...*«

und dann:

»*... Als Ergebnis gemeinsamer Bemühungen von öffentlicher Hand und Privatinitiative wird dieser riesige, vielseitigen Aufgaben dienende Komplex, der das ökologische Gleichgewicht der Umwelt zwar respektiert, jedoch die für eine wünschbare Humanisierung des zeitgenössischen Lebens un-*

erläßlichen sozio-kulturellen Einrichtungen vorteilhaft zu nutzen weiß, wirksam ein urbanes Geflecht ersetzen, das seit einigen Jahren seinen Sättigungsgrad erreicht hat...«

und schließlich:

»...Einige Minuten vom Etoile-Charles-de-Gaulle (RER) und der Gare Saint-Lazare entfernt, kaum einige Meter vom Laubwerk des Parc Monceau, bietet Ihnen HORIZON 84 auf einer Fläche von drei Millionen Quadratmetern die schönsten Büros von Paris an: dreifacher Teppichboden, thermo-phonische Isolierung durch schwimmende Fliesen, Antiskating, selbsttragende Wände, Telex, Bildschirmschaltung innerhalb des Gebäudekomplexes, Datenendstationen, Konferenzsäle mit Simultanübersetzung, Kantinen für Unternehmen, Imbißstuben, Schwimmbad, Club-house... HORIZON 84, das sind auch SIEBENHUNDERT Wohnungen, vom Einzimmerstudio bis zur Fünf-Zimmer-Wohnung, vollständig eingerichtet – von der elektronischen Überwachung bis zur vorprogrammierbaren Küche, das sind auch ZWEIUNDZWANZIG Empfangswohnungen – dreihundert Quadratmeter Salons und Terrassen, das ist ferner ein Verkaufszentrum, das SIEBENUNDVIERZIG Läden und Dienstleistungsbetriebe zusammenfaßt, und das sind schließlich ZWÖLFTAUSEND Parkplätze in den Untergeschossen, EINTAUSENDEINHUNDERTFÜNFUNDSIEBZIG Quadratmeter angelegter Grünflächen, ZWEITAUSENDFÜNFHUNDERT bereits verlegte Telefonleitungen, eine Sammelantenne, ZWÖLF Tennisplätze, SIEBEN Kinos und der modernste Hotel-Komplex Europas! HORIZON 84, 84 JAHRE ERFAHRUNG IM DIENSTE DES IMMOBILIENHANDELS VON MORGEN!«

Doch bevor sich diese Glas-, Stahl- und Betonkuben aus dem Boden erheben, wird es das lange Palaver der

Verkäufe und der Rücknahmen, der Entschädigungen, der Tauschgeschäfte, der Umquartierungen, der Räumungsbefehle geben. Einer nach dem andern werden die Läden schließen und es werden keine neuen an ihre Stelle kommen, eines ums andere werden die Fenster der freigewordenen Wohnungen zugemauert und die Fußböden herausgerissen werden, um die Hausbesetzer und die Stadtstreicher abzuhalten. Die Straße wird nur noch eine Folge blinder Fassaden sein – *Fenster, die gedankenlosen Augen gleichen* –, die mit Bauzäunen abwechseln, auf denen nostalgisches Gekritzel steht und die schmutzigen Fetzen von Plakaten herabhängen.

Wer hat vor einem Pariser Wohnhaus nicht einmal daran gedacht, daß es unzerstörbar sei? Gewiß, eine Bombe, ein Brand, ein Erdbeben können es zum Einsturz bringen, aber ansonsten? In den Augen eines Privatmannes, einer Familie oder selbst einer Dynastie scheinen eine Stadt, eine Straße, ein Haus unveränderlich, unbezwingbar für die Zeit und die Widrigkeiten des menschlichen Lebens, so daß man glaubt, die Zerbrechlichkeit unserer Beschaffenheit der Unverwundbarkeit des Steins entgegenhalten zu können. Doch das gleiche Fieber, das gegen neunzehnhundertfünfzig in Batignolles wie in Clichy, in Ménilmontant wie in Butte-aux-Cailles, in Balard wie in Pré-Saint-Gervais diese Wohnhäuser aus dem Boden stampfen ließ, wird von nun an darauf hinarbeiten, sie zu zerstören.

Die Abbruchunternehmer werden kommen und ihre schweren Hämmer werden den Verputz und die Fliesen abplatzen lassen, werden die Zwischenwände einreißen, die Eisenbeschläge verbiegen, Gebälk und Sparren herausbrechen, die Bruch- und die Backsteine zum Einsturz bringen: groteske Bilder eines niedergerissenen Hauses, in seine Baustoffe zerlegt, deren Haufen sich die Alteisensammler mit dicken Handschuhen streitig machen werden: das Blei der Rohrleitungen, den Marmor der Kamine, das Holz des Gebälks und der Fußböden, der Türen und der Fußleisten, das Kupfer und das Messing der Türgriffe und der Wasserhahnen, die großen Spiegel und das Gold ihrer Rahmen, die Spülsteine, die Badewannen, das Schmiedeeisen der Treppengeländer...

Die unermüdlichen Bulldozer der Abbruchfirmen werden den Rest wegschaffen: Tonnen und Abertonnen von Bauschutt und Staub.

NEUNUNDZWANZIGSTES KAPITEL

Dritter Stock rechts, 2

Der große Salon der Wohnung im dritten Stock rechts könnte das klassische Bild eines Morgens nach dem Fest bieten.

Es ist ein riesiger Raum mit heller Holzvertäfelung, dessen Teppiche aufgerollt oder zurückgeschoben worden sind, wobei ein fein gefugter Parkettboden zum Vorschein kam. Ein Bücherschrank im Regency-Stil, dessen Mittelteil in Wirklichkeit eine als Trompe-l'oeil gemalte Tür ist, nimmt die gesamte hintere Wand ein. Durch diese halb geöffnete Tür erblickt man einen langen Flur, in dem ein junges, etwa sechzehnjähriges Mädchen herankommt, das in der rechten Hand ein Glas Milch hat.

Im Salon liegt ein anderes junges Mädchen – vielleicht ist dieses stärkende Glas für sie bestimmt – schlafend auf einem mit grauem Damhirschleder überzogenen Sofa: inmitten der Kissen vergraben, halb von einem mit Blumen und Blattwerk bestickten schwarzen Umschlagtuch bedeckt, scheint sie nur mit einem ganz offensichtlich für sie zu großen Nylonkittel bekleidet zu sein. Auf dem Boden überall die Überbleibsel der großen Abendgesellschaft: mehrere nicht zusammengehörige Schuhe, eine lange, weiße Socke, eine Strumpfhose, ein Zylinder, eine falsche Nase, Pappteller, aufeinandergestapelt, zerknittert oder einzeln, voller Essensreste, Radieschenkraut, Sardinenköpfe, angebissene Brotstücke, Hühnerknochen, Käserinden, Schiffchen aus gekräuseltem Papier, die Kleingebäck oder Pralinen enthalten hatten, Kippen, Papierservietten, Pappbecher; auf einem niedrigen Tisch verschiedene leere Flaschen und ein kaum angeschnittener Butterklumpen, in dem sorgfältig mehrere Zigaretten zerdrückt worden sind; an anderer Stelle ein ganzer Satz kleiner, dreieckiger Vorspeisenteller, die noch verschiedene Appetithappen enthalten: grüne Oliven, geröstete Haselnüsse, Salzgebäck, Krabben-Chips; etwas weiter weg, an einem Ort, der ein klein wenig aufgeräumter ist, ein Fäßchen Côtes-du-Rhône auf einem kleinen Montagebock, vor dem sich mehrere Scheuerlappen, einige Meter von der Rolle genommene Allzwecktücher aus Papier und ein ganzer Haufen manchmal noch halb gefüllter Gläser und Becher befinden; hier und da stehen oder liegen Kaffeetassen herum, Zuckerwürfel, Schnapsgläser, Gabeln, Messer, eine Kuchenschaufel, Kaffeelöffel, Bierflaschen, Coca-Cola-Dosen, fast unberührt gebliebene Flaschen mit Gin, Portwein, Armagnac, Marie-Brizard, Cointreau, Bananenlikör, Haarnadeln, zahllose Gefäße, die als Aschenbecher gedient hatten und überquellen von verkohlten Streichhölzern, Zigarettenasche, Pfeifenrückständen, Kippen mit und ohne Lippenrot, Dattelkernen, Nußschalen, Mandelschalen und Erdnußschalen, Apfelgehäusen, Orangen- und Mandarinenschalen; an verschiedenen Stellen stehen Teller herum, die mit verschiedenen Essensresten vollgehäuft sind: Schinkenröllchen in einem jetzt flüssig gewordenen Gelee, Rinderbratenscheiben, die mit Gurkenschnitten garniert sind, eine kalte Wachtelhälfte geschmückt mit einem Petersilienstrauß, Tomatenviertel, Mayonnaisespiralen und ausgezackte Zitronenscheiben: andere Essensreste hatten an bisweilen unwahrscheinlichen Stellen Zuflucht gefunden: auf einem Heizkörper das Gleichgewicht haltend eine große japanische Salatschüssel aus lackiertem Holz mit etwas Reissalat mit

Oliven, Anchovisfilets, harten Eiern, Kapern, Paprikastreifen und Garnelen; unter dem Sofa stand ein Silbertablett, lagen unberührte Geflügelkeulen neben völlig oder teilweise abgenagten Knochen; auf einem Sessel ein Topf mit klebriger Mayonnaise; unter einem bronzenen Briefbeschwerer, der den berühmten *Ruhender Ares* von Skopas darstellt, ein Unterteller voller Radieschen; Gurken, Auberginen und Mangofrüchte, die jetzt schrumpelig geworden sind, und ein Rest Kopfsalat, der langsam sauer wird, fast ganz oben auf dem Bücherschrank, über einer sechsbändigen Ausgabe der libertinistischen Romane Mirabeaus, und die Überbleibsel einer mehrstöckigen Torte – eine riesige Meringue in Form eines Eichhörnchens – gefährlich zwischen zwei Falten eines der Teppiche geklemmt.

Durch den Raum verstreut zahllose Schallplatten, mit oder ohne Hülle, meistens Tanzmusikplatten, unter denen für einen Augenblick einige andere Platten überraschen wie: *»Märsche und Fanfaren der 2. Panzer-Division«, »Der Landmann und seine Kinder, in Rotwelsch erzählt von Pierre Devaux«, »Fernandel liest Tartarin,« »Mai 1968 an der Sorbonne«, »La Tempesta di Mare,* Concerto E-dur, op. 8, Nr. 5 von Antonio Vivaldi, interpretiert am Synthesizer von Léonie Prouillot«; überall schließlich aufgeschlitzte Kartons, hastig aufgerissene Verpackungen, Schnüre, vergoldete Schleifen mit zu Spiralen gedrehten Enden, die darauf hinweisen, daß dieses Fest anläßlich des Geburtstages eines der beiden jungen Mädchen gegeben worden war, und daß das betreffende Mädchen von den Freunden ganz besonders verwöhnt wurde: man hatte ihr unter anderem und unabhängig von den festen und flüssigen Eßwaren, die einige anstelle von Geschenken mitgebracht hatten, eine kleine Spieldose geschenkt, von der man vernünftigerweise annehmen darf, daß sie *Happy birthday to you* spielt; eine Federzeichnung von Thorwaldsson, die einen

Norweger im Hochzeitsanzug darstellt: ein kurzer Cutaway mit ganz dicht beieinandersitzenden Silberknöpfen, gestärktes Hemd mit steifem Kragen, Weste mit Seidenlitze, eine halblange, enge Hose, die am Knie mit Sträußen aus Wollfasern zusammengebunden wird, weicher Filzhut, gelbliche Stiefel und in seiner Lederscheide im Gürtel steckend, das skandinavische Messer, der *Dolknif*, den der echte Norweger immer bei sich trägt; eine ganz kleine Schachtel mit englischen Aquarellen – woraus man schließen darf, daß dieses junge Mädchen sich gern der Malerei widmet; ein nostalgisches Poster, das einen Barkeeper mit Augen voller Schalk darstellt, eine lange Tonpfeife in der Hand, der sich ein kleines Glas Hulstkamp-Wacholder eingießt, das er sich übrigens bereits auf einem kleinen Plakat direkt hinter ihm zu trinken anschickt, während die Menge sich anschickt, die Kneipe zu stürmen und drei Männer, der eine mit Strohhut, der andere mit Filzhut, der dritte im Zylinder, sich am Eingang drängen; eine andere Zeichnung von einem gewissen William Flasten, einem amerikanischen Karikaturisten vom Anfang des Jahrhunderts, hat den Titel *The Punishment* (die Strafe) und stellt einen kleinen Jungen dar, der in seinem Bett liegt und an den wunderbaren Kuchen denkt, den seine Familie sich gerade teilt – eine Vision, die in einer über seinem Kopf schwebenden Wolke dargestellt ist – und der ihm wegen irgendeiner Dummheit vorenthalten worden ist; und schließlich Geschenke von Spaßvögeln mit zweifellos etwas krankhaftem Geschmack, einige Muster von Scherzartikeln, darunter ein Messer mit Federung, das beim geringsten Druck nachgibt, und eine dicke, schwarze, ziemlich schrecklich nachgemachte Spinne.

Aus dem allgemeinen Erscheinungsbild des Raums läßt sich der Schluß ziehen, daß das Fest prächtig und vielleicht sogar grandios gewesen, daß es aber nicht ausgeartet ist: einige umgestoßene Gläser, einige von Zigaretten angesengte Stellen auf den Kissen und Teppichen, eine Menge Fett- und Weinflecken, aber nichts wirklich Irreparabeles, höchstens ein Lampenschirm aus Pergament, der dran glauben mußte, ein Topf mit starkem Senf, der über die goldene Schallplatte von Yvette Horner getropft ist, und eine Flasche Wodka, die in einem Blumenständer zerbrach. Die zarte Papyruspflanze, die er enthielt, wird sich sicherlich nie wieder davon erholen.

DREISSIGSTES KAPITEL

Marquiseaux, 2

Es ist ein Badezimmer. Der Boden und die Wände sind mit glasierten, ockergelben Backsteinen gekachelt. Ein Mann und eine Frau knien in der halb mit Wasser gefüllten Badewanne. Sie sind beide etwa dreißig Jahre alt. Der Mann hat die Hände um die Taille der Frau gelegt und leckt ihre linke Brust, während sie, leicht gebeugt, mit der rechten Hand das Geschlecht ihres Gefährten umschließt und sich dazu mit der anderen Hand selbst streichelt. Ein drittes Wesen wohnt dieser Szene bei: eine junge, schwarze Katze, mit goldbraunen Glanzlichtern und einem weißen Fleck unter dem Hals, die auf dem Badewannenrand liegt und deren gelbbrauner Blick ein ungewöhnliches Erstaunen auszudrücken scheint. Sie trägt ein Halsband aus geflochtenem Leder mit einem kleinen, vorschriftsmäßigen Schild, auf dem ihr Name – Däumling – ihre Zulassungsnummer beim Tierschutzverein, und die Telefonnummer ihrer Besitzer, Philippe und Caroline Marquiseaux, stehen; nicht ihre Pariser Telefonnummer; denn es wäre völlig unwahrscheinlich, daß Däumling die Wohnung verläßt und sich in Paris verirrt, sondern die Nummer ihres Landhauses: die Nummer 50 in Jouy-en-Josas (Yvelines).

Caroline Marquiseaux ist die Tochter der Echards und hat ihre Wohnung übernommen. 1966, als sie zwanzig Jahre alt war, heiratete sie Philippe Marquiseaux, den sie einige Monate zuvor an der Sorbonne kennengelernt hatte, wo beide Geschichte studierten. Marquiseaux war aus Compiègne und wohnte in Paris in der Rue Cujas in einem winzigen Zimmer. Die Jungvermählten richteten sich also in dem Zimmer ein, in dem Caroline groß geworden war, während ihre Eltern sich das Schlafzimmer und das Wohn-Eßzimmer vorbehielten. Einige Wochen genügten, um das Zusammenleben dieser vier Personen unerträglich zu machen.

Zu den ersten Wortgefechten kam es wegen Badezimmergeschichten: Philippe, brüllte Madame Echard mit ihrer schneidendsten Stimme, und am liebsten, wenn die Fenster weit offen standen, damit das ganze Haus genau mithören konnte. Philippe blieb stundenlang auf dem Klo sitzen und überließ es systematisch den nach ihm kommenden, die Klosettschüssel sauber zu machen; die Echards, gab Philippe zurück, ließen ihre Gebisse absichtlich in den Zahngläsern liegen, die er und Caroline benutzen sollten. Die friedstiftende Vermittlung von Monsieur Echard trug dazu bei, daß diese Zusammenstöße das Stadium verbaler Injurien und unfreundlicher Anspielungen nicht überschritten, und man gelangte schließlich zu einem erträglichen Status quo dank einiger, von beiden Seiten ausgehender Gesten des guten Willens und einiger Maßnahmen, die dazu bestimmt waren, das gemeinsame Leben zu erleichtern: Reglementierung der Benutzungszeiten der Sanitäranlagen, strenge Teilung des Raums, weitgehende Differenzierung der Handtücher, Waschlappen und Toilettenartikel.

Aber wenn auch Monsieur Echard – ein alter Bibliothekar im Ruhestand, mit der Marotte, Beweise dafür zu sammeln, daß Hitler noch lebte, – die Gutmütigkeit in Person war, so erwies sich seine Frau als eine ausgesprochene Giftkröte, deren ständige Beschuldigungen zu den Essenszeiten den Konflikt bald wieder bedenklich aufflammen ließ: jeden Abend erging sich die alte Frau in Schmähungen gegen ihren Schwiegersohn, wobei sie fast jedesmal neue Vorwände erfand: er käme zu spät, er setze sich an den Tisch, ohne sich die Hände zu waschen, er verdiene nicht mal das Geld für das, was er im Teller habe, sei aber dessen ungeachtet wählerisch, er könne schließlich hin und wieder Caroline helfen, den Tisch zu decken oder das Geschirr zu spülen usw. Philippe ertrug dieses unaufhörliche Gekeife meistens mit Phlegma und versuchte manchmal sogar darüber zu scherzen, indem er zum Beispiel eines Abends seiner Schwiegermutter einen kleinen Kaktus schenkte, »das getreue Spiegelbild ihres Charakters«, aber eines Sonntags nach dem Mittagessen, als sie das Gericht gekocht hatte, das er am meisten verabscheute – Rostige oder Arme Ritter – und ihn dazu zwingen wollte, welche zu essen, verlor er die Kontrolle über sich selbst, riß seiner Schwiegermutter die Kuchenschaufel aus der Hand und schlug ihr damit mehrere Male auf den Kopf. Anschließend packte er in aller Ruhe seinen Koffer und kehrte nach Compiègne zurück.

Caroline überredete ihn, zurückzukommen: wenn er in Compiègne bliebe, würde er nicht nur ihre Ehe aufs Spiel setzen, sondern auch sein Studium in Gefahr bringen und sich der Möglichkeit begeben, das Institut zur Vorbereitung für den Lehrdienst an Höheren Schulen zu besuchen, was ihnen, falls er dort die Prüfung bestünde, schon im darauffolgenden Jahr eine eigene Wohnung erlauben würde.

Philippe ließ sich überreden und Madame Echard gab schließlich dem Drängen ihres Mannes und ihrer Tochter nach und erklärte sich damit einverstanden, noch für einige Zeit die Gegenwart ihres Schwiegersohns unter ihrem Dach zu dulden. Aber sehr schnell schon gewann ihr zänkisches Wesen wieder die Oberhand und wieder regnete es Schikanen und Verbote auf das junge Paar: Verbot, das Bad nach acht Uhr morgens zu benutzen, Verbot, die Küche zu betreten, außer um dort das Geschirr zu spülen, Verbot, das Telefon zu benutzen, Verbot, Besuch zu empfangen, Verbot, nach zehn Uhr abends nach Hause zu kommen, Verbot, Radio zu hören usw.

Caroline und Philippe ertrugen diese strengen Bedingungen heldenhaft. Genau genommen hatten sie gar keine andere Wahl: die kümmerlichen Geldzuwendungen, die Philippe von seinem Vater – einem reichen Geschäftsmann, der die Heirat seines Sohnes mißbilligte – bekam, und die paar Pfennige, die Carolines Vater ihr heimlich zusteckte, genügten kaum, um die tägliche Fahrt ins Quartier Latin und die Essensbons für die Mensa zu bezahlen: sich auf die Terrasse eines Cafés setzen, ins Kino gehen, *Le Monde* kaufen, das waren für sie in jenen Jahren fast luxuriöse Ereignisse, und um Caroline einen Wollmantel kaufen zu können, den ein strenger Februar unumgänglich machte, mußte Philippe sich dazu entschließen, einem Antiquitätenhändler aus der Rue de Lille den einzigen wirklich kostbaren Gegenstand zu verkaufen, den er je besessen hatte: eine Manola aus dem 17. Jahrhundert, auf deren Platte die Silhouetten eines Harlekins und einer Kolombine im Dominokostüm eingraviert waren.

Dieses schwierige Leben dauerte fast zwei Jahre. Madame Echard wurde, je nach ihren Launen, mal menschlicher, wobei sie so weit ging, daß sie ihrer Tochter eine Tasse Tee anbot, mal verschärfte sie Mißhandlungen und Schikanen, indem sie zum Beispiel das warme Wasser genau zu der Zeit abstellte, in der Philippe sich rasieren wollte, genau an den Tagen, an denen die beiden jungen Leute sich in ihrem Zimmer auf eine mündliche Prüfung vorbereiteten, den Fernsehapparat von morgens bis abends laut laufen ließ oder an allen Wandschränken Sicherheitsschlösser anbringen ließ unter dem Vorwand, ihre Zucker-, Gebäck- und Toilettenpapiervorräte würden systematisch geplündert.

Das Ende dieser harten Lehrjahre kam ebenso plötzlich wie unverhofft. Madame Echard erstickte eines Tages an einer Gräte; Monsieur Echard, der seit zehn Jahren auf nichts anderes wartete, zog sich in das winzig kleine Landhaus zurück, das er sich in der Nähe von Arles hatte bauen lassen; einen Monat später verunglückte Monsieur Marquiseaux tödlich bei einem Autounfall und hinterließ seinem Sohn ein hübsches Erbe. Philippe, der, ohne zum Vorbereitungsdienst an Höheren Schulen zugelassen zu werden, endlich seine Lizenz gemacht hatte und den Plan faßte, mit einer Doktorarbeit zu beginnen – *Gartenbau und Ackerbau in der Picardie während der Regierungszeit Louis XV* – verzichtete gern darauf und gründete mit zwei seiner Kameraden eine Werbeagentur, die heute floriert und die Besonderheit hat, daß sie keine Pflegeprodukte verkauft, sondern Varieté-Stars: les Trapèzes, James Charity, Arthur Rainbow, »Hortense«, *»The Beast«*, Heptaedra Illimited und einige andere gehören zu ihren besten Schützlingen.

EINUNDDREISSIGSTES KAPITEL

Beaumont, 3

Madame de Beaumont ist in ihrem Schlafzimmer, sie hat sich in ihrem Louis-XV-Bett aufgesetzt, gestützt von vier fein gehäkelten Kopfkissen. Sie ist eine alte Frau von fünfundsiebzig Jahren mit einem faltendurchzogenen Gesicht, schneeweißen Haaren und grauen Augen. Sie ist bekleidet mit einem Bettjäckchen aus weißer Seide und trägt am linken Ringfinger einen Ring, dessen eingefaßter Topas in Form einer Raute geschliffen ist. Ein großformatiges Kunstbuch mit dem Titel *Ars Vanitatis* liegt aufgeschlagen auf ihren Knien und zeigt eine ganzseitige Reproduktion einer dieser berühmten *Vanitae* der Straßburger Schule: ein Totenschädel umgeben mit auf die fünf Sinne bezogenen Attributen, hier im Verhältnis zu den üblichen Modellen nur ganz wenig dem Kanon entsprechend, also noch völlig erkennbar: der Geschmack wird nicht durch eine fette Gans oder einen frisch geschlachteten Hasen dargestellt, sondern durch einen Schinken, der an einem Balken hängt und durch eine zarte Teekanne aus weißem Steingut, die das klassische Weinglas ersetzt; der Tastsinn durch Würfel und eine Alabasterpyramide, die von einem wie ein Diamant geschliffenen Kristallstöpsel gekrönt ist; das Gehör durch eine kleine Trompete mit Löchern – und nicht mit Klappen – wie man sie für die Blechmusik benutzte; das Auge, das nach der Symbolik dieser Bilder gleichzeitig auch Wahrnehmung der unerbittlichen Zeit ist, wird durch den Totenschädel selbst symbolisiert sowie, sich dramatisch von ihm abhebend, durch eine dieser Wanduhren genannten geschnitzten Pendeluhren; der Geruchssinn schließlich wird nicht durch die traditionellen Rosen- oder Nelkensträuße beschworen, sondern durch eine Fettpflanze, eine Art Zwerganthurium, deren zweijährige Blütenstände einen starken Myrrhenduft ausströmen.

Ein aus Rethel gekommener Kommissar wurde damit beauftragt, die Umstände des Doppelmords von Chaumont-Porcien aufzuklären. Seine Untersuchung dauerte eine knappe Woche und trug nur dazu bei, das Geheimnis, das diese düstere Geschichte umgab, noch zu verdichten. Es wurde festgestellt, daß der Mörder nicht durch einen Einbruch in das Häuschen der Breidels gelangt, sondern wahrscheinlich durch die Küchentür gekommen war, die fast nie abgeschlossen wurde, nicht einmal nachts, und daß er das Haus genauso verlassen hatte, wobei er diesmal allerdings selber die Tür hinter sich abschloß. Die Waffe des Verbrechens war ein Rasiermesser oder genauer gesagt ein Operationsmesser mit beweglicher Klinge, das der Mörder sicherlich mitgebracht und auf jeden Fall wieder mitgenommen hatte, da im Haus keine Spur davon gefunden wurde, so wenig wie man Fingerabdrücke oder andere Anhaltspunkte fand. Das Verbrechen hatte in der Nacht vom Sonntag zum Montag stattgefunden; die Tatzeit konnte nicht genau angegeben werden. Niemand hatte etwas gehört. Kein Schrei, kein Geräusch. Es ist höchst wahrscheinlich, daß François und Elisabeth während des Schlafs umgebracht wurden und zwar so schnell, daß sie sich nicht einmal wehren konnten: der Mörder schnitt ihnen die Kehle mit einer solchen Geschicklichkeit durch, daß eine der ersten Schlußfolgerungen der Polizei die war, daß es sich um einen Berufskiller, einen Schlachthofmetzger oder einen Chirurgen gehandelt haben müsse.

Alle diese Elemente bewiesen ganz eindeutig, daß das Verbrechen von langer Hand vorbereitet worden war. Aber niemand in Chaumont-Porcien oder sonstwo konnte sich vorstellen, daß man jemanden wie François Breidel oder seine Frau habe ermorden wollen können. Sie waren vor etwas über einem Jahr ins Dorf gezogen; man wußte nicht genau, woher sie kamen; aus dem Süden vielleicht, aber niemand war sich dessen sicher und es hatte den Anschein, daß sie, bevor sie sich hier niederließen, eher ein unstetes Leben geführt hatten. Die Verhöre der Eltern Breidel in Arlon und Véra de Beaumonts brachten kein neues Element: wie Madame de Beaumont hatten auch die Eltern Breidel seit mehreren Jahren nichts von ihrem Kind gehört. Zusammen mit Fotos der beiden Opfer wurden in Frankreich und im Ausland Auskunftersuchen verschickt, doch auch sie führten zu keinem Ergebnis.

Einige Wochen lang interessierte sich die öffentliche Meinung leidenschaftlich für dieses Rätsel, um das sich mehrere Dutzend Amateur-Maigrets und Journalisten, denen sonst nichts einfiel, bemühten. Man brachte diesen Doppelmord mit der lange zurückliegenden Bazooka-Affäre in Verbindung, da Breidel, wie manche behaupteten, ein Handlanger von Kovacs gewesen sein soll; man lastete ihn der algerischen Befreiungsfront, der Roten Hand, den Rexisten an und man munkelte sogar von einer dunklen Geschichte von Anwärtern auf den französischen Thron, da ein gewisser Sosthène de Beaumont, ein hypothetischer Vorfahre Elizabeths, niemand anderes gewesen sein soll als ein zwar unehelicher, aber für ehelich erklärter

Sohn des Duc de Berry. Als dann die Untersuchung auf der Stelle trat, verloren Polizisten, Lokalberichterstatter, Amateurdetektive und Neugierige das Interesse. Die Ermittlung schloß gegen jegliche Wahrscheinlichkeit auf ein Verbrechen, »das von einem jener Vagabunden oder Psychopathen begangen wurde, wie man sie noch allzu oft in den Stadtrandgebieten und in der Umgebung der Dörfer antrifft«.

Empört über dieses Verdikt, durch das sie nichts von dem erfuhr, was über das Schicksal ihrer Tochter zu wissen das Recht zu haben sie fand, bat Madame de Beaumont ihren Rechtsanwalt, Léon Salini, dessen Vorliebe für Kriminalaffären sie kannte, die Untersuchung wieder aufzunehmen.

Mehrere Monate lang hörte Véra de Beaumont praktisch nichts von Salini. Hin und wieder bekam sie kurz angebundene Postkarten, in denen es hieß, daß er, ohne den Mut zu verlieren, seine Nachforschungen in Hamburg, in Brüssel, in Marseille, in Venedig usw. fortsetze. Endlich, am siebten Mai 1960, suchte Salini sie wieder auf:

»Allen«, sagte er, »angefangen mit der Polizei, ist klar geworden, daß die Breidels wegen etwas ermordet worden sind, das sie früher einmal getan haben oder das ihnen zugestoßen ist. Doch bis jetzt hat niemand auch nur das geringste herausbekommen können, was erlaubt, die Untersuchung eher in die eine Richtung als in eine andere zu lenken. Das Leben des Ehepaars Breidel ist offensichtlich klar und durchsichtig, trotz dieses Reisetriebs, von dem sie im ersten Jahr ihrer Ehe befallen gewesen zu sein scheinen. Sie haben sich 1957 in Bagnols-sur-Cèze kennengelernt und sechs Wochen später geheiratet; er arbeitete in Marcoule, sie hatte gerade in dem Restaurant, in dem er seine Abendmahlzeiten einnahm, eine Stelle als Serviermädchen angenommen. Auch sein Junggesellenleben läßt für Geheimnisse keinen Platz. In Arlon, der kleinen Stadt, aus der er vier Jahre zuvor aufgebrochen war, sah man ihn als einen guten Arbeiter an, einen künftigen Polier, einen möglichen kleinen Bauunternehmer; tatsächlich hatte er nur in Deutschland Arbeit gefunden, und zwar im Saarland, in Neuweiler, einem kleinen Dorf bei Saarbrücken; anschließend war er nach Château d'Oex in der Schweiz gegangen und von dort nach Marcoule, wo er für einen der Ingenieure eine Villa baute. An keinem dieser Orte hatte er Erlebnisse gehabt, die schwerwiegend genug waren, als daß man ihn dafür fünf Jahre später hätte ermorden wollen können. Die einzige Affäre, in die er verwickelt gewesen ist, war offensichtlich eine Schlägerei mit einigen Soldaten nach einer Tanzveranstaltung.‹

›Bei Elizabeth verhält es sich völlig anders. Für den Zeitraum zwischen ihrem Weggang von zu Hause 1946 und ihrer Ankunft in Bagnols-sur-Crèze 1957 weiß man nichts, aber absolut nichts über Ihre Tochter, höchstens, daß sie sich der Wirtin des Restaurants unter dem Namen Elizabeth Ledinant vorgestellt hat. Dies alles ist übrigens durch die offizielle Untersuchung festgestellt worden, und die Polizei hat verzweifelt herauszufinden versucht, was Elizabeth wohl im Verlaufe dieser elf Jahre getan haben mochte. Sie haben Hunderte und Aberhunderte von Karteien durchgesehen. Aber sie haben nichts gefunden.‹

›Auf dieser nicht vorhandenen Grundlage habe ich die Untersuchung wieder aufgenommen. Meine Arbeitshypothese oder genauer mein Ausgangsdrehbuch war folgendes: einige Jahre vor ihrer Heirat hat Elizabeth eine schwere Schuld auf sich geladen und war gezwungen, zu fliehen und sich zu verstecken. Die Tatsache, daß sie schließlich geheiratet hat, deutet darauf hin, daß sie der Meinung war, dem oder der, deren Rache sie zu Recht fürchten mußte, endgültig entkommen zu sein. Zwei Jahre später jedoch wurde sie das Opfer dieser Rache.‹

›Meine Schlußfolgerungen waren insgesamt zutreffend; ich mußte nur noch die Löcher füllen. Damit das Problem nicht unlösbar war, nahm ich also an, daß dieses schwerwiegende Ereignis mindestens eine erkennbare Spur hinterlassen haben mußte, und ich beschloß, systematisch die Tagespresse von 1946 bis 1957 durchzuackern. Es war eine langwierige, lästige, aber nicht unmögliche Arbeit: ich stellte fünf Studenten ein, die in der Bibliothèque Nationale alle Artikel und Meldungen überprüften, in denen – explizite oder implizite – von einer Frau zwischen fünfzehn und dreißig Jahren die Rede war. Sobald in der Rubrik Vermischtes eine Meldung diesem Ausgangskriterium entsprach, ließ ich eine gründlichere Untersuchung anstellen. Ich habe so mehrere hundert Fälle bearbeitet, die der ersten Phase meines Drehbuchs entsprachen; so hatte zum Beispiel ein gewisser Emile D., der einen königsblauen Mercedes fuhr und eine junge, blonde Frau neben sich sitzen hatte, zwischen Farentis und Mimizan einen australischen Campingfreund überfahren, der Autostop machte und von ihm mitgenommen werden wollte; oder eine Prostituierte, die auf den Vornamen Véra hörte, hatte in einer Bar in Montpellier im Verlaufe einer Schlägerei das Gesicht eines gewissen Lucien Campen, genannt Monsieur Lulu, mit Flaschenscherben zerschnitten; diese Geschichte gefiel mir ziemlich gut, vor allem wegen des Vornamens Véra, der die Persönlichkeit Ihrer Tochter auf höchst betörende Art erhellte. Leider saß Monsieur Lulu im Gefängnis und Véra, die quicklebendig war, führte in Palinsac ein Kurzwarengeschäft. Was die erste Geschichte betrifft, so ging sie ähnlich aus: Emile D. war verhaftet, abgeurteilt und zu einer hohen Geldstrafe sowie drei Monaten Gefängnis mit Bewährung verurteilt worden; die Identität seiner Reisegefährtin hatte man aus Furcht vor einem Skandal vor der Presse verheimlicht, da sie die legitime Ehefrau eines amtierenden Ministers war.‹

›Keiner der Fälle, die ich zu sichten hatte, hielt diesen ergänzenden Überprüfungen stand. Ich war schon im Begriffe, die ganze Affäre fallen zu lassen, als einer der Studenten, die ich angeworben hatte, mich darauf aufmerksam machte, daß das Ereignis, dessen Spur wir suchten, sehr gut im Ausland stattgefunden haben konnte! Die Aussicht, die vermischten Nachrichten des gesamten Planeten auswerten zu müssen, freute uns nicht sonderlich, aber wir knieten uns trotzdem hinein. Wenn Ihre Tochter nach Amerika geflohen wäre, hätte ich sicherlich früher den Mut verloren, aber diesmal war das Glück auf unserer Seite: im Exeter *Express and Echo* vom Montag, den vierzehnten Juni 1953 lasen wir diese traurige Meldung: Ewa Ericsson, die Frau eines schwedischen Diplomaten, der in London Dienst tat, verbrachte die Ferien zusammen mit ihrem fünfjährigen Sohn in einer Villa, die sie für einen Monat in Sticklehaven in der Grafschaft Devon gemietet hatte. Ihr Mann, Sven Ericsson, der wegen der Krönungsfeierlichkeiten in London zurückgehalten wurde, sollte am Sonntag, den dreizehnten, nachkommen, nachdem er am Abend des zwölften an dem großen Empfang teilgenommen hatte, den das königliche Paar für über zweitausend geladene Gäste im Buckingham Palast gab. Ewa, von schwacher Gesundheit, hatte in London kurz vor ihrer Abreise ein französisches Au-pair-Mädchen eingestellt, dessen Aufgabe ausschließlich darin bestand, sich um das Kind zu kümmern, und im Ort selbst eine Zugehfrau angeworben, die für die Sauberhaltung und die Küche zuständig sein sollte. Als Sven Ericsson am Sonntag abend ankam, bot sich ihm ein entsetzlicher Anblick: sein Sohn, aufgetrieben wie ein Schlauch, schwamm in der Badewanne, während Ewa, beide Pulsadern aufgeschnitten, auf den Fliesen des Badezimmers lag; ihr Tod lag mindestens achtundvierzig Stunden zurück, das heißt, daß er am Freitag abend eingetreten sein mußte. Das Geschehen wird folgendermaßen erklärt: damit beauftragt, den kleinen Jungen zu baden, während Ewa sich in ihrem Zimmer ausruht, läßt das Au-pair-Mädchen, ob absichtlich oder nicht, den Jungen ertrinken. Als ihr die unerbittlichen Folgen dieser Tat bewußt werden, beschließt sie, auf der Stelle zu fliehen. Etwas später entdeckt Ewa den Leichnam ihres Kindes und wahnsinnig vor Schmerz, in dem Gefühl, nicht mehr weiterleben zu können, gibt sie sich ebenfalls den Tod. Die Abwesenheit der Zugehfrau, die erst am Montag morgen wieder ihren Dienst aufnehmen sollte, verhindert die Entdeckung dieser Geschehnisse vor der Ankunft Sven Ericssons und geben dem Au-pair-Mädchen mithin achtundvierzig Stunden Vorsprung.‹

›Sven Ericsson hatte die Französin nur einige Minuten gesehen. Ewa hatte an verschiedenen Orten Kleinanzeigen ausgeschrieben: im YWCA, im dänischen Kulturzentrum, im Lycée français, im Goethe-Institut, im Schweizer-Haus, in der Dante-Alighieri-Stiftung, im American Express usw., und hatte das erste Mädchen eingestellt, das sich vorgestellt hatte, eine junge Französin von etwa zwanzig Jahren, Studentin, geprüfte Krankenschwester, groß, blond, mit hellen Augen. Sie hieß Véronique Lambert; ihr Paß war einen Monat zuvor gestohlen worden, aber sie hatte Madame Ericsson eine vom französischen Konsulat ausgestellte Verlustbescheinigung gezeigt. Die Zeugenaussage der Zugehfrau ergab keine zusätzlichen Informationen; ganz offensichtlich mochte sie die Aufmachung und das Verhalten der Französin nicht und sie sprach so wenig wie möglich mit ihr, aber sie konnte trotzdem angeben, daß sie einen Schönheitsfleck unter dem rechten Augenlid hatte, daß auf ihrem Parfümfläschchen ein chinesisches Schiff gezeichnet war und daß sie leicht stotterte. Diese Personenbeschreibung wurde ergebnislos in Großbritannien und in Frankreich verbreitet.‹

›Es war für mich nicht schwierig‹, fuhr Salini fort, ›mit Sicherheit nachzuweisen, daß diese Véronique Lambert tatsächlich Elizabeth de Beaumont war und daß ihr Mörder Sven Ericsson war, denn als ich mich vor zwei Wochen nach Sticklehaven begab, um diese Zugehfrau ausfindig zu machen und ihr ein Foto Ihrer Tochter zu zeigen, war das erste, was ich erfuhr, daß Sven Ericsson, der *seit dem Drama weiterhin das ganze Jahr über die Villa mietete, ohne je darin zu wohnen,* dorthin zurückgekehrt war und am siebzehnten September letzten Jahres, nur drei Tage nach dem Doppelmord von Chaumont-Porcien, Selbstmord verübt hatte. Doch wenn dieser Selbstmord am Ort des ersten Dramas ohne jeden möglichen Zweifel auf Elizabeths Mörder hinwies, so blieb das Wesentliche doch weiterhin im Dunkel verborgen: wie war es dem schwedischen Diplomaten gelungen, jener auf die Spur zu kommen, die sechs Jahre zuvor den Tod seiner Frau und seines Sohnes verursacht hatte? Ich hatte die leise Hoffnung, er hätte einen Brief hinterlassen, in dem er eine Erklärung für seine Handlung abgab, aber die Polizei war bestimmt: weder neben der Leiche noch sonstwo wurde ein Brief gefunden.‹

›Meine Intuition war jedoch richtig: als ich endlich Mrs. Weeds, die Zugehfrau verhören konnte, fragte ich sie, ob sie je von einer Elizabeth de Beaumont gehört hätte, die in Chaumont-Porcin ermordet worden war. Sie stand auf und holte einen Brief, den sie mir aushändigte.‹

›Mr. Ericsson‹, sagte sie auf englisch, ›hat mir gesagt, falls eines Tages jemand käme, um mit mir über diese

Französin und ihren Tod in den Ardennen zu sprechen, solle ich ihm diesen Brief geben.‹

›Und wenn ich nicht gekommen wäre?‹

›Dann hätte ich gewartet und ihn nach sechs Jahren an die angegebene Adresse geschickt.‹

›Hier ist der Brief‹ fuhr Salini fort. ›Er war für Sie bestimmt. Ihr Name und Ihre Adresse stehen auf dem Umschlag.‹

Reglos, erstarrt, schweigend nahm Véra de Beaumont die Blätter entgegen, die Salini ihr hinhielt, faltete sie auseinander und begann zu lesen:

Exeter, den sechzehnten September 1959

Sehr geehrte, gnädige Frau,

Früher oder später, ob Sie nun auf Grund von Nachforschungen in seinen Besitz gelangt sind oder ihn haben suchen lassen oder ob Sie ihn in sechs Jahren durch die Post bekommen – das ist die Zeit, die ich gebraucht habe, um meine Rache zu stillen – werden Sie diesen Brief in Händen halten und endlich wissen, warum und wie ich Ihre Tochter umgebracht habe.

Vor etwas mehr als sechs Jahren wurde Ihre Tochter, die sich damals Véronique Lambert nannte, für einen Monat als Au-pair-Mädchen von meiner Frau eingestellt, die krank war und wünschte, daß sich jemand um unseren damals genau fünf Jahre alten Sohn Erik kümmere. Am Freitag, dem 11. Juni 1953, ließ diese Véronique Lambert aus Gründen, die mir auch weiterhin unbekannt sind, willentlich oder unwillentlich, unseren Sohn ertrinken. Unfähig, die Verantwortung für diese verbrecherische Tat auf sich zu nehmen, ergriff sie, wahrscheinlich in der darauffolgenden Stunde, die Flucht. Als meine Frau etwas später unseren ertrunkenen Sohn entdeckte, schnitt sie sich in einem Zustand geistiger Umnachtung mit einer Schere die Pulsadern auf. Ich war damals in London und sah sie erst am Sonntagabend. Darauf schwor ich, mein Leben, mein Vermögen und meine Intelligenz darauf zu verwenden, mich zu rächen.

Ich hatte Ihre Tochter nur einige Sekunden lang gesehen, als sie in Paddington angekommen war, um mit meiner Frau und unserem Sohn den Zug zu nehmen, und als ich erfuhr, daß der Name, unter dem man sie kannte, falsch war, verlor ich die Hoffnung, je ihre Spur ausfindig zu machen.

Im Verlaufe zermürbender schlafloser Nächte, unter denen ich seither zu leiden habe und die mir nie wieder Ruhe brachten, erinnerte ich mich an zwei unbedeutende Einzelheiten, die meine Frau erwähnt hatte, als sie mir von der Unterredung erzählte, die sie mit Ihrer Tochter gehabt hatte, bevor sie sie einstellte: als meine Frau erfuhr, daß sie Französin war, sprach sie mit ihr über Arles und Avignon, wo wir uns mehrmals aufgehalten hatten, und Ihre Tochter sagte ihr darauf, daß sie in dieser Gegend großgeworden sei; und als meine Frau sie wegen ihres hervorragenden Englisch beglückwünschte, wies sie darauf hin, daß sie bereits seit zwei Jahren in England lebe und Archäologie studiere.

Mrs. Weeds, die Zugehfrau, die in dem Haus arbeitete, das meine Frau gemietet hatte und die die Treuhänderin dieses letzten Briefes sein wird bis er in Ihre Hände gelangt, war mir von noch größerer Hilfe: durch sie erfuhr ich, daß Ihre Tochter einen Schönheitsfleck unter dem rechten Augenlid hatte, daß sie ein Parfüm benutzte, das »Sampang« hieß und daß sie stotterte. Mit ihr durchwühlte ich auch die Villa von oben bis unten auf der Suche nach einem Hinweis, den die falsche Véronique Lambert möglicherweise hinterlassen hatte. Zu meiner großen Enttäuschung hatte sie weder Schmuck noch Gegenstände gestohlen, sondern nur den Geldbeutel aus der

Küche mitgenommen, den meine Frau bereitlegte, damit Mrs. Weeds die Einkäufe machen konnte und der drei Pfund, elf Schillinge und sieben Pence enthielt. Dafür hatte sie jedoch nicht alle ihre Sachen mitnehmen können und hatte vor allem das zurückgelassen, was in dieser Woche bei der Wäsche war: verschiedene billige Wäschestücke, zwei Taschentücher, ein bedrucktes Halstuch in ziemlich schreienden Farben und vor allem eine weiße Hemdbluse, in die die Initialen E. B. eingestickt waren. Die Hemdbluse konnte zwar gestohlen oder geliehen sein, aber ich merkte mir trotzdem die Initialen als einen möglichen Hinweis; ferner fand ich im Haus verstreut verschiedene Dinge, die ohne Zweifel ihr gehörten, insbesondere im Wohnzimmer, das sie vor ihrer Flucht nicht zu betreten gewagt hatte, aus Angst, meine Frau aufzuwekken, die im Zimmer nebenan schlief, den ersten Band des Romanzyklus LES SEMAILLES ET LES MOISSONS von Henri Troyat, der einige Monate zuvor in Frankreich veröffentlicht worden war. Ein Etikett wies darauf hin, daß dieses Exemplar aus der Buchhandlung Rolandi, 20 Berners Street, kam, einer Buchhandlung, die in der Ausleihe ausländischer Bücher spezialisiert ist.

Ich brachte das Buch zu Rolandi zurück; dort erfuhr ich, daß Véronique Lambert in der Buchhandlung ein Leseabonnement hatte: sie war Studentin am Institut für Archäologie, das dem British Museum unterstellt ist und bewohnte ein Zimmer in einem BED AND BREAKFAST, 79 Keppel Street, direkt hinter dem Museum.

Es war reiner Zeitverlust, daß ich mir ihr Zimmer ansah: sie hatte es aufgegeben, als meine Frau sie als Au-pair-Mädchen einstellte. Von der Wirtin sowie den übrigen Pensionsgästen konnte ich nichts in Erfahrung bringen. Im Institut für Archäologie hatte ich mehr Glück: ich fand in ihren Immatrikulationsakten nicht nur ein Foto von ihr, sondern ich konnte auch die Bekanntschaft mehrerer ihrer Kommilitonen machen, darunter ein junger Mann, mit dem sie, wie es scheint, zwei- oder dreimal ausgegangen ist; von ihm bekam ich eine ganz wichtige Auskunft: einige Monate zuvor hatte er sie eingeladen, sich mit ihm in Covent Garden DIDO UND ÄNEAS anzuhören. »Ich hasse Opern« hatte sie zu ihm gesagt und noch hinzugefügt: »das ist auch nicht weiter verwunderlich, denn meine Mutter war Opernsängerin!«

Ich beauftragte mehrere Privat-Detekteien, in Frankreich oder anderswo die Spur einer jungen Frau zwischen zwanzig und dreißig Jahren ausfindig zu machen, auf die folgende Personenbeschreibung paßte: groß, blond, helle Augen, mit einem kleinen Fleck unter dem rechten Augenlid, leicht stotternd; in dieser Personenbeschreibung wurde auch erwähnt, daß sie vielleicht ein »Sampang« genanntes Parfüm benutzt, daß sie sich vielleicht Véronique Lambert nennt, daß ihre wirklichen Initialen eventuell E. B. sein könnten, daß sie im Süden Frankreichs großgeworden ist, sich in England aufgehalten hat und sehr gut englisch spricht, daß sie studiert hat, sich für Archäologie interessiert und schließlich, daß ihre Mutter Opernsängerin ist oder gewesen ist.

Dieser letzte Hinweis erwies sich als entscheidend: die Überprüfung der Biographien – in WHO's WHOs und anderen spezialisierten Nachschlagewerken – aller Opernsängerinnen, deren Namen mit dem Buchstaben B begann, führte zu nichts, doch als wir dann nachprüften, welche Opernsängerinnen zwischen 1912 und 1935 eine Tochter bekommen hatten, tauchte auch Ihr Name unter rund fünfundsiebzig anderen auf: Vera Orlowa, geboren 1900 in Rostow, verheiratet seit 1926 mit dem französischen Archäologen Fernand de Beaumont; eine Tochter, Elizabeth Natascha Victorine Marie, geboren 1929. Eine schnelle Nachforschung ergab, daß Elizabeth von ihrer Großmutter in Lédignan im Departement Gard großgezogen worden ist und daß sie am 3. März 1945 im Alter von sechzehn Jahren von zu Hause ausgerissen ist. Mir war nun klar, daß sie ihre wahre Identität verheimlichte, um Ihren Nachforschungen zu entgehen, leider bedeutete das aber auch, daß die Spur, die ich endlich gefunden hatte, hier im Sande verlief, da weder Sie noch Ihre Schwiegermutter, trotz der zahllosen Appelle in Rundfunk und Presse, seit sieben Jahren auch nur das geringste von ihr gehört hatten!

Inzwischen schrieben wir bereits das Jahr neunzehnhundertvierundfünfzig: ich hatte fast ein Jahr gebraucht, um in Erfahrung zu bringen, wen ich umbringen sollte: ich brauchte noch einmal über drei Jahre, um ihr auf die Spur zu kommen.

Während dieser drei Jahre, und ich möchte, daß Sie das wissen, unterhielt ich ganze Mannschaften von Privatdetektiven, die sich alle vierundzwanzig Stunden ablösten, um Sie zu überwachen und zu beschatten, sobald Sie aus dem Haus gingen, Sie in Paris und die Comtesse de Beaumont in Lédignan, für den immer unwahrscheinlicher werdenden Fall, daß Ihre Tochter versuchen sollte, Sie wiederzusehen oder bei ihrer Großmutter Zuflucht zu finden. Diese Überwachung war völlig nutzlos, aber ich wollte nichts versäumen. Alles, was auch nur die geringste Chance bot, mich auf eine Fährte zu bringen, wurde systematisch versucht: so finanzierte ich eine riesige Marktanalyse über die »exotischen« Parfüme im allgemeinen und das Parfüm »Sampang« im besonderen; ließ ich mir die Namen aller Personen mitteilen, die in einer öffentlichen Bibliothek einen oder mehrere Bände von LES SEMAILLES ET LES MOISSONS ausgeliehen hatten; richtete ich an alle Gesichtschirurgen Frankreichs einen persönlichen Brief, in dem ich sie fragte, ob sie seit 1953 Gelegenheit hatten, die Ablation eines unter dem rechten Augenlid einer jungen Frau von etwa fünfundzwanzig Jahren gelegenen Muttermals vorzunehmen; machte ich die Runde aller Logopäden und Sprecherzieher auf der Suche nach großen Blondinen, die sich von einem leichten Stottern hatten heilen lassen; und schließlich organisierte ich mehrere archäologische Expeditionen, von denen die einen fiktiver waren als die andern und die alle nur das eine Ziel hatten, durch Kleinanzeigen »eine junge Frau, die gut englisch spricht, um eine in den Pyrenäen archäologische Ausgrabungen vornehmende nordamerikanische wissenschaftliche Delegation zu begleiten«, rekrutieren zu können.

Auf diese Falle setzte ich große Hoffnungen. Es kam nichts dabei heraus. Der Zulauf von Anwärterinnen war zwar jedesmal beachtlich, doch Elizabeth zeigte sich nicht. Am Ende des Jahres neunzehnhundertsechsundfünfzig trat ich immer noch auf der Stelle und ich hatte mehr als Dreiviertel meines Vermögens ausgegeben; ich hatte alle meine Wertpapiere, alle meine Grundstücke, alle meine Besitzungen verkauft. Es blieb mir nur noch meine Gemäldesammlung und der Schmuck meiner Frau. Ich begann, sie nacheinander zu verschleudern, um auch weiterhin die Armeen von Nachforschern bezahlen zu können, die ich Ihrer Tochter auf die Fersen geheftet hatte.

Der Tod Ihrer Schwiegermutter, der Comtesse de Beaumont, Anfang 1957, entfachte meine Hoffnungen von neuem, denn ich wußte, wie sehr Ihre Tochter an ihr hing; doch sie kam ebenso wenig zur Beerdigung nach Lédignan wie Sie selber, und wieder war es reiner Zeitverlust, daß ich mehrere Wochen lang den Friedhof beobachten ließ, weil ich mir einbildete, sie würde sich unter keinen Umständen davon abhalten lassen, herzukommen, um das Grab ihrer Großmutter mit Blumen zu schmücken.

Diese wiederholten Mißerfolge erbitterten mich immer mehr, aber ich weigerte mich einfach, aufzugeben. Ich konnte nicht hinnehmen, daß Elizabeth tot war, so als ob ich von nun an der einzige gewesen wäre, in dessen Macht es stand, über ihr Leben oder ihren Tod zu entscheiden, und ich wollte auch weiterhin daran glauben, daß sie in Frankreich war: ich hatte schließlich herausgefunden, wie es ihr gelungen war, England zu verlassen, ohne daß man von ihrem Anbordgehen eine Spur finden konnte: bereits am Tag nach ihrem Verbrechen, am 12. Juni 1953, hatte sie in Torquay ein Schiff nach den englischnormannischen Inseln genommen: indem sie den ersten Buchstaben ihres Namens auf der Verlustbescheinigung ihres Passes ausradierte, hatte sie es verstanden, sich unter dem Namen Véronique Ambert einzuschreiben, und ihr Karteiblatt, unter dem Buchstaben A eingeordnet, war den Nachforschungen der Hafenpolizei entgangen. Diese späte Entdeckung brachte mich zwar nicht weiter, aber ich stützte mich auf sie, um mich davon zu überzeugen, daß Elizabeth sich weiterhin in Frankreich versteckte.

In diesem Jahr fing ich an, wie ich glaube, den Verstand zu verlieren. Ich begann, Schlußfolgerungen solcher Art zu ziehen: ich suche Elizabeth de Beaumont, das heißt eine große, blonde Frau mit hellen Augen, die sehr gut englisch spricht, im Departement Gard aufgewachsen ist usw. Elizabeth de Beaumont aber weiß, daß ich sie suche, also versteckt sie sich, und sich verstecken bedeutet in diesem Fall, so weit wie möglich die besonderen Kennzeichen auszulöschen, von denen sie weiß, daß ich sie darunter suche; folglich durfte ich keine Elizabeth suchen, keine große, blonde Frau usw., sondern eine Anti-Elizabeth, und ich begann, kleine, dunkelhaarige Frauen zu verdächtigen, die spanisch kauderwelschten.

Ein anderes Mal wachte ich schweißgebadet auf. Ich hatte im Traum die eindeutige Lösung meiner Schreckensvision gefunden. Neben einer mit Gleichungen bedeckten riesigen Tafel stehend, wies ein Mathematiker vor einer erregten Zuhörerschaft nach, daß das berühmte, sogenannte »Monte-Carlo«-Theorem sich verallgemeinern ließ; das bedeutete nicht nur, daß ein Roulette-Spieler, der seinen Einsatz aufs Geradewohl tätigte, nicht nur mindestens genauso viele Gewinnchancen hatte, wie ein Spieler, der nach einem unfehlbaren System spielt, sondern daß ich selber mindestens genauso viele oder gar noch mehr Chancen hatte, Elizabeth zu entdecken, wenn ich am nächsten Tag um sechzehn Uhr achtzehn bei Rumpelmayer eine Tasse Tee trank, als sie von vierhundertdreizehn Privatdetektiven suchen zu lassen.

Ich war schwach genug, nachzugeben. Um 16 Uhr 18 betrat ich dieses Konditorei-Café. Eine große Frau mit roten Haaren kam im gleichen Augenblick heraus. Ich ließ sie überwachen, selbstverständlich umsonst. Später erzählte ich meinen Traum einem der Detektive, die für mich arbeiteten: er sagte allen Ernstes, daß ich lediglich einen Interpretationsfehler begangen hätte: die Zahl der Privatdetektive hätte mich eigentlich draufbringen müssen: 413 war natürlich die Umkehrung von 314, das heißt der Zahl π: ich hätte um 18 Uhr 16 kommen müssen, dann wäre etwas passiert.

Dann begann ich, an die erschöpfenden Hilfsmittel des Irrationalen zu appellieren. Wenn Ihre geheimnisvolle und schöne amerikanische Nachbarin noch dagewesen wäre, seien Sie sicher, ich hätte auf ihre betörenden Dienste gesetzt; statt dessen betätigte ich mich im Tischrücken, trug mit gewissen Steinen besetzte Armreifen, ließ in die Falten meiner Kleider Magnete einnähen, Fingernägel von Erhängten oder winzige Fläschchen, die Kräuter, Körner, farbige Kieselsteine enthielten; ich fragte Zauberer, Wünschelrutengänger, Kartenlegerinnen, Hellseherinnen, Wahrsager aller Art um Rat: sie würfelten, sie verbrannten ein Foto Ihrer Tochter in einem weißen Porzellanteller und untersuchten dann die Asche, sie rieben sich den linken Arm mit frischen Eisenkrautblättern ein, sie legten sich Nierensteine von Hyänen unter die Zunge, sie streuten Mehl auf dem Boden aus, sie machten zahllose Anagramme mit den Namen und den Pseudonymen Ihrer Tochter oder ersetzten die Buchstaben ihres Namens mit Zahlen, wobei sie sich bemühten, auf 253 zu kommen, sie beobachteten die Flamme einer Kerze durch mit Wasser gefüllte Vasen, sie warfen Salz ins Feuer und lauschten dem Prasseln, warfen Jasminbeeren oder Lorbeerzweige ins Feuer und beobachteten den Rauch, sie schütteten in eine Tasse voller Wasser das Eiweiß eines frischen, von einer schwarzen Henne gelegten Eis oder aber geschmolzenes Blei oder Wachs, und schauten sich die Figuren an, die sich bildeten; sie ließen die Schulterblätter von Mutterschafen auf glühenden Kohlen rösten, hingen Siebe an einem Faden auf und ließen sie drehen, untersuchten die Milch von Karpfen, die Köpfe toter Esel, von einem Hahn angepickte Getreideringe.

Am elften Juli neunzehnhundertsiebenundfünfzig erfolgte ein Theatercoup: einer der Männer, die ich in Lédignan postiert hatte und die ihre Überwachung trotz des Todes der Comtesse de Beaumont fortsetzten, rief mich an, um mir mitzuteilen, daß Elizabeth an das Bürgermeisteramt geschrieben und um eine Geburtsurkunde gebeten hatte. Als Adresse gab sie ein Hotel in Orange an.

Die Logik – falls es im vorliegenden Falle überhaupt noch erlaubt ist, sich auf die Logik zu berufen – hätte nun verlangt, daß ich diese Gelegenheit beim Schopf ergreife, um dieser ausweglosen Geschichte ein Ende zu bereiten. Es genügte, daß ich die Waffe, die ich drei Jahre zuvor zum Instrument meiner Rache erkoren hatte, aus ihrem grünen Lederetui nahm: ein Feld-Operationsmesser mit einem Horngriff, äußerlich wie ein Rasiermesser aussehend, jedoch unendlich viel schärfer, das ich mit einer Geschicklichkeit ohnegleichen zu handhaben gelernt hatte, und in Orange aufzutauchen. Statt dessen gab ich mich damit zufrieden, meinen Männern die Anweisung zu erteilen, Ihre Tochter ganz einfach nur aufs Korn zu nehmen und sie nicht mehr aus den Augen zu lassen. Übrigens verpaßten sie sie in Orange – das Hotel gab es gar nicht; sie war zur Post gegangen und hatte gesagt, sie hätte sich geirrt, worauf der Postbeamte, der für die unzustellbare Post zuständig war, den Brief des Bürgermeisteramts von Lédignan herausgefischt und ihn ihr übergeben hatte – aber sie fanden ihre Spur einige Wochen später in Valence wieder. Dort heiratete sie nämlich, wobei zwei Arbeitskameraden von François Breidel als Trauzeugen fungierten.

Sie verließ Valence noch am gleichen Abend mit ihrem Mann. Sicherlich hatten sie herausbekommen, daß sie überwacht und beobachtet wurden, und über ein Jahr lang versuchten sie mir zu entkommen; sie taten alles, was ihnen zu tun möglich war, wobei sie die falschen Fährten, die Köder, die Finten und Fallen, die falschen Hinweise vervielfachten, sich in schmutzigen möblierten Zimmern vergruben, zum Überleben lumpige Arbeiten annahmen: Nachtwächter, Tellerwäscher, Erntehelfer, Abortleerer. Doch von

Woche zu Woche drehten die vier Privatdetektive, deren Dienste in Anspruch zu nehmen ich mir noch erlauben konnte, den Schraubstock enger zu. Über zwanzigmal hatte ich die Gelegenheit, Ihre Tochter ungestraft zu töten. Aber jedesmal ließ ich die Gelegenheit unter dem einen oder anderen Vorwand verstreichen: es war, als ob meine lange Jagd mich hätte vergessen lassen, im Namen welchen Gelübdes ich sie unternommen hatte: je leichter es mir wurde, meine Rache zu vollziehen, umso mehr schreckte ich davor zurück.

Am 8. August 1958 erhielt ich einen Brief von Ihrer Tochter:

Sehr geehrter Herr,

ich habe immer gewußt, daß Sie alles tun würden, um mich aufzuspüren. Und im gleichen Augenblick, in dem Ihr Sohn starb, wurde mir klar, daß es sinnlos war, von Ihnen oder Ihrer Frau eine Geste der Gnade oder des Mitleids zu erflehen. Die Nachricht vom Selbstmord Ihrer Frau erreichte mich einige Tage später und überzeugte mich davon, daß Sie fürderhin Ihr ganzes Leben darauf verwenden würden, mich zu jagen.

Was zuerst nur Intuition und Furcht war, wurde im Verlaufe der darauffolgenden Monate zur Gewißheit; ich war mir zwar voll bewußt, daß Sie fast nichts von mir wußten, aber ich war sicher, daß Sie Himmel und Hölle in Bewegung setzen würden, um sich der spärlichen Elemente, über die Sie verfügten, maximal zu bedienen; an dem Tag, an dem mir ein Meinungsforscher in der Rue de Cholet ein Muster des Parfüms schenkte, das ich in jenem Jahr in England benutzt hatte, erriet ich instinktiv, daß es eine Falle war; einige Monate später machte mir eine Kleinanzeige, in der eine junge Frau mit guten Englischkenntnissen gesucht wurde, um Archäologen zu begleiten, klar, daß Sie mich besser kannten, als ich glaubte. Von da an ist mein Leben ein langer Alptraum geworden: ich fühlte mich von aller Welt beobachtet und überwacht, ständig, überall, ich fing an, alle Welt zu verdächtigen, die Kellner, die das Wort an mich richteten, die Kassiererinnen, die mir das Kleingeld herausgaben, die Kunden einer Metzgerei, die mich herunterputzten, weil ich nicht wartete, bis ich an der Reihe war, die Passanten, die mich anrempelten; ich wurde von Taxifahrern, von Polizeibeamten, von Pseudo-Clochards, die unter Parkbänken lagen, von Maronenhändlern, Losverkäufern, Zeitungsjungen verfolgt, gehetzt, überwacht. Eines Abends, als ich mit den Nerven völlig herunter war, schlug ich in einem Wartesaal des Bahnhofs von Brives auf einen Mann ein, der mich musterte. Ich wurde verhaftet, aufs Polizeirevier gebracht und verdankte es nur einem halben Wunder, daß ich nicht auf der Stelle in eine Nervenheilanstalt gesteckt wurde: ein junges Ehepaar, das der Szene beigewohnt hatte, machte mir das Angebot, sich meiner anzunehmen: sie wohnten in den Cevennen, in einem verlassenen Dorf, dessen eingestürzte Häuser sie wieder aufbauten. Ich lebte dort fast zwei Jahre lang. Wir waren ganz allein, drei Menschen, etwa zwanzig Ziegen und Hühner. Wir hatten weder Zeitungen noch Radio.

Mit der Zeit verflog meine Furcht. Ich redete mir ein, daß Sie es aufgegeben hätten oder gestorben seien. Im Juni 1957 kam ich zurück, um wieder unter Menschen zu leben. Kurz darauf lernte ich François kennen. Als er mich bat, ihn zu heiraten, erzählte ich ihm meine ganze Geschichte, und es fiel ihm nicht schwer, mich davon zu überzeugen, daß ich mir diese unaufhörliche Überwachung und Beobachtung nur wegen meines Schuldgefühls eingebildet hatte.

Allmählich schöpfte ich wieder Vertrauen, so daß ich es schließlich wagte, fast ohne Vorsichtsmaßregeln, auf dem Bürgermeisteramt die für unsere Hochzeit erforderliche Geburtsurkunde anzufordern. Ich nehme an, daß es einer jener Fehler war, auf die Sie, in Ihrer Ecke kauernd, seit Jahren schon warteten.

Seitdem ist unser Leben nur noch eine unaufhörliche Flucht. Ein Jahr lang habe ich geglaubt, ich könnte Ihnen entkommen. Ich weiß jetzt, daß das unmöglich ist. Glück und Geld sind schon immer auf Ihrer Seite gewesen und werden es auch bleiben; es ist sinnlos zu glauben, ich könnte eines Tages durch die Maschen des Netzes schlüpfen, das Sie auslegen, so wie es illusorisch ist zu hoffen, Sie würden eines Tages aufhören, mich zu verfolgen. Sie haben die Macht, mich zu töten und Sie glauben, daß Sie auch das Recht dazu haben, aber Sie werden mich nicht mehr länger zwingen, zu fliehen; zusammen mit François, meinem Mann, und mit Anne, die ich gerade zur Welt gebracht habe, werde ich von nun an in Chaumont-Porcien in den Ardennen wohnen. Gelassen werde ich Sie dort erwarten.

Ein ganzes Jahr lang zwang ich mich, kein Lebenszeichen von mir zu geben; ich entließ alle Detektive, die ich eingestellt hatte; ich vergrub mich in meine Wohnung, ging praktisch nicht mehr aus dem Haus, ernährte mich nur noch von Ingwerzwiebäcken und Tee in Beuteln, hielt mich mit Hilfe von Alkohol, Zigaretten und Schmerztabletten in einem ständigen Fieberzustand, der manchmal Phasen völliger Apathie Platz machte. Die Gewißheit, daß Elizabeth mich erwartete, jeden Abend mit dem Gedanken einschlief, daß sie vielleicht nicht mehr wach werden würde, ihre Tochter jeden Morgen küßte und sich dabei fast darüber wunderte, daß sie noch am Leben war, das Gefühl, daß dieser Aufschub für sie eine täglich erneuerte Tortur war, erfüllte mich manchmal mit einer Rachetrunkenheit, einem Gefühl schlechter, allmächtiger, allgegenwärtiger Überschwenglichkeit, stürzte mich bisweilen in eine grenzenlose Niedergeschlagenheit. Wochenlang lief ich Tag und Nacht, unfähig, länger als einige Minuten hintereinander zu schlafen, in den Fluren und Zimmern meiner leerstehenden Wohnung auf und ab, wobei ich höhnisch vor mich hinlachte oder zu schluchzen begann, weil ich mir plötzlich vorstellte, sie wälze sich vor mir auf dem Boden und flehe um Verzeihung.

Am letzten Freitag, dem 11. September, ließ mir Elizabeth einen zweiten Brief zukommen:

Sehr geehrter Herr,

ich schreibe Ihnen aus der Entbindungsklinik von Rethel, wo ich soeben meine zweite Tochter, Béatrice, zur Welt gebracht habe. Anne, die erste, ist gerade ein Jahr alt geworden. Kommen Sie, ich flehe Sie an, Sie müssen jetzt kommen oder nie.

Zwei Tage später habe ich sie getötet. Als ich sie tötete, begriff ich, daß der Tod sie befreite, so wie er mich selber übermorgen befreien wird. Die kärglichen Reste meines Vermögens, die bei meinen Rechtsanwälten hinterlegt sind, werden, meinen Anweisungen zufolge, unter Ihren beiden Enkeltöchtern am Tag ihrer Großjährigkeit aufgeteilt.

Selbst wenn Madame de Beaumont bei der Nachricht vom Tode ihrer Tochter erschüttert gewesen war, las sie jetzt, ohne weiter zu erschaudern, die Auflösung dieser Geschichte, deren Traurigkeit sie so wenig zu treffen schien, wie sie nahezu fünfundzwanzig Jahre zuvor der Selbstmord ihres Mannes getroffen hatte. Diese scheinbare Gleichgültigkeit gegenüber dem Tod läßt sich vielleicht aus ihrer eigenen Geschichte erklären: an einem Aprilmorgen des Jahres neunzehnhundertachtzehn, als es der Familie Orlow, die die Revolution in die vier Himmelsrichtungen des Heiligen Rußlands verschlagen hatte, wie durch ein Wunder gelungen war, fast unversehrt wieder zusammenzufinden, stürmte ein Kommando der roten Garden ihre Residenz. Véra sah, wie ihr Großvater, der alte Serge Ilarionowitsch Orlow, den Alexander III. zum Gesandten in Persien ernannt hatte, ihr Vater, Oberst Orlow, der das berühmte Bataillon der Ulanen von Krasnodar befehligte, und dem Trotzki den Namen »Der Schlächter vom Kuban« gegeben hatte, sowie ihre fünf Brüder, von denen der jüngste gerade elf Jahre alt geworden war, vor ihren Augen erschossen wurden. Ihr selbst und ihrer Mutter war es gelungen, im Schutze dichten Nebels, der drei Tage lang herrschte, zu fliehen. Nach einem irrsinnigen Eilmarsch von 79 Tagen erreichten sie endlich die Krim, die die Freikorps Denikins besetzt hielten, und von dort gelangten sie über Rumänien nach Österreich.

ZWEIUNDDREISSIGSTES KAPITEL

Marcia, 2

Madame Marcia ist in ihrem Zimmer. Sie ist eine Frau von etwa sechzig Jahren, robust, breitschultrig, knochig. Halb angezogen, nur noch einen spitzenbesetzten weißen Nylonunterrock, einen Hüfthalter und Strümpfe tragend, mit Lockenwicklern auf dem Kopf, sitzt sie in einem Sessel moderner Machart aus Preßholz und schwarzem Leder. In der rechten Hand hat sie ein großes Weckglas in Form eines Tönnchens, das mit Salzgurken gefüllt ist, und müht sich mit Zeige- und Mittelfinger der linken Hand ab, eine davon zu erwischen. Ein niedriger Tisch neben ihr ist überladen mit Papieren, Büchern und verschiedenen Gegenständen: ein wie eine Familienanzeige gedruckter Prospekt, der den Zusammenschluß der Société Delmont and Co. (Innenarchitektur, Dekoration, Kunstgegenstände) und des Hauses Artifoni (Blumenkunst, Anlage von Lustgärten, Treibhäusern, Gartenterrassen, Beeten, Topfpflanzen und -blumen) ankündigte; die Einladung einer französisch-polnischen Kulturvereinigung zu einer Retrospektive des Werkes von Andrzej Wajda; eine Einladung zur Vernissage einer Ausstellung des Malers Silberselber: das auf der Einladungskarte abgebildete Werk ist ein Aquarell mit dem Titel *Japanischer Garten IV*, in dessen unterem Drittel sich eine Reihe durchbrochener, streng paralleler Streifen befindet, während die oberen zwei Drittel die realistische Darstellung eines verhangenen Himmels mit Gewittereffekten zeigt; eine

Flasche Schweppes; mehrere Armbänder; ein Roman, wahrscheinlich ein Krimi, mit dem Titel *Clocks and Clouds*, dessen Umschlag ein Damebrett darstellt, auf dem neben einem Paar Handschellen, einer kleinen Alabasterfigurine, der Reproduktion des *Gleichgültigen* von Watteau, einer Pistole, einem sicherlich mit einer Zuckerlösung gefüllten Unterteller, da mehrere Bienen dort ihren Honig sammeln, eine sechseckige Spielmarke aus Blech liegt, in die mit dem Locheisen die Zahl 90 eingestanzt worden ist; eine Postkarte, unter der *Choza de Indios. Beni, Bolivia* steht, und die eine Gruppe von wilden Weibern in gestreiftem Lendenschurz zeigt, hockend, blinzelnd, säuglingstillend, maulend, schlafend, umgeben von einem Schwarm Kinder (es mochten ihrer gut und gern Stücker zwanzig sein) vor ein paar primitiven Weidenhütten; ein Foto, das sicherlich Madame Marcia selbst darstellt, aber mindestens vierzig Jahre jünger; es ist ein zartes junges Mädchen mit einer gepunkteten Weste und einem Hütchen; sie sitzt am Steuer eines falschen Wagens – eine dieser gemalten Paneelen, die manchmal mit Löchern versehen sind für die Köpfe, so wie sie die Jahrmarktsfotografen benutzten – in Begleitung zweier junger Männer, die fein gestreifte weiße Jacken und Strohhüte tragen.

Die Zimmereinrichtung stellt eine kühne Mischung ultra-moderner Elemente – der Sessel, die japanische Tapete an den Wänden, drei Lampen auf dem Fußboden, die dicken, leuchtenden Kieselsteinen gleichen – mit Kuriositäten verschiedener Epochen dar: zwei mit koptischem Webstoff und Papyrusrollen gefüllte Vitrinen, über denen zwei große, düstere Landschaften eines elsässischen Malers des 17. Jahrhunderts mit Spuren von Städten und Feuersbrünsten in der Ferne eine mit Hieroglyphen bedeckte Tafel einrahmen und ihr somit einen Ehrenplatz geben; eine seltene Serie sogenannter Diebesgläser, die im 19. Jahrhundert in den großen Häfen von den Wirten häufig benutzt wurden, um zu versuchen, die Schlägereien zwischen den Matrosen geringzuhalten: äußerlich richtigen Zylindern gleichend, verjüngten sie sich innen wie Fingerhüte, wobei diese falschen Mängel geschickt von groben Luftblasen verschleiert wurden; parallele Kreise, die von oben nach unten ins Glas eingeritzt sind, zeigen an, welche Menge man für die oder die Summe trinken kann; und schließlich ein extravagantes Bett, Moskauer Mode, von dem es hieß, man habe es Napoleon I. angeboten, als er die Nacht im Petrowski-Palast verbrachte, dem er aber sicherlich sein gewöhnliches Feldbett vorzog: es ist ein imposantes Möbelstück, ganz mit Holzeinlegearbeiten versehen, dessen sechzehn Holz- und Schildpattarten, in winzigen Rauten appliziert, ein märchenhaftes Gemälde zeichnen: ein Universum von ineinanderverschlungenen Rosetten und Girladen, aus deren Mitte botticellihaft eine nur mit ihren Haaren bekleidete Nymphe emporsteigt.

DREIUNDDREISSIGSTES KAPITEL

Keller, 1

Keller.

Der Keller der Altamonts, sauber, gut aufgeräumt, einwandfrei: vom Boden bis zur Decke Regale und Gefächer mit breiten, gut lesbaren Etiketten. Jedes Ding hat einen Platz und jedes Ding ist an seinem Platz; man hat an alles gedacht: Vorräte, Lagerbestände, genug, um eine Belagerung zu überstehen, genug, um im Falle einer Krise zu überleben, genug, um im Kriegsfall durchzuhalten.

Die linke Wand ist den Nahrungsmitteln vorbehalten. Zuerst die Grundnahrungsmittel: Mehl, Gries, Maizena, Kartoffelstärke, Tapioka, Haferflocken, Würfelzucker, Puderzucker, Raffinadezucker, Salz, Oliven, Kapern, Gewürze, große Gläser mit Senf und Gurken, Kanister mit Speiseöl, Pakete mit getrockneten Kräutern, Pakete mit Pfefferkörnern, Nelken, gefriergetrockneten Pilzen, kleine Dosen mit Trüffelschalen; Wein- und Schnapsessig; gestiftelte Mandeln, Walnußkerne, Haselnüsse und Erdnüsse, luftdicht verschlossen, Salzstangen, Bonbons, Koch- und Eßschokolade, Honig, Marmelade, Dosenmilch, Milchpulver, Eipulver, Hefe, Fertigdesserts, Tee, Kaffee, Kakao, Kräutertee, Fleischbrühwürfel, Tomatenmark, Muskatnuß, Paprika, Vanille, stark duftende aromatische Pflanzen, Paniermehl, Zwieback, Rosinen, eingelegte Früchte, Engelwurz; dann kommen die Konserven: Fischkonserven, Dosen mit Thunfischstücken, Ölsardinen, zusammengerollte Anchonvis, Makrelen in Weißwein, Pilchards in Tomatensoße, Kohlfisch auf andalusische Art, geräucherte Sprotten, Lumpeier, geräucherte Kabeljauleber; Gemüsekonserven: kleine Erbsen, Spargelköpfe, Pariser Champignons, feine grüne Bohnen, Spinat, Artischokkenherzen, Zuckererbsen, Schwarzwurzeln, Mischgemüse; und auch Pakete mit Trockengemüsen, Erbsen, Bohnen, Linsen, Saubohnen, Säcke mit Reis, Teigwaren, gebrochene Makkaroni, Fadennudeln, Muschelnudeln, Spaghetti, Kartoffelchips, Kartoffelflocken für Püree, Päckchensuppe; Obstkonserven: Aprikosenhälften, Birnen im Saft, Kirschen, Pfirsiche, Pflaumen, Pakete mit Feigen, Schachteln mit Datteln, getrocknete Bananen, Backpflaumen; Fleischkonserven und Fertiggerichte: Corned-Beef, Schinken, Schüsselfleisch, Rillettes, Gänseleberpastete, Leberwurst, kaltes Geflügel, Schweinesülze, Ochsenmaulsalat, Sauerkraut, Cassoulet, Würste mit Linsen, Raviolis, Hammelragout mit Rüben, Ratatouille, Couscous, baskisches Hühnchen, Paella, Kalbsfrikassee nach alter Art.

Die hintere Wand und der größte Teil der rechten Wand sind Flaschen vorbehalten, die in Gestellen aus plastikumwickeltem Eisendraht liegen, und zwar in einer offensichtlich kanonischen Reihenfolge: zuerst die sogenannten Tafelweine, dann die Beaujolais, Côtes-du-Rhône sowie die Loire-Weißweine vom letzten Jahr, dann die Weine von begrenzter Haltbarkeit, Cahors, Bourgueil, Chinon, Bergerac, und schließlich der richtige Keller, der große Keller, zu dem es ein Kellerbuch gibt, in dem jede Flasche eingetragen ist mit Angabe des Anbaugebiets, Namen des Weinguts, des Abfüllers und Händlers, des Verkäufers, des Jahrgangs, dem Datum des Erwerbs, der optimalen Haltbarkeit, dem Datum der Verkostung: Elsäßerweine: Riesling, Traminer, Pinot noir, Tokayer; rote Bordeaux: Médoc: Château-de-l'Abbaye-Skinner, Château-Lynch-Bages, Château-

Palmer, Château-Brane-Cantenac, Château-Gruaud-Larose; Graves: Château-La-Garde-Martillac, Château-Larrivet-Haut-Brion; Saint-Emilion: Château-La-Tour-Beau-Site, Château-Canon, Château-La-Gaffellière, Château-Trottevieille; Pomerol: Château-Taillefer; weiße Bordeaux: Sauternes: Château-Sigalas-Rabaud, Château-Caillou, Château-Nairac; Graves: Château-Chevalier, Château-Malartic-Lagravière; roter Burgunder: Côtes de Nuits: Chambolle-Musigny, Charmes-Chambertin, Bonnes-Mares, Romanée-Saint-Vivant, La Tâche, Richebourg; Côtes de Beaune: Pernand-Vergelesse, Aloxe-Corton, Santenay »Gravières«, Beaune Grèves-Vignes-de-l'Enfant-Jésus, Volnay »Caillerets«; weißer Burgunder: Beaune Clos-des-Mouches, Corton Charlemagne; Côtes-du-Rhône: Côte-Rôtie, Crozes-Hermitage, Cornas, Tavel, Châteauneuf-du-Pape; Côtes-de-Provence: Bandol, Cassis; Weine aus dem Mâconnais, Champagner-Stillweine – Vertus Bouzy, Crémant – verschiedene Weine aus dem Languedoc, Béarn, Saumur und aus der Touraine, ausländische Weine: Fechy, Pully, Sidi-Brahim, Château-Mattilloux, Weine aus der Grafschaft Dorset, Rhein- und Moselweine, Asti, Koudiat, Mornag, Stierblut usw.; schließlich kommen einige Kisten Champagner, Aperitifs und diverse Schnäpse – Whisky, Gin, Kirsch, Calvados, Cognac, Grand-Marnier, Benediktiner, und, diesmal wieder auf Regalen, einige Kartons, die alkoholfreie Getränke mit oder ohne Kohlensäure enthalten, Mineralwasser, Bier, Fruchtsäfte.

Auf der äußersten Rechten schließlich, zwischen der Wand und der Tür – eine Gittertür aus dickem, eisengepanzertem Holz, die mit zwei stabilen Ketten verschlossen wird – ist die Zone der Pflegemittel, der Toiletten- und anderer Artikel: ein Packen Scheuertücher, Behälter mit Waschpulver, Spülmittel, Reinigungsmittel, Rohrreiniger, Kanister mit Eau de Javel, Schwämme, Erzeugnisse für die Fußböden, die Fensterscheiben, das Kupfergeschirr, das Silber, das Kristall, die Fliesen und das Linoleum, Besen ohne Stiel, Papierfilterbeutel für Staubsauger, Kerzen, Streichholzvorräte, ein Posten Taschenlampenbatterien, Kaffeefilter, vitaminangereichertes Aspirin, gewölbte Birnen für Kronleuchter, Rasierklingen, billiges Kölnischwasser im Literbehälter, Seife, Shampoo, Watte, Reinigungsstäbchen für die Ohren, Nagelfeilen, Tintenpatronen, Bohnerwachs, Farbtöpfe, Binden, Insektenvernichtungsmittel, Feueranzünder, Müllbeutel, Feuersteine, Papierwischtücher.

Keller.

Der Keller der Gratiolets. Generationen haben dort den Abfall aufgetürmt, den nie jemand sortiert oder geordnet hat. Er liegt drei Meter tief unter der mißtrauischen Bewachung einer dicken Tigerkatze, die ganz oben, auf der anderen Seite des Kellerfensters kauernd, durch das Gitter hindurch auf das unerreichbare und dennoch nicht ganz unmerkliche Trippeln einer Maus lauert.

Das Auge, das sich langsam und allmählich an die Dunkelheit gewöhnt, würde schließlich unter der feinen, grauen Staubschicht, verstreute Reste erkennen, die von allen Gratiolets herrühren: der Rahmen und die Pfosten eines Kastenbettes, Hickory-Skis, die schon längst ihre ganze Elastizität verloren haben, ein Tropenhelm von einst makellosem Weiß, Tennisschläger, die in ihren trapezförmigen Klemmen stecken, eine alte Underwood-Schreibmaschine, aus der berühmten Serie der *Vier Millionen,* die, ihres automatischen Tabulators wegen, zu ihrer Zeit als eines der perfektioniertesten, je entwickelten Objekte galt, auf der François Gratiolet seine Quittungen zu tippen begann, als er beschloß, seine Buchhaltung zu modernisieren: ein alter *Neuer Kleiner Illustrierter Larousse*, der mit einer halben Seite 71 anfängt – ASPIC, n. m. (gr. *aspis*). Gewöhnlicher Name der Viper. *Fig. Langue d'aspic*, Person mit einer spitzen Zunge – und bei Seite 1530 aufhört: MAROL-LES-LES-BRAULTS, Kantonshauptstadt (Sarthe), Arrondissement Mamers; 2000 Einw.; ein schmiedeeiserner Kleiderständer, an dem noch ein Kapuzenmantel aus dickem, grobem Leinen hängt, der überall mit bunten Flecken, manchmal sogar aus anderen Stoffen, geflickt ist; der Mantel des Schützen Gratiolet Olivier, der am zwanzigsten Mai 1940 in Arras gefangengenommen und im Mai 1942 auf Grund einer Intervention seines Onkels Marc (Marc, der Sohn Ferdinands, war nicht Oliviers Onkel, sondern der Vetter seines Vaters Louis, doch Oliver sagte »Onkel« zu ihm, so wie er auch zu dem andern Vetter seines Vaters, François, »Onkel« sagte) aus der Gefangenschaft entlassen worden war; ein alter Globus aus Pappmaché, ziemlich durchlöchert; ganze Stapel von alten Zeitungen: *L'Illustration, Point de Vue, Radar, Détective, Réalités, Images du Monde, Coemédia;* auf der Umschlagseite einer Ausgabe von *Paris-Match* schwang Pierre Boulez im Frack bei der Premiere des *Wozzeck* in der Pariser Oper seinen Taktstock; auf einer Umschlagseite von *Historia* sieht man zwei Halbwüchsige, der eine in der Uniform eines Husarenoberst – weiße Kaschmirhose, nachtblauer Dolman mit perlgrauen Verschnürungen, Federbuschhelm –, der andere im schwarzen Gehrock mit Krawatte und Spitzengamaschen, die sich einander in die Arme stürzen, darunter folgender Bildtext: *Haben sich Ludwig XVII. und der Aiglon, Herzog von Reichstadt am 8. August 1808 heimlich in Fiume getroffen? Das phantastischste Rätsel der Geschichte endlich gelöst!* Ein Schuhkarton, der von alten Fotos überquillt, von diesen vergilbten, braungewordenen Bildern, bei denen man sich immer fragt, wen sie darstellen und wer sie aufgenommen hat: drei Männer auf einer kleinen Landstraße; dieser zierliche brünette Herr mit schön gedrehtem schwarzem Schnurrbart und im hellkarierten Beinkleid ist sicherlich Juste Gratiolet, der Urgroßvater Oliviers, der erste Besitzer des Hauses, mit Freunden von ihm, vielleicht die Bereaux, Jacques und Emile, deren Schwester Marie er heiratete; und diese beiden dort, vor dem Kriegerdenkmal von Beirut, beide mit leerem rechten Ärmel, während sie mit dem linken Arm die Trikolore grüßen, die Brust mit Orden übersät, sind Bernard Lehameau, ein Vetter von Marthe, der Frau François', mit seinem alten Freund, dem Colonel Augustus B. Clifford, dem er im Hauptquartier der Alliierten Streitkräfte in Peronne als Dolmetscher diente, und der, wie er, den rechten Arm verlor, als das besagte Hauptquartier am 19. Mai 1917 vom Roten Baron bombardiert wurde; und der dort, dieser offensichtlich weitsichtige Mann, der gerade ein Buch liest, das auf einem Lesepult liegt, ist Gérard, der Großvater Oliviers.

Daneben in einer quadratischen Weißblechdose zusammengeschüttet Muscheln und glatte Kieselsteine, die Olivier Gratiolet am dritten September 1934, dem Sterbetag seines Großvaters, in Gatseau auf der Insel Oléron, gesammelt hatte, und, von einem Gummi zusammengehalten, ein Stapel Bilderbogen, wie sie in der Grundschule verteilt wurden, wenn man eine ausreichende Anzahl guter Punkte bekommen hatte: der oberste stellt das Treffen des Zaren und des Präsidenten der französischen Republik auf einem Kriegsschiff dar. Überall, bis hin zum Horizont, sind nur Schiffe, deren Rauch sich in einem wolkenlosen Himmel verliert. Mit großen Schritten sind der Zar und der Präsident aufeinander zugegangen und geben sich die Hand. Hinter dem Zaren ebenso wie hinter dem Präsidenten stehen zwei Herren; im Gegensatz zur sichtbaren Freude auf den Gesichtern der beiden Staatsoberhäupter sehen ihre Gesichter ernst aus. Die Blicke der beiden Begleiter konzentrieren sich auf ihre respektiven Herrscher. Unten – die Szene findet ganz offensichtlich auf der Brücke des Schiffes statt – halb abgeschnitten vom Bildrand, stehen lange Reihen von Matrosen stramm.

VIERUNDDREISSIGSTES KAPITEL

Treppe, 4

Gilbert Berger hüpft auf einem Bein die Treppe hinunter. Er ist fast auf dem Treppenabsatz des ersten Stocks angekommen. In der rechten Hand hat er einen orangenfarbenen Plastikmülleimer, aus dem zwei ungültige Telefonbücher hervorsehen, eine leere Ahornsirupflasche der Marke *Arabelle* und verschiedene Gemüseabfälle. Er ist ein Junge von fünfzehn Jahren mit einer blonden, fast weißen Mähne. Er trägt ein leinenes Schottenhemd und schwarze, breite, mit Maiglöckchen bestickte Hosenträger. Am linken Ringfinger trägt er einen Weißblechring, wie man sie in der Regel zusammen mit nach Chemie schmeckendem Bubble-Gum in blauen Kartons findet, die *Frohes Schenken, Freudiges Empfangen heißen* und die klassischen Wundertüten abgelöst haben. Für einen Franc bekommt man sie in Automaten, die neben Schreibwaren- und Kurzwarengeschäften aufgestellt sind. Die ovale Ringfassung hat die ungefähre Form einer Kamee, deren reliefartiger Kopf von ferne an ein Porträt der italienischen Renaissance erinnert.

Gilbert Berger heißt Gilbert, trotz der wenig wohlklingenden Wirkung der Verdoppelung von »ber«, weil seine Eltern sich bei einem Konzert kennenlernten, das Gilbert Bécaud – zu dessen Fans sie beide gehörten – 1956 im *Empire* gab und in dessen Verlauf 87 Stühle kurz- und kleingeschlagen wurden. Die Bergers wohnen im vierten Stockwerk links, neben den Rorschachs, unter den Réols, über Bartlebooth, in einer Zweizimmerwohnung, in der früher die Dame wohnte, die im Unterkleid auf den Treppenabsatz kam und die eine kleine Hündin namens Dodéca hatte.

Gilbert ist in der Untersekunda. Der Französischlehrer läßt sie in der Klasse eine Wandzeitung schreiben. Jeder Schüler beziehungsweise jede Schülergruppe nimmt sich eine Rubrik vor und liefert Texte ab, die die ganze Klasse, die sich zwei Stunden wöchentlich zu einer Redaktionssitzung trifft, diskutiert und manchmal sogar verwirft. Es gibt politische und gewerkschaftliche Rubriken, Sportseiten, Comic-Streifen, Nachrichten aus dem Gymnasium, Kreuzworträtsel, Kleinanzeigen, Lokales, Vermischtes, Werbung – die in der Regel von den Eltern der Schüler gemacht wird, die ein Geschäft neben dem Gymnasium haben – und mehrere Rubriken Spiel und Freizeit sowie Do-it-your-self (Ratschläge für das Ankleben von Tapeten, stellt selbst euer Damebrett her, macht eure Rahmen selbst usw.). Gilbert hat es mit zweien seiner Schulkameraden, Claude Coutant und Philippe Hémon, übernommen, einen Fortsetzungsroman zu schreiben. Die Geschichte heißt *Die geheimnisvolle Spritze* und soll in fünf Fortsetzungen erscheinen.

In der ersten Episode, *Aus Liebe zu Constance,* bittet ein berühmter Schauspieler, François Gormas, den Maler Lucero, der gerade den Großen Preis von Rom bekommen hat, ein Porträt von ihm zu malen, und zwar in der Szene, die ihm seinen größten Triumpf eingebracht hat, die nämlich, in der er sich als Artagnan mit Rochefort aus Liebe zu der jungen und hübschen Constance Bonacieux duelliert. Obgleich Lucero findet, daß Gorras ein sich vor Eitelkeit verzehrender Schmierenkomödiant ist, seines Pinsels unwürdig, nimmt er den Auftrag an, in der Hoffnung wohl, fürstlich entlohnt zu werden. Am verabredeten Tag kommt Gormas in das große Atelier Luceros, wirft sich in sein Bühnenkostüm und stellt sich, ein Florett in der Hand, in Pose; doch das Modell, das Rochefort spielen sollte und von Lueero bereits vor einigen Tagen bestellt worden war, ist nicht da. Um ihn auf der Stelle zu ersetzen, schickt Gormas nach einem gewissen Félicien Michard, dem Sohn seiner Concierge, der beim Grafen von Châteauneuf als Parkettwichser dient. Ende der ersten Episode.

Zweite Episode: *Rocheforts Stoß*. Die erste Sitzung kann endlich beginnen. Die beiden Gegner stellen sich auf, Gormas tut so, als pariere er in letzter Sekunde geschickt den furchtbaren, heimlichen Stoß, den Michard gegen ihn führt und der seine Drosselader durchschneiden soll. In diesem Augenblick fliegt eine Biene ins Atelier und beginnt um Gormas herumzuschwirren, der sich plötzlich mit der Hand in den Nacken greift und zusammenbricht. Zum Glück wohnt ein Arzt im Haus und Michard läuft los, um ihn zu holen; der Arzt erscheint einige Minuten später, diagnostiziert einen Bienenstich ins verlängerte Mark, der eine lähmende Ohnmacht hervorgerufen hat und fährt den Schauspieler eilends ins Krankenhaus. Ende der zweiten Episode.

Dritte Episode: *Das Gift, das tötet*. Gormas stirbt während des Transports ins Krankenhaus. Der Arzt, der über die rasche Wirkung dieses Insektenstiches überrascht ist, lehnt es ab, einen Totenschein auszustellen. Die Autopsie beweist, daß die Biene tatsächlich nichts mit seinem Tod zu tun hat: Gormas ist von einer mikroskopischen Menge Topazin vergiftet worden, das sich an der Spitze von Michards Florett befand. Diese Substanz, ein Derivat des von den Indianern Südamerikas benutzten Kurare, von ihnen *Der stille Tod* genannt, besitzt eine merkwürdige Eigenschaft: es ist nur bei solchen Menschen wirksam, die kurz zuvor eine Virushepatitis gehabt haben. Und in der Tat war Gormas gerade von einer solchen Krankheit genesen. Angesichts dieses neuen Elements, das zu beweisen schien, daß es sich hier um einen vorsätzlichen Mord handelte, wird ein Detektiv, Hauptkommissar Winchester, mit der Untersuchung beauftragt. Ende der dritten Episode.

Vierte Episode: *Segesvar wird eingeweiht.* Hauptkommissar Winchester macht seinem Assistenten von den Beobachtungen Mitteilung, die ihm bei dieser Angelegenheit aufgefallen sind:

erstens, der Mörder muß ein enger Bekannter des Schauspielers gewesen sein, da er wußte, daß dieser vor ganz kurzer Zeit eine Virushepatitis gehabt hatte;

zweitens muß er sich

kleines a, das Gift und vor allem

kleines b, die Biene besorgt haben können, denn die Geschichte spielt im Dezember und im Dezember gibt es keine Bienen;

drittens muß er Zugang zu Michards Florett gehabt haben. Dieses Florett nun hatte Lucero, ebenso wie das Florett Gormas', von seinem Galeristen geliehen bekommen, einem gewissen Gromeck, von dem man weiß, daß seine Frau die Geliebte des Schauspielers gewesen ist. Macht also sechs Verdächtige, die alle ein Motiv hatten:

1. der Maler Lucero, den es bitter kränkte und ärgerte, daß er das Porträt eines Mannes malen sollte, den er verachtete; außerdem könnte der Skandal, den diese Angelegenheit auslösen würde, für ihn kommerziell sehr von Nutzen sein;

2. Michard: früher lud Madame Gormas, die Mutter des Schauspielers, den kleinen Félicien dazu ein, mit

ihrem Sohn in Ferien zu fahren; seitdem ist der arme Junge unablässig von dem Schauspieler gedemütigt worden, der schamlos über ihn verfügt;

3. Graf de Châteauneuf, der Bienenzüchter ist und von dem bekannt ist, daß er einen tödlichen Haß auf die Familie Gormas hegt, weil Gatien Gormas, der Präsident des Ausschusses der Öffentlichen Wohlfahrt von Beaugency, 1793 seinen Vorfahren Eudes de Châteauneuf hatte enthaupten lassen.

4. Der Galerist Gromeck, sowohl aus Eifersucht als auch aus Werbegründen;

5. Lise Gromeck, die es Gormas nie verziehen hat, daß er die italienische Schauspielerin Angelina di Castelfranco ihr vorgezogen hat;

6. und schließlich Gormas selber: als Schauspieler zwar erfolgreich, als Produzent jedoch unfähig und glücklos, ist er in der Tat völlig ruiniert und es ist ihm nicht gelungen, die für die Finanzierung seiner letzten Super-Produktion unbedingt erforderliche Bankbürgschaft zu erhalten: ein als Mord getarnter Selbstmord ist für ihn die einzige Möglichkeit, würdig von der Bühne zu treten und seinen Kindern auf Grund einer hohen Lebensversicherung eine Erbschaft zu hinterlassen, die ihren Ansprüchen genügte. Ende der vierten Episode.

So weit ist dieser Fortsetzungsroman also gediehen, wobei sich einige seiner unmittelbaren Quellen mühelos identifizieren lassen: ein Artikel über das Kurare in der Zeitschrift *Geo,* ein anderer über die Hepatitis-Epidemien in *France-Soir,* die Abenteuer des Kommissars Bougret und seines treuen Assistenten Charolles in der Rubrik *Dies und Das* von Gotlib, mehrere Meldungen aus der Rubrik *Vermischtes* über die üblichen Finanzskandale des französischen Films, eine flüchtige Lektüre des *Cid,* ein Kriminalroman von Agatha Christie mit dem Titel *Der Tod in den Wolken,* ein Film von Danny Kaye, dessen englischer Titel *Knock on wood* heißt. Die vier ersten Episoden sind von der ganzen Klasse äußerst enthusiastisch aufgenommen worden. Die fünfte jedoch stellt ihre drei Autoren vor schwierige Probleme. In der sechsten und letzten Episode erfährt man nämlich, daß der Schuldige in Wirklichkeit der Arzt ist, der im gleichen Haus wohnt, in dem Lucero sein Atelier hat. Es stimmt tatsächlich, daß Gormas am Rande des Ruins steht. Ein Mordanschlag, den er wie durch ein Wunder unversehrt überstünde, würde ihm genügend Publicity sichern, damit sein letzter Film, dessen Dreharbeiten nach acht Tagen eingestellt worden sind, weitergedreht werden könnte. Mit der Komplizenschaft des Arztes, Dr. Borbeille, der kein anderer ist als sein Milchbruder, denkt er sich dieses finstere Drehbuch aus. Doch Jean-Paul Gormas, der Sohn des Schauspielers, liebt die Tochter des Arztes, Isabelle. Gormas widersetzt sich erbittert der Heirat, die der Doktor hingegen gern gesehen hätte. Deshalb macht er sich die Tatsache, daß er während Gormas' Transport ins Krankenhaus mit ihm allein hinten im Krankenwagen ist, zunutze, um ihn mit einer Topazinspritze zu vergiften, in der festen Überzeugung, daß man Michards Florett bezichtigen wird. Hauptkommissar Winchester erfuhr jedoch beim Verhör des Statisten, den Félicien Michard in letzter Minute vertreten mußte, daß dieser dafür bezahlt worden war, daß er nicht kam, und von dieser Enthüllung ausgehend gelang es ihm, den ganzen Anschlag zu rekonstruieren. Trotz einiger allerletzter Enthüllungen, die einer der goldenen Regeln des Kriminalromans widersprechen, stellt diese Lösung mitsamt ihren Rückwirkungen ein durchaus akzeptables Ende dar. Doch zuvor müssen die drei jungen Autoren die Unschuld aller anderen Verdächtigen beweisen, und sie wissen nicht so recht, wie sie sich dabei anstellen sollen. Philippe Hémon hat den Vorschlag gemacht, daß sie, wie in *Mord im Orient-Express* alle schuldig sind, doch die beiden andern haben das ganz energisch abgelehnt.

FÜNFUNDDREISSIGSTES KAPITEL

Die Hausmeisterloge der Concierge

Madame Claveau war bis neunzehnhundertsechsundfünfzig die Concierge des Wohnhauses. Sie war eine mittelgroße Frau mit grauen Haaren und schmalem Mund, die immer ein tabakbraunes Halstuch und immer (außer an den Empfangsabenden, an denen sie die Garderobe übernahm) eine schwarze Schürze mit blauen Blümchen trug. Sie achtete mit der gleichen Sorgfalt auf die Sauberkeit des Hauses, als sei es ihr eigenes. Sie war mit einem Auslieferer des Weinhauses Nicolas verheiratet, der, die Mütze keck auf dem Ohr, die Kippe im Mundwinkel, mit seinem Dreirad durch Paris fuhr und den man manchmal, wenn sein Arbeitstag beendet war und er seine rissige, beige Lederjacke gegen eine weiche Hausjacke, ein Erbstück Danglars', ausgetauscht hatte, seiner Frau bei der Arbeit helfen sah, wobei er das Kupfer am Aufzug blankputzte oder den großen Spiegel in der Diele mit Schlemmkreide abrieb, und dazu unaufhörlich die Schlager des Tages vor sich hin pfiff, *Die Pariser Romance, Ramona* oder *Erstes Rendezvous.* Sie hatten einen Sohn, der auf den Vornamen Michel hörte und für den Madame Claveau Winckler um die Briefmarken auf den Paketen bat, die Smautf ihm zweimal monatlich schickte. Michel kam 1955 neunzehnjährig bei einem Motorradunfall ums Leben und sein früher Tod trug sicherlich mit dazu bei, daß die Eltern im darauffolgenden Jahr Paris verließen. Sie zogen sich in den Jura zurück. Morellet behauptete lange, sie hätten eine Kneipe aufgemacht, die aber gleich darauf wieder von der Schließung bedroht gewesen sei, weil Vater Claveau seine Bestände praktisch selber trank anstatt sie zu verkaufen, doch das ist ein Gerücht, das niemand je bestätigte oder entkräftete.

An ihre Stelle kam Madame Nochère. Sie war damals fünfundzwanzig Jahre alt. Sie hatte gerade ihren Mann verloren, einen Berufssoldaten und Stabsunteroffizier, der fünfzehn Jahre älter war als sie. Er starb in Algier, nicht bei einem Attentat, sondern an den Folgen einer Magen-Darmentzündung, die auf den übertriebenen Verzehr kleiner Gummistücke zurückzuführen war, aber nicht etwa Kaugummi, das eine solche verhängnisvolle Wirkung nicht hätte haben können, sondern Radiergummi. Henri Nochère war in der Tat der Stellvertreter des Unterabteilungsleiters des Büros 95, das heißt der Sektion »Statistik« der Division »Forschung und Planung« im Büro der Truppeneinheiten des Hauptquartiers der 10. Militärregion. Seine bis 1954–1955 eher ruhige Arbeit wurde mit den ersten Einberufungen der Wehrdienstpflichtigen immer besorgniserregender und um etwas gegen seine Nervosität und seine Überarbeitung zu tun, fing Henri Nochère damit an, an seinen Bleistiften herumzulutschen und an seinen Radiergummis zu kauen, wobei er zum xten Mal mit seinen endlosen Additionen von vorne begann. Diese Ernährungsgepflogenheiten, harmlos, solange sie in vernünftigen Grenzen bleiben, können sich bei Mißbrauch als schädlich erweisen, denn die unfreiwillig verschluckten winzigen Gummiteilchen rufen Magengeschwüre und Beschädigungen der Magenschleimhäute hervor, die um so gefährlicher sind, als sie lange unerkennbar bleiben und es daher nicht möglich ist, rechtzeitig eine korrekte Diagnose zu stellen. Wegen »Magenverstimmungen« ins Krankenhaus gebracht, starb Nochère noch bevor die Ärzte überhaupt begriffen hatten, was ihm fehlte. Tatsächlich wäre sein Fall ein medizinisches Rätsel geblieben, wenn im gleichen Vierteljahr und wahrscheinlich aus den gleichen Gründen Feldwebel Olivetti von der Einberufungsbehörde von Oran und der Obergefreite Margueritte vom Durchgangszentrum von Constantine nicht unter fast identischen Umständen gestorben wären. Von daher kommt auch der Name »Syndrom der drei Unteroffiziere«, der zwar vom Standpunkt der Militärhierarchie aus völlig unzutreffend ist, die Phantasie jedoch so anspricht, daß man ihn auch weiterhin im Zusammenhang mit dieser Art von Erkrankung verwendet.

Madame Nochère ist heute vierundvierzig Jahre alt. Sie ist eine ganz kleine, etwas pummelige, redselige und hilfsbereite Frau. Sie gleicht in keiner Weise dem Bild, das man sich gewöhnlich von den Conciergen macht; sie schreit nicht und brummt nicht, schimpft nicht mit schriller Stimme über die Haustiere, verjagt nicht die Vertreter (was ihr mehrere Miteigentümer und Mieter allerdings am liebsten zum Vorwurf machen möchten), ist weder servil noch habgierig, läßt nicht von morgens bis abends ihren Fernsehapparat laufen und wird nicht auf die wütend, die am frühen Morgen oder am Sonntag ihren Mülleimer herunterbringen oder die in Töpfen Blumen auf ihrem Balkon züchten. Es ist nichts Schäbiges oder Kleinliches in ihrem Wesen und das einzige, was man ihr vorwerfen könnte, wäre vielleicht, daß sie etwas zu geschwätzig ist, etwas zudringlich sogar, da sie immer genau alle Geschichten eines jeden Hausbewohners wissen will, immer bereit zu bemitleiden, zu helfen, eine Lösung zu finden. Jeder im Haus hat schon einmal Gelegenheit gehabt, ihre Liebenswürdigkeit zu schätzen und hat zu dem einen oder andern Zeitpunkt ruhig weggehen können, weil er wußte, daß die Goldfische gut gefüttert, die Hunde spazierengeführt, die

Blumen gegossen, die Zähler abgelesen werden würden.

Eine einzige Person im Haus haßt Madame Nochère wirklich, und zwar Madame Altamont, wegen einer Geschichte, die sich einmal in einem Sommer zugetragen hat. Madame Altamont fuhr in Ferien. Mit dem Ordnungs- und Sauberkeitsfanatismus, der sie in allem charakterisiert, machte sie ihren Kühlschrank leer und schenkte die Reste ihrer Concierge: ein Viertel Pfund Butter, ein Pfund frische grüne Bohnen, zwei Zitronen, ein halbes Glas Johannisbeer-Marmelade, etwas frischen Rahm, einige Kirschen, etwas Milch, einige Stückchen Käse, verschiedene Kräuter und drei Becher Kefir. Aus nicht näher geklärten Gründen, die aber wahrscheinlich mit den langen Abwesenheiten ihres Mannes zusammenhingen, konnte Madame Altamont nicht zu der anfänglich vorgesehenen Zeit abreisen und mußte vierundzwanzig Stunden länger zu Hause bleiben; sie ging wieder zu Madame Nochère und erklärte ihr in einem, um ehrlich zu sein, eher verlegenen Ton, daß sie zum Abend nichts zu essen im Hause hätte und daß sie gern die grünen Bohnen, die sie ihr am Morgen gegeben hatte, zurückhaben möchte. »Wissen Sie«, sagte Madame Nochère, »die hab ich schon geputzt, sie stehen auf dem Feuer.« – »Das ist Ihr Pech!« entgegnete Madame Altamont. Madame Nochère brachte Madame Altamont die gekochten Bohnen und die andern Lebensmittel, die sie ihr geschenkt hatte, persönlich hinauf. Als Madame Altamont am andern Morgen abreiste, diesmal wirklich, brachte sie Madame Nochère von neuem ihre Reste herunter. Aber die Concierge lehnte sie höflich ab.

Die Geschichte, ein einziges Mal ohne jegliche Übertreibung erzählt, verbreitete sich schnell im ganzen Haus und bald im ganzen Viertel. Seitdem fehlt Madame Altamont bei keiner Versammlung der Miteigentümer und verlangt jedesmal, unter den verschiedensten Vorwänden, daß Madame Nochère entlassen wird. Unterstützt wird sie vom Verwalter und von Plassaert, dem Händler indischer Artikel, die es der Concierge nicht verzeihen, daß sie sich für Morellet eingesetzt hat, doch die Mehrheit lehnt es regelmäßig ab, die Frage auf die Tagesordnung zu setzen.

Madame Nochère ist in ihrer Hausmeisterloge; sie steigt von einem Schemel herunter, nachdem sie die Sicherungen für eines der Lichter im Flur ausgewechselt hat. Die Hausmeisterloge ist ein Raum von etwa zwölf Quadratmetern, hellgrün gestrichen, mit roten Terrakottafliesen auf dem Boden. Sie ist durch eine nicht ganz bis zur Decke reichende Holzwand in zwei Räume getrennt. Auf der andern Seite der Wand, kaum sichtbar, befindet sich der »Schlafzimmer«-Teil, der ein Bett mit einer Tagesdecke aus Gipürespitzen enthält, einen Spülstein, über dem ein Warmwasserbereiter angebracht ist, einen Toilettentisch mit einer Marmorplatte, einen Kocher mit zwei Heizplatten auf einer kleinen Bauernkommode und mehrere Regale voller Kartons und Koffer. In der eigentlichen Loge steht ein Tisch mit drei Grünpflanzen – die schmächtige, blasse Bougainvillea gehört der Concierge, die beiden andern, üppigere Gummibäume, gehören den Eigentümern aus dem ersten Stock rechts, den Louvets, die verreist sind und sie ihr zur Pflege anvertraut haben – und der Abendpost, unter der man vor allem die Zeitschrift *Jours de France* von Madame Moreau bemerkt, auf deren Umschlag Gina Lollobrigida, Gérard Philipe und René Clair, Arm in Arm auf der Croisette, abgebildet sind, mit der Unterschrift »Vor zwanzig Jahren trugen *Die Schönen der Nacht* in Cannes den großen Preis davon«. Der Hund Madame Nochères, ein kleiner, fetter und listiger Rattenfänger, der auf den Namen Boudinet hört, liegt unter einem anderen Tisch, einem kleinen Nierentisch, auf den Madame Nochère ihr Gedeck aufgelegt hat: einen flachen Teller, einen Suppenteller, ein Messer, einen Löffel, eine Gabel und ein Weinglas, daneben ein Dutzend Eier in ihrer Verpackung aus Wellpappe und drei Beutelchen Pfefferminztee, die mit Frauen im Strohhut geschmückt sind. An der Trennwand steht ein Klavier, das Klavier, auf dem die Tochter der Concierge, Martine, die heute ihr Medizinstudium abschließt, zehn Jahre lang gewissenhaft den *Türkischen Marsch*, *Brief an Elisa*, *Children's Corner* und *Der Kleine Esel* von Paul Dukas hämmerte und auf dem jetzt, nachdem es endgültig zugeklappt ist, ein Blumentopf mit Geranien, ein himmelblauer Glockenhut, ein Fernsehapparat und ein Kinderkörbchen stehen, in dem mit geschlossenen Fäustchen der kleine Säugling Geneviève Foulerots, der Mieterin aus dem fünften Stock rechts, schläft, die ihr Baby jeden Morgen um sieben Uhr der Concierge anvertraut und es erst gegen acht Uhr wieder abholt, nachdem sie nach Hause gekommen, ein Bad genommen und sich umgezogen hat.

An der hinteren Wand, über dem Tisch mit den Grünpflanzen, ist eine Holztafel mit nummerierten Schraubhaken angebracht, an denen in den meisten Fällen ein Satz Schlüssel hängt, daneben eine gedruckte Gebrauchsanweisung für die Sicherheitsvorrichtungen der Zentralheizung, ein Farbfoto, das sicherlich aus einem Versandhauskatalog ausgeschnitten worden ist und einen Ring mit einem riesigen Solitär sowie eine Stickerei auf Kanevas in quadratischem Format darstellt, deren Motiv im Vergleich zu den üblichen Hetzjagden und sonstigen Maskenbällen auf dem Canale

Grande verwundert; sie zeigt eine Parade vor dem Zelt eines großen Zirkusses: rechts zwei Akrobaten, von denen der eine, riesengroß, eine Art Porthos, sechs Fuß hoch, mit riesigem Kopf und entsprechenden Schultern, einer Brust wie ein Blasebalg, Beine wie zwölfjährige Bäume, Arme wie Maschinenpleuel, Hände wie Zangen, den zweiten, einen zwanzigjährigen Burschen, klein, schmächtig, mager, an Pfunden nicht einmal ein Viertel dessen wiegend, was der andere an Kilos wiegt, mit ausgestrecktem Arm vor sich hält; in der Mitte schlägt eine Gruppe von Zwergen verschiedene Kapriolen um ihre Königin herum, eine Zwergin mit hündischem Gesichtsausdruck, die einen Reifrock trägt; links schließlich ein Dompteur, ein kleines, verbrauchtes Kerlchen mit einer schwarzen Klappe auf dem Auge, einer schwarzen Jacke, aber einem prächtigen Sombrero mit langen Quasten, die ihm lustig auf den Rücken herabbaumeln.

SECHSUNDDREISSIGSTES KAPITEL

Treppen, 5

Auf dem Treppenabsatz des zweiten Stockwerks. Die Tür der Altamonts, eingerahmt von zwei Zwergorangenbäumen, die aus sechseckigen marmornen Übertöpfen herausragen, steht auf. Ein alter Freund der Familie, der offensichtlich für den Empfang viel zu früh gekommen ist, tritt heraus.

Es ist ein deutscher Industrieller namens Herman Fugger, der gleich nach dem Krieg durch den Verkauf von Camping-Artikeln ein Vermögen erworben und sich dann auf Raummaß-Teppichböden und Tapeten umgestellt hat. Er trägt einen Zweireiher, dessen Nüchternheit in übertriebener Weise von einem violetten, rosagepunkteten Halstuch aufgehoben wird. Unter dem Arm hat er eine Dubliner Tageszeitung – *The Free Man* – deren Überschrift man lesen kann

NEWBORN POP STAR WINS PIN BALL CONTEST

sowie eine kleine Werbeanzeige eines Reisebüros:

Eigentlich ist Herman Fugger absichtlich zu früh gekommen: als passionierter Hobby-Koch, der es ständig bedauert, daß seine Geschäfte es ihm verbieten, öfters hinterm Herd zu stehen und der von dem immer unwahrscheinlicher werdenden Tag träumt, an dem er sich dieser Kunst ganz widmen kann, machte er den Vorschlag, an diesem Abend nach einem Originalrezept eine Wildschweinkeule mit Bier zuzubereiten, von der die Maus, wie er behauptete, das Feinste und Erlesenste ist, doch die Altamonts haben zornig abgelehnt.

SIEBENUNDDREISSIGSTES KAPITEL

Louvet, 1

Die Wohnung der Louvets im ersten Stock rechts. Ein Wohnzimmer für leitende Angestellte. Die Wände mit havannabraunem Leder bespannt; Kamin mit sechseckiger Feuerstelle und einem Feuer, das jeden Augenblick aufflackern kann; integriertes audio-visuelles Studio: Hi-Fi-Anlage, Tonbandgerät, Fernsehapparat, Dia-Projektor; kostbare, schwere Klubgarnitur in echtem Vollrind-Nappaleder mit Feinprägung. Töne fahlrot, zimt, verbranntes Brot; niederer Couch- und Beistelltisch mit echten Keramikkacheln, auf dem eine Springbrunnenschale steht, die ein Pokerspiel, mehrere Stopfeier, ein kleines Fläschchen Angostura sowie einen Champagnerkork, der in Wirklichkeit ein Feuerzeug ist, enthält; ein Heftchen Streichhölzer, das für einen Club aus San Francisco Reklame macht, den *Diamond's;* ein Schreibtisch im Schiffsstil, mit einer modernen Lampe aus italienischem Import, schlankes Gestell aus schwarzem Metall, das fast in jeder Stellung stabil bleibt; ein mit roten Vorhängen bespannter Alkoven mit einem ganz mit winzig kleinen bunten Kissen bedeckten Bett; an der hinteren Wand stellt ein großformatiges Aquarell Musiker dar, die auf alten Instrumenten spielen.

Die Louvets sind auf Reisen. Sie reisen viel, sowohl ihrer Geschäfte wegen als auch zum Vergnügen. Louvet gleicht – vielleicht ein wenig zu sehr – dem Bild, das man sich und das er sich von sich selber macht: englische

Mode, Franz-Joseph-Backenbart. Madame Louvet ist eine sehr schicke Frau, die auf die Vierzig zugeht und gern Hosenröcke, gelbkarierte Westen, breite Ledergürtel und dicke Hornarmbänder trägt.

Ein Foto zeigt sie während einer Bärenjagd in den Anden, in der Gegend von Macondo; sie lassen sich in Gesellschaft eines jungen Paares fotografieren, das man nicht anders als *ejusdem farinae* bezeichnen könnte: alle vier tragen kakhifarbene Jacken mit vielen Taschen und Patronentaschen. Im Vordergrund kauert Louvet, ein Knie auf dem Boden, das Gewehr in der Hand; hinter ihm seine Frau, in einem Klappstuhl sitzend; hinter dem Stuhl stehend, das andere Paar.

Eine fünfte Person, mit Sicherheit der Fremdenführer, der den Auftrag hat, sie zu begleiten, steht etwas abseits: ein großer Mann mit sehr kurz geschnittenem Haar, der einem amerikanischen GI gleicht; mit einem Tarnanzug bekleidet, scheint er völlig in die Lektüre eines billigen Krimis mit illustriertem Umschlag vertieft, der den Titel trägt *El crimen piramidal.*

ACHTUNDDREISSIGSTES KAPITEL

Maschinenraum des Aufzugs, 1

Der Aufzug ist wie gewöhnlich defekt. Er hat noch nie besonders gut funktioniert. Kaum einige Wochen nach seiner Inbetriebnahme, in der Nacht zum vierzehnten Juli 1925, war er sieben Stunden lang steckengeblieben. Es waren vier Personen drin, was der Versicherung den Vorwand lieferte, die Bezahlung der Reparaturkosten abzulehnen, da nur drei Personen oder dreihundert Kilo zugelassen waren. Die vier Opfer waren Madame Albin, die damals Flora Champigny hieß, Raymond Albin, ihr Verlobter, der seinen Militärdienst ableistete, Monsieur Jérôme, damals junger Geschichtslehrer, und Serge Valène. Sie waren am Montmartre gewesen, um sich das Feuerwerk anzusehen, und dann zu Fuß über Pigalle, Clichy und Batignolle zurückgekommen, wobei sie unterwegs in den meisten Kneipen haltmachten, um kleine Gläschen Weißwein und eisgekühlte Roséweine zu trinken. Sie waren also leicht angesäuselt, als die Sache passierte, so gegen vier Uhr morgens, zwischen dem vierten und dem fünften Stock. Nachdem die erste Schrecksekunde vorbei war, riefen sie nach der Concierge: es war damals noch nicht Madame Claveau, sondern eine alte Spanierin, die von den allerersten Anfängen des Gebäudes an da war; sie hieß Madame Araña und glich wirklich ihrem Namen, eine kleine, vertrocknete und gekrümmte Frau. Sie kam, bekleidet mit einem orangenfarbenen Morgenrock mit grünem Rankenmuster und einer Art Wollstrumpf anstelle der Nachthaube, und befahl ihnen, den Mund zu halten, wobei sie sie gleich darauf aufmerksam machte, daß Hilfe erst nach mehreren Stunden zu erwarten wäre.

Nachdem sie im fahlen Morgengrauen des frühen Morgens allein geblieben waren, machten die vier jungen Leute, denn sie waren zu jener Zeit alle vier jung, eine Bestandsaufnahme ihrer Reichtümer. Flora Champigny hatte in ihrer Tasche noch einen Rest gerösteter Nüsse, die sie sich teilten, was sie gleich darauf bedauerten, denn ihr Durst wurde dadurch noch größer. Valène hatte ein Feuerzeug und Monsieur Jérôme Zigaretten; sie zündeten sich einige davon an, doch es war ganz eindeutig, daß sie lieber etwas getrunken hätten. Raymond Albin machte den Vorschlag, eine Partie Karten zu spielen, um sich die Zeit zu vertreiben und holte ein speckiges Spiel aus der Tasche, doch er merkte gleich, daß der Kreuzbube fehlte. Sie beschlossen, diesen verlorengegangenen Buben durch ein Stück Papier von genau dem gleichen Format zu ersetzen, auf das sie ein umgekehrtes Männchen, ein Kreuz (+), ein großes B und sogar den Namen des Buben zeichnen würden. »Baltard«, sagte Valène. »Nein! Ogier«, sagte Monsieur Jérôme. »Nein! Lancelot!« sagte Raymond Albin. Sie stritten sich einige Augenblicke leise, dann kamen sie überein, daß der Name des Buben nicht unbedingt erforderlich war. Sie suchten darauf ein Stück Papier. Monsieur Jérôme bot eine seiner Visitenkarten an, doch sie hatten nicht das erwünschte Format. Schließlich fanden sie ein Stück von einem Briefumschlag am besten. Valène hatte den Brief am Abend zuvor von Bartlebooth bekommen, der ihm mitteilen wollte, daß es ihm auf Grund des französischen Nationalfeiertags unmöglich sei, am nächsten Tag seine tägliche Aquarellstunde zu nehmen (er hatte es ihm zwar einige Stunden zuvor schon müdlich gesagt, am Schluß der letzten Sitzung, aber das war mit Sicherheit ein charakteristischer Zug im Verhalten Bartlebooths oder, noch einfacher vielleicht, eine Gelegenheit, das Briefpapier zu benutzen, das er sich gerade hatte machen lassen, ein wunderbares, *wolkiges*, fast bronzefarbenes Velinpapier mit seinem Jugenstilmonogramm in einem Rhombus). Valène hatte natürlich einen Bleistift in der Tasche und nachdem es ihnen gelungen war, mit der kleinen Fingernagelschere Flora Champignys ein einigermaßen sauberes Stück von entsprechendem Format aus dem Umschlag herauszuschneiden, zeichnete er mit wenigen Strichen einen durchaus vorzeigbaren Kreuzbuben, der bei seinen drei Gefährten ein bewunderndes Pfeifen auslöste, hervorgerufen von der Ähnlichkeit (Raymond Albin), der Geschwindigkeit der Ausführung (Monsieur Jérôme) und der wirklichen Schönheit (Mademoiselle Flora Champigny).

Aber darauf stellte sich ein neues Problem, denn so blendend er auch war, unterschied sich dieser Bube doch allzu deutlich von den anderen Karten, was an sich nichts Tadelnswertes war, außer daß bei ihrem Kartenspiel der Bube doch eine wesentliche Rolle spielte. Die einzige Lösung, sagte darauf Monsieur Jérôme, bestehe darin, eine harmlose Karte, zum Beispiel die Kreuz sieben, in einen Kreuzbuben zu verwandeln, und auf ein anderes Stück Umschlag eine Kreuzsieben zu zeichnen. »Daran hätte man vorher denken müssen«, brummte Valène. In der Tat reichte der Umschlag nicht mehr aus. Außerdem war Flora Champigny, sicherlich müde vom Warten darauf, daß man ihr das Kartenspielen beibringe, eingeschlafen und ihr Verlobter hatte es ihr gleichgetan. Valène und Monsieur Jérôme faßten einen Augenblick die Möglichkeit ins Auge, zu zweit Karten zu spielen, aber keiner von beiden schien wirklich Lust dazu zu haben und sie verzichteten ziemlich schnell darauf. Durst und Hunger, mehr noch als der

Schlaf, zwackten sie; sie begannen damit, sich einige der besten Essen zu erzählen, die sie zu sich genommen hatten, dann, Küchenrezepte auszutauschen, ein Gebiet, auf dem sich Monsieur Jérôme als unschlagbar erwies. Er hatte noch nicht alle für die Zubereitung einer Aalpastete notwendigen Zutaten fertig aufgezählt, ein Rezept, das ihm zufolge aus dem Mittelalter stammte, als Valène ebenfalls einschlief. Monsieur Jérôme, der sicherlich mehr getrunken hatte als alle andern und der sich weiterhin amüsieren wollte, versuchte einige Augenblicke lang, ihn wachzumachen. Es gelang ihm nicht, und um sich die Zeit zu vertreiben, begann er, einige Schlager zu trällern und dann, kühner werdend, etwas frei zu improvisieren, das in seiner Vorstellung das Schlußthema von *L'Enfant et les Sortilèges* sein mußte, an deren Pariser Uraufführung er einige Wochen zuvor im Theater an den Champs-Elysées teilgenommen hatte.

Sein fröhliches Geschrei holte bald die Bewohner des vierten und fünften Stocks aus den Betten, und ließ sie dann aus ihren jeweiligen Wohnungen kommen: Madame Hébert, Madame Hourcade, Großvater Echard, die Wangen voller Rasierschaum, Gervaise, die Gouvernante von Monsieur Colomb, mit einem Bettjäckchen aus Cloqué, einer Spitzenhaube und Pantoffeln mit Quasten, und schließlich, den Schnurrbart auf Sturm, Emile Gratiolet persönlich, der Hausbesitzer, der damals im fünften Stock links in einer der beiden Dreizimmerwohnungen lebte, die fünfunddreißig Jahre später Rorschach zu einer einzigen umbauen sollte.

Emile Gratiolet war nicht gerade ein umgänglicher Mensch. Unter anderen Umständen hätte er den vier Unruhestiftern sicherlich auf der Stelle gekündigt. Ob der vierzehnte Juli ihm ein Gefühl der Milde und Nachsicht einflößte? Oder die Landseruniform Raymond Albins? Oder die köstliche Röte Flora Champignys? Sicher ist jedenfalls, daß er die Handvorrichtung in Gang setzte, die es ermöglichte, die Türen des Aufzugs von außen zu entriegeln, den vier Lebemännern und -frauen half, sich aus ihrer engen Kabine zu schälen und sie schlafen schickte, ohne ihnen auch nur im geringsten mit Folgen oder Strafen zu drohen.

NEUNUNDDREISSIGSTES KAPITEL

Marcia, 3

Léon Marcia, der Mann der Antiquitätenhändlerin, ist in seinem Zimmer. Er ist ein kranker Greis, mager und schmächtig, mit fast grauem Gesicht, knochigen Händen. Er sitzt in einem schwarzen Ledersessel, bekleidet mit einer Schlafanzughose und einem kragenlosen Hemd, einen Schal mit orangenen Karos über die vorspringenden Schultern geworfen, die nackten Füße in verblaßten Pantoffeln und auf dem Kopf etwas aus Flanell, das einer phrygischen Mütze gleicht.

Dieser verbrauchte Mensch mit dem leeren Blick, den müden Gebärden, wird noch heute von den meisten Auktionatoren, Versteigerern und Kunsthändlern als der beste Experte der Welt auf so verschiedenen Gebieten wie den preußischen und österreichisch-ungarischen Münzen und Medaillen, der Ts'ing-Keramik, der französischen Graphik aus der Zeit der Renaissance, den alten Musikinstrumenten und den Gebetsteppichen aus dem Iran und dem Persischen Golf angesehen. Sein Ruf wurde zu Anfang der Dreißiger Jahre begründet, als er in einer Reihe von Artikeln, veröffentlicht im *Journal of the Warburg and Courtauld Institute*, nachwies, daß die Folge kleiner Graphiken, die Léonard Gaultier zugeschrieben und 1899 unter dem Titel *Die Neun Musen* bei Sotheby's verkauft wurden, tatsächlich die neun berühmten Heldinnen Shakespeares – Cressida, Desdemona, Julia, Lady Macbeth, Ophelia, Portia, Rosalinde, Titania und Viola – darstellten und das Werk Jeanne de Chénanys waren, eine Zuschreibung, die tatsächlich Aufsehen erregte, da man bis dahin kein Werk von dieser Künstlerin kannte, die lediglich durch ihr Monogramm sowie durch eine kurze Lebensbeschreibung von Humbert identifiziert worden war, veröffentlicht in seinem *Historischen Abriß über den Ursprung und den Fortschritt der Graphik, des Holzschnitts und des Kupferstichs*, Berlin, 1752, in-8^{0}, worin er behauptete, leider ohne seine Quellen anzugeben, daß sie zwischen 1647 und 1662 in Brüssel und Aachen gearbeitet habe.

Léon Marcia – und das ist sicherlich das Erstaunlichste – ist durch und durch Autodidakt. Er war nur bis zum Alter von neun Jahren zur Schule gegangen. Mit zwanzig Jahren konnte er kaum lesen und seine einzige regelmäßige Lektüre war eine Sportzeitung für Pferderennen, die *La Veine* hieß; er arbeitete damals in der Avenue de la Grande-Armée bei einem Garagen- und Autowerkstattbesitzer, der Rennwagen baute, die nicht nur nie gewannen, sondern auch fast jedesmal Unfälle hatten. Die Autowerkstatt mußte folglich bald endgültig schließen, und mit einem kleinen Notgroschen versehen, konnte Marcia sich erlauben, einige Monate lang nicht zu arbeiten; er wohnte in einem bescheidenen Hotel, dem Hotel de l'Aveyron, stand um sieben Uhr auf, trank an der Theke einen brühheißen Kaffee, wobei er *La Veine* durchblätterte und ging dann in sein Zimmer zurück, wo inzwischen sein Bett wieder aufgeklopft worden war, so daß er sich erneut hinlegen konnte, um eine kleine Siesta zu halten, nicht ohne daß er zuvor die Zeitung am Fußende des Bettes ausgebreitet hatte, um mit seinen Schuhen nicht das Federbett zu beschmutzen.

Marcia, dessen Bedürfnisse höchst bescheiden waren, hätte mehrere Jahre so leben können, wäre er im darauffolgenden Winter nicht krank geworden; die Ärzte diagnostizierten eine tuberkulöse Rippenfellentzündung und empfahlen ihm wärmstens, auf dem Lande zu leben; da er natürlich die Kosten für einen langen Sanatoriumsaufenthalt nicht tragen konnte, löste Marcia das Problem dadurch, daß er sich im luxuriösten Sanatorium als Etagenkellner anstellen ließ, und zwar im Pfisterhof in Ascona (Tessin). Dort begann er nun, um die langen Stunden erzwungener Ruhe auszufüllen, die er, nach beendigter Arbeit, peinlichst genau zu befolgen sich zwang, mit immer größer werdendem Vergnügen alles zu lesen, was ihm in die Finger fiel, wobei er von der internationalen reichen Klientel – Könige oder Söhne von Königen des Corned Beefs in Dosen, des Kautschuks oder des gehärteten Stahls – Werk um Werk auslieh. Das erste Buch, das er las, war ein Roman, *Silbermann,* von Jacques de Lacretelle, der im vorhergehenden Herbst den Prix *Fémina* erhalten hatte; das zweite war eine kritische Ausgabe mit gegenüberstehender Übersetzung des *Kublai Khan* von Coleridge:

»In Xanadu did Kublai Khan
A stately pleasuredome decree...«

Innerhalb von vier Jahren las Léon Marcia gut tausend Bücher und lernte sechs Sprachen: englisch, deutsch, italienisch, spanisch, russisch und portugiesisch, das er innerhalb von elf Tagen beherrschte, nicht aber mit Hilfe der *Lusiaden* von Camoes, mit denen Paganel spanisch zu lernen glaubte, sondern mit dem vierten und letzten Band der *Bibliotheca Lusitana* von Diego Barbosa-Machado, den er als Einzelband in der Groschenkiste einer Buchhandlung in Lugano gefunden hatte.

Je mehr er lernte, um so mehr wollte er lernen. Seine Begeisterungsfähigkeit schien praktisch unbegrenzt und ebenso unbegrenzt seine Aufnahmefähigkeit. Es genügte ihm, daß er etwas ein einziges Mal las, um sich für immer daran zu erinnern, und er verschlang mit der gleichen Geschwindigkeit, mit der gleichen Gefräßigkeit und der gleichen Intelligenz Abhandlungen über griechische Grammatik, Geschichten über Polen, epische Gedichte in fünfundzwanzig Gesängen, Handbücher für Fechten oder Gartenbau, volkstümliche Romane und Enzyklopädien, wobei er sogar, das muß gesagt werden, eine gewisse Vorliebe für diese letzteren hatte.

Neunzehnhundertsiebenundzwanzig legten einige Pensionsgäste des Pfisterhofs auf Initiative von Herrn Pfister höchstpersönlich zusammen, um Marcia eine zehnjährige Rente auszusetzen, die es ihm erlauben sollte, sich gänzlich dem Studium zu widmen, das er zu betreiben wünschte. Marcia, der damals dreißig Jahre alt war, schwankte fast ein Vierteljahr lang zwischen den Vorlesungen Ehrenfels', Spenglers, Hilberts und Wittgensteins, entdeckte dann jedoch, nachdem er einen Vortrag Panofskys über die griechische Bildhauerkunst gehört hatte, daß seine wahre Neigung der Kunstgeschichte galt und brach sofort nach London auf, um sich am Courtauld Institut einzuschreiben. Drei Jahre später hielt er in der Welt der Kunstexpertise den bekannten aufsehenerregenden Einzug.

Seine Gesundheit blieb weiterhin unbeständig und zwang ihn, fast sein ganzes Leben lang das Zimmer zu hüten. Er lebte lange im Hotel, zuerst in London, dann in Washington und in New York; er verließ sein Zimmer nur, um in einer Bibliothek oder in einem Museum dieses oder jenes Detail nachzuprüfen, und seine immer gesuchteren Gutachten gab er von seinem Bett oder seinem Sessel aus. Er war es, der unter anderem nachwies, daß die *Hadriana* von Atri (bekannter unter ihrem Spitznamen *Engel Hadrians*) falsch waren, und der traumsicher die Chronologie der in der Sammlung Frick zusammengetragenen Miniaturen Samuel Coopers aufstellte: bei dieser Gelegenheit lernte er übrigens jene kennen, die seine Frau werden sollte: Clara Lichtenfeld, die Tochter polnischer, in die Vereinigten Staaten ausgewanderter Juden, die in diesem Museum ein Praktikum machte. Obgleich sie fünfzehn Jahre jünger war als er, heirateten sie einige Wochen später und beschlossen, sich in Frankreich niederzulassen. Ihr Sohn, David, kam neunzehnhundertsechsundvierzig zur Welt, kurz nach ihrer Ankunft in Paris und ihrem Einzug in die Rue Simon-Crubellier, wo Madame Marcia in einer ehemaligen Sattlerei einen Antiquitätenladen aufmachte, an dem zu beteiligen ihr Mann sich merkwürdigerweise immer weigerte.

Léon Marcia – wie einige andere Bewohner des Hauses – hat sein Zimmer seit mehreren Wochen nicht mehr verlassen; er ernährt sich nur noch von Keksen, Milch und Rosinenbrot; er hört Radio, er liest alte Kunstzeitschriften oder tut so, als lese er sie; er hat eine davon auf den Knien liegen, das *American Journal of fine Arts* und zwei andere zu seinen Füßen, eine jugoslawische Zeitschrift, *Umetnost* und das *Burlington Magazine;* auf dem Umschlag des *American Journals* ist ein alter, herrlicher amerikanischer Stich reproduziert, flimmernd in Gold und Rot, in Grün und Indigoblau: eine Lokomotive mit riesigem Schornstein und großen Scheinwerfern im barocken Stil und einem ungeheueren Schienenräumer, die ihre malvenfarbenen Waggons durch die Nacht der von einem Gewitter heimgesuchten Prairie zieht und ihre schwarzen, mit Funken bestirnten Rauchspiralen mit dem schwarzen Pelzwerk der kurz vor dem Platzen stehenden Wolken vermischt. Auf dem Umschlag von *Umetnost,* die den des *Burlington Magazines* fast vollständig verdeckt, ist das Foto eines Werkes des ungarischen Bildhauers Meglepett Egér abgebildet: rechteckige Metallscheiben, die so aneinander befestigt sind, daß sie einen elfflächigen Körper bilden.

Meistens bleibt Léon Marcia schweigsam und reglos, in seine Erinnerungen versunken: eine davon, aus den tiefsten Tiefen seines außergewöhnlichen Gedächtnisses emporgetaucht, geht ihm seit mehreren Tagen nicht mehr aus dem Sinn: es ist ein Vortrag, den Jean Richepin kurz vor seinem Tod im Sanatorium gehalten hatte; das Thema war die Napoleonlegende. Richepin erzählte, daß in seiner Jugend das Grab einmal im Jahr geöffnet und den Invaliden, die im Zug vorübergeführt wurden, das einbalsamierte Gesicht gezeigt wurde, mehr ein Anblick des Schreckens als der Bewunderung, weil das Gesicht aufgedunsen und grünlich war; man schaffte daher dieses Graböffnen ab. Richepin sah das Gesicht aber noch auf dem Arm seines Großonkels, der in Afrika gedient hatte und für den der Kommandant das Grab eigens öffnen ließ.

VIERZIGSTES KAPITEL

Beaumont, 4

Ein Badezimmer, dessen Boden mit breiten, cremefarbenen Fliesen gekachelt ist. An der Wand eine Plastikblumentapete. Kein dekoratives Element schmückt das rein sanitäre Mobiliar, mit Ausnahme eines kleinen, runden Tisches mit einem verzierten Fuß aus Gußeisen, dessen gemaserte Marmorplatte, eingefaßt von einem dunkel an Empire-Stil erinnernden Bronzerahmen, eine Lampe mit ultra-violetten Birnen von aggressiv häßlichem Modernismus trägt.

An einem Kleiderständer aus gedrechseltem Holz hängt ein Morgenrock aus grünem Satin, auf dessen Rücken eine Katzensilhouette gestickt ist sowie das auf den Karten das *Pik* darstellende Symbol. Béatrice Breidel zufolge soll dieses Hauskleid, dessen sich ihre Großmutter hin und wieder noch bedient, der Bademantel eines amerikanischen Boxers namens Cat Spade gewesen sein, den ihre Großmutter während ihrer Tournee in die Vereinigten Staaten kennengelernt haben und der ihr Geliebter gewesen sein soll. Anne Breidel ist mit dieser Version nicht im mindestens einverstanden. Es stimmt zwar, daß es in den dreißiger Jahren einen schwarzen Boxer namens Cat Spade gab. Seine Karriere war äußerst kurz. Sieger des Militär-Box-Turniers von neunzehnhundertneunundzwanzig, verließ er die Armee, um Berufsboxer zu werden und wurde nacheinander von Gene Tunney, Jack Delaney und Jack Dempsey, der immerhin schon am Ende seiner Karriere stand, geschlagen. Daher ging er in die Armee zurück. Es ist zweifelhaft, daß er in den gleichen Kreisen verkehrt haben soll wie Véra Orlova und selbst wenn sie sich kennengelernt hätten, würde sich diese Weißrussin mit den hartnäckigen Vorurteilen nie einem Schwarzen hingegeben haben, selbst wenn er ein großartiges Schwergewicht war. Die Erklärung Anne Breidels ist zwar eine andere, gründet sich aber ebenfalls auf die zahlreichen Anekdoten, die vom Liebesleben ihrer Ahne erzählen: der Morgenrock soll in der Tat das Geschenk eines ihrer Geliebten gewesen sein, eines Geschichtslehrers vom Carson College in New York, Arnold Flexner, Autor einer vielbeachteten These über *Die Reisen Taverniers und Chardins und das Bild Persiens in Europa von Scudéry bis Montesquieu*, und, unter verschiedenen Pseudonymen – Morty Rowlands, Kex Camelot, Trim Jineswicz, James W. London, Harvey Elliott – von Kriminalromanen, die gewürzt waren mit wenn nicht pornographischen, so doch ziemlich freizügigen Szenen: *Mord am Pigall, Heiße Nacht in Ankara* usw. Sie sollen sich in Cincinnati, Ohio, kennengelernt haben, wo Véra Orlova engagiert worden war, um die Rolle der Blondine in *Die Entführung aus dem Serail* zu singen. Unabhängig von ihrem sexuellen Symbolgehalt, den Anne Breidel nur nebenbei erwähnt, sollen die Katze und das Pik ihr zufolge eine direkte Anspielung auf den berühmtesten Roman Flexners sein, *Die siebte Sportskanone von Saratoga*, die Geschichte eines Taschendiebs, der auf den Rennplätzen seinem Gewerbe nachgeht, dem seine Geschicklichkeit und seine Geschmeidigkeit den Spitznamen *Die Katze* eingetragen haben und der gegen seinen Willen in eine Kriminaluntersuchung verwickelt wird, die er mit Witz und Bravour löst.

Madame de Beaumont weiß nichts von diesen beiden Erklärungen; sie jedenfalls hat nie den geringsten Kommentar über die Herkunft ihres Bademantels gegeben.

Auf dem Rand der Badewanne, der breit genug ist, um als Ablage zu dienen, stehen einige Fläschchen und eine glänzende, parallelepipedische Metalldose, in deren Deckel ein breiter Schlitz eingelassen ist, aus dem ein Kleenex-Tuch ein Stück hervorsieht, daneben liegen eine Badehaube aus gauffriertem, himmelblauem Gummi, sowie eine Toilettentasche in Form eines Beutels, aus einem rötlichen, schwammigen Material geschnitten und mit einem geflochtenen Bändchen verschlossen.

Anne Breidel liegt bäuchlings auf einem grünen Badetuch vor der Badewanne. Sie ist mit einem weißen Leinennachthemd bekleidet, das bis zur Mitte des Rückens hochgestreift ist; auf ihren von Cellulitis durchfurchten Pobacken ist ein elektrischer Thermo-Vibrator von etwa vierzig Zentimeter Durchmesser, mit rotem Plastikstoff überzogen, befestigt.

Während Béatrice, ein Jahr jünger als sie, langaufgeschossen und schlank ist, ist Anne rundlich und fett. Ständig um ihr Gewicht besorgt, erlegt sie sich drakonische Abmagerungskuren auf, die zu Ende zu führen ihr jedoch immer die Kraft fehlt. Sie unterwirft sich allen möglichen Behandlungen, die vom Moorbad bis zur Saunawäsche, von Saunabädern mit anschließender Flagellation bis zu Appetitzüglern, von der Akupunktur bis zur Homöopathie und vom Medizinball, Heimtrainer, Gewaltmärschen, Fußstampfen, Expandern, Barren und anderen erschöpfenden Übungen bis zu allen möglichen Massagen gehen: mit dem Massagehandschuh, mit einem getrockneten Kürbis, mit Buchsbaumzweigen, mit Spezialseifen, mit Bimsstein, Alaunpulver, mit Enzian, mit Ginseng, mit Gurkenmilch und mit grobem Salz. Die Massage, die sie im Augenblick über sich ergehen läßt, hat gegenüber allen andern einen gewissen Vorteil: sie kann gleichzeitig anderen Beschäftigungen nachgehen; im vorliegenden Fall nutzt sie diese täglichen Sitzungen von siebzig Minuten, in deren Verlauf das elektrische Kissen seine als wohltuend geltende Wirkung nacheinander auf ihre Schultern, ihren Rücken, ihre Hüften, ihre Pobacken, ihre Schenkel und ihren Bauch ausübt, um eine Bilanz ihrer Diät zu ziehen: sie hat ein kleines Heft vor sich mit dem Titel *Vollständige Tabelle der Kalorienwerte der gängigen Lebensmittel*, bei dem die Nahrungsmittel, deren Namen gesperrt gedruckt sind, natürlich zu vermeiden sind, und sie vergleicht die Angaben – Chikoree 20, Quitte 70, Schellfisch 80, *Lendensteak* 220, *Rosinen* 290, *Kokosnuß* 620 – mit denen der Nahrungsmittel, die sie am Vortag zu sich genommen hat und deren genaue Mengen sie in ein offensichtlich nur für diesen Zweck bestimmtes Notizbuch eingetragen hat:

Tee ohne Zucker und ohne Milch	0
Ein Ananassaft	66
Ein Yoghurt	60
Drei Roggenkekse	60
Geriebene Karotten	45
Lammkoteletts (zwei)	192
Courgetten	35
Frischer Ziegenkäse	45
Quitten	70
Fischsuppe (ohne geröstetes Brot oder Mayonnaise)	180
Frische Sardinen	240
Kressesalat mit grüner Zitrone	66
Saint-Nectaire-Käse	400
Heidelbeersorbet	110
Insgesamt	1714

Diese Gesamtsumme aller Kalorien wäre trotz des Saint-Nectaire-Käses mehr als vernünftig, würde sie nicht durch Verstöße schwer sündigen; Anne hat sorgfältig aufgeschrieben, was sie zum Frühstück, zum

Mittagessen und zum Abendessen gegessen und getrunken hat, aber sie hat den vierzig oder fünfzig flüchtigen Streifzügen, die sie zwischen den Mahlzeiten zum Kühlschrank und zur Speisekammer gemacht hat, um zu versuchen, ihren unstillbaren Hunger zu besänftigen, überhaupt nicht Rechnung getragen. Ihre Großmutter, ihre Schwester und Madame Lafuente, die Zugehfrau, die schon seit über zwanzig Jahren zu ihnen kommt, haben alles versucht, um sie daran zu hindern, sie sind sogar soweit gegangen, daß sie jeden Abend den Kühlschrank leer gemacht und alles, was eßbar war, in einen Schrank mit einem Vorhängeschloß eingesperrt haben; aber das nützte nichts; ihrer Imbisse beraubt, geriet Anne Breidel in unbeschreibliche Wutzustände und ging in die Kneipe oder zu Freundinnen, um ihren ununterdrückbaren Heißhunger zu stillen. Das Schlimmste hierbei ist nicht, daß Anne zwischen den Mahlzeiten ißt, etwas, das zahlreiche Diätspezialisten sogar als eher günstig und wohltuend ansehen, sondern daß sie, musterhaft streng hinsichtlich der Diät, die sie bei Tisch einhält und die sie übrigens auch ihrer Großmutter und ihrer Schwester aufgezwungen hat, sich als erstaunlich weitherzig erweist, sobald sie das Eßzimmer verlassen hat; während sie bei Tisch nicht nur kein Brot und keine Butter, sondern auch keine als neutral geltenden Lebensmittel wie Oliven, Krabben, Senf oder Schwarzwurzeln sehen will, wird sie nachts wach, um schamlos ganze Teller voller *Haferflocken* (350), *Butterbrote* (900), *Schokoladenriegel* (600), *gefüllte Brioches* (360), *Bleu d'Auvergne* (320), *Nüsse* (600), *Rillettes* (600), *Schweizerkäse* (380) oder *Thunfisch in Öl* (300) zu verschlingen. Tatsächlich knabbert sie praktisch immer irgend etwas und während sie mit der rechten Hand ihre tröstende Aufstellung zusammenzählt, futtert sie mit der linken Hand einen Hühnerschenkel.

Anne Breidel ist erst achtzehn Jahre alt. Sie ist ebenso lernbegabt wie ihre jüngere Schwester. Aber während fremdsprachliche Übersetzungen Béatrices Stärke sind – erster Preis für Griechisch beim Concours général – weshalb sie auch beabsichtigt, alte Geschichte und vielleicht sogar Archäologie zu studieren, ist Anne eine Naturwissenschaftlerin: mit sechzehn Jahren bereits Abiturientin, hatte sie gerade als Siebte die Aufnahmeprüfung an der Technischen Hochschule bestanden, und das im ersten Anlauf.

Im Alter von neun Jahren, 1967, entdeckte Anne ihre Neigung zum Ingenieursberuf. In jenem Jahr erlitt ein panamesischer Öltanker, mit dem Namen *Silver Glen of Alva*, vor der Küste des Feuerlandes mit hundertundvier Personen an Bord Schiffbruch. Seine SOS-Rufe, die wegen des Sturms, der auf dem Südatlantik und dem Weddell-Meer tobte, schlecht empfangen wurden, ließ eine Lokalisierung des genauen Standortes des Schiffes nicht zu. Zwei Wochen lang suchten die argentinischen Küstenwachen sowie Mannschaften des chilenischen Zivilschutzes zusammen mit Schiffen, die damals in den Gewässern kreuzten, die zahllosen Inselchen am Cap Horn und in der Bucht von Nassau ab.

Mit wachsender Fieberhaftigkeit las Anne jeden Abend in der Zeitung die Berichte über die Suche; sie wurde durch das schlechte Wetter erheblich beeinträchtigt und Woche um Woche wurden die Chancen, Überlebende zu finden, geringer. Als jede Hoffnung verloren war, zollte die große Presse der Selbstverleugnung der Rettungsmannschaften, die unter furchtbaren Bedingungen das Unmögliche getan hatten, um eventuellen Überlebenden zu Hilfe zu eilen, ihre Anerkennung; doch mehrere Kommentatoren behaupteten, nicht ohne Grund, daß nicht so sehr das Unwetter die Hauptschuld an der Katastrophe trug, sondern die Tatsache, daß es auf Feuerland und ganz allgemein auf dem gesamten Planeten keine Empfänger gibt, die leistungsfähig genug sind, um, gleichgültig, unter welchen atmosphärischen Bedingungen auch immer, die von in Seenot geratenen Schiffen ausgestrahlten Hilferufe aufzufangen.

Nachdem Anne Breidel diese Artikel, die sie ausschnitt und in ein besonderes Heft einklebte und später auch für ein Exposé in ihrer Klasse benutzte (sie war damals in der Sexta), gelesen hatte, beschloß sie, daß sie einmal das größte Funkfeuer der Welt bauen würde, eine achthundert Meter hohe Antenne, die Breidel-Turm heißen würde und in der Lage wäre, jede Botschaft, die in einem Umkreis von achttausend Kilometer ausgestrahlt wird, zu empfangen.

Bis zum Alter von vierzehn Jahren verwandte Anne den größten Teil ihrer Mußestunden darauf, die Pläne für ihren Turm zu zeichnen, wobei sie sein Gewicht und seine Tragfähigkeit berechnete, seine Reichweite überprüfte, Berechnungen über den besten Standort anstellte – Tristan da Cunha, die Crozetinseln, die Bounty-Inseln, der Sankt-Paul-Felsen, das Margarita-Theresa-Archipel und schließlich die Prinz-Eduard-Inseln im Süden von Madagaskar – und sich in allen Einzelheiten die wunderbaren Rettungen erzählte, die er ermöglichen würde. Ihre Neigung für die Naturwissenschaften und die Mathematik wuchs weiter, ausgehend von diesem mythischen Bild, von diesem spindelförmigen Mast, der aus dem bereiften Nebel des Indischen Ozeans auftauchte.

Die Jahre in den Vorbereitungsklassen für die »Grandes Ecoles« und die Entwicklung der Telekommunikation über Satellit wurden Herr über ihr Projekt. Es ist nur noch ein Zeitungsfoto davon übrig geblieben, das sie im Alter von zwölf Jahren vor dem Modell zeigte, an dem sie sechs Monate gearbeitet hatte, ein luftiger

Metallbau, der aus 2175 Stahlgrammophonnadeln bestand, die zusammengehalten wurden von mikroskopischen Leimtupfern. Das Modell war zwei Meter hoch, fein wie Spitzen, schlank wie eine Tänzerin und trug auf seiner Spitze 366 winzige parabolische Empfänger.

EINUNDVIERZIGSTES KAPITEL

Marquiseaux, 3

Indem sie das ehemalige Schlafzimmer der alten Echard und das kleine Eßzimmer zusammenlegten und ihm den entsprechenden Teil der nun nutzlos gewordenen Diele sowie einen Besenschrank einverleibten, erhielten Philippe und Caroline Marquiseaux einen recht großen Raum, aus dem sie einen Sitzungssaal für ihre Werbe-Agentur gemacht haben: es ist absolut kein Büro, sondern, inspiriert von den jüngsten Techniken auf dem Gebiet des Brain-storming und der Gruppologie, ein Raum, den die Amerikaner einen »Informal Creative Room«, abgekürzt I. C. R. und familiär *I see her* nennen; die Marquiseaux' ihrerseits nennen ihn ihre »Quasselbude«, ihr Cogitorium oder besser noch, im Hinblick auf die Musik, deren Förderung ihre Aufgabe ist, ihre Poperia: hier werden die großen Generallinien ihrer Kampagnen festgelegt, deren Einzelheiten dann in den Büros, die ihre Agentur in der siebzehnten Etage eines der Türme an der Défense angemietet hat, geregelt werden.

Die Wände und die Decke sind mit einer weißen Vinyltapete beklebt; auf dem Boden liegt ein Schaumgummiteppich, der identisch ist mit dem, welchen die Anhänger gewisser kriegerischer Künste benutzen; nichts an den Wänden; fast kein Möbelstück: ein weiß gestrichenes niedriges Büffett, auf dem Dosen mit Seven-up-Gemüsesäften und alkoholfreiem Bier (rootbeer) stehen; eine achteckige Blumenschale »Zen«, die mit fein gestreiftem Sand gefüllt ist, aus dem einige wenige Kieselsteine hervorsehen, eine Menge Kissen in allen Farben und allen Formen.

Vier Gegenstände teilen sich den wesentlichen Teil des Raums: der erste ist ein Bronzegong, ungefähr von der gleichen Größe wie der auf dem Vorspann der Rank-Filme, das heißt übermannsgroß; er kommt nicht aus dem Fernen Osten, sondern aus Algerien: er soll dazu gedient haben, die Gefangenen des zu trauriger Berühmheit gelangten arabisch-berberischen Straflagers, in dem unter anderem Cervantes, Régnard und der Heilige Vincenz von Paul gefangen gehalten wurden, zu versammeln; auf jeden Fall ist eine arabische Inschrift:

بِسْمِ ٱللَّهِ ٱلرَّحْمَٰنِ ٱلرَّحِيمِ

die gleiche übrigens, das Al-Fâtiha, die jede der hundertvierzehn Suren des Korans: »Im Namen des gnädigen und barmherzigen Gottes« einleitet, in seiner Mitte eingraviert.

Der zweite Gegenstand ist eine »elvis-presleyische« Musik-Box mit funkelndem Chrom; der dritte ist ein elektrisches Billard, das zu einem besonderen Modell gehört, das man *Flashing Bulbs* nennt: weder Kasten noch Tisch enthalten Kontakte, Federn oder Zähler: es sind Spiegel, die von zahllosen kleinen Löchern durchbohrt sind, hinter denen ebenso viele an einem Elektronenblitz angeschlossene Glühbirnen verbunden sind; die Bewegung der Stahlkugel, die selber unsichtbar und lautlos ist, löst Lichtblitze von einer solchen Stärke aus, daß ein Zuschauer, der drei Meter vom Apparat entfernt ist, in der Dunkelheit mühelos Buchstaben lesen kann, die so klein sind wie die eines Wörterbuchs; für den, der vor oder direkt neben dem Apparat steht, ist die Wirkung, selbst wenn er eine Schutzbrille trägt, derart »psychedelisch«, daß ein Hippie-Dichter hier von einem *Astral-Koitus* gesprochen hat. Die Fabrikation dieser Maschine ist eingestellt worden, nachdem sich herausgestellt hat, daß sie an sechs Fällen von Blindheit die Schuld trägt; es ist sehr schwierig geworden, sich welche zu besorgen, denn manche Liebhaber, die sich an diese Miniaturblitze gewöhnt haben, wie man sich an eine Droge gewöhnen kann, kennen keine Hemmungen, sich mit vier oder fünf Apparaten zu umgeben und sie alle gleichzeitig in Gang zu setzen.

Der vierte Gegenstand ist eine elektronische Orgel, fälschlicherweise Synthesizer getauft, die eingerahmt wird von zwei Kugellautsprechern.

Die Marquiseaux', ganz in Anspruch genommen von ihren Wasserzärtlichkeiten, sind noch nicht in diesen Raum gekommen, in dem zwei ihrer Freunde, die gleichzeitig auch ihre Kunden sind, auf sie warten.

Der eine, ein junger Mann im Tuchanzug, barfuß, der sich auf die Kissen fallen gelassen hat und sich mit einem Zippo-Feuerzeug eine Zigarette anzündet, ist ein schwedischer Musiker, Svend Grundtvig. Schüler von Falkenhausen und von Hazefeld, Anhänger der nachwebernschen Musik, Komponist ebenso gekonnter wie diskreter Konstruktionen, wovon die berühmteste, *Crossed Words*, eine Partitur hat, die seltsamerweise dem Gitter eines Kreuzworträtsels gleicht, wobei die horizontale oder vertikale Lektüre Tonfolgen entspricht, in denen die *Viertelnoten* wie Pausen funktionieren. Dennoch wünscht Svend Grundtvig volkstümlichere Musiken in Angriff zu nehmen und hat soeben die Komposition eines Oratoriums, *Proud Angels*, abgeschlossen, dessen Libretto auf der Geschichte vom Fall der Engel beruht. Die Versammlung an diesem Abend soll die Möglichkeiten untersuchen, es vor seiner Uraufführung beim Festival von Tabarka zu fördern.

Die andere, die sehr berühmte »Hortense«, ist eine viel merkwürdigere Persönlichkeit. Sie ist eine Frau von etwa dreißig Jahren mit hartem Gesicht und unruhigen Augen; sie kauert neben der elektrischen Orgel und spielt darauf für sich selber, einen Kopfhörer aufgesetzt. Sie ist ebenfalls barfuß – sicherlich ist es eine Regel des Hauses, daß man die Schuhe auszieht, bevor man diesen Raum betritt – und trägt eine lange, kakhifarbene Seidenhose, die an den Waden und den Hüften mit weißen, an den Enden mit Glasperlen verzierten Bändern verschnürt ist, sowie ein kurzes Jäckchen, eine Art Bolero eher, das aus einer Vielzahl kleiner Pelzstücke besteht.

Bis neunzehnhundertdreiundsiebzig war »Hortense« – es hat sich eingebürgert, ihren Namen immer mit Anführungszeichen zu schreiben – ein Mann namens Sam Horton. Er war Gitarrist und Komponist in einer kleinen New Yorker Gruppe, den *Wasps*. Sein erstes Lied, *Come in, little Nemo* blieb drei Wochen lang auf der Topliste von *Variety*, doch die folgenden – *Susquehanna Mammy, Slumbering Wabash, Mississippi Sunset, Dismal Swamp, I'm homesick for being homesick* – brachten trotz ihres stark an die »Vierziger Jahre« erinnernden Charmes nicht den erhofften Erfolg. Die Gruppe vegetierte also dahin und sah voller Angst, wie die Engagements immer seltener wurden und die Direktoren der Schallplattenfirmen sich unter dem Vorwand, sie seien in einer wichtigen Konferenz, verleugnen ließen, als Sam Horton Anfang 1973 zufällig in einer Illustrierten, die er im Wartezimmer seines Zahnarztes durchblätterte, einen Artikel über diesen Offizier der britischen Indien-Armee las, der eine respektable Lady geworden war. Was Sam Horton sofort interessierte, war nicht so sehr die Tatsache, daß ein Mann sein Geschlecht hatte ändern können, als vielmehr der Verlagserfolg, den der Bericht dieses seltenen Experiments errungen hatte. Der trügerischen Verlockung des Analogieschlusses erliegend, kam Sam Horton zu der Überzeugung, daß eine aus Transsexuellen gebildete Pop-Gruppe notwendigerweise Erfolg haben müßte. Es gelang ihm natürlich nicht, seine vier Partner davon zu überzeugen, aber der Gedanke ließ ihn nicht mehr los. Er entsprach bei ihm sicherlich einem Bedürfnis, das nichts mehr mit Reklame zu tun hatte, denn er reiste allein nach Marokko, um sich dort in einer spezialisierten Klinik den adäquaten chirurgischen und innersekretorischen Behandlungen zu unterziehen.

Als »Hortense« in die Vereinigten Staaten zurückkehrte, lehnten die *Wasps*, die in der Zwischenzeit einen neuen Gitarristen eingestellt hatten und mit denen es wieder aufwärts zu gehen schien, es ab, sie wieder aufzunehmen, und vierzehn Verleger schickten ihr ihr Manuskript zurück, »ganz einfach die Kopie«, sagten sie, »eines Erfolgs aus jüngster Zeit«. Das war der Beginn einer harten Zeit, die mehrere Monate dauerte und während der sie, um überleben zu können, morgens in Reiseagenturen als Putzfrau arbeiten mußte.

In ihrer tiefsten Not – um den Wortlaut ihrer biographischen Kurzfassung auf der Rückseite der Plattenhüllen wiederzugeben – begann »Hortense« wieder Chansons zu schreiben, und da niemand sie singen wollte, entschloß sie sich schließlich, sie selber zu interpretieren: ihre rauhe, labile Stimme brachte unbestreitbar diesen *new sound*, hinter dem alle Leute vom Fach her waren und die Chansons und Lieder selbst entsprachen genau der unsicheren Erwartung eines von Tag zu Tag fieberhafteren Publikums, für das sie zum unvergleichlichen Symbol der Zerbrechlichkeit der Welt wurde: mit *Lime Blossom Lady*, der nostalgischen Geschichte eines Kräuterladens, der zerstört wird, um einer Pizzeria Platz zu machen, erhielt sie innerhalb von wenigen Tagen die erste ihrer 59 goldenen Schallplatten.

Als es Philippe Marquiseaux gelang, dieses furchtsame und schwankende Geschöpf für Europa und Nordafrika exklusiv unter Vertrag zu nehmen, hat er sicherlich das beste Geschäft seiner noch kurzen Laufbahn gemacht; nicht wegen »Hortense« selbst, die wegen ihrer unaufhörlichen Fluchten, ihrer Vertragsbrüche, ihrer Selbstmorde, ihrer Depressionen, ihrer Prozesse, ihrer rosa und blauen Ballette, ihrer Kuren, ihrer verschiedenen Schrullen und Marotten ihn mindestens soviel kostet wie sie ihm einbringt, sondern weil alle, die davon träumen, sich beim Varieté einen Namen zu machen, von nun an darauf bestehen, der gleichen Agentur anzugehören wie »Hortense«.

ZWEIUNDVIERZIGSTES KAPITEL

Treppe, 6

Zwei Männer begegnen sich auf dem Treppenabsatz im vierten Stock, beide in den Fünfzigern, beide tragen Brillen mit rechteckigem Gestell, beide sind bekleidet mit dem gleichen schwarzen Anzug, Hose, Jacke, Weste, etwas zu groß für sie, dazu schwarze Schuhe an den Füßen, schwarze Krawatte auf weißem Hemd mit einem Kragen ohne Spitzen, schwarzer runder Hut. Doch der, den man von hinten sieht, trägt einen bedruckten Schal vom Typ Kaschmir, während der andere einen rosa Schal mit violetten Streifen hat.

Es sind zwei Vertreter. Der eine bietet eine *Neue Traumdeutung* an, angeblich auf den Lehren eines Zauberers Yaki begründet, die Ende des 17. Jahrhunderts von einem englischen Reisenden namens Henry Barrett zusammengetragen, in Wirklichkeit jedoch einige Wochen zuvor von einem Studenten der Botanik an der Universität von Madrid geschrieben worden waren. Unabhängig von den Anachronismen, ohne die diese Traumdeutung natürlich nichts deuten würde, und den Ausschmückungen, mit deren Hilfe die Phantasie des Spaniers diese langweilige Aufzählung zu verschönen versucht hat, um ihre chronologische und geographische Exotik noch hervorzuheben, beweisen einige der angebotenen Assoziationen einen überraschenden Reiz:

BÄR	=	UHR
PERÜCKE	=	SESSEL

HERING	=	KLIPPE
HAMMER	=	WÜSTE
SCHNEE	=	HUT
MOND	=	SCHUH
NEBEL	=	ASCHE
KUPFER	=	TELEFON
SCHINKEN	=	EINSIEDLER

Der zweite verkauft eine kleine Zeitung mit dem Titel *Der Wachtturm!*, das Organ der Zeugen Jehovas. Man findet in jedem Heft einige Leitartikel: »Was ist das Glück der Menschheit?«, »Die 67 Wahrheiten der Bibel«, »War Beethoven wirklich taub?«, »Mysterium und Magie der Katzen«, »Hoffentlich wißt ihr den Feigenkaktus zu schätzen«, einige allgemeine Informationen: »Handelt, bevor es zu spät ist!«; »Ist das Leben zufällig entstanden?«, »Weniger Ehen in der Schweiz«, und einige Maximen von der Art *Statura justa et aequa sint pondere*. Zwischen die Seiten sind verstohlen Werbeprospekte für Hygieneartikel geschoben, begleitet von dem Angebot diskreter Zusendung.

DREIUNDVIERZIGSTES KAPITEL

Foulerot, 2

Ein Zimmer im fünften Stock rechts. Es war das Zimmer Paul Héberts bis zu seiner Verhaftung, ein Studentenzimmer mit einem von Zigarettengluten durchlöcherten Wollteppich, einer grünen Tapete an den Wänden, einem mit gestreiftem Stoff bedeckten Cosy-Corner.

Die Urheber des Attentats, das am siebten Oktober 1943 auf dem Boulevard Saint-Germain drei deutschen Offizieren das Leben kostete, wurden noch am gleichen Tag in den frühen Abendstunden verhaftet. Es waren zwei ehemalige aktive Offiziere, die einer »Aktionsgruppe Davout« angehörten, deren einzige Mitglieder sie selber waren, wie sich sehr schnell herausstellte; sie wollten durch ihre Tat den Franzosen ihre verlorene Würde zurückgeben: sie wurden in dem Augenblick verhaftet, in dem sie sich anschickten, ein Flugblatt zu verteilen, das mit diesen Worten begann: »Le soldat Boche est un être fort, sain, ne pensant qu'à la grandeur de son pays. *Deutschland über alles!* Tandis que nous, nous nous sommes abîmés dans le dilettantisme!«

Alle bei der gleich auf die Explosion folgenden Razzia Verhafteten wurden nach Überprüfung ihrer Identität am nächsten Nachmittag entlassen, mit Ausnahme von fünf Studenten, deren Ausweispapiere nicht in Ordnung zu sein schienen und über die die Besatzungsbehörden zusätzliche Nachforschungen verlangten. Paul Hébert gehörte zu ihnen: seine Papiere waren zwar in Ordnung, doch der Kommissar, der ihn verhörte, wunderte sich darüber, daß er ihn an einem Donnerstag um drei Uhr nachmittags am Carrefour de l'Odéon hatte finden können, obgleich er in der Ingenieurschule in der Avenue de Wagram Nummer 152 hätte sein müssen, um sich für die Aufnahmeprüfung in die Hochschule für Chemie vorzubereiten. Die Sache selbst war wirklich nicht sehr wichtig, doch die Erklärungen, die Paul Hébert abgab, waren überhaupt nicht überzeugend.

Enkel eines Apothekers, der in der Rue de Madrid 48 eine Apotheke hatte, nutzte Paul Hébert diesen Opa, der ihn verwöhnte, reichlich aus, indem er ihm Fläschchen mit benzoesäurehaltiger Opiumtinktur stibitzte, die er zwischen vierzig und fünfzig Francs an junge Drogensüchtige aus dem Quartier Latin weiterverkaufte: er hatte an diesem Tag seinen Monatsvorrat abgeliefert und schickte sich an, als er verhaftet wurde, die fünfhundert Francs, die er gerade verdient hatte, auf den Champs-Elysées auszugeben. Aber anstatt nun ganz schlicht zu erzählen, daß er seine Vorlesungen geschwänzt hatte, um sich im Kino *Pontcarral, Colonel des Empires* oder *Goupi mit den roten Händen* anzusehen, verrannte er sich in immer verworrenere Rechtfertigungen, wobei er zuerst erzählte, er hätte in die Buchhandlung Gibert gehen müssen, um dort das *Lehrbuch über organische Chemie* von Polonovski und Lespagnol zu kaufen, ein umfangreicher Band von 856 Seiten, der zwei Jahre zuvor bei Masson veröffentlicht worden war. »Na, wo ist denn dieses Lehrbuch?« fragte der Kommissar. »Sie hatten es nicht«, behauptete Hébert. Der Kommissar, der in diesem Stadium des Verhörs sich sicherlich nur ein wenig amüsieren wollte, schickte einen Polizeibeamten in die Buchhandlung Gibert, und dieser Beamte kam natürlich einige Minuten später mit dem betreffenden Lehrbuch zurück. »Ja, aber das Buch war zu teuer für mich«, murmelte Hébert, der sich nun endgültig in Widersprüche verstrickte.

Da die Urheber des Attentats verhaftet worden waren, suchte der Kommissar nicht mehr um jeden Preis nach »Terroristen«. Lediglich pro forma, zur Beruhigung seines Gewissens, ließ er Hébert durchsuchen, fand die fünfhundert Francs und da er sich einbildete, einem Schwarzmarktnetz auf die Spur gekommen zu sein, ordnete er eine Durchsuchung an.

In der Rumpelkammer, die an Héberts Zimmer angrenzte, fand man in einem Haufen alter Schuhe, einem Vorrat an Pfefferminztee, Schlittschuhe, elektrische Fußwärmer aus Kupfer, die ganz verbeult waren, Tennisschläger mit schlaffen Saiten, bunt zusammengewürfelter Illustrierten, illustrierter Romane, alter Kleider und alter Bindfäden, einen grauen Regenmantel und in der Tasche dieses Regenmantels eine ziemlich flache Pappschachtel von ungefähr fünfzehn Zentimetern auf zehn, auf der stand:

La seule gomme
qui efface BIEN l'encre
LA GOMME "HEPHAS"
Chez Ely and Co
85, rue des Dames, Bruxelles

In dieser Schachtel befand sich ein Taschentuch aus grüner Seide, wahrscheinlich aus einem Fallschirmstoff herausgeschnitten, ein Notizbuch voller sibyllinischer Formeln wie etwa »Auf«, »Graphiken in Rautenform«, »X-27«, »Gault-de-Perche« usw., deren schwierige Entzifferung kein beweiskräftiges Element brachte; ein Stück der Landkarte im Maßstab 1/160000 von Jütland, ursprünglich von J. H. Mansa angefertigt; und ein unbeschriebener Briefumschlag, der ein viermal gefaltetes Blatt Papier enthielt: oben links auf dem Blatt war ein Briefkopf aufgedruckt

Anton

Tailor & Shirt-Maker

16 bis, avenue de Messine
Paris 8e

EURope 21-45

und zwar über der Silhouette eines Löwen, den man in den Worten der Heraldik als *schreitend* bezeichnet hätte. Auf dem übrigen Blatt war mit violetter Tinte sorgfältig ein Plan vom Zentrum von Le Havre gezeichnet, vom Grand-Quai bis zur Place Gambetta: ein rotes Kreuz kennzeichnete das Hotel *Les Armes de la Ville*, fast an der Ecke der Rue d'Estimauville und der Rue Frédéric-Sauvage.

In diesem von den Deutschen beschlagnahmten Hotel war nun am 23. Juni, etwas mehr als drei Monate zuvor, General-Ingenieur Pferdleichter niedergeschossen worden, einer der Hauptverantwortlichen der Organisation Todt, der, nachdem er die Befestigungsarbeiten an der jütländischen Küste geleitet hatte, wo er übrigens zweimal hintereinander wie durch ein Wunder einem Attentat entgangen war, von Hitler persönlich mit der Überwachung der Operation *Parsival* beauftragt worden war: diese Operation, vergleichbar dem Projekt *Zyklop*, das ein Jahr zuvor in der Gegend von Dünkirchen begonnen hatte, sollte etwa zwanzig Kilometer hinter dem eigentlichen Atlantikwall, zwischen Goderville und Saint-Romain-du-Colbose, zum Bau von drei Funkpeil-Basen und acht Bunkern führen, aus denen V2 und Mehrstufenraketen hätten abgeschossen werden können, imstande, die Vereinigten Staaten zu erreichen.

Pferdleichter wurde um viertel vor zehn – deutscher Zeit – in der großen Halle des Hotels durch eine Kugel getötet, als er mit einem seiner Adjutanten, einem japanischen Ingenieur namens Uchida, eine Partie Schach spielte. Der Schütze hatte sich auf dem Speicher eines Hauses postiert, das genau gegenüber dem Hotel lag und damals unbewohnt war und sich die Tatsache zunutze gemacht, daß die Fenster der großen Hotelhalle offen standen; trotz eines besonders ungünstigen Schußwinkels genügte ihm eine einzige Kugel, um Pferdleichter tödlich zu treffen, dessen Halsschlagader durchschlagen wurde. Man folgerte daraus, daß es sich um einen Eliteschützen handelte, was am nächsten Morgen bestätigt wurde, als man in einem der Wäldchen des Parks an der Place de l'Hôtel de Ville die Waffe fand, deren er sich bedient hatte, ein 22kalibriger Wettkampf-Karabiner italienischen Fabrikats.

Die Untersuchung lief in verschiedene Richtungen, von denen jedoch keine zum Erfolg führte: man fand nicht den offiziellen Besitzer der Waffe, einen gewissen Monsieur Gressin aus Aigues-Mortes; der Besitzer des Hauses hingegen, in dem der Schütze sich auf die Lauer gelegt hatte, war ein Kolonialbeamter, der sich in Nouméa aufhielt.

Die durch die bei Paul Hébert vorgenommene Haussuchung zutage geförderten Elemente brachte die Angelegenheit wieder in Gang. Doch Paul Hébert hatte diesen Regenmantel nie gesehen, geschweige denn die Schachtel und ihren Inhalt; die Gestapo mochte ihn noch so sehr foltern, sie brachte nichts aus ihm heraus.

Paul Hébert lebte trotz seines jugendlichen Alters allein in dieser Wohnung. Ein Onkel, den er höchstens einmal wöchentlich sah, sowie sein Apotheker-Großvater kümmerten sich um ihn. Seine Mutter war gestorben, als er zehn Jahre alt war und sein Vater, Inspektor des rollenden Materials der Staatseisenbahn, war praktisch nie in Paris. Der Verdacht der Deutschen richtete sich auf diesen Vater, von dem Paul Hébert seit über zwei Monaten nichts mehr gehört hatte. Es stellte sich sehr schnell heraus, daß er auch seine Arbeit aufgegeben hatte, doch alle Nachforschungen, ihn aufzuspüren, blieben vergeblich. Es gab in Brüssel keine Firma Ely and Co., sowenig wie es einen Schneider namens Anton in der Avenue de Messine Nummer 16 bis gab, die übrigens eine fiktive Nummer war, so fiktiv wie die Telefonnummer, von der sich etwas später herausstellte, daß sie einfach der Stunde des Attentats entsprach. Nach einigen Monaten legten die deutschen Behörden, überzeugt, daß Joseph Hébert selber niedergeschossen worden war oder daß es ihm gelungen war, nach England zu entkommen, die Angelegenheit zu den Akten und schickten seinen Sohn Paul nach Buchenwald. Nach den Folterungen, die er täglich erduldet hatte, war dies für ihn fast eine Befreiung.

Heute bewohnt ein junges, siebzehnjähriges Mädchen, Geneviève Foulerot, mit ihrem Sohn, der gerade ein Jahr alt ist, die Wohnung. Das ehemalige Zimmer Paul Héberts ist das Zimmer des Babys geworden, ein fast leeres Zimmer mit einigen Möbelstücken für Kinder: ein weißes Kinderkörbchen aus geflochtener Weide, das auf einem zusammenklappbaren Untergestell steht, ein Wickeltisch, ein rechteckiges Laufgitter, dessen Rand mit einem Schutzpolster versehen ist.

Die Wände sind kahl. Nur eine Fotografie ist mit einer Nadel an der Tür befestigt. Sie zeigt Geneviève mit freudestrahlendem Gesicht, wie sie ihr Baby mit ausgestreckten Armen von sich abhält; sie ist mit einem zweiteiligen Badeanzug aus Schottenstoff bekleidet und läßt sich neben einem aufstellbaren Schwimmbecken fotografieren, dessen äußere Metallwand mit großen, stilisierten Blumen verziert ist.

Das Foto kommt aus dem Katalog eines Versandhauses, zu dessen sechs ständigen weiblichen Modellen Geneviève gehört. Man sieht sie in diesem Katalog mit einer aufblasbaren Rettungsweste aus orangefarbenem Plastikmaterial paddelnd in einem Studio-Kanu sitzen oder auf einem Gartenstuhl aus Rohr und blau-gelb gestreiftem Stoff neben einem blauen Doppeldach-Zelt, eingehüllt in einen grünen Bademantel und begleitet von einem Mann im rosafarbenen Bademantel, oder aber im Spitzennachthemd, kleine Hanteln stemmend, sowie in einer Vielzahl von Arbeitskleidern aller Art: Krankenschwester-Kittel, Verkäuferinnen-Kittel, Lehrerinnen-Kittel, Trainingsanzüge für Sportlehrerinnen, Kellnerinnenschürzen, Jacken für Metzgereiverkäuferinnen, Trägerröcke, Unterröcke, Jumper, Matrosenblusen usw.

Außer diesem nicht sehr glänzenden Broterwerb nimmt Geneviève Foulerot an einem Schauspielkursus teil und hat bereits in mehreren Kino- und Fernsehfilmen als Statistin mitgewirkt. Bald wird sie vielleicht die weibliche Hauptrolle in einem Fernsehfilm nach einer Novelle von Pirandello spielen, die sie gerade am andern Ende der Wohnung zu lesen sich anschickt, während sie ihr Bad nimmt: ihr Madonnengesicht, ihre großen, klaren Augen, ihre langen schwarzen Haare waren der Grund dafür, daß sie unter dreißig Bewerberinnen für die Rolle dieser Gabriella Vanzi ausgesucht wurde, deren zugleich unschuldiger und perverser Blick Romeo Daddi in den Wahnsinn treibt.

VIERUNDVIERZIGSTES KAPITEL

Winckler, 2

Zu Anfang erscheint die Kunst des Puzzles als eine Schmalspurkunst, eine Kleinkunst, gänzlich in einer dürftigen Lehre der Gestalttheorie enthalten: die ins Auge gefaßte Sache – ob es sich um einen Akt der Wahrnehmung, einen ersten Versuch, ein physiologisches System oder in dem uns interessierenden Fall um ein Holzpuzzle handelt, ist keine Summe von Elementen, die man zuerst einmal aussondern und analysieren müßte, sondern eine Gesamtheit, das heißt eine Form, eine Struktur: das Element existiert nicht vor dem Ganzen, es ist weder gleichzeitiger noch älter, es sind nicht die Elemente, die das Ganze bestimmen, sondern das Ganze bestimmt die Elemente: die Kenntnis des Ganzen und seiner Gesetze, der Gesamtheit und ihrer Struktur könnte nicht aus der gesonderten Kenntnis der sie zusammensetzenden Teile abgeleitet werden: das heißt, daß man den Baustein eines Puzzles drei Tage lang ansehen und glauben kann, alles über seine Konfiguration und seine Farbe zu wissen, ohne auch nur im entferntesten weitergekommen zu sein: was zählt, ist allein die Möglichkeit, diesen Baustein mit anderen Bausteinen zu verbinden, und in dieser Hinsicht besteht eine gewisse Gemeinsamkeit zwischen der Kunst des Puzzles und der Kunst des Go; nur die zusammengefügten Teile erlangen die Eigenschaft der Lesbarkeit, bekommen einen Sinn: einzeln betrachtet hat der Baustein eines Puzzles keine Bedeutung; er ist nur eine unmögliche Frage, eine undurchsichtige Herausforderung; doch kaum ist es einem gelungen, ihn nach einigen Minuten der Versuche und der Irrtümer oder in einer ungewöhnlich inspirierten Halbminute mit einem seiner Nachbarn zu verbinden, verschwindet der Baustein, hört auf, als Baustein oder Einzelteil zu existieren: die gewaltige Schwierigkeit, die diesem Zusammenrücken vorausgegangen ist und die das Wort *Puzzle* – Rätsel – auf Englisch so treffend kennzeichnet, hat nicht nur keine Daseinsberichtigung mehr, sondern scheint nie eine gehabt zu haben, so sehr ist sie Selbstverständlichkeit geworden: die beiden auf wunderbare Weise miteinander vereinigten Bausteine sind zu einer Einheit geworden, die nun ebenfalls Ursache für Irrtum, Zögern, Verwirrung und Hoffen ist.

Die Rolle des Puzzle-Herstellers ist schwer zu bestimmen. In den meisten Fällen – ganz besonders bei allen Puzzle-Spielen aus Pappe – werden die Puzzles mit der Maschine hergestellt und das Ausstanzen gehorcht keiner Notwendigkeit: eine Schneidepresse, die nach einer unveränderlichen Zeichnung eingestellt ist, zerschneidet die Papptafeln auf immer gleiche Weise: der echte Puzzlespieler wirft diese Puzzles weg, nicht nur, weil sie aus Pappe statt aus Holz sind, auch nicht, weil ein Modell außen auf der Schachtel wiedergegeben ist, sondern weil dieses Ausstanzverfahren gerade die besondere Eigenheit des Puzzles aufhebt; entgegen einer in den Köpfen der Öffentlichkeit fest verankerten Vorstellung spielt es hierbei keine Rolle, daß das Ausgangsbild als einfach gilt (eine Genreszene in der Art Vermeers zum Beispiel oder das Farbfoto eines österreichischen Schlosses) oder als schwierig (ein Jackson Pollock, ein Pissarro oder – elendes Paradoxon – ein weißes Puzzle): nicht das Motiv des Bildes oder die Technik des Malers machen die Schwierigkeit des Puzzles aus, sondern die Subtilität des Ausschneidens, und ein aleatorisches Ausschneiden wird notwendigerweise zu einer aleatorischen Schwierigkeit führen, die schwankt zwischen einer ungeheueren Leichtigkeit bei den Rändern, den Einzelheiten, den Lichtflecken, den klar eingekreisten Gegenständen, den Linien, den Übergängen, und einer widerwärtigen Schwierigkeit bei allem übrigen: dem wolkenlosen Himmel, dem Sand, der Wiese, den gepflügten Äckern, den Schattenzonen usw.

Bei solchen Puzzles lassen sich die Bausteine oder Einzelteile in einige große Klassen einteilen, von denen die bekanntesten

die Männchen

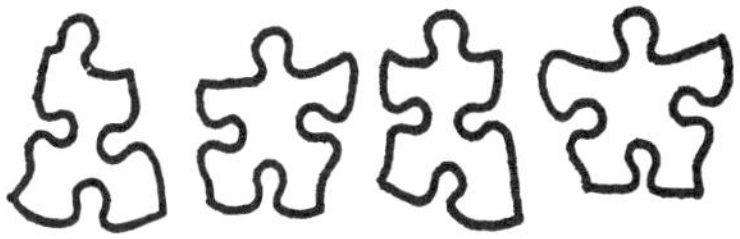

die Lothringerkreuze

und die Kreuze

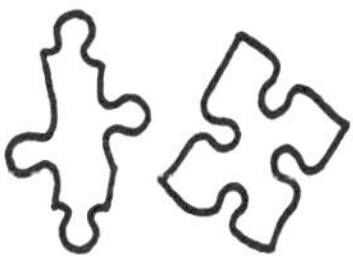

sind.

Sobald die Ränder wiederhergestellt, die Einzelheiten an ihrem Platz – der Tisch mit seiner roten Decke mit den hellgelben, fast weißen Fransen, auf dem ein Pult mit einem aufgeschlagenen Buch steht, der reichverzierte Rahmen des Spiegels, die Laute, das rote Kleid der Frau – und die großen Massen der Hintergründe in Bündel getrennt sind, je nach dem dominierenden Farbton Grau, Braun, Weiß oder Himmelblau – besteht die Lösung des Puzzles ganz einfach darin, nacheinander alle plausiblen Kombinationen auszuprobieren.

Die Kunst des Puzzles beginnt mit den von Hand ausgeschnittenen Holzpuzzles, wenn der, der sie fertigt, sich alle Fragen zu stellen sucht, die der Spieler lösen muß, wenn er, statt den Zufall die Spuren verwischen zu lassen, an seine Stelle die List, die Falle, die Illusion zu setzen gedenkt: ganz überlegt dienen die auf dem zu rekonstruierenden Bild vorkommenden Elemente – wie der mit Goldbrokat bezogene Sessel, wie der mit einer schwarzen, ein wenig schadhaften Feder geschmückte schwarze Dreispitz, wie die ganz mit Silbergalonen bedeckte blaßgelbe Livrée – als Ausgang einer trügerischen Information: der organisierte, zusammenhängende, strukturierte, bedeutungsvolle Raum des Bildes wird nicht nur in träge, amorphe, bedeutungs- und informationsarme Elemente zerlegt, sondern in verfälschte Elemente, die Träger falscher Informationen sind: zwei Fragmente eines Kranzgesimses, die genau ineinander passen, obgleich sie in Wirklichkeit zu zwei ganz auseinanderliegenden Teilen der Decke gehören, die Schnalle eines Uniformgürtels, die sich letztlich als ein Metallteil entpuppt, der einen großen Kandelaber zusammenhält, mehrere auf fast gleiche Weise ausgeschnittene Bausteine, von denen der eine zu einem Zwergorangenbaum gehört, der auf einem Kamin steht, die andern zu seinem kaum getrübten Spiegelbild in einem Spiegel, sind klassische Beispiele für die Fallen, in die die Spieler geraten können.

Man wird daraus etwas ableiten, das sicherlich die höchste Wahrheit des Puzzles ist: allem Anschein zum Trotz ist es kein solitäres Spiel: jede Gebärde, die der

Puzzlespieler macht, hat der Puzzlehersteller vor ihm bereits gemacht; jeder Baustein, den er immer wieder zur Hand nimmt, den er betrachtet, den er liebkost, jede Kombination, die er versucht und wieder versucht, jedes Tasten, jede Intuition, jede Hoffnung, jede Entmutigung, sind von dem andern ergründet, auskalkuliert, beschlossen worden.

Um seinen Puzzlemacher zu finden, setzte Bartlebooth eine Anzeige in die Zeitschriften *Le Jouet français* und *Toy Trader*, wobei er von den Kandidaten verlangte, ihm ein Muster von der Größe vierzehn auf neun Zentimeter, in zweihundert Teile ausgeschnitten, vorzulegen; er bekam zwölf Antworten; die meisten waren nichtssagend und ohne Reiz, wie etwa »Zusammenkunft im Camp du Drap d'Or« oder »Abend in einem englischen Cottage« mit allen Einzelheiten im Lokalkolorit: die alte Lady mit ihrem schwarzen Seidenkleid und ihrer sechseckigen Quarzbrosche, der Butler, der auf einem Tablett den Kaffee bringt, die Regency-Möbel und das Ahnenporträt, ein Gentleman mit kleinem Backenbart, im roten Rock aus der Zeit der letzten Postkutschen, Stulpenstiefel, grauer Zylinder, ein Spazierstöckchen in der Hand haltend, auf dem Tischchen eine kleine Decke aus zusammengefügten Stoffresten, der Tisch an der Wand mit den ausgebreiteten Nummern der *Times*, der große chinesische Teppich mit dem himmelblauen Medaillon, der General im Ruhestand – erkennbar an seinem grauen Haar im Bürstenschnitt, seinem gestutzten weißen Schnurrbart, seinem rötlichen Teint und seiner Ordensspange mit den Auszeichnungen – neben dem Fenster, der mit hochmütigem Gesicht nach dem Barometer sieht, der junge Mann, der vor dem

Kamin steht und in die Lektüre des *Punch* vertieft ist usw. Ein anderes Modell, das lediglich einen prächtigen Pfau zeigte, der gerade sein Rad schlug, gefiel Bartlebooth immerhin so gut, daß er seinen Schöpfer kommen ließ, doch dieser – ein emigrierter russischer Fürst, der eher ärmlich in Raincy lebte – erschien ihm zu alt für seine Pläne.

Das Puzzle Gaspard Wincklers entsprach völlig der Erwartung Bartlebooths. Winckler hatte es aus einer Art Bilderbogen ausgeschnitten, der mit den Initialen M.W. signiert war und den Titel *Die letzte Expedition auf der Suche nach Franklin* trug; in den ersten Stunden, in denen er dieses Puzzle zu lösen versuchte, glaubte Bartlebooth, es bestehe lediglich in Variationen über das Weiß; in der Tat stellte der Hauptkörper der Zeichnung ein Schiff dar, die *Fox*, das vom Packeis eingeschlossen war: an dem eisbedeckten Steuerruder haben zwei Männer, die mit hellgrauen Pelzen vermummt sind, aus denen kaum ihre erdfarbenen Gesichter hervorsehen, und zwar Kapitän M'Clintoch, der Führer der Expedition sowie sein Dolmetscher für Inupik, Carl Petersen die Arme in Richtung auf eine Gruppe von Eskimos ausgestreckt, die aus einem dichten, den ganzen Horizont bedeckenden Nebel tritt, und sich auf Hundeschlitten auf sie zu bewegt; an den vier Ecken der Zeichnung zeigten vier Kartuschen jeweils den Tod von Sir John Franklin, der am elften Juni 1847 in den Armen seiner beiden Chirurgen, Peddie und Stanley, an Erschöpfung starb; die beiden Schiffe der Expedition, die *Erebus*, die Fitz-James befehligte, und die *Terror*, die Crozier befehligte; und schließlich die am sechsten Mai 1859 in König-Wilhelms-Land durch Kapitänleutnant Hobson, den zweiten Offizier der *Fox*, erfolgte Entdeckung des *cairn*, das die letzte Botschaft enthielt, die die fünfhundert Überlebenden hinterließen, bevor sie am fünfundzwanzigsten April 1848 von ihrem vom

Eis zermalmten Schiffen gegangen waren, um zu versuchen, mit dem Schlitten oder zu Fuß die Hudson-Bai zu erreichen.

Gaspard Winckler war damals gerade in Paris angekommen. Er war kaum zweiundzwanzig Jahre alt. Von dem Vertrag, den er mit Bartlebooth abschloß, sickerte nie etwas durch; doch einige Monate später zog er mit seiner Frau Marguerite in die Rue Simon-Crubellier; seine Frau war Miniaturenmalerin; sie hatte auch das Gouache gemalt, das Winckler für sein Probe-Puzzle benutzt hatte.

Zwei Jahre lang hatte Winckler nichts anderes zu tun, als seine Werkstatt einzurichten – er ließ seine Tür auspolstern und die Wände mit Kork ausschlagen – seine Instrumente zu bestellen, seine Arbeitsgeräte vorzubereiten, Versuche zu starten. Dann, in den letzten Tagen des Jahres neunzehnhundertvierunddreißig, begaben sich Bartlebooth und Smautf auf Reisen, und drei Tage später bekam Winckler aus Spanien das erste Aquarell. Von nun an kam zwanzig Jahre lang, ohne Unterbrechung, ein Aquarell nach dem andern, und zwar in der Regel zwei pro Monat. Keines ging je verloren, nicht einmal auf dem Höhepunkt des Krieges, wo manchmal ein zweiter Attaché der schwedischen Botschaft sie persönlich brachte.

Am ersten Tag stellte Winckler das Aquarell auf eine Staffelei am Fenster und betrachtete es, ohne es anzurühren. Am zweiten Tag klebte er es auf eine Unterlage – aus Sperrholz –, die ein bißchen größer war als das Aquarell. Er benutzte einen Spezialkleber von hübscher blauer Farbe, den er selber zubereitete und schob zwischen den Whatman und das Holz ein dünnes Blättchen weißes Papier, das später die Loslösung des wiederhergestellten Aquarells vom Sperrholz erleichtern und dem künftigen Puzzle als Rand dienen sollte. Dann strich er die ganze Oberfläche mit einem Schutzlack ein, den er mit einem dieser breiten, flachen Pinsel, die man Lackierpinsel nennt, auftrug. Drei oder vier Tage lang untersuchte er daraufhin das Aquarell mit der Lupe oder stellte es wieder auf seine Staffelei, setzte sich stundenlang davor, stand manchmal auf, um eine Einzelheit aus der Nähe zu betrachten oder lief drum herum wie ein Panther in seinem Käfig.

Die erste Woche verging nur mit dieser genauen, sorgfältigen Beobachtung. Dann begann alles ganz schnell zu gehen: Winckler legte ein äußerst feines Pauspapier auf das Aquarell und praktisch ohne die Hand zu heben zeichnete er die Ausstanzungen des Puzzles auf. Der Rest war nur noch eine Sache der Technik, einer heiklen und langsamen Technik, die eine gewissenhafte Geschicklichkeit verlangte, bei der aber keinerlei Erfindung mehr mitspielte: auf der Grundlage der Pause stellte der Handwerker eine Art Form her – eine Vorwegnahme des durchbrochenen Gitters, dessen sich Morellet zwanzig Jahre später bedienen sollte, um das Aquarell zu rekonstruieren –, die es ihm erlaubte, seine Stichsäge mit Schwanenhals wirksam zu führen. Das Polieren eines jeden Teils mit Glaspapier und dann mit einem Lederlappen, ein allerletztes Ausfeilen nahmen die letzten Tage der zwei Wochen in Anspruch. Das Puzzle wurde in einer der schwarzen Schachteln mit grauer Schleife von Madame Hourcade verwahrt; ein rechteckiges Etikett mit den Angaben, wo und wann das Aquarell gemalt worden war

* FORT-DAUPHIN (MADAGASCAR) 12. JUNI 1940 *

oder auch

* PORT-SAID (ÄGYPTEN) 31. DEZEMBER 1953 *

wurde innen unter den Deckel geklebt und die Schachtel, numeriert und versiegelt, kam zu den andern Puzzles, die bereits in einem Tresor des Bankhauses Société Générale deponiert waren; am nächsten Tag oder einige Tage später brachte die Post ein neues Aquarell.

Gaspard Winckler konnte es nicht leiden, wenn man ihm bei der Arbeit zusah. Marguerite betrat nie die Werkstatt, in die er sich ganze Tage lang einschloß, und wenn Valène ihn besuchen kam, fand der Handwerksmann immer einen Vorwand, um aufzuhören und seine Arbeit zu verstecken. Er sagte nie »Sie stören mich« sondern eher etwas in der Art wie »Ach, Sie kommen genau richtig, ich wollte gerade aufhören« oder er begann mit der Hausarbeit, öffnete das Fenster zum Lüften, staubte seine Werkbank mit einem Leinenlappen ab oder leerte seinen Aschenbecher, eine riesige Austernmuschel, in der sich Apfelgehäuse und lange Gitanes-Kippen häuften, die er jedoch nie neu anzündete.

FÜNFUNDVIERZIGSTES KAPITEL

Plassaert, 1

Die Wohnung der Plassaerts besteht aus drei Mansardenzimmern im letzten Stock. Ein viertes Zimmer, das, in dem Morellet bis zu seiner Einweisung in die Anstalt wohnte, wird gerade neu hergerichtet.

Der Raum, in dem wir uns im Augenblick befinden, ist ein Zimmer mit Parkettboden, in dem ein Klappsofa steht, nach vorne aufklappbar zum Doppelbett, sowie ein Klapptisch, in der Art Bridgetisch, wobei die beiden Möbelstücke so aufgestellt sind, daß sich, wegen der Enge des Zimmers, das Sofa nur ausklappen läßt, wenn zuvor der Tisch zusammengeklappt wurde und umgekehrt. An der Wand eine hellblaue Tapete, deren Zeichnung vierzackige Sterne mit gleichmäßigem Zwischenraum darstellt; auf dem Tisch ein ausgebreitetes Domino-Spiel, ein Porzellanaschenbecher, der den Kopf einer Bulldogge mit einem Stachelhalsband und einem äußerst wütenden Ausdruck darstellt, und ein Strauß Wunderblumen in einer parallelepipedischen Vase, die aus jener sonderbaren Substanz gemacht ist, die man Azurglas oder Azurstein nennt und die ihre Färbung einem Kobaltoxyd verdankt.

Bäuchlings auf dem Sofa liegend, bekleidet mit einem kastanienfarbenen Pullover und kurzen schwarzen Hosen, an den Füßen Leinenschuhe, ordnet ein zwölfjähriger Junge, Rémi, der Sohn der Plassaerts, seine Sammlung von Werbelöschblättern; in den meisten Fällen sind es medizinische Prospekte, die in spezialisierte Zeitschriften eingelegt sind wie *La Presse médicale, La Gazette médicale, La Tribune médicale, La Semaine médicale, La Semaine des Hôpitaux, La Semaine du Médecin, Le Journal du Médicin, Le Quotidien du Médicin, Les Feuillets du Praticien, Aesculape, Caeduceus* usw. – mit denen Dr. Dinteville regelmäßig überschwemmt wird und die er, ohne auch nur einen Blick hineinzuwerfen, zu Madame Nochère hinunterbringt, die sie Studenten gibt, die Altpapier sammeln, jedoch nicht, ohne daß sie zuvor die Löschblätter an die Kinder im Haus verteilt hat: Isabelle Gratiolet und Rémi Plassaert sind die großen Nutznießer der Operation, denn Gilbert Berger sammelt Briefmarken und interessiert sich nicht für Löschblätter; Mahmoud, der Sohn von Madame Orlowska, und Octave Réol sind noch etwas zu klein; und die andern jungen Mädchen im Haus sind schon zu groß.

Nach Kriterien, die nur er kennt, hat Rémi Plassaert seine Löschblätter in acht Haufen geordnet, über denen jeweils:

- ein singender Torero (Zahnpasta *Email Diamant*)
- ein Orientteppich aus dem 17. Jahrhundert, der aus einer Siebenbürgener Basilika kommt (*Kalium-Sedaph,* eine Propionatelösung)
- *Der Fuchs und der Storch* (sic), eine Graphik von Jean-Baptiste Oudry (Papierhandlung Marquaize, Matrize, Reprographie)
- ein ganz vergoldetes Blatt (*Sargenor,* physische und psychische Überanstrengung, Schlafstörungen. Laboratorien Sarget)
- ein Tukan *(Ramphastos vitellinus)* (Sammlung Gévéor *Die Tiere der Welt*)
- einige Goldstücke (Reichstaler aus Kurland und Thorn), vergrößert, mit der Kopfseite nach oben (Laboratorien Gémier)

- das riesige, geöffnete Maul eines Nilpferdes (*Diclocil* (dicloxacilline) der Laboratorien Bristol)
- *Die vier Musketiere des Tennis* (Cochet, Borotra, Lacoste und Brugnon) (Aspro, Reihe *Die Großen Sportchampions der Vergangenheit*).

thront.

Vor diesen acht Haufen liegt, allein, das älteste dieser Löschblätter, das auch der Anlaß für die Sammlung war; es kommt von Ricqlès – *das starke Pfefferminz das stärkt* – und zeigt die sehr hübsche Reproduktion einer Zeichnung von Henry Gerbault, die das Lied *Papa die kleinen Schiffe* illustriert: der »Papa« ist ein kleiner Junge im grauen Gehrock mit schwarzem Kragen, Zylinder, Zwicker, Handschuhen, Eishockeyschläger, blauer Hose, weißen Gamaschen; das Kind ist ein Säugling mit einem großen roten Hut, einem großen Spitzenkragen, einem Jäckchen mit einem roten Gürtel und beigen Gamaschen; es hat in der linken Hand einen Reif, in der rechten einen Stock und zeigt auf ein kleines rundes Becken, auf dem drei kleine Schiffe schwimmen; ein anderes schwebt in dem Rechteck, in dem der Text des Liedes steht.

Die Plassaerts fanden dieses Löschblatt hinter dem Heizkörper, als sie von dem Zimmer Besitz ergriffen.

Der vorherige Bewohner war Troyan, der Antiquariatsbuchhändler aus der Rue Lepic. Tatsächlich gab es in seiner Mansarde einen Heizkörper und auch ein Bett, eine Art Flohkiste, bezogen mit völlig verblaßtem, geblümtem Baumwollzeug, einen strohgeflochtenen Stuhl und einen Toilettentisch, dessen Waschschüssel, Kanne und Zahnglas nicht zusammengehörten und schartig waren und auf dem man öfter einen Rest von einem Schweinekotelett oder eine angebrochene Flasche Wein sah als ein Handtuch, einen Schwamm oder ein Stück Seife. Doch den größten Teil des Raums nahm ein Haufen mit Büchern und verschiedenen Gegenständen ein, der bis zur Decke reichte, in dem der, der das Wagnis unternahm, drin herumzuwühlen, manchmal das Glück hatte, eine interessante Entdekkung zu machen: Olivier Gratiolet fand hier eine Papptafel, die vielleicht für Augenärzte bestimmt war, auf der in Großbuchstaben stand

MAN WIRD GEBETEN, DIE AUGEN ZU SCHLIESSEN

und

MAN WIRD GEBETEN, EIN AUGE ZU SCHLIESSEN

Monsieur Troquet fiel eine Graphik in die Hand, die einen Prinzen in Rüstung darstellte, der auf einem geflügelten Pferd reitend mit seiner Lanze ein Monster verfolgte, das einen Löwenkopf und eine Löwenmähne, einen Ziegenleib und einen Schlangenschwanz hatte; Monsieur Cinoc stöberte eine alte Postkarte auf, das Porträt eines mormonischen Missionars namens William Hitch, ein großer, sehr dunkelhaariger Mann mit schwarzem Schnurrbart, schwarzen Strümpfen, schwarzem Seidenhut, schwarzer Weste, schwarzer Hose, weißer Krawatte, Handschuhen aus Hundefell; und Madame Albin entdeckte ein Blatt Pergament, auf dem, zusammen mit den Noten, ein deutsches Kirchenlied abgedruckt war

Mensch willtu Leben seliglich
Und bei Gott bliben ewiglich
Sollt du halten die zehen Gebot
Die uns gebent unser Gott

von dem Monsieur Jérôme ihr sagte, es sei ein Kirchenlied von Luther, das 1524 in Wittenberg in dem berühmten *Geystliches Gesangbüchlein* von Johann Walther veröffentlicht worden war.

Und gerade Monsieur Jérôme machte den schönsten Fund: ganz unten in einem großen Karton, der voller Schreibmaschinenfarbbänder und Mäusedreck war, fand er, ganz zusammengefaltet, ganz zerknittert, aber ansonsten fast unbeschädigt, eine große Wachstuchkarte mit dem Titel

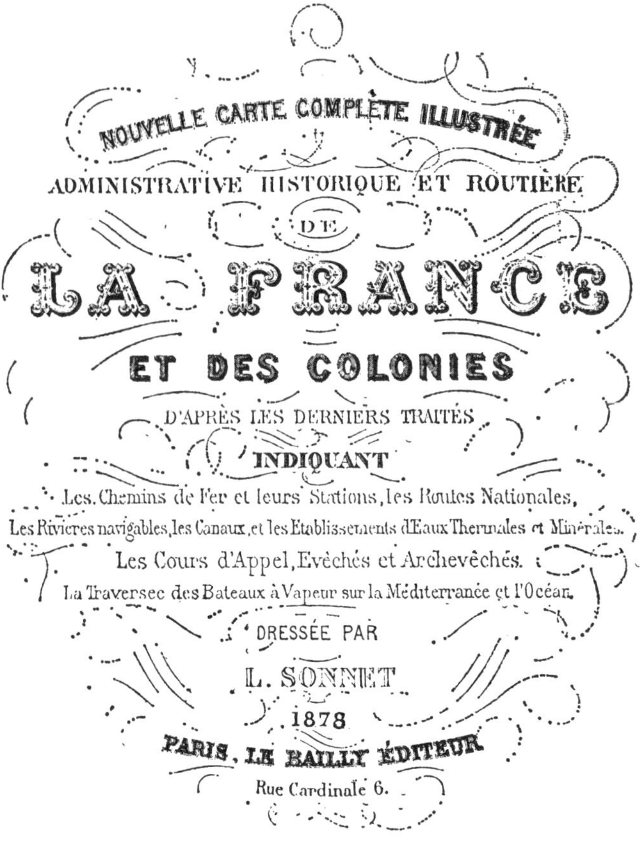
NOUVELLE CARTE COMPLÈTE ILLUSTRÉE
ADMINISTRATIVE HISTORIQUE ET ROUTIÈRE
DE
LA FRANCE
ET DES COLONIES
D'APRÈS LES DERNIERS TRAITÉS
INDIQUANT
Les Chemins de Fer et leurs Stations, les Routes Nationales,
Les Rivières navigables, les Canaux, et les Etablissements d'Eaux Thermales et Minérales.
Les Cours d'Appel, Evêchés et Archevêchés.
La Traversée des Bateaux à Vapeur sur la Méditerranée et l'Océan.
DRESSÉE PAR
L. SONNET
1878
PARIS, LE BAILLY ÉDITEUR
Rue Cardinale 6.

Die gesamte Mitte der Karte stellte Frankreich dar mit, in zwei Beilagen, einem Plan der Umgebung von Paris und einer Karte von Korsika; unten die konventionellen Zeichen und vier Maßstäbe, angegeben jeweils in Kilometern, geographischen Meilen (sic), englischen Meilen und deutschen Meilen. In den vier Ecken, die Kolonien: oben links Guadeloupe und Martinique; oben rechts Algerien; unten links, ein wenig angenagt, Senegal und Neukaledonien mit den dazugehörigen Gebieten; unten rechts Französisch-Indochina und Reunion. Oben die Wappen von zwanzig Städten und zwanzig Porträts berühmter Männer, die dort geboren worden sind: Marseille (Thiers), Dijon (Bossuet), Rouen (Géricault), Ajaccio (Napoleon I.), Grenoble (Bayard), Bordeaux (Montesquieu), Pau (Heinrich IV.), Albi (La Pérouse), Chartres (Marceau), Besançon (Victor Hugo), Paris (Béranger), Mâcon (Lamartine), Dünkirchen (Jean Bart), Montpellier (Cambacérès), Bourges (Jacques Coeur), Caen (Auber), Agen (Bernard Palissy), Clermont-Ferrand (Vercingetorix), La Ferté-Milon (Racine) und Lyon (Jacquart). Rechts und links vierundzwanzig kleine Kartuschen, von denen zwölf Städte darstellen, acht Szenen aus der Geschichte Frankreichs und vier Regionaltrachten; links: Paris, Rouen, Nancy, Laon, Bordeaux und Lille; die Trachten der Auvergne, Arles' und Nîmes' sowie die der Normannen und der Bretonen; und die Belagerung von Paris (1871); Daguerre, die Fotografie entdeckend (1840); die Einnahme Algiers (1830); Papin, die Motorkraft des Dampfes entdeckend (1681); rechts Lyon, Marseille, Caen, Nantes, Montpellier, Rennes; die Trachten Rocheforts, La Rochelles und Mâcons, und die Lothringens, der Vogesen und Annecys; und die Verteidigung Chateauduns (1870); Montgolfier, den Fesselballon erfindend (1783), die Einnahme der Bastille (1789) und Parmentier, Ludwig XVI. einen Strauß Kartoffelblüten anbietend (1780).

Troyan, ehemaliger Kämpfer der Internationalen Brigaden, war fast während des ganzen Krieges im Lager Lurs eingesperrt gewesen, bis es ihm Ende 1943 gelungen war zu fliehen und ins Maquis zu gehen. Er war 1944 nach Paris zurückgekommen und nach einigen Monaten intensiver politischer Betätigung Antiquariatsbuchhändler geworden. Sein Laden in der Rue Lepic war in Wirklichkeit ein Portalvorbau, der ein bißchen hergerichtet worden war. Er verkaufte dort vor allem Bücher zu einem Franc und kleine Akt-Hefte – wie etwa *Sensations, Soirs de Paris, Pin-Up* – bei deren Anblick die Gymnasiasten zu sabbern anfingen. Drei- oder viermal waren ihm interessantere Geschäfte durch die Hände gegangen: die drei Briefe Victor Hugos zum Beispiel, aber auch eine Ausgabe von 1872 des *Bradshaw's Continental Railway Steam Transit and general Guides* und die *Memoiren von Falckenskiold,* zusammen mit seinen Feldzügen in der russischen Armee gegen die Türken 1769, dazu im Anhang Betrachtungen über den militärischen Zustand Dänemarks und ein kurzer Bericht Secrétans.

ENDE DES ZWEITEN TEILS

DRITTER TEIL

SECHSUNDVIERZIGSTES KAPITEL

Dienstmädchenzimmer, 7
Monsieur Jérôme

Ein Zimmer im siebten Stock, praktisch unbewohnt; es gehört, wie mehrere andere Dienstmädchenzimmer, dem Hausverwalter, der sich seine Benutzung vorbehalten hat und es hin und wieder Freunden aus der Provinz überläßt, die anläßlich dieser oder jener internationalen Messe einige Tage in Paris verbringen. Er hat es ganz unpersönlich eingerichtet: an den Wänden Jutebahnen, zwei Zwillingsbetten, die durch einen Nachttisch im Stil Louis XV getrennt sind, mit einem Werbeaschenbecher aus orangenfarbenem Plastikmaterial, auf dessen acht Rändern abwechselnd, jedes viermal, die Wörter COCA und COLA stehen, und anstelle einer Nachttischlampe eine dieser verstellbaren Klemmleuchten, deren Birne mit einem kleinen konischen, einbrennlackierten Metallhut geschmückt ist, der den Lampenschirm bildet; eine abgenutzte Brücke, ein Spiegelschrank mit Kleiderbügeln, die nicht zusammenpassen und aus verschiedenen Hotels stammen, kubische Polsterhocker, die mit synthetischem Fell bezogen sind und ein niedriger Tisch mit drei schwächlichen Beinen, die in vergoldeten Metallzwingen auslaufen, mit einer Platte in Nierenform, aus gefärbtem Resopal, auf dem eine Nummer der Zeitschrift *Jours de France* liegt, deren Umschlagseite mit einer lächelnden Großaufnahme des Sängers Claude François geschmückt ist.

In dieses Zimmer zog Monsieur Jérôme gegen Ende der fünfziger Jahre wieder ein, um dort zu leben und zu sterben.

Monsieur Jérôme war nicht immer der erloschene und verbitterte alte Mann gewesen, der er in den zehn letzten Jahren seines Lebens war. Im Oktober 1924, als er zum ersten Mal in die Rue Simon-Crubellier zog, nicht in dieses Dienstmädchenzimmer, sondern in die Wohnung, die Gaspard Winckler später bewohnen sollte, war er ein junger Geschichtslehrer, Absolvent der angesehenen Ecole normale supérieure, selbstsicher, voller Begeisterung und voller Pläne. Schlank, elegant, nach amerikanischer Art weiße gestärkte Kragen auf fein gestreiften Hemden tragend, Bonvivant, Feinschmecker, Liebhaber von Havannas und Cocktails, in den Bars verkehrend und gern Umgang pflegend mit der Prominenz von Paris, trug er fortschrittliche Ideen zur Schau, die er mit dem richtigen Maß an Herablassung und Unbefangenheit verteidigte, so daß sein Gesprächspartner sich zugleich gedemütigt fühlte, daß er sie nicht kannte und geschmeichelt, daß man sie ihm erklärte.

Einige Jahre lang unterrichtete er am Lycée Pasteur in Neuilly; dann bekam er ein Stipendium von der Fondation Thiers und bereitete seine Doktorarbeit vor. Als Thema wählte er *Die Gewürzstrasse* und analysierte mit einem Scharfsinn, dem es nicht an Humor fehlte, die wirtschaftliche Entwicklung der ersten Handelsgeschäfte zwischen dem Abendland und dem Fernen Osten, die er in Beziehung brachte mit westlichen kulinarischen Gewohnheiten der Zeit. In dem Wunsch nachzuweisen, daß die Einführung dieser kleinen getrockneten Gewürze, die man »Vogelgewürze« nennt, in Europa einem ausgesprochenen Wechsel in der Kunst der Wildbretzubereitung entsprochen hatte, zögerte er nicht, bei der Verteidigung seiner These den drei alten Professoren, die ihn prüften, Marinaden seiner Zusammenstellung zu versuchen zu geben.

Er bestand natürlich mit summa cum laude und den Glückwünschen der Jury und verließ dann, zum Kultur-Attaché in Lahore ernannt, einige Zeit danach Paris.

Zwei- oder dreimal hörte Valène von ihm. Zum Zeitpunkt der Volksfront tauchte sein Name mehrere Male unter Aufrufen oder Manifesten auf, die vom Wachsamkeitskomitee der antifaschistischen Intellektuellen kamen. Ein andermal, auf der Durchreise in Frankreich, hielt er im Musée Guimet einen Vortrag über *Die Kastensysteme im Pandschab und ihre sozio-kulturellen Folgen*. Etwas später veröffentlichte er im *Vendredi* einen langen Artikel über Gandhi.

Er kam 1958 oder 1959 in die Rue Simon-Crubellier zurück. Er war nicht mehr wiederzuerkennen, verbraucht, verhaucht, geschlaucht. Er bestand nicht darauf, wieder in seine alte Wohnung zu ziehen, sondern bat nur um ein Dienstmädchenzimmer, falls eins frei sei. Er war kein Lehrer und auch kein Kultur-Attaché mehr; er arbeitete in der Bibliothek des Instituts für Religionsgeschichte. Ein »alter Gelehrter«, den er, wie es scheint, in einem Zug kennengelernt hatte, bezahlte ihm hundertfünfzig Francs im Monat, um den spanischen Klerus zu verzetteln. Innerhalb von fünf Jahren schrieb er siebentausendvierhundertzweiundsechzig Biographien von Priestern, die unter den Regierungszeiten von Philipp III. (1598–1621), Philipp IV. (1621–1665) und Karl II. (1665–1700) im Amt waren und ordnete sie dann unter siebenundzwanzig verschiedenen Rubriken ein (durch einen wunderbaren Zufall, fügte er höhnisch lachend hinzu, ist die 27 in der »Classification décimale universelle« – bekannter unter dem Namen C.D.U. – die der allgemeinen Geschichte der christlichen Kirche vorbehaltene Zahl).

Der »alte Gelehrte« war inzwischen gestorben. Monsieur Jérôme bemühte sich, nachdem er vergebens die Education Nationale, das Centre National de la Recherche scientifique (C.N.R.S.), die Ecole pratique des Hautes Etudes (6.Section), das Collège de France und einige fünfzehn andere öffentliche oder private Institutionen für die Geschichte, weitaus bewegter als sich vermuten ließe, der spanischen Kirche im 17. Jahrhundert zu interessieren versucht hatte, ebenso vergebens einen Verleger zu finden. Nachdem er sechsundvierzig kategorische und endgültige Absagen erhalten hatte, nahm Monsieur Jérôme sein Manuskript – über eintausendzweihundert Seiten in einer unglaublich engen Schrift – und verbrannte es im Hof der Sorbonne, wofür er übrigens eine Nacht auf dem Polizeirevier verbringen mußte.

Dieser Kontakt mit den Verlegern war jedoch nicht ganz nutzlos. Etwas später bot ihm einer von ihnen Übersetzungen aus dem Englischen an. Es handelte sich um Kinderbücher, jene kleinen Bücher, die man in den angelsächsischen Ländern *primers* nennt und in denen man noch ziemlich häufig Dinge findet von der Art:

Put put put put put
Gluck gluck gluck.
Es ist unsre Henne die schwarze.
Sie legt für uns die Eier.
Und hat sie gelegt, fühlt sie sich freier.
Put put.
Gluck gluck gluck.
Da kommt der gute Onkel Leo.
Er schiebt seine Hand nun unter sie und nimmt das [frisch gelegte Ei.
Put put put put.
Gluck gluck gluck.

und er mußte sie beim Übersetzen natürlich den Besonderheiten des französischen Alltagslebens anpassen.

Mit diesem Broterwerb vegetierte Monsieur Jérôme bis zu seinem Tod kümmerlich dahin. Es machte ihm nicht sonderlich viel Arbeit und er verbrachte die meiste Zeit in seinem Zimmer, auf einem alten Sofa aus flaschengrünem Kunstleder liegend, immer mit dem gleichen Jacquard-Pullover oder einer gräulichen Flanelljacke bekleidet, unter dem Kopf das Einzige, was er nach all seinen Jahren in Indien von dort mitgebracht hatte: ein Fetzen – kaum größer als ein Taschentuch – eines früher einmal prächtigen Stoffs, von purpurrotem Grund, umstickt mit Silberfäden.

Rings um ihn herum war der Boden mit Krimis und Kleenex (er hatte ständig einen Tropfen an der Nase hängen) übersät; er verschlang leicht zwei bis drei Kriminalromane pro Tag und schmeichelte sich, daß er hundertdreiundachtzig Titel der Reihe *L'Empreinte* und mindestens zweihundert Titel der Reihe *Le Masque* gelesen habe und sich daran erinnere. Er mochte nur die Kriminalromane voller Rätsel, die guten alten klassischen angelsächsischen Kriminalromane von vorm Krieg mit abgeschlossenem Zimmer und perfekten Alibis, mit einer kleinen Vorliebe für die ein bißchen anstößigen Titel: *Der fleißige Mörder* oder *Der Leichnam spielt Ihnen etwas auf dem Klavier vor* oder *Der Verwandte wird wütend.*

Er las ungeheuer schnell – eine Gewohnheit und eine Technik, die er noch von der Ecole normale zurückbehalten hatte – aber nie sehr lang hintereinander. Oft hielt er inne, blieb liegen, ohne etwas zu tun, schloß die Augen. Er schob die dicke Hornbrille auf seine kahle Stirn; er legte den Kriminalroman vor das Sofa, nachdem er seine Seite durch eine Postkarte markiert hatte, die einen Globus darstellte, der wegen seinem gedrechselten Holzstiel einem Kreisel glich. Es war einer der ersten bekannten Globusse, der, den Johannes Schöner, ein mit Kopernikus befreundeter Kartograph, 1520 in

Bamberg hergestellt hatte und der in der Bibliothek von Nürnberg aufbewahrt wird.

Er erzählte nie jemandem etwas über das, was ihm zugestoßen war. Er sprach praktisch nie von seinen Reisen. Eines Tages fragte ihn Monsieur Riri, was das Erstaunlichste gewesen sei, das er in seinem Leben gesehen habe: er antwortete, daß es ein Maharadschah gewesen sei, der an einem ganz mit Elfenbein inkrustierten Tisch saß und mit seinen drei Heerführern zu Abend aß. Keiner sprach ein Wort und die drei wilden Kriegsmänner sahen vor ihrem Chef wie kleine Kinder aus. Ein andermal sagte er, ohne daß man ihn gefragt hatte, das Schönste, was er auf der Welt gesehen habe, das Blendendste, sei eine in symmetrische Achtecke unterteilte Decke gewesen mit Gold- und Silberverzierungen und Ziselierungen, reicher als an einem Schmuckstück.

SIEBENUNDVIERZIGSTES KAPITEL

Dinteville, 2

Das Wartezimmer Dr. Dintevilles. Ein ziemlich großer, rechteckiger Raum mit einem Parkettboden im Fischgrätenverband und ledergepolsterten Türen. An der hinteren Wand ein großes, mit blauem Velour bezogenes Sofa; so ziemlich überall Sessel, Stühle mit leierförmiger Lehne, Beistelltischchen mit verschiedenen Illustrierten und Monatszeitschriften drauf: auf dem Umschlagblatt einer dieser Illustrierten sieht man ein Farbfoto Francos auf seinem Totenbett, bewacht von vier knienden Mönchen, die geradewegs aus einem Bild von La Tour gekommen zu sein scheinen; an der rechten Wand ein Schreibtisch mit einer Lederplatte, auf dem ein Schreibetui Napoleon III. aus Pappmaché mit kleinen Schildpattinkrustationen und feinen, vergoldeten Arabesken steht und unter ihrer Glasglocke eine lackierte Pendeluhr, die um zehn vor Zwei stehengeblieben ist.

Im Wartezimmer sitzen zwei Leute. Der eine ist ein Greis von extremer Magerkeit, ein Französischlehrer im Ruhestand, der aber weiterhin in Fernkursen Unterricht erteilt und nun, während er darauf wartet, daß er an die Reihe kommt, mit einem fein gespitzten Bleistift einen Haufen Arbeiten korrigiert. Auf der Arbeit, die er sich gerade durchzusehen anschickt, kann man das Aufsatzthema lesen:

»In der Hölle trifft Raskolnikow Meursault (»Der Fremde«). Denken Sie sich einen Dialog zwischen den beiden aus, wobei Sie Ihre Beispiele dem Werk der beiden Autoren entnehmen.«

Der andere ist kein Kranker: es ist ein Vertreter für Telefonanlagen, den Dr. Dinteville zu sich gebeten hatte, damit er ihm nach der Sprechstunde seine neuesten Modelle für Anrufbeantworter zeigt. Er blättert in einem der Hefte herum, die auf dem Tischchen liegen, neben dem er sitzt: es ist ein Gartenkatalog, dessen Titelseite die Gärten des Suzaku-Tempels in Kyoto darstellt.

An den Wänden hängen mehrere Bilder. Eines von ihnen zieht ganz besonders die Aufmerksamkeit auf sich, weniger wegen seines pseudo-»naiven« Stils als wegen seiner Größe – fast drei auf zwei Meter – und seinem Bildinhalt: in der Mitte, die Ellbogen auf eine Theke aufgestützt, beißt ein junger Mann mit Brille in ein Schinkensandwich (mit Butter und viel Senf), wozu er ein Glas Bier trinkt. Hinter ihm steht ein elektrisches Billard, dessen Dekor ein verkitschtes Spanien – oder Mexiko – darstellt mit, zwischen den vier Skalenscheiben, einer Frau, die mit dem Fächer spielt. Durch einen in der Malerei des Mittelalters häufig benutzten Effekt macht sich der junge Mann mit Brille eifrig an dem Apparat zu schaffen, siegreich übrigens, da sein Zähler 67000 anzeigt, während 20000 bereits genügen, um auf eine Gratis-Partie Anrecht zu haben. Vier Kinder, in einer Reihe neben dem Apparat stehend, die Augen auf die Kugel gerichtet, betrachten jubelnd seine Erfolge: drei kleine Buben mit bunt gewebten Pullovern und Baskenmützen, dem traditionellen Bild der Straßenjungen vom Montmartre gleichend, und ein kleines Mädchen, das um den Hals eine dünne Schnur aus schwarzem, geflochtenem Faden trägt, auf die eine einzige rote Kugel eingefädelt ist, und das in der linken

Hand einen Pfirsich hat. Im Vordergrund, direkt hinter der Scheibe der Kneipe, auf der in dicken, weißen Buchstaben spiegelverkehrt zu lesen ist

CASSE-CROUTE

À

TOUTE HEURE

spielen zwei Männer Tarock: der eine von ihnen deckt die Karte auf, die einen mit einem Stock bewaffneten Mann darstellt, der einen Bettelsack trägt und von einem Hund verfolgt wird, eine Karte, die man den Narren nennt. Links, hinter der Theke, betrachtet der Wirt, ein fetter Mann in Hemdsärmeln mit schottischen Hosenträgern skeptisch ein Plakat, das eine junge Frau mit schüchternem Gesicht wahrscheinlich im Fenster anbringen zu dürfen bittet: oben ein langes, sehr spitzes Metallhorn, in dem mehrere Löcher sind; in der Mitte die Ankündigung der Welturaufführung in der Kirche Saint-Saturnin in Champigny am Samstag, den neunzehnten Dezember 1960 um 20 Uhr 45 von *Malakhitès, opus 35,* für fünfzehn Blechinstrumente, menschliche Stimmen und Schlagzeug von Morris Schmetterling durch das *New Brass Ensemble of the Michigan State University at East Lansing* unter der Leitung des Komponisten. Ganz unten ein Plan von Champigny-sur-Marne mit genauer Angabe der Zufahrtsstraßen von der Porte de Vincennes, der Porte de Picpus und der Porte de Bercy aus.

Dr. Dinteville ist ein Stadtteilarzt. Er hat morgens und abends Sprechstunde und besucht seine Kranken jeden Nachmittag. Die Leute mögen ihn nicht sehr, sie werfen ihm vor, daß es ihm an Herzlichkeit fehle, aber sie schätzen seine Tüchtigkeit als Arzt und seine Pünktlichkeit und bleiben ihm treu.

Der Doktor frönt seit langem einer geheimen Leidenschaft: er möchte seinen Namen mit einem Küchenrezept verbinden: er schwankt noch zwischen »Krabbensalat à la Dinteville«, »Krabbensalat Dinteville« oder, rätselhafter, »Salat Dinteville«.

Für 6 Personen: drei Krabben – oder drei Majidae (Seespinnen) oder sechs kleine Einsiedlerkrebse – noch lebendig. 250 gr. Teighörnchen. Ein Topf Stiltonkäse. 50 gr. Butter, ein kleines Glas Cognac, ein guter Löffel Meerrettichsoße, einige Tropfen Worcestersoße. Frische Minzblätter. Drei Dillkörner. Für den Fisch-Fond: grobes Salz, Pfefferkörner, 1 Zwiebel. Für die Mayonnaise: ein Eigelb, starker Senf, Salz, Pfeffer, Olivenöl, Essig, Paprika, ein Kaffeelöffel Tomatenmark.

1 In einem großen Topf, der zu dreiviertel mit kaltem Wasser gefüllt ist, wird mit grobem Salz, fünf grauen Pfefferkörnern, 1 geschälten und halbierten Zwiebel ein Fischfond zubereitet. Zehn Minuten lang kochen lassen. Kalt werden lassen. Die Schalentiere in den Fond geben. Wieder zum Kochen bringen. Bei geschlossenem Topf und schwachem Feuer 15 Minuten lang köcheln lassen. Die Schalentiere herausnehmen. Anschließend kaltwerden lassen.

2 Den Fischfond wieder zum Kochen bringen. Die Teighörnchen in den Fischfond geben. Durchrühren und sieben Minuten lang sprudelnd kochen. Die Nudeln müssen unbedingt fest bleiben. Die Teighörnchen abtropfen lassen. Unter kaltem Wasser abschrecken und zur Seite stellen, nachdem man sie zuvor mit etwas Olivenöl begossen hat, damit sie nicht aneinanderkleben.

3 In einem Mörser mit einem Stampfer oder mit einem Holzspatel den mit etwas Cognac angefeuchteten Stilton mit der Butter, dem Meerrettich und einigen Tropfen Worcester-Soße mischen. Solange kneten, bis man eine ölige, nicht allzu flüssige Masse erhält.

4 Beine und Zangen von den abgekühlten Schalentieren lösen. Darauf in eine große Schüssel tun. Die Panzer aufschneiden, die Hauptknorpel entfernen, abtropfen lassen, das Fleisch und die sämigen Teile herauspulen. Das Ganze wird nun grob gehackt, wobei die zerquetschten Dillkörner und die frischen, fein gehackten Minzblätter hinzugegeben werden.

5 Eine sehr steife Mayonnaise zubereiten. Mit dem Paprika und dem Tomatenmark färben.

6 Die Teighörnchen in eine große Salatschüssel geben und nach und nach durch sehr vorsichtiges Umrühren die klein geschnittenen Schalentiere, den Stilton und die Mayonnaise unterheben. Ganz nach Belieben mit Salatblättern, Radieschen, rosa Garnelen, Gurken, Tomaten, hartgekochten Eiern, Oliven, Orangenschnitzen usw. garnieren. Sehr kühl servieren.

ACHTUNDVIERZIGSTES KAPITEL

Madame Albin (Dienstmädchenzimmer, 8)

Eine Mansarde unter den Dächern zwischen dem ehemaligen Zimmer Morellets und dem Madame Orlowskas. Sie ist leer, nur bewohnt von einem Goldfisch in seinem kugelförmigen Glasbehälter. Die Mieterin, Madame Albin, ist, obgleich ernstlich krank, wie jeden Tag zum Grab ihres Mannes gegangen, um dort ein Gebet zu sprechen.

Wie Monsieur Jérôme ist auch Madame Albin wieder in die Rue Simon-Crubellier zurückgekommen, nachdem sie lange fort gewesen war. Kurz nach ihrer Heirat nicht mit Raymond Albin, dem Soldaten, ihrem ersten Bräutigam, den sie wenige Wochen nach dem Zwischenfall im Fahrstuhl verlassen hatte, sondern mit René Albin, einem Buchdrucker, der mit dem andern keine andere Verbindung hatte als den gleichen Namen, verließ sie Frankreich, um ihrem Mann nach Damaskus zu folgen, wo er in einer großen Druckerei Arbeit gefunden hatte. Ihr Ziel war es, so schnell wie möglich genügend Geld zu verdienen, um nach Frankreich zurückkommen und sich selbständig machen zu können.

Das französische Protektorat begünstigte ihr Bestreben oder, genauer, beschleunigte es, indem es ihnen dank eines Systems zinsloser Kredite, das dazu bestimmt war, die Kolonialinvestitionen zu fördern, die Möglichkeit gab, eine kleine Schulbuchfabrik zu gründen, die bald einen gewissen Umfang annahm. Als der Krieg ausbrach, hielten es die Albins für klüger, Syrien nicht zu verlassen, wo ihr Verlagsunternehmen immer erfolgreicher wurde, und neunzehnhundertfünfundvierzig, als sie sich anschickten, ihr Geschäft aufzulösen und nach Frankreich zurückzukehren, nachdem sie ein Vermögen gemacht hatten und ihnen ein mehr als ausreichendes Einkommen sicher war, machten die antifranzösischen Unruhen und ihre brutale Unterdrückung innerhalb kürzester Zeit alle ihre Anstrengungen zunichte: ihr Verlagshaus, das eines der Symbole für die französische Präsenz in Syrien geworden war, wurde von den Nationalisten niedergebrannt und einige Tage später zerstörte die Bombardierung der Stadt durch die französisch-britischen Truppen das große Hotel, das sie hatten bauen lassen und in das sie dreiviertel ihres Vermögens investiert hatten.

René Albin starb noch in der Nacht des Bombenangriffs an einem Herzschlag. Flora wurde 1946 repatriiert. Sie ließ die Leiche ihres Mannes überführen und bestattete ihn in Juvisy. Durch die Concierge, Madame Claveau, mit der sie in Kontakt geblieben war, gelang es ihr, wieder ihr altes Zimmer zu beziehen. Darauf begann für sie eine endlose Reihe von Prozessen, die sie einen nach dem andern verlor und bei denen die wenigen Millionen, die ihr noch blieben, ihr Schmuck, ihr Silber, ihre Teppiche draufgingen: sie verlor gegen die französische Republik, sie verlor gegen Ihre Anmutige britische Majestät, sie verlor gegen die syrische Republik, sie verlor gegen die Stadt Damaskus, sie verlor gegen alle Versicherungsgesellschaften und Versicherungs-Versicherer, die sie angriff. Alles, was sie erreichte, war eine Pension als Zivilopfer und, da die Druckerei, die sie zusammen mit ihrem Mann gegründet hatte, verstaatlicht worden war, eine Entschädigung, die in eine Leibrente umgewandelt wurde: das sichert ihr ein monatliches Nettoeinkommen von vierhundertachtzig Francs, das sind ganz genau 16 Francs pro Tag.

Madame Albin ist eine jener großwüchsigen, hageren und knochigen Frauen, von denen man meinen könnte, sie kämen direkt aus *Diese Damen mit den grünen Hüten*. Sie geht täglich zum Friedhof: sie geht um zwei Uhr von zu Hause weg, nimmt den Autobus 84 nach Courcelles, steigt an der Gare d'Orsay aus, nimmt den Zug nach Juvisy-sur-Orge und ist gegen halb sieben wieder in der Rue Simon-Crubellier; die übrige Zeit bleibt sie in ihrem Zimmer eingeschlossen.

Ihre Wohnung ist in tadellosem Zustand: die kleinen Fliesen auf dem Boden sind sorgfältig gewachst und sie bittet ihre Besucher, Schuhschützer aus Sackleinen überzustreifen; auf ihren beiden Sesseln sind Schonbezüge aus Nylon.

Auf ihrem Tisch, ihrem Kamin und ihren beiden Couchtischen liegen Gegenstände, die in alte Nummern der einzigen Zeitschrift eingewickelt sind, die sie je mit Vergnügen gelesen hat, *France-Dimanche*. Es ist eine große Ehre, wenn einem gestattet wird, sie anzuschauen; sie wickelt sie nie gleichzeitig aus und selten mehr als zwei oder drei für eine bestimmte Person. Valène zum Beispiel hat ein Schachspiel aus Palisander mit Perlmutt-Intarsien bewundern dürfen sowie ein *rebab*, eine arabische Geige mit zwei Saiten, von der man annimmt, daß sie aus dem 16. Jahrhundert stammt; Mademoiselle Crespi hat sie – ohne ihr die Herkunft oder den Zusammenhang, den er mit ihrem Leben in Syrien gehabt haben mag – einen chinesischen erotischen Stich gezeigt, der eine Frau darstellt, die auf dem Rücken liegt und von sechs kleinen Gnomen mit ganz runzeligen Gesichtern beehrt wird; Jane Sutton, die sie nicht mag, weil sie Engländerin ist, hat sie nur vier Postkarten sehen lassen, die ebenfalls keinen sichtbaren Zusammenhang mit ihrer Biographie haben: ein Hahnenkampf auf Borneo, vermummte Samojeden in Renntierschlitten, die durch eine nordasiatische Schneeöde kutschieren; ein junges marokkanisches Weib, in gestreifter Seide, aufgeschirrt mit Ketten, Spangen und Ringen, die strotzende Brust halb entblößt, mit breiten Nüstern, Augen voll tierischen Lebens, die mit weißen Zähnen lacht; und ein griechischer Bauer mit einer Art Baskenmütze, einem roten Hemd und einer grauen Weste, der seinen Pflug vor sich herschiebt. Doch Madame Orlowska, die wie sie selber in Ländern des Islams gelebt hat, hat sie das Kostbarste gezeigt, was sie besaß: eine Kupferlampe, durchbrochen mit kleinen ovalen Einschnitten, die Fabelblumen ergeben, aus der Moschee der ›Umayyaden‹ stammend, wo Saladin begraben liegt, und eine handkolorierte Fotografie des Palastes, den sie hatte erbauen lassen: ein großer, viereckiger Hof, an drei Seiten umgeben von weißgestrichenen Gebäuden mit großen, waagrecht verlaufenden roten, grünen, blauen, schwarzen Streifen; ein riesiges Büschel Oleander, dessen volle Blüten rote Flecken in dem Grün bilden; mitten auf dem Hof, auf dem Pflaster aus farbigem Marmor, trippelt eine kleine Gazelle mit schmalen Hufen und schwarzen Augen.

Madame Albin beginnt das Gedächtnis und vielleicht auch ein wenig den Verstand zu verlieren; die Leute haben es gemerkt, als sie anfing, abends an ihre Türen zu klopfen und sie vor unsichtbaren Gefahren zu warnen, die sie *die Halbstarken* oder auch die *Harkis* und manchmal sogar die O.A.S. nannte; ein andermal fing sie an, eines ihrer Pakete aufzupacken, um es Smautf zu zeigen und Smautf stellte fest, daß sie, so, als sei es eines ihrer kostbaren Souvenirs, eine kleine Dose Orangensaft eingepackt hatte. Vor einigen Monaten hatte sie eines Morgens vergessen, ihr Gebiß anzuziehen, das sie jede Nacht in ein Glas Wasser stellt; sie hat es seitdem nie wieder angezogen; das Gebiß steht in seinem

Glas Wasser auf dem Nachttisch, bedeckt mit einer Art Wassermoos, aus dem manchmal winzige gelbe Blumen hervorkommen.

NEUNUNDVIERZIGSTES KAPITEL

Treppen, 7

Ganz oben auf der Treppe.

Rechts die Tür zur Wohnung, die Gaspard Winckler bewohnte; links der Aufzugsschacht; im Hintergrund die Glastür, die auf die kleine Treppe geht, welche zu den Dienstmädchenzimmern führt. Eine zerbrochene Scheibe ist durch eine Seite der Zeitschrift *Détective* ersetzt worden, auf der man lesen kann: »Fünf Minderjährige lösten sich Tag und Nacht ab, um die Besitzerin eines Campingplatzes zu befriedigen«, darüber ein Foto der besagten, einer Frau von etwa fünfzig Jahren mit einem Blumenhut und einem weißen Mantel, unter dem sie vermutlich völlig nackt ist.

Anfangs waren die beiden Stockwerke im Dachstuhl nur von Dienstboten bewohnt. Sie durften die große Treppe nicht benutzen; sie mußten durch die Dienstbotentür auf der äußersten Linken des Hauses ein- und ausgehen und die Hintertreppe benutzen, die auf jedem Stockwerk in den Küchen oder den Bedientenräumen mündete und in den beiden letzten Stockwerken zu zwei langen Fluren führte, in denen die Zimmer und Mansarden lagen. Die Glastür am Ende der großen Treppe sollte nur in den höchst seltenen Fällen dienen, in denen ein Dienstherr oder eine Dienstherrin in das Zimmer eines der Dienstboten gehen muß, zum Beispiel »um seine Klamotten in Augenschein zu nehmen«, das heißt, um nachzuschauen, ob er keine silbernen Löffel oder ein Paar Handleuchter mitnahm, wenn er vor die Tür gesetzt worden war oder um der alten, sterbenden Victoire eine Tasse Kräutertee oder die letzte Ölung zu bringen.

Mit dem Ende des Krieges Vierzehn-Achtzehn wurde diese sakro-sankte Regel, die weder Dienstherren noch Dienstboten je zu übertreten gedacht hätten, allmählich gelockert, hauptsächlich deshalb, weil die Zimmer und Mansarden immer weniger der ausschließlichen Benutzung durch das Dienstpersonal vorbehalten blieben. Das Beispiel gab Monsieur Hardy, ein Marseiller Kaufmann, der mit Olivenöl handelte und im zweiten Stock wohnte, in der Wohnung, in der später die Appenzzells und dann die Altamonts leben sollten. Er vermietete eines seiner Dienstbotenzimmer an Henri Fresnel: Henri Fresnel gehörte gewissermaßen zum Dienstpersonal, da er Küchenchef in dem Restaurant war, das Monsieur Hardy gerade in Paris eröffnet hatte, um die Frische und Vorzüglichkeit seiner Produkte (*A la Renommée de la Bouillabaisse*, 99, rue de Richelieu, neben dem *Restaurant de Grand U*, damals berühmter Treffpunkt von Politikern und Journalisten) unter Beweis zu stellen, aber er – Monsieur Fresnel – diente nicht im Haus, und so benutzte er mit vollkommen ruhigem Gewissen die Glastür und die Treppe der Dienstherren, wenn er hinunterging. Der Zweite war Valène: Monsieur Colomb, ein altes Original, Verleger spezialisierter Almanache *(Der Almanach des Pferdenarren, des Numismatikers, des Musiknarren, des Austernzüchters usw.)*, Vater des Trapezkünstlers Rodolphe, der damals im Neuen Zirkus Triumphe feierte und ein entfernter Freund der Eltern Valènes vermietete ihm für ein paar Francs – oft in Form einer Bestellung für einen Almanach gezahlt – sein Dienstbotenzimmer, mit dem er nichts anzufangen wußte, da Gervaise, seine Gouvernante, in einem der Zimmer seiner Wohnung im dritten

Stock rechts, unter den Echards, schlief. Und als diese Glastür, die nur ausnahmsweise geöffnet werden sollte, einige Jahre später täglich von dem jungen Bartlebooth benutzt wurde, wenn er zu Valène hinaufging, um seinen Aquarellunterricht zu nehmen, war es ganz offensichtlich nicht mehr möglich, auf dauerhafte Weise eine Klassenzugehörigkeit nur auf Grund des Verhältnisses, das dieser oder jener zur Glastür hatte, zu begründen, so wie es der vorangegangenen Generation ebenfalls unmöglich geworden war, sie auf Grund von doch immerhin so stark verankerten Begriffen wie Untergeschoß, Zwischengeschoß und vornehme Etage aufzustellen.

Heute sind von den zwanzig Zimmern, die ursprünglich dem Dienstpersonal auf dieser Seite der Fassade vorbehalten und einstmals mit grünen, mit einer Schablone aufgemalten Zahlen von 11 bis 30 numeriert waren, während zwanzig andere, von 1 bis 10 und von 31 bis 40 numeriert, auf der anderen Seite des Flurs liegen und auf den Hof gehen, tatsächlich nur noch zwei von im Haus beschäftigten Dienstboten bewohnt: das Zimmer Nr. 13, das Smautfs Zimmer ist, und das Zimmer Nr. 26, in dem das niederländisch-paraguayische Ehepaar schläft, das bei den Huttings arbeitet; man kann allenfalls noch die Nummer 14 hinzufügen, das Zimmer Jane Suttons, die es dadurch bezahlt, daß sie jeden Tag zwei Stunden bei den Rorschachs putzt, was übrigens für ein so kleines Zimmer einer eher überhöhten Miete entspricht, und im alleräußersten Falle Zimmer 15, in dem Madame Orlowska lebt, die manchmal auch als Putzfrau arbeitet, aber in der Regel nicht im Haus, und lediglich ausnahmsweise bei den Louvets oder den Marquiseaux', wenn das Geld, das sie mit ihrer Teilzeitbeschäftigung für Polnisch und Arabisch beim *Bulletin signalétique du C.N.R.S.* verdient, nicht mehr ausreicht, sie und ihren kleinen Jungen über die Runden zu bringen. Die andern Zimmer und Mansarden gehören nicht einmal mehr unbedingt den Eigentümern der Wohnungen: der Hausverwalter hat mehrere von ihnen aufgekauft und vermietet sie als »Einzelzimmer«, nachdem er dort Wasser hatte legen lassen; mehrere Personen haben zwei oder drei Zimmer miteinnander verbunden, angefangen bei Olivier Gratiolet, dem Erben der früheren Hausbesitzer, und haben sogar, unter Mißachtung der Hausordnung der Miteigentümer und mit Hilfe von Verfahrenstricks und Schmiergeldern, Teile der »Gemeinschaftsräume« an sich gebracht, wie Hutting, der sich die alten Flure angeeignet hat, als er sein großes Atelier einrichtete.

Die Hintertreppe dient nur noch einigen Laufburschen und Lieferanten sowie den Arbeitern, die Reparaturen im Haus zu verrichten haben. Der Aufzug wird – wenn er geht – ungeniert von allen benutzt. Doch die Glastür bleibt das diskrete und furchtbar hartnäckige Zeichen eines Unterschieds. Selbst wenn oben viel reichere Leute sind als unten, so gehören doch vom Standpunkt der von unten die von oben eher zu den Geringeren: im vorliegenden Falle sind es, wenn es keine Dienstboten sind, Arme, Kinder *(Junge)* oder Künstler, für die das Leben notwendigerweise als Rahmen diese engen Zimmer haben muß, in denen nur Platz ist für ein Bett, einen Wandschrank und ein Regal mit Marmeladengläsern für schwierige Monatsende. Es versteht sich natürlich von selbst, daß Hutting, ein Maler von internationalem Ruf, viel reicher ist als die Altamonts, und es steht sogar fest, daß die Altamonts geschmeichelt sind, Hutting bei sich zu empfangen und in seinem Schloß in der Dordogne oder in seinem Bauernhaus in Gattières seine Gäste zu sein, aber die Altamonts werden nie eine Gelegenheit auslassen, daran zu erinnern, daß im 17. Jahrhundert die Maler, die

Schriftsteller und die Musiker nur spezialisierte Diener waren, wie im 19. Jahrhundert noch die Parfümfabrikanten, Friseure, Schneider und Restaurateure, denen heute nicht nur ein Vermögen winkt, sondern manchmal auch die Berühmtheit; man kann sich zur Not noch vorstellen, daß ein Schneider oder ein Restaurateur allein durch seine Arbeit Kaufmann und sogar Industrieller werden kann, die Künstler jedoch werden immer abhängig bleiben vom bürgerlichen Bedürfnis.

Diese Sicht der Dinge, 1879 von Edmond About großartig dargelegt, der in einem Werk mit dem Titel *Das ABC des Arbeiters* allen Ernstes ausrechnete, daß Mademoiselle Patti (1843–1919), wenn sie im Salon eines Finanziers singt, den Gegenwert von vierzig Tonnen Gußeisen zu fünfzig Francs die tausend Kilo erzeugt, sobald sie den Mund aufmacht, diese Sicht der Dinge wird selbstverständlich nicht von allen Leuten im Haus mit dem gleichen Nachdruck geteilt. Für die einen ist sie ein Vorwand für Nörgelei und Neid, Äußerungen der Eifersucht oder der Verachtung; für die andern gehört sie zu einer Folklore ohne echte Folgen. Aber für die einen wie für die andern und übrigens sowohl für die von unten wie für die von oben funktioniert sie am Ende als eine feststehende Tatsache: die Louvets sagen zum Beispiel von den Plassaerts »sie haben die Dienstmädchenzimmer hergerichtet, aber es sieht trotzdem ganz nett bei ihnen aus«; die Plassaerts ihrerseits fühlen sich verpflichtet den *irren Charme* ihrer drei kleinen Mansarden hervorzuheben und hinzuzufügen, daß sie sie für einen Apfel und ein Stück Brot bekommen haben und zu verstehen zu geben, daß sie sich nicht mit falschen Louis XV-Möbeln umgeben wie die alte Moreau, was im vorliegenden Falle vollkommen falsch ist. Etwa auf die gleiche Weise sagt Hutting gern, als wolle er sich entschuldigen, daß er diesen Luxusschuppen leid war, den er an der Porte d'Orléans hatte und daß er von einem kleinen, ruhigen Atelier in einem stillen Viertel träumte; der Hausverwalter hingegen wird, wenn er von Morellet spricht, »Morellet« sagen, und wenn er von Cinoc oder von Winckler spricht, wird er »Monsieur Cinoc« oder »Monsieur Winckler« sagen, und wenn es vorkommt, daß Madame Marquiseaux den Aufzug zur gleichen Zeit nimmt wie Madame Orlowska, so macht sie, ohne daß sie das vielleicht will, eine Handbewegung, die bedeutet, daß es ihr Aufzug ist und daß sie sich dazu herabläßt, seinen Genuß für einen Augenblick mit jemandem zu teilen, der, wenn er im sechsten Stock angekommen ist, noch zwei Treppen zu Fuß zu gehen hat.

Zweimal sind die Leute von oben und die Leute von unten in offenen Streit miteinander geraten: ein erstes Mal, als Oliver Gratiolet die Miteigentümer gebeten hat, für eine Verlängerung des Teppichs in den siebten und achten Stock, auf der anderen Seite der Glastür, zu stimmen. Er hatte die Unterstützung des Hausverwalters, für den ein Teppich im Treppenhaus hundert Francs mehr pro Monat und pro Zimmer bedeutete. Doch die Mehrheit der Miteigentümer, die diese Maßnahme durchaus für rechtmäßig ansahen, verlangten, daß sie nur von den Eigentümern der beiden letzten Stockwerke und nicht von der Gesamtheit der Miteigentümer getragen werde. Das war natürlich überhaupt nicht mehr im Sinne des Hausverwalters, der den Teppich fast allein hätte bezahlen müssen, und er fand Mittel und Wege, um die Angelegenheit zu begraben.

Das zweite Mal war es wegen der Postverteilung. Die augenblickliche Concierge, Madame Nochère, mag zwar die beste Frau von der Welt sein, sie hat nichtsdestoweniger Klassenvorurteile und die durch die Glastür deutlich gemachte Trennung ist für sie absolut nicht fiktiv: sie bringt die Post denen hinauf, die diesseits der

Tür wohnen; die andern müssen sie in ihrer Hausmeisterloge abholen: das sind die Instruktionen, die Juste Gratiolet Madame Araña gegeben hat, die Madame Araña an Madame Claveau weitergegeben hat, die diese wiederum Madame Nochère weitergegeben hat. Hutting und noch nachdrücklicher die Plassearts haben die Aufhebung dieser diskriminierenden und ehrenrührigen Maßnahme verlangt und die Miteigentümer sind gezwungen gewesen, nachzugeben, um nicht den Anschein zu erwecken, eine aus dem 19. Jahrhundert ererbte Praxis zu billigen. Doch Madame Nochère hat sich glatt geweigert und vom Hausverwalter aufgefordert, die Post unterschiedslos in allen Stockwerken zu verteilen, hat sie ein ärztliches Attest vorgelegt, das ihr Dr. Dinteville persönlich ausgestellt hat, und in dem ihr bescheinigt wird, daß der Zustand ihrer Beine es ihr verbiete, zu Fuß die Treppen zu steigen. Madame Nochère handelte in dieser Angelegenheit vor allem aus Haß auf die Plassaerts und Hutting; denn sie bringt die Post selbst dann hinauf, wenn der Aufzug ausgefallen ist (was häufig vorkommt) und es ist selten, daß ein Tag vergeht, ohne daß sie Madame Orlowska, Valène oder Mademoiselle Crespi einen Besuch abstattet, wobei sie stets die Gelegenheit wahrnimmt, ihnen ihre Post mitzubringen.

Das hat natürlich keine besonderen praktischen Folgen, außer für die Concierge selbst, die ein für allemal weiß, daß sie zu Neujahr nicht mit großen Trinkgeldern von Hutting und den Plassaerts zu rechnen braucht. Es ist dies eine der Klüfte, die das Leben in einem Mietshaus regeln, eine Quelle all der kleinen Spannungen, Mikro-Konflikte, Anspielungen, Hintergedanken, Streitpunkte; es gehört zu diesen bisweilen heftigen Kontroversen, die die Versammlungen der Miteigentümer erschüttern, wie etwa jene, die wegen der Blumentöpfe von Madame Réol oder wegen des Mopeds von David Marcia (durfte er es in dem Schuppen gleich neben dem Höfchen mit den Mülleimern abstellen oder nicht? Die Frage stellt sich heute nicht mehr, doch in dem Versuch, eine Antwort darauf zu finden, fragte man völlig vergeblich ein gutes halbes Dutzend Rechtsberater um Rat) entstehen oder auch die verhängnisvollen Musikgewohnheiten des Schwachsinnigen, der im zweiten Stock rechts nach hinten zum Hof wohnt und der zu gewissen unbestimmten Zeiten und für Perioden von unvorhersehbarer Dauer Entziehungserscheinungen verspüren würde, wenn er nicht siebenunddreißig Mal hintereinander, am liebsten zwischen Mitternacht und drei Uhr morgens, *Heili Heilo, Lili Marleen* und andere Edelsteine der Hitler-Musik hören würde.

Es gibt noch diskretere, fast ungeahnte Klüfte: die alten und die neuen Hausbewohner zum Beispiel, deren Anteil zu den Unwägbarkeiten gehört: Rorschach, der seine Wohnungen 1960 gekauft hat, ist ein »Alter«, während Berger, der nicht einmal ein ganzes Jahr später gekommen ist, ein »Neuer« ist; und dabei ist Berger gleich eingezogen, während Rorschach eineinhalb Jahre lang Umbauarbeiten vornehmen ließ; oder auch die Seite der Altamonts und die Seite der Beaumonts; oder das Verhalten der Leute während des letzten Krieges: von den Vieren, die heute noch im Haus wohnen und die damals in dem Alter waren, Partei zu ergreifen, hat sich nur ein einziger, Olivier Gratiolet, aktiv in der Widerstandsbewegung betätigt. Er hatte in seinem Keller eine geheime Druckerei und unter seinem Bett fast ein Jahr lang eine auseinandergenommene amerikanische Maschinenpistole, die er in Einzelteilen in einem Einkaufskorb herbeigeschafft hatte. Véra de Beaumont hingegen stellte gern pro-deutsche Ansichten zur Schau und zeigte sich bei mehreren Gelegenheiten in Gesellschaft tadellos gekleideter Preußen der höheren

Dienstgrade; die beiden andern, Mademoiselle Crespi und Valène, waren eher gleichgültig.

Das Ganze ergibt eine recht ruhige Geschichte mit ihren Hundekotdramen und ihren Abfalleimertragödien, dem morgens zu früh eingeschalteten Radio der Bergers und ihrer Kaffeemühle, wovon Madame Réol aufgeweckt wird, dem Glockenspiel Gratiolets, über das Hutting sich unaufhörlich beklagt oder den Schlaflosigkeiten Léon Marcias, die die Louvets nur schwer ertragen können: Stunden um Stunden läuft der alte Mann in seinem Zimmer hin und her, geht in die Küche, um sich ein Glas Milch aus dem Kühlschrank zu holen oder ins Badezimmer, um sich Wasser übers Gesicht laufen zu lassen oder stellt das Radio an und hört, ganz leise gestellt, aber für die Nachbarn immer noch zu laut, knatternde Programme vom andern Ende der Welt.

In der gesamten Geschichte des Hauses hat es wenig schlimme Ereignisse gegeben, höchstens die kleinen Unfälle, die auf die Experimente Morellets folgten oder, lange vorher, gegen Weihnachten 1925, das Feuer im Boudoir von Madame Danglars, das heute der Raum ist, in dem Bartlebooth seine Puzzles wieder zusammensetzt.

Die Danglars aßen in der Stadt zu Abend; der Raum war zwar leer, doch im Kamin flackerte ein Feuer, das die Dienstboten angemacht hatten. Man erklärte sich den Brand damit, daß eine Glut über den vor dem Kamin stehenden großen, rechteckigen Ofenschirm aus bemaltem Metall geflogen ist und in eine Vase fiel, die auf einem niedrigen Tisch stand: die Vase war leider voller herrlicher künstlicher Blumen, die sofort zu brennen anfingen: das Feuer griff auf den Teppichboden über und auf die Stofftapete an den Wänden mit dem

Motiv von Jouy, eine antike ländliche Szene darstellend: ein hüpfender Faun, einen Arm auf der Hüfte, den andern anmutig über dem Kopf gekrümmt, weidende Schafe, in deren Mitte sich ein dunkles Mutterschaf befindet, eine Schnitterin, die mit einer Sichel Gras schneidet.

Alles brannte aus, vor allem aber der kostbarste Schmuck Madame Danglars': eines der 49 Ostereier Carl Fabergés, ein Ei aus Bergkristall, das einen Rosenstrauch enthielt: wenn man das Ei öffnete, bildeten die Rosen einen Kreis, in dessen Mitte eine ganze Gruppe singender Vögel erschien.

Es wurde nur ein Perlenarmband wiedergefunden, das Monsieur Danglars seiner Gemahlin zum Geburtstag geschenkt hatte. Er hatte es bei der Versteigerung des Nachlasses eines der Nachkommen von Madame de la Fayette ersteigert, der es ihrerseits von Henriette von England geschenkt worden sein soll. Das Schmuckkästchen, in dem die Perlen verschlossen waren, hatte dem Feuer zwar widerstanden, aber sie waren ganz schwarz geworden.

Die Hälfte der Wohnung der Danglars wurde verwüstet. Der Rest des Hauses wurde nicht in Mitleidenschaft gezogen.

Valène träumte manchmal von Katastrophen und Unwettern, von Wirbeln, die das ganze Haus wie einen Strohhalm fortwehen und seinen schiffbrüchigen Bewohnern die unendlichen Wunder des Sonnensystems offenbaren würden; oder aber ein unsichtbarer Riß würde von oben bis unten durchs Haus gehen, wie ein Zittern, und mit einem langen und tiefen Krachen würde es sich teilen, auseinanderbrechen, langsam in ein unbeschreibliches klaffendes Loch hineinsacken; darauf würden Horden über es herfallen, Ungeheuer mit blaugrünen Augen, Rieseninsekten mit stählernen

Kinnladen, blinde Termiten, große weiße Würmer mit unersättlichem Maul: das Holz würde zerbröckeln, der Stein würde zu Sand werden, die Schränke würden unter ihrem eigenen Gewicht zusammenbrechen, alles würde zu Staub zerfallen.

Aber nein. Nur schäbige Streitereien über Kübel und Bottiche, über Streichhölzer und Spülbecken. Und hinter dieser für immer verschlossenen Tür die morbide Langeweile dieser langsamen Rache, diese schwerfällige Angelegenheit vergreister Monomanen, die ihre fingierten Geschichten und ihre elenden Schlingen und Fallen wiederkäuen.

FÜNFZIGSTES KAPITEL

Foulerot, 3

Das Zimmer oder besser das künftige Zimmer Geneviève Foulerots.

Der Raum ist gerade neu gestrichen worden. Die Decke ist mattweiß, die Wände sind elfenbeinweiß lackiert, der Fußboden im Fischgrätenverband ist schwarz lackiert. Eine nackte Glühbirne an einem elektrischen Kabel ist von einem behelfsmäßigen Lampenschirm, der aus einem konisch zusammengedrehten großen, roten Blatt Löschpapier besteht, teilweise verdeckt worden.

Der Raum ist völlig leer, kein Möbelstück steht darin. Ein sehr großformatiges Bild, das noch nicht hängt, lehnt an der rechten Wand und spiegelt sich teilweise in dem dunklen Spiegel des Flußbodens.

Das Bild selbst stellt ein Zimmer dar. Auf der Fensterbank steht ein Glasbehälter mit Goldfischen und ein Blumentopf mit Reseda. Durch das offene Fenster erblickt man eine dörfliche Landschaft: der Himmel ist von zartem Blau, gerundet wie eine Kuppel und stützt sich am Horizont auf die Zackenlinie der Wälder; im Vordergrund läßt ein kleines Mädchen, barfuß im Staub, eine Kuh weiden. Etwas weiter arbeitet ein Maler im blauen Kittel am Fuße einer Eiche mit seinem Farbkasten auf den Knien. Ganz im Hintergrund schillert ein See, an dessen Ufern sich eine dunstige Stadt erhebt mit Terrassenhäusern und hohen Straßen, deren

Brüstungen mit Gitterstäben über das Wasser hinausragen.

Vor dem Fenster, etwas nach links, sitzt ein Mann in einer Phantasieuniform – weiße Hose, mit Epauletten, Ordenssternen, Säbeltaschen, Schnüren übersäte Jacke aus Kattun, großer schwarzer Umhang, Sporenstiefel – vor einem ländlichen Schreibzeug – eine alte Dorfschulbank mit einem Loch für das Tintenfaß und einem leicht geneigten Schreibpult, auf dem eine Wasserkaraffe, eines von diesen *Flöte* genannten Gläsern und ein Kerzenständer stehen, dessen Sockel ein wunderbares, mit Silber eingefaßtes Elfenbeinei ist. Der Mann hat gerade einen Brief erhalten und liest ihn mit einem Ausdruck völliger Niedergeschlagenheit.

Genau links vom Fenster hängt ein Wandtelefon und noch etwas weiter links ein Bild: es stellt eine Landschaft am Meer dar mit einem Rebhuhn im Vordergrund, das auf dem Ast eines verdorrten Baumes sitzt, dessen gewundener und geschraubter Stamm aus einem Haufen Felsen hervorbricht, der sich zu einer brodelnden Bucht ausweitet. In der Ferne, auf dem Meer, ein Segelschiff mit dreieckigen Segeln.

Rechts vom Fenster hängt ein großer Spiegel mit einem Goldrahmen, in dem sich vermutlich eine Szene spiegelt, die wohl im Rücken der sitzenden Person stattfinden dürfte. Drei Personen stehen da, die ebenfalls verkleidet sind, eine Frau und zwei Männer. Die Frau trägt ein langes, strenges Kleid aus grauer Wolle und eine Quäkerkopfbedeckung und hat einen Krug mit Essigfrüchten unterm Arm; einer der Männer, ein magerer Vierziger mit ängstlichem Gesicht, ist mit einem Possenreißerkostüm aus dem Mittelalter bekleidet, einem Wams, das in lange, dreieckige, abwechselnd rote und gelbe Stoffstreifen eingeteilt ist, einem Narrenzepter und einer Schellenkappe; der andere Mann, ein Jüngling mit geistlosem Gesicht, wenigen gelben Haaren und einem Puppengesicht, ist als großer Säugling verkleidet, mit einem durch Windeln und Tücher aufgebauschten Gummihöschen, kleinen weißen Strümpfchen, Lackstiefelchen, einem Sabberlätzchen; er lutscht an dieser Art Kinderklapper aus Zelluloid, die sich die Säuglinge ständig in den Mund stecken und hat ein Riesenmilchfläschchen in der Hand, dessen Gradeinteilungen in umgangssprachlichen oder halbargotischen Worten die Liebestaten und -fehlschläge beschwören, die den geschluckten Alkoholmengen entsprechen soll *(Komm, Schnucki, Steig' hier drauf, dann siehste Montmartre, die Brücke vom River Kwai, Bei Nichtgefallen Geld zurück, Nun mach und komm zurück, Schlaf Kindchen schlaf, Zapfenstreich, usw.)*.

Der Maler dieses Bildes ist der Großvater väterlicherseits von Geneviève, Louis Foulerot, als Dekorateur besser bekannt denn als Maler. Er ist das einzige Mitglied der Familie Foulerot, der das junge Mädchen nicht verleugnet hat, als sie, weil sie ihr Kind behalten und großziehen wollte, von zu Hause durchbrannte. Louis Foulerot hat die Kosten für die Einrichtung der Wohnung seiner Enkeltochter übernommen und ganz offensichtlich hat er alles wohlgetan; die groben Arbeiten sind abgeschlossen, die Küche und das Badezimmer sind fertig, man ist jetzt bei den Anstreicher- und Abschlußarbeiten.

Zu dem Bild hat ihn ein Kriminalroman – *Der Mord der Goldfische* – inspiriert, dessen Lektüre ihm ein solches Vergnügen bereitete, daß er daran dachte, ihn zum Thema eines Bildes zu machen, das in einer einzigen Szene fast alle Elemente des Rätsels vereinigen sollte.

Die Handlung geschieht in einer Gegend, die ziemlich stark an die italienischen Seen erinnert, nicht weit von einer imaginären Stadt entfernt, die der Autor Valrade nennt. Der Erzähler ist ein Maler. Während er auf dem Lande arbeitet, kommt ein kleines Hirtenmädchen zu ihm. Es hat einen lauten Schrei gehört, der aus der prächtigen Villa kam, die kürzlich von einem steinreichen Schweizer Diamantenhändler namens Oswald Zeitgeber gemietet worden war. In Begleitung des kleinen Mädchens dringt der Maler in das Haus ein und findet das Opfer: der Juwelier, mit einer Phantasieuniform bekleidet, liegt, durch einen Stromschlag getötet, hingestreckt neben dem Telefon. Mitten im Zimmer steht ein Schemel und am Kronleuchterring befestigt, ein Strick, der in einer Schlinge ausläuft. Die Goldfische im Glasbehälter sind tot.

Inspektor Waldemar, dem der Maler-Erzähler entgegenkommenderweise als Vertrauter dient, führt die Untersuchung. Er durchwühlt gewissenhaft jedes Zimmer der Villa, läßt mehrere Laboruntersuchungen machen. Im Schulpult finden sich die aufschlußreichsten Anhaltspunkte und Indizien: man stößt dort, kleines a, auf eine lebende Tarantel, kleines b, die Kleinanzeige betreffs der Vermietung der Villa, kleines c, ein Programm für einen Maskenball, der am Abend des Verbrechens mit der ausnahmsweisen Anwesenheit des Sängers Mickey Malleville stattfindet, und, kleines d, auf einen Umschlag, der ein weißes Blatt enthält, auf das lediglich der folgenden Kurzartikel geklebt worden ist, der aus einer afrikanischen Tageszeitung ausgeschnitten wurde:

> BAMAKO (A.A.P.) 16. Juni. Ein Massengrab, das die Skelette von mindestens 49 Personen enthält, ist in der Gegend von Fouidra entdeckt worden. Ersten Untersuchungen zufolge scheinen die Leichen vor 30 Jahren begraben worden zu sein. Die Ermittlungen sind im Gange.

Drei Personen haben an diesem Tag Oswald Zeitgeber besucht. Sie sind ungefähr zur gleichen Zeit gekommen – der Maler hat sie einen nach dem andern in einem Abstand von wenigen Minuten vorbeigehen sehen – und sind zusammen weggegangen. Alle drei waren anläßlich des Maskenballs verkleidet. Sie wurden sehr rasch identifiziert und einzeln verhört.

Die erste Person, die erscheint, ist die Quäkerin. Sie heißt Madame Quaston. Sie behauptet, daß sie gekommen sei, um sich als Haushilfe anzubieten, aber niemand kann das bestätigen. Außerdem findet die Untersuchung bald heraus, daß ihre Tochter das Zimmermädchen von Madame Zeitgeber war und daß sie unter unvollkommen geklärten Umständen ertrunken ist.

Der zweite Besucher ist der, der das Possenreißerkostüm trägt. Er heißt Jarrier; es ist der Eigentümer der Villa. Er ist gekommen, wie er sagt, um nachzusehen, ob sein Mieter gut untergebracht ist und um sich die Unterschrift unter ein Inventar der Möbel von ihm geben zu lassen. Madame Quaston hat ihrer Unterhaltung beigewohnt und kann seine Aussagen bestätigen; sie sagt noch, daß Jarrier, kaum angekommen, beinahe auf das frisch gewachste Parkett geflogen sei, sich am Fenster festgehalten und den halben Inhalt des Glasbehälters mit den Goldfischen auf einen kleinen Läufer vor dem Wandtelefon geschüttet habe.

Der dritte Besucher ist das dicke Baby: es ist der Sänger Mickey Malleville. Er gibt sofort zu, daß er kein anderer ist als der Schwiegersohn Oswald Zeitgebers und daß er gekommen ist, um ihn anzupumpen. Jarrier und Madame Quaston sagen übereinstimmend aus, daß der Diamantenhändler, kaum sei der Sänger hereingekommen, sie gebeten habe, sie allein zu lassen. Etwas später hat er sie wieder hereingebeten, sich entschuldigt, daß er sie nicht zum Ball begleiten könne, jedoch versprochen, nachzukommen, sobald er einige dringende Telefongespräche erledigt habe. Der Maler hat die drei Masken wieder zurückkommen sehen, und empfand sogar, wie er sagte, als er sie so von vorn über die ganze Breite der kleinen Landstraße gehen sah, unwillkürlich einen unangenehmen Eindruck. Ungefähr eine Stunde später hat das kleine Hirtenmädchen das Schreien gehört.

Die Todesumstände wurden ohne jedes Problem aufgeklärt: unter dem Läufer lag eine lange Stahlplatte: als Zeitgeber telefonieren wollte, löste er einen Kurzschluß aus, der für ihn verhängnisvoll war. Nur Jarrier hat diese Stahlplatte anbringen können, und man versteht sogleich, daß er, kaum ins Zimmer gekommen, Mittel und Wege fand, um den Läufer zu überschwemmen und damit den elektrischen Schlag möglich zu machen; darauf entdeckt man zwei noch aufschlußreichere Details: zum einen hatte er Zeitgeber seine Verkleidung für das Kostümfest besorgt, und die Hufeisen und Sporen der Stiefel sowie alle Metallorden an der Jacke sollten ebenfalls als Stromleiter dienen; zum andern und vor allem hat er die Telefonanlage so manipuliert, daß der tödliche Kurzschluß nur dann erfolgen kann, wenn das gerade durch seine Verkleidung erwählte Opfer – Zeitgeber war zum Ultra-Leiter geworden – eine bestimmte Nummer wählt: die der Praxis von Madame Jarrier!

Angesichts dieser erdrückenden Beweise gesteht Jarrier fast sofort: von krankhafter Eifersucht geplagt, hat er festgestellt, daß Oswald Zeitgeber, dessen Donjuanismus in der ganzen Gegend wohl bekannt ist, um seine Frau herumstreicht. Um sich Gewißheit zu verschaffen, entwickelt er diese menschentötende Vorrichtung, die jedoch nur dann funktioniert, wenn der Juwelier wirklich schuldig ist, das heißt, wenn er versucht, in der ärztlichen Praxis anzurufen.

Selbst wenn das Motiv allem Anschein nach ein eingebildetes war – Madame Jarrier wiegt nämlich einhundertvierzig Kilo und der Ausdruck »um sie herumstreichen« muß hier buchstäblich verstanden werden – so steht dennoch fest, daß Jarrier diesen Mord vorsätzlich begangen hat: er wird beschuldigt, verhaftet und eingekerkert. Aber das befriedigt natürlich weder den Detektiv noch den Leser: nichts erklärt den Tod der Goldfische, den Henkersstrick, die Tarantel, den Umschlag mit dem Kurzartikel aus einer afrikanischen Zeitung und auch nicht die letzte Entdeckung Waldemars: eine lange Hutnadel, jedoch ohne Kopf, die man im Blumentopf mit den Resedas steckend findet. Was die Laboruntersuchungen angeht, so erbringen sie zwei Entdeckungen: zum einen, daß die Fische mit Hilfe einer Substanz von ultra-schneller Wirkung, dem Fibrotoxin, vergiftet worden sind; zum andern, daß es an der Spitze der Nadel Spuren eines viel langsamer wirkenden Giftes, des Ergo-Hydantoins, gibt.

Nach einigen zweitrangigen Ereignissen und nachdem mehrere falsche Fährten, die die Schuld Madame Jarriers, Madame Zeitgebers, des Malers, des kleinen Hirtenmädchens und eines der Organisatoren des Kostümfestes nahelegten, in Betracht gezogen und wieder verworfen worden waren, wird endlich die perverse und polymorphe Lösung dieses gefälligen Rätsels gefunden, die es Inspektor Waldemar im Verlauf einer dieser Zusammenkünfte am Ort des Verbrechens erlaubt, in Gegenwart aller noch lebendig gebliebenen Akteure, ohne die ein Kriminalroman kein Kriminalroman wäre, die ganze Angelegenheit glänzend zu rekonstruieren: selbstverständlich sind alle drei schuldig und jeder von ihnen hat ein anderes Motiv.

Madame Quaston – deren Tochter der alte Lüstling nachgestellt hatte und die, um ihre Ehre zu retten, ins Wasser hatte gehen müssen – gab sich dem Diamantenhändler gegenüber als Hellseherin aus und sie versuchte, ihm die Zukunft aus den Handlinien zu lesen: dabei hat sie die Gelegenheit genutzt, ihn mit ihrer Nadel zu stechen, die sie mit diesem Gift präpariert hatte, von dem sie wußte, daß es eine gewisse Zeit brauchte, bis es wirkte. Dann hat sie die Nadel im Blumentopf versteckt und die Tarantel, die bis dahin im Kork ihres Senffrüchteglases verborgen war, in das Pult gesetzt: sie wußte, daß der Stich der Tarantel ähnlich wirkte wie ihr Gift, und obwohl sie sich der Tatsache durchaus bewußt war, daß dieser Trick schließlich aufgedeckt werden würde, dachte sie recht naiv, er würde die Untersuchungsbeamten lange genug in die Irre führen, damit sie ungestraft die Flucht ergreifen könne.

Mickey Malleville hingegen, der Schwiegersohn des Opfers, ein gescheiterter Sänger, der bis über die Ohren in Schulden steckte und nicht in der Lage war, die extravaganten Ausgaben der Tochter des Juweliers, einem leichtsinnigen Ding, das an Jachten, Breitschwanzmäntel und Kaviar gewöhnt war, zu bezahlen, meinte, daß nur der Tod seines Schwiegervaters ihn aus einer täglich verzwickter und verworrener werdenden Lage retten könne: nachlässig schüttete er den Inhalt eines kleinen Fläschchens mit Fibrotoxin, das er im Schnuller seiner Riesensaugflasche versteckt hatte, in die Wasserkaraffe.

Doch der wahre Sachverhalt dieser Angelegenheit, ihre unerwartete Wende, ihre schließliche Umkehrung, ihre letztliche Enthüllung, ihr Ausgang liegt anderswo: der Brief, den Oswald Zeitgeber las, bedeutete sein Todesurteil: dieses kürzlich in Afrika entdeckte Massengrab war alles, was von einem aufständischen Dorf übrigblieb, das er, nachdem er dessen gesamte Bevölkerung hatte umbringen lassen, dem Erdboden gleichmachen ließ, bevor er einen sagenhaften Elefantenfriedhof plünderte. Von diesem kaltblütig begangenen Verbrechen rührte sein kolossales Vermögen her. Der Mann, der ihm diesen Brief schickte, hatte ihn zwanzig Jahre lang verfolgt, unaufhörlich die Beweise für seine Schuld suchend: die hatte er nun und die Nachricht sollte bereits am nächsten Tag in allen Schweizer Zeitungen erscheinen. Zeitgeber erhielt die Bestätigung dafür, als er diejenigen seiner Mitarbeiter anrief, die damals seine Komplizen gewesen waren und die wie er den Brief bekommen hatten: der Skandal ließ allen keinen anderen Ausweg als den Tod.

Zeitgeber ging sich also einen Schemel und einen Strick holen, um sich aufzuhängen. Zuerst aber, vielleicht aus dem abergläubischen Gefühl heraus, eine gute Tat vollbringen zu müssen, bevor er starb, goß er, als er sah, daß es den Goldfischen an Wasser fehlte, die Wasserkaraffe in den Glasbehälter, den Jarrier absichtlich umgestoßen hatte, als er ins Zimmer kam. Dann bereitete er seinen Strick vor. Doch die ersten Symptome der Vergiftung durch das Ergo-Hydantoin (Brechreiz, kalter Schweiß, Magenkrämpfe, Herzklopfen) hatten ihn bereits gepackt und schmerzgekrümmt rief er die Ärztin an – nicht im geringsten, weil er in sie verliebt war (in Wahrheit war es eher das kleine Hirtenmädchen mit den bloßen Füßen, auf das er ein Auge geworfen hatte), sondern um sie um Hilfe zu bitten.

Macht sich ein Mensch, der sich anschickt, Selbstmord zu begehen, solche Gedanken um Sodbrennen? Der Autor, der sich der Frage bewußt war, legt in einem Post-Scriptum Wert auf den Hinweis, daß das Ergo-Hydantoin neben seinen toxischen Wirkungen auch pseudo-halluzinatorische psychische Wirkungen hervorruft, unter denen solche Reaktionen durchaus denkbar wären.

DAS EINUNDFÜNFZIGSTE KAPITEL

Valène (Dienstmädchenzimmer, 9)

Er wäre selbst auf dem Bild, in der Art jener Renaissancemaler, die sich immer einen winzigen Platz inmitten der Masse der Vasallen, der Soldaten, der Bischöfe oder der Kaufleute vorbehielten; kein zentraler Platz, kein privilegierter und bedeutsamer Platz in einem ausgesuchten Schnittpunkt, längs einer besonderen Achse, entsprechend dieser oder jener einleuchtenden Perspektive, in der Verlängerung eines bedeutungsschweren Blicks, von dem aus eine völlige Neuinterpretation des Bildes möglich wäre, sondern ein sichtlich harmloser Platz, als sei das nur so, ganz nebenbei geschehen, ein wenig zufällig, weil einem die Idee dazu gekommen wäre, ohne daß man wüßte warum, als wünsche man gar nicht allzu sehr, daß es auffällt, als sollte es nur eine Signatur für Eingeweihte sein, so etwas wie ein Markenzeichen, mit dem der Geldgeber des Bildes dem Maler mit Ach und Krach erlaubt hätte, sein Bild zu signieren, etwas, das nur einige wenige kennen und das gleich wieder vergessen werden sollte: kaum wäre der Maler tot, würde es eine Anekdote werden, von Generation zu Generation, von Atelier zu Atelier weitergegeben, eine Legende, an die niemand mehr glauben würde, bis man eines Tages den Beweis dafür wiederentdeckt, durch zufällige Nachprüfungen oder durch Vergleiche des Bildes mit auf dem Speicher eines Museums gefundenen Skizzen und Vorarbeiten oder sogar auf völlig unerwartete Weise, wie wenn man beim Lesen eines Buches auf Sätze stößt, die man schon anderswo gelesen hat: und vielleicht würde einem dann klarwerden, daß an dieser kleinen Figur schon immer etwas Besonderes war, nicht nur eine größere Sorgfalt bei den Einzelheiten des Gesichts, sondern eine größere Neutralität oder eine gewisse Art, unmerklich den Kopf zu neigen, etwas, das dem Verständnis gleichen würde, einer gewissen Sanftmut, einer vielleicht nostalgisch gefärbten Freude.

Er wäre selbst in seinem Bild, in seinem Zimmer, fast ganz oben rechts, wie eine kleine, aufmerksame Spinne, die an ihrem schillernden Netz webt, aufrecht stehend, neben seinem Bild, seine Palette in der Hand, mit seinem langen, grauen, ganz von Farbe befleckten Kittel und mit seinem violetten Halstuch.

Er würde neben seinem fast vollendeten Bild stehen und er wäre gerade dabei, sich selbst zu malen, mit der Spitze seines Pinsels die winzige Gestalt eines Malers im langen grauen Kittel mit einem violetten Halstuch skizzierend, seine Palette in der Hand und im Begriff, das winzig kleine Figürchen eines Malers malend, der im Begriff ist zu malen, und noch einmal eines dieser Bilder in der Tiefe, die er gern unendlich fortgesetzt hätte, als ob die Macht seiner Augen und seiner Hand keine Grenzen mehr kennen würde.

Er würde sich malen wie er im Begriff ist, sich zu malen und um ihn herum, auf der großen, quadratischen Leinwand, wäre alles schon an seinem Platz: der Aufzugschacht, die Treppen, die Treppenabsätze, die Fußmatten, die Schlafzimmer und die Wohnzimmer, die Küchen, die Badezimmer, die Hausmeisterloge, die Eingangshalle mit der amerikanischen Romanschriftstellerin, die gerade die Liste der Mieter durchliest, der

Laden von Madame Marcia, die Keller, der Heizungsraum, der Maschinenraum des Aufzugs.

Er würde sich malen, wie er im Begriff ist sich zu malen und schon würde man die Schöpflöffel und die Messer sehen, die Schaumlöffel, die Türknöpfe, die Bücher, die Zeitungen, die Läufer und Brücken, die Karaffen, die Feuerböcke, die Schirmständer, die Schüsseluntersetzer, die Rundfunkgeräte, die Nachttischlampen, die Telefone, die Spiegel, die Zahnbürsten, die Wäschetrockner, die Spielkarten, die Kippen in den Aschenbechern, die Familienfotos in den Störschutzrahmen, die Blumen in den Vasen, die Heizkörperabdeckungen, die Kartoffelpressen, die Schlittschuhe, die Schlüsselbunde in den Innentaschen, die Speiseeismaschinen, die Katzenkisten, die Flaschenständer für Mineralwasser, die Wiegen, die Wasserkessel, die Wecker, die Petroleumlampen, die Kombizangen. Und die beiden zylindrischen Übertöpfe aus geflochtenem Bast von Dr. Dinteville, die vier Kalender von Cinoc, die tonkinesische Landschaft der Bergers, die geschnitzte Truhe Gaspard Wincklers, das Chorpult Madame Orlowskas, die tunesischen Pantoffel, die Béatrice Breidel Mademoiselle Crespi mitgebracht hat, der Nierentisch des Hausverwalters, die Automaten Madame Marcias und der Plan von Namur ihres Sohnes David, die mit Gleichungen bedeckten Blätter Anne Breidels, die Gewürzdose der Köchin von Madame Marcia, der Admiral Nelson Dintevilles, die chinesischen Stühle der Altamonts und ihre kostbare Tapisserie mit den verliebten Greisen, das Feuerzeug Nietos, der wasserdichte Mantel Jane Suttons, der Schiffskoffer Smautfs, die Sterntapete der Plassaerts, die Perlmuttmuschel Geneviève Foulerots, die bedruckte Tagesdecke Cinocs mit ihrem großen, dreieckigen Blattwerk und das Bett der Réols aus Kunstleder – *Damhirschleder-Imitation, beste Sattler-*

arbeit, mit Gurt und verchromter Schnalle –, die Theorbe Gratiolets, die merkwürdigen Kaffeedosen im Eßzimmer Bartlebooths und das schattenlose Licht seiner Operationslampe, der exotische Teppich der Louvets und der der Marquiseaus', die Post auf dem Tisch in der Hausmeisterloge, der große Kristallkronleuchter Olivia Rorschachs, die sorgfältig verpackten Gegenstände Madame Albins, der antike Steinlöwe, den Huttin in Thuburbo Majus gefunden hat,

und rings umher die lange Heerschar seiner Figuren mit ihren Geschichten, ihrer Vergangenheit, ihren Legenden:

1 Pelayo, einst Sieger von Alkhamah, mit seinem Krönungskonvoi
2 Mit Schönberg unterwegs nach Den Haag die russische Sängerin
3 Das taube Kätzchen, das im oberen Stock sein Gnadenbrot frißt
4 Der verblödete Luftschutzwart läßt die Sandsäcke vorbereiten
5 Der Puzzlemacher erweist sich als ausgekochter Kartenspieler
6 Das geizige Weib, das eine jede Ausgabe in ein Heft kritzelt
7 Die Concierge versorgte die Pflanzen der abwesenden Mieterin
8 Die Dame, die bedauert, daß sie nicht in ihrer Landvilla lebt
9 Die Gattin des Grafen, die sich gern auf die Bigamie einläßt
10 Die Eltern, die ihren Sohn wie Bécaud Gilbert geheißen haben

11 Der kleine Junge träumt neben dem Mülleimer von einem Sonett
12 Der Stutzerneffe, die australische Globetrotterin begleitend
13 Der Stamm, der vor dem stoischen Anthropologen immer floh
14 Die Köchin verweigerte das Grillen im selbstreinigenden Ofen
15 Die Krankenschwester, die öde in einer Illustrierten blättert
16 Der Generaldirektor der Hotellerie opferte ein % den Künsten
17 Die alte Stradivari, die den Miniaturisten die Geduld kostete
18 Der Wallfahrer-Dichter, in Archangelsk Schiffbruch erleidend
19 Das dicke, fette Ehepaar, das die Glotze nicht abstellen will
20 Der Gehilfe aus Paraguay, der einen wichtigen Brief verbrennt

21 Die Gesichte des jungen Fräuleins an seines Vaters Totenbett
22 Der einarmige Oberst las nach dem Angriff aufs Hauptquartier
23 Diese Österreicher wollen mehr Dampf im türkischen Bad haben
24 Robinson Crusoe, der zufrieden auf seiner einsamen Insel lebt
25 Der junge Milliardär, sich dem Studium des Aquarells widmend
26 Der Gentleman-Einbrecher, der als listiger Justizbeamter gilt
27 Die Witwe, die ihre Erinnerungen in alte Zeitschriften packte
28 Der Hamster, der trockene Edamerrinden mag und Domino spielte
29 Der Forstverwaltungsinspektor ein Vogelschutzgebiet gründend
30 Der empfindliche »Worttöter« irrt bei den Bouquinisten umher

31 Die Freundin, die Biographien ihrer fünf Nichten wiederlesend
32 Der Ölgroßhändler, der in Paris ein Fischrestaurant eröffnete
33 Das junge Ehepaar, das für ein Luxusbett große Schulden macht
34 Die Köchin, die außer dem Ei und Haddock nichts anderes kocht
35 Der Meinungsforscher, wo einen neuen Traumschlüssel verkaufte
36 Das junge Ehepaar, für sein Luxusbett enorme Schulden machend
37 Die Kunsthändlersfrau wird wegen eines Stars sitzen gelassen
38 Der Herr, der Kork-Schiffe in lange, schmale Flaschen setzte
39 Der gute Steher, der die Schwester seines Pacemakers heiratet
40 Die Schwiegermama, die ihren Eidam mitnichten ausstehen kann

41 Der Holländer, wo meinte, jede Zahl sei die Summe der ersten K
42 Der Bub der Dame mit dem Hund zieht Pornos Priesterwürde vor
43 Der Atompionier liest alles an den Lippen des Taubstummen ab
44 Der Archäologe, die Spuren von Spaniens Araberkönigen suchend
45 Der Albanien-Brigant, seine Liebe zum Hollywoodstar besingend
46 Der Barkeeper, in Pidginenglisch seine Muttergöttin tauschend
47 Scipion definiert einen Neunzigjährigen als ALT MIT NEU DRIN
48 Der wütende Industrielle, seine Wildschweinkeule zubereitend
49 Die Schauspieler, die nach Drehbuchlektüre die Rolle ablehnen

50 Der desertierte Ami läßt seine Patrouille in Korea krepieren
51 Der damalige Warschauer Clown, der ein ärmliches Leben führt
52 Die bullige Japanerin, die Olympiafackel vor sich her tragend
53 Der kleine Junge bekommt keine Torte, sieht sie aber im Traum
54 DerAmimusikerwirdnachGeschlechtsumwandlungzumSuperstar
55 Der liberale Grossvater, der von einem Roman inspiriert wird
56 Der ideale Kalligraph, in Medina eine Koran-Sure abschreibend
57 Aetius besiegt Attilas Horden auf den katalaunischen Feldern
58 Sein Milchbruder stiftete den Schauspieler zum Selbstmord an
59 Die Rani, einem rothaarigen Europäer eine Tigerjagd anbietend
60 Im Orlando d'Arconati verlangt Orfanik das Lied der Angelica

61 Sultan Salim III. gibt zu: auch er hat wie andere seinen Tic
62 Der Unteroffizier stirbt durch den Genuss von Gummi und Lack
63 Die Ehefrau des Produzenten, die zu einer Weltreise aufbricht
64 Der Koch-Komödiant hat bei der Amerikanerin nichts zu lachen
65 Der frustrierte Laborant verliert drei Finger an der Rechten
66 Der Heizungsmonteur stellt die Ölbrennerzündung ein, nicht an
67 Der Star, der über ein Rezept für eine Erdbeerkrem nachdenkt
68 Die einstige Spielerin gehört heute zu den ganz Schüchternen
69 Der Gesandte verkündet das Geheimnis des deutschen Chemikers
70 Der Diplomat, der für die Frau und den Sohn nach Rache schrie

71 Marguerite, die mit einer Lupe die Miniatur betrachtet hatte
72 Der Dirigent, der in Hamburg eine Musik à la Française bietet
73 Die junge Frau, welche mit Mephisto einen Pakt schließen läßt

74 Der Studiker, der sechs Monate im Zimmer eingeschlossen blieb
75 Der reiche Sammler, der der Bibliothek sein Archiv hinterläßt
76 Der Bub, der seine Sammlung medizinischer Löschblätter ordnet
77 Der Magnat der Unterwasseruhren, ein japanischer Industrieboß
78 Der Antiquarssohn, der im Monteursanzug durch die Gegend rast
79 Der Studienrat verbrennt dieses zurückgeschickte Manuskript
80 Die alte Dame, die Uhren sowie andere Prachtautomaten sammelt

81 Die junge Frau, die mit einem Maurer in Chaumont-Porcien lebt
82 Das kleine Mädchen, das froh in einen Eck seines Kekses beißt
83 Der Ahne, des Diamanten Rätsel durchschaut zu haben glaubend
84 Der Ingenieur, der sich in afrikanischen Tierfellen ruiniert
85 Der Zauberer kann mit ganz gewöhnlichen Zahlen alles erraten
86 Der Verleger, durch anti-französische Nationalisten ruiniert
87 Der Urgroßvetter, der das väterliche Erbe versteigern sollte
88 Der Japs initiiert aufs Scheußlichste die drei freien Männer
89 Der Arzt würde so gern einem Küchenrezept seinen Namen geben
90 Der Zarist schenkte Grisi hübschen Mahagonischreibtischstuhl

91 Die Frau von der Agentur besichtigt die leerstehende Wohnung
92 Der Verleiher, der tatsächlich 30000 Lusitaner sterben ließ
93 Der Fahrer legt sich Patiencen, weil er halt nicht mehr fährt
94 Die Dame, die Schachteln macht für die Puzzles des Engländers
95 Wegen Bartlebooths Seestücken wurde ein Kritiker zum Mörder
96 Zwischen Kurare und Strychnin zieht Forscher einen Vergleich
97 Autodidakt erinnerte sich an diverse Sanatoriums-Aufenthalte
98 Der bejahrte Butler rechnete endlos an seinen Rechenaufgaben
99 Das junge Mädel betrachtet in einer Pariser Metro einen Plan
100 Monsieur Riri, der nach dem Mittagessen hinterm Tresen pennte

101 Der Leiter gibt prächtigen Empfang für viele seiner Kollegen
102 Der Student, der sechs Monate lang in seinem Zimmerchen blieb
103 Der Händler indischer Artikel verlegte sein Absteigequartier
104 Der gute Geistliche kam einem Franzosen in New York zu Hilfe
105 Der Verwalter schlägt sich an Monatsenden immer mühsam durch
106 Der Student macht Bouillonwürfel in die Suppe der Vegetarier
107 Verkäuferin schätzte die Ringe des alten Handwerkers überaus
108 Des Puzzlemachers roter Kater wurde nach Chérie-Bibi benannt
109 Eine Magd schaute im Traum in die Haß-Augen des Totengräbers
110 Zöllner packen den alten Samowar der zornigen Prinzessin aus

111 Da Aufbruch der Dame erst später, will sie die Bohnen zurück
112 Eine Zeichnung von Hans Bellmer wird von Guyomard abgetrennt
113 Freund Chopins und Liszts komponiert ohrenbetäubenden Walzer
114 Die Technik vom italienischen Gießer inspiriert den Chemiker
115 Der Schiffsoffizier fand die letzte Botschaft von Fitz-James
116 Verschiedene Spekulationen um den Tod des Seefahrers Amerigo
117 Reicher Apotheker fand die Spur des heiligen Gefässes wieder
118 Nachtklubkellner steigt auf die Bühne, um Revue vorzustellen
119 Schwarzbemantelter Mann streifte seine neuen Handschuhe über
120 Colbert bekommt Dom Perigords besten Champagner zu versuchen

121 Die Sekretärin poliert den für Kleber verhängnisvollen Dolch
122 Der Dekorateur, der aus dem Skelett des Ferkels Nutzen zieht
123 Der Impressario wollte mit dem Handel von Cauris Geld machen
124 Mark Twain las in der Zeitung überrascht den eigenen Nachruf
125 Der Direktor macht seinem früheren Gymnasium ein Vermächtnis
126 Der frühere Hauswirt möchte eine echte Romanfigur erschaffen
127 Die Fans von Tasmania, die dem Idol 71 weisse Mäuse schenkten
128 Pip und La Minouche warfen der Krankenschwester Milchtopf um
129 Der Prinz Eugen, welcher alle heiligen Reliquien zählen läßt
130 Die alten, blinden Pferde, die die Grubenwagen ziehen müssen

131 Der Buchhändler, der drei alte Briefe von Victor Hugo findet
132 Der Stumpenraucher lauscht dem Grammophon mit Schalltrichter
133 Der pornographische Greis, der großen Schulmädchen auflauert
134 Die junge Princesse betet am Krankenbett von ihrem Großvater
135 Der Chef vom Dienst, der gut vier Monate im Jahr abwesend ist
136 Der alte Bibliothekar sammelte Beweise, daß Hitler noch lebt
137 Der Flieger, der auf einer Karte den Weg nach Corbenic suchte
138 Gédéon Spilett, der sein allerletztes Zündholz finden konnte
139 Der Tanzlehrer wird brutal von 3 Taugenichtsen totgeschlagen
140 Der Akrobat, der nie wieder sein Trapez hat verlassen wollen

141 Der Tischlergeselle, der sich an einem Hobelspanfeuer wärmte
142 Der Französischlehrer, welcher Ferienschularbeiten korrigiert
143 Der Urologe träumte von Polemik zwischen Asklepiades & Galen
144 Der Maler, der seine Kladden den berühmten Oeuvres hinzufügte
145 Eine Mathematikstudentin möchte höchsten Turm der Welt bauen
146 Der Kutscher glaubt, daß eine Maus hinter der Stofftapete ist
147 Der verliebte Choreograph zahlte hartherziger Ballerina heim
148 Die Inselkinder, die mit Händelschallplatten Gymnastik machen
149 Napoleon I. dachte an seinen Sohn, als er die Briten angriff
150 Chirurg wird unter Waffenandrohungen zur Operation gezwungen

151 Die Touristinnen bemühten sich vergeblich um türkischen Ring
152 Dieser Mieter, welcher die Rohre der Sanitäranlagen überprüft
153 Der junge Mozart spielt am Hofe von Louis & Marie-Antoinette
154 Der Russe will alle Zeitschriftenwettbewerbe gerne mitmachen
155 Das englische Kammerkätzchen las endlich des Freundes Briefe
156 Der Botaniker aus Kenya hofft, er kann eine Epiphylle taufen
157 Der Ingenieur wurde im Hotel von einer Kugel niedergestreckt
158 Die Antiquarin will schon mal mit den Fingern ins Gurkenglas
159 Die Bibliothekarin rahmte mit rotem Stift Opernkritiken ein
160 Der perfektionistische Jazzman beginnt wieder mit den Proben

161 Die Bäckerjungen schaffen Brötchen heran für das große Raout
162 Der Jongleur verschluckt sein Messer und spuckt kleine Nägel
163 Der Läufer versucht noch, seinen Rekord bestätigen zu lassen
164 Die Frau des Richters, nach dem Feuer schwarze Perlen findend

165 Die Safari-Liebhaber kamen mit den Eingeborenen auf das Bild
166 Der Blinde steht im Begriff, den Flügel der Russin zu stimmen
167 Juwelier erfährt aus Zeitungsartikeln von seinem Todesurteil
168 Die Dame im Häkelkleid, die stets am Strand sitzt und strickt
169 Die getäuschte Kundin verlor ihr Haar, als sie es färben ließ
170 Das ganze Haus brachte der alte Maler auf seinem Bild unter

171 Die Kitschromane, die ein Historiker unter Pseudonym schreibt
172 Einer sah plötzlich seinen einstmaligen Physik-Lehrer wieder
173 Die Ex-Hausmeisterin weigerte sich, Lift in Betrieb zu setzen
174 Der Fahrer von Nicolas, der die Spiegel des Vestibüls putzte
175 Ulan hing mit seiner Braut im steckengebliebenen Aufzug fest
176 Der Hersteller von Devotionalien, der im Argonnerwald erfror
177 Uneheliche junge Mutter nahm ein Bad und las dazu Pirandello
178 Schöne Polin kam mit ihrem kleinen Kind aus Tunesien zurück
179 Ehrgeiziger Tischler aus Italien bügelt Wühlen des Wurms aus

ZWEIUNDFÜNFZIGSTES KAPITEL

Plassaert, 2

Eines der Zimmer in der Wohnung der Plassaerts: es ist das erste, das sie vor etwas über dreizehn Jahren bewohnten, ein Jahr vor der Geburt ihres Kindes. Einige Jahre später starb Troyan und sie kauften dem Hausverwalter seine Mansarde ab. Dann kauften sie von den Marquiseaux' das Zimmer ganz am Ende des Flurs: es war bewohnt von einem alten Mann namens Troquet, der sich durch das Sammeln leerer Flaschen mühsam seinen Lebensunterhalt verdiente; er kassierte das Pfand und behielt einige davon, in die er kleine Korkmännchen, Trinker, Boxer, Matrosen, Maurice Chevalier, General de Gaulle usw. darstellend, hineinsetzte, die er sonntags den Schaulustigen auf den Champs-Elysées verkaufte. Die Plassaerts strengten sofort ein Räumungsverfahren an, weil Troquet seine Miete nicht pünktlich bezahlte, und da Troquet ein Halb-Vagabund war, bekamen sie ohne weiteres recht.

Im ersten ihrer Zimmer wohnte früher etwa zwei Jahre lang ein seltsamer junger Mann, der Grégoire Simpson hieß. Er studierte Geschichte. Eine Zeitlang arbeitete er als stellvertretender Hilfsbibliothekar in der Bibliothèque de l'Opéra. Seine Arbeit war nicht von besonderem Interesse: ein reicher Sammler, Henri Astrat, hatte der Bibliothek eine Sammlung von Dokumenten vermacht, die er im Verlauf von vierzig Jahren seines Lebens zusammengestellt hatte. Passionierter

Opernbesucher, hatte er seit neunzehnhundertzehn praktisch keine Premiere versäumt und zögerte nicht, den Ärmelkanal zu überqueren und bei zwei oder drei Gelegenheiten sogar den Atlantik, um Furtwängler den *Nibelungenring* dirigieren, die Tebaldi Desdemona oder die Callas Norma singen zu hören.

Bei jeder Aufführung stellte Astrat eine Mappe mit Presseausschnitten zusammen, zu denen das Programm kam – mit den Widmungen des Orchesterchefs und der Interpreten – und, je nach dem, verschiedene Elemente der Kostüme und des Dekors: die violetten Hosenträger Mario del Monacos in der Rolle Rodolfos (*La Bohème,* Covent Garden, Neapler Oper, 1946), den Dirigentenstab Victor de Sabatas, die Partitur des *Lohengrin* mit den Anmerkungen Heinz Tietjens für die historische Inszenierung, die er 1929 in Berlin herausbrachte, die Skizzen und Entwürfe Emil Preetorius' für das Bühnenbild der gleichen Aufführung, die Gußform aus falschem Marmor, die Karl Böhm Haig Clifford für die Rolle des Kommandeurs in *Don Giovanni* bringen ließ, den er beim Musikalischen Mai von Urbino auf die Bühne brachte.

Zu den Legaten Henri Astrats gehörte eine ansehnliche Rente, die dazu bestimmt war, diesen speziellen Pressedienst, für den es nirgends in der Welt eine Entsprechung gab, weiter zu verfolgen. Die Bibliothek der Opéra konnte so einen Fonds Astrat ins Leben rufen, der aus drei Ausstellungs- und Lesesälen bestand, die von zwei Wächtern bewacht wurden und aus zwei Büros, in denen in dem einen ein Konservator, in dem andern eine Hilfsbibliothekarin und ein stellvertretender, teilzeitbeschäftigter Hilfsbibliothekar saßen. Der Konservator – ein in den Festen der Renaissance spezialisierter Professor der Kunstgeschichte – empfing die Persönlichkeiten, die berechtigt waren, Einsicht in das Archiv zu nehmen – Forscher, Theaterkritiker, Historiker des Schauspiels, Musikologen, Regisseure, Dekorateure, Musiker, Gewandmeister, Interpreten usw. – und organisierte Ausstellungen (Huldigung an die MET, 100. Jahrestag von *La Traviata* usw.); die Hilfsbibliothekarin las fast alle Pariser Tageszeitungen und eine relativ bedeutende Anzahl von Wochenzeitschriften, Magazinen, Illustrierten und verschiedenen Publikationen und rahmte mit Rotstift jeden Artikel ein, der von der Oper im allgemeinen *(Wird die Oper geschlossen werden? Pläne für die Oper, Wo steht die Oper, Das Phantom der Oper: Wirklichkeit und Legende, usw.)* oder von einer Oper im besonderen handelte; der stellvertretende Hilfsbibliothekar schnitt die rotgerahmten Artikel aus und legte sie, ohne sie zu kleben, in »provisorische Mappen« (PM), die von Gummibändern zugehalten wurden; nach einiger, verschieden langer Zeit, die in der Regel jedoch sechs Wochen nicht überschritt, wurden die Presseausschnitte (in der Abkürzung PA) aus der PM genommen, auf Blätter weißen Papiers im Format 21 ×27 geklebt, wobei oben links mit roter Tinte der Titel des Werkes in Großbuchstaben und zweimal unterstrichen, die Gattung (Oper, Komische Oper, Opera-Buffo, Oratorium, Vaudeville, Operette usw.), der Name des Komponisten, der Name des Dirigenten, der Name des Regisseurs, der Name des Opernhauses, in Großbuchstaben und einmal unterstrichen sowie das Datum der Premiere geschrieben wurde; die so aufgeklebten Presseausschnitte wurden dann wieder in ihre Mappen zurückgelegt, aber nun wurden sie nicht mehr von Gummibändern zugehalten, sondern mit dünnen Hanfschnüren zugeschnürt, wodurch sie zu »vorläufigen Akten« (VA) wurden, die man in einem Glasschrank im Büro der Hilfsbibliothekarin und des stellvertretenden Hilfsbibliothekars (SHB) ablegte; nach einigen Wochen, als schon längst klargeworden war, daß der Premiere keine Artikel mehr gewidmet werden würden, brachte man die VA in einen der großen vergitterten Schränke in den Ausstellungs- und Lesesälen, wo sie schließlich zu einer »Akte am Ort« (AAO) wurde, die der gleichen Regelung unterworfen war, wie der übrige Fonds Astrat, das heißt im vorliegenden Falle, »daß sie nach Vorlage einer Dauerkarte oder einer vom Konservator und Administrator ausgestellten Sondergenehmigung an Ort und Stelle eingesehen werden durften« (Auszug aus den Statuten, Artikel XVIII, § 3, Absatz c.).

Diese Halbtagsstelle wurde leider nicht verlängert. Ein Finanzkontrolleur, der den Grund für das unerklärliche Defizit finden sollte, das Jahr für Jahr von den Bibliotheken im allgemeinen und von der Bibliothek der Opèra im besonderen verzeichnet wurde, äußerte in seinem Bericht die Meinung, daß zwei Wächter für drei Säle zuviel seien und daß hundertfünfundsiebzig Francs und achtzehn Centimes monatlich, um aus den Zeitungen Artikel auszuschneiden hundertfünfundsiebzig Francs und achtzehn Centimes unnütze Ausgaben seien, da dieser einzige Wächter, der nichts anderes zu tun hätte als aufzupassen, beim Aufpassen auch genauso gut Artikel ausschneiden könne. Die Hilfsbibliothekarin, eine schüchterne Dame von fünfzig Jahren mit großen, traurigen Augen und einer Hörprothese, versuchte klarzumachen, daß das Hin und Her der PA und der VA zwischen ihrem Büro und den Ausstellungs- und Lesesälen eine ständige Quelle des Ärgers sein würde und die Gefahr mit sich brächte, den AAO schweren Schaden zuzufügen – was sich in der Folge dann auch bewahrheitete – doch der Konservator, nur allzu froh, etwas zu konservieren, und sei es auch nur seinen Posten, pflichtete dem Kontrolleur bei und »entschlossen, den chronischen finanziellen Aderlaß einzudämmen«, der seine Abteilung traf, entschied er, 1) daß es nur noch einen Wächter geben sollte, 2) daß es keinen stellvertretenden Hilfsbibliothekar (SHB) mehr geben sollte, 3) daß die Ausstellungs- und Lesesäle nur noch an drei Nachmittagen in der Woche geöffnet sein sollten, 4) daß die Hilfsbibliothekarin die Artikel, die sie für ›die wichtigsten‹ hielte, selber ausschneiden und die andern dem Wächter zum Ausschneiden geben sollte und schließlich 5) daß die Zeitungsausschnitte aus Sparsamkeitsgründen von nun an auf beiden Seiten einzukleben seien.

Grégoire Simpson schloß das Schuljahr mit verschiedenen temporären Arbeiten ab, die er gefunden hatte: er führte Besichtigungen zum Verkauf stehender Wohnungen durch, wobei er die eventuellen Käufer auf Küchenschemel steigen ließ, damit sie selber feststellen konnten, daß sie, wenn sie den Kopf ein wenig beugten, Aussicht auf das Sacré-Ceur hatten, er versuchte sich als Hausierer, wobei er in den Stockwerken »Kunstbücher« oder entsetzliche Enzyklopädien anbot, die von vergreisenden Größen mit einem Vorwort versehen waren, abgegriffene Handtaschen, die mittelmäßige Modelle schlecht kopierten, »junge« Zeitschriften von der Art »Mögen Sie Studenten?«, in Waisenhäusern gestickte Deckchen, von Blinden geflochtene Fußmatten. Und Morellet, sein Nachbar, der gerade den Unfall gehabt hatte, der ihn um seine drei Finger brachte, gab ihm den Auftrag, im Viertel seine Seifen, seine Anti-Odorant-Kegel, seine Fliegenfänger und seine Shampoos für Haare und für Teppichböden an den Mann zu bringen.

Im darauffolgenden Jahr bekam Grégoire Simpson ein Stipendium, dessen Höhe, obgleich knapp bemessen, ihm doch zu überleben erlaubte, ohne daß er unbedingt eine Arbeit finden mußte. Aber anstatt sich nun seinem Studium zu widmen und seine Lizenz abzuschließen, verfiel er in eine Art Neurasthenie; eine merkwürdige Lethargie, aus der ihn offensichtlich nichts herauszureißen vermochte. Die Leute, die zu jener Zeit Gelegenheit hatten, mit ihm zusammenzukommen, hatten den Eindruck, daß er im Zustand der Schwerelosigkeit dahinlebte, in einer Art sinnlicher Abwesenheit, einer Art Gleichgültigkeit gegenüber allem: gegenüber dem Wetter, gegenüber der Zeit, gegenüber den Informationen, die auch weiterhin von der Außenwelt zu ihm gelangten, die er aber immer weniger zu empfangen geneigt zu sein schien: er begann, so etwas wie ein gleichförmiges Leben zu führen, kleidete sich immer auf die gleiche Weise, nahm jeden Tag in der Pommes-frites-Bude, an der Theke stehend, die gleiche Mahlzeit ein: ein *complet,* das heißt ein Steak mit Pommes-frites, ein großes Glas Rotwein, einen Kaffee, wobei er jeden Abend im Hintergrund einer Kneipe Zeile für Zeile *Le Monde* las und ganze Tage damit zubrachte, sich Patiencen zu legen oder drei seiner vier Socken zu waschen oder eines seiner drei Hemden und zwar in einer rosa Plastikwanne.

Dann kam die Zeit der großen Spaziergänge durch Paris. Er ließ sich treiben, ging aufs Geratewohl dahin, tauchte in das Gedränge bei Büroschluß ein. Er strich an den Schaufenstern entlang, ging in alle Kunstgalerien, durchquerte langsam die bedeckten Passagen des neunten Arrondissements, blieb vor allen Läden stehen. Er betrachtete mit der gleichen Hingabe die Bauernkommoden der Möbelhändler, die Bettpfosten und die Federn der Polsterer, die künstlichen Kränze der Beerdigungsinstitute, die ›erotischen‹ Spielkarten mit hyperbusigen Pin-up-Girls der Händler von Pariser Artikeln *(Mann sprich deutsche, English speaken)*, die vergilbten Fotos eines Kunststudios: ein Knirps mit einem Vollmondgesicht, bekleidet mit einem Konfektionsmatrosenanzug, ein kleiner häßlicher Junge mit einer Cricketmütze, ein Halbwüchsiger mit einer Stupsnase, ein Mann mit dem Aussehen einer Bulldogge neben einem funkelnagelneuen Wagen; die Kathedrale von Chartres aus Schweineschmalz in einer Metzgereiauslage; die humoristischen Visitenkarten eines Scherzartikelgeschäfts

Adolf Hitler Vierer

JEAN BONNOT charcutier

M. et Mme HOCQUARD **de Tours (I. & L.)** *haben die Freude, Ihnen* *die Geburt ihres Sohnes* **ADHEMAR** *anzuzeigen*

MADELEINE PROUST *"Souvenirs"*

Dr. Thomas GEMAT-LALLES *Gastro-Enterologe* Diplom SCDG

die verblaßten Visitenkarten, die Briefkopf-Modelle, die Anzeigen der Graveure:

LE PANNEAU METALLISE
S.A.R.L. AU CAPITAL DE
6810000 F

Marcel-Emile Burnachs, S.A.
"Alles für den Teppich"

VEREINIGUNG
DER EHEMALIGEN SCHÜLER
DES GEOFFROY-SAINT-HILAIRE-GYMNASIUMS

Manchmal machte er sich lächerliche Aufgaben zur Pflicht, wie etwa alle russischen Restaurants des 17. Arrondissements zu registrieren und eine Route zusammenzustellen, die sie alle miteinander verbinden würde, ohne sich je zu kreuzen, doch meistens suchte er sich ein lachhaftes Ziel aus – die hundertsiebenundvierzigste Bank, der achttausendzweihundertsiebenunddreißigste Schritt – und verbrachte dann einige Stunden auf einer grünen Lattenbank mit Gußbeinen in Form von Löwentatzen, irgendwo in der Gegend von Denfert-Rochereau oder Château-Landon, oder stellte sich wie eine Statue vor den Laden eines Händlers für Schaufensterbedarf, der in seinem Schaufenster nicht nur Schaufensterpuppen mit Wespentaille sowie Musterkoffer zeigte, die sich selbst als Muster darstellten, sondern auch eine ganze Skala von Kalikos, Etiketten und Schildern

PREISNACHLASS

Reste

SONDERARTIKEL

N E U H E I T

Unsere Allerneueste Kreation

EXKLUSIVITÄT

die er minutenlang betrachtete, als dächte er endlos über das logische Paradoxon nach, das dieser Art von Schaufenster innewohnt.

Später begann er zu Hause zu bleiben, wobei er allmählich jegliches Zeitbewußtsein verlor. Eines Tages blieb sein Wecker um viertel nach fünf stehen und er versäumte es, ihn wieder in Gang zu setzen: manchmal blieb sein Licht die ganze Nacht über brennen; manchmal konnten ein Tag, zwei Tage, drei Tage und sogar eine ganze Woche vergehen, ohne daß er sein Zimmer verließ, es sei denn, um aufs Klo am Ende des Flurs zu gehen. Manchmal ging er abends um zehn Uhr aus und kam am andern Morgen zurück, noch genau derselbe wie am Abend zuvor, da er allem Anschein nach nicht unter seiner schlaflosen Nacht gelitten hatte; er sah sich in schmutzigen Kinos an den Großen Boulevards, die nach Desinfektionsmitteln stanken, Filme an; er trieb sich in Kneipen herum, die nachts nie zumachen, wobei er Stunden damit zubrachte, elektrisches Billard zu spielen oder mit scheelem Blick über einem Kaffee die zechenden Lebemänner, die traurigen Saufbolde, die fettleibigen Metzger, die Matrosen und die Nutten zu betrachten.

Die letzten sechs Monate ging er praktisch nicht mehr aus seinem Zimmer. Ab und zu traf man ihn bei der Bäckersfrau in der Rue Léon-Jost (die zu jener Zeit fast alle noch Rue Roussel nannten); er legte ein Zwanzig-Centimes-Stück auf die Glasplatte der Theke und wenn die Bäckersfrau ihn mit fragendem Blick ansah – was anfangs manchmal vorkam – begnügte er sich damit, mit einer Bewegung des Kopfes auf die Stangenweißbrote zu zeigen, die in ihren Weidenkörben nebeneinander standen, wobei er mit der linken Hand eine Art Scherenbewegung machte, die bedeuten sollte, daß er nur ein halbes wollte.

Er richtete an niemanden mehr das Wort und wenn man ihn ansprach, antwortete er nur mit einer Art dumpfem Brummen, das jeden Versuch eines Gesprächs schnell im Keim erstickte. Von Zeit zu Zeit sah man, wie er die Tür einen Spalt aufmachte, um nachzusehen, ob niemand an der Wasserstelle auf dem Treppenabsatz war, bevor er seine rosa Plastikwanne mit Wasser füllen ging.

Eines Tages stellte Troyan, sein Nachbar von rechts, der morgens um zwei nach Hause kam, fest, daß im Zimmer des jungen Studenten noch Licht brannte; er klopfte an, ohne eine Antwort zu erhalten, klopfte noch einmal, wartete einen Augenblick, stieß die Tür auf, die nicht abgeschlossen war und entdeckte Grégoire Simpson mit angezogenen Beinen auf dem Bett liegend, vollständig bekleidet, die Augen weit geöffnet, wie er eine Zigarette rauchte, die er zwischen seinem Mittelfinger und seinem Ringfinger gepreßt hielt und dabei einen alten Pantoffel als Aschenbecher benutzte. Er sah nicht auf, als Troyan hereinkam, er gab keine Antwort, als der Buchhändler ihn fragte, ob er sich krank fühle, ob er ein Glas Wasser wolle, ob er irgend etwas brauche, und erst, als der andere ihn leicht an der Schulter berührte, als wolle er sich davon überzeugen, daß er nicht tot sei, drehte er sich mit einer einzigen Bewegung zur Wand um und murmelte: »Lassen Sie mich in Frieden.«

Einige Tage später verschwand er wirklich und niemand hat je erfahren, was aus ihm geworden ist. Die im Haus vorherrschende Meinung war die, daß er Selbstmord begangen habe und einige behaupteten sogar, er habe sich hierzu vom Pont Cardinet herab unter einen Zug geworfen. Aber niemand konnte den Beweis dafür antreten.

Nach einem Monat ließ der Hausverwalter, der der Eigentümer des Zimmers war, gerichtliche Siegel an der Tür anbringen; nach einem weiteren Monat ließ er von gerichtswegen feststellen, daß der Raum leerstand und warf die wenigen armseligen Sachen, die er enthielt, weg: eine schmale Bank, die kaum lang genug war, um als Bett zu dienen, eine rosa Plastikwanne, ein gesprungener Spiegel, einige schmutzige Hemden und Socken, Stapel alter Zeitungen, ein Spiel mit zweiundfünfzig Karten, die fleckig, schmutzig und zerflettert waren, ein Wecker, der um viertel nach fünf stehengeblieben war, ein Metallstiel, der an dem einen Ende in einer Gewindeschraube und an dem andern in einer Federklappe auslief, die Reproduktion eines Porträts aus dem Quattrocento, ein Mann mit einem zugleich energischen und fetten Gesicht mit einer ganz kleinen Narbe über der Oberlippe, ein mit granatrotem Kunstleder bespannter Phono-Koffer, ein Elektro-Heizlüfter, Modell *Congo* und etwa zehn Bücher, darunter die *Achtzehn Lektionen über die Industriegesellschaft* von Raymond Aron, aufgegeben bei Seite 112, und Band VII der monumentalen *Kirchengeschichte* von Fliche und Martin, die sechzehn Monate zuvor in der Bibliothek des pädagogischen Instituts ausgeliehen worden war.

Trotz des Klangs seines Namens war Grégoire Simpson in keiner Weise Engländer. Er kam aus Thonon-les-Bains. Eines Tages, lange vor diesem verhängnisvollen Winterschlaf, hatte er Morellet erzählt, wie er als kleiner Junge am Tag von Mittfasten mit den Matagassiern trommelte. Seine Mutter, die Näherin war, schneiderte selbst die traditionellen Kleider: die rotweiß karierte Hose, die weite blaue Jacke, die weiße Baumwollkappe mit Troddeln und sein Vater kaufte ihm in einer schönen, runden, mit Arabesken geschmückten Schachtel die Pappmaske, die einem Katzenkopf glich. Stolz wie ein Spanier und ernsthaft wie ein Papst lief er mit dem Zug durch die Straßen der Altstadt, vom Schloßplatz bis zur Porte des Allinges und von der Porte de Rive bis zur Rue Saint-Sébastien, bis er in die Oberstadt ging, zu den Belvédères, um sich mit in Wacholder gekochtem Schinken vollzustopfen, den er mit großen, bis zum Rand gefüllten Gläsern Ripaille begoß, diesem Weißwein, der klar ist wie Gletscherwasser und trocken wie Feuerstein.

DREIUNDFÜNFZIGSTES KAPITEL

Winckler, 3

Das dritte Zimmer in der Wohnung von Gaspard Winckler.

Dort, gegenüber dem Bett, neben dem Fenster, hing dieses quadratische Bild, das der Puzzle-Macher so sehr liebte und das drei schwarzgekleidete Männer in einem Vorzimmer darstellte; es war kein Gemälde, sondern eine retuschierte Fotografie, die aus *La Petite Illustration* oder aus *La Semaine théâtrale* ausgeschnitten worden war. Sie stellte die erste Szene des dritten Aktes der *Verlorenen Ambitionen* dar, ein düsteres Melodram von einem mittelmäßigen Nachahmer Henry Bernsteins namens Paulin-Alfort und zeigte die beiden Zeugen des Helden – gespielt von Max Corneille – die ihn eine halbe Stunde vor dem Duell, bei dem er den Tod finden sollte, in seiner Wohnung abholen.

Marguerite hatte diese Fotografie ganz unten in einer jener Kisten mit antiquarischen Büchern gefunden, die es damals noch unter den Arkaden des Théâtre de l'Odéon gab: sie hatte sie auf ein Stück Leinwand geklebt, hergerichtet, koloriert, eingerahmt und sie anläßlich ihres Einzugs in die Rue Simon-Crubellier Gaspard geschenkt.

Von allen Räumen des Hauses hatte Valène gerade von diesem die stärkste Erinnerung, von diesem ruhigen und etwas dumpfen Zimmer mit seinen hohen Scheuerleisten aus dunklem Holz, dem Bett mit seiner malvenfarbenen Steppdecke, dem Regal aus gedrechseltem Holz, das fast zusammenbrach unter den disparaten Büchern, und dem großem Tisch vor dem Fenster, an dem Marguerite arbeitete.

Er sah sie wieder vor sich, wie sie mit der Lupe die zarten Arabesken einer dieser venezianischen Schachteln aus Goldpappe mit ihren plastisch hervortretenden Blumenranken betrachtete oder ihre Gemälde auf ihrer winzigen Elfenbeinpalette vorbereitete.

Sie war hübsch, in Maßen: ein blasser, von Sommersprossen übersäter Teint, leicht eingefallene Wangen, graublaue Augen.

Sie war Miniaturmalerin. Sie malte selten Originalmotive: sie zog es vor, Reproduktionen zu machen oder sich an bereits vorhandenen Unterlagen zu inspirieren; so hatte sie zum Beispiel das Versuchs-Puzzle gezeichnet, das Gaspard Winckler nach in der Zeitschrift *Le Journal des Voyages* veröffentlichten Stahlstichen für Bartlebooth ausgesägt hatte. Sie verstand es wunderbar, die auf dem Innendeckel von Taschenuhren, auf Schnupftabakdosen oder auf den Vorsatzblättern von Liliputmeßbüchern gemalten ganz kleinen Szenen in ihren fast unmerklichen Einzelheiten zu kopieren oder Tabakdosen, Fächer, Bonbondosen oder Medaillons zu restaurieren. Ihre Kunden waren Privatsammler, Händler von Kuriositäten, Porzellanfabrikanten, die den Wunsch hatten, herrliche Service wie Rückkehr aus Ägypten oder Malmaison neu aufzulegen, Juweliere, die sie darum baten, auf der Rückseite eines Anhängers, der dazu bestimmt war, eine einzige Haarlocke aufzunehmen, das Porträt des geliebten Wesens (nach einem meist undeutlichen Foto angefertigt) darzustellen oder Kunstbuchhändler, für die sie romantische Vignetten oder Illuminationen von Stundenbüchern retuschierte.

Ihre Genauigkeit, ihr Respekt vor dem Original, ihre Geschicklichkeit waren außerordentlich. In einem vier

Zentimeter langen und drei Zentimeter breiten Rahmen brachte sie eine ganze Landschaft mit einem von kleinen, weißen Wolken übersäten blaßblauen Himmel, einem Horizont von leicht gewellten Hügeln, deren Hänge mit Reben bestanden waren, einem Schloß, zwei Straßen, an deren Kreuzung ein rotgekleideter Reiter auf einem braunen Pferd dahingaloppierte, einem Friedhof mit zwei Totengräbern, die Spaten trugen, einer Zypresse, Olivenbäumen, einem von Pappeln bestandenen Fluß mit drei am Ufer sitzenden Anglern und, in einem Boot, zwei ganz kleinen, weißgekleideten Personen, unter.

Oder aber sie rekonstruierte auf der makellosen Emaille-Glätte eines Siegelrings eine rätselhafte Landschaft, wo unter einem Morgenrothimmel, zwischen blassen Gräsern, die einen zugefrorenen See säumten, ein Esel an den Wurzeln eines Baumes schnupperte; an den Stamm war eine graue Laterne genagelt; in den Zweigen hing ein leeres Nest.

Diese so genaue und so maßvolle Frau hatte paradoxerweise einen unwiderstehlichen Hang für das Durcheinander. Ihr Tisch war eine ewige Rumpelkammer, immer überladen mit nutzlosen Geräten, mit einem ganzen Haufen wunderlicher Gegenstände, mit einem Durcheinander, dessen Zunahme sie unaufhörlich eindämmen mußte, bevor sie zu arbeiten anfangen konnte: Briefe, Gläser, Flaschen, Etikette, Federhalter, Teller, Streichholzschachteln, Tassen, Röhren, Scheren, Notizblöcke, Medikamente, Banknoten, Kleingeld, Zirkel, Fotografien, Presseausschnitte, Briefmarken; und fliegende Blätter, aus Notizbüchern oder Abreißkalendern herausgerissene Seiten, eine Briefwaage, Federdosen, die schwarz-grüne Dose mit 100 Federn der Serie La République Nr. 705 von Gilbert und Blanzy-Poure und die beige und graubraune Dose mit 144 Rundschriftfedern Nr. 394 von Baignol und Farjon, der Brieföffner mit dem Horngriff, die Radiergummis, die Schachteln mit Reißbrettstiften und Heftklammern, die Nagelfeilen aus Schmirgelkarton und die Strohblume in ihrem Soliflor von Kirby Beard und das Paket *Athletic*-Zigaretten mit dem Sprinter im blaugestreiften weißen Trikot mit der Rückennummer 39 in roter Schrift, der weit vor den andern durch die Ziellinie gegangen ist und die von einem Kettchen zusammengehaltenen Schlüssel, der Doppel-Dezimeter aus gelbem Holz, die Dose mit der Aufschrift CURIOUSLY STRONG ALTOIDS PEPPERMINT OIL, der blaue Steinguttopf mit all seinen Bleistiften, der Briefbeschwerer aus Onyx, die kleinen, halbkugelförmigen Näpfchen, ein wenig denen ähnlich, deren man sich für die Augenbäder bedient (oder um Schnecken zu kochen), in denen sie ihre Farben mischte und die Schale aus englischem Metall, deren zwei Fächer immer gefüllt waren, das eine mit gesalzenen Pistazien, das andere mit Veilchenbonbons.

Nur eine Katze konnte sich inmitten dieser Anhäufung bewegen, ohne Einstürze hervorzurufen und tatsächlich hatten Gaspard und Marguerite eine Katze, einen großen, gelbroten Kater, den sie zuerst Leroux, dann Gaston, dann Chéri-Bibi und schließlich, nach einer Aphäresis, Ribibi genannt hatten, und der nichts lieber tat, als inmitten aller dieser Dinge herumzuspazieren, ohne sie auch nur im geringsten durcheinanderzubringen, um sich schließlich bequem darauf niederzulassen, falls er es nicht vorzog, sich auf den Hals seines Frauchens zu setzen, wobei er auf jeder Seite träge seine Pfoten herunterhängen ließ.

Marguerite erzählte Valène eines Tages, wie sie Gaspard Winckler kennengelernt hatte. Es war neunzehnhundertdreißig, an einem Novembermorgen in Marseille, in einer Kneipe in der Rue Bleue, nicht weit vom Zeughaus und der Kaserne Saint-Charles entfernt.

Draußen fiel ein feiner, kalter Regen. Sie trug ein graues Schneiderkostüm und eine schwarze Regenhaut, die um die Taille mit einem breiten Gürtel zusammengeschnürt wurde. Sie war neunzehn Jahre alt, gerade wieder nach Frankreich zurückgekommen und stand an der Theke, wo sie einen schwarzen Kaffee trank und dazu die Kleinanzeigen der *Dernières Nouvelles de Marseille* las. Der Wirt, ein gewisser La Brigue, der so wenig von einer Courteline-Figur an sich hatte wie nur möglich, beobachtete mit argwöhnischem Blick einen Soldaten, von dem er von vorneherein beschlossen zu haben schien, daß er nicht genügend Kleingeld hätte, um seinen Milchkaffee und seine Butterbrote zu bezahlen.

Es war Gaspard Winckler und der Wirt lag gar nicht so falsch: der Tod von Monsieur Gouttman hatte seinen Lehrling in einer schwierigen Lage zurückgelassen; kaum neunzehn Jahre alt, gründlich eine große Anzahl von Techniken kennend, ohne wirklich einen Beruf zu haben, besaß Winckler fast keine Erfahrung, was das Erwerbsleben anging und besaß weder Wohnung noch Freunde noch Familie: denn als er, vom Besitzer des Hauses, das Gouttman gemietet hatte, aus Charny verjagt, wieder nach La Ferté-Milon zurückkam, mußte er erfahren, daß sein Vater in Verdun gefallen war, daß seine Mutter, die in zweiter Ehe einen Versicherungsbeamten geheiratet hatte, jetzt in Kairo wohnte und daß seine Schwester Anne, die ein Jahr jünger war, gerade einen Cyrille Voltimand, Fliesenleger im neunzehnten Arrondissement in Paris, geheiratet hatte. Und so kam Gaspard Winckler eines Tages im März 1929 zu Fuß in der Hauptstadt an, die er zum ersten Mal in seinem Leben entdeckte. Gewissenhaft durchmaß er die Straßen des neunzehnten Arrondissements und erkundigte sich höflich bei allen Fliesenlegern, die er auf seinem Weg antraf, nach einem Voltimand Cyrille, der sein Schwager sein sollte. Doch er fand ihn nicht und da er nicht wußte, was er tun sollte, meldete er sich schließlich freiwillig.

Die folgenden achtzehn Monate verbrachte er in einem kleinen Fort zwischen Bou-Jeloud und Bab-Fetouh, nicht weit von Spanisch-Marokko entfernt, wo er praktisch nichts anderes zu tun hatte, als für Dreiviertel der Garnison übertrieben verzierte Kegel zu schnitzen, eine Beschäftigung, die nicht schlechter war als jede andere auch, und ihm die Möglichkeit gab, nicht aus der Übung zu kommen.

Er war am Tag zuvor aus Afrika zurückgekommen. Er hatte während der Überfahrt gespielt und dabei quasi sein gesamtes Guthaben verloren. Marguerite war selbst ohne Arbeit, aber sie konnte ihm trotzdem seinen Kaffee und seine Butterbrote bezahlen.

Sie heirateten einige Tage später und fuhren nach Paris. Die erste Zeit war schwierig, aber sie hatten das Glück, ziemlich schnell Arbeit zu finden: er bei einem Spielzeughändler, der kurz vor Weihnachten mit Arbeit überlastet war, sie etwas später bei einem Sammler alter Musikinstrumente, der sie bat, nach zeitgenössischen Unterlagen ein wunderbares Spinett zu verzieren, von dem es hieß, es habe Champion de Chambonnière gehört und dessen Deckel hatte erneuert werden müssen: inmitten einer Überfülle von Blattwerk, Girlanden und Schnörkel, die eine Einlegearbeit imitierten, malte Marguerite in zwei Kreise mit einem Durchmesser von drei Zentimeter zwei Porträts: ein junger Mann mit einem etwas langweiligen Gesicht, im Dreiviertelprofil, mit gepuderter Perücke, schwarzer Jacke, gelber Weste, weißer Spitzenkrawatte, der, einen Ellbogen auf einen Marmorkaminsims gestützt, vor einem langen, lachsfarbenen, halb zugezogenen Vorhang steht, der zum Teil den Blick auf ein Fenster freigibt, durch das man ein Gittertor erblickt; und eine junge, schöne, etwas fette Frau mit großen, braunen Augen und karminroten

Wangen, einer gepuderten Perücke mit einer roten und einer rosa Schleife und einem weißen, stark dekolletierten Musselin-Halstuch.

Valène lernte die Wincklers einige Tage nach ihrem Einzug in die Rue Simon-Crubellier bei Bartlebooth kennen, der sie alle drei zum Abendessen eingeladen hatte. Er fühlte sich sofort zu dieser sanften und fröhlichen Frau hingezogen, die mit einem so reinen Blick in die Welt sah. Er liebte die Bewegung, mit der sie ihre Haare nach hinten schüttelte; er liebte die selbstsichere und zugleich anmutsvolle Art, mit der sie sich auf dem linken Ellbogen aufstützte, bevor sie mit der Spitze ihres haarfeinen Pinsels einen mikroskopischen grünen Schatten in einem Auge andeutete.

Von ihrer Familie, von ihrer Kindheit, von ihren Reisen erzählte sie ihm fast nie. Ein einziges Mal berichtete sie ihm, daß sie im Traum das Landhaus wiedergesehen habe, in dem sie alle Sommer ihrer Jugendjahre verbracht hatte: ein großes, weißes, von Klematis überwuchertes Gebäude mit einem Speicher, der ihr Angst machte und einem kleinen Karren, der von einem auf den sanften Namen Bonifazius hörenden Esel gezogen wurde.

Mehrere Male gingen sie, während Winckler sich in seinem Atelier einschloß, zusammen spazieren. Sie gingen in den Parc Monceau oder folgten der inneren Ringbahn am Boulevard Péreire entlang oder sahen sich am Boulevard Haussmann, in der Avenue Messine, in der Rue du Faubourg Saint-Honoré gemeinsam Ausstellungen an. Bartlebooth nahm sie alle drei mit zur Besichtigung der Loireschlösser oder lud sie einige Tage nach Deauville ein. Einmal sogar, im Sommer neunzehnhundertsiebenunddreißig, als er auf seiner Yacht *Alcyon* an der Adria-Küste entlang fuhr, forderte er sie auf, zwei Monate mit ihm zwischen Triest und Korfu zu verbringen, wobei er sie die rosaroten Paläste von Piran, die Jugendstilhotels von Portoroz, die diokletianischen Ruinen von Spalato, die Myriade der dalmatischen Inseln, Ragusa, das vor einigen Jahren zu Dubrovnik geworden war, und die wild zerklüftete Landschaft der Bucht von Kotor und Montenegro entdecken ließ.

Im Verlauf dieser unvergeßlichen Reise gestand Valène eines Abends gegenüber den Zinnenmauern von Rovigno der jungen Frau, daß er sie liebe, wobei er als Antwort nur ein vieldeutiges Lächeln erhielt.

Mehrmals träumte er davon, zu fliehen, mit ihr oder weit fort von ihr, aber sie verblieben so, wie sie waren, nahe und fern zugleich, in der Zärtlichkeit und Hoffnungslosigkeit einer unüberwindlichen Freundschaft.

Sie starb im November neunzehnhundertdreiundvierzig, als sie ein totgeborenes Kind zur Welt brachte.

Während des ganzen Winters blieb Gaspard Winckler an dem Tisch sitzen, an dem sie gearbeitet hatte, wobei er eins ums andere alle Gegenstände in die Hände nahm, die sie berührt, die sie betrachtet, die sie geliebt hatte, den Glasstein mit seinen weißen, beigen und orangenfarbenen Rillen, das kleine Jadeeinhorn, übriggebliebenen aus einem kostbaren Schachspiel, und die florentinische Brosche, die er ihr geschenkt hatte, weil in mikroskopischen Mosaiken drei Margeriten drauf waren.

Dann warf er eines Tages alles weg, was auf diesem Tisch lag und verbrannte den Tisch; er brachte Ribibi zum Tierarzt in der Rue Alfred-de-Vigny und ließ ihn einschläfern; er warf die Bücher und das Regal aus gedrechseltem Holz, die malvenfarbene Steppdecke, den englischen Sessel mit der niedrigen Lehne und dem schwarzen Ledersitz, in den sie sich setzte, weg, kurzum alles, was eine Spur von ihr hinterließ, alles, was ihren Stempel trug, und behielt nichts anderes in diesem Zimmer als das Bett und gegenüber dem Bett dieses melancholische Bild mit den drei schwarzgekleideten Männern.

Dann kehrte er in sein Atelier zurück, wo elf noch unberührte Aquarelle in Umschlägen, die Briefmarken von Argentinien und Chile trugen, darauf warteten, Puzzles zu werden.

Das Zimmer ist heute ein Raum grau von Staub und Traurigkeit, ein leerer, schmutziger Raum mit einer verschossenen Tapete; durch die auf den kleinen, verkommenen Waschraum geöffnete Tür entdeckt man einen mit Kesselstein und Rost befleckten Spülstein, auf dessen schartigem Rand eine angebrochene Flasche Orangenlimonade seit zwei Jahren vor sich hinschimmelt.

VIERUNDFÜNFZIGSTES KAPITEL

Plassaert, 3

Adèle und Jean Plassaert sitzen nebeneinander an ihrem Schreibtisch, einem metallgrauen Möbelstück, das mit Hängeregistern ausgestattet ist. Die Arbeitsfläche ist zugelegt mit aufgeschlagenen Geschäftsbüchern, die bedeckt sind mit langen Wort- und Zahlenreihen in einer pingeligen Schrift. Das Licht kommt von einer alten Petroliumlampe, die mit einem Messingfuß und zwei grünen Glasglocken versehen ist. Daneben eine Flasche *McAnguish's Caledonian Panacea*-Whisky, dessen Etikett eine joviale Marketenderin darstellt, die einem schnauzbärtigen Grenadier mit einer Pelzmütze zu trinken ausschenkt.

Jean Plasseart ist ein kurzgewachsener und eher fetter Mann; er trägt ein sehr buntscheckiges Phantasiehemd in der Art »Karneval von Rio« und eine Krawatte, die aus einem schwarzen Schnürsenkel besteht, welcher in zwei glänzenden Zwingen ausläuft und von einem Ring aus geflochtenem Leder zusammengehalten wird. Er hat eine weiße Holzkiste vor sich stehen, die reichlich mit Etiketten, Briefmarken, Stempeln und Siegeln aus rotem Wachs versehen ist, aus der er fünf Broschen aus Silber und Straß herausgenommen hat, Stil Art Deco, die fünf stilisierte Sportlerinnen darstellen: eine Schwimmerin, die in einem schmuckvollen Wellengekräusel krault, eine Schifahrerin, die Schuß fährt, eine Turnerin im Gazeröckchen, die mit brennenden Fackeln jongliert, eine Golfspielerin mit einem hohen

Golfschläger und eine Taucherin, die einen tadellosen Kopfsprung macht. Er hat vier davon auf seiner löschblattbespannten Schreibunterlage ausgebreitet und zeigt die fünfte – die Taucherin – seiner Frau.

Adèle ist eine Frau von etwa vierzig Jahren, klein und mager, mit schmalen Lippen. Sie ist bekleidet mit einem roten Samtkostüm mit Pelzkragen. Um die Brosche zu betrachten, die ihr Mann ihr zeigt, sieht sie aus dem Buch auf, in dem sie gerade etwas nachgeschlagen hat: es ist ein Reiseführer durch Ägypten, der auf einer Doppelseite aufgeschlagen ist, wo ein Auszug aus einem der ersten bekannten Wörterbücher der Ägyptologie wiedergegeben ist, dem *Libvre mangificque dez Merveyes que pouvent estre vuyes es La Egipte* (Lyon, 1560):

> *Hieroglifen: heylig Inschrifften. So worden die Puchstabn der allten ägiptischen Gelahrten genant und warn gemacht auß manniglichen biltern von Bäum, Gräßern, Thieren, Fischen, Vögel, Instrument, durch dero Art vorgestellt ward, was ßie mainten.*
>
> *Obelißken: groß und lang Steinnateln, unten braid und oben langßam inn Spitze außgehend. So sihet man ein gansen inn Rom gleich nepn Sangt Peter und ßonstwo viel andre. Auf dißn am Meerufer seind Feuer gemacht wordn, um den Seeleut zu leychtn bey Sturm und so worden Obelißk-Lichtnelken genannt.*
>
> *Pyramiden. Groß Bauwerk auß Steyn oder Quader, unten breyt und spidz nach oben, so es die Form von eyner Feierflam ist. Man kann merere am Nil sähen, bey Kairo.*
>
> *Catadupus vom Nil. Ort in Ätiopien, an welchem der Nil von hochen Bergen fallt, myt so schräcklich Lerm, daß die Nachbarn von dem Ort fast all taub seynd, wie Claud Galen*

schreybt. Man hert den Lerm drey Tagreißen weyt, was so viel ist wie von Paris nach Tours. Vergl. Ptol., Cicero inn Som. Scipionis; Plinius, lib. 6, cap. 9, und Strabo.

Die Plassaerts sind als Händler indischer und anderer exotischer Artikel gut organisiert, tüchtig und, wie sie selber sagen, »Profis«.

Ihr erster Kontakt mit dem Fernen Osten fiel mit ihrem Kennenlernen vor etwa zwanzig Jahren zusammen. In diesem Jahr organisierte der Betriebsrat der Bank, bei der sie beide als Volontäre arbeiteten, er in Aubervilliers, sie in Montrouge, eine Reise in die Äußere Mongolei. Das Land selbst interessierte sie kaum, da Ulan-Bator nur ein großes Dorf war mit einigen für die stalinistische Kunst typischen offiziellen Gebäuden und die Wüste Gobi außer ihren Pferden und einigen fröhlichen Mongolen mit vorspringenden Backenknochen und Pelzmützen nicht viel zu zeigen hatte, doch die Zwischenstationen, die sie auf dem Hinweg in Persien und auf dem Rückweg in Afghanistan einlegten, begeisterten sie. Ihr gemeinsames Gefallen an Reisen und Tricks, eine gewisse Außenseiterphantasie, ein ausgeprägter Sinn gewiefter pfiffiger Bohemiens, all das verleitete sie dazu, die Bankschalter zu verlassen, wo sie in der Tat nichts sehr Aufregendes erwartete, und Trödler zu werden. Mit einem reparierten Lieferwagen und einem Anfangskapital von einigen tausend alten Francs begannen sie, Keller und Speicher leerzuräumen, sich bei allen Dorfversteigerungen einzufinden und Sonntagsmorgens auf dem damals noch nicht sehr überlaufenen Flohmarkt von Vanves verbeulte Trompeten anzubieten, selten vollständige Enzyklopädien, Silbergabeln, an denen kein Silber mehr war und dekorierte Teller (*Ein schlechter Schabernack:* ein Mann hält in einem Garten seine Siesta; ein anderer, der sich heimlich an ihn herangeschlichen hat, schüttet ihm eine Flüssigkeit ins Ohr; oder aber inmitten einer Gruppe von Bäumen, in denen sich zwei höhnende Schlingel versteckt halten, macht ein Feldhüter ein wütendes Gesicht: *Wo sind die beiden Hanswurste hingekommen?*; oder aber ein ganz junger Säbelschlucker im Matrosenanzug, mit der Inschrift: *Wer Wind säbelt, schluckt Sturm*).

Die Konkurrenz war gefährlich, und wenn sie auch das gewisse Gespür hatten, so fehlte es ihnen doch an Erfahrung; mehrmals ließen sie sich einen Posten Waren andrehen, aus dem nichts herauszuholen war, und die einzigen guten Würfe, die sie machten, betrafen Lager von alten Kleidern, Fliegerjacken, amerikanische Hemden mit geknöpften Kragen, Schweizer Mokassins, T-Shirts, Davy Crockett-Baretts, Blue-Jeans, mit denen sie es in diesen Jahren zwar nicht weiterbrachten, mit denen sie aber doch wenigstens überleben konnten.

Anfang der sechziger Jahre, kurz bevor sie in die Rue Simon-Crubellier zogen, lernten sie in einer Pizzeria in der Rue de Ciseaux einen merkwürdigen Menschen kennen: einen neurasthenischen Rechtsanwalt holländischer Abstammung, in Indonesien wohnhaft, der jahrelang in Djakarta der Vertreter mehrerer Handelsgesellschaften gewesen war und der schließlich seine eigene Export-Import-Firma gegründet hatte. Da er ganz ausgezeichnet alle Handwerkserzeugnisse Südostasiens kannte und da es niemand so gut verstand wie er, den Zollkontrollen zu entgehen, die Versicherungsgesellschaften und die Spediteure zu umgehen und den Fiskus zu übergehen, stopfte er im Verlauf der Jahre drei abgetakelte Schiffe mit malaisischen Muscheln, philippinischen Taschentüchern, Kimonos aus Formosa, indischen Hemden, nepalesischen Jacken, afghanischen Pelzen, singhalesischen Lackarbeiten, Barometern aus Macao, Spielzeugen aus Hongkong und hundert anderen Waren aller Art und aus aller Herren Länder voll, die er in Deutschland mit einem Gewinn von zwei- bis dreihundert Prozent absetzte.

Die Plassaerts gefielen ihm und er beschloß, sie an seinem Unternehmen zu beteiligen. Er verkaufte ihnen für sieben Francs ein Hemd, das ihn drei kostete, und sie verkauften es für siebzehn, einundzwanzig, fünfundzwanzig oder dreißig Francs, je nachdem, weiter. Sie begannen in der winzig kleinen Ladenbude eines früheren Schuhmachers, in der Nähe von Saint-André-des-Arts. Sie besitzen heute drei Läden in Paris, zwei andere in Lille und in Cannes und planen, ein weiteres Dutzend in Badestädten, an Atlantikstränden und in Wintersportorten, entweder fürs ganze Jahr oder für die Saison, zu eröffnen. Unterdessen haben sie die Fläche ihrer Pariser Wohnung verdreifachen – und bald vervierfachen – und ein Landhaus bei Bernay von oben bis unten aufpolieren können.

Ihr eigener Geschäftssinn ergänzt aufs wunderbarste den ihres Teilhabers aus Indonesien: sie fahren nicht nur dorthin, um in Frankreich leicht zu handelnde lokale Erzeugnisse einzukaufen, sondern sie lassen dort auch nach Jugendstil- oder Art-Deco-Modellen Nippsachen und Schmuck europäischer Art herstellen: sie haben auf Celebes, in Makassar, einen Handwerker gefunden, den sie uneingeschränkt als genial bezeichnen und der ihnen, mit einem Dutzend Arbeiter, auf Wunsch für ein paar Centimes Ohrklipse, Ringe, Broschen, Phantasieknöpfe, Feuerzeuge, Rauchernecessaires, Füllhalter, falsche Wimpern, Jojos, Brillengestelle, Kämme, Zigarettenspitzen, Tintenfässer, Brieföffner und eine ganze Masse von Spielwaren-, Glaswaren- und Kunsttischlerartikel aus Bakelit, Zelluloid, Galalith und anderen Plastikmaterialien herzustellen, von denen man schwören könnte, daß sie mindestens ein halbes Jahrhundert alt sind und die sie »auf alt getrimmt«, manchmal mit den Spuren falscher Reparaturen, anliefern.

Obgleich sie auch weiterhin dem Stil »sympathische Kumpels« huldigen, ihren Kunden einen Kaffee spendieren und ihre Angestellten duzen, stellt ihre schnelle Expansion sie allmählich vor schwierige Probleme hinsichtlich der Verwaltung der Warenlager, der Buchhaltung, der Rentabilität und der Beschäftigung und zwingt sie, ihre Erzeugnisse zu diversifizieren, einen Teil ihres Tätigkeitsfeldes auf große Warenhäuser oder Versandhäuser zu verlagern und anderswo neue Materialien, neue Gegenstände und neue Ideen zu suchen; sie haben damit begonnen, in Südamerika und in Nordamerika Kontakte aufzunehmen und haben bereits mit einem ägyptischen Händler einen Vertrag unterzeichnet für die Lieferung von Stoffen, imitiertem Kopten-Schmuck und bemalten Kleinmöbeln, für die sie sich die Exklusivrechte für Westeuropa gesichert haben.

Ein hervorstechender Charakterzug der Plassaerts ist der Geiz, ein methodischer und organisierter Geiz, dessen sie sich zuweilen sogar rühmen: sie brüsten sich zum Beispiel damit, daß sie weder zu Hause noch in ihren Geschäften jemals Blumen hätten – höchst vergängliche Substanzen – sondern nur Arrangements von Strohblumen, Schilfrohr, blauen Disteln und mit einigen Pfauenfedern verzierten Mondviolen. Es ist ein ständiger Geiz, der nie seine Umklammerung lockert und der sie nicht nur dazu bringt, alles Überflüssige zu verjagen – die einzigen zulässigen Ausgaben müssen nämlich mit den Erfordernissen des Berufs verbundene prestigefördernde Ausgaben sein, die sich den Investitionen gleichstellen lassen – sondern sie zu unbeschreiblichen Knausereien führt, wie etwa belgischen Whisky in Flaschen großer Marken zu gießen, wenn sie Gäste haben, systematisch in Cafés und Kneipen Würfelzucker für ihre Zuckerdose mitgehen zu lassen, sich dort den *Wöchentlichen Veranstaltungskalender* geben zu lassen, den sie dann neben der Kasse ihren Kunden zur Verfügung stellen oder ein paar magere Centimes an den Lebensmittelausgaben einzusparen, indem sie bei jedem Artikel handeln und vorzugsweise nur weit herabgesetzte Lebensmittel kaufen.

Mit einer Genauigkeit, die nichts dem Zufall überläßt, in der gleichen Weise, in der im neunzehnten Jahrhundert die Hausherrin das Haushaltsbuch ihrer Köchin unter die Lupe nahm und nicht zögerte, ihr dreißig Centimes abzuverlangen, die sie für den Steinbutt zuviel bezahlt habe, zieht Adèle Plassaert Tag um Tag in einem Schulheft die unbarmherzige Bilanz ihrer täglichen Ausgaben:

Brot	0,90
Zigaretten	1,30
2 Artischocken	1,12
Schinken	3,15
Gervais	1,20
Wein	2,15
Friseur	16,00
Trinkgeld	1,50
Strümpfe	3,10
Reparatur der Kaffeemühle	15,00
Waschpulver	2,70
Rasierklingen	4,00
Glühbirne	2,60
Pflaumen	1,80
Kaffee	3,00
Chicorée	1,80
Total	59,42

Hinter ihnen, an der in gebrochenem Weiß gestrichenen Wand, deren Gesimse und Leisten hellgelb lackiert sind, hängen sechzehn kleine rechteckige Zeichnungen, deren Machart an die Karikaturen der Jahrhundertwende erinnern. Sie stellen die klassischen »Straßenhändler von Paris« dar und darunter als Inschrift ihr charakteristischer Ausruf:

DIE MUSCHELVERKÄUFERIN

»Herrliche Muscheln, zwei Sous die Muschel!«

DER LUMPENSAMMLER

*»Alte Lumpen,
Alteisen, Papier!«*

DIE SCHNECKENVERKÄUFERIN

*»Schnecken, frische schöne Schnecken,
Nur sechs Sous das Dutzend!«*

DIE FISCHVERKÄUFERIN

*»Krabben,
Gute Krabben.
Lebenden Rochen habe ich auch,
Ganz lebendig!«*

DER FASSVERKÄUFER

»Fässer, Fässer!«

DER TRÖDLER

*»Kleider,
Der Kleider-Mann,
Klei-der!«*

DER SCHERENSCHLEIFER MIT SEINER GLOCKE

»Scheren zu schleifen, Messer, Scheren!«

DIE OBST- UND GEMÜSEHÄNDLERIN

*»Zarte grüne Bohnen,
schöne zarte Artischocken
Ar-tischocken!«*

DER KESSELFLICKER

*»Ich flicke alle Kessel
Und selbst den alten Pott
Hott hott hott
Ich setze neue Böden ein
Und stopfe alle Löcher
Noch und nöcher!«*

DIE HIPPENVERKÄUFERIN

»Waffeln gefällig, meine Damen, Waffeln gefällig!«

DIE ORANGENVERKÄUFERIN

»Die Valencia, die schöne Valencia, frische Orangen aus Valencia!«

DER HUNDESCHERER

»Schere Hunde
kastriere Katzen, kupiere Schwänze und Ohren!«

DER GEMÜSEBAUER

»Schöner grüner Salat! Schöner grüner Salat!
Ich verkauf ihn nicht ich verkauf ihn nicht
Er ist zum Essen viel zu schad!«

DER KÄSEHÄNDLER

»Feiner Käse, feiner Käse,
Sticht jedem in die Näse!«

DER SÄGENSCHLEIFER

»Wer hat Sägen zu schleifen
Hier ist der Sägenschleifer!«

DER GLASER

»Glas Gla-ser
Zerbrochene Fensterscheiben
Hier ist der Glaser
Gla-ser!«

FÜNFUNDFÜNFZIGSTES KAPITEL

Dienstmädchenzimmer, 10

Henri Fresnel, der Koch, zog im Juni neunzehnhundertundneunzehn in dieses Zimmer. Er war ein melancholischer Südfranzose von etwa fünfundzwanzig Jahren, klein, hager, mit einem dünnen, schwarzen Schnurrbart. Er bereitete Fische, Schalentiere und Gemüse-Hors-d'Oeuvres auf gar köstliche Weise zu: Artischokken in Pfeffersoße, Gurken mit Dill, Courgetten mit Kurkuma, kalte Ratatouille mit Minze, Radieschen mit Sahne und Fenchel, Pfefferschoten mit geriebenem Basilikum, Weintrauben mit Thymian. Zu Ehren seines entfernten Namensvetters hatte er auch ein Rezept für in Apfelwein gekochte Linsen erfunden, die, mit Olivenöl beträufelt und mit Safran bestäubt, kalt auf gerösteten Scheiben von Mohnbrötchen serviert werden.

Neunzehnhundertvierundzwanzig heiratete dieser nicht sehr gesprächige Mann die Tochter des Verkaufsdirektors einer großen Wurstfabrik in Pithivier, die in der Herstellung jener berühmten Lerchenpastete spezialisiert war, der diese Stadt einen Teil ihres Rufes verdankt, während der andere Teil von ihrem weltberühmten Mandelkuchen herrührt. Durch den Erfolg, den seine Küche hatte, selbstsicher geworden und zu recht meinend, daß Monsieur Hardy, allzu ausschließlich darauf bedacht, den Verkauf seines Olivenöls und seiner Anchovisfässer zu fördern, ihm nicht die Möglichkeit bieten würde, diese Küche weiterzuentwickeln, beschloß Henri Fresnel, sich selbständig zu machen und eröffnete mit Hilfe von Alice, seiner jungen Frau, die ihre Mitgift dafür opferte, in der Rue Mathurins, im Viertel der Madeleine, ein Restaurant. Sie nannten es *La belle Alouette.* Fresnel stand am Herd, Alice war im Restaurant: das Lokal blieb bis spät in die Nacht hinein geöffnet, um von der Kundschaft der Schauspieler, Journalisten, Nachtschwärmer und Lebemänner, von denen es im Viertel mehr als genug gab, zu profitieren und die Preiswürdigkeit im Verein mit der äußerst hohen Qualität der Küche führte dazu, daß man bald schon Gäste abweisen mußte, und daß die helle Holztäfelung des kleinen Raums allmählich mit den mit Widmungen versehenen Fotos von Variété-Stars, beliebten Schauspielern und siegreichen Boxern bedeckt war.

Alles stand zum besten, und die Fresnels konnten bald Zukunftspläne schmieden und daran denken, ein Kind zu bekommen und ihr enges Zimmerchen zu verlassen. Doch an einem Oktobermorgen des Jahres neunzehnhundertneunundzwanzig, als Alice im sechsten Monat schwanger war, verschwand Henri und ließ seiner Frau einen kurzen Brief zurück, in dem er ihr erklärte, daß er sich in seiner Küche zu Tode langweile und daß er weggehe, um seinen alten Traum zu verwirklichen: Schauspieler zu werden!

Alice Fresnel reagierte auf die Nachricht mit überraschendem Phlegma: sie stellte noch am selben Tag einen Koch ein und nahm mit außergewöhnlicher Energie die Leitung ihres Betriebs in die Hand, die sie nur für die Zeit aufgab, einen pausbäckigen Knaben zur Welt zu bringen, den sie Ghislain taufte und den sie sogleich in Pflege gab. Was ihren Mann betraf, so tat sie nichts, um ihn wiederzufinden.

Sie sah ihn erst vierzig Jahre später wieder. Inzwischen war das Restaurant schlechter gegangen, und sie hatte es verkauft; Ghislain war groß geworden und zur

Armee gegangen, und sie, durch etwas Vermögen abgesichert, lebte weiterhin in ihrem Zimmer, bruzzelte auf der Ecke ihres kleinen emaillierten Herdes Seeteufel auf amerikanische Art, Goldbrassen, Kalbsfrikassee und Ragout, die die Hintertreppe mit köstlichen Düften erfüllten und mit denen sie einige ihrer Nachbarn bewirtete.

Nicht wegen einer Schauspielerin – wie Alice immer glaubte – sondern wirklich nur des Theaters wegen hatte Henri Fresnel alles aufgegeben. Wie die Wander-Komödianten des Großen Jahrhunderts, die im strömenden Regen in den Höfen verfallender Schlösser ankamen und adlige Hungerleider, die sie am nächsten Morgen mitnahmen, um Gastfreundschaft baten, zog er mit vier Leidensgenossen, die an der Schauspielschule durchgefallen waren und die Hoffnung aufgegeben hatten, jemals spielen zu dürfen, über die Landstraßen: es waren dies ein Zwillingspaar, Isidore und Lucas, zwei große, starke Burschen aus dem Jura, die die jugendlichen Helden und die Aufschneider spielten, eine aus Toulon gebürtige Naive und eine etwas männlich wirkende Anstandsdame, die tatsächlich die Jüngste der Truppe war. Isidore und Lucas fuhren die beiden zu Wohnwagen umgebauten Lieferwagen und bauten die Theaterbühne auf, Henri kümmerte sich um die Küche, die Buchhaltung und die Inszenierungen, Lucette, die Naive, zeichnete, nähte und flickte vor allem die Kostüme, während Charlotte, die Anstandsdame, das übrige machte: sie wusch das Geschirr, machte den Haushalt in den beiden Wohnwagen, die Besorgungen, gab mit Kamm und Brennschere den letzten Schliff usw. Sie hatten zwei Theaterdekorationen aus bemalter Leinwand: die eine stellte einen Palast mit perspektivischen Effekten dar und diente unterschiedslos für Racine, Molière, Labiche, Feydeau, Caillavet und Courteline;

die andere, die sie bei einem Wohltätigkeitsverein organisiert hatten, stellte die Krippe von Bethlehem dar: mit zwei Sperrholzbäumen und einigen künstlichen Blumen wurden sie zum Zauberwald, in dem sich der große Erfolg der Truppe abspielte, *Die Macht des Schicksals,* ein nachromantisches Drama, das absolut nichts mit Verdi zu tun hatte, und das die schönen Tage des Theaters an der Porte Saint-Martin und von sechs Generationen eifriger Zuschauer ausgemacht hatte: die Königin (Lucette) sah einen wilden Räuber (Isidore) in der Sonne an einem Marterinstrument hängen. Sie hatte Mitleid mit ihm, trat näher, brachte ihm zu trinken, stellte fest, daß es sich um einen liebenswürdigen und gut gebauten jungen Mann handelte. Im Schutze der Nacht befreite sie ihn, forderte ihn dann auf, als Vagabund zu fliehen und zu warten, bis sie in der Dunkelheit der Nacht mit ihrem königlichen Wagen zu ihm stoße. Doch dann wurde sie von einer wunderschönen Kriegerin angeherrscht (Charlotte, einen goldfarbenen Papphelm auf dem Kopf), die an der Spitze einer Armee (Lucas und Fresnel) auf sie zukam:

> »Königin der Nacht, der von dir befreite Mann gehört mir: Mach dich zum Kampf bereit: der Krieg gegen die Heere des Tages wird inmitten der Bäume des Waldes bis zum Morgengrauen dauern!«

(*Exeunt omnes.* Dunkelheit. Stille. Donnerschlag. Fanfaren.)

Und die beiden Königinnen erschienen wieder mit Federbusch geschmückten Helmen, mit Edelsteinen besetzten Rüstungen, mit Stulpenhandschuhen, mit langen Lanzen und Pappschildern, von denen der eine mit einer flammenden Sonne, der andere mit einem aufgehenden Mond vor einem Sternenhintergrund verziert ist, auf zwei Fabeltieren sitzend, von denen das eine etwas vom Drachen (Fresnel), das andere etwas vom

Kamel (Isidore und Lucas) hatte, deren Felle von einem ungarischen Schneider aus der Avenue du Maine genäht worden waren.

Mit einigen anderen kümmerlichen Requisiten, einem Schemel in X-Form für den Thron, einer alten Matratze und drei Kissen, einem schwarzgestrichenen Notenständer, aus alten Kisten bestehenden Versatzstücken, die ein geflicktes Stück grünes Tuch in diesen mit Papieren und Büchern überhäuften Schreibtisch mit den karminroten Ecken verwandelte, an dem ein nachdenklicher Kardinal, der nicht Richelieu, sondern sein Phantom Mazarin (Fresnel) ist, beschließt, einen alten Gefangenen aus der Bastille holen zu lassen, der kein anderer ist als Rochefort (Isidore), und diesen Auftrag einem Oberleutnant der Schwarzen Musketiere anvertraut, der kein anderer ist als Artagnan (Lucas), mit tausendmal umgeänderten, reparierten, zusammengebundenen, mit Draht, Isolierband und Sicherheitsnadeln geflickten Kostümen, mit zwei rostigen Projektoren, die abwechselnd eingesetzt wurden und die ein übers andere Mal kaputtgingen, brachten sie historische Dramen auf die Bühne, Sittenkomödien, bürgerliche Tragödien, große Klassiker, moderne Melodramen, Vaudevilles, Farcen, Kasperlestücke, überstürzte Bearbeitungen von *Sans-Famille*, den *Elenden* oder *Pinocchio*, wo Fresnel Jimini das Gewissen spielte, mit einem alten, gefärbten Frack, der einen Heuschreckenkörper darstellen sollte und zwei Spiralfedern mit Korken am Ende, die an seiner Stirn klebten, um die Fühler abzugeben.

Sie spielten in Schulhöfen oder in Krankenhaushöfen oder auf den Plätzen unwahrscheinlicher Marktflecken, im Herzen der Cevennen oder der Haute-Provence, wobei sie jeden Abend Wunder an Erfindungsgabe und Improvisation vollbrachten, in einem einzigen Stück sechsmal die Rolle und zwölfmal die Kostüme wechselnd, mit einem Publikum von zehn verschlafenen Erwachsenen in ihren Sonntagskitteln und fünfzehn Kindern mit Baskenmützen, eingemummt in gestrickte Schals, an den Füßen Holzpantinen, die sich mit dem Ellbogen anstießen und in schallendes Gelächter ausbrachen, weil man den rosa Slip der jungen Naiven durch die Risse ihres Kleides hindurch sah.

Der Regen unterbrach ihre Vorstellung, die Lieferwagen wollten nicht anfahren, einige Minuten vor dem Auftritt von Monsieur Jourdain ergoß sich eine Flasche Öl über das einzige einigermaßen vorzeigbare Kostüm Ludwigs XIV., eine himmelblaue Samtjacke mit einem blumenbestickten Wams und Spitzenmanschetten, obszöne Furunkel breiteten sich auf den Brüsten der Heldinnen aus, doch drei Jahre lang verloren sie nicht den Mut. Dann löste sich innerhalb weniger Tage alles in seine Bestandteile auf: Lucas und Isidore flohen mitten in der Nacht mit einem der Lieferwagen und nahmen die Einnahmen der ganzen Woche mit, die ausnahmsweise einmal nicht katastrophal gewesen waren; Lucette ließ sich zwei Tage später von einem Einfaltspinsel von Katasterbeamten entführen, der schon seit drei Monaten vergebens hinter ihr hergewesen war. Charlotte und Fresnel hielten noch etwa vierzehn Tage zusammen, wobei sie versuchten, die Stücke ihres Repertoires zu zweit zu spielen und sich der Illusion hingaben, sie könnten ihre Truppe ohne weiteres wieder zusammenstellen, sobald sie eine große Stadt erreichen würden. Sie landeten in Lyon und trennten sich dort im gegenseitigen Einvernehmen. Charlotte kehrte zu ihrer Familie zurück, Schweizer Bankiers, für die das Theater eine Sünde war; Fresnel schloß sich einer Truppe von Gauklern an, die nach Spanien ging: ein ewig mit einem Schuppentrikot bekleideter Schlangenmensch, der sich unter einer fünfunddreißig Zentimeter über dem Erdboden stehenden brennenden Scheibe hindurchschlängelte, und zwei Zwerginnen, von denen die eine übrigens ein Zwerg war, die eine Nummer als siamesische Zwillinge mit Banjo, Kinderklapper und Liedchen abzogen. Was Fresnel anging, so wurde er Mister Mephisto, der Zauberer, der Wahrsager, der Wunderheiler, dem alle gekrönten Häupter Europas zugejubelt hatten. Im roten Smoking, mit einer Nelke im Knopfloch, Zylinder, Stock mit Diamantknauf, unmerklichem russischen Akzent, zog er aus einem schmalen, hohen Kästchen aus altem Leder ohne Deckel ein großes Kartenspiel, ordnete acht davon in einem Rechteck auf einem Tisch an und überpuderte sie mit Hilfe eines Elfenbeinspachtels mit einem graublauen Pulver, das nichts anderes war als zerstoßener Bleiglanz, das er jedoch Galinapuder nannte und mit gewissen hormontherapeutischen Eigenschaften versah, die alle vergangenen, gegenwärtigen oder künftigen Leiden zu heilen imstande sind und besonders empfohlen werden bei Zahnextraktionen, Migränen und Kopfschmerzen, Menstruationsbeschwerden, Arthritis und Arthrosen, Neuralgien, Krämpfen und Verrenkungen, Koliken und Gallensteinen sowie dieser oder anderer Leiden, die je nach dem Ort, der Jahreszeit und den Besonderheiten des Publikums passend gewählt wurden.

Sie brauchten zwei Jahre, um Spanien zu durchqueren, setzten nach Marokko über, gelangten nach Mauretanien und sogar bis in den Senegal. Gegen neunzehnhundertsiebenunddreißig schifften sie sich nach Brasilien ein, gelangten nach Venezuela, Nicaragua, Honduras, und so fand sich Henri Fresnel schließlich an einem Aprilmorgen des Jahres neunzehnhundertvierzig allein, mit siebzehn Cents in der Tasche, in New York im Staate New York in den Vereinigten Staaten von Amerika auf einer Bank gegenüber der Kirche *Saint Mark's in the Bouwerie* wieder, vor einer schräg neben einem Portalvorbau aus Holz aufgestellten Steinplatte, die bezeugte, daß diese Kirche, die aus dem Jahre 1799 stammte, eines der 28 amerikanischen Bauwerke aus der Zeit vor 1800 war. Er bat den Priester, der sich um diese Gemeinde kümmerte, um Hilfe und dieser, vielleicht von seinem Akzent angerührt, erklärte sich bereit, ihm zuzuhören. Der Kirchenmann schüttelte traurig den Kopf, als er erfuhr, daß Fresnel Scharlatan, Illusionist und Schauspieler gewesen war, doch als er erfuhr, daß er in Paris ein Restaurant geführt und die Mistinguett, Maurice Chevalier, Lifar, den Jockey Tom Lane, Nungesser und Picasso zu seinen Gästen gezählt hatte, lächelte er breit und zum Telefon gehend, versicherte er dem Franzosen, daß seine Schwierigkeiten überstanden seien.

Und so kam es, daß Henri Fresnel nach elf Jahren des Umherirrens und der Heimatlosigkeit bei einer exzentrischen und steinreichen Amerikanerin, Grace Twinker, Koch wurde. Grace Twinker, damals siebzig Jahre alt, war keine andere als die berühmte *Twinkie*, die gleiche, die mit sechzehn Jahren in einer Burleske als Freiheitsstatue verkleidet debütiert hatte – die Freiheitsstatue war gerade aufgestellt worden – und die an der Wende des Jahrhunderts eine der sagenhaftesten Königinnen des Broadways war, bevor sie nacheinander fünf Milliardäre heiratete, die alle die gute Idee hatten, kurz nach ihrer Heirat zu sterben und ihr jeweils ihr ganzes Vermögen zu hinterlassen.

Extravagant und großzügig, hielt Twinkie um sich herum einen ganzen Hofstaat von Leuten des Theaters aus, Regisseure, Musiker, Choreographen und Tänzer, Autoren, Librettisten, Dekorateure usw., die sie eingestellt hatte, um eine Musikkomödie zu schreiben, die ihr sagenhaftes Leben nachzeichnen sollte: ihren Triumph in Lady Godiva auf den Straßen New Yorks, ihre Heirat mit dem Fürsten von Guéménolé, ihre stürmische Verbindung mit Bürgermeister Groncz, ihre Ankunft als Duesenberg auf dem Fluggelände von East

Knoyle während der Flugveranstaltung, in deren Verlauf der argentinische Flieger Carlos Kravchnik, wahnsinnig vor Liebe zu ihr, sich nach einer Folge von elf Gleitflügen und einem beeindruckenden, kerzengeraden, nie gesehenen Aufstieg von seinem Doppeldecker herabstürzte, der Kauf des Klosters der Barmherzigen Brüder in Granbin, bei Pont-Audemer, das Stein für Stein nach Connecticut gebracht und der Universität von Highpool geschenkt worden ist, die es zu ihrer Bibliothek machte, ihre riesige Kristallbadewanne in Form eines Sektkelches, die sie mit (kalifornischem) Champagner füllen ließ, ihre acht siamesischen Katzen mit den meerblauen Augen, die Tag und Nacht von zwei Ärzten und vier Krankenschwestern gepflegt wurden, ihre prunkvolle und kostspielige Beteiligung an den Wahlfeldzügen Hardings, Coolidges und Hoovers, von der es mehrmals geheißen hatte, daß die Betroffenen vielleicht gern darauf verzichtet hätten, das berühmt-berüchtigte Telegramm – *Shut up, you singing-buoy!* – das sie Caruso geschickt hatte, wenige Minuten bevor er zum ersten Mal seinen Einzug an der Metropolitan Oper hielt, alles das sollte in einem »hundertprozentig amerikanischen« Ausstattungsstück erscheinen, demgegenüber die phantastischsten *Folies-Bergères-Aufführungen* der Zeit als blasse Vorortspektakel wirken würden.

Der überzogene Nationalismus Grace Slaughters – dies war der Name ihres fünften Mannes, eines Fabrikanten für pharmazeutische Verpackungen und »prophylaktische« Artikel, der gerade an einem Bauchfellbruch gestorben war – ließ nur zwei Ausnahmen zu, an denen ihr erster Mann, Astolphe de Guéménolé-Longtgermain sicherlich nicht ganz unschuldig war: die Küche sollte von Franzosen männlichen Geschlechts besorgt werden, die Wäsche und das Bügeln der Wäsche von Engländerinnen weiblichen Geschlechts (und vor allem nicht von Chinesen). Dies gab Henri Fresnel die Möglichkeit, eingestellt zu werden, ohne daß er seine ursprüngliche Nationalität verheimlichen mußte, wozu der Regisseur (Ungar), der Dekorateur (Russe), der Choreograph (Litauer), die Tänzer (Italiener, Grieche, Ägypter), der Drehbuchautor (Engländer), der Librettist (Österreicher) und der Komponist, ein Finne bulgarischer Herkunft mit starkem rumänischem Einschlag ständig gezwungen waren.

Der Überfall auf Pearl Harbour und der Kriegseintritt der Vereinigten Staaten am Ende des Jahres 1941 setzten diesen großartigen Plänen ein Ende, mit denen Twinkie nie ganz zufrieden war, weil sie jedesmal fand, daß man die mitreißende Rolle, die sie im Leben der Nation gespielt hatte, nicht genügend herausstellte. Obgleich Twinkie mit der Roosevelt-Administration überhaupt nicht übereinstimmte, beschloß sie dennoch, sich an den Kriegsanstrengungen zu beteiligen, indem sie allen amerikanischen Soldaten, die an der Pazifikschlacht teilnahmen, Pakete schicken ließ, die Muster der Verbrauchsgüter enthielten, welche die Gesellschaften herstellten, die sie direkt oder indirekt kontrollierte. Die Pakete waren in eine Nylontasche eingewickelt, die eine amerikanische Fahne darstellte; sie enthielten eine Zahnbürste, eine Tube Zahnpasta, drei Brausetabletten, die für den Fall von Neuralgien, Gastralgien und Magensäure empfohlen wurden, ein Stück Seife, drei Portionen Shampoo, eine Flasche mit einem kohlesäurehaltigen Getränk, einen Dauerschreiber, vier Päckchen Kaugummi, ein Päckchen Rasierklingen, eine Kartentasche aus Kunststoff, die dazu bestimmt war, ein Foto aufzunehmen – als Beispiel hatte Twinkie das ihre hineintun lassen, das sie während der Einweihung des Torpedojägers *Remember the Alamo* zeigte – eine kleine Medaille, deren Zuschnitt die Form des Bundesstaates hatte, in dem der Soldat zur Welt gekommen war (wenn er im Ausland geboren war, hatte die Medaille die Form der gesamten Vereinigten Staaten) und ein paar Socken. Der Verwaltungsrat der »amerikanischen Kriegspatinnen«, der vom Verteidigungsministerium damit beauftragt worden war, den Inhalt dieser Geschenk-Pakete zu kontrollieren, hatte die Muster der »prophylaktischen« Erzeugnisse daraus entfernen lassen und hatte nachdrücklich vom Einzelversand abgeraten.

Grace Twinkler starb neunzehnhunderteinundfünfzig an den Folgen einer noch wenig bekannten Krankheit der Bauchspeicheldrüse. Sie hinterließ allen ihren Bediensteten eine mehr als anständige Rente. Henry Fresnel – er schrieb seinen Vornamen nun in der englischen Schreibweise – machte sich diese Rente zunutze, um ein Restaurant zu eröffnen, das er zu Ehren seiner Jahre als wandernder Schauspieler *Capitaine Fracasse* nannte, ein Buch mit dem stolzen Titel *Mastering the French Art of Cookery* zu veröffentlichen und eine Kochschule zu gründen, die bald einen großen Zulauf hatte. Das hinderte ihn jedoch nicht daran, seiner tiefen Leidenschaft nachzugeben. Dank all der Leute vom Theater, die bei Twinkie seine Küche probiert hatten und die bald den Weg in sein Restaurant fanden, wurde er Produzent, technischer Ratgeber und Hauptinterpret einer Fernsehserie mit dem Titel *I am the cookie* (ei ähm ze kuh ki, sagte er mit seinem unnachahmbaren Marseiller Akzent, der diesen vielen Jahren des Exils siegreich widerstanden hatte). Der Erfolg dieser Sendungen, an deren Ende er jedesmal ein Originalrezept vorstellte, war so groß, daß man ihm mehrmals in anderen Fernsehproduktionen ähnliche Rollen als liebenswürdiger Franzose anvertraute, die es ihm schließlich ermöglichten, seinen Neigungen nachzugehen.

1970, im Alter von sechsundsiebzig Jahren, zog er sich von den Geschäften zurück und beschloß, Paris wiederzusehen, das er vierzig Jahre zuvor verlassen hatte.

Er war sicherlich überrascht, als er erfuhr, daß seine Frau immer noch in dem kleinen Zimmer in der Rue Simon-Crubellier wohnte. Er suchte sie auf, erzählte ihr alles, was er erlebt hatte, die Nächte in den Scheunen, die holprigen, ausgefahrenen Wege, die Blechnäpfe mit den Speckkartoffeln, vollgesogen mit Regenwasser, die Tuaregs mit den schmalen Augen, die alle seine Taschenspielertricks durchschauten, die Hitze und der Hunger in Mexiko, die märchenhaften Empfänge der alten Amerikanerin, für die er riesige, mehrstöckige Torten herstellte, von denen im gewünschten Augenblick eine Gruppe von Girls mit Straußenfedern heruntersprangen.

Sie hörte ihm schweigend zu. Als er fertig war mit Erzählen und nachdem er ihr schüchtern den Vorschlag gemacht hatte, ihr einen Teil des Geldes zu geben, das er im Verlauf seiner weiten Reisen sich zusammengespart hatte, sagte sie nur zu ihm, daß sie das nicht interessiere, weder seine Geschichte noch sein Geld, und sie machte ihm die Tür auf, ohne auch nur seine Adresse in Miami notieren zu wollen.

Alles gibt zu der Vermutung Anlaß, daß sie nur in diesem Zimmer geblieben war, um auf die Rückkehr ihres Mannes zu warten, und sollte diese auch noch so kurz und enttäuschend sein. Denn einige Monate später, nachdem sie ihren gesamten Haushalt aufgelöst hatte, zog sie zu ihrem Sohn, der als Berufsoffizier in Nouméa stationiert war. Ein Jahr später bekam Mademoiselle Crespi einen Brief von ihr; darin schilderte sie ihr Leben dort, bei den Antipoden, ein trauriges Leben, da sie ihrer Schwiegertochter als Kindermädchen und als Mädchen für alles diente und in einem Zimmer schlafen mußte, in dem es kein fließendes Wasser gab, so daß sie gezwungen war, sich in der Küche zu waschen.

Heute ist das Dienstmädchenzimmer von einem etwa dreißigjährigen Mann bewohnt: er liegt völlig nackt und bäuchlings auf seinem Bett inmitten von fünf aufblasbaren Puppen. Eine dieser Puppen liegt unter ihm, während er zwei andere fest in seinen Armen hält und auf diesen unbeständigen Trugbildern einen sagenhaften Orgasmus zu haben scheint.

Das übrige Zimmer ist kälter und nüchterner: kahle Wände, ein wassergrünes Linoleum auf dem Boden, übersät mit verstreut umherliegenden Kleidungsstükken. Ein Stuhl, ein Tisch mit einer Wachstuchdecke, Speisereste – eine angebrochene Bierflasche, graue Garnelen auf einem Unterteller – und eine Tageszeitung, die bei einem riesigen Kreuzworträtsel geöffnet war.

SECHSUNDFÜNFZIGSTES KAPITEL

Treppenhaus, 8

Im sechsten Stock, vor der Tür von Dr. Dinteville. Ein Patient wartet, daß ihm die Tür geöffnet wird; es ist ein Mann von etwa fünfzig Jahren, von militärischem Aussehen, die Art eines Haudegens aus den Dschebels, Bürstenhaarschnitt, grauer Anzug, bedruckte Seidenkrawatte, in der ein winziger Diamant steckt, schwere, goldene Chronometer-Uhr. Unter dem linken Arm hat er eine Morgenzeitung, auf der man eine Anzeige für Strümpfe sehen kann, eine Ankündigung für die baldige Aufführung des Films von Gate Flanders, *Liebe, Maracas und Salami* mit Faye Dolores und Sunny Philips und eine Schlagzeile: *Die Prinzessin de Faucigny-Lucinge ist zurückgekommen!* über einem Foto, auf dem man die Prinzessin mit wütendem Gesicht auf einem Jugendstilsessel sitzen sieht, während fünf Zöllner mit großer Behutsamkeit aus der Tiefe einer großen, mit internationalen Briefmarken bunt beklebten Kiste einen Samowar aus massivem Silber und einen großen Spiegel hervorholen.

Neben der Fußmatte steht ein Schirmständer: ein hoher Zylinder aus bemaltem Gips, die Imitation einer antiken Säule. Rechts ein Stapel verschnürter Zeitungen, für Studenten bestimmt, die in regelmäßigen Abständen ins Haus kommen, um hier Altpapier zu sammeln. Selbst noch nach den Wegnahmen der Concierge, die die illustrierten Löschblätter verschenkt, bleibt Dr. Dinteville einer ihrer besten Lieferanten. Die oben liegende Zeitung ist keine Ärzte-Publikation, sondern eine Zeitschrift für Linguistik, deren Inhaltsangabe man lesen kann:

Bulletin de l'Institut de Linguistique de Louvain

98e année — 1973 — Fasc. 3-4

SIEBENUNDFÜNFZIGSTES KAPITEL

Madame Orlowska (Dienstmädchenzimmer, 11*)*

Elzbieta Orlowska – die Schöne Polin, wie sie im Viertel von jedermann genannt wird – ist eine Frau von etwa dreißig Jahren, groß, majestätisch und ernst, mit schwerem, blondem Haar, das meistens zu einem Knoten aufgesteckt ist, dunkelblauen Augen, einer sehr weißen Haut, einem fleischigen Hals, der auf runden und fast fetten Schultern sitzt. In ihrem Zimmer stehend, ungefähr in der Mitte des Raums, einen Arm in der Luft, staubt sie eine kleine Hängelampe mit durchbrochenen Kupferarmen ab, die eine verkleinerte Kopie eines holländischen Wohnzimmerleuchters zu sein scheint.

Das Zimmer ist ganz klein und sehr aufgeräumt. Links, eng an die Wand gerückt, das Bett, eine schmale Bank mit einigen Kissen, unter der Schubladen angebracht worden sind; dann ein Tisch aus rohem Holz mit einer Kofferschreibmaschine und verschiedenen Papieren und ein anderer, noch kleinerer Tisch, ein Klapptisch aus Metall, auf dem ein Camping-Gaskocher und mehrere Küchengeräte stehen.

An der rechten Wand stehen ein Gitterbett und ein Schemel. Ein anderer Schemel neben der Bank, den engen Raum ausfüllend, der die Bank von der Tür trennt, dient als Nachttisch: daneben eine Lampe mit gedrechseltem Fuß, ein achteckiger Aschenbecher aus weißem Steingut, eine kleine Zigarettendose aus geschnitztem Holz, die die Form eines Fasses aufweist, ein umfangreicher Essay mit dem Titel *The Arabian Knights. New Visions on the Islamic Feudalism in the Beginnings of the Hegira*, geschrieben von einem gewissen Charles Nunneley, und ein Kriminalroman von Lawrence Wargrave, *Der Richter ist der Mörder:* X hat A auf eine Weise umgebracht, daß die Justiz, die das weiß, ihn nicht anklagen kann. Der Untersuchungsrichter tötet B auf eine Weise, daß X verdächtigt, verhaftet, verurteilt, für schuldig befunden und hingerichtet wird, ohne daß er je etwas hätte tun können, um seine Unschuld zu beweisen.

Der Boden ist mit dunkelrotem Linoleum belegt. Die Wände, an denen Regale angebracht sind mit Kleidern, Büchern, Geschirr usw. sind hellbeige gestrichen. Zwei Plakate in sehr lebhaften Farben, an der rechten Wand zwischen dem Kinderbett und der Tür, hellen sie ein wenig auf: das erste ist das Porträt eines Clowns mit einer Pingpongballnase, einer karottenroten Strähne, einem karierten Kostüm, einem riesigen, gepunkteten Querbinder und langen, sehr flachen Schuhen. Das zweite stellt sechs Männer dar, die nebeneinander stehen: der eine trägt einen Vollbart, einen schwarzen Vollbart, einer hat einen großen Ring am Finger, einer hat einen roten Gürtel, einer hat die Hose an den Knien zerrissen, einer hat nur ein Auge offen und der letzte zeigt die Zähne.

Wenn man sie fragt, welche Bedeutung dieses Plakat hat, gibt Elzbieta Orlowska zur Antwort, daß es einen in Polen sehr volkstümlichen Abzählreim illustriert, der dazu dient, die kleinen Kinder zum Schlafen zu bringen:

»Ich bin sechs Männern begegnet«, sagt die Mama.
»Wie sehn sie denn aus?« fragt das Kind.
»Der erste hat einen schwarzen Vollbart«, sagt die Mama.
»Warum?« fragt das Kind.

»Weil er sich nicht rasieren kann, darum!« sagt die Mama.
»Und der zweite?« fragt das Kind.
»Der zweite hat einen Ring«, sagt die Mama.
»Warum?« fragt das Kind.
»Weil er verheiratet ist, darum!« sagt die Mama.
»Und der dritte?« fragt das Kind.
»Der dritte hat einen Gürtel an seiner Hose«, sagt die Mama.
»Warum?« fragt das Kind.
»Weil sie sonst herunterfallen würde, darum!« sagt die Mama.
»Und der vierte?« fragt das Kind.
»Der vierte hat seine Hose zerrissen«, sagt die Mama.
»Warum?« fragt das Kind.
»Weil er zu heftig gelaufen ist, darum!« sagt die Mama.
»Und der fünfte?« fragt das Kind.
»Der fünfte hat nur ein Auge offen«, sagt die Mama.
»Warum?« fragt das Kind.
»Weil er im Begriffe ist einzuschlafen, wie du, mein Kind«, sagt die Mama mit sehr sanfter Stimme.
»Und der letzte«, fragt das Kind murmelnd.
»Der letzte zeigt die Zähne«, sagt die Mama in einem Hauch. Das Kind darf nämlich darauf nichts mehr fragen, denn wenn es unglücklicherweise sagen sollte: »Warum?«
»Weil er dich fressen wird, wenn du nicht schläfst, darum!« wird nun die Mutter mit donnernder Stimme sagen.

Elzbieta Orlowska war elf Jahre alt, als sie zum ersten Mal nach Frankreich kam. Es war in einer Ferienkolonie in Parçay-les-Pins im Département Maine-et-Loire. Die Ferienkolonie unterstand dem Außenministerium und nahm Kinder auf, deren Eltern zum Personal des Ministeriums und der Botschaften gehörten. Die kleine Elzbieta war dorthin gekommen, weil ihr Vater Hausmeister in der französischen Botschaft in Warschau war. Im Prinzip war die Zusammensetzung der Kolonie eher international, doch in jenem Jahr traf es sich, daß sie aus einer starken Mehrheit kleiner Franzosen bestand, so daß sich die wenigen Ausländer ziemlich verloren vorkamen. Unter ihnen war auch ein kleiner Tunesier mit Vornamen Boubaker. Sein Vater, ein traditionalistischer Muselmane, der fast ohne Kontakt mit der französischen Kultur lebte, hätte nie daran gedacht, ihn nach Frankreich zu schicken, wenn nicht sein Onkel, Archivar am Quai d'Orsay, darauf bestanden hätte, ihn kommen zu lassen, da er überzeugt war, daß dies die beste Art sei, seinen jungen Neffen mit einer Sprache und einer Zivilisation vertraut zu machen, die die neuen Generationen von Tunesiern, die nun unabhängig waren, einfach kennen mußten.

Sehr schnell wurden Elzbieta und Boubaker unzertrennlich. Sie sonderten sich von den andern ab, nahmen nicht an ihren Spielen teil, sondern hielten sich beim Gehen am kleinen Finger, sahen sich lächelnd an, erzählten sich, jeder in seiner eigenen Sprache, lange Geschichten, denen der andere entzückt lauschte, ohne sie zu verstehen. Die andern Kinder mochten sie nicht, spielten ihnen grausame Streiche, versteckten tote Mäuse in ihren Betten, doch die Erwachsenen, die herkamen, um einen Tag mit ihren Sprößlingen zu verbringen, gerieten ins Schwärmen angesichts dieses kleinen Paars, sie ganz pummelig, mit blonden Zöpfen und ihrer Haut wie Meißener Porzellan und er, schmächtig und kraushaarig, geschmeidig wie eine Liane, mit matter Haut, kohlrabenschwarzen Haaren, riesengroßen Augen voll von einer engelhaften Zärtlichkeit. Am letzten Tag Ihres Aufenthalts in der Ferienkolonie stachen sie sich in den Finger und vermischten ihr Blut, wobei sie sich ewige Liebe schworen.

Sie sahen sich in den folgenden zehn Jahren nicht wieder, doch sie schrieben sich zweimal wöchentlich immer verliebtere Briefe. Sehr schnell gelang es Elzbieta, ihre Eltern davon zu überzeugen, sie französisch und arabisch lernen zu lassen, weil sie mit ihrem Mann Boubaker in Tunesien leben würde. Für ihn war es viel schwieriger und monatelang bot er alle Kräfte auf, um seinen Vater, der ihn immer terrorisiert hatte, davon zu überzeugen, daß er es ihm gegenüber um nichts in der Welt an Respekt fehlen lassen wollte, daß er der Tradition des Islams und der Lehre des Islams weiterhin treu bleiben würde, und daß er sich, nur weil er eine Abendländerin heiratete, deshalb noch lange nicht europäisch kleiden oder in der Europäerstadt leben würde.

Das schwierigste Problem waren die für die Einreise Elzbietas nach Tunesien notwendigen Genehmigungen. Es kostete über achtzehn Monate Verwaltungsschikanen sowohl von seiten der Tunesier als auch von seiten der Polen. Es gab zwischen Tunesien und Polen Kooperationsvereinbarungen, denen zufolge tunesische Studenten zum Ingenieursstudium nach Polen gehen durften, während polnische Zahnärzte, Agronomen und Tierärzte als Beamte im tunesischen Gesundheitsministerium oder im tunesischen Landwirtschaftsministerium arbeiten konnten. Aber Elzbieta war weder Zahnärztin noch Tierärztin noch Agronomin und so bekam sie ein Jahr lang alle Visa-Anträge, gleichgültig, mit welcher Erklärung sie auch gestellt wurden, mit der Bemerkung zurück: »Entspricht nicht den in den oben genannten Vereinbarungen postulierten Kriterien.« Erst nachdem es Elzbieta nach einer Reihe besonders verwickelter Verhandlungen gelungen war, über den Kopf der offiziellen Behörden hinweg ihre Geschichte einem Unter-Staatssekretär zu erzählen, wurde sie, kaum sechs Monate später, endlich als Übersetzerin und Dolmetscherin beim polnischen Konsulat in Tunis angestellt – wobei die Verwaltung endlich der Tatsache Rechnung trug, daß sie eine Lizenz in Arabisch und Französisch hatte.

Am ersten Juni neunzehnhundertsechsundsechzig landete sie auf dem Flughafen Tunis-Karthago. Es herrschte strahlender Sonnenschein. Sie war überwältigt von einem Gefühl des Glücks, der Freiheit und der Liebe. Unter der Menge der Tunesier, die von den Terrassen aus den Ankommenden zuwinkten, suchte sie mit den Augen ihren Verlobten, ohne ihn zu sehen. Sie hatten sich mehrmals Fotos geschickt, er beim Fußballspielen oder im Badeanzug am Strand von Salammbo oder in der Djellaba und mit bestickten Pantoffeln neben seinem Vater, den er um Haupteslänge überragte, sie beim Schifahren in Zakopane oder am Reck. Sie war sicher, daß sie ihn wiedererkennen würde, aber sie zögerte dennoch einen Augenblick, als sie ihn sah: er stand in der Halle, direkt hinter den Schaltern der Polizei, und das erste, was sie zu ihm sagte, war:

»Aber du bist ja gar nicht gewachsen!«

Als sie sich in Parçay-les-Pins kennengelernt hatten, waren sie gleich groß gewesen; aber während er nur um zwanzig oder dreißig Zentimeter gewachsen war, hatte sie mindestens sechzig zugelegt: sie maß ein Meter siebenundsiebzig und er nicht ganz ein Meter fünfundfünfzig; sie glich einer Sonnenblume im Herzen des Sommers, er war vertrocknet und verkümmert wie eine Zitrone, die man auf einem Küchenregal vergessen hat.

Das erste, was Boubaker tat, war, daß er sie zu seinem Vater brachte. Er war öffentlicher Schreiber und Kalligraph. Er arbeitete in einem winzigen Laden in der Medina; er verkaufte Schulranzen, Federmäppchen und Bleistifte, vor allem aber kamen seine Kunden zu ihm, um sich von ihm ihre Namen auf Diplome oder Zeugnisse schreiben zu lassen oder heilige Texte aus dem Koran auf Pergament, das sie dann einrahmen ließen. Elzbieta entdeckte ihn, wie er, im Schneidersitz, ein Brettchen auf den Knien, auf der Nase eine Brille, deren Gläser so dick waren wie der Boden eines Becherglases, mit wichtigtuerischem Gesicht seine Federn spitzte. Er war ein kleiner, magerer, sehr hochmütiger Mann mit grünem Teint, falschem Blick und abscheulichem Lächeln, verwirrt und stumm gegenüber Frauen. In zwei Jahren richtete er kaum dreimal das Wort an seine Schwiegertochter.

Das erste Jahr war das schlimmste; Elzbieta und Boubaker verbrachten es im Hause des Vaters, in der Araberstadt. Sie hatten ein Zimmer für sich, einen Raum ohne Licht, der gerade breit genug war für ihr Bett, von den Zimmern ihrer Schwäger durch eine dünne Wand getrennt, durch die sie sich nicht nur belauscht, sondern auch beobachtet fühlte. Sie konnten nicht einmal ihre Mahlzeiten gemeinsam einnehmen; er aß mit seinem Vater und seinen großen Brüdern; sie mußte ihnen schweigend auftragen und dann zu den Frauen und Kindern in die Küche zurückkehren, wo ihre Schwiegermutter sie mit Küssen überhäufte, mit Liebkosungen, mit Süßigkeiten, mit ermüdenden Klageliedern über ihren Bauch und über ihre Lenden und fast obszönen Fragen über die Art der Liebkosungen, mit denen ihr Mann sie bedachte oder die er von ihr verlangte.

Im zweiten Jahr, nachdem sie einen Jungen zur Welt gebracht hatte, der Mahmoud genannt wurde, lehnte sie sich auf und riß Boubaker in ihre Auflehnung mit. Sie mieteten eine Dreizimmer-Wohnung in der Europäerstadt, in der Rue de Turquie, drei hohe, kalte, entsetzlich möblierte Räume. Ein- oder zweimal wurden sie von europäischen Kollegen Boubakers eingeladen; ein- oder zweimal gab sie zu Hause langweiligen Entwicklungshelfern farb- und glanzlose Abendessen; in der übrigen Zeit mußte sie wochenlang drängen, damit sie zusammen in ein Restaurant gingen; er suchte jedesmal eine Ausrede, um zu Hause zu bleiben oder allein auszugehen.

Er war von hartnäckiger und kleinlicher Eifersucht; sie mußte ihm jeden Tag, wenn sie aus dem Konsulat nach Hause kam, ihren Tagesablauf bis in die kleinsten Einzelheiten erzählen und alle Männer aufführen, die sie gesehen hatte, wielange sie in ihrem Büro geblieben waren, was sie zu ihr gesagt hatten, was sie geantwortet hatte, wohin sie zum Mittagessen gegangen war und warum sie solange mit der und der telefoniert hatte usw. Und wenn es vorkam, daß sie zusammen auf der Straße gingen und die Männer sich nach dieser blonden Schönheit umdrehten, machte ihr Boubaker, kaum daß sie zu Hause waren, furchtbare Szenen, als ob sie an dem Blond ihrer Haare, dem Weiß ihrer Haut und dem Blau ihrer Augen schuld gewesen sei. Sie spürte, daß er sie am liebsten eingesperrt, für immer den Augen der andern entzogen, sie seinem Blick allein, seiner stummen und fieberhaften Anbetung allein vorbehalten hätte.

Sie brauchte zwei Jahre, um die Distanz ermessen zu können, die zwischen den Träumen lag, denen sie zehn Jahre lang nachgehangen hatte, und dieser armseligen, schäbigen Wirklichkeit, die ihr Leben von nun an sein würde. Sie begann, ihren Mann zu hassen, und da sie die ganze Liebe, die sie empfunden hatte, auf ihren Sohn übertrug, beschloß sie, mit dem Kind zu fliehen. Mit Hilfe einiger ihrer Landsleute gelang es ihr, Tunesien heimlich an Bord eines litauischen Schiffes zu verlassen, das sie in Neapel absetzte, von wo aus sie auf dem Landwege nach Frankreich weiterreiste.

Der Zufall wollte es, daß sie auf dem Höhepunkt der Ereignisse vom Mai 68 in Paris ankam. In diesem Strom von Trunkenheit und Glück erlebte sie eine flüchtige Liebesaffäre mit einem jungen Amerikaner, einem Folksong-Sänger, der Paris an dem Abend verließ, an dem das Odeon wieder zurückerobert wurde. Kurze Zeit darauf fand sie dieses Zimmer: es war das von Germaine, der Wäschebeschließerin Bartlebooths, die in diesem Jahr in den Ruhestand trat und für die der Engländer keinen Ersatz suchte.

In den ersten Monaten versteckte sie sich, weil sie fürchtete, Boubaker könne eines Tages auftauchen und ihr das Kind wegnehmen. Später erfuhr sie, daß er, den Ermahnungen seines Vaters nachgebend, sich von einer Ehestifterin mit einer Witwe, Mutter von vier Kindern, wiederverheiraten ließ und zum Wohnen in die Medina zurückgekehrt war.

Sie begann, ein einfaches, fast klösterliches Leben zu führen, das ganz auf ihren Sohn ausgerichtet war. Um ihren Lebensunterhalt zu verdienen, fand sie eine Stelle bei einer Export-Import-Gesellschaft, die mit den arabischen Ländern Handel trieb und für die sie Gebrauchsanweisungen, Verwaltungsvorschriften und technische Beschreibungen übersetzte. Aber das Unternehmen machte bald Bankrott und sie lebte seidem von einigen Gebührengeldern des C. N. R. S., das ihr für das *Bulletin signalétique* Analysen von arabischen und polnischen Artikeln zu machen gab, wobei sie diesen mageren Lohn durch einige Stunden Hausarbeit aufbesserte.

Sie war gleich im ganzen Haus beliebt. Selbst Bartlebooth, ihr Vermieter, dessen Gleichgültigkeit für das, was im Haus vorging, jedem stets als eine feststehende Tatsache geschienen hatte, gewann sie lieb. Er lud sie, bevor ihn seine krankhafte Leidenschaft auf immer zu einer von Mal zu Mal strenger werdenden Einsamkeit verurteilte, mehrmals zum Abendessen ein. Einmal sogar – etwas, das er nie zuvor bei irgend jemand getan hatte und das er auch nie wieder tat – zeigte er ihr das Puzzle, das er in diesen vierzehn Tagen wieder zusammensetzte: es war ein Fischerhafen auf der Insel Vancouver, Hammertown, ein schneeweißer Hafen mit ein paar niedrigen Häusern und einigen Fischern in gefütterten Jacken, die ein langes, fahles Boot über den Strand zogen.

Außer den Freunden, die sie sich im Haus gemacht hat, kennt Elzbieta fast niemanden in Paris. Sie hat jeden Kontakt mit Polen verloren und verkehrt nicht mit Exil-Polen. Ein einziger besucht sie regelmäßig, ein eher älterer Mann mit leerem Blick, einem ewigen weißen Flanellschal und einem Stock. Von diesem Mann, der sich von allem gelöst zu haben scheint, sagt sie, daß er vor dem Krieg der populärste Clown Warschaus war, und daß er auf dem Plakat dargestellt sei. Sie hat ihn drei Jahre zuvor im Square Anna de Noailles kennengelernt, wo sie ihren Jungen beaufsichtigte, der im Sand spielte. Er setzte sich auf die gleiche Bank wie sie und sie stellte fest, daß er eine polnische Ausgabe von *Filles du feu – Sylwie i inne opowiadania* – las. Sie wurden Freunde. Er kommt zweimal monatlich zum Abendessen zu ihr. Da er keinen einzigen Zahn mehr im Mund hat, ernährt sie ihn mit warmer Milch und Eierkrems.

Er lebt nicht in Paris, sondern in einem kleinen Dorf namens Nivillers, im Département Oise, in der Nähe von Beauvais, in einem einstöckigen, langen, niedrigen Haus mit Fenstern, die kleine, bunte Butzenscheiben haben. Dorthin ist der kleine Mahmoud, heute neun Jahre alt, gerade in Ferien gefahren.

ACHTUNDFÜNFZIGSTES KAPITEL

Gratiolet, 1

Der vorletzte Nachkomme der Hausbesitzer lebt mit seiner Tochter im siebten Stock in zwei ehemaligen Dienstmädchenzimmern, die zu einer zwar sehr kleinen, aber komfortablen Wohnung hergerichtet wurden.

Olivier Gratiolet sitzt vor einem mit einem grünen Tischtuch bedeckten Klapptisch und liest. Seine Tochter Isabelle, die dreizehn Jahre alt ist, kniet auf dem Fußboden; sie baut ein Spielkartenschloß auf, das in seiner Konstruktion ebenso ehrgeizig wie hinfällig ist. Ihnen gegenüber, auf einem Fernsehbildschirm, zu dem keiner von beiden hinsieht, stellt eine Sprecherin, die aus einem häßlichen Science-Fiction-Dekor auftaucht – Paneelen aus glänzendem Metall, verziert mit einigen chauvinistischen Schnörkeln – und in etwas gezwängt ist, das eine Vorstellung von einem Raumanzug geben möchte, auf einer Schrifttafel, deren sechseckiger Zuschnitt an die geographische Gestalt der französischen Republik erinnern soll, das Abendprogramm vor: um zwanzig Uhr dreißig *Der gelbe Faden,* ein Kriminalschwank von Stewart Venter: zu Anfang des Jahrhunderts flüchtet sich ein kühner Juwelendieb auf ein Baumfloß, das den Gelben Fluß hinuntertreibt, und um zweiundzwanzig Uhr als Welturaufführung anläßlich der Eröffnung des Festivals von Bésançon *Diese Goldsichel im Sternenfeld,* eine Kammeroper von Philoxanthe Schapska, nach Le Booz endormi von Victor Hugo.

Das Buch, das Olivier Gratiolet liest, ist eine Geschichte der Anatomie, ein großformatiges Werk, das flach auf dem Tisch liegt und bei einer ganzseitigen Reproduktion eines Kupferstichs von Zorzi da Castelfranco, einem Schüler Mondino di Luzzis, aufgeschlagen ist, mit der gegenüberstehenden Beschreibung, die eineinhalb Jahrhunderte später François Béroalde de Verville in seinem *Verzeichnis der fruchtbaren Erfindungen, bedeckt mit dem Schleier der Liebestäuschungen, die im Hypnerotomachia Poliphili dargestellt sind*, davon gab:

> *„Der Leichnam ist nicht auf das Skelett reduziert, sondern das noch verbleibende Fleisch ist mit Erde durchsetzt und bildet ein trockenes, pappartiges Magma. Hier und da jedoch sind die Knochen teilweise übriggeblieben: am Brustbein, am Schlüsselbein, an den Kniescheiben, an den Schienbeinen. Die allgemeine Färbung ist braungelb im vorderen Teil, die untere Gesichtshälfte, schwärzlich und dunkelgrün, feuchter, ist voller Würmer. Der Kopf ist auf die linke Schulter geneigt, der Schädel ist mit weißen, von Erde durchsetzten und mit Resten von Wergleinen vermischten Haaren bedeckt. Der Augenbrauenbogen ist kahl; die untere Kinnlade zeigt zwei gelbe, halb durchsichtige Zähne. Gehirn und Hirnmasse nehmen ungefähr Zweidrittel der Schädelhöhle ein, doch ist es nicht mehr möglich, die verschiedenen Organe zu unterscheiden, aus denen sich das Gehirn zusammensetzt. Die harte Hirnhaut ist in Form einer Membrane von bläulicher Farbe vorhanden; man könnte fast sagen, daß sie im normalen Zustand ist. Rückenmark ist keines mehr vorhanden. Die Halswirbel sind noch sichtbar, obgleich zum Teil mit einer leichten, ockerfarbenen Schicht bedeckt. In Höhe des sechsten Wirbels findet man die inneren Weichteile des verseiften Kehlkopfs. Die beiden Seiten der Brust scheinen leer zu sein; sie enthalten lediglich etwas Erde und ein paar kleine Fliegen. Sie sind schwärzlich, verraucht und angekohlt. Der Unterleib ist zusammengefallen, mit Erde und Insektenpuppen bedeckt; die im Umfang*

eingeschrumpften Unterleibsorgane sind nicht identifizierbar; die Geschlechtsteile sind so zerstört, daß sich das Geschlecht nicht mehr ausmachen läßt. Die oberen Glieder liegen neben dem Körper, so daß die Arme, die Vorderarme und die Hände zusammen sind. Links scheint die Hand ganz zu sein, von einem mit Braun vermischten Grau. Rechts ist sie dunkler und mehrere ihrer Knochen haben sich bereits gelöst. Die unteren Glieder sind dem Anschein nach ganz erhalten. Die kurzen Knochen sind nicht schwammiger als im Normalzustand, doch sind sie innen trockener.«

Olivier verdankt seinen Namen dem Zwillingsbruder seines Großvaters Gérard, der am 26. September 1914 bei den Rückzugsgefechten, die auf die erste Marneschlacht folgten, in Perthes-lèz-Hurlus gefallen ist.

Gérard, jenes der vier Kinder Gratiolet, das den Betrieb im Berry geerbt hatte, von dem er fast die Hälfte verkaufte, um, wie sein Bruder Emile durch Zerstückelung des Hauses, den Versuch zu unternehmen, seinem Bruder Ferdinand und etwas später dessen Witwe zu Hilfe zu kommen, hatte zwei Söhne gehabt. Henri, der jüngste, blieb Junggeselle. 1934, beim Tode seines Vaters, nahm er den Hof in die Hand. Er versuchte, Maschinen und Anbaumethoden zu modernisieren, nahm eine Hypothek auf, um Landwirtschaftsgeräte zu kaufen und bei seinem Tod 1938 – er starb an den Folgen eines Pferdetritts – hinterließ er soviele Schulden, daß sein älterer Bruder Louis, der Vater Oliviers, es vorzog, schlicht und einfach auf die Erbschaft zu verzichten, anstatt sich mit einem Landwirtschaftsbetrieb zu belasten, der auf Jahre hinaus nicht rentabel werden würde.

Louis hatte in Vierzon und in Tours studiert und war dann zur Forst- und Wasserverwaltung gegangen. Gleich nach dem Krieg, als er kaum einundzwanzig

Jahre alt war, wurde er damit beauftragt, eines der ersten Naturschutzgebiete Frankreichs einzurichten, und zwar das von Saint-Trojan d'Oléron, wo, wie auf dem Archipel der Sieben Inseln vor Perros-Guirec, der 1912 hergerichtet worden war, alles ins Werk gesetzt werden mußte, um die örtliche Fauna und Flora zu schützen. Louis ließ sich also in Oléron nieder, wo er France Lidron, die Tochter eines Kunstschmieds, heiratete, eines alten Originals, der anfing, die Insel mit schmiedeeisernen Gittern und vergoldeten Bronzeverzierungen zu überschwemmen, von denen eines von aggressiverer Häßlichkeit war als das andere, die aber unleugbar Erfolg hatten. Olivier, 1920 geboren, wuchs an den damals meist menschenleeren Stränden heran und kam mit zehn Jahren als Internatsschüler aufs Gymnasium von Rochefort. Da er das Internat und das Lernen haßte, langweilte er sich die ganze Woche über auf den hinteren Bänken der Klasse, wobei er von den Ausritten träumte, die er am Sonntag machen würde. Er blieb in der Untersekunda einmal sitzen und fiel beim Abitur viermal durch, bevor sein Vater davon absah, ihn das Abitur machen zu lassen. Er fand sich damit ab, daß er bei einem Pferdezüchter in der Nähe von Saint-Jean d'Angély eine Stelle als Stallknecht antrat. Es war eine Arbeit, die ihm Spaß machte und bei der er vielleicht mit Erfolg seinen Weg gemacht hätte, doch knapp zwei Jahre später brach der Krieg aus: Olivier wurde eingezogen und fand sich, im Mai 1940 in der Nähe von Arras gefangengenommen, in einem Stalag bei Hof in Franken wieder. Er blieb dort zwei Jahre. Am 18. April 1942 trat Marc, der Sohn Ferdinands, der im Jahr des Bankrotts und der Flucht seines Vaters die Agregation in Philosophie abgelegt und seitdem in so manche Ortsgruppe des Deutsch-Französischen Komitees Schwung gebracht hatte, in das Kabinett Fernand de Brinons ein, der gerade in der zweiten Regierung Laval zum Staatssekretär ernannt worden war. Einen Monat später, nachdem Louis ihm geschrieben hatte, sich für ihn einzusetzen, erlangte er ohne Schwierigkeiten die Freilassung des Sohnes seines Onkels aus der Gefangenschaft.

Olivier ließ sich in Paris nieder. François, der andere Vetter seines Vaters, der mit seiner Frau Marthe zusammen noch ungefähr die Hälfte der Wohnungen im Haus besaß und der Verwalter der Eigentumswohnungen, besorgte ihm eine Dreizimmer-Wohnung, die unter der seinen lag (und die später die Grifalconis bewohnen sollten). Olivier verbrachte hier den Rest des Krieges, hörte sich im Keller *Franzosen sprechen zu den Franzosen* an, stellte mit Hilfe Marthes und François' das Verbindungs-Bulletin mehrerer Widerstandsgruppen her, so etwas wie ein täglicher Brief mit Informationen aus London und verschlüsselten Botschaften, das sie auch gemeinsam verteilten.

Louis, der Vater Oliviers, starb 1943 am Maltafieber. Im darauffolgenden Jahr wurde Marc unter Umständen, die nur unvollständig aufgeklärt wurden, ermordet. Hélène Brodin, das letzte von Justes Kindern, starb 1947. Als Marthe und François 1948 beim Brand des Kinos Rueil Palace umkamen, war Olivier der letzte Überlebende der Gratiolets.

**EIN STAMMBAUM
DER FAMILIE
GRATIOLET
FINDET SICH
AUF SEITE 135**

Olivier nahm seine Funktionen als Eigentümer und Syndikus sehr ernst, aber einige Jahre später war der Krieg von neuem hinter ihm her: 1956 nach Algerien einberufen, trat er auf eine Mine und man mußte ihm oberhalb des Knies das Bein abnehmen. Im Militärkrankenhaus von Chambéry, wo er behandelt wurde, verliebte er sich in seine Krankenschwester, Arlette Criolat, und obgleich sie zehn Jahre jünger war als er, heiratete er sie. Sie zogen zum Vater der jungen Frau, einem Pferdehändler, dessen Buchführung Olivier, der hier etwas von seiner früheren Neigung wiederfand, in die Hand nahm.

Seine Genesung dauerte lange und war kostspielig. Man probierte den Prototyp einer Totalprothese an ihm aus, ein regelrechtes anatomisch-physiologisches Modell des Beins, das den neuesten Entdeckungen auf dem Gebiete der Muskel-Neurophysiologie Rechnung trug und mit steuerbaren Systemen ausgerüstet war, die sich gegenseitig ausgleichende Flexionen und Extensionen ermöglichten. Nach mehrmonatigem Lernen gelang es Olivier, seine Prothese soweit zu beherrschen, daß er ohne Stock gehen und einmal sogar, mit Tränen in den Augen, reiten konnte.

Obgleich er dann gezwungen war, nacheinander die Wohnungen aufzugeben, die er geerbt hatte und schließlich nur noch zwei Dienstmädchenzimmer behielt, waren diese Jahre zweifellos die schönsten seines Lebens, ein friedliches Leben, in dem kurze Hin- und Herfahrten in die Hauptstadt mit langen Aufenthalten auf dem Bauernhof seines Schwiegervaters inmitten saftiger Wiesen abwechselten, in einem niedrigen, hellen Haus voller Blumen und Gerüchen nach Bohnerwachs. Dort kam 1962 Isabelle zur Welt, und ihre erste Erinnerung ist, wie sie mit ihrem Vater in einem von einem kleinen, graugefleckten Schimmel gezogenen Wägelchen spazierenfährt.

Am Heiligen Abend neunzehnhundertfünfundsechzig erwürgte der Vater Arlettes in einem Anfall plötzlichen Wahnsinns seine Tochter und erhängte sich dann. Am nächsten Tag zog Olivier mit Isabelle nach Paris. Er suchte sich keine Arbeit und bemühte sich, allein von seiner Kriegsbeschädigtenrente zu leben, wobei er sich ganz seiner Tochter Isabelle widmete, ihr die Mahlzeiten zubereitete, die Kleider nähte, sie selbst lesen und rechnen lehrte.

Heute ist Isabelle an der Reihe, für ihren Vater zu sorgen, der immer öfter krank ist. Sie macht die Einkäufe, schlägt die Omelettes in die Pfanne, scheuert die Töpfe, besorgt den Haushalt. Sie ist ein mageres kleines Mädchen mit traurigem Gesicht und Augen voller Melancholie, das stundenlang vor seinem Spiegel sitzt und sich leise furchtbare Geschichten erzählt.

Olivier geht fast nicht mehr aus dem Haus. Sein Bein tut ihm jetzt weh und er hat nicht mehr die Mittel, die komplizierten Mechanismen nachsehen zu lassen. Er bleibt meistens in seinem Ohrensessel sitzen, bekleidet mit einer Schlafanzughose und einer alten, karierten Hausjacke, den lieben langen Tag, trotz ausdrücklichen Verbots von Dr. Dinteville, kleine Gläser Likör schlürfend. In dem Versuch, seine mageren Einkünfte ein klein wenig zu verbessern, zeichnet er – sehr schlecht – Bilderrätsel, die er an eine Wochenzeitschrift schickt, die sich auf das spezialisiert hat, was man schwülstig *Zerebralsport* nennt; man zahlt ihm dafür – falls man sie ihm abnimmt – großzügig fünfzehn Francs das Stück. Das letzte stellt einen Fluß dar; auf dem Bug eines Bootes sitzt eine prächtig gekleidete Frau, umgeben von Goldsäcken, halb geöffneten Truhen, die von Juwelen überquellen; an der Stelle ihres Kopfes findet sich der Buchstabe »S«; am Heck steht eine männliche Person mit einer Grafenkrone, die den Dienst eines Fährmanns versieht; auf ihrem Umhang sind die Buchstaben »ENTEMENT« gestickt. Die Antwort: »Contentement passe richesse«, die französische Fassung des Sprichworts: »Genügsamkeit geht über Reichtum.«

Dieser fünfundfünfzigjährige Mann, Witwer und Körperbehinderter, dessen trauriges Schicksal zwei Kriege geformt haben, ist besessen von zwei grandiosen und illusorischen Projekten.

Das eine ist romantischer Art: Gratiolet möchte einen Romanhelden schaffen, einen echten Helden; nicht einen von diesen dickleibigen Polen, die nur von Kaldaunenwurst und Ausrottung träumen, sondern einen echten Paladin, einen tapferen Recken, einen Verteidiger der Witwen und Waisen, einen Weltverbesserer, einen Gentleman, einen Edelmann, einen Grandseigneur, einen klugen Strategen, elegant, tapfer, reich und geistvoll; Dutzende von Malen hat er sich sein Gesicht vorgestellt, das entschlossene Kinn, die breite Stirn, die ein herzliches Lächeln zeichnenden Zähne, ein kleiner Funke in den Augenwinkeln; Dutzende von Malen hat er ihn mit tadellos geschnittenen Anzügen bekleidet, mit butterfrischen Handschuhen, mit Manschettenknöpfen aus Rubinen, mit teuren Perlen in der Fassung der Krawattennadel, mit einem Monokel, mit einem Spazierstock mit Goldknauf, aber es ist ihm immer noch nicht gelungen, einen Namen und einen Vornamen für ihn zu finden, die ihn befriedigen.

Das zweite Projekt gehört in den Bereich der Metaphysik: in dem Bestreben nachzuweisen, daß, nach dem Ausdruck von Professor H. M. Tooten »die Evolution ein Betrug ist«, hat Olivier Gratiolet eine erschöpfende Bestandsaufnahme aller Unvollkommenheiten und Unzulänglichkeiten in Angriff genommen, an denen der menschliche Organismus leidet: der aufrechte Gang zum Beispiel sichert dem Menschen nur ein unbeständiges, ein labiles Gleichgewicht: man hält sich lediglich wegen der Spannung der Muskeln aufrecht, was für das Rückgrat eine ständige Quelle der Ermüdung und des Unbehagens ist, das, obgleich es in der Tat sechzehn Mal stärker ist, als wenn es gerade wäre, dem Menschen nicht ermöglicht, auf seinem Rücken eine entsprechende Last zu tragen; die Füße müßten breiter, flacher, der Fortbewegung spezieller angepaßt sein, während sie in Wahrheit nichts anderes sind als verkümmerte Hände, die ihre Greiffähigkeit verloren haben; die Beine sind nicht solide genug, um den Körper zu tragen, unter dessen Gewicht sie sich biegen, und außerdem überanstrengen sie das Herz, das gezwungen ist, das Blut annähernd einen Meter hochzupumpen, was geschwollene Füße, Krampfadern usw. zur Folge hat; die Hüftgelenke sind schwach und zerbrechlich und ständig anfällig für Arthrosen oder gefährliche Brüche (Schenkelhals); die Arme sind verkümmert und zu schmal; die Hände sind zerbrechlich, vor allem der kleine Finger, der zu nichts dient, der Bauch ist überhaupt nicht und in keiner Weise geschützt, sowenig wie die Geschlechtsteile; der Hals ist starr und schränkt die Rotation und Drehfähigkeit des Kopfes ein, die Zähne erlauben keinen seitlichen Zubiß, der Geruchssinn ist fast überhaupt nicht vorhanden, das Sehvermögen bei Nacht mehr als mittelmäßig, das Hörvermögen sehr ungenügend; die haar- und pelzlose Haut bietet nicht genügend Schutz gegen die Kälte, kurzum, von allen Tieren der Schöpfung ist der Mensch, den man in der Regel als das am weitesten entwickelte von allen ansieht, das Lebewesen, das von allen am mittellosesten dasteht.

NEUNUNDFÜNFZIGSTES KAPITEL

Hutting, 2

Hutting arbeitet nicht in seinem großen Atelier, sondern in einem kleinen Raum, den er in der Loggia speziell für die langen Sitzungen eingerichtet hat, die er seinen Kunden auferlegt, seit er Porträtmaler geworden ist.

Es ist ein heller, luxuriöser Raum, tadellos eingerichtet und aufgeräumt, der absolut nicht die übliche Unordnung der Malerateliers aufweist; keine gegen die Wand gedrehten Bilder, keine zu wackligen Stapeln aufeinandergetürmten Rahmen, keine verbeulten Wasserkessel auf Kochern aus einem andern Zeitalter, sondern eine mit schwarzem Leder ausgepolsterte Tür, hohe Grünpflanzen, die große Bronzestative überragen und dem Fenster entgegenklettern, und weißlackierte Wände, die kahl sind mit Ausnahme einer langen, polierten Stahlplatte, an der drei Plakate mit Magnetstiften befestigt sind, die die Form von Halbkugeln andeuten: eine Farbreproduktion des *Tryptichons des Jüngsten Gerichts* von Rogier Van der Weyden, das im Hôtel-Dieu in Beaune hängt, das Plakat des Films *Die Hochmütigen* von Yves Allégret, mit Michèle Morgan, Gérard Philipe und Victor Manuel Mendoza, und eine fotografische Vergrößerung einer Menükarte der Jahrhundertwende, die eingerahmt ist von beardsleyischen Arabesken:

YE OLDE IRISH COFFEE HOUSE

47, rue Bochart-de-Saron, 47
(Tlph. 148.84)

Truffes au foie gras
Caviar aux lentilles
Cailles en caisses
Huîtres d'Ostende

Vin de Tokay
Eau d'Arquebuse
Champagne Grand Crémant

Der Kunde ist ein Japaner mit einem runzligen Gesicht und einem Zwicker mit Goldgestell auf der Nase, der mit einem strengen, schwarzen Anzug, weißem Hemd, perlgrauer Krawatte bekleidet ist. Er sitzt auf einem Stuhl, die Hände auf den Knien, die Beine zusammengepreßt, den Oberkörper kerzengerade, die Augen nicht in Richtung des Malers gewandt, sondern zu einem Spieltisch hin, dessen Einlegearbeit ein Tricktrackbrett ist, auf dem ein weißes Telefon, eine Kaffeekanne aus englischem Metall und ein Weidenkörbchen voller exotischer Früchte stehen.

Vor seiner Staffelei, die Palette in der Hand, sitzt Hutting auf einem steinernen Löwen, eine imposante Skulptur, deren assyrische Herkunft für niemanden in Zweifel steht, die die Experten jedoch vor schwierige Probleme stellte, weil der Maler sie selber auf einem Feld gefunden hatte, mindestens einen Meter tief im Boden steckend, und zwar zu jener Zeit, in der er als Meister der »Mineral Art« in der Umgebung von Thuburbo Majus nach Steinen suchte.

Hutting arbeitet mit nacktem Oberkörper, er trägt eine Hose aus gemustertem Baumwollstoff, Strümpfe aus grober weißer Wolle, um den Hals einen Schal aus feinem Batist und am linken Handgelenk ein Dutzend bunter Armreife. Seine gesamten Arbeitsgeräte – Tuben, Röhren, Farbnäpfchen, Bürsten, Messer, Kreide, Lappen, Zerstäuber, Radiermesser, Federn, Schwämme usw. – sind sorgfältig in einem langen Setzkasten, der zu seiner Rechten steht, angeordnet.

Die Leinwand auf der Staffelei ist in einen trapezförmigen Rahmen gespannt, der etwa zwei Meter hoch, oben sechzig Zentimeter breit und unten einen Meter zwanzig breit ist, als ob das Werk dazu bestimmt sei, sehr hoch gehängt zu werden und man seine Perspektiven durch eine anamorphotische Wirkung habe übertreiben wollen.

Das Bild, fast vollendet, stellt drei Personen dar. Zwei stehen links und rechts von einem hohen Möbelstück, das überladen ist mit Büchern, kleinen Instrumenten und verschiedenen Spielsachen: astronomische Kaleidoskope, die die zwölf Konstellationen des Tierkreises von Aries bis Pisces zeigen, Miniatur-Planetarien vom Genre Orrery, Zahlen in Form von Gummibonbons, geometrische Kekse, um ein Pendant zu bilden zu den zoologischen Keksen, Bälle mit Weltkarten, Puppen in historischen Kostümen.

Die Person auf der linken Seite ist ein korpulenter Mann, dessen Gesichtszüge völlig von seinem Kostüm verdeckt werden, einem voluminösen Taucheranzug: eine Kombination aus Lackgummi, schwarz mit weißen Bändern, schwarze Mütze, Maske, Wasserstoffflasche, Harpune, Dolch mit Korkgriff, Taucheruhr, Schwimmfüße.

Die Person auf der rechten Seite, ganz offensichtlich der alte Japaner, der gerade Modell steht, ist mit einer langen, schwarzen Robe mit rötlichen Reflexen bekleidet.

Die dritte Person kniet im Vordergrund vor den beiden andern, dem Betrachter den Rücken kehrend. Auf dem Kopf trägt sie ein Barett in Form einer Raute, wie sie die Professoren und Studenten an den angelsächsischen Universitäten bei der Übergabe der Diplome tragen.

Der Boden, mit äußerster Genauigkeit gemalt, ist ein geometrischer Fliesenboden, dessen Motive das Marmormosaik wiedergeben, das italienische Handwerker gegen 1268 für den Chor der Westminster-Abtei, deren Abt damals Robert Ware gewesen ist, aus Rom mitbrachten.

Seit den heroischen Jahren seiner »Nebel-Periode« und der *Mineral Art* – eine Ästhetik des Aufeinandertürmens des Steins, deren denkwürdigste Demonstration der »Anspruch«, die »Signatur« und etwas später der Verkauf – an einen Urbanisten aus Urbana, Illinois – einer der Barrikaden aus der Rue Gay-Lussac war – hegte Hutting die Absicht, Porträtist zu werden und zahlreich waren diejenigen Kunden, die ihn inständig darum baten, ihr Porträt zu malen. Wie für die anderen malerischen Unternehmungen war sein Problem, ein originelles Protokoll auszutüfteln, ein Rezept zu finden, wie er selber sagte, das es ihm ermöglichte, seine »Küche« gut zu machen. Drei Monate lang benutzte Hutting eine Methode, die ihm, wie er sagte, ein Mulattenbettler, den er in einer elenden Kneipe in Long Island kennengelernt hatte, gegen drei Runden Gin verraten hatte, deren Ursprung er ihm jedoch, trotz seines Drängens, nicht preisgeben wollte. Es ging darum, die Farben eines Porträts aus einer unabänderlichen Folge von elf Farbtönen und nach drei Zahlen-Schlüsseln zu wählen, von denen der erste durch das Datum und die Stunde der »Entstehung« des Bildes, wobei »Entstehung« die erste Sitzung meint, der zweite durch die Mondphase der »Konzeption« des Bildes, wobei sich »Konzeption« auf die Umstände bezieht, die das Bild in Gang gebracht hatten, zum Beispiel ein Anruf, mit dem die Erteilung eines Auftrags in Aussicht gestellt wird, und der dritte durch den verlangten Preis geliefert wurde.

Die Unpersönlichkeit des Systems hatte für Hutting durchaus ihren Reiz. Aber weil er es vielleicht mit allzu großer Starrheit und Sturheit anwandte, kam er zu Ergebnissen, die er eher enttäuschend als reizvoll fand. Gewiß, seine *Comtesse de Berlingue mit den roten Augen* hatte einen verdienten Erfolg, doch mehrere andere Porträts enttäuschten Kritiker und Kunden in ihren Erwartungen und vor allem Hutting lebte mit dem unklaren und unangenehmen Gefühl, sich glücklos einer Formel zu bedienen, die ein anderer vor ihm offensichtlich seinen eigenen künstlerischen Ansprüchen anzupassen verstanden hatte.

Die relative Erfolglosigkeit dieser Versuche entmutigte ihn nicht übermäßig, sondern führte ihn dazu, das noch weiter zu verfeinern und zu kultivieren, was der Kunstkritiker Elzéar Nahum, sein ständiger Bewunderer, so hübsch seine »persönlichen Gleichungen« nannte: sie erlaubten ihm, zwischen Genrebild, realem Porträt, reinem Phantasiebild und historischem Mythos etwas zu definieren, das er das »imaginäre Porträt« taufte: er beschloß, in einer genauen Reihenfolge im Verlauf der folgenden zwei Jahre insgesamt vierundzwanzig dieser Porträts zu malen und zwar eines pro Monat:

1 Tham Douli posiert mit den echten *Metallschleppern* und begegnet drei verschleppten Personen.
2 Coppélia macht das Spiel nicht mit und sagt: No, Ella, no!
3 Septimus Severus erfährt, daß seine Verhandlungen mit dem Bey (na, Bub?) böse Folgen haben, wenn er ihm nicht seine Schwester Septima Octavilla gibt.
4 Jean-Louis Girard kommentiert den berühmten Sechszeiler von Isaac de Bensérade.

5 Graf von Bellerval, ein deutscher Logiker und Schüler von Lukasiewicz, weist in Gegenwart seines Lehrers nach, daß eine Insel keine Reneklode-Bärchen beherbergen kann.

6 Jules Barnavaux bereut, daß er im W. C. des Ministeriums zu seinem Vorgesetzten „Hoppla, wie gehts“ gesagt hat.

7 Nero Wolfe überrascht den Kapitän Fierebras vor dem Geldschrank der Chase Manhattan Bank.

8 Der Dackel Optimus Maximus gelangt schwimmend nach Calvi, notabene erwartet ihn dort sein Herr mit einem Knochen.

9 „Der diametral entgegengesetzte Übersetzer“ tut Orpheus kund, wie wir aus „Chamber's Encyclopaedia“ erfahren, daß sein Gesang die Tiere einlullt.

10 Livingstone, der merkt, daß ihm die von Lord Ramsay versprochene Prämie durch die Lappen geht, entdeckt im Schapp mancherlei Dinge.

11 R. Mutt fällt in der mündlichen Abiturprüfung durch, weil er behauptete, ein Impromptu Chanel sei eine literarische Form.

12 Boriet-Tory trinkt à fond perdu Château-Latour, wobei er dem „Wolfsmenschen“ zusieht, wie er Foxtrott tanzt.

13 Der junge Seminarist träumt vom Glück Etiennes.

14 Maximilian fuhr Nelkenöl durch Mexiko und aß elegant elf Tortillas.

15 „Der Verseschmied“ verlangt, daß sein Bauer die Wolle seiner Schafe schert und daß Carla Tisserand sie spinnt.

16 Narcisse Follaninio, Teilnehmer im Entscheidungskampf um die Blumenspiele von Amsterdam, schlägt ein Reimwörterbuch auf, liest es vor den Augen der Prüfungsaufseher und ißt dazu eine helle Lyoner-Wurst.

17 Zénon de Didyme, ein Korsar von den Antillen, der von Wilhelm III. eine bedeutende Geldsumme erhalten hat, überläßt Curaçao wehrlos den Holländern.

18 Die Frau des Direktors der Rasierklingenschleiffabrik gibt ihrer Tochter die Erlaubnis, allein auf die Straßen von Paris zu gehen, unter der Bedingung allerdings, daß sie, wenn sie den Boulevard Saint-Michel Met-Ei schlürfend hinuntergeht, ihre Traveller Schecks nicht in die Bluse steckt.

19 Der Schauspieler Archibald Moon schwankt für sein nächstes Schauspiel zwischen Joseph von Arimathie, Usija oder Zarathustra.

20 Der Maler Hutting versucht bei seinem Finanzamt durchzusetzen, daß er seine Peregrinationen, wie man Reisen ins Ausland früher nannte, von der Steuer absetzen kann.

21 Dr. LaJoie wird aus der Ärztekammer ausgeschlossen, weil er öffentlich erklärt hat, William Randolph Hearst habe nach der Vorführung des Films CITIZEN KANE orakelt, Orson Welles müsse umgebracht werden.

22 Bevor er den Koffer von Hamburg nimmt, erinnert sich Javert, daß Anke Walter ihm einmal das Leben gerettet hat.

23 Der Geograph Lecomte wurde, als er den Hamilton-River hinunterfuhr, von den Eskimos beherbergt, und um ihnen zu danken, schenkte er dem Dorfältesten eine Schaufel und grub ohne lange zu zögern ein Loch damit.

24 Der Kritiker Molinet hält seine Antrittsvorlesung am Collège de France und skizziert dabei glanzvoll die Porträts von Vinteuil, Elstir, Bergotte und La Berma, Richt-Mythen der impressionistischen Kunst, deren Exegese nach wie vor von den Lesern Marcel Prousts betrieben wird.

Jedes Bild, erklärt Hutting, und vor allem jedes Porträt, liegt im Schnittpunkt eines Traums und einer Wirklichkeit. Schon der Begriff »imaginäres Porträt«

wurde von dieser Grundidee aus entwickelt: der Käufer, jener, der sein eigenes Porträt oder das eines geliebten Wesens malen lassen möchte, bildet nur eines der Elemente des Gemäldes und vielleicht sogar das unwichtigste – wer würde ohne Ingres heute noch Monsieur Bertin kennen? – aber es ist das Anfangselement und es scheint daher gerecht, daß es im Gemälde eine bestimmende, gewissermaßen die »Stifter«-Rolle spielt: nicht etwa als ästhetisches Modell, das die Formen, die Farben, die »Ähnlichkeit« und selbst die Anekdote des Bildes steuert, sondern als *Strukturelement:* der Geldgeber, oder besser noch, wie in der Malerei des Mittelalters, der *Stifter,* ist der *Initiator* seines Porträts: mehr noch als seine Züge ist es seine Identität, die den schöpferischen Schwung des Künstlers fördert und seinen Durst nach dem Imaginären stillt.

Ein einziges Porträt entzog sich diesem Gesetz, das zwanzigste, das, welches Hutting selber darstellte. Zwar verstand sich das Vorhandensein eines Selbstbildnisses innerhalb dieser einzigartigen Reihe als eine Selbstverständlichkeit, doch seine besondere Form wurde ihm, wie der Maler behauptet, durch sechs Jahre ständiger Schikane von seiten der Finanzverwaltung diktiert, bis es ihm dann endlich gelang, seinen Standpunkt durchzusetzen. Sein Problem war folgendes: Hutting verkaufte mehr als Zweidrittel seiner Produktion in die Vereinigten Staaten, aber er bestand natürlich darauf, seine Steuern in Frankreich zu bezahlen, wo er weniger hoch besteuert wurde; an sich war das durchaus statthaft, aber der Maler wollte darüber hinaus auch noch, daß seine Einnahmen nicht als »außerhalb Frankreichs bezogene Einnahmen« angesehen wurden – was das Finanzamt auch tat, und sie als solche fast ohne Steuerermäßigung berechnete – sondern als von »ins Ausland exportierten Manufakturerzeugnissen herrührenden Einnahmen«, die in Form von wichtigen Steuersenkungen von der Unterstützung profitierten, die der Staat für Exporte gewährte. Gibt es nun auf der Welt ein Erzeugnis, das eher den Namen Manufakturerzeugnis verdient als ein von der *Hand* eines Künstlers gemaltes Bild? Das Finanzamt mußte diese ethymologische Selbstverständlichkeit gelten lassen, rächte sich aber gleich darauf, indem es sich weigerte, Bilder als »*französische* Manufakturerzeugnisse« anzuerkennen, die zwar von Hand gemalt worden waren, jedoch in einem auf der anderen Seite des Atlantiks gelegenen Atelier, und erst nach brillanten Rededuellen ließ man gelten, daß die Hand Huttings eine französische Hand blieb, selbst wenn sie im Ausland malte und infolgedessen empfahl es sich, selbst wenn man in Betracht zog, daß Hutting als Sohn eines amerikanischen Vaters und einer französischen Mutter die doppelte Staatsangehörigkeit besaß, den moralischen, intellektuellen und künstlerischen Nutzen anzuerkennen, denn der Export des Werkes von Franz Hutting in die ganze Welt Frankreich einbrachte und deshalb die gewünschten Steuererleichterungen auf seine Einnahmen anzuwenden, ein Sieg, den Hutting dadurch feierte, daß er sich in Gestalt eines Don Quichotte darstellte, der mit seiner langen Lanze kraftlose, blasse und schwarzgekleidete Beamte verfolgt, die, wie Ratten ein sinkendes Schiff, das Finanzministerium verlassen.

Alle anderen Bilder waren auf der Grundlage des Namens, des Vornamens und des Berufs der dreiundzwanzig Kunstliebhaber konzipiert worden, die sie bestellt und sich schriftlich verpflichtet hatten, weder Titel und Thema des Werkes noch den Platz, der ihnen eingeräumt werden würde, anzufechten. Die Identität und der Beruf des Käufers, beide verschiedenen sprachlichen und zahlenmäßigen Behandlungen unterworfen, bestimmten nacheinander das Format des Bildes, die Anzahl der Personen, die vorherrschenden Farben, das

»semantische Feld« (Mythologie (2, 9), Fiktion (22), Mathematik (5), Diplomatie (3), Schauspiele (19), Reisen (13), Geschichte (14, 17), polizeiliche Ermittlungen (7) usw.), das zentrale Thema der Anekdote, zweitrangige Details (historische und geographische Anspielungen, Kleiderelemente, Requisiten usw.) und schließlich der Preis. Dennoch war dieses System zwei unabdingbaren Erfordernissen unterworfen: der Käufer – oder der, dessen Porträt der Käufer gemalt haben wollte – mußte *ausdrücklich* auf der Leinwand dargestellt sein und eines der Elemente der Anekdote, die ansonsten vollkommen außerhalb der Persönlichkeit des Modells angelegt ist, muß gerade mit diesem Modell übereinstimmen.

Den Namen des Käufers in den Titel des Bildes einzubringen wurde natürlich als etwas ganz Einfaches angesehen und Hutting verzichtete nur dreimal darauf: bei der Nr. 4, dem Porträt des Krimi-Autors Jean-Louis Girard, bei der Nr. 12, dem Porträt des Schweizer Chirurgen Boriet-Tory, Leiter der Abteilung für experimentelle Kryostasie bei der Weltgesundheitsorganisation, und bei der Nr. 19, eine von der Holographie inspirierte ausgesprochene Glanzleistung, wo der Schauspieler Archibald Moon so gemalt ist, daß man ihn, wenn man von links nach rechts an dem Bild vorbeigeht, als Joseph von Arimathie gekleidet sieht, mit langem, weißem Bart, einem grauen Wollburnus und Pilgerstock, während man ihn als Zarathustra sieht, mit feuerroten Haaren, nacktem Oberkörper und nägelbeschlagenen Lederbändern an Handgelenken und Fesseln, wenn man von rechts nach links daran vorbeigeht. Wenn die Nr. 8 hingegen tatsächlich das Porträt eines Dackels ist – der Dackel des venezuelischen Filmproduzenten Melchior Aristoteles, der in ihm den einzigen wahren Nachfolger Rin Tin Tins sieht – so heißt dieser Dackel keineswegs Optimus Maximus, sondern hört auf den viel wohlklingenderen Namen Freischütz.

Manchmal macht dieses Zusammentreffen von Imaginärem und Biographie aus dem ganzen Porträt eine ergreifende Zusammenfassung des Lebens des Modells: so etwa die Nr. 13, das Porträt des alten Kardinals Fingilli, der Abt in Lucca war, bevor er für lange Jahre als Missionar nach T'ien-Tsin ging.

Manchmal hingegen verbindet ein einziges oberflächliches Element, dessen Prinzip sogar ohne weiteres als anfechtbar beurteilt werden könnte, das Werk mit seinem Modell: so ist ein venezianischer Industrieller, dessen junge, bezaubernde Schwester in der ständigen Angst lebt, entführt zu werden, der dreifache Ursprung für das rätselhafte Porträt Nr. 3, wo er als der römische Kaiser Septimus Severus dargestellt ist: zunächst einmal, weil seine Firma auf der jährlichen Bestenliste der *Financial Times* und der *Enterprise* regelmäßig als siebte in ihrer Kategorie eingeordnet wird, dann wegen seiner legendären Strenge und schließlich weil er in ständiger Verbindung mit dem Schah von Persien (ein kaiserlicher Titel wie er im Buche steht) ist und weil es nicht unvorstellbar wäre, daß eine Entführung seiner Schwester diese oder jene Verhandlung von internationaler Reichweite belasten würde. Und Porträt Nr. 5 läßt sich auf eine noch entferntere, noch diffusere und willkürlichere Art mit seinem Geldgeber, Juan Maria Salinas-Lukasiewicz, dem Magnaten des Dosenbiers von Kolumbien bis zum Feuerland, in Verbindung bringen: das Gemälde stellt eine obendrein noch vollkommen fiktive Episode aus dem Leben des Jan Lukasiewicz dar, des polnischen Logikers und Gründers der Warschauer Schule, der nicht im entferntesten mit dem argentinischen Bierbrauer verwandt ist und lediglich als eine kleine Gestalt im Publikum in Erscheinung tritt.

Zwanzig dieser vierundzwanzig Porträts sind nun bereits fertiggestellt. Das einundzwanzigste ist das, das im Augenblick auf der Staffelei steht: es ist das Porträt eines japanischen Industriellen, des Giganten der Quartzuhr, Fujiwara Gomoku. Es ist dazu bestimmt, den Versammlungssaal des Verwaltungsrats der Firma zu schmücken.

Die Anekdote, die darzustellen Hutting sich entschieden hat, hatte ihm der Hauptbeteiligte, François-Pierre LaJoie von der Universität Laval in der kanadischen Provinz Quebec selbst erzählt. Neunzehnhundertvierzig, als er gerade seinen Doktor gemacht hatte, wurde François-Pierre LaJoie von einem Mann aufgesucht, der unter Sodbrennen litt und der ihm im wesentlichen folgendes gesagt haben soll: »dieses gemeine Schwein von Hearst hat mich vergiftet, weil ich seine schmutzige Arbeit nicht machen wollte«; dazu aufgefordert, die Sache näher zu erläutern, soll er erklärt haben, daß Hearst ihm fünfzehntausend Dollars versprochen habe, wenn er Orson Welles aus dem Weg räume. LaJoie konnte sich nicht enthalten, die Geschichte noch am gleichen Abend in seinem Klub weiterzuerzählen. Am nächsten Morgen wurde er sofort vor die Ärztekammer geladen und beschuldigt, das Berufsgeheimnis verletzt zu haben, weil er öffentlich etwas Vertrauliches weitererzählt hatte, das ihm im Rahmen eines Arztbesuches anvertraut worden war. Schuldig gesprochen, wurde er auf der Stelle aus der Ärzteliste gestrichen. Er erklärte einige Tage danach, daß er diese Anklage von A bis Z erfunden habe, aber es war natürlich zu spät und er mußte eine neue Laufbahn beginnen, diesmal in der Forschung, wobei er einer der besten Spezialisten für Atem- und Zirkulationsprobleme im Zusammenhang mit dem Unterwassertauchen wurde. Und nur dieser letzte Punkt erklärt die Gegenwart Fujiwara Gomokus auf diesem Bild: LaJoie sah sich in der Tat gezwungen, Nachforschungen anzustellen bei jenen Küstenstämmen im Süden Japans, die man die Amas nennt und deren Existenz seit über zweitausend Jahren bezeugt ist, da sich einer der ältesten Hinweise auf dieses Volk im Gishi-Wajin-Den findet, von dem angenommen wird, daß es bis ins 3. Jahrhundert vor Christi zurückgeht. Die Ama-Frauen sind die besten Unterwasser-Taucherinnen der Welt: sie sind in der Lage, vier bis fünf Monate im Jahr bis zu hundertfünfzigmal täglich in Tiefen hinabzutauchen, die fünfundzwanzig Meter überschreiten können. Sie tauchen nackt, seit einem Jahrhundert erst durch eine Brille geschützt, der zwei kleine Seitenballons einen Druckausgleich verleihen, und sie können jedesmal zwei Minuten unter Wasser bleiben, wobei sie verschiedene Arten von Algen ernten, besonders Agar-Agar, Holothurien, Seeigel, Seegurken, Muscheln, Perlenaustern und Abalonen, deren Schneckenschale früher sehr geschätzt war. Die Familie Gomoku nun stammt von einem dieser Ama-Dörfer und außerdem sind Taucher- oder Unterwasseruhren eine der Spezialitäten der Firma.

Die Altamonts haben lange gezögert, ihr Porträt in Auftrag zu geben, wahrscheinlich gehemmt durch die von Hutting verlangten Preise, die diese Werke nur für sehr wohlhabende Generaldirektoren erschwinglich machten, aber schließlich haben sie sich doch dazu entschlossen. Sie erscheinen in dem Bild Nr. 1, er als Noah, sie als Coppelia, eine Anspielung darauf, daß sie früher einmal Tänzerin war.

Ihr deutscher Freund Fugger gehört ebenfalls zu den Kunden Huttings. Auf ihn bezieht sich das vierzehnte Porträt, da er, durch seine Mutter, sehr entfernt mit den Habsburgern verwandt ist und von einer Reise nach Mexiko elf Tortilla-Rezepte mitgebracht hat!

SECHZIGSTES KAPITEL

Cinoc, 1

Eine Küche. Auf dem Boden Linoleum, Rautenmosaik, jadefarben, azurblau und zinnoberrot. An den Wänden eine früher einmal glänzende Lackfarbe. An der hinteren Wand, neben dem Spülbecken, über einem Abtropfkörbchen aus plastikummanteltem Draht, einer unter den andern zwischen Wand und Rohrleitungen geschoben, vier Postkalender mit Fotos im Vierfarbendruck:

1972: *Die Kleinen Freunde:* eine aus sechsjährigen Kindern mit Spielzeuginstrumenten bestehende Jazz-Kapelle; der Pianist mit seiner Brille und seinem angestrengt ernsten Gesicht erinnert ein wenig an Schroeder, den jungen beethovenschen Wunderknaben aus den *Peanuts* von Schultz;

1973: *Sommerbilder:* Bienen sammeln Honig an Astern;

1974: *Nacht in der Pampa:* drei Gauchos, um ein Feuer sitzend, klimpern auf ihren Gitarren;

1975: *Pompon und Fifi:* ein Affenpaar spielt Domino. Das Männchen trägt eine Melone und ein Akrobatentrikot mit der Nummer »32«, die in Silberpailletten auf dem Rücken steht; das Affenweibchen raucht eine Zigarre, die es zwischen Daumen und Zeigefinger des rechten Fußes hält, trägt einen Federhut, Häkelhandschuhe und eine Handtasche.

Darüber, auf einem Blatt von ungefähr gleichgroßem Format, drei Nelken in einer Glasvase mit Kugelkorpus und kurzem Hals, dazu als einziger Bildtitel »GEMALT MIT DEM MUND UND DEN FÜSSEN« und dazu in Klammern »echtes Aquarell«.

Cinoc ist in seiner Küche. Er ist ein magerer, hagerer Greis, bekleidet mit einer schmutziggrünen Flanellweste. Er sitzt auf einem Resopalhocker an einem mit einem Wachstuch bedeckten Tisch unter einer weiß emaillierten Blechhängelampe, die mit einem Rollensystem ausgestattet ist, das durch ein Gegengewicht in Form einer Birne ausbalanciert wird. Er ißt aus einer nur halb geöffneten Dose gewürzte Pilcharde. Vor ihm auf dem Tisch stehen drei Schuhkartons voller Karteikarten, die mit einer gestochen deutlichen Schrift bedeckt sind.

Cinoc zog 1947 in die Rue Simon-Crubellier, einige Monate nach dem Tode Hélène Brodin-Gratiolets, deren Wohnung er übernahm. Sogleich stellte er die Leute im Haus und vor allem Madame Claveau vor ein schwieriges Problem: wie sollte man seinen Namen aussprechen? Die Concierge wagte ihn natürlich nicht »Sinoque« zu nennen. Sie fragte Valène, der »Cinoche« vorschlug, Winckler, der sich für »Tchinotch« entschied, Morellet, der zu »Cinots« neigte, Mademoiselle Crespi, die »Chinosse« empfahl, François Gratiolet, der »Tsinoc« nahelegte und schließlich Monsieur Echard, der, als Bibliothekar in fremden Schreibweisen und den entsprechenden Aussprachen versiert, nachwies, daß es, ohne eine eventuelle Veränderung des mittleren »n« in »gn« oder »nj« in Betracht zu ziehen und grundsätzlich ein für alle mal gelten lassend, daß die »i« als »i« und die »o« als »o« ausgesprochen wurden, vier verschiedene Möglichkeiten gab, das erste »C« auszusprechen: »s«, »ts«, »ch« und »tch« und fünf Möglichkeiten für das letzte: »s«, »k«, »tch«, »ch« und »ts« und daß es infolgedessen unter Berücksichtigung des Vorhandenseins oder des Fehlens dieses oder jenes Akzents oder diakritischen Zeichens und der phonetischen Besonderheiten dieser oder jener Sprache, dieses oder jenes Dialekts, allen Grund gab, unter den folgenden zwanzig Aussprachemöglichkeiten zu wählen:

SINOSSE	SINOK	SINOTCH	SINOCH	SINOTS
TSINOSSE	TSINOK	TSINOTCH	TSINOCH	TSINOTS
CHINOSSE	CHINOK	CHINOTCH	CHINOCH	CHINOTS
TCHINOSSE	TCHINOK	TCHINOTCH	TCHINOCH	TCHINOTS

Worauf sich eine Delegation bildete, die dem Hauptbetroffenen diese Frage vorlegte, der zur Antwort gab, daß er selber nicht wisse, welches die korrekteste Aussprache seines Namens sei. Der ursprüngliche Nachname seiner Familie, der, den sein Urgroßvater, ein Sattler aus Szczyrk offiziell auf dem Standesamt der Bezirkshauptmannschaft Krakau gekauft hatte, war Kleinhof; aber von Generation zu Generation, von Paßverlängerung zu Paßverlängerung hatte der Name, sei es, weil man die deutschen oder österreichischen Bürovorsteher nicht genügend schmierte, sei es, weil man sich an ungarische, poldewische, mährische oder polnische Beamte wendete, die »v« lasen und »ff« hinschrieben oder die als »c« eintrugen, was sie als »tz« hörten, sei es, weil man es mit Leuten zu tun hatte, die sich nie sonderlich hatten anstrengen müssen, um wieder etwas ungebildet und einigermaßen schwerhörig zu werden, wenn es darum ging, einem Juden Ausweispapiere auszustellen, nichts von seiner ursprünglichen Aussprache und nichts von seiner ursprünglichen Orthographie behalten und Cinoc erinnerte sich, daß sein Vater ihm erzählte, daß sein Vater wiederum von Vettern sprach, die er hatte und die Klajnhoff, Keinhof, Klinov, Szinowcz, Linhaus usw. hießen. Wie war aus Kleinhof Cinoc geworden? Cinoc wußte es nicht genau; er wußte mit Sicherheit nur, daß das »f« am Ende eines

Tages durch dieses besondere Zeichen (ß) ersetzt worden war, das bei den Deutschen für ein doppeltes »s« steht; dann war wahrscheinlich das »l« weggefallen oder aber man hatte ein »h« an seine Stelle gesetzt; so war man zu Khinoss oder Kheinhoss gekommen und von da vielleicht zu Kinoch, Tsinoc, Cinoc usw. Auf jeden Fall war es wirklich zweitrangig, ob man es so oder so aussprach.

Cinoc, der damals etwa fünfzig Jahre alt war, übte einen merkwürdigen Beruf aus. Er war, wie er selber sagte, »Wörtertöter«; er half mit, das Wörterbuch Larousse auf den neuesten Stand zu bringen. Doch während andere Redakteure auf der Suche nach neuen Wörtern und neuen Bedeutungen waren, mußte er, um ihnen Platz zu schaffen, alle Wörter und alle Bedeutungen eliminieren, die veraltet waren.

Als er neunzehnhundertfünfundsechzig nach dreiundfünfzig Jahren gewissenhaften Dienstes in Pension ging, hatte er Hunderte und Tausende von Werkzeugen, Techniken, Sitten und Gebräuchen, Überzeugungen, sprichwörtlichen Redensarten, Gerichte, Spiele, Spitznamen, Gewichte und Maße verschwinden lassen; er hatte Dutzende von Inseln, Hunderte von Städten und Flüssen, Tausende von Bezirkshauptorten von der Karte ausradiert; er hatte Hunderte von Kuhrassen, von Vogel-, Insekten- und Schlangenarten, etwas spezielle Fische, Spielarten von Muscheln, Pflanzen, die nicht ganz gleichwertig bzw. ähnlich waren, besondere Arten von Gemüsen und Früchten in ihre taxonomische Anonymität zurückgeschickt; er hatte ganze Scharen von Geographen, Missionaren, Entomologen, Kirchenvätern, Schriftstellern, Generälen, Göttern und Dämonen in der Versenkung verschwinden lassen.

Wer weiß heute noch, was einmal ein *vigigraphe* (»eine Art Telegraph mit sich entsprechenden Ausgucken«)

gewesen ist? Wer vermöchte sich noch vorzustellen, daß es vielleicht Generationen hindurch einen Holzschlägel gegeben hat, der an einem Stock befestigt war, um damit die Kresse in den überschwemmten Gräben festzustampfen« und daß dieser Schlägel *schuèle (chuèle)* genannt wurde? Wer erinnerte sich wohl noch an den *vélocimane?*

VÉLOCIMANE (n. m.)
(vom lat. velox, ocis, schnell, und manus, Hand).
Fortbewegungsmaschine, speziell für Kinder, in Form eines Pferdes, die auf drei oder vier Rädern montiert war und auch MECHANISCHES PFERD genannt wurde.

Wo waren diese *Abunas* hingekommen, die Oberhäupter der äthiopischen Kirche, diese *Palatine,* Pelzkragen, die die Frauen im Winter um den Hals trugen und so genannt wurden nach der Princesse Palatine, der Liselotte von der Pfalz, die ihren Gebrauch während der Minderjährigkeit Ludwigs XIV. in Frankreich einführte, und diese *Chandernagores,* diese ganz goldverbrämten Unteroffiziere, die im Second Empire bei den Paraden vorausmarschierten? Was war aus Leopold-Rudolph von Schwanzenbad-Hodenthaler geworden, dessen Glanztat in Eisenühr es Zimmerwald ermöglicht hatte, den Sieg von Kisàszony zu erringen? Und Uz (Johann Peter), 1720–1796, deutscher Dichter, Autor der *Poetischen Werke, Versuch über die Kunst, stets fröhlich zu seyn,* Lehrdichtung, und der *Oden und Lieder* usw.? Und Albert de Routisie (Basel, 1834 – Im Weißen Meer, 1867). Französischer Dichter und Romancier. Als großer Bewunderer Lomonossows beschloß er, eine Wallfahrt nach Archangelsk, der Geburtsstadt des russischen Dichters, zu machen, doch das Schiff ging, kurz bevor es in den Hafen einlief, unter. Nach seinem Tod veröffentlichte seine einzige Tochter, Irène, seinen unvollendeten Roman *Die Hundert Tage,* eine Auswahl von Gedichten, *Die Augen Mélusines,* und unter dem Titel *Lektionen* einen großartigen Band mit Aphorismen, der sein vollendetstes Werk bleibt. Wer weiß heute noch, daß François Albergati Capacelli ein 1728 in Bologna geborener italienischer Dramatiker war und daß wir dem Gießermeister Rondeau (1493–1543) die Bronzetür der Totenkapelle von Carennac verdanken?

Cinoc begann, sich an den Seine-Quais herumzutreiben, wühlte in den Auslagen der Bouquinisten herum, blätterte Dreigroschenromane durch, veraltete Essays, überholte Reiseführer, alte Physiologieabhandlungen, Lehrbücher über Maschinenbau oder Moral, verjährte Atlasse, in denen Italien noch als ein Durcheinander kleiner Königreiche erschien. Später lieh er sich in der Stadtbücherei des XVII. Arrondissements, in der Rue Jacques-Binjen, Bücher, ließ sich Berge verstaubter Folianten herunterkommen, Lehrbücher von Roret, Bücher aus der Bibliothek der Wunder und alte Wörterbücher und Diktionäre: den Lachâtre, den Vicarius, den Bescherelle den Älteren, den Larrive et Fleury, das von einer Gesellschaft der Literaten redigierte Konversationslexikon, den Graves et d'Esbigné, den Bouillet, den Dezobry et Bachelet. Als er schließlich die Quellen der Bibliothek seines Viertels erschöpft hatte, schrieb er sich, kühner werdend, in Sainte-Geneviève ein und begann zunächst einmal die Autoren zu lesen, deren Namen er, als er das Gebäude betrat, auf der Fassade eingraviert sah.

Er las Aristoteles, Plinius, Aldrovandi, Sir Thomas Browne, Gesner, Ray, Linné, Brisson, Cuvier, Bonneterre, Owen, Scoresby, Bennett, Aronnax, Olmstead, Pierre-Joseph Macquart, Eugénie Guérin, Gastripheres, Phutatorius, Somnolentius, Triptolemus, Argalastes,

Kysarchius, Egnatius, Sigonius, Bossius, Ticineneses, Baysius, Budoeus, Salmasius, Lipsius, Lazius, Isaac Casaubon, Joseph Scaliger und sogar den *De re vestiaria* von Rubenius (1665, in–4°), wo man ihm in aller Ausführlichkeit erklärte, was die Toga oder die wallende Robe war, die Chlamys, der Ephod, die Tunika oder der kurze Mantel, die Synthese, die Pänula, die Lazema mit ihrer Kapuze, das Paludamentum, die Praetexta, das Sagum oder Soldatenwams und die Trabea, von der es, Sueton zufolge, drei Arten gab.

Cinoc las langsam, notierte sich seltene Wörter und allmählich nahm sein Plan Gestalt an und er beschloß, ein großes Wörterbuch der vergessenen Wörter zusammenzustellen, nicht um das Andenken an die Akkas, ein Zwergnegervolk in Zentralafrika, oder an Jean Gigoux, einen Historienmaler oder an Henri Romagnesi, einen Komponisten von Romanzen, 1781–1851, fortbestehen zu lassen, auch nicht um den Skolekobrotus, einen Tetramera- oder Vierzeherkäfer aus der Familie der Bockkäfer, eine Tribus der Cerambyni, zu verewigen, sondern um einfache Wörter zu retten, die ihm weiterhin noch etwas zu sagen hatten.

Innerhalb von zehn Jahren sammelte er davon mehr als achttausend, durch die sich eine heute kaum noch zu vermittelnde Geschichte belegen ließ:

RIVELETTE (s. f.)
Alter französischer Name für Tausendblatt oder Wassergarbe.

AREA (s. f.)
med. Alopezie, Pelade, Haarschwund, eine Krankheit, bei der sowohl die Körper- als auch die Kopfhaare ausfallen.

LOQUIS (s. m.)
Eine Art Glasperlen, deren man sich bedient, um mit den Negern an den Küsten Afrikas Handel zu treiben. Die »Loquis« sind kleine, farbige Glasröllchen.

RONDELIN (s. m. *rad. rond*)

Ein burleskes Wort, dessen sich Chapelle bedient hat, um damit einen sehr dicken Mann zu bezeichnen:

Um den guten »rondelin« zu sehen
Braucht man gewiß kein Fernglas.

CADETTE (s. f.)

Bruch- oder Quaderstein, der zum Pflastern geeignet ist.

LOSSE (s. f.)

Techn. Spitzes und scharfes Eisenwerkzeug, in Form eines Halbkegels gemacht, in der Achse von oben nach unten gespalten und innen konkav. Wird wie ein Ziegel mit einem Stiel versehen und dient dazu, an den Fässern das Spundloch einzuschlagen.

BEAUCÉANT (s. m.)

Standarte der Tempelritter.

BEAU-PARTIR (s. m.)

Reithalle. Schöner Start des Pferdes. Seine Geschwindigkeit in gerader Linie bis zu seinem Stillstand.

LOUISETTE (s. f.)

Name, den man der Guillotine, deren Erfindung einem gewissen Dr. Louis zugeschrieben wurde, eine Zeitlang gegeben hat. »Louisette war der Freundschaftsname, den Marat der Guillotine gab« (Victor Hugo).

FRANCATU (s. m.)

Hortic. Eine Art Apfel, der sich sehr lange hält.

RUISSON (s. m.)

Ein Kanal, um eine Meersaline abzulassen.

SPADILLE (s. f.)

(Span. *espada, Schwert*) Pikas beim Lomberspiel.

URSULINE (s. f.)

Kleine Trittleiter, die in einer schmalen Plattform endet, auf die die Schausteller ihre dressierten Ziegen steigen ließen.

TIERÇON (s. m.)

Flüssigkeitsmaß, das ein Drittel eines ganzen Maßes enthielt. Der »*Tierçon*« hatte ein Fassungsvermögen von: in Paris 89 Liter 41, in Bordeaux 150 Liter 80, in der Champagne 53 Liter 27, in London 158 Liter 08 und in Warschau 151 Liter 71.

LOVELY (s. m.)

(Engl. *lovely, hübsch*). Ein indischer Vogel, der Ähnlichkeit mit dem europäischen Buchfink hat.

GIBRALTAR (s. m.)

Konditorei-Süßspeise.

PISTEUR (s. m.)

Hotelangestellter, der beauftragt war, Reisende anzuwerben.

MITELLE (s. f.)

(lat. *mitella, Dim. von Mitra*) *Antiq. rom.* Kleine Mitra, eine Art Kopfbedeckung, welche vor allem die Frauen trugen und die manchmal mit sehr großem Luxus geschmückt war. Die Männer benutzten sie auf dem Lande. *Bot.* Eine Pflanzenart aus der Familie der Steinbrechgewächse, die wegen der Form ihrer Früchte so genannt wird und die aus den kalten Gebieten Asiens und Amerikas stammt. *Chir.* Schlinge, um den Arm zu stützen. *Mol.* Synonym für Skalpell.

TERGAL, E (adj.)

(lat. *tergum, Rücken*) Was mit dem Rücken der Insekten zu tun hat.

VIRGOULEUSE (s. f.)

Schmelzende Winterbirne.

HACHARD (s. m.)

Zange für das Eisen.

FEURRE (s. m.)

Strohhalm aller Weizenarten. Langes Stroh, um die Stühle neu zu flechten.

VEAU-LAQ (s. m.)

Sehr geschmeidiges Leder, das bei der Saffianherstellung benutzt wird.

EPULIE (s. f.)

(vom gr. Επι, über, und συλον Zahnfleisch), *Chir. Fleischauswuchs, der sich auf dem Zahn*fleisch oder um das Zahnfleisch herum bildet.

TASSIOT (s. m.)

Techn. Aus zwei Leisten gebildetes Kreuz, womit der Korbmacher gewisse Arbeiten beginnt.

DOUVEBOUILLE (s. m.)

(*Militärjargon,* Verbildung des amerikanischen *dough-boy,* einfacher Soldat, Landser.) Amerikanischer Soldat während des ersten Weltkriegs (1917–1918).

VIGNON (s. m.)

Stechginster.

ROQUELAURE (s. f.)

(Nach dem Namen seines Erfinders, des Duc de Roquelaure.) Eine Art Mantel, der vorne, von oben bis unten, mit Knöpfen geschlossen wurde.

LOUPIAT (s. m.)

Pop. Trunkenbold. »Sie war ganz schön dran mit einem Trunkenbold (loupiat) als Mann.« (E. Zola.)

DODENAGE (s. m.)

Techn. Art und Weise, die Polsterernägel zu polieren, die darin besteht, sie in einen Sack aus dichtem Leinen oder aus Fell zusammen mit Schmirgel oder irgendeinem anderen schleifenden Material zu tun.

EINUNDSECHZIGSTES KAPITEL

Berger, 1

Das Eßzimmer der Bergers. Ein fast quadratischer Raum mit Parkettfußboden. In der Mitte ein runder Tisch, auf dem zwei Gedecke, ein metallener Schüsseluntersatz in Form einer Raute, eine Suppenschüssel, aus deren eingekerbtem Deckel der Stiel eines Schöpflöffels aus versilbertem Metall sieht, ein weißer Teller mit einer in zwei Teile geschnittenen Zervelatwurst, die mit einer Senfsoße nappiert ist, und ein Camembert, dessen Etikett einen alten Haudegen darstellt, angeordnet sind. An der hinteren Wand ein Servierwagen von unbestimmtem Stil, auf dem sich eine Lampe, deren Sockel ein Opalin-Würfel ist, eine Flasche Pastis 51, ein einziger roter Apfel auf einem Zinnteller sowie eine Abendzeitung befinden, deren riesige Schlagzeile man lesen kann: PONIA: EINE EXEMPLARISCHE STRAFE. Über dem Servierwagen hängt ein Bild, das eine asiatische Landschaft darstellt, mit wunderlich verdrehten Sträuchern, einer Gruppe Eingeborener mit großen konischen Hüten auf dem Kopf und Dschunken am Horizont. Es soll vom Urgroßvater Charles Bergers gemalt worden sein, einem Berufsunteroffizier, der den Feldzug von Tonkin mitgemacht haben soll.

Lise Berger ist allein im Eßzimmer. Sie ist eine Frau von etwa vierzig Jahren, deren Korpulenz stark dazu neigt, wenn nicht Dickleibigkeit, so zumindest Wohlbeleibtheit zu werden. Sie legt gerade das Gedeck für sich und ihren Sohn – den sie die Küchenabfälle nach unten bringen und Brot kaufen geschickt hat – auf und stellt nun eine Flasche Orangensaft und eine Dose Münchener Spatenbräu-Bier auf den Tisch.

Ihr Mann, Charles, ist Kellner in einem Restaurant. Er ist ein jovialer, rundlicher Mann und beide bilden eines dieser fetten Ehepaare, die für Würste, Sauerkraut, billigen Weißwein und schönes kühles Flaschenbier schwärmen, wie man sie mit Sicherheit im Abteil antreffen kann, sobald man eine Reise mit der Eisenbahn macht.

Mehrere Jahre lang arbeitete Charles in einem pompös *Igitur* genannten Nachtlokal, eine Art »poetischen« Restaurants, in dem ein Conferencier, der sich das Gehabe eines geistigen Sohnes von Antonin Artaud gab, eine deprimierende und schwerfällig vorgetragene Anthologie präsentierte, in die er schamlos seine gesamten Eigenproduktionen mit einbezog, um zu versuchen, sie mit der unzureichenden Komplizenschaft Guillaume Apollinaires, Charles Baudelaires, René Descartes', Marco Polos, Gérard de Nervals, François-René de Chateaubriands und Jules Vernes an den Mann zu bekommen. Was das Restaurant nicht davon abhielt, schließlich doch Bankerott zu machen.

Charles Berger ist jetzt in der *Villa d'Ouest*, einem Restaurant und Nachtlokal in der Nähe der Porte Maillot, daher auch der Name, das eine Transvestiten-Show präsentiert und einem ehemaligen Leiter einer von Haus-zu-Haus-Verkaufsorganisation gehört, der sich Désiré oder noch netter Didi nennen läßt. Er ist ein Mensch ohne Alter und ohne Falten, der eine Perücke trägt, eine Vorliebe für Fliegen, Siegelringe, Armbänder und Uhrketten hat, gern tadellos weiße Flanellanzüge mit karierten Ziertüchlein, Schals aus Chinakrepp und Schuhe aus malvenfarbenem oder violettem Damhirschleder anzieht.

Didi gab sich gern als Künstler, das heißt, daß er seine Knauserei und seine Schäbigkeit mit Bemerkungen rechtfertigte von der Art: »man kann nichts Echtes vollbringen, ohne ein bißchen kriminell zu sein« oder auch »wenn man seinen Ambitionen gewachsen sein will, muß man imstande sein, ein Schweinehund zu werden, sich exponieren, sich bloßstellen, einen Meineid schwören, sich wie ein Künstler verhalten, der das Haushaltsgeld nimmt, um davon Farben zu kaufen.«

Didi exponierte sich nicht allzu sehr, höchstens auf der Bühne, und er stellte sich so wenig wie möglich bloß, aber er war unzweifelhaft ein Schweinehund, gehaßt von seiner Truppe und seinem Personal. Die Kellner hatten ihm den Spitznamen »Frites-Gemüse« gegeben, seit jenem längst vergangenen Tag, an dem er ihnen befohlen hatte, falls ein Gast zusätzlich eine Portion oder Ration Pommes-Frites – oder irgendein Gemüse – nachbestelle, müsse er das auch zusätzlich bezahlen.

Das Essen, das er servierte, war scheußlich und bestand unter hochtrabenden Namen wie Julienne mit altem Xerez, Eierkuchen mit Garnelen in Gelee, Wildgans-Chaudfroid à la Souvaroff, Anislachs à la Sigalas-Rabaud, Hirn pikant in Rahm, Salpikon von Gemsfleisch in Amontillado, Artischockenmischgemüse mit ungarischem Paprika, Süßspeisen des Erzbischofs von Exceter, Frische Feigen mit Fregoli usw. – aus fertig vorbereiteten und vorgeschnittenen Portionen, die jeden Morgen von einer Großhandelsmetzgerei angeliefert wurden und die ein Pseudo-Koch mit hoher Mütze mit Liebe zuzubereiten sich den Anschein gab, indem er zum Beispiel in kleinen Kupferpfannen Soßen hinpfuschte, die aus etwas Wasser, einem Bouillonwürfel und einem Schuß Ketchup bestanden.

Zum Glück strömten die Gäste nicht wegen des Essens in die *Villa d'Ouest*. Die Mahlzeiten wurden im Laufschritt vor den beiden Vorstellungen um dreiundzwanzig Uhr und um zwei Uhr morgens serviert, und jene, die nachs nicht einschliefen, führten ihr Unwohlsein nicht auf die verdächtige und zitternde Gelatine zurück, die alles umhüllte, was sie verschlungen hatten, sondern auf die starke Exzitation, die sie beim Anblick der *Show* empfunden hatten. Denn wenn die *Villa d'Ouest* vom ersten Januar bis zum einunddreißigsten Dezember immer voll war, wenn Diplomaten, Geschäftsleute, Tenöre der Politik und Stars von Bühne und Leinwand sich dort drängten, so geschah das wegen der außergewöhnlichen Qualität ihrer Vorstellungen und ganz besonders wegen zweier großer Stars, die die Truppe aufzuweisen hatte, »Domino« und »Belle de May«: der unvergleichliche »Domino«, der vor glitzernden Aluminium-Paneelen eine glänzende Imitation von Marilyn Monroe darbot, wobei sich ihr oder sein Bild unendlich widerspiegelte wie in dieser unvergeßlichen Einstellung des Films *Wie angelt man sich einen Millionär?*, die selber wiederum nur eine Kopie der berühmteren Einstellung von *Die Dame aus Shanghai* war; und die phantastische »Belle de May«, die sich in Nullkommanichts in Charles Trenet verwandelte.

Für Charles Berger unterscheidet sich die Arbeit nicht sonderlich von der, die er in dem vorhergehenden Lokal verrichtet hat, so wie sie sich auch nicht von der unterscheidet, die er in jedem anderen beliebigen Restaurant ausführen könnte; es ließe sich sogar sagen, daß sie eher einfacher war, da alle Essen mehr oder weniger gleich waren und alle gleichzeitig serviert wurden, und außerdem war sie wesentlich besser bezahlt. Das einzige, was wirklich anders war, ist die Tatsache, daß die vier Kellner nach dem zweiten Service, kurz vor zwei Uhr morgens, nachdem sie den Kaffee, den Champagner und die Verdauungsschnäpse aufgetragen und die Tische und Stühle so gestellt haben, daß möglichst alle was sehen können, mit ihren kurzen Westen, ihren langen Schürzen, ihren weißen Servietten und ihren Silbertabletts auf die Bühne steigen, sich nebeneinander vor dem roten Vorhang aufstellen und auf ein Zeichen des Klavierspielers hin das Bein sehr hoch heben und dazu so falsch und so laut wie nur möglich, aber zusammen, singen müssen:

Jetzt habt ihr gut didi, jetzt habt ihr gut didi, jetzt habt ihr gut diniert
Sagt alle laut Merci, si, si
Eurem Freund Didi, eurem Freund Didi, eurem Freund Désiré
Der euch jetzt zeigen wird
Ja ja ja ja ja ja
Das schönste was es gibt, das schönste was es gibt, das schönste was es gibt!

worauf drei »Girls«, die aus den winzigen Kulissen auftauchen, die Vorstellungen eröffnen.

Die Kellner treten ihren Dienst um sieben Uhr abends an, essen zusammen, bereiten dann die Tische vor, legen die Tischtücher und die Gedecke auf, holen die Eiskübel heraus, ordnen die Gläser an, die Aschenbecher, die Papierservietten, die Salzfässer, die Pfeffermühlen, die Zahnstocher und die kleinen Pröbchen »Désiré«-Toilettenwasser, die das Haus den Gästen als Willkommensgruß zum Geschenk macht. Um vier Uhr morgens, nach der zweiten Vorstellung, wenn die letzten Zuschauer nach einem letzten Glas gegangen sind, essen sie mit der Truppe zusammen eine Kleinigkeit, dann räumen sie auf, stellen die Tische zusammen, falten die Tischdecken und gehen in dem Augenblick weg, in dem die Putzfrau ankommt, um die Aschenbecher zu leeren, zu lüften und alles zu staubsaugen.

Charles ist gegen halb sieben wieder zu Hause. Er kocht für Lise einen Kaffee, weckt sie, indem er das

Radio anstellt, und legt sich hin, während sie aufsteht, ihre Toilette macht, sich anzieht, Gilbert weckt, ihn gründlich wäscht, ihm was zu essen gibt und ihn zur Schule führt, bevor sie ihrerseits zur Arbeit geht.

Charles schläft bis etwa gegen halb drei, wärmt sich eine Tasse Kaffee, drückt sich noch etwas im Bett herum, bevor er sich wäscht und anzieht. Dann verläßt er das Haus, um Gilbert in der Schule abzuholen. Auf dem Nachhauseweg macht er die Einkäufe, ersteht die Zeitung. Er hat gerade soviel Zeit, sie zu überfliegen. Um halb sieben macht er sich zu Fuß auf den Weg zur *Villa d'Ouest*, wobei er in der Regel im Treppenhaus Lise begegnet.

Lise arbeitet in einer Poliklinik in der Nähe der Porte d'Orléans. Sie ist Sprachheilpädagogin und behandelt kleine Kinder, die stottern. Montags arbeitet sie nicht und da die *Villa d'Ouest* sonntagsabends geschlossen hat, gelingt es Lise und Charles, vom Sonntagmorgen bis zum Montagabend ein wenig beisammenzusein.

ZWEIUNDSECHZIGSTES KAPITEL

Altamont, 3

Das Boudoir von Madame Altamont. Es ist ein intimer, dunkler Raum mit Eichenholztäfelung, Seidentapeten, schweren, grauen Vorhängen. An der linken Wand, zwischen zwei Türen, ein tabakbraunes Kanapee, auf dem eine King-Charles-Puppe mit langen, seidigen Haaren liegt. Über dem Kanapee hängt ein großes, hyper-realistisches Gemälde, das einen Teller mit dampfenden Spaghettis und ein Päckchen Van Houten Kakao darstellt. Vor dem Kanapee ein niederer Tisch, auf dem sich verschiedene Nippsachen aus Silber befinden, darunter eine kleine Gewichte-Dose, wie sie die Wechsler und Goldwieger benutzten, eine runte Dose, in die die zylindrischen Gewichtmaße in der Art der russischen Puppen ineinander gestellt werden, und drei Stapel Bücher, deren oberstes jeweils *Bitterer Sieg* von René Hardy (Livre de Poche), *Dialoge mit 33 Variationen von Ludwig van Beethoven über ein Thema von Diabelli* von Michel Butor (Gallimard) und *Das stolze Pferd* von Pierre Jakez-Helias (Plon, Reihe Terre humaine) ist. An der hinteren Wand, unter zwei mit ockerfarbenen und schwarzen Arabesken geschmückten Gebetsteppichen, die charakteristisch sind für die Bantu-Flechtarbeit, befindet sich ein Aufsatztischchen Louis XIII., auf dem ein großer, ovaler, kupfergerahmter Spiegel steht, vor dem Madame Altamont sitzt, während sie sich mit Hilfe eines dünnen Stäbchens die Wimpern und die Augenlider tuscht. Sie ist eine Frau von etwa fünfundvierzig Jahren, noch sehr schön, von tadelloser Haltung, mit knochigem Gesicht, vorstehenden Backenknochen, strengen Augen. Sie ist nur mit einem Büstenhalter und einem schwarzen Spitzenhöschen bekleidet. Um ihre rechte Hand hat sie eine schmale, schwarze Gazebinde gewickelt.

Monsieur Altamont ist ebenfalls im Raum. Mit einem weiten, karierten Mantel bekleidet, steht er in der Nähe des Fensters und liest mit einem Ausdruck größter Gleichgültigkeit einen schreibmaschinengeschriebenen Brief. Neben ihm ragt eine Metallskulptur in die Höhe, die wahrscheinlich ein Riesenstehaufmännchen darstellt: eine spindelförmige Basis, die auf ihrer Spitze eine Kugel trägt.

Schüler sowohl der berühmten Ecole Polytechnique als auch der nicht minder berühmten Ecole Nationale d'Administration, wurde Cyrille Altamont mit einunddreißig Jahren ständiger Sekretär des Verwaltungsrats und Bevollmächtigter der Banque Internationale pour le Développement des Ressources Energétiques und Minières (BIDREM), eine Organisation, die von verschiedenen öffentlichen und privaten Institutionen unterhalten wird, ihre Büros in Genf hat und beauftragt ist, alle Untersuchungen und Projekte zu finanzieren, die mit der Auswertung und dem Abbau von Bodenschätzen in Zusammenhang stehen, Laboratorien Kredite und Forschern Stipendien gibt, Symposien organisiert, Expertisen erstellt und erforderlichenfalls neue Bohr-, Förder-, Aufbereitungs- und Transporttechniken verbreitet.

Cyrille Altamont ist ein langbeiniger Herr von fünfundfünfzig Jahren, gekleidet in englische Stoffe und blütenweiße Wäsche, mit kanariengelbem, gelichtetem Haar, nahe beisammenliegenden blauen Augen, einem strohigen, gestutzten, halb wegrasierten Schnurrbärtchen und bestens gepflegten Händen. Er wird als ein sehr energischer, umsichtiger und kalt-sachlicher Geschäftsmann angesehen. Was ihn jedoch nicht daran hinderte, sich bei mindestens einer Gelegenheit mit einem Leichtsinn zu verhalten, der sich später für seine Organisation als katastrophal erweisen sollte.

Zu Anfang der sechziger Jahre bekam Altamont in Genf Besuch von einem gewissen Wehsal, einem Mann mit wenigen Haaren und schlechten Zähnen. Wehsal war damals Professor für organische Chemie an der Green-River-Universität in Ohio, doch hatte er während des zweiten Weltkriegs das Laboratorium für mineralische Chemie der Chemischen Akademie von Mannheim geleitet. Neunzehnhundertfünfundvierzig war er einer von denen, die von den Amerikanern vor die folgende Alternative gestellt wurden: sich entweder bereiterklären, für die Amerikaner zu arbeiten, in die Vereinigten Staaten auszuwandern und interessante Posten angeboten zu bekommen oder aber als Komplize der Kriegsverbrecher vor Gericht gestellt und zu hohen Gefängnisstrafen verurteilt zu werden. Diese Operation, unter dem Namen Operation Paperclip (Operation Posaune) bekannt, ließ den Betroffenen kaum eine Wahl, und Wehsal war einer von zweitausend Wissenschaftlern – deren bekanntester bis zu diesem Tag Wernher von Braun bleibt – die den Weg nach Amerika antraten, zusammen mit einigen Tonnen wissenschaftlichen Archivmaterials.

Wehsal war überzeugt, daß die deutsche Wissenschaft und Technologie, dank der Kriegsanstrengung, auf zahlreichen Gebieten großartige Fortschritte gemacht hatte. Gewisse Techniken und Methoden sind seitdem der Öffentlichkeit bekannt geworden: so wußte man zum Beispiel, daß der für die V 2 verwendete Treibstoff Kartoffelalkohol war; man hatte auch verbreitet, wie die kluge Verwendung von Kupfer und Zinn die Herstellung von Batterien ermöglichte, die man zwanzig Jahre später in den von Rommel zurückgelassenen Panzern in tadellosem Betriebszustand aufgefunden hatte.

Doch die meisten dieser Entdeckungen blieben geheim und Wehsal, der die Amerikaner haßte, war überzeugt, daß sie unfähig seien, sie zu finden, und daß sie, selbst wenn man sie ihnen verriete, sich ihrer nicht wirksam zu bedienen wüßten. Wehsal beschloß, das wissenschaftliche und technologische deutsche Erbe zurückzugewinnen, bis die Wiedergeburt des Dritten Reiches ihm von neuem die Gelegenheit böte, diese Spitzenforschung zu nutzen.

Die eigene Spezialität Wehsals betraf die Kohlehydrierung, das heißt, die Herstellung von synthetischem Petroleum; das Prinzip war ganz einfach: theoretisch genügt es, ein Ion Hydrogen mit einem Molekül Kohlenmonoxyd (CO) zu kombinieren, um Petroleummoleküle zu erhalten. Die Operation konnte mit Steinkohle, aber auch mit Braunkohle und mit Torf bewerkstelligt werden, und gerade deshalb hatte sich die deutsche Kriegsindustrie wahnsinnig für dieses Problem interessiert: die hitlersche Kriegsmaschine erforderte in der Tat Erdölreservoirs, die der Boden des Landes im Naturzustand nicht barg, und mußte sich folglich mit Syntheseenergien behelfen, die aus den riesigen preußischen Braunkohlevorkommen und den nicht weniger kolossalen Reserven polnischen Torfs gewonnen wurden.

Wehsal kannte ganz genau die experimentellen Schemata dieser Verwandlung, deren Prozeß er selber theoretisch aufgestellt hatte, doch er wußte fast nichts über die Technologie bestimmter entscheidender Stufen, die vor allem die Dosierung und die Wirkungszeit der Katalysatoren, die Ausscheidung schwefelhaltiger Rückstände und die Vorsichtsmaßnahmen bei der Lagerung betrafen.

Wehsal unternahm daher den Versuch, mit seinen ehemaligen Kollegen, die jetzt in ganz Nordamerika verstreut waren, Fühlung aufzunehmen. Er mied zwar die Klubs der Liebhaber des Sauerkrauts, die Sudetendeutschen Vereine, die Aachener Landsmannschaften und andere Gruppen, hinter denen sich Organisationen ehemaliger Nazis verbargen und von denen er wußte, daß sie fast immer mit Spitzeln durchsetzt waren, nutzte aber seine Urlaubszeiten sowie während der Kongresse und Vorträge die Diskussionen in den Wandelgängen, so daß es ihm gelang, 72 von ihnen ausfindig zu machen. Viele waren nicht von seinem Fach: Professor Thaddeus, Spezialist für magnetische Gewitter, und Davidoff, Spezialist für Zersplitterungen, hatten ihm nichts zu sagen; und noch weniger Dr. Kolliker, dieser Atomingenieur, der bei der Bombardierung seines Laboratoriums Arme und Beine verloren hatte, den man aber als das entwickelteste Gehirn seiner Zeit betrachtete, obgleich er darüber hinaus noch taubstumm war: ständig von vier Leibwächtern umgeben und von einem spezialisierten Ingenieur assistiert, der zu dem einzigen Zweck, von seinen Lippen die Gleichungen ablesen zu können, die er dann auf Schultafeln transkribierte, ein Intensivtraining absolviert hatte, hatte Kolliker das Modell einer strategischen ballistischen Rakete entwickelt, ein Vorläufer der klassischen Atlasraketen Bermans. Viele andere hatten auf Betreiben der Amerikaner ihr Fach völlig gewechselt und sich selbst so amerikanisiert, daß sie sich nicht mehr an das erinnern wollten, was sie einst für das *Vaterland* getan hatten oder sich weigerten, darüber zu sprechen. Einige gingen sogar soweit, daß sie ihn beim CIA anzeigten, was übrigens völlig überflüssig war, weil das CIA alle diese Einwanderer neueren Datums keinen Augenblick aus den Augen gelassen hatte, und zwei seiner Agenten folgten Wehsal bei allen seinen Reisen, wobei sie sich fragten, was er wohl suchen mochte; schließlich wurde er vorgeladen, verhört, und als er ihnen gestand, daß er versuche, das Geheimnis der Verwandlung von Braunkohle in Benzin wiederzufinden, ließen sie ihn laufen, weil sie nicht einsahen, was an einem solchen Bemühen grundlegend anti-amerikanisch sein sollte.

Mit der Zeit erreichte Wehsal doch sein Ziel. Er bekam in Washington ein Archivpaket in die Hand, das die Bundesregierung hatte prüfen lassen, jedoch für uninteressant gefunden hatte: er fand darin die Beschreibung von Containern, die dem Transport und der Lagerung synthetischen Petroleums dienten. Und von den zweiundsiebzig früheren Landsleuten konnten ihm drei die Lösungen liefern, die er suchte.

Wehsal wollte wieder nach Europa zurück. Er nahm mit der BIDREM Verbindung auf und machte Cyrille Altamont den Vorschlag, ihm im Austausch für einen Posten als Berater-Ingenieur alle die Kohlehydrierung und industrielle Herstellung synthetischen Treibstoffs betreffenden Geheimnisse preiszugeben. Und als Zugabe, fügte er hinzu, wobei er seine verfaulten Zähne entblößte, noch eine Methode, nach der man aus Sägespänen Zucker machen kann. Und zum Beweis übergab er Altamont einige maschinebeschriebene Blätter, die mit Formeln und Zahlen bedeckt waren: die allgemeinen Gleichungen für die Umwandlung und als einziges, wirklich enthülltes Geheimnis Name, Art, Dosierung und Verwendungsdauer der Mineraloxyde, die als Katalysatoren dienen.

Die ungeheuren Fortschritte und Vorsprünge, die der Krieg der Wissenschaft gebracht hätte und die Geheimnisse der militärischen Überlegenheit Deutschlands interessierten Cyrille Altamont nicht sonderlich, da er diese Dinge in die gleiche Kategorie einordnete wie die von der SS versteckten Schätze und die Seeschlangen, von denen die Sensationspresse immer wieder berichtete, aber er war trotzdem gewissenhaft genug, eine Expertise anfertigen zu lassen über die Methoden, die Wehsal ihm anbot. Die meisten seiner wissenschaftlichen Berater machten sich über diese schwerfälligen, uneleganten und überholten Methoden lustig: natürlich hatte man Raketen mit Wodka zum Fliegen gebracht, so wie man Autos mit einem Holzgasgenerator zum Fahren gebracht hatte; man konnte Benzin aus Braunkohle oder aus Torf und sogar aus welken Blättern, alten Lumpen und Kartoffelschalen herstellen: aber das war so teuer und machte so sperrige, platzraubende Vorrichtungen erforderlich, daß es tausendmal besser war, sich weiterhin des guten alten schwarzen Goldes zu bedienen.

Was die Herstellung von Zucker aus Sägespänen anging, so war sie um so uninteressanter, als alle Fachleute einstimmig die Meinung vertraten, daß mittelfristig Sägespäne eine viel wertvollere Ware werden würden als Zucker.

Altamont warf die Dokumente Wehsals in den Papierkorb und mehrere Jahre erzählte er diese Anekdote als ein typisches Beispiel für die Dummheit der Wissenschaftler.

Vor zwei Jahren, nach der ersten großen Erdölkrise, beschloß die BIDREM, Forschungsarbeiten über Synthetische Energien »auf der Basis von Graphit, Anthrazit, Steinkohle, Braunkohle, Torf, Teer, Harzen und organischen Salzen« zu finanzieren: sie hat seitdem etwa hundertmal soviel investiert, wie Wehsal sie gekostet hätte, wenn sie ihn eingestellt hätte. Mehrmals versuchte Altamont, mit dem Chemiker wieder Verbindung aufzunehmen; schließlich erfuhr er, daß er im November 1973, wenige Tage nach der Zusammenkunft der OPEC-Länder in Kuwait, wo beschlossen wurde, die Rohöllieferungen in die meisten Verbraucherländer um mindestens ein Viertel einzuschränken, verhaftet worden war. Des Versuchs angeklagt, Geheimnisse von »strategischer Bedeutung« einer fremden Macht preiszugeben – im vorliegenden Fall an Rhodesien – hatte sich Wehsal in seiner Zelle erhängt.

DREIUNDSECHZIGSTES KAPITEL

Der Dienstboteneingang

Ein langer, von Röhren durchzogener Flur mit gefließtem Fußboden, die Wände teilweise mit einer alten Plastiktapete bedeckt, die undeutlich Palmengruppen darstellt. Kugellampen aus Milchglas an jedem Ende geben ein kaltes Licht.

Fünf Laufburschen kommen herein, die den Altamonts verschiedene Lebensmittel für ihr Fest bringen. Der Kleinste geht an der Spitze, unter der Last eines Stück Geflügels, das größer ist als er selber, fast zusammenbrechend; der zweite trägt mit unendlicher Vorsicht eine große Platte aus gehämmertem Kupfer, beladen mit orientalischen Konditoreiwaren – Baklava, Gazellenhörner, Kuchen mit Honig und Datteln – die in Form eines Aufsatzes angeordnet und mit künstlichen Blumen umgeben sind; der dritte hat in jeder Hand 3 Flaschen Wachenheimer Oberstnest eines guten Jahrgangs; der vierte trägt ein Kuchenblech mit kleinen Fleischpastetchen, warmen Zwischengerichten und Kanapees auf dem Kopf; der fünfte endlich schließt den Zug mit einer Kiste Whisky auf der rechten Schulter ab, auf der in Buchstaben, die mit der Schablone gemalt sind, steht:

THOMAS KYD'S
IMPERIAL MIXTURE
100% SCOTCH WHISKIES
blended and bottled in Scotland
by
BORRELLY, JOYCE & KAHANE
91, Montgomery Lane, Dundee, Scot.

Im Vordergrund, den letzten Laufburschen teilweise verdeckend, kommt eine Frau aus dem Haus: eine Frau von etwa fünfzig Jahren, bekleidet mit einem Regenmantel, an dessen Gürtel eine Almosentasche hängt, ein Beutel aus grünem Leder, der mit einem schwarzen Lederriemchen zugebunden wird, auf dem Kopf einen bedruckten Baumwollschal, dessen Motive an die Mobiles von Calder erinnern. In den Armen hat sie eine graue Katze und zwischen Zeigefinger und Mittelfinger ihrer linken Hand eine Ansichtskarte von Loudun, jener Stadt im Westen, in der eine gewisse Marie Besnard angeklagt worden war, ihre ganze Familie vergiftet zu haben.

Diese Dame wohnt nicht im Haus, sondern in dem nebenan. Ihre Katze, die auf den süßen Namen Lady Piccolo hört, verbringt ganze Stunden in diesem Treppenhaus und träumt vielleicht davon, hier einem Kater zu begegnen. Leider ein illusorischer Traum, denn alle männlichen Katzen im Haus – Pip, die Katze Madame Moreaus, Petit Pouce, die der Marquiseaux' und Poker Dice, die Gilbert Bergers – sind kastrierte Katzen.

VIERUNDSECHZIGSTES KAPITEL

Im Heizungskeller, 2

In einem kleinen Verschlag, dessen Wände mit Zählern, Manometern und Röhren jeden Kalibers bedeckt sind und der direkt an den Kellerraum anstößt, in dem der eigentliche Heizkessel steht, betrachtet ein in der Hocke sitzender Arbeiter einen Plan auf Pauspapier, das auf dem Betonboden liegt. Er trägt Lederhandschuhe und einen Kittel und scheint einigermaßen wütend zu sein, wahrscheinlich weil er, verpflichtet, die Bestimmungen eines Wartungsvertrags einzuhalten, sich klar wird, daß die Reinigung des Heizkessels ihn in diesem Jahr mehr Arbeit kostet, als er vorgesehen hatte und daß sich dadurch sein Gewinn entsprechend verringern wird.

In diesem Verschlag hatte Olivier Gratiolet während des Krieges sein Rundfunkgerät und den Vervielfältigungsapparat untergebracht, auf dem er sein tägliches Nachrichtenbulletin abzog. Damals war es ein Keller, der François gehörte. Olivier wußte, daß er lange Stunden dort verbringen mußte und infolgedessen richtete er ihn entsprechend her, verstopfte sorgfältig alle Ausgänge mit alten Strohmatten, Lumpen und Korkstükken, die Gaspard Winckler ihm gegeben hatte. Licht machte er sich mit einer Kerze, schützte sich gegen die Kälte, indem er sich in Marthes Kaninchenmantel hüllte und eine Pudelmütze mit Troddeln über den Kopf zog, und hatte, um sich zu verpflegen, aus der Wohnung Hélène Brodins einen kleinen Speiseschrank aus Drahtgitter heruntergeschafft, in dem er eine Flasche Wasser, etwas Wurst, Ziegenkäse, den sein Großvater ihm aus Oléron hatte zukommen lassen sowie einige dieser zusammengeschrumpften, runzligen Mostäpfel mit dem säuerlichen Geschmack, die so ziemlich das einzige Obst waren, das man damals ohne allzu große Schwierigkeiten bekam, für einige Tage aufbewahren konnte.

Er setzte sich in einen alten Sessel Stil Louis XV mit ovaler Rückenlehne, der keine Armlehnen mehr hatte und nur noch zweieinhalb Beine, den er nur durch ein ganzes System von Keilen und Stützen im Gleichgewicht zu halten vermochte. Der violette, völlig ausgebleichte Bezugsstoff stellte so etwas wie eine Geburt Christi dar: man sah darauf die Heilige Jungfrau, die auf ihren Knien ein Neugeborenes mit einem unmäßig vergrößerten Kopf hielt und als Ersatz für die Stifter und die Drei Weisen aus dem Morgenland – in Ermangelung von Esel und Ochse – einen von seinen beiden Akoluthen flankierten Bischof, das ganze in einer unerwarteten Felsenlandschaft, die sich zu einem gut geschützten Hafen mit Marmorpalästen und rosigen, von einem leichten Nebel verwischten Dächern ausweitete.

Um sich die lange Zeit, in der das Radio stumm blieb, zu vertreiben, las er einen dicken Roman, den er in einer Kiste gefunden hatte. Es fehlten ganze Seiten und er bemühte sich, die Episoden, über die er verfügte, miteinander in Verbindung zu bringen. Es war unter anderem von einem grausamen Chinesen die Rede, von einem mutigen Mädchen mit braunen Augen, von einem großen, ruhigen Kerl, dessen Fäuste an den Gelenken weiß wurden, wenn man ihn ernstlich ärgerte und von einem gewissen David, der behauptete, aus Natal in Südafrika zu kommen, obgleich er nie einen Fuß dorthin gesetzt hatte.

Oder aber er wühlte in dem Haufen Flitter und Tand, der sich in aufgesprungenen Schließkörben aus Korbweide türmte. Er fand dort ein altes Notizbuch von neunzehnhundertsechsundzwanzig, das mit alten Telefonnummern vollgeschrieben war, eine Guepiere, ein vergilbtes Aquarell, das Schlittschuhläufer auf der Newa darstellte, kleine Klassikerschulausgaben aus der Reihe Hachette, die unangenehme Erinnerungen heraufbeschworen an

Rom ist in Rom nicht mehr, es ist dort wo ich bin

oder aber

Ja, Agamemnon ist's, dein König weckt dich auf

oder das berühmte

Nimm einen Sitz, Cinna, und setz dich auf die Erde

Und willst du reden dann, zuerst mal stille werde...

und andere Tiraden aus Mithridates oder dem Britannicus, die man auswendig lernen und in einem Zug aufsagen mußte, ohne etwas davon zu begreifen. Er fand auch alte Spielsachen, wahrscheinlich die, mit denen François gespielt hatte: ein Kreisel mit einer Feder und ein kleiner bemalter Bleineger mit einem Schlüsselloch an der Seite; er besaß gewissermaßen keine Dicke, da er nur aus zwei mehr oder weniger zusammengeschmolzenen Profilen bestand und sein Schubkarren war jetzt ganz verbogen und zerbrochen.

Sein Rundfunkgerät versteckte Olivier in einem anderen Spielzeug: einem Kasten, dessen leicht schräge Oberfläche von einst numerierten Löchern durchbohrt war – nur die Zahl 03 war noch deutlich sichtbar – auf den man eine Metallwurfscheibe zu werfen versuchte und den man ein Faß oder einen Frosch nannte, weil das am schwierigsten zu treffende Loch einen Frosch mit einem riesig aufgesperrten Maul darstellte. Was den Vervielfältiger anging – eines jener kleinen Modelle, wie sie in den Restaurants zum Druck der

Speisekarten benutzt werden – so war er ganz unten in einem der Schließkörbe versteckt. Nach der Verhaftung Paul Héberts nahmen die Deutschen, geführt vom Luftschutzwart Berloux, in den Kellern eine Hausdurchsuchung vor, doch sie warfen kaum einen Blick in den Oliviers: es war der staubigste, der am meisten mit allem möglichen Kram zugestellte, ein Keller, von dem man sich am wenigsten vorstellen konnte, daß sich darin ein »Terrorist« versteckt hielte.

Bei der Befreiung von Paris hätte Olivier gern auf den Barrikaden gekämpft, doch man gab ihm keine Gelegenheit dazu. Das Maschinengewehr, das er unter seinem Bett aufbewahrt hatte, wurde in den ersten Stunden des Aufstandes von Paris auf dem Dach eines Hauses an der Place Clichy installiert und einer Gruppe erfahrener Schützen anvertraut. Olivier selbst bekam den Befehl, in seinem Keller zu bleiben, um die Instruktionen entgegenzunehmen, die aus London und allen möglichen anderen Orten eintrafen. Er harrte sechsunddreißig Stunden dort aus, ohne zu schlafen oder zu essen, wobei ein schändlicher Aprikosensaft das einzige Getränk war, das ihm zur Verfügung stand, und schrieb Notizblock über Notizblock mit rätselhaften Botschaften voll von der Art: »das Pfarrhaus hat nichts von seinem Zauber und der Garten nichts von seinem Glanz verloren«, »der Archidiakon ist in der Kunst des japanischen Billards Meister geworden« oder »es läuft alles bestens, Madame la Marquise«, die Scharen behelmter Meldegänger alle fünf Minuten holen kamen. Als er am nächsten Tag in den Abendstunden auftauchte, fing die große Glocke von Notre-Dame und alle andern Glocken zu läuten an, um den Einmarsch der Befreiungstruppen zu feiern.

ENDE DES DRITTEN TEILS

VIERTER TEIL

FÜNFUNDSECHZIGSTES KAPITEL

Moreau, 3

Zu Anfang der fünfziger Jahre lebte in der Wohnung, die später Madame Moreau kaufte, eine rätselhafte Amerikanerin, der man wegen ihrer Schönheit, ihrer Blondheit und dem Geheimnis, das sie umgab, den Beinamen Lorelei gegeben hatte. Sie gab sich als Joy Slowburn aus und bewohnte diese Riesenfläche offensichtlich allein unter dem lautlosen Schutz eines Chauffeurs und Leibwächters, der auf den Namen Carlos hörte, einem kleinen, stämmigen Filipino, der immer tadellos weiß gekleidet war. Man traf ihn bisweilen in teuren Delikatessenläden, wo er kandierte Früchte, Schokolade oder Süßigkeiten erstand. Sie sah man nie auf der Straße. Ihre Fensterläden waren immer geschlossen; sie bekam keine Post und ihre Tür öffnete sich nur für Lieferanten von Fertigmenüs oder für Blumenhändler, die jeden Morgen Berge von Lilien, Aronsstäben und Tuberosen brachten.

Joy Slowburn verließ erst nach Einbruch der Nacht das Haus, gefahren von Carlos in einem langen, schwarzen Pontiac. Die Leute aus dem Haus sahen sie vorbeigehen, hinreißend schön, in einem Abendkleid aus weißer Seide mit langer Schleppe, das ihren Rücken fast frei ließ, eine Nerzstola auf dem Arm, einen Fächer aus schwarzen Federn in der Hand und mit Haaren von unvergleichlichem Blond, das kunstvoll gedreht und von einem diamantenbesetzten Diadem gekrönt war; und ihr langes Gesicht von vollkommenem Oval, ihre schmalen, fast grausamen Augen, ihre fast blutlosen Lippen (während sehr rote Lippen gerade in Mode waren) übten auf die Nachbarn eine Faszination aus, von der sie nicht zu sagen gewußt hätten, ob sie angenehm oder erschreckend war.

Die phantastischsten Geschichten liefen über sie um. Es hieß, sie würde in gewissen Nächten prunkvolle und stumme Empfänge geben, kurz vor Mitternacht kämen Männer, ungeschickt riesige Säcke tragend, sie heimlich besuchen; man erzählte sich, eine dritte, unsichtbare Person wohne ebenfalls in der Wohnung, dürfe sich aber weder zeigen noch das Haus verlassen und manchmal drangen durch den Rauchabzug gespenstische und gräßliche Geräusche nach oben, so daß sich die Kinder erschreckt in ihren Betten aufrichteten.

An einem Aprilmorgen neunzehnhundertvierundfünfzig erfuhr man, daß die Lorelei und der Filipino in der Nacht ermordet worden waren. Der Mörder hatte sich der Polizei gestellt: es war der Mann der jungen Frau, dieser dritte Mieter, dessen Existenz manche schon immer vermutet hatten, ohne ihn je gesehen zu haben. Er hieß Blunt Stanley und die Enthüllungen, die er machte, lieferten die Erklärung für das seltsame Verhalten der Lorelei und ihrer beiden Gefährten.

Blunt Stanley war ein hochgewachsener Mann, schön wie ein Westernheld, mit Grübchen wie Clark Gable. Er war Offizier in der amerikanischen Army, als er eines Abends neunzehnhundertachtundvierzig in einem Varieté in Jefferson, Missouri, die Lorelei kennenlernte: Ingeborg Skrifter, wie ihr richtiger Name war, Tochter eines in die Vereinigten Staaten eingewanderten dänischen Pastors, zog unter dem Pseudonym Florence Cook, ein berühmtes Medium aus dem letzten Viertel des neunzehnten Jahrhunderts, dessen Reinkarnation zu sein sie vorgab, eine Nummer als Hellseherin ab.

Zwischen beiden war es Liebe auf den ersten Blick, doch ihr Glück war nur von kurzer Dauer: im Juni fünfzig mußte Blunt Stanley nach Korea. Seine Leidenschaft für Ingeborg war so groß, daß er, kaum in Korea an Land gegangen und unfähig, ohne sie zu leben, desertierte, um wieder zu ihr zu kommen. Der Fehler, den er beging, war der, daß er nicht anläßlich eines Urlaubs – den er allerdings auch gar nicht bekam – desertierte, sondern als er nicht weit vom achtunddreißigsten Breitengrad entfernt eine Patrouille führte: zusammen mit seinem philippinischen Führer, der kein anderer war als Carlos, mit seinem richtigen Namen Aurelio Lopez, ließen sie die elf Männer im Stich, die sie damit dem sicheren Tod überantworteten und kamen nach einer grauenhaften Irrfahrt in Port-Arthur an, von wo aus es ihnen gelang, Formosa zu erreichen.

Die Amerikaner glaubten, die Patrouille sei in einen Hinterhalt geraten, die elf Soldaten hätten den Tod gefunden und Oberleutnant Stanley und sein philippinischer Führer seien gefangengenommen worden. Jahre später, als die ganze Angelegenheit ihren beklagenswerten Abschluß finden sollte, suchten die Dienststellen des Personalstabs des Hauptquartiers der Bodentruppen immer noch Frau und vielleicht Witwe Stanley, um ihr, eventuell posthum, die *Medal of Honor* ihres vermißten Mannes zu überreichen.

Blunt Stanley war auf Gnade und Barmherzigkeit Aurelio Lopez ausgeliefert und es wurde ihm sehr schnell klar, daß Aurelio Lopez aus dieser Situation Nutzen ziehen wollte: sobald sie an einem sicheren Ort waren, unterrichtete der Filipino den Offizier davon, daß er alle Einzelheiten seiner Desertion schriftlich festgehalten und in versiegelten Umschlägen bei Juristen hinterlegt habe, die Anweisung hatten, Kenntnis von ihrem Inhalt zu nehmen, falls sie länger als für eine gewisse Zeit ohne Lebenszeichen von Lopez blieben. Dann verlangte er zehntausend Dollar von ihm.

Blunt gelang es, mit Ingeborg in Verbindung zu treten. Auf seine Anweisungen hin verkaufte sie alles, was sie verkaufen konnte – ihr Auto, ihren Wohnwagen, ihre wenigen Schmuckstücke – und fuhr nach Hongkong, wo die beiden Männer sich mit ihr trafen. Nachdem sie Aurelio Lopez bezahlt hatten, waren sie wieder allein, sechzig Dollar reich, mit denen sie trotzdem nach Ceylon kamen, wo es ihnen gelang, in einem Kino mit Varietédarbietungen ein armseliges Engagement zu ergattern: zwischen dem Dokumentarfilm und dem Hauptfilm ging ein paillettengeschmückter Vorhang vor der Leinwand herunter und ein Lautsprecher kündigte Joy and Hieronymus an, die berühmten Wahrsager aus der Neuen Welt.

Ihre erste Nummer beutete zwei klassische Tricks der Jahrmarktzauberer aus: Blunt, als Fakir verkleidet, erriet verschiedene Dinge ausgehend von offensichtlich aufs Geratewohl ausgesuchten Zahlen; Ingeborg hingegen, als Hellseherin verkleidet, ritzte mit einer Stahlfeder die Gelatine einer Fotoplatte, auf der Blunt abgebildet war, worauf der gleiche blutige Schmarren auf dem Körper ihres Partners erschien. Das singhalesische Publikum ist in der Regel zwar ganz scharf auf solche Attraktionen, zeigte diesen jedoch die kalte Schulter: Ingeborg merkte sehr schnell, daß ihr Mann auf der Bühne zwar eine unbestreitbare Präsenz hatte, daß er aber unter keinen Umständen je den Mund öffnen durfte, höchstens um zwei oder drei unartikulierte Laute von sich zu geben.

Die ursprüngliche Idee für ihre späteren Leistungen entstand aus diesem Zwang heraus und wurde bald verfeinert: nach verschiedenen Wahrsagereien geriet Ingeborg in Trance und mit dem Jenseits in Verbindung tretend, ließ sie daraus den Erleuchteten persönlich auftauchen, Swedenborg, »den Buddha des Nordens«, bekleidet mit einer langen, weißen Tunika, die Brust übersät mit Emblemen der Rosenkreuzer, eine lichtvolle, flackernde, blitzende und funkelnde, Angst einflößende Erscheinung, begleitet von Knacken, Blitzen, Funken, Gerüchen, Ausdünstungen, Emanationen aller Art. Swedenborg begnügte sich damit, ein undeutliches Brummen von sich zu geben oder Zaubersprüche zu murmeln wie etwa »Atcha Botatcha Sab Atcha«, die Ingeborg in sibyllinische Sätze übersetzte, und die sie mit zischender und halb erstickter Stimme hervorbrachte:

»Ich bin über die Meere geschritten. Ich bin in einer zentralen Stadt, am Fuße eines Vulkans. Ich sehe den Mann in seinem Zimmer; er schreibt, er trägt ein weites, wehendes, schwarzes Hemd mit gelben und weißen Ärmelaufschlägen; er legt den Brief in einen Band Gedichte von Thomas Dekker. Er steht auf; es ist ein Uhr auf der Pendeluhr, die seinen Kamin schmückt usw.«

Ihre Nummer, begründet auf den bei dieser Art von Attraktionen üblichen psychologischen Vorbereitungen der Sinne – Spiegelspiele, Rauchspiele auf der Grundlage verschiedener Kohle-, Schwefel- und Salpeterkombinationen, optische Täuschungen, akustische Inszenierung – hatte sofort Erfolg und einige Wochen später bot ihnen ein Impresario einen interessanten Vertrag für Bombay, den Irak und die Türkei an. Dort fand im Verlauf einer Abendvorstellung in einem Nachtklub in Ankara, der *The Gardens of Heian-Kyô* hieß, die Begegnung statt, die über ihre Karriere entscheiden sollte: am Schluß ihrer Vorstellung besuchte ein Mann Ingeborg in ihrer Loge und bot ihr fünftausend Pfund Sterling an, wenn sie ihn mit dem Teufel, genauer noch mit

Mephistopheles zusammenbringen würde, mit dem er den üblichen Pakt zu schließen wünschte: sein ewiges Heil gegen zwanzig Jahre Allmacht.

Ingeborg stimmte zu. Mephistopheles erscheinen zu lassen war an sich nicht schwieriger, als Swedenborg erscheinen zu lassen, selbst wenn diese Erscheinung in Gegenwart eines einzigen Zeugen sich vollziehen sollte und nicht mehr vor ein paar Dutzend oder Hundert gleichgültiger, amüsierter oder erschreckter Zuschauer, die auf jeden Fall viel zu weit von der Sache entfernt saßen, um gewisse Einzelheiten nachprüfen zu können, falls sie die Lust dazu ankam. Denn wenn dieser privilegierte Zuschauer an die Erscheinung des »Buddha des Nordens« so stark geglaubt hatte, daß er fünftausend Pfund Sterling riskierte, um den Teufel zu sehen, gab es überhaupt keinen Grund, weshalb seine Bitte nicht erfüllt werden sollte.

Blunt und Ingeborg zogen also in eine zu diesem Zweck angemietete Villa und modifizierten ihre Inszenierung im Hinblick auf die gewünschte Erscheinung. Am festgesetzten Tag, zur abgemachten Stunde stellte sich der Mann an der Tür der Villa ein. Den strengen Empfehlungen Ingeborgs gehorchend, hatte er sich drei Wochen lang bemüht, nie vor Einbruch der Nacht aus dem Haus zu gehen, sich nur von in Wasser gekochtem Grünzeug und von nicht mit Metallinstrumenten geschälten Früchten zu ernähren, nur den Absud von Orangenblüten und Tee aus frischen Pfefferminzblättern, Basilika und Oreganum zu trinken.

Ein eingeborener Diener ließ den Kandidaten in einen mattschwarz gestrichenen Raum eintreten, in dem fast keine Möbel standen und der von geschweiften Leuchtern, deren Kerzen Flammen von grünlichem Gelb warfen, schwach erleuchtet war. In der Mitte des Raums hing eine geschliffene Kristallkugel herab, die sich langsam um sich selber drehte und deren tausend winzige Facetten auf eine offenbar unvorhersehbare Weise funkelnde Blitze schleuderten. Ingeborg saß darunter, in einem dunkelrot gestrichenen Sessel. Ungefähr einen Meter von ihr entfernt, etwas rechts von ihr, brannte auf flachen, direkt auf dem Boden liegenden Steinen ein Feuer, das starken, beißenden Rauch verbreitete.

Nach Landessitte hatte der Mann in einer Tasche aus doppeltem Leinen ein schwarzes Huhn mitgebracht, dem er die Augen verband und über dem Feuer den Hals durchschnitt, wobei er in Richtung Osten schaute. Das Blut des Huhns löschte das Feuer nicht; im Gegenteil, es schien es anzufachen: hohe blaue Flammen begannen zu tanzen und mehrere Minuten lang betrachtete die junge Frau sie aufmerksam, ohne sich um die Gegenwart ihres Kunden zu kümmern. Endlich stand sie auf, nahm mit einer kleinen Schaufel Asche, die sie auf den Boden schüttete, etwas vor ihrem Sessel, und in die sie augenblicklich ein Pentagramm zeichnete. Darauf nahm sie den Mann beim Arm, ließ ihn sich in den Sessel setzen, zwang ihn, sich sehr gerade und reglos zu halten, die Hände ganz flach auf die Armlehnen gelegt. Sie selbst kniete sich mitten in das Pentagramm und begann mit schriller Stimme einen ebenso langen wie unverständlichen Zauberspruch zu deklamieren:

»Al barildim gotfano dech min brin alabo dordin falbroth ringuam albaras. Nin porth sadikim almucathin milko prin al elmim enthoth dal heben ensouim: kuthim al dum alkatim nim broth dechoth porth min michais im endoth, pruch dal maisoulum hol moth dansrilim lupaldas im voldemoth. Nin hur diavosth mnarbotim dal goush palfrapin duch im scoth pruch galeth dal chinon min foulchrich al conin butathen doth dal prim.«

Während sie den Zauberspruch aufsagte, wurde der Rauch immer undurchsichtiger. Bald gab es rötliche Rauchschwaden, begleitet von Knistern und Funken. Dann wurden die bläulichen Flammen plötzlich maßlos groß, um fast gleich darauf in sich zusammenzufallen: genau hinter dem Feuer stand Mephistopheles mit verschränkten Armen und lächelte breit.

Es war ein eher traditioneller, um nicht zu sagen fast konventioneller Mephisto. Er hatte weder Hörner noch einen langen, gabelförmigen Schwanz, weder einen Pferdefuß sondern ein grünliches Gesicht, dunkle, sehr tiefliegende Augen, dichte und sehr schwarze Augenbrauen, einen spitz zulaufenden Schnurrbart und einen kleinen Spitzbart in der Art Napoleon III. Er trug ein unbestimmbares Gewand, von dem man vor allem eine fleckenlose Spitzenbrustkrause und eine dunkelrote Weste sah, da alles übrige von einem großen, schwarzen Umhang verdeckt war, dessen Aufschläge aus feuerroter Seide im Halbdunkel leuchteten.

Mephistopheles sagte kein Wort. Er begnügte sich damit, ganz langsam den Kopf zu neigen und dabei die rechte Hand an die linke Schulter zu bringen. Dann streckte er den Arm über der Feuerstätte aus, deren Flammen jetzt fast unstofflich zu sein schienen und einen sehr parfümierten Rauch verströmten und gab dem Kandidaten ein Zeichen näherzukommen. Der Mann stand auf und stellte sich vor Mephistopheles, auf die andere Seite des Feuers. Der Teufel hielt ihm ein vierfach gefaltetes Pergamentpapier hin, auf dem ein Dutzend unverständlicher Zeichen standen; dann ergriff er seine linke Hand, stach ihm mit einer Stahlnadel in den Daumen, ließ einen Tropfen Blut daraus hervorquellen, den er auf den Pakt drückte; in die entgegengesetzte Ecke schrieb er schnell mit seinem offensichtlich mit fettem, dickem Ruß bedeckten Zeigefinger seine eigene Unterschrift, die einer großen Hand glich, an der nur drei Finger sind. Dann riß er das Blatt entzwei, steckte die eine Hälfte in seine Westentasche und hielt die andere dem Mann hin, wobei er sich ganz tief verbeugte.

Ingeborg stieß einen gellenden Schrei aus. Man hörte so etwas wie das Geräusch zerknitterten Papiers, worauf im Raum der blendende Lichtschein eines Blitzes explodierte, begleitet von einem Donnerschlag und einem starken Geruch nach Schwefel. Beißender und dichter Rauch bildete sich rund um die Feuerstelle herum. Mephistopheles war verschwunden und als der Mann sich umdrehte, sah er wieder Ingeborg, die in ihrem Sessel saß; vor ihr war keine Spur des Pentagramms mehr zu sehen.

Trotz der übertriebenen Vorsichtsmaßnahmen, mit der sich diese Erscheinung umgab und trotz des strengen, etwas zu aufgesetzten Anblicks ihrer Demonstrationen, schien sie doch dem entsprochen zu haben, was der Mann von ihr erwartete, denn er bezahlte nicht nur ohne das Gesicht zu verziehen die versprochene Summe, sondern er ließ auch einen Monat später, immer noch ohne seine Identität preiszugeben, Ingeborg wissen, daß einer seiner Freunde, der seinen Wohnsitz in Frankreich habe, den lebhaften Wunsch hege, einer ebensolchen Zeremonie beizuwohnen, wie er sie ablaufen zu sehen die ganz besondere Ehre gehabt habe, und daß er geneigt sei, ihr fünf Millionen französische Francs zu zahlen und darüber hinaus die Reisekosten und die Kosten für ihren Aufenthalt in Paris zu übernehmen.

So kamen Ingeborg und Blunt nach Frankreich. Aber leider kamen sie nicht allein. Drei Tage vor ihrer Abreise war Aurélio Lopez, dessen Geschäfte schiefgelaufen waren, zu ihnen nach Ankara gekommen und hatte verlangt, mit ihnen zu gehen. Es war ihnen unmöglich abzulehnen. Sie zogen alle drei in die große

Wohnung im ersten Stock. Es war schon vereinbart, daß Blunt sich nie zeigen würde. Was Aurélio anging, so wurde beschlossen, daß er, anstelle eines Zimmermädchens und eines Butlers, unter dem Namen Carlos als Chauffeur, Leibwächter und Boy dienen würde.

In etwas mehr als zwei Jahren ließ Ingeborg 82mal den Teufel erscheinen, zu Preisen, die schließlich zwanzig, fünfundzwanzig und einmal sogar dreißig Millionen (alte) Francs erreichten. Die Liste ihrer Kunden umfaßt sechs Abgeordnete (von denen drei tatsächlich Minister wurden und einer nur Staatssekretär), sieben hohe Staatsbeamte, elf Unternehmer, sechs höhere Offiziere ab General, zwei Professoren der medizinischen Fakultät, verschiedene Sportler, mehrere Couturiers, Restaurateure, den Direktor einer Zeitung und sogar einen Kardinal, während die übrigen Kandidaten der Welt der Künste, der Literatur und vor allem des Theaters und des Films angehören. Es waren alles Männer, mit Ausnahme einer schwarzen Opernsängerin, deren Ehrgeiz es war, die Rolle der Desdemona zu singen: kurze Zeit, nachdem sie ihren Pakt mit dem Teufel geschlossen hatte, konnte sie ihren Traum dank einer »Negativ«-Inszenierung verwirklichen, die Ärgernis erregte, der Sängerin und dem Regisseur jedoch einen hohen Bekanntheitsgrad sicherten: die Rolle des Othello wurde von einem Weißen gesungen, alle andern Rollen wurden von schwarzen Künstlern (oder von geschminkten Weißen) gespielt, und zwar in ebenfalls »vertauschten« Kostümen und Bühnenbildern, wo alles, was hell oder weiß war (das Taschentuch und das Kopfkissen zum Beispiel, um nur diese beiden unentbehrlichen Requisiten zu nennen) dunkel oder schwarz wurde und umgekehrt.

Niemand äußerte je einen Zweifel an der »Realität« der Erscheinung und der Echtheit des Paktes. Ein einziges Mal wunderte sich einer ihrer Kunden darüber, daß er nach wie vor einen Schatten hatte und sich weiterhin im Spiegel sah, und Ingeborg mußte ihm klarmachen, daß dies ein Privileg sei, das Mephistopheles ihm gewähre, um ihm zu ersparen, »erkannt und öffentlich bei lebendigem Leib verbrannt« zu werden.

Soweit Ingeborg und Blunt das feststellen konnten, war die Wirkung des Paktes fast immer segensreich: die Gewißheit der Allmacht genügt in der Regel, daß jene, die dem Teufel ihre Seele verkauft hatten, die Wunder vollbrachten, die sie von sich selber erwarteten. Auf jeden Fall hatte das Paar keine Kundenbeschaffungsprobleme. Kaum drei Monate nach ihrer Ankunft mußte Ingeborg bereits die Anträge, die es hagelte, ablehnen und den Bewerbern immer höhere Tarife, immer längere Wartezeiten und immer strengere Vorbereitungsprüfungen abverlangen. Als sie starb, war ihr »Bestellbuch« für über ein Jahr gefüllt, mehr als dreißig Bewerber warteten, bis sie an die Reihe kamen und vier von ihnen begingen Selbstmord, als sie von ihrem Tod erfuhren.

Die Inszenierung der Erscheinungen unterschied sich nie sonderlich von der in Ankara, höchstens, daß die Sitzungen sehr bald schon nicht mehr in der Dunkelheit begannen. Die ausladenden Leuchter wurden von schwarzen, dem Anschein nach schweren Säulen ersetzt, die auf dem Fußboden standen und auf denen dicke, runde Glasbirnen angebracht waren, von denen ein heller blauer Lichtschein ausging, der unmerklich schwächer wurde, so daß der Bewerber ganz bequem feststellen konnte, daß der Raum außer der jungen Frau und ihm selber leer war und daß alle Ausgänge hermetisch abgeschlossen waren. Die Regulierung des Lichts, die Dosierung der Flammen, die notwendige Schalldichtigkeit für die Wirkungen des Donners, das Abbrennen von Wunderkerzen, die auf Distanz Funken erzeugten, die Handhabung der Eisenspäne und der Magnete, alle diese Tricktechniken wurden vervollkommnet und einige andere eingeführt, vor allem die Verwendung gewisser Aphaniptera-Insekten, die phosphoreszieren, so daß sie von einem grünen Lichthof umgeben sind, und der Gebrauch von Weihrauch und speziellen Parfümen, die sich mit dem Duft der Lilien und der Tuberosen, von denen die Örtlichkeit ständig durchtränkt war, vermischten und so eine Empfindung schufen, die für übernatürliche Demonstrationen günstig war. Diese Ingredienzien hätten nie ausgereicht, um einen auch nur leicht skeptischen Menschen zu überzeugen, doch jene, die die Bedingungen Ingeborgs akzeptiert und die Vorbereitungsprüfung über sich hatten ergehen lassen, waren, wenn sie am Abend des Pakts ankamen, bereit, sich überzeugen zu lassen.

Dieser berufliche Erfolg befreite Ingeborg und Blunt leider nicht von der Erpressung durch Carlos, der sie auch weiterhin ausgesetzt waren. Da von Ingeborg allgemein angenommen wurde, daß sie nur dänisch und einen bestimmten hochfriesischen Dialekt sprach, mittels dessen sie sich mit Mephistopheles unterhielt, verhandelte der Filipino mit den Bewerbern, und er behielt die ungeheuren Summen, die man ihm auszahlte, ganz für sich. Er überwachte sie ständig und wenn er aus dem Haus ging, um Einkäufe zu machen, zwang er den Ex-Offizier und seine Frau, sich auszuziehen und schloß ihre Kleider weg, da er dieses wahre Huhn mit den goldenen Eiern nicht entkommen lassen wollte.

Neunzehnhundertdreiundfünfzig gab ihnen der Waffenstillstand von Pan Mun Jon die Hoffnung auf eine baldige Amnestie, die es ihnen ermöglicht hätte, sich von diesem unerträglichen Druck zu befreien. Doch einige Wochen später hielt ihnen Carlos, ein triumphierendes Lächeln auf den Lippen, eine schon alte Nummer des *Louisville Courier-Journal* (Kentucky) hin: die Mutter eines der zur Patrouille von Oberleutnant Stanley gehörenden Soldaten, hatte sich gewundert, daß sie den Namen Blunt Stanley nicht auf der Liste der von den Nord-Koreanern freigelassenen Gefangenen gefunden hatte. Die Army, alarmiert, hatte beschlossen, die Angelegenheit von neuem zu überprüfen. Ohne bereits ein endgültiges Urteil zu fällen, gaben die Untersuchungsbeamten jedoch zu verstehen, daß die Eventualität, es handele sich bei Oberleutnant Stanley um einen Deserteur und Verräter, nicht mehr ganz auszuschließen sei.

Einige Monate später gelang es Ingeborg, ihren Mann davon zu überzeugen, daß er Carlos töten müsse, damit sie fliehen könnten. Eines Abends im April neunzehnhundertvierundfünfzig brachte Blunt es fertig, die Wachsamkeit des Filipinos zu überlisten und erdrosselte ihn mit einem Paar Hosenträger.

Sie durchwühlten die ganze Wohnung und entdeckten das Versteck, in dem Carlos mehr als siebenhundert Millionen in bar und in Schmuck aufbewahrte. Sie füllten überstürzt zwei große Koffer und schickten sich an aufzubrechen: sie planten nach Hamburg zu gehen, wo mehrere Personen Ingeborg bereits den Vorschlag gemacht hatten, sich mit ihrem teuflischen Geschäft niederzulassen. Doch als sie gerade die Wohnung verlassen wollten, sah Blunt ganz mechanisch aus dem Fenster und erblickte durch die Läden hindurch zwei Männer, die das Haus zu überwachen schienen: er verlor die Beherrschung. Es war natürlich unmöglich, daß die Drohungen Carlos bereits wenige Sekunden nach seiner Ermordung hätten wahrgemacht werden können, aber Blunt, der die Wohnung nicht ein einziges Mal verlassen hatte, seit er hier war, bildete sich ein, der Filipino hätte sie schon seit langem überwachen lassen und machte seiner Frau heftige Vorwürfe darüber, daß sie das nicht bemerkt hatte.

Im Verlauf dieser stürmischen Auseinandersetzung, so behauptete Stanley, sei Ingeborg, die eine kleine Pistole in der Hand hielt, durch einen Unfall ums Leben gekommen.

Blunt Stanley wurde in Frankreich wegen vorsätzlichen Mordes, wegen fahrlässiger Tötung, öffentlicher Ausnützung des Okkultismus (Artikel 405 und 479 des Strafgesetzbuches) und Betrugs verurteilt. Dann wurde er an die Vereinigten Staaten ausgeliefert, dort wegen Hochverrats vor ein Kriegsgericht gestellt und zum Tode verurteilt. Der Präsident machte jedoch in seinem Fall von seinem Begnadigungsrecht Gebrauch, worauf seine Strafe in lebenslängliche Gefängnishaft umgewandelt wurde.

Das Gerücht verbreitete sich sehr schnell, daß er über übernatürliche Kräfte verfüge und imstande sei, mit den Höllenmächten in Verbindung – und in Kommunion – zu treten. Fast alle Wärter und Gefangenen der Strafanstalt von Abigoz (Iowa), zahlreiche Polizisten, mehrere Richter und Politiker baten ihn, sich bei diesem oder jenem Teufel wegen dieses oder jenes besonderen Problems für sie zu verwenden. Es mußte ein spezielles Sprechzimmer eingerichtet werden, damit er die begüterten Personen empfangen konnte, die ihn aus allen Gegenden der Vereinigten Staaten um Audienz baten. Die weniger reichen Leute durften, weil sie ihn nicht konsultieren konnten, gegen Zahlung von fünfzig Dollar seine Gefangenennummer berühren, 1758064176, die auch die Zahl der Teufel in der Hölle ist, da es 6 Legionen Dämonen gibt, von denen jede 66 Heerscharen zählt, von denen jede 666 Kompanien zählt, von denen jede 6666 Teufel zählt. Für nur sechs Dollar konnte man eine seiner Fluidumnadeln (ehemalige Grammophonnadeln aus Stahl) erwerben. Für zahlreiche Gemeinden, Kongregationen und Konfessionen ist Blunt Stanley heute die Reinkarnation des Bösen geworden und mehrere Fanatiker sind nach Iowa gekommen, um dort strafbare Handlungen zu begehen mit dem einzigen Ziel, in Abigoz inhaftiert zu werden und ihn zu ermorden; doch mit Duldung der Wärter hat er zusammen mit anderen Gefangenen eine persönliche Garde auf die Beine stellen können, die ihn bis jetzt wirksam beschützt hat. Der satirischen Zeitschrift *Nationwide Bilge* zufolge soll er einer der zehn reichsten lebenslänglichen Häftlinge der Welt sein.

Erst im Mai neunzehnhundertsechzig, als das Rätsel von Chaumont-Porcien gelöst wurde, stellte sich heraus, daß die beiden Männer, die das Haus tatsächlich überwachten, die beiden von Sven Ericsson auf die Spur Véra de Beaumonts angesetzten Detektive waren.

Aus diesem Raum, in dem die Lorelei Mephisto erscheinen ließ und in dem der Doppelmord geschah, beschloß Madame Moreau ihre Küche zu machen. Der Innenarchitekt Henry Fleury entwarf für sie eine avantgardistische Kücheneinrichtung, von der er lauthals verkündete, daß sie der Prototyp der Küchen des 21. Jahrhunderts sei: ein kulinarisches Laboratorium, das seiner Epoche um eine Generation voraus war, ausgestattet mit den kompliziertesten technischen Vervollkommnungen, versehen mit Kurzwellenherden, mit unsichtbaren, selbstheizenden Herdplatten, mit ferngesteuerten Haushaltsrobotern, die in der Lage waren, vielschichtige Vorbereitungs-, Koch- und Backprogramme auszuführen. Alle diese ultramodernen Anlagen wurden geschickt in Großmutter-Schränke, Second-Empire-Herde aus emailliertem Guß und antiquarischen Truhen untergebracht. Hinter gewachsten Eichentüren mit Kupferbeschlägen verbargen sich elektrische Allesschneider, elektronische Kaffeemühlen, Ultraschall-Friteusen, Infrarot-Grillverrichtungen, elektro-mechanische Zerkleinerer, Dosierer, Mischer und Schälmaschinen, die alle ganz transistorisiert waren; dabei sah man, wenn man hereinkam, nur Wände, die mit Delfter Keramikplatten gekachelt waren, Handtücher aus ungebleichter Baumwolle, alte Roberval-Waagen, Toilettenkrüge mit kleinen rosigen Blumen, Apothekerpokale, grobe Tischtücher mit Karos, rustikale, mit Fransen aus Mayenne-Tuch verzierte Regale, auf denen kleine Kuchenformen, Zinnmaße, Schüsseln aus Kupfer und gußeiserne Schmortöpfe standen, und einen aufsehenerregenden Fliesen-Fußboden, abwechselnd weiße, graue und ockerfarbene Rechtecke, bisweilen mit Rautenmotiven geschmückt, die naturgetreue Kopie des Fußbodens der Kapelle eines Klosters in Bethlehem.

Die Köchin von Madame Moreau, eine robuste Burgunderin aus Paray-le-Monial, die auf den Vornamen Gertrude hörte, ließ sich von solchen plumpen Raffinessen nicht beeindrucken und setzte ihre Herrin gleich davon in Kenntnis, daß sie in einer solchen Küche, in der nichts an seinem Platz war und in der nichts so funktionierte, wie sie es kannte, niemals auch nur das geringste kochen würde. Sie verlangte ein Fenster, einen Spülstein, einen richtigen Gasherd mit Flammstellen, einen Pommes-frites-Topf, einen Hackklotz und vor allem einen Abstellraum, in den sie ihre leeren Flaschen, ihre Käsesiebe, ihre Lattenkisten ihre Kartoffelsäcke, ihre Bottiche zum Waschen der Gemüse und ihren Salatkorb stellen könne.

Madame Moreau gab ihrer Köchin recht. Fleury, tief gekränkt, mußte seine experimentellen Apparate wieder mitnehmen, die Delfter Fliesen an der Wand abreißen, die Rohrleitungen und die elektrischen Leitungen abmontieren, die Zwischenwände versetzen.

Von dem alten, patinierten Gerümpel der französischen Küchen aus der guten alten Zeit hat Gertrude das behalten, was sie vielleicht noch brauchen konnte – ein

Rollholz, die Waage, den Salzkasten, die Wasserkessel, die Schmortöpfe, die Fischpfannen, die Schöpflöffel und die Metzgermesser – und alles übrige in den Keller bringen lassen. Sie hat aus ihrem Bauerndorf einige der Utensilien und Werkzeuge mitgebracht, ohne die sie nicht ausgekommen wäre: ihre Kaffeemühle und ihr Tee-Ei, einen Schaumlöffel, ein trichterförmiges Sieb, eine Kartoffelpresse, ein Gefäß zur Erhitzung im Wasserbad, und die Dose, in die sie schon seit jeher ihre Vanilleschoten, ihre Zimtstangen, ihre Nelken, ihren Safran, ihre kleinen Zuckerperlen und ihr Angelika geordnet hat, eine alte Keksdose aus Weißblech, viereckig, auf deren Deckel man ein kleines Mädchen sah, das in eine Ecke seines Kekses biß.

SECHSUNDSECHZIGSTES KAPITEL

Marcia, 4

So wie sie die Möbel und die Nippsachen, mit denen sie handelt, als ihr gehörig betrachtet, so betrachtet Madame Marcia ihre Kunden auch als Freunde. Unabhängig von den Geschäften, die sie mit ihnen abschließt und bei denen sie sich häufig als ganz besonders zäh erweist, hat sie es verstanden, mit den meisten von ihnen Verbindungen herzustellen, die weit über die eigentlichen Geschäftsbeziehungen hinausgehen: sie laden sich zum Tee ein, gehen zusammen zu Abend essen, spielen Bridge, gehen in die Oper, besuchen Ausstellungen, leihen sich Bücher, tauschen Küchenrezepte aus und machen sogar gemeinsam Kreuzfahrten auf griechische Inseln oder fahren zu Studienzwecken in den Prado.

Ihr Geschäft hat keinen besonderen Namen. Eine ganz gewöhnliche Inschrift ist in kleiner, weißer Schrägschrift über der Türklinke angebracht.

C. Marcia Antiquités

Noch diskreter weisen auf den beiden kleinen Schaufensterscheiben selbstklebende Etikette darauf hin, daß diese oder jene Kreditkarte angenommen und daß das Geschäft nachts von einer darauf spezialisierten Gesellschaft bewacht wird.

Der eigentliche Laden besteht aus zwei durch einen schmalen Gang miteinander verbundenen Räumen. Der erste Raum, der, durch den man hereinkommt, ist vor allem kleinen Gegenständen, Nippsachen, Kuriositäten, wissenschaftlichen Instrumenten, Lampen, Karaffen, Dosen, Porzellan, Keramikwaren, Mode-Graphiken, Kleinmöbeln usw. vorbehalten, alles Dinge, die der Kunde, auch wenn sie von großem Wert sind, sofort nach Erwerb mit nach Hause nehmen kann. Dieser Teil des Ladens untersteht David Marcia, heute neunundzwanzig Jahre alt, der seit seinem Unfall beim 35. Bol d'Or von 1971 endgültig seine Laufbahn als Rennfahrer aufgegeben hat.

Madame Marcia selbst behält zwar die Leitung des Geschäfts, kümmert sich aber vor allem um den zweiten Raum, der, in dem wir uns jetzt befinden, der hintere Ladenraum, der direkt mit dem Nebenraum in Verbindung steht und der vorwiegend den großen Möbelstücken vorbehalten ist, den Salons, den Bauerntischen oder den Klostertischen mit ihren langen Bänken, den Baldachinbetten oder den Notariatsaktenschränken. Sie verbringt hier in der Regel ihre Nachmittage und hat ihren Schreibtisch hier aufgestellt, einen kleinen Tisch aus Nußbaum mit drei Schubladen vom Ende des achtzehnten Jahrhunderts, auf den sie ihre beiden grauen metallenen Karteikästen gestellt hat, von denen der eine für die regelmäßigen Kunden ist, deren besonderen Geschmack sie kennt und die sie persönlich einlädt, sich ihre letzten Anschaffungen ansehen zu kommen, der andere für alle Gegenstände, die durch ihre Hände gegangen sind und deren Geschichte, Herkunft, Charakteristiken und Schicksal sie sich jedesmal zu beschreiben bemüht hat. Ein schwarzes Telefon, ein Schreibblock, ein Drehbleistift aus Schildpatt, ein winziger konischer Briefbeschwerer, dessen Fuß einen Durchmesser von weniger als eineinhalb Zentimeter hat, der aber trotz seiner Kleinheit drei »Apothekerunzen« wiegt, das heißt mehr als 93 Gramm, und ein

Soliflor von Gallé, in dem eine Ipomea mit Purpurblüte steht, eine Art Immortelle, die auch unter dem Namen Stern des Nils bekannt ist, nehmen den übrigen Teil der schmalen Platte dieses Tisches ein.

Im Verhältnis zum Nebenraum oder gar zu ihrem Schlafzimmer stehen relativ wenig Möbel in diesem Raum; die Jahreszeit ist für Geschäfte nicht gerade günstig, vor allem aber hat Madame Moreau grundsätzlich nie viele Dinge gleichzeitig verkauft. Zwischen ihrem Keller, dem Nebenraum und den eigentlichen Zimmern ihrer Wohnung kann sie in aller Ruhe ihr Lager erneuern, ohne den Raum überladen zu müssen, in dem sie die Möbel ausstellt, die sie im Augenblick zu verkaufen wünscht und die sie lieber in einem speziell für sie konzipierten Rahmen vorstellt. Einer der Gründe für die unaufhörlichen Transporte und Umzüge, die sie ihre Möbel machen läßt, liegt gerade in diesem Willen begründet, sie zur Geltung zu bringen und ihre Dekorationen daher öfters zu wechseln, als wenn sie Schaufensterdekorateurin in einem großen Kaufhaus wäre.

Ihre letzte Anschaffung, Mittelpunkt der augenblicklichen Präsentation dieses Raums, ist ein Fin-de-siècle-Salon, den sie in einer Familienpension in Davos gefunden hatte, in der ein Ungar, Nietzsche-Schüler, einige Jahre verbracht haben soll: Sessel mit gewundenen und gepolsterten Armlehnen um einen runden Tisch mit Metallinkrustationen gruppiert, hinter dem ein Kanapee gleichen Stils steht, das mit Kissen aus Seidenvelours beladen ist. Um diesen etwas schwerfälligen österreichisch-ungarischen Kitsch herum hat Madame Marcia einige Elemente angeordnet, die entweder mit ihrer barocken Pein dazu passen oder ihm im Gegenteil ihre rustikale oder unkultivierte Fremdheit oder ihre eisige Vollkommenheit entgegensetzen: links vom Tisch ein Leuchtertischchen aus Rosenholz, auf dem drei alte, fein ziselierte Uhren, ein sehr hübscher Teelöffel in Form eines Blattes, einige illuminierte Bücher mit Einbänden und Schließen aus emaille-inkrustiertem Metall sowie der bearbeitete Zahn eines Pottwals, einen Matrosen im Ausguck darstellend, liegen, ein schönes Beispiel jener Skrimshanders, die die Walfänger herstellten, um die langen Stunden einer erzwungenen Muße auszufüllen.

Auf der anderen Seite, rechts von den Sesseln, steht ein strenges, metallenes Musikpult, versehen mit zwei langen, schwenkbaren Armen, die an ihren Enden Kerzen aufzunehmen vermögen, auf dem ein erstaunlicher Farbdruck liegt, der wahrscheinlich für ein altes Werk der Naturwissenschaften bestimmt war und links einen im Profil gesehenen Pfau *(peacock)* darstellt, eine strenge, steife, geometrische Zeichnung, bei der das Gefieder zu einer undeutlichen und fast eintönigen Masse zusammengerafft ist und dem lediglich das große, weißgeränderte Auge und die Federkrone eine Andeutung von Leben geben, rechts hingegen das gleiche Tier, von vorne gesehen, das ein Rad schlägt *(peacock in his pride)*, ein Überschwang von Farben, Schillern, Funkeln, Blitzen, Lodern, dem gegenüber ein gotisches Kirchenfenster eine blasse Kopie zu sein scheint.

Die hintere Wand ist kahl und bringt eine Holzvertäfelung aus hellem Kirschbaum und eine Wandbespannung aus bestickter Seide voll zur Geltung.

Im Schaufenster schließlich vier Gegenstände, die im diskreten Licht der unsichtbaren Spotscheinwerfer durch eine Vielzahl unmerklicher Fäden miteinander verbunden zu sein scheinen.

Der erste, von unserem Blick aus gesehen am weitesten links stehende ist eine mittelalterliche *Pietà*, eine Skulptur aus bemaltem Holz in fast natürlicher Größe, die auf einem Sandsteinsockel steht: eine Madonna mit verzerrtem Mund und gerunzelter Stirn und ein Christus mit einer fast grotesken Anatomie mit dicken Klumpen geronnenen Bluts auf den Wundmalen. Sie wird der rheinischen Schule des vierzehnten Jahrhunderts zugeschrieben und ist repräsentativ für den übersteigerten Realismus der Epoche und für ihren Gefallen am Makaberen.

Der zweite Gegenstand steht auf einer kleinen Staffelei in Form einer Leier. Es ist eine Studie Carmontellas – eine mit Pastellfarben verstärkte Kohlezeichnung – für sein Porträt von Mozart als Kind; sie unterscheidet sich in mehreren Details von dem endgültigen Bild, das heute im Musée Carnavalet aufbewahrt wird: Leopold Mozart steht nicht hinter dem Stuhl seines Sohnes, sondern auf der anderen Seite und zu dreiviertel umgedreht, so daß er das Kind überwachen kann, während er gleichzeitig die Partitur liest; Maria-Anna hingegen hält sich nicht im Profil auf der anderen Seite des Cembalos, sondern von vorn vor dem Cembalo, wobei sie teilweise die Partitur verdeckt, die das junge Wunderkind entziffert; man kann sich gut vorstellen, daß Leopold den Künstler um die Veränderungen gebeten hat, die zu dem Endzustand des Bildes geführt haben und die, ohne die zentrale Stellung des Sohnes zu beeinträchtigen, dem Vater doch einen nicht ganz so ungünstigen Platz geben.

Der dritte Gegenstand ist ein großes Blatt Pergament, von Ebenholz eingerahmt, das schräg auf einem Ständer liegt, den man nicht sieht. Die obere Hälfte des Blattes bildet sehr subtil eine persische Miniatur nach; während der Tag anbricht, betrachtet ein junger Prinz auf der Terrasse eines Palastes eine Prinzessin, vor deren Füßen er kniet, beim Schlafen. Auf der unteren Hälfte des Blattes stehen, ebenfalls kalligraphiert, sechs Verse von Ibn Zaydûn:

Ich aber würde in der Angst leben, nicht zu wissen
Ob der Herr meines Geschicks
Weniger nachsichtig als der Sultan Scheriar
Am Morgen wenn ich meine Erzählung unterbrach
Mein Todesurteil noch etwas aufschieben
Und mir erlauben würde am nächsten Abend darin fortzufahren.

Der letzte Gegenstand ist eine spanische Ritterrüstung aus dem fünfzehnten Jahrhundert, deren Rost alle Elemente endgültig miteinander verschweißt hat.

Die wahre Spezialität Madame Marcias betrifft indes jene Spielart von Automaten, die man bewegte Uhren nennt. Im Gegensatz zu den anderen Automaten oder Musikdosen, die in Bonbonnieren, Stockknaufs, Konfektbüchsen, Parfümfläschchen usw. verborgen sind, sind es in der Regel keine technischen Wunder. Was ihren Preis jedoch ausmacht, ist ihre Seltenheit. Während die Turmuhren, in der Art der Stundenschläger mit Figur und die Pendeluhren in der Art der Schweizerhäuser mit Kuckuck usw. immer außergewöhnlich stark verbreitet gewesen sind, ist es äußerst selten, eine auch nur ein bißchen ältere Taschenuhr zu finden, ob es sich nun um eine Westentaschenuhr, eine Zwiebel oder eine Uhr mit Sprungdeckel handelt, bei der die Angabe der Stunden und der Sekunden der Vorwand für ein mechanisches Bild ist.

Die ersten, die herauskamen, waren in Wirklichkeit nur Miniaturstundenschläger mit ein oder zwei Personen von unwesentlicher Dicke, die die Stunden auf einem fast flachen Läutwerk schlugen.

Dann kamen die schlüpfrigen Uhren, so genannt von den Uhrmachern, die sich zwar einverstanden erklärten, sie herzustellen, sich aber weigerten, sie an Ort und Stelle, das heißt in Genf, zu verkaufen. Agenten der Ostindischen Kompagnie anvertraut, die den Auftrag hatten, sie in Amerika oder im Orient zu vertreiben, kamen sie selten am Bestimmungsort an; meistens wurden sie in europäischen Häfen Gegenstand eines so lebhaften Schwarzhandels, daß es sehr schnell fast unmöglich wurde, sich welche zu besorgen. Es sind insgesamt nicht mehr als einige Hundert hergestellt worden, von denen höchstens etwa sechzig überdauert haben. Ein amerikanischer Uhrmacher besitzt allein über Zweidrittel davon. Aus den dürftigen Beschreibungen, die er von seiner Sammlung gegeben hat – er hat nie irgend jemandem die Erlaubnis gegeben, eine einzige seiner Uhren zu sehen oder zu fotografieren – geht hervor, daß ihre Hersteller nicht sonderlich darum bemüht waren, Phantasie an den Tag zu legen: von den neununddreißig der zweiundvierzig Uhren, die er besitzt, ist die dargestellte Szene in der Tat immer die gleiche: ein heterosexueller Koitus zwischen zwei Einzelwesen, die der menschlichen Gattung angehören, beides Erwachsene, die zur gleichen Rasse gehören (der weißen oder wie es noch heißt der indogermanischen); der Mann liegt auf den Bauch der Frau, die auf dem Rücken liegt (die sogenannte »Missionarsstellung«). Die Sekundenangabe geschieht durch ein Schwingen der Hüfte des Mannes, dessen Becken jede Sekunde vor- und zurückgeht; die Frau zeigt die Minuten mit ihrem linken Arm an (Schulter sichtbar), die Stunden mit ihrem rechten Arm (Schulter verdeckt). Die vierzigste Uhr ist mit den neununddreißig ersten identisch, aber sie ist im nachhinein angestrichen worden und machte aus der Frau eine Schwarze. Sie gehörte einem Sklavenhändler namens Silas Buckley. Die einundvierzigste, in der Ausführung von viel größerer Subtilität, stellt Leda mit dem Schwan dar: das Flügelschlagen des Tiers rhythmisiert jede Sekunde ihrer Liebeserregung. Von der zweiundvierzigsten, die in dem Ruf steht, dem Ritter Andréa de Nerciat gehört zu haben, wird allgemein angenommen, daß sie eine Szene seines berühmten Werkes *Lolotte oder mein Noviziat* illustriert: ein junger Mann, als Soubrette verkleidet, wird mit hochgerafftem Rock von einem Mann, dessen abgelegte Kleidung den Blick auf ein übermäßig dickes Geschlecht freigibt, sodomisiert; die beiden Personen stehen, der Mann hinter dem Zimmermädchen, das sich gegen die Verkleidung einer Tür stützt. Die von dem amerikanischen Uhrmacher gegebene Beschreibung vermerkt leider nicht genau, wie die Stunden und die Minuten angegeben werden.

Madame Marcia selbst besitzt nur acht Uhren dieser Art, was aber nicht ausschließt, daß ihre Sammlung viel abwechslungsreicher ist: außer einem alten Stundenschläger, der zwei Schmiede darstellt, die abwechselnd auf einen Amboß schlagen und einer »schlüpfrigen« Uhr ähnlich der des amerikanischen Sammlers sind es alles Spielzeuge der viktorianischen oder edwardianischen Epoche, deren Uhrwerke wunderbarerweise betriebsbereit geblieben sind:

- ein Metzger, der auf einer Fleischbank eine Hammelkeule zerlegt;
- zwei spanische Tänzerinnen; die eine gibt mit ihren Kastagnetten schüttelnden Armen die Stunden an, die andere gibt die Sekunden an, indem sie ihren Fächer senkt;
- ein athletischer Clown, der auf einer Art Reck thront, verrenkt sich so, daß seine ausgestreckten, nicht zu krümmenden Beine die Stunden anzeigen, während sich sein Kopf jede Sekunde bewegt;
- zwei Soldaten, von denen der eine Semaphorzeichen gibt (Stunden), während der andere, die Waffe um die Schulter gehängt, jede Sekunde militärisch grüßt;

– ein Männerkopf, dessen lange, schmale Schnurrbartspitzen die Zeiger der Uhr sind; die Augen schlagen die Sekunden, indem sie sich von rechts nach links und von links nach rechts bewegen.

Was das seltsamste Stück dieser kleinen Sammlung angeht, so scheint es geradewegs aus dem *Guten kleinen Teufel* der Comtesse de Ségur zu kommen: eine schreckliche Furie versohlt einem kleinen Jungen den Hintern.

Léon Marcia, der es immer abgelehnt hat, sich um diesen Laden zu kümmern, hat indes seine Frau auf die Idee einer so weitgehenden Spezialisierung gebracht; während es in allen großen Städten der Welt Fachleute gibt, die sich den Automaten, den Spielsachen oder den Uhren widmen, gab es sie in diesem ganz besonderen Bereich der bewegten Uhren nicht. Tatsächlich hatte es sich ganz zufällig ergeben, daß Madame Marcia mit den Jahren ganze acht davon zusammenbrachte; sie ist überhaupt keine Sammlerin und verkauft gern Gegenstände, mit denen sie lange zusammengelebt hat, weil sie sicher ist, andere zu finden, die sie mindestens genauso mag. Ihre Rolle besteht eigentlich viel mehr darin, solche Uhren zu suchen und aufzutreiben, ihrer Geschichte nachzugehen, sie zu begutachten und die Sammler und Liebhaber miteinander in Verbindung zu bringen. Vor etwa zehn Jahren hatte sie im Verlauf einer Reise nach Schottland in Newcastle-upon-Tyne Station gemacht und im Stadtmuseum das Gemälde von Forbes *Eine Maus hinter der Tapete* entdeckt. Sie ließ ein Foto davon anfertigen, das das Format des Bildes hatte, und als sie wieder zurück in Frankreich war, untersuchte sie es mit der Lupe, um herauszufinden, ob Lady Forthright in ihrer Sammlung Uhren diesen Typs besaß. Da die Antwort negativ ausgefallen war, schenkte sie die Reproduktion Caroline Echard anläßlich ihrer Heirat mit Philippe Marquiseaux.

Das Bild entsprach überhaupt nicht den Wünschen und Anliegen, die auf der Hochzeitsliste der jungen Eheleute standen. Dieser erhängte Kutscher und diese verstörte Lady gaben dem Geschenk einen eher krankhaften Charakter und es war nicht so recht einsichtig, wie es mit Glückwünschen zusammenpassen konnte. Aber vielleicht war es gerade das, was Madame Marcia Caroline, die zwei Jahre zuvor mit David gebrochen hatte, wünschen wollte.

Caroline und David waren, mit einem Unterschied von zwei Monaten, gleichaltrig; sie hatten zusammen gehen gelernt, hatten auf dem gleichen Spielplatz ihre Sandkuchen gebacken, hatten im Kindergarten zuerst und dann in der Volksschule nebeneinander gesessen. Madame Marcia hatte sie angebetet und vergöttert, solange sie ein kleines Mädchen war und sie dann zu hassen angefangen, als sie keine Zöpfe und keine Kleider aus blauweißkariertem Baumwollstoff mehr trug. Sie begann sie als kleine Gans zu behandeln und machte sich über ihren Sohn lustig, der sich von ihr an der Nase herumführen ließ. Die Trennung zwischen den beiden war für sie sicherlich eine Erleichterung, für David war sie natürlich schmerzlicher.

Er war damals ein athletischer Junge, der stolz in seiner ganz mit Seide gefütterten Motorradkluft aus rotem Leder, auf deren Rücken ein Goldkäfer eingestickt war, in der Gegend herumknatterte. Sein Motorrad war damals eine bescheidene Suzuki 125 und die Hypothese ist nicht ganz ausgeschlossen, daß diese kleine dumme Gans Caroline Echard ihm einen anderen Jungen vorgezogen hat – nicht Philippe Marquiseaux, sondern einen gewissen Bertrand Gourguechon, mit dem sie gleich darauf wieder brach – weil er eine 250ger Norton hatte.

Wie dem auch sei, die Gefühlsvernarbung David Marcias läßt sich an der Zunahme des Hubraums seiner Maschinen ermessen: Yamaha 250, Kawasaki 350,

Honda 450, Kawasaki Mach III 500, Honda 750 Vierzylinder, Guzzi 750, Suzuki 750 mit Wasserkühlung, BSA A75 750, Laverda SF 750, BMW 900, Kawasaki 1000.

Er war schon seit einigen Jahren Profi geworden, als er mit diesem letzten Motorrad am 4. Juni 1971, einige Minuten nach dem Beginn der 35. Bol d'Or in Montlhéry auf einem Ölfleck ins Schleudern kam. Er hatte das Glück, gut zu fallen und sich nur das Schlüsselbein und das rechte Handgelenk zu brechen, doch genügte dieser Unfall, ihm für immer den Motorleistungssport zu verbieten.

SIEBENUNDSECHZIGSTES KAPITEL

Keller, 2

Kellerräume, der Keller der Rorschachs.

Parkettriemchen, die beim Ausbau der Maisonettenwohnung übriggeblieben waren, sind an den Wänden vor Behelfsregalen befestigt worden. Man findet dort Reste von Tapetenrollen, deren halbabstrakte Motive an Fische erinnern, Farbtöpfe in allen Schattierungen und Größen, einige Dutzend graue Aktenordner mit der Aufschrift ARCHIV, Überbleibsel dieser oder jener offiziellen Funktion bei der Programmdirektion des Fernsehens.

Unbestimmte Massen – Gipssäcke, Kanister, aufgeplatzte Koffer? – stehen auf dem Boden herum. Einige besser identifizierbare Gegenstände schauen dazwischen hervor: Waschpulverkartons, verrostete Treppenleitern.

Ein Flaschenfach aus plastikummanteltem Eisendraht steht links von der Gittertür. Auf dem unteren Regal stehen fünf Flaschen Obstschnaps: Kirsch, Mirabell, Quetsch, Pflaume, Himbeer. Auf einem der mittleren Regale befindet sich das Libretto – auf russisch – des *Goldenen Hahns* von Rimski-Korsakow nach Puschkin und ein wahrscheinlich volkstümlicher Roman mit dem Titel *Die Gewürze oder die Rache des Eisenhändlers von Löwen,* dessen Umschlag ein junges Mädchen zeigt, das einem Richter einen Goldsack hinhält. Auf dem oberen Regal eine achteckige Schachtel ohne Deckel, die einige modische Fantasie-Schachfiguren aus Plastik enthält, die plump die chinesischen Elfenbeinfiguren imitieren: das Pferd ist hier eine Art Drachen, der König ein sitzender Buddha.

Kellerräume. Der Keller Dintevilles.

Aus einem Karton, wie ihn die Möbeltransporteure benutzen, quellen Stapel von Büchern hervor, die den Keller in der alten Wohnung des Doktors in Lavaur im Departement Tarn nur verlassen haben, um in diesen Keller zu kommen. Unter ihnen eine *Geschichte des europäischen Krieges* von Liddell Hart, deren erste zweiundzwanzig Seiten fehlen, einige Blätter des *Traité élémentaire de pathologie interne* von Béhier und Hardy, eine griechische Grammatik, eine Nummer der Zeitschrift *Annales des maladies de l'oreille et du larynx* von 1905 und ein Sonderdruck des Artikels von Meyer-Steineg *Das medizinische System der Methodiker, Jenaer med.-histor. Beiträge*, fasc. 7/8, 1916.

Auf dem ehemaligen Sofa des Wartezimmers, dessen früher einmal grünes Flachsleinen, das überall geplatzt ist, langsam verfault, liegt ein Schild aus falschem Marmor, früher einmal rechteckig, heute zerbrochen, auf dem man lesen kann: *ARZTPRAX*

Irgendwo auf einem Brett, neben gesprungenen Glasbehältern, zerbeulten Waschschüsseln, Fläschchen ohne Etiketten befindet sich die erste Erinnerung als praktischer Arzt von Dr. Dinteville: eine Dose voller kleiner, verrosteter Nägel. Er hat sie lange in seiner Praxis aufbewahrt und hat sich nie dazu entschließen können, sie endgültig wegzuschmeißen.

Als Dinteville sich in Lavaur niederließ, war einer seiner ersten Patienten ein Jongleur, der einige Wochen zuvor eines seiner Messer verschluckt hatte. Da Dinteville nicht wußte, was er tun sollte, ihn auch nicht zu operieren wagte, gab er ihm für alle Fälle ein Brechmittel und der andere holte ihm daraufhin einen ganzen Haufen kleiner Nägel hervor. Dinteville war so verblüfft, daß er einen Bericht über diesen Fall schreiben wollte. Aber die wenigen Kollegen, denen er von dieser Angelegenheit erzählte, rieten ihm davon ab. Selbst wenn sie manchmal von ähnlichen Fällen oder Geschichten gehört hatten, wo verschluckte Nadeln sich ganz allein in der Speiseröhre oder im Magen umdrehen, ohne den Darm zu durchbohren, so waren sie doch überzeugt, daß es sich diesmal um eine Irreführung handelte.

An einem neben der Kellertür eingeschlagenen Nagel hängt jämmerlich ein Skelett. Dinteville hatte es sich gekauft, als er Student war. Es hatte den Spitznamen Horatio, zu Ehren von Admiral Nelson, denn es fehlte ihm der rechte Arm. Es ist immer noch ausstaffiert mit einer Binde über dem rechten Auge, einer zerlumpten Weste, einer gestreiften Unterhose und einem Dreispitz aus Papier.

Als Dinteville sich als Arzt niederließ, wettete er, daß er Horatio in sein Wartezimmer setzen würde. Doch am besagten Tag verlor er lieber seine Wette als seine Patienten.

ACHTUNDSECHZIGSTES KAPITEL

Treppenhaus, 9

*Versuch eines Inventars einiger der Dinge,
die im Verlauf der Jahre im Treppenhaus
gefunden worden sind.*

Mehrere Fotos, darunter das eines fünfzehnjährigen Mädchens, bekleidet mit einer schwarzen Badehose und einem weißen Sporttrikot, das an einem Strand kniet,

ein Radiowecker, der mit Sicherheit für eine Reparatur vorgesehen war, in einem Plastikbeutel der Firma Nicolas,

ein mit Brillanten geschmückter schwarzer Schuh,

ein Pantoffel aus vergoldetem Ziegenleder,

eine Dose Géraudel-Hustenpastillen,

ein Maulkorb,

ein Zigarettenetui aus russischem Leder,

Gurte,

verschiedene Notizbücher und Taschenkalender,

ein kubischer Lampenschirm aus bronzefarbenem Metallpapier in einem Beutel, der aus einem Plattengeschäft in der Rue Jacob kommt,

eine Flasche Milch in einem Beutel der Metzgerei Bernard,

eine romantische Graphik, die Rastignac auf dem Friedhof Père Lachaise darstellt, in einem Beutel des Schuhgeschäfts Weston,

eine – humoristische? – Verlobungsanzeige, die die Verlobung Eleuthère de Grandairs mit dem Marquis de Granpré anzeigt, ein viereckiges Blatt Papier im Format 21 × 27, auf dem sorgfältig der Stammbaum der Familie Romanow aufgezeichnet war, eingerahmt von einem Fries in unterbrochenen Linien,

der Roman von Jane Austen, *Pride and Prejudice,* in der Reihe Tauschnitz, aufgeschlagen bei Seite 86,

ein leerer Karton der Konditorei »Aux Délices de Louis XV«, der ganz offensichtlich Heidelbeertörtchen enthalten hatte,

eine Logarithmentafel Bouvard et Ratinet in schlechtem Zustand, mit einem Stempel auf dem Vorsatzblatt: Lycée de Toulouse und ein mit roter Tinte geschriebener Name: P. Roucher,

ein Küchenmesser,

eine kleine Metallmaus mit einem schmalen Schnürsenkel anstelle eines Schwanzes, die auf Räder montiert war und mit einem flachen Schlüssel aufgezogen werden konnte,

eine Spule himmelblauen Garns,

ein wertloses Halsband,

eine zerknitterte Nummer der *Revue du Jazz,* die ein Gespräch zwischen Hubert Damisch und dem Posaunisten Jay Jay Johnson enthielt sowie einen Text des Drummers Al Levitt, der sich an seinen ersten Pariser Aufenthalt Mitte der fünfziger Jahre erinnerte,

ein Reiseschachbrett aus Kunstleder mit magnetischen Schachfiguren,

eine Strumpfhose der Marke »Mitoufle«,

eine Karnevalsmaske Mickey Mouse darstellend,

mehrere Papierblumen, Papierschlangen und Konfetti,

ein Blatt Papier mit Kinderzeichnungen, in deren Zwischenräumen die mühsame erste Fassung einer Lateinübersetzung der fünften Klasse steht: *dicitur formicas offeri granas fromenti in buca Midae pueri in somno ejus. Deinde suus pater arandum, aquila se po-*

suit in jugum et araculum oraculus nuntiavit Midam futurus esse rex. Quidam scit Midam electum esse regum Phrygiae et (ein unleserliches Wort) *latum reges suis leonis.*

NEUNUNDSECHZIGSTES KAPITEL

Altamont, 4

Das Arbeitszimmer Cyrille Altamonts: ein sorgfältig gewachster Fußboden in Fischgrätenmuster, eine mit großen roten und goldenen Weinranken dekorierte Tapete und einige Möbel, die eine schöne, schwere, stattliche Regency-Garnitur bilden: ein Minister-Schreibtisch mit neun Schubladen in Mahagoni, die Platte mit Englischleder bezogen, ein drehbarer Schaukelstuhl aus mit Leder gepolstertem Ebenholz in Form eines Hufeisens, ein kleiner Ruhesitz, Stil Récamier, aus Rosenholz, mit Messingschutzkappen in Form von Krallen. An der rechten Wand ein großer, verglaster Bücherschrank mit einer Kranzleiste in Schwanenhalsform. Gegenüber eine Portulankarte aus Wachstuch, eingerahmt von Holzstäben, die schon etwas vergilbte Reproduktion von

CARTE PARTICVLLIERE
DE LAMER MEDITERRANEE ·
FAICTE PAR MOY
FRANÇOIS OLLIVE
·A· MARSEILLE ·
EN LANNEE 1664

An der hinteren Wand, links von der Tür, die zur Diele führt, drei Bilder von annähernd gleichem Format: das erste ist das von Morrell d'Hoaxville, einem englischen Maler des letzten Jahrhunderts, gemalte Porträt der Brüder Dunn, Clergymen aus dem Dorset, beide Experten auf obskuren Sachgebieten wie Paleopädologie und Äolsharfen. Herbert Dunn, der Spezialist für Äolsharfen, ist links: er ist ein mittelgroßer, magerer Mann, bekleidet mit einem schwarzen Flanellanzug, der eine rote Bartkrause trägt und eine Brille ohne Gestell. Jeremie Dunn, der Paleopädologe, ist ein kleiner, runder Mann, dargestellt in seinem Arbeitsanzug, das heißt ausgerüstet für eine Entdeckungsreise mit einem Soldatentornister, einer Meßkette, Feile, Zange, einem Kompaß und drei Hämmern, die man an einem Gürtel unter dem Rock verborgen trägt, sowie einem Stock, der höher war als er, mit einer eisernen Zwinge, dessen Knauf er mit hoch erhobener Hand umklammert.

Das zweite ist ein Werk des amerikanischen Malers Organ Trapp, den die Altamonts vor etwa zehn Jahren durch Hutting in Korfu kennenlernten. Es zeigt in allen Einzelheiten eine Tankstelle in Sheridan, Wyoming: ein grüner Abfallkübel, Autoreifen, die zu verkaufen sind, ganz schwarz mit ganz weißen Seitenwänden, glänzende Ölkanister, ein zinnoberroter Kühlschrank mit verschiedenen Getränken.

Das dritte Werk ist eine von Priou signierte Zeichnung und hat den Titel *Der Tischlergeselle aus der Rue du Champ-de-Mars*: ein junger Bursche von etwa zwanzig Jahren, bekleidet mit einem chinierten Pullover und einer Hose, die von einer Schnur festgehalten wird, wärmt sich an einem Hobelspanfeuer.

Unter dem Bild von Organ Trapp steht ein kleiner Tisch mit zwei Etageren: auf dem unteren Fach befindet sich ein Schachbrett, dessen Figuren die Situation nach dem achtzehnten schwarzen Zug der 1852 in Berlin zwischen Anderssen und Dufresne ausgetragenen Partie wiedergibt, kurz bevor Anderssen diese brillante Schachmattkombination unternahm, die der Partie den Beinamen »Immer jung« gegeben hat:

19. Tald1!! DxCf3
20. TxCe7+!! CxTe7
21. Dxd7+!! RxDd7
22. Ff5+ und schachmatt in zwei Zügen

Auf dem oberen Fach befinden sich ein weißes Telefon und eine Vase mit trapezförmigem Profil, die von Gladiolen und Chrysanthemen überquillt.

Das Büro wird praktisch von Cyrille Altamont nicht mehr genutzt. Er hat alle Bücher oder alle Gegenstände, die für ihn notwendig sind oder an denen sein Herz hängt, in die Dienstwohnung geschafft, die ihm in Genf zugestanden wird. In diesem nun fast immer leeren Raum bleiben nur noch starre und tote Dinge zurück, Möbel mit ausgeräumten Schubladen und in der abgeschlossenen Bibliothek nie aufgeschlagene Bücher: der *Grand Larousse Universel* des 19. Jahrhunderts, in grünes Saffianleder eingebunden, die gesammelten Werke La Fontaines, Mussets, der Poeten der Pléiade und Maupassants, mehrere Kollektionen von Zeitschriften des guten Tons: *Preuves, Encounter, Merkur, la Nef, Icarus, Diogène, der Mercure de France* sowie einige Kunstbücher und Luxuseditionen, darunter ein romantischer *Traum einer Sommernacht* mit Stahlstichen von Helena Richmond, *Die Venus im Pelz* von Sacher-Masoch, präsentiert in einem Nerzkästchen, in das die Buchstaben des Titels mit dem Eisen eingebrannt worden zu sein scheinen, und die handgeschriebene Partitur von *Incertum, opus 74* von Pierre Block für menschliche Stimmen und Schlaginstrumente, eingebunden in eine mit Knochen und Elfenbein inkrustierte Büffelhaut.

Das Zimmer wird gerade für den Empfang hergerichtet. Zwei Butler, beide schwarz gekleidet, breiten ein großes, weißes Tischtuch über dem Schreibtisch aus. In der Tür stehend schickt sich ein Kellner in Hemdsärmeln an, sobald sie fertig sind, den Inhalt seiner beiden Körbe auf dem Tisch anzuordnen: Flaschen mit Fruchtsäften und zwei achtflächige Schalen aus blauem Steingut, gefüllt mit Reissalat, der dekoriert ist mit Oliven, Anchovis, hartgekochten Eiern, Garnelen und Tomaten.

SIEBZIGSTES KAPITEL

Bartlebooth, 2

Bartlebooths Eßzimmer wird praktisch nie mehr benutzt. Es ist ein rechteckiger, strenger Raum, mit düsterem Fußboden, hohen Vorhängen aus Prägesamt und einem großen Tisch aus Palisander, auf dem eine Damastdecke aufgelegt ist. Auf dem langen Serviertisch im Hintergrund des Raums stehen acht zylindrische Dosen, die alle das Abbild König Faruks tragen.

Als sich Bartlebooth in der Nähe des Cap Saõ Vicente im Süden Portugals aufhielt, gegen Ende des Jahres neunzehnhundertsiebenunddreißig, kurze Zeit, bevor er seine lange Rundreise durch Afrika begann, machte er die Bekanntschaft eines Lissabonner Kaufmanns, der ihm, als er erfuhr, daß der Engländer die Absicht hatte, sich demnächst nach Alexandrien zu begeben, eine Heizplatte anvertraute und ihn bat, sie seinem ägyptischen Geschäftsfreund, einem gewissen Farîd Abu Talif, zukommen zu lassen. Bartlebooth notierte sich sorgfältig die Angaben des Kaufmanns in sein Notizbuch; bei seiner Ankunft in Ägypten gegen Ende des Frühjahrs 1938, erkundigte er sich gleich nach diesem geschätzten Geschäftsmann und ließ ihm das Geschenk des Portugiesen bringen. Obgleich die Temperatur schon viel zu mild war, als daß das Bedürfnis nach einer Heizplatte wirklich spürbar gewesen wäre, war Farîd Abu Talif so froh über dieses Geschenk, daß er Bartlebooth bat, dem Portugiesen zu Expertisezwecken acht Dosen

Kaffee zu übergeben, die er einer »Ionisation« genannten Behandlung unterworfen hatte, eine Behandlung, die dazu bestimmt war, wie er erklärte, das Aroma des Kaffees fast unbegrenzt haltbar zu machen. Bartlebooth konnte noch so oft darauf hinweisen, daß er sicherlich keine Gelegenheit hätte, den Exportkaufmann vor Ablauf der nächsten siebzehn Jahre wiederzusehen, der Ägypter bestand hartnäckig darauf, wobei er noch meinte, daß das Experiment nur um so beweiskräftiger sei, wenn der Kaffee nach dieser langen Zeit noch ein wenig Geschmack bewahre.

In den folgenden Jahren waren diese Dosen eine Quelle endloser Plackereien und Schikanen. Bei jedem Grenzübergang mußten Bartlebooth und Smautf die Dosen aufmachen und die argwöhnischen Zöllner daran riechen, mit der Zungenspitze daran schmecken und manchmal sogar sich einen Kaffee kochen lassen, um ganz sicher zu gehen, daß es sich hier nicht um eine neue Droge handelte. Gegen Ende des Jahres neunzehnhundertdreiundvierzig waren die Dosen, ziemlich verbeult, leer, doch Smautf bestand darauf, daß Bartlebooth sie nicht fortwerfen solle; er bediente sich ihrer, um darin verschiedenes Kleingeld oder seltene Muscheln aufzubewahren, die er hin und wieder am Strand fand, und bei ihrer Rückkehr nach Frankreich stellte er sie zur Erinnerung an ihre lange Reise auf den Servierwagen im Eßzimmer, wo Bartlebooth sie stehen ließ.

Jedes Puzzle Wincklers war für Bartlebooth ein neues, einzigartiges, unersetzliches Abenteuer. Jedesmal, wenn er das Siegel erbrochen hatte, mit dem die schwarze Schachtel Madame Hourcades verschlossen war und er unter dem schattenlosen Licht der Operationslampe die siebenhundertfünfzig Holzteile, zu denen sein Aquarell geworden war, auf der Decke seines Tisches ausbreitete, hatte er den Eindruck, daß die ganze Erfahrung, die er seit fünf, zehn oder fünfzehn Jahren sammelte, ihm überhaupt nichts nützte, daß er es, wie jedesmal, mit Schwierigkeiten zu tun hätte, die er nicht einmal ahnen konnte.

Jedesmal nahm er sich vor, diszipliniert und methodisch vorzugehen, sich nicht auf die Einzelteile zu stürzen, nicht zu versuchen, sofort in seinem zerstückelten Aquarell dieses oder jenes Element wiederzuentdecken, von dem er eine intakte Erinnerung bewahrt zu haben glaubte: diesmal würde er sich nicht von der Leidenschaft, dem Traum oder der Ungeduld mitreißen lassen, sondern er würde sein Puzzle mit kartesianischer Strenge aufbauen: die Probleme teilen, um sie besser lösen zu können, sie in der richtigen Reihenfolge angehen, die unwahrscheinlichen Kombinationen ausschalten, seine Einzelteile einsetzen wie ein Schachspieler, der sich eine unabwendbare, ausgeklügelte Strategie zurechtlegt: er würde damit anfangen, alle Teile mit dem Bild nach oben zu legen, dann würde er die herausnehmen, die einen gradlinigen Rand aufwiesen und würde den Rahmen des Puzzles konstruieren. Dann würde er sich alle anderen Teile systematisch eins ums andere ansehen, würde sie in die Hände nehmen, sie mehrmals in alle Richtungen drehen; er würde alle die aussondern, auf denen eine Zeichnung oder eine Einzelheit deutlicher sichtbar wäre, er würde die übrigbleibenden nach der Farbe ordnen und innerhalb einer jeden Farbe wieder nach Farbschattierungen und noch bevor er damit begonnen hätte, die Mittelteile nebeneinander zu legen, hätte er bereits im vorhinein über dreiviertel der von Winckler gelegten Schlingen und Fallen triumphiert. Der Rest wäre nur noch einfach eine Sache der Geduld.

Das Hauptproblem war es, neutral, objektiv und vor allem verfügbar zu bleiben, das heißt ohne Vorurteile. Aber genau da stellte Gaspard Winckler ihm Fallen. In dem Maße, in dem Bartlebooth sich mit den kleinen Holzstücken vertraut machte, nahm er sie bereits in einer idealen Achse wahr, als ob diese Einzelteile sich polarisierten, sich vektorisierten, in einem Wahrnehmungsmodus erstarrten, der sie mit unwiderstehlicher Verlockung vertrauten Bildern, Formen, Silhouetten assimilierte: einem Hut, einem Fisch, einem erstaunlich genauen Vogel mit langem Schwanz, einem langen, gekrümmten Schnabel mit einem Höcker am Ansatz, wie er in Australien welche gesehen zu haben sich erinnerte oder auch dem Umriß Australiens oder Afrikas, Englands, der iberischen Halbinsel, des italienischen Stiefels usw. Gaspard Winckler vermehrte diese Teile nach Herzenslust und wie bei diesen Puzzles für Kinder aus dickem Holz stand Bartlebooth manchmal vor einer ganzen Menagerie, einer Pythonschlange, einem Murmeltier und zwei vollkommen konstituierten Elefanten, der eine aus Afrika (mit langen Ohren), und der andere aus Asien, oder vor einem Charly Chaplin (Melone, Spazierstöckchen und krumme Beine), einem Cyranokopf, einem Gnom, einer Hexe, einer Frau mit einer Haube, einem Saxophon, einem Kaffeetisch, einem gebratenen Hähnchen, einem Hummer, einer Flasche Champagner, der Tänzerin auf den Gitanes-Zigarettenschachteln oder dem geflügelten Helm der Gauloises, einer Hand, einem Schienbein, einer Lilie, verschiedenen Früchten oder einem fast vollständigen Alphabet mit Teilen in J, in K, in L, in M, in W, in Z, in X, in Y und in T.

Manchmal ließen sich drei, vier oder fünf dieser Einzelteile mit beunruhigender Leichtigkeit nebeneinander legen; dann wiederum war alles blockiert: das fehlende Teil erinnerte Bartlebooth an eine Art schwarzes Indien, an dem Ceylon hängengeblieben wäre (und tatsächlich stellte das Aquarell einen kleinen Hafen an der Küste von Koromandel dar). Erst mehrere Stunden, wenn nicht gar mehrere Tage später stellte Bartlebooth fest, daß das fehlende Teil nicht schwarz, sondern grau, eher hellgrau war – eine Farbunterbrechung, die vorhersehbar hätte sein müssen, wenn Bartlebooth sich nicht gewissermaßen von seinem Schwung hätte mitreißen lassen – und daß es genau die Form hatte, die er von Anfang an hartnäckig das »perfide Albion« nannte, vorausgesetzt, man ließ dieses kleine England eine Umdrehung von neunzig Grad in Uhrzeigerrichtung machen. Zweifellos glich der freie Raum genauso wenig Indien wie das Teil, das ihn exakt ausfüllen sollte, England glich; worauf es im vorliegenden Falle ankam, war, daß es ihm, solange er in diesem oder jenem Teil weiterhin einen Vogel, ein Männchen, ein Wappen, eine Pikkelhaube, einen Hund à la Stimme-seines-Herrn oder einen Winston Churchill sah, unmöglich war herauszufinden, wie dieses gleiche Teil sich den andern hinzufügen ließ, ohne daß es umgekehrt, umgedreht, dezentriert, entsymbolisiert, mit einem Wort *de-formiert* wurde.

Das Wesentliche der Illusionen Gaspard Wincklers beruhte auf diesem Prinzip: Bartlebooth zu zwingen, den freien oder leeren Raum mit dem Anschein nach albernen, selbstverständlichen, leicht beschreibbaren Formen – zum Beispiel ein Teil, dessen beide Seiten, wie seine Konfiguration auch sonst sein mochte, zwangsläufig untereinander einen rechten Winkel bilden mußten – zu besetzen und gleichzeitig in einem völlig anderen Sinne die Wahrnehmung der zur Ausfüllung dieses Raums bestimmten Teile zu verfälschen. Wie in jener Karikatur von W. E. Hill, *die gleichzeitig* eine junge und eine alte Frau darstellt, da das Ohr, die Wange, die Halskette der Jungen jeweils ein Auge, die Nase und der Mund der Alten sind, wobei die Alte im Profil in

Großaufnahme gezeigt wird und die Junge zu dreiviertel von hinten, mußte Bartlebooth, um diesen ehrlich gesagt fast, aber nicht wirklich völlig geraden Winkel zu finden, aufhören, ihn als die Spitze eines Dreiecks anzusehen, das heißt, er mußte seiner Wahrnehmung eine andere Wendung geben, das, was der andere ihm in irreführender Absicht zu sehen gab, *anders* sehen und zum Beispiel herausfinden, daß diese Art Afrika mit den gelben Reflexen, die er abtastete, ohne zu wissen, wo er sie unterbringen sollte, genau den Raum einnahm, den er mit einer Art vierblättrigem Kleeblatt mit den verblichenen malvenfarbenen Farbtönen ausfüllen zu müssen glaubte, das er überall suchte, ohne es zu finden. Die Lösung war sonnenklar, so sonnenklar wie das Problem solange unlösbar geschienen hatte, als es nicht gelöst war, genau wie bei einer Kreuzworträtselerklärung – etwa das herrliche *»altes mit neuem«* in elf Buchstaben von Robert Scipion – wo man das, was doch gerade in der eigentlichen Definition ausgesagt wird, überall dort sucht, wo es nicht ist, da die ganze Arbeit tatsächlich darin besteht, diese *Verschiebung* auszuführen, die dem Teil der Definition ihren *Sinn* gibt und gleichzeitig jede Erklärung mühsam und unnütz macht.

Im besonderen Falle Bartlebooths wurde das Problem dadurch noch etwas komplizierter, als er der Maler der Ausgangsaquarelle war. Er hatte die Entwürfe und Skizzen dazu sorgfältig zerstört und selbstverständlich weder Fotos noch Notizen gemacht, sondern hatte, bevor er sie malte, diese Meeruferlandschaften sehr aufmerksam betrachtet, damit er zwanzig Jahre später nur die kurzen Hinweise zu lesen brauchte, die Gaspard Winckler auf die Innenseite der Schachtel klebte »Insel Skye, Schottland, März 1936« oder »Hammamet, Tunesien, Februar 1938«, um sich sogleich an einen Matrosen im hellgelben Pullover mit einem Tom o' shanter auf dem Kopf zu erinnern oder an den rotgoldenen

Fleck des Kleides einer Berberfrau, die am Ufer des Meeres Wolle wusch oder an eine ferne Wolke auf einem Hügel, leicht wie ein Vogel: nicht die Erinnerung selbst – denn es war nur allzu klar, daß diese Erinnerungen nur bestanden hatten, um zunächst einmal Aquarelle zu werden und später Puzzles und von neuem nichts mehr – sondern Erinnerungen von Bildern, von Kreidestrichen, Ausradierungen, Pinselstrichen.

Fast jedesmal suchte Bartlebooth diese idealen Zeichen. Doch es war illusorisch, sich auf sie stützen zu wollen: manchmal gelang es Gaspard Winckler, sie zum Verschwinden zu bringen; diesen kleinen, rotgelben Fleck zum Beispiel zerstückelte er in eine Vielzahl von Einzelteilen, auf denen das Gelb und das Rot unerklärlicherweise zu fehlen schienen, ertrunken, verschmolzen in diesen winzigen Überschreitungen, diesen fast mikroskopischen Spritzern, diesen kleinen Pinsel- und Lappenschmierereien, die das Auge absolut nicht wahrnehmen konnte, wenn man das Bild in seiner Gesamtheit betrachtete, das aber sein Sägen übertrieben zur Geltung zu bringen vermocht hatte; meistens ließ er auf eine viel perfidere Weise, als hätte er erraten oder geahnt, daß sich diese präzise Form in Bartlebooths Gedächtnis festgesetzt hatte, diese Wolke, diese Silhouette, diesen Farbfleck so wie sie waren, in einem Stück bestehen, so daß sie nun, ohne ihren Umkreis, unbrauchbar wurden, einförmige, monochrome Ausschnitte, bei denen man überhaupt nicht sah, was sie umgeben sollte.

Die Finten Wincklers begannen mit den Rändern, lange vor diesen schon fortgeschrittenen Stadien. Wie bei den klassischen Puzzles hatten seine Puzzles schmale, gradlinige, weiße Ränder und die Gewohnheit sowie die Vernunft wollten, daß man, wie beim Go-Spiel, mit den Rändern zu spielen anfängt.

Es stimmt allerdings auch, daß Bartlebooth eines Tages, ganz genau wie jener Go-Spieler, der seinen ersten

Stein direkt in die Mitte des Go-Ban hineinsetzte und damit seinen Gegner dauerhaft genug verblüffte, um den Sieg davonzutragen, von einer plötzlichen Intuition erfaßt, eines seiner Puzzles von der Mitte her begann – die gelben Flecken der untergehenden Sonne, die sich auf dem Pazifischen Ozean (nicht weit von Avalon, Santa Catalina Island, California, November 1948) spiegelte – und es diesmal innerhalb von drei Tagen statt in zwei Wochen schaffte. Doch er verlor später fast einen ganzen Monat, als er glaubte, diese Kriegslist wiederholen zu können.

Der blaue Leim, den Gaspard Winckler benutzte, quoll manchmal ein ganz klein wenig über das dazwischengeschobene weiße Blatt, das den Rand des Puzzles bildete und hinterließ einen fast unmerklichen bläulichen Saum. Mehrere Jahre lang diente dieser Saum Bartlebooth als eine Art Garantie: wenn zwei Teile, die ihm vollkommen zusammenzupassen schienen, Säume aufwiesen, die sich nicht deckten, so zögerte er, sie ineinandergreifen zu lassen; im Gegenteil, er war versucht, zwei Teile zusammenzubringen, die sich auf den ersten Blick nie hätten berühren dürfen, deren bläuliche Säume jedoch eine vollkommene Kontinuität boten und oft erwies sich tatsächlich etwas später, daß sie sehr gut zusammenpaßten.

Erst als Bartlebooth diese Gewohnheit angenommen hatte und sie tief genug verankert war, daß sich von ihr freizumachen unangenehm wurde, merkte er, daß diese »glücklichen Zufälle« ihrerseits wieder voller Fallen stecken konnten und daß der Puzzle-Macher an etwa hundert Spielen diese schmale Spur nur deshalb als Anhaltspunkt – oder eher als Köder – hatte dienen lassen, um ihn um so besser in die Irre führen zu können.

Das war bei Gaspard Winckler eine fast primitive Finte, ein einfaches Zur-Sache-kommen. Zwei- oder dreimal verwirrte sie Bartlebooth für einige Stunden, hatte jedoch keine dauerhafte Wirkung. Sie war allerdings ziemlich charakteristisch für den Geist, in dem Gaspard Winckler seine Puzzles konzipierte und bei Bartlebooth immer wieder von neuem Verwirrung hervorrufen wollte. Die strengsten Methoden, die Katalogisierung der siebenhundertfünfzig Einzelteile, die Verwendung eines Computers oder eines jeden anderen wissenschaftlichen Systems oder Ziels hätten im vorliegenden Falle nicht viel genützt. Gaspard Winckler hatte die Herstellung dieser fünfhundert Puzzles natürlich als ein Ganzes ins Auge gefaßt, als ein gigantisches Puzzle von fünfhundert Teilen, von denen jedes Einzelteil ein Puzzle von siebenhundertfünfzig Einzelteilen wäre, und es ist klar, daß jedes dieser Puzzles einen anderen Einsatz, einen anderen Angriff, einen anderen Geist, eine andere Methode, ein anderes System verlangte, um gelöst zu werden.

Manchmal fand Bartlebooth instinktiv die Lösung heraus, wie zum Beispiel, als er, ohne ersichtlichen Grund, mit der Mitte begonnen hatte; manchmal schloß er sie auch aus den früheren Puzzles; meistens aber suchte er sie drei Tage lang mit dem hartnäckigen Empfinden, ein vollkommener Dummkopf zu sein: die Ränder waren nicht einmal fertig, fünfzehn kleine Skandinaviens, die schon gleich in der ersten Stunde zusammengerückt waren, zeichneten die düstere Silhouette eines Mannes im Umhang, der drei zu einer Mole führende Stufen hinaufstieg, halb dem Maler zugewandt (Launceston, Tasmania, Oktober 1952) und seit mehreren Stunden hatte er nicht ein einziges Einzelteil dazugelegt.

Bartlebooth fand in diesem Gefühl der Ausweglosigkeit das eigentliche Wesen seiner Leidenschaft wieder: so etwas wie Erstarrung, ewige Wiederholung und undurchsichtiger Stumpfsinn auf der Suche nach etwas Formlosem, Ungestaltetem, dessen Konturen er nur vor sich hin zu brummen vermochte: ein Schnabel, der zu dem kleinen, konkaven Riß passen würde, etwas in dieser Art, ein kleiner gelblicher Vorsprung, ein Stück mit einer etwas gerundeten Ausbuchtung, kleine, orangefarbene Punkte, das kleine Stück Afrika, der kleine Zipfel Adria-Küste, undeutliches Gemurmel, Hintergrundsgeräusche einer manischen, sterilen, unglücklichen Träumerei.

Manchmal, nach diesen Stunden mürrischer Trägheit, geschah es dann, daß Bartlebooth plötzlich in einen entsetzlichen Zorn geriet, der ebenso furchtbar und ebenso unerklärlich war wie es der Gaspard Wincklers sein konnte, wenn er bei Riri mit Morellet seine Partie Tricktrack spielte. Dieser Mann, der für alle Leute im Haus geradezu das Symbol des britischen Phlegmas, der Diskretion, der Höflichkeit, der Zuvorkommenheit, der ausgesuchten Urbanität war, dieser Mann, von dem man nie ein lautes Wort gehört hatte, bekam in diesen Augenblicken einen Tobsuchtsanfall von einer solchen Heftigkeit, daß er ihn seit Jahren in sich gesammelt zu haben schien. Eines Abends spaltete er mit einem einzigen Faustschlag einen kleinen Couchtisch mit Marmorplatte. Ein anderes Mal, als Smautf die Unvorsichtigkeit begangen hatte, wie jeden Morgen mit dem Frühstück – zwei weichgekochte Eier, ein Orangensaft, drei Toasts, ein Tee, einige Briefe und drei Tageszeitungen – hereinzukommen, schleuderte Bartlebooth das Tablett mit einer solchen Kraft durch den Raum, daß die Teekanne, fast senkrecht mit der Geschwindigkeit eines Flugballs angetrieben, das dicke Glas der Operationslampe zertrümmerte, bevor sie selbst in tausend Stücke zerbrach, die auf das Puzzle herabfielen (Okinawa, Japan, Oktober 1951). Bartlebooth brauchte acht Tage, bis er seine siebenhundertfünfzig Teile wieder beisammen hatte, die der Schutzlack Gaspard Wincklers vor dem kochenden Tee bewahrt hatte, und sicherlich war dieser Zorn nicht nutzlos, denn als er diese Einzelteile wieder ordnete, fand er endlich heraus, wie er sie plazieren mußte.

Glücklicherweise geriet Bartlebooth aber nach diesen Stunden des Wartens, nachdem er durch alle Grade der Angst und der kontrollierten Erbitterung hindurchgegangen war, meistens in einen Zustand der Bewußtseinstrübung, eine Art Stase oder Stockung, in so etwas wie eine durch und durch asiatische Stumpfheit oder Benommenheit ähnlich jener vielleicht, wie sie der Bogenschütze sucht: ein tiefes Vergessen des Körpers und des anzustrebenden Ziels, ein leerer, vollkommen leerer Geist, offen, verfügbar, eine intakte Aufmerksamkeit, jedoch frei über den Wechselfällen des Lebens, den Zufälligkeiten des Puzzles und den Fallen und Schlingen des Handwerkers schwebend. In diesen Augenblicken sah Bartlebooth, wie sich die feinen Holzausschnitte ganz genau ineinanderfügten und konnte, wenn er zwei Teile nahm, denen er nie Beachtung geschenkt hatte oder von denen er vielleicht stundenlang geschworen hatte, daß sie sich faktisch nicht zusammenbringen ließen, sie mit einer einzigen Handbewegung zusammensetzen.

Dieser Eindruck der Gnade dauerte manchmal minutenlang und Bartlebooth hatte dann das Gefühl, ein Hellseher zu sein: er nahm alles wahr, er verstand alles, er hätte das Gras wachsen, den Blitz in den Baum einschlagen oder die Erosion die Berge schleifen sehen können, etwa so, wie eine Pyramide ganz allmählich von dem Flügel eines Vogels, der sie streift, abgenutzt wird: er legte die Einzelteile blitzschnell aneinander, ohne sich je zu irren, fand unter allen Einzelheiten und Kunstgriffen, die sie zu verschleiern strebten, diese winzige Klaue, jenen unmerklichen roten Faden, eine Kerbe mit schwarzen Rändern, die ihm zu allen Zeiten die Lösung gezeigt hätte, wenn er Augen gehabt hätte zu sehen: getragen von dieser exaltierenden und sicheren Trunkenheit veränderte sich innerhalb weniger Augenblicke eine Situation, die seit Stunden oder Tagen die gleiche geblieben war und deren Auflösung er sich nicht einmal mehr vorstellen konnte, von Grund auf: ganze Räume wurden zusammengeschweißt, Himmel und Meer fanden wieder ihren Platz, Stämme wurden wieder zu Zweigen, Vögel zu Wellen, Schatten zu Seegras.

Diese besonderen Augenblicke waren genauso selten wie berauschend und ebenso vergänglich wie sie wirksam schienen. Sehr schnell wurde Bartlebooth wieder so etwas wie ein Sandsack, eine träge, an seinen Arbeitstisch gefesselte Masse, ein Schwachkopf mit leeren, des Sehens unfähigen Augen, der stundenlang wartete ohne zu begreifen, worauf er wartete.

Er hatte weder Hunger noch Durst, ihm war weder warm noch kalt; er konnte vierzig Stunden ohne Schlaf auskommen, ohne etwas anderes zu tun als die noch nicht zusammengefügten Teile eins ums andere in die Hand zu nehmen, sie anzuschauen, sie umzudrehen und sie hinzulegen, ohne auch nur versucht zu haben, sie unterzubringen, als ob jeglicher Versuch unerbittlich zum Scheitern verurteilt wäre. Einmal blieb er 62 Stunden hintereinander – vom Mittwoch morgen acht Uhr bis zum Freitag abend zehn Uhr – vor einem unvollendeten Puzzle sitzen, das den Sandstrand von Helsingör darstellte: ein grauer Saum zwischen einem grauen Meer und einem grauen Himmel.

Ein anderes Mal, neunzehnhundertsechsundsechzig, brachte er in den ersten drei Stunden über dreiviertel des Puzzles zusammen, für das vierzehn Tage vorgesehen waren: der kleine Badeort von Rippleson in Florida. Dann versuchte er in den folgenden zwei Wochen vergeblich, es zu Ende zu bringen: er hatte ein kleines, fast menschenleeres Stück Strand mit einem Restaurant am einen Ende der Promenade und Granitfelsen am andern Ende vor sich; in der Ferne, links, beluden drei Fischer eine Schaluppe mit tangbraunen Netzen; in der Mitte saß eine ältere Frau, bekleidet mit einem gepunkteten Kleid, auf dem Kopf einen Gendarmenhut aus Papier, auf den Steinen und strickte; neben ihr, bäuchlings auf einer Matte aus Pflanzenfasern liegend, aß ein kleines Mädchen mit einer Muschelkette getrocknete Bananen; auf der äußersten Rechten ein mit einem alten Battledress bekleideter Bademeister, der Sonnenschirme und Liegen hereinholte: ganz im Hintergrund unterbrachen ein Segelschiff in Form eines Trapezes und zwei kleine schwarze Inselchen die Linie des Horizonts. Es fehlten einige Linien der Wellen und ein Stück des mit Schäfchenwolken bedeckten Himmels: zweihundert Teile vom gleichen Blau mit winzigen weißen Variationen, von denen jedes über zwei Stunden Arbeit von ihm verlangte, bevor es seinen Platz fand.

Es war eines der wenigen Male, wo er mit zwei Wochen nicht auskam, um sein Puzzle zu vollenden. Gewöhnlich wurde das Puzzle von Trunkenheiten zu Niedergeschlagenheiten, von Überschwenglichkeiten zu Verzweiflungen, von fieberhaften Erwartungen zu vorübergehenden Sicherheiten in der vorgesehenen Frist vervollständigt, diesem unabwendbaren Ende entgegengehend, wo nach Lösung aller Probleme nur noch ein biederes Aquarell von etwas schülerhafter Machart übrigblieb, das einen Seehafen darstellte. Sobald er es, in Frustration oder Begeisterung, abgeschlossen hatte, war sein Wunsch erloschen und ließ ihm keinen anderen Ausweg, als eine neue schwarze Schachtel aufzumachen.

EINUNDSIEBZIGSTES KAPITEL

Moreau, 4

Der auf alt gemachten Küche, ursprünglich mit den ultramodernen Vervollkommnungen ausgestattet, die die Köchin von Madame Moreau schnell ersetzen ließ, wollte Henry Fleury für das große Prunkspeisezimmer einen entschieden avantgardistischen Stil von geometrischer Strenge, von einwandfreiem Formalismus entgegensetzen, ein Modell von eisiger Vornehmheit, in dem die großen Empfangsessen den Anstrich einzigartiger Zeremonien bekämen.

Das Eßzimmer war damals ein schwerfälliger, mit Möbeln vollgestellter Raum, mit einem Parkettboden von komplizierter Zeichnung, einem hohen Zimmerofen aus blauer Fayence, Wänden, die überladen waren mit Kranzleisten und Simsen, Fußleisten, die geädertes Marmor imitierten, einer neunarmigen Hängelampe, die mit 81 Leuchtergehängen versehen war, einem rechteckigen Eichentisch, zu dem zwölf mit besticktem Samt bezogene Stühle gehörten, und, an den beiden Enden, zwei Sesseln aus hellem Mahagoni, deren Rückenlehne in Form eines X durchbrochen war, der untere Teil eines bretonischen Geschirrschranks, neben dem man immer ein Kaffeebrett Stil Napoleon III. aus Pappmaché, ein Rauchservice (mit einer Zigarettendose, auf der die *Kartenspieler* von Cézanne dargestellt waren, einem Benzinfeuerzeug, das ziemlich stark einer Öllampe glich, und vier Aschenbechern, die jeweils mit einem Kreuz, einem Karo, einem Herz und einem Pik geschmückt waren) und eine silberne Obstschale voller Orangen gesehen hatte, das Ganze gekrönt von einem Wandbehang, der eine Fantasia darstellt; zwischen den Fenstern, über einem *coco weddelliana*, einer Zimmerpalme mit dekorativem Blattwerk, hing ein großes, düsteres Bild, das einen Mann zeigte, der im Richtertalar auf einem hohen Thronsessel saß, dessen Vergoldung vielfach aus dem Bild hervorstach.

Henry Fleury teilte die weit verbreitete Ansicht, daß der Geschmack nicht nur von der spezifischen Farbe der aufgenommenen Nahrung abhängt, sondern auch von der Umgebung. Eingehende Untersuchungen und mehrere Experimente überzeugten ihn, daß die weiße Farbe wegen ihrer Neutralität, wegen ihrer »Leere« und wegen ihrem Licht diejenige war, die den Geschmack der Lebensmittel am besten zur Geltung kommen ließ.

Ausgehend von dieser Gegebenheit richtete er das Eßzimmer Madame Moreaus von Grund auf neu ein: er entfernte die Möbel, ließ den Kronleuchter abhängen und die Fußleisten entfernen und versteckte die Kranzleisten und die Rosetten durch eine falsche Decke aus vertäfelten Paneelen von funkelndem Weiß, die stellenweise mit makellosen Spotlichtern bestückt waren, alle so gerichtet, daß sie zum Mittelpunkt des Raums hin konvergierten. Die Wände waren mit einer glänzenden weißen Lackfarbe gestrichen und der alte, schon etwas baufällige Fußboden wurde mit einem ebenfalls weißen PVC-Belag ausgelegt. Alle Türen wurden zugemauert mit Ausnahme derjenigen, die auf die Eingangshalle ging, eine zweiflüglige Tür, die früher verglast war und von zwei auf Rollen laufenden, von einer unsichtbaren foto-elektrischen Zelle gesteuerten Tafeln ersetzt wurde. Die Fenster hingegen wurden von hohen, mit weißem Skai verkleideten Sperrholzpaneelen versteckt.

Mit Ausnahme des Tisches und der Stühle wurde kein Möbelstück, kein Einrichtungsgegenstand im Raum geduldet, nicht einmal ein Lichtschalter oder eine Lichtleitung. Die gesamte Unterbringung des Geschirrs und der Tafelwäsche erfolgte in Schränken, die außerhalb des Raums aufgestellt worden waren, in der Diele, wo auch ein Serviertisch mit Geschirrwärmern und Tranchierbrettern stand.

In die Mitte dieses weißen Raums, den kein Fleck, kein Schatten, keine Unebenheit trübte, stellte Fleury seinen Tisch: eine monumentale Marmorplatte, vollkommen weiß, zu einem Achteck behauen, mit sanft gerundeten Rändern, die auf einem zylindrischen Fuß von einem Durchmesser von etwa einem Meter lag. Acht weiße Stühle mit Kunststoffpolsterung vervollständigten das Mobiliar.

Diese Voreingenommenheit für Weiß hörte hier auf. Das Geschirr, von dem italienischen Stilisten Titorelli gezeichnet, war in Pastelltönen – elfenbein, blaßgelb, wassergrün, zartrosa, leicht malvenfarben, lachsrosa, hellgrau, türkis usw. – ausgeführt, deren Verwendung von den Charakteristiken der zubereiteten Gerichte bestimmt war, die selbst wieder um eine Grundfarbe herum zusammengestellt wurden, zu der auch die Tafelwäsche und die Kleidung der Diener passen mußten.

Während der zehn Jahre, in denen sie noch gesund genug war, um weiterhin Gäste zu empfangen, gab Madame Moreau ungefähr ein Abendessen pro Monat. Das erste war ein gelbes Essen: Gougère oder Käsegebäck auf Burgunderart, Hechtklöße holländisch, Wachtelragout mit Safran, Maissalat, Zitronen- und Guavensorbet, dazu Sherry, Château-Chalon, Châteaux-Carbonneux und Eispunch mit Sauternes. Das letzte war, neunzehnhundertsiebzig, ein schwarzes Essen, serviert in polierten Schiefertellern; es enthielt natürlich Kaviar, aber auch Tintenfisch auf tarragonische Art, einen Frischlingrücken Cumberland, einen Trüffelsalat und eine Heidelbeer-Charlotte; die Getränke dieser allerletzten Mahlzeit waren etwas schwieriger auszuwählen: der Kaviar wurde mit Wodka serviert, der in Basaltbechern ausgeschenkt wurde und der Tintenfisch mit einem Harzwein von einem in der Tat sehr dunklen Rot, doch für den Frischlingsrücken ließ der Butler zwei Flaschen Château-Ducru-Beaucaillou 1955 verabreichen, zu diesem Anlaß umgefüllt in Karaffen aus böhmischem Kristall, die genau die erforderliche Schwärze hatten.

Madame Moreau selbst rührte fast nie die Gerichte an, die sie ihren Gästen auftischen ließ. Sie hielt eine immer strenger werdende Diät ein, die ihr schließlich nur noch die Milch roher Fische, Hühnerbrust, gedämpften Edamer und getrocknete Feigen erlaubte. In der Regel nahm sie ihre Mahlzeiten vor ihren Gästen ein, allein oder in Gesellschaft von Madame Trévins. Das hinderte sie jedoch nicht daran, ihre Abende mit der gleichen Energie zu beleben, die sie auch bei ihrer täglichen Arbeit bewies, außerdem waren diese Essen für sie nur eine notwendige Verlängerung dieser Arbeit: sie bereitete sie aufs sorgfältigste vor, stellte die Liste ihrer Gäste so auf, wie man einen Schlachtplan aufstellt; sie brachte immer sieben Personen zusammen, unter denen sich in der Regel folgende Leute befanden: eine Person, die eine irgendwie offizielle Funktion hatte (Kabinettschef, Rat beim Rechnungshof, Revisor beim Staatsrat, Ministerialrat usw.); einen Künstler oder einen Schriftsteller; ein oder zwei Mitglieder ihrer Mannschaft, aber niemals Madame Trévins, die diese Art von Festivitäten haßte und es vorzog, an diesen Abenden in ihrem Zimmer zu bleiben und ihr Buch wiederzulesen; und der französische oder ausländische Industrielle, mit dem sie gerade in Geschäftsverbindung stand und für den dieses Essen gegeben wurde. Zwei oder drei sachkundig ausgewählte Ehefrauen vervollständigten die Tafelrunde.

Eines der denkwürdigsten Essen wurde für einen Mann gegeben, der übrigens schon mehrere Male ins Haus gekommen war: Hermann Fugger, der mit den Altamonts und Hutting befreundete deutsche Geschäftsmann, für den Madame Moreau in Frankreich den Vertrieb gewisser Camping-Ausrüstungen übernehmen sollte: die verhaltene Leidenschaft Fuggers für die Küche kennend, ließ sie an diesem Abend eine rosa Mahlzeit zubereiten – Schinkenaspik in Vertus, Kulibiaka von Lachs in Morgenrot-Soße, Wildente mit Weinbergpfirsichen, rosa Champagner usw. – und sie ablud außer einem ihrer engsten Mitarbeiter, der die Abteilung »Einkaufszentrum« ihres Unternehmens leitete, einen Restaurant-Tester, einen Mühlenbesitzer, der sich auf Fertiggerichte umgestellt hatte und einen Moselweinbauern an ihren Tisch, wobei die beiden letzteren von ihren Ehefrauen begleitet waren, die mit der gleichen Begeisterung gern gut aßen wie ihre Männer. Ausnahmsweise einmal das Schwein von Flourens und andere Vor-Essens-Kuriositäten außer acht lassend, drehte sich das Gespräch der Gäste ausschließlich um die Freuden der Tafel, um alte Rezepte, verstorbene Küchenchefs, die weiße Butter der Mutter Clémence und andere Freß-Themen.

Das Speisezimmer Henry Fleurys wurde natürlich nur für diese Prestige-Essen benutzt. In der übrigen Zeit, und das selbst zu einer Zeit, als sie noch völlig gesund war und einen kräftigen Appetit hatte, aß Madame Moreau mit Madame Trévins in ihrem Zimmer oder im Zimmer ihrer Freundin zu Abend. Es war während des ganzen Tages ihr einziger Augenblick der Entspannung; sie sprachen endlos über Saint-Mouezy, wobei sie unermüdlich in ihren Erinnerungen kramten.

Sie sah wieder die Ankunft des alten Branntweinbrenners, der aus Buzançais kam mit seinem von einer kleinen schwarzen, auf den Namen Belle hörenden Stute gezogenen Destillierapparat aus rotem Kupfer; und den Zahnzieher mit seiner roten Kappe und seinen bunten Prospekten; und den Dudelsackpfeifer, der ihn begleitete und der so laut wie möglich und furchtbar falsch in seine Röhren blies, um die Schreie der unglücklichen Patienten zu überdecken. Sie erlebte von neuem die Angst, die sie hätte, als ihr der Nachtisch gestrichen und sie drei Tage lang auf trocken Brot und Wasser gesetzt wurde, weil ihr die Lehrerin eine schlechte Note gegeben hatte; sie verspürte wieder das Entsetzen, das sie überkommen hatte, als sie unter einem alten Topf, den sie auf Geheiß ihrer Mutter hatte scheuern sollen, eine schwarze Spinne entdeckte; oder ihre große Verwunderung, als sie eines Morgens 1915 zum ersten Mal in ihrem Leben ein Flugzeug gesehen hatte, einen Doppeldecker, der aus dem Nebel aufgetaucht war und auf einem Feld aufgesetzt hatte; ein junger Mann, schön wie ein Gott, mit einer Lederjacke, großen, hellen Augen und langen, schmalen Fingern unter dicken, schaffellgefütterten Handschuhen war herausgeklettert. Es war ein walisischer Flieger, der zum Schloß Corbenic wollte und sich im Nebel verirrt hatte. Er hatte mehrere Karten im Flugzeug, die er vergeblich konsultierte. Sie konnte ihm nicht helfen und die Leute aus dem Dorf, zu denen sie ihn führte, auch nicht.

Oder aber es stieg aus der fernsten Zeit, an die sie sich erinnern konnte, die Faszination wieder hoch, die sie jedesmal empfand, wenn sie als ganz kleines Mädchen zusah, wie ihr Großvater sich rasierte: er setzte sich im allgemeinen morgens gegen sieben Uhr, nach einem einfachen Frühstück, hin und bereitete gewissenhaft in einer Schale mit sehr heißem Wasser mit Hilfe eines sehr weichen Pinsels einen so dichten, so weißen, so kompakten Seifenschaum zu, daß ihr immer noch, nach über fünfundsiebzig Jahren, das Wasser im Mund zusammenlief.

ZWEIUNDSIEBZIGSTES KAPITEL

Kellerräume, 3

Kellerräume. Der Keller Bartlebooths.

In Bartlebooths Keller befinden sich ein Rest Kohle, auf dem noch ein Eimer aus schwarzem, emailliertem Blech mit einem Bügel aus Eisendraht und einer Holzmuffe liegt, ein Fahrrad, das an einem Fleischerhaken hängt, heute leere Flaschenschränke, und die vier Koffer seiner Reisen, vier gewölbte, mit Teerleinwand überzogene Koffer, mit Holzleisten umgürtet und innen ganz mit Zinnblättern gefüttert, um ihre Undurchlässigkeit zu garantieren.

Bartlebooth hatte sie in London bei Asprey bestellt und sie mit allem füllen lassen, was während der Dauer seiner Reise um die Welt notwendig, nützlich, stärkend oder ganz einfach nur angenehm sein konnte.

Der erste, der sich, wenn man ihn aufmachte, als ein geräumiger Kofferschrank erwies, hatte eine komplette Aussteuer enthalten, die sowohl der gesamten Skala der klimatischen Bedingungen als auch den verschiedenen Gelegenheiten des gesellschaftlichen Lebens angepaßt war, wie diese Kleiderkollektionen aus ausgeschnittener Pappe, mit denen die Kinder Schnittbogenpuppen ausstaffieren: das ging von den Pelzstiefeln bis zu den Lackschuhen, von der Regenhaut bis zum Frack, von der Pelzmütze bis zum Querbinder und vom Tropenhelm bis zum Seidenzylinder.

In dem zweiten hatten sich verschiedene Mal- und Zeichenutensilien befunden, die zur Herstellung der Aquarelle notwendig waren, bereits fertig vorbereitetes Verpackungsmaterial für die Pakete an Gaspard Winckler, verschiedene Reiseführer und Karten, Toiletten- und Pflegeartikel, von denen man damals vermuten durfte, daß es bisweilen schwierig sein würde, sie sich am andern Ende der Welt zu besorgen, eine Notapotheke, die berühmten Dosen mit dem »ionisierten Kaffee« sowie einige Instrumente und Apparate: Fotoapparat, Fernglas, Reiseschreibmaschine.

Der dritte bot noch alles das, was erforderlich gewesen wäre, wenn Bartlebooth und Smautf, falls sie nach einem Unwetter, einem Taifun, einer Springflut, einem Wirbelsturm oder einem Aufstand der Mannschaft auf einem Wrack abgetrieben wären, auf einer einsamen Insel hätten anlegen und dort überleben müssen. Sein Inhalt entsprach, lediglich modernisiert, ganz genau dem des mit leeren Fässern beladenen Koffers, den Kapitän Nemo an einem Strand für die braven Siedler der Lincoln-Insel anlanden läßt und dessen exaktes Verzeichnis, auf einem Blatt im Notizbuch Gédéon Spiletts notiert, zusammen mit zwei allerdings fast ganzseitigen Graphiken die Seiten 223 bis 226 von *L'ile mystérieuse* (Ed. Hetzel) (Die geheimnisvolle Insel) einnimmt.

Der vierte schließlich war für kleinere Katastrophen vorgesehen und enthielt – tadellos erhalten und aufs wunderbarste zu einem so geringen Umfang zusammengefaltet – ein Zelt mit sechs Plätzen mit allem Zubehör und allen Bedarfsartikeln, vom klassischen »Wassereimer aus Segeltuch« bis zur bequemen – und damals ganz neuen, denn er war beim letzten Lépine-Wettbewerb mit einem Preis ausgezeichnet worden – Fußluftpumpe über den Zeltteppich, das Doppeldach, die nicht rostenden Zeltpflöcke, die Ersatzspanner, die Daunenbetten, die Luftmatratzen, die Sturmlampen, die Trockenspiritus-Kocher, die Thermosflaschen, die stapelbaren Gedecke, ein Reisebügeleisen, einen Wecker, einen patentierten »asnosmischen« Aschenbecher, der es dem unverbesserlichen Raucher ermöglichte, sich seinem Laster hinzugeben, ohne seinen Nachbarn zu belästigen und einen Klapptisch, für den man, wenn man zu zweit war, etwa zwei Stunden brauchte, um ihn aufzubauen – oder abzubauen – wozu man winzige Achtkantschlüssel brauchte.

Der dritte und der vierte Koffer waren fast nie gebraucht worden. Die natürliche Neigung Bartlebooths zum britischen Komfort und die beinahe unbegrenzten Mittel, über die er damals verfügte, erlaubten es ihm, fast jedesmal einen anständig ausgestatteten Wohnsitz auszusuchen – große Hotels, Botschaften, Wohnungen reicher Privatleute – wo ihm sein Sherry auf einem Silbertablett serviert wurde und wo das Wasser für seinen Bart sechsundachtzig Grad Fahrenheit betrug und nicht vierundachtzig.

Wenn er in der Umgebung des für das innerhalb von vierzehn Tagen zu malende Aquarell ausgesuchten Ortes wirklich nicht die ihm zusagende Ausstattung vorfand, nahm Bartlebooth mit dem Zelt vorlieb. Insgesamt kam das etwa zwanzigmal vor, unter anderem in Angola, in der Nähe von Moçamedès, in Peru, in der Nähe von Lambayeco, an der äußersten Spitze der kalifornischen Halbinsel (das heißt in Mexiko) und auf verschiedenen Inseln im pazifischen Ozean oder in Ozeanien, wo er genauso gut unter freiem Himmel hätte schlafen können, ohne den armen Smautf zu zwingen, die ganze Ausrüstung herauszuholen, aufzubauen und vor allem einige Tage später wieder abzubauen, und zwar in einer stets gleichbleibenden Reihenfolge, wonach jeder Gegenstand nach der dem Koffer beigelegten Gebrauchsanweisung zusammengefaltet und wieder eingeordnet werden mußte, weil dieser Koffer andernfalls nie zugegangen wäre.

Bartlebooth hat noch nie viel über seine Reisen gesprochen und seit einigen Jahren spricht er überhaupt nicht mehr darüber. Smautf hingegen beschwört diese Reisen gern, doch sein Gedächtnis spielt ihm immer öfters Streiche. Während seiner ganzen Wanderjahre hat er eine Art Tagebuch geführt, wo er neben ungewöhnlich langen Rechenaufgaben, von denen er sich nicht mehr erinnert, was sie errechneten, seinen Tagesablauf festhielt. Er hatte eine ziemlich merkwürdige Schrift, bei der die Querbalken des t so aussahen, als unterstrichen sie die Wörter der oberen Zeile und wo die Punkte oder Tüpfelchen auf den i die Sätze der Zeile darüber zu unterbrechen schienen; dafür fügte er in die Zeile darunter die Schwänze und Schleifen und Arabesken der Wörter von oben ein. Das Ergebnis ist heute bei weitem nicht immer klar, um so weniger, als Smautf davon überzeugt war, daß allein das Wiederlesen eines Wortes, das damals die ganze Szene vollkommen zusammenfaßte, genügen würde, um die Erinnerung in ihrer Gesamtheit wachzurufen, wie jene Träume, die einem plötzlich wiederkommen, sobald man sich an ein einziges Element rückerinnert: daher notierte er die Dinge auf eine nicht sehr ausführliche Weise. Unter dem Datum vom 10. August 1939 – in Takaungu in Kenya kann man zum Beispiel lesen:

Fiakerpferde, die ohne Kutscher nach Vorschrift laufen.
Das Kupferkleingeld wird in Papier zurückgegeben.
Die offenen Zimmer der Herberge.

Wollen Sie... mich?
Das ist Kalbshaxengelee (calf foot gelley)
Die Art die Kinder zu tragen.
Abendessen bei M. Macklin.

Smautf versteht nicht mehr, woran er sich so erinnern wollte. Alles, was ihm wieder in den Sinn kommt – und was er nie aufgeschrieben hat – ist, daß Mr. Macklin ein sechzigjähriger Botaniker war, der, nachdem er zwanzig Jahre lang Schmetterlinge und Farnkräuter in den Untergeschossen des British Museums katalogisiert hatte, aufgebrochen war, um an Ort und Stelle eine systematische Bestandsaufnahme der Flora Kenyas zu machen. Als Smautf zum Abendessen bei dem Botaniker erschien – Bartlebooth wurde an diesem Abend in Mombassa vom Gouverneur der Provinz empfangen – fand er ihn in seinem Wohnzimmer kniend vor, damit beschäftigt, Basilikumpflanzen *(Ocumum basilicum)* und mehrere Muster des Epiphyllums, von denen das eine, mit elfenbeinfarbenen Blüten, ganz eindeutig kein *Epiphyllum truncatum* war und, wie er mit zitternder Stimme zu ihm sagte, eines Tages vielleicht *Epiphyllum paucifolium* Macklin (*Epiphyllum macklineum* wäre ihm lieber gewesen, aber das war schon lange nicht mehr üblich) heißen würde, in kleine, viereckige Dosen ordnete. Dieser alte Mann hing tatsächlich seit zwanzig Jahren dem Traum nach, seinen Namen einer jener Kakteen oder notfalls einem örtlichen Eichhörnchen zu geben, wovon er immer detailliertere Beschreibungen an seine Direktoren richtete, die ihm hartnäckig antworteten, daß diese Abart sich nicht genügend von den anderen afrikanischen Hörnchen *(Xerus getelus, Xerus capensis usw.)* unterscheide, um einen besonderen Namen zu verdienen.

Das Außergewöhnlichste an der Geschichte ist, daß Smautf zwölfeinhalb Jahre später auf den Salomon-

Inseln einen anderen Mister Macklin kennenlernte, kaum jünger als der erste, dessen Neffe er war; er hieß Corbett mit Vornamen: er war ein Missionar mit einem Gesicht wie eine Messerklinge, mit aschgrauem Teint, der sich ausschließlich von Milch und weißem Käse ernährte; seine Frau, eine piekfeine kleine Person, die auf den Namen Bunny hörte, kümmerte sich um die kleinen Mädchen des Dorfes; sie ließ sie am Strand Gymnastik treiben und man konnte sie jeden Samstagmorgen mit Faltenröckchen bekleidet, bestickte Schleifen im Haar und Korallenarmbändern am Arm sich im Rhythmus eines Händelchorals, der von einem alten Grammophon geschmettert wurde, die Beine schlenkern sehen, zur größten Freude einiger untätiger Tommys, die die Dame unaufhörlich mit dem Blick durchbohrte.

DREIUNDSIEBZIGSTES KAPITEL

Marcia, 5

Der erste Raum des Ladens von Madame Marcia, der, um den sich ihr Sohn David kümmert, steht voller kleiner Möbel: kleine Caféhaustische mit Marmorplatte, mehrere Sätze ineinandergeschobener Tische, prall gefüllte orientalische Sitzkissen, Deckstühle, Early American Hocker, die aus der früheren Poststation von Woods Hole, Massachusetts, stammen, Betstühle, Segeltuchklappstühle in X-Form mit geschwungenen Beinen usw. An den mit ungebleichter Leinwand bespannten Wänden befinden sich auf mehreren Regalen verschiedener Höhe und Tiefe, die mit grünem Stoff und einem mit großkopfigen Kupfernägeln befestigten roten Lederband bespannt sind, ein ganzes Sortiment sorgfältig nebeneinander aufgestellter Nippsachen: eine Bonbonniere aus Kristall, deren Füße und Deckel aus fein ziseliertem Gold sind, alte Ringe, die auf schmalen Rollen aus weißem Karton präsentiert werden, eine Goldwechslerwaage, einige Münzen ohne Bildseite, die von dem Ingenieur Andrussow während der Erdbewegungsarbeiten für den Bau der transkaspischen Eisenbahnlinie entdeckt worden waren, ein koloriertes Buch, das bei einer Miniatur geöffnet ist, die die Jungfrau mit dem Kind darstellt, ein Krummschwert aus Chiraz, ein Bronzespiegel, eine Graphik, die den Selbstmord von Jean-Marie Roland de la Platière in Boorg-Baudoin illustriert (mit einer kurzen, parmafarbenen Hose und einer gestreiften Jacke bekleidet, kritzelt das Konventsmitglied kniend den kurzen Brief, mit dem es seine Tat erklärt. Durch die halbgeöffnete Tür erblickt man einen Mann in Carmagnole und phrygischer Mütze, mit einer langen Lanze bewaffnet, der ihn mit haßerfülltem Gesicht ansieht); zwei Tarockkarten von Bembo, von denen die eine den Teufel, die andere das Gotteshaus darstellen; eine Miniaturfestung mit vier Aluminiumtürmen und sieben Toren mit Zugbrücken, bestückt mit ganz kleinen Bleisoldaten; andere, größere Spielzeugsoldaten, stellen französische Landser aus dem ersten Weltkrieg dar: ein Offizier beobachtet mit dem Fernglas, ein anderer, der auf einem Pulverfaß sitzt, betrachtet eine auf seinen Knien ausgebreitete Landkarte; ein Meldegänger überreicht militärisch grüßend einem General mit Umhang einen versiegelten Umschlag; ein Soldat richtet sein Bayonett; ein anderer, in Drillichjacke, führt ein Pferd an der Leine; ein dritter spult eine Rolle mit, hypothetischer, Bickford-Kordel ab; ein achteckiger Spiegel in einem Schildpattrahmen; mehrere Lampen, darunter zwei Leuchter, die von ausgestreckten menschlichen Armen gehalten werden, ähnlich denen, die in manchen Nächten in dem Film *Die Schöne und das Tier* lebendig werden; kleine Modellschuhe aus Holz geschnitzt, hinter denen sich Pillendosen oder Schnupftabakdosen verbergen; der Kopf einer jungen Frau aus bemaltem Wachs, deren Frisur, aus echten, einzeln eingepflanzten Haaren gemacht, die gekämmt werden können, den Frisören als Werbung dient; *der kleine Gutenberg*, ein Kinderdruckkasten aus den zwanziger Jahren, mit nicht nur einem Setzkasten voller Gummibuchstaben, einem Stempel, einer Pinzette und Stempelkissen, sondern auch mit Reliefbildern, in Linoleumvierecke geschnitzt, die dazu dienen, diese Texte mit verschiedenen Vignetten zu schmücken: Blumengirlanden, Trauben und Weinranken, Gondeln, große Pyramide, kleine Tanne, Garnelen, Einhorn, Gaucho usw.

Auf dem kleinen Schreibtisch, an dem David Marcia tagsüber sitzt, liegen ein Klassiker der numismatischen Bibliographie, der *Band der Münzen Chinas, Japans usw.* von Baron de Chaudoir und eine Einladungskarte zur Welturaufführung der *Suite sérielle 94* von Octave Coppel.

Geschichte des Sattlers seiner Schwester und seines Schwagers

Der erste Besitzer des Ladens war ein Glasschleifer, der vor allem für Ladeneinrichtungen und -ausstattungen arbeitete und dessen zarte Arabesken man zu Anfang der fünfziger Jahre noch auf den Milchglasspiegeln des Café Riri bewundern konnte, bevor Monsieur Riri, der Mode nachgebend, sie durch Paneelen aus Resopal und aufgezogener Jute ersetzen ließ. Seine kurzlebigen Nachfolger waren ein Baumschulgärtner, ein alter Uhrmacher, den man eines Morgens inmitten aller seiner stehengebliebenen Uhren tot in seinem Laden fand, ein Schlosser, ein Lithograph, ein Fabrikant von Liegestühlen, ein Händler von Angelartikeln und schließlich, gegen Ende der dreißiger Jahre, ein Sattler namens Albert Massy.

Sohn eines Fischzüchters aus Saint-Quentin, war Massy nicht immer Sattler gewesen. Mit sechzehn Jahren, als er in Levallois in der Lehre war, hatte er sich einem Sportverein angeschlossen und sich sofort als ein außergewöhnlicher Radfahrer erwiesen: ein guter Bergfahrer, schnell beim Kurzstreckenfahren, großartig beim Tempofahren, wobei er wunderbar aufholte und instinktiv wußte, wann und wen er angreifen mußte, hatte Massy das Zeug zu einem jener Giganten der Landstraße, deren Leistungen das goldene Zeitalter des Radrennsports illustrieren; mit zwanzig Jahren, kaum daß er Profi geworden war, demonstrierte er es glanzvoll: bei der vorletzten Etappe, Ancona–Bologna, im Giro d'Italia von 1924, seinem ersten großen Rennen, riß er zwischen Forli und Faenza aus, wobei er sich so eifrig ins Zeug legte, daß nur Alfredo Binda und Enrici sich an seine Räder heften konnten: Enrici sicherte sich dabei den Endsieg und Massy selbst einen sehr ehrbaren fünften Platz.

Einen Monat später, bei seiner ersten und letzten Tour de France, hätte Massy seine Leistung beinahe mit noch mehr Glanz wiederholt und bei der harten Etappe Grenoble–Briançon fehlte nicht viel und er hätte Bottecchia das gelbe Trikot abgeholt, das dieser bereits am ersten Tag gewonnen hatte. Mit Leduc und Magne, die wie er ihre erste Tour de France fuhren, riß er auf der Brücke über den Aveynat aus und bereits am Ausgang von Rochetaillée hatten sie das Peloton hinter sich gelassen. Ihr Vorsprung wurde auf den folgenden fünfzig Kilometern immer größer: dreißig Sekunden in Bourg-d'Oisan, eine Minute in Dauphin, zwei in Villar-d'Arène, am Fuße des Lautaret. Angefeuert von der Menge, die in Begeisterung geriet, als sie endlich Franzosen den unbesiegbaren Bottecchia bedrohen sah, kamen die drei jungen Rennfahrer mit drei Minuten Vorsprung über den Paß: sie brauchten sich nur noch im Triumph bis nach Briançon bergab rollen zu lassen; wie auch immer ansonsten die Etappenbewertung sein mochte, Massy brauchte nur die drei Minuten Vorsprung, die er über Bottecchia gewonnen hatte, zu behalten, um Erster in der Gesamtbewertung zu werden: doch zwanzig Kilometer vor der Ankunft kam er direkt vor Monêtier-les-Bains in einer Kurve ins Rutschen und stürzte, ein Sturz, der für ihn zwar glimpflich, für sein Rad jedoch verhängnisvoll verlief: die Radgabel brach glatt entzwei. Das Reglement verbot damals den Rennfahrern, im Verlauf einer Etappe das Rad zu wechseln und der junge Champion mußte aufgeben.

Das Ende seiner Saison war beklagenswert. Sein Mannschaftskapitän, der einen fast unbegrenzten Glauben an die Möglichkeit seines Schützlings hatte, vermochte ihn, der ständig davon sprach, dem Kampfsport für immer zu entsagen, davon zu überzeugen, daß sein Pech bei der Tour bei ihm eine Straßenphobie hervorgerufen habe und brachte ihn soweit, sich der Radrennbahn zu verschreiben.

Massy dachte zunächst an die Sechs-Tage-Rennen und trat zu diesem Zweck mit dem alten österreichischen Bahnfahrer Peter Mond in Verbindung, dessen Mannschaftsmitglied Hans Gottlieb sich gerade zurückgezogen hatte. Doch Mond hatte soeben mit Arnold Augenlicht einen Vertrag unterzeichnet und Massy beschloß daraufhin auf Anraten Toto Grassins, sein Glück beim Mittelstreckenrennen zu versuchen: von allen Radfahrdisziplinen war es damals die populärste und Meister wie Brunier, Georges Wambst, Sérès, Paillard oder der Amerikaner Walthour wurden von den sonntäglichen Massen, die das Vel-d'Hiv, Buffalo, das Croix de Berny oder den Parc des Princes füllten, buchstäblich vergöttert.

Massys Jugend und Begeisterung wirkten Wunder und am 15. Oktober 1925, nicht ganz ein Jahr nach seinem Debüt in dieser Spezialität, stellte der neue Steher in Montlhéry den Stundenweltrekord über 118,75 Kilometer hinter der schweren Maschine seines Trainers Barrère ein, die zu diesem Zweck mit einer primitiven Schutzscheibe ausgerüstet worden war. Der Belgier

Léon Vanderstuyft hatte vierzehn Tage zuvor, auf der gleichen Piste von Deliège mit einer etwas gewichtigeren Schutzscheibe gezogen, nur 115,098 Kilometer erreicht.

Dieser Rekord, der unter anderen Umständen der Anfang einer großartigen Karriere als Bahnrennfahrer hätte werden können, war leider nur eine traurige Apotheose ohne Folgen. Massy war nämlich damals, und das erst seit sechs Wochen, Schütze beim ersten Nachschub-Regiment in Vincennes, und wenn er auch eine Ausnahmegenehmigung für seinen Versuch hatte erlangen können, so war es ihm nicht gelungen, sie in letzter Minute verschieben zu lassen, als einer der drei von der Internationalen Föderation des Radrennsports vorgeschriebenen Kampfrichter zwei Tage vor dem vorgesehenen Datum absagte.

Seine Leistung wurde also nicht anerkannt. Massy wehrte sich so gut er konnte, was von seiner Kaserne aus nicht so einfach war, trotz der spontanen Unterstützung, die ihm nicht nur von seiten seiner Zimmerkameraden, für die er natürlich ein Idol war, widerfuhr, sondern auch von seiten seiner Vorgesetzten, bis hinauf zum kommandierenden Obersten der Garnison, der sogar eine Intervention des Kriegsministers, der kein anderer war als Paul Painlevé, bei der Abgeordnetenkammer erwirkte.

Die internationale Anerkennungs-Kommission blieb unnachgiebig; das einzige, was Massy erreichen konnte, war die Erlaubnis, seinen Versuch unter vorschriftsmäßigen Bedingungen zu wiederholen. Er nahm verbissen und voller Vertrauen sein Training wieder auf und im Dezember, während seines zweiten Versuchs, einwandfrei gezogen von Barrère, stellte er seinen eigenen Rekord ein, als er in der Stunde 119,851 zurücklegte. Dennoch schüttelte er traurig den Kopf, als er vom Rad stieg: etwa vierzehn Tage zuvor hatte Jean Brunier, hinter dem Motorrad Lautiers, 120,958 Kilometer gemacht und Massy wußte, daß er ihn nicht geschlagen hatte.

Diese Ungerechtigkeit des Schicksals, die ihm für immer versagte, seinen Namen auf der Siegerliste zu sehen, während er doch auf jeden Fall vom 15. Oktober bis zum 14. November den Stundenweltrekord gehalten hatte, entmutigte Massy derart, daß er beschloß, völlig auf den Radrennsport zu verzichten. Doch damit beging er einen großen Fehler: kaum vom Militärdienst entlassen, wurde er, anstatt sich eine Beschäftigung fern von den entfesselten Massen der Radrennbahnen zu suchen, *Pacemaker*, das heißt Trainer eines ganz jungen Stehers, Lino Margay, ein hartnäckiger und unverwüstlicher *Bursche* aus der Pikardie, der das Mittelstreckenfahren aus Bewunderung für die Leistungen Massys als Spezialität gewählt und sich ganz spontan unter seinen Schutz gestellt hatte.

Der Beruf des *Pacemakers* ist ein undankbarer Beruf. Stark gekrümmt auf seinem schweren Motorrad sitzend, die Beine völlig senkrecht, die Vorderarme an den Körper gepreßt, um den bestmöglichen Schutz zu bieten, zieht er den Steher und lenkt seine Fahrt so, daß er ihm ein Minimum an Anstrengungen auferlegt, während er versucht, sich in günstige Bedingungen zu bringen, um diesen oder jenen Gegner zu attackieren. In dieser wahnsinnig ermüdenden Stellung, wo fast das ganze Gewicht des Oberkörpers auf der Spitze des linken Fußes ruht, eine Stellung, die er eine Stunde oder eineinhalb Stunden lang beibehalten muß, ohne einen Arm oder ein Bein zu bewegen, sieht der Pacemaker kaum seinen Steher und kann wegen des Dröhnens der Maschinen praktisch keine Botschaften von ihm empfangen: er kann ihm im besten Falle durch kurze Zeichen mit dem Kopf, deren Bedeutung zuvor vereinbart worden ist, mitteilen, daß er beschleunigen, langsamermachen, die

Balustraden hinauffahren, nach dem Seil angeln oder diesen oder jenen Gegner überholen will. Alles übrige, den Leistungsstand des Rennfahrers, seine Kampfkraft, seine Kampfmoral, alles das muß er erraten. Der Rennfahrer und sein Trainer müssen folglich eine Einheit bilden, gemeinsam urteilen und handeln, gleichzeitig zur gleichen Analyse des Rennens kommen und in den gleichen Augenblicken die gleichen Konsequenzen daraus ziehen: wer sich überraschen läßt, hat verloren: ein Trainer, der zuläßt, daß ein gegnerisches Motorrad sich so plazieren kann, daß es ihm den Wind wegnimmt, wird es hinnehmen müssen, daß sein Rennfahrer keinen Vorsprung bekommt; der Rennfahrer, der seinem Trainer nicht folgt, wenn dieser in einer Kurve beschleunigt, um einen Konkurrenten zu attakkieren, wird sich die Lungen aus dem Leib strampeln, wenn er versucht, wieder an den Roller aufzuschließen; in beiden Fällen wird der Rennfahrer innerhalb weniger Sekunden alle seine Gewinnchancen verlieren.

Gleich zu Beginn ihrer Verbindung war für alle klar, daß Massy und Margay ein vorbildliches Tandem bilden würden, eine jener Mannschaften, deren vollkommene Homogenität man immer noch als Beispiel zitiert, so wie jene anderen berühmten Paare aus den zwanziger und dreißiger Jahren, der großen Zeit des Mittelstrekkenfahrens, Lénart und Pasquier der Ältere, De Wied und Bisserot oder die Schweizer Stampfli und d'Entrebois.

Jahrelang führte Massy Margay auf allen großen Radrennbahnen Europas zum Sieg. Und wenn Massy das Publikum auf dem Rasen und auf den Rängen tosenden Beifall spenden hörte und es Margays Namen skandierend aufstehen sah, sobald er in seinem besten weißen Trikot mit den violetten Streifen auf der Piste erschien und wenn er ihn dann als Sieger aufs Podest steigen sah, um seine Medaillen entgegenzunehmen und seine Blumensträuße, so empfand er darüber lange Zeit nur Freude und Stolz.

Doch bald riefen diese Akklamationen, die nicht ihm galten, diese Ehren, die er hätte erfahren sollen und die ein ungerechtes Schicksal ihm vorenthalten hatte, ein immer hartnäckigeres Ressentiment in ihm hervor. Er begann diese brüllenden Massen zu hassen, die ihn nicht beachteten und stupide diesen Helden des Tages anbeteten, der seine Siege nur seiner, Massys Erfahrung, seinem Willen, seiner Technik, seiner Selbstverleugnung verdankte. Und als wäre es ihm ein Bedürfnis, um sich in seinem Haß und seiner Verachtung zu bestätigen, seinen Schützling Triumphe sammeln zu sehen, ging er so weit, daß er ihm immer größere Anstrengungen abverlangte, immer größere Risiken einging, schon gleich zu Anfang attackierte und das Rennen von einem Ende zum andern zu einer mittleren Hölle machte. Margay folgte, gedopt von der unbeugsamen Energie Massys, dem kein Sieg, keine Leistung, kein Rekord je zu genügen schienen. Bis zu dem Tag, an dem Massy, nachdem er den jungen Radrennmeister dazu gebracht hatte, sich nun seinerseits an jenen Stundenweltrekord heranzuwagen, dessen verkannter Inhaber er gewesen war, ihm auf der furchtbaren Piste des Vigorelli von Mailand ein so starkes Tempo aufzwang und so knappe Durchfahrtszeiten, daß das Unvermeidliche schließlich eintreten mußte: mit mehr als hundert Kilometer in der Stunde geführt, blieb Margay in einer Kurve zurück, geriet in einen Sog, verlor das Gleichgewicht und stürzte auf über fünfzig Metern.

Er starb nicht, doch als er sechs Monate später aus dem Krankenhaus entlassen wurde, war er entsetzlich entstellt. Das Holz der Piste hatte ihm die rechte Hälfte des Gesichts weggerissen: er hatte nur noch ein Ohr und ein Auge, keine Nase mehr, keine Zähne mehr, keinen

Unterkiefer mehr. Der ganze untere Teil seines Gesichts war ein entsetzliches, schmutzig-rosa Magma, entweder ständig bewegt von einem ununterdrückbaren Zittern oder im Gegenteil erstarrt zu einem unbeschreiblichen krampfhaften Lachen.

Nach dem Unfall hatte Massy endgültig auf den Radrennsport verzichtet und den Beruf als Sattler, den er damals, als er noch Amateur war, gelernt und ausgeübt hatte, wieder aufgenommen. Er hatte den Laden in der Rue Simon-Crubellier gekauft – sein Vorgänger, der Verkäufer von Angelruten, den die Volksfront reichgemacht hatte, ließ sich in der Rue Jouffroy in einem viermal größeren Ladenlokal nieder – und teilte mit seiner jungen Schwester Josette die Wohnung im Erdgeschoß. Jeden Tag um sechs Uhr besuchte er Lino Margay im Krankenhaus in Lariboisière und er nahm ihn bei sich auf, als er entlassen wurde. Sein Schuldgefühl war unauslöschlich und als der ehemalige Radrennmeister einige Monate später bei ihm um die Hand von Josette anhielt, redete er solange auf seine Schwester ein, bis es ihm gelang, sie davon zu überzeugen, dieses Larvenmonster zu heiraten.

Das junge Paar zog nach Enghien in ein Häuschen am Ufer des Sees. Margay vermietete den Sommerfrischlern und den Kurgästen Liegestühle, Boote und Wasservelos. Den unteren Teil des Gesichts ständig mit einem großen Schal aus weißer Wolle vermummt, gelang es ihm einigermaßen, seine unerträgliche Häßlichkeit zu verstecken. Josette hielt das Haus in Ordnung, machte die Einkäufe und den Haushalt oder nähte auf der Maschine in einer Wäschekammer, die nie zu betreten sie Margay gebeten hatte.

Dieser Zustand dauerte keine achtzehn Monate. Eines Abends im April neunzehnhundertneununddreißig kam Josette zu ihrem Bruder zurück und flehte ihn an, sie von diesem Mann mit Würmerkopf, der für sie in jeder Sekunde zum Alptraum geworden war, zu befreien.

Margay versuchte nicht, Josette wiederzufinden, wiederzusehen oder zurückzuholen. Einige Tage später kam ein Brief bei dem Sattler an: Margay begriff nur zu gut, was Josette erdulden mußte, seitdem sie sich für ihn aufgeopfert hatte und erflehte ihr Verzeihen; unfähig, sie darum zu bitten, zu ihm zurückzukommen, aber auch unfähig, sich daran gewöhnen zu können, ohne sie zu leben, ging er lieber hinaus in die Fremde, verließ das Vaterland, in der Hoffnung, in irgendeiner fernen Gegend einen Tod zu finden, der ihn erlösen würde.

Der Krieg brach aus. Massy kam als Zwangsarbeiter nach Deutschland, wo er in einer Schuhfabrik arbeiten mußte und im Sattlerladen richtete Josette ein Umänderungsatelier ein. In diesen Zeiten der Verknappung, wo in den Jahrbüchern empfohlen wurde, die Schuhsohlen mit dickem Zeitungspapier oder altem, nicht mehr gebrauchtem Filz zu verstärken und alte Pullover aufzuziehen, um aus der Wolle neue zu strikken, war es üblich, alte Kleider umändern zu lassen und es fehlte ihr nicht an Arbeit. Man konnte sie am Fenster sitzen sehen, wie sie aus Kleidungsstücken die Wattierung und das Futter trennte, einen Mantel wendete, aus einem alten Brokatrest ein Jäckchen herausschnitt oder, zu Füßen von Madame de Beaumont kniend, mit Kreide den Saum ihres Hosenrocks anzeichnete, der aus einer Tweed-Hose genäht worden war, die ihrem verstorbenen Mann gehört hatte.

Marguerite und Mademoiselle Crespi kamen manchmal, um ihr Gesellschaft zu leisten. Die drei Frauen saßen stumm um den kleinen Holzofen herum, der nur mit Sägespänkugeln und Papier befeuert wurde und nähten stundenlang unter dem schwachen Licht der bläulichen Lampe.

Massy kam Ende vierundvierzig zurück. Der Bruder und die Schwester lebten wieder zusammen. Sie sprachen nie den Namen des ehemaligen Stehers aus. Doch eines Abends überraschte der Sattler seine Schwester in Tränen aufgelöst und schließlich gestand sie ihm, daß, seit sie Margay verlassen hatte, kein Tag vergangen sei, an dem sie nicht an ihn habe denken müssen: was sie quälte, waren weder Mitleid noch Gewissensbisse, sondern Liebe, eine Liebe, die tausendmal stärker war als der Widerwille, den das Gesicht des geliebten Menschen ihr einflößte.

Am andern Morgen klingelte es an der Tür und ein wunderschöner Mann erschien auf der Schwelle: es war Margay, der von den Monstern auferstanden war.

Lino Margay war nicht nur schön, er war auch reich geworden. Entschlossen auszuwandern, hatte er es dem Zufall überlassen, seinen allerletzten Bestimmungsort auszusuchen; er hatte einen Atlas aufgeschlagen und ohne hineinzuschauen, hatte er eine Nadel in eine Weltkarte gesteckt; nachdem er mehrmals ins offene Meer geraten war, hatte der Zufall schließlich Südamerika für ihn bestimmt, und Margay hatte sich als Trimmer an Bord eines griechischen Frachters verdingt, der *Stephanotis*, die sich auf große Fahrt nach Buenos Aires begab und während der langen Überfahrt hatte er sich mit einem alten Matrosen italienischer Abstammung, Mario Ferri, genannt Ferri der Itaker, angefreundet.

Vor dem ersten Weltkrieg leitete Ferri der Itaker in Paris in der Rue des Acacias Hausnummer 94 eine kleine Nachtbar, *le Chéops* genannt, hinter der sich eine verbotene Spielhölle verbarg, die bei den Stammgästen unter dem Namen *Octogone* bekannt war, wegen der Form der Spielmarken, die hier benutzt wurden. Doch die wirklichen Aktivitäten Ferris waren ganz anderer

Art: er war einer der Führer jener politischen Agitateure, die man die Panarchisten nannte, und wenn die Polizei auch Kenntnis davon hatte, daß das *Chéops* einen unter dem Namen *Octogone* bekannten Spielsalon verbarg, so wußte sie doch nicht, daß dieses *Octogone* selber nur der Deckmantel für eines der panarchistischen Hauptquartiere war. Als die Bewegung nach der Nacht vom 21. Januar 1911 zerstört und zweihundert ihrer aktivsten Mitglieder, darunter ihre drei historischen Anführer Purkinje, Martinotti und Barbenoire ins Gefängnis geworfen wurden, war Ferri der Itaker einer der einzigen Verantwortlichen, die dem Fischzug des Polizeipräfekten entkamen, doch denunziert, aufgespürt, gejagt, blieb ihm, nachdem er sich einige Monate in der Beauce versteckt hatte, nichts anderes übrig, als ein unstetes Leben zu beginnen, das ihn rastlos von einem zum andern Ende des Planeten führte, und ihn zum Überleben die verschiedenartigsten Berufe ausüben ließ, vom Hundescherer bis zum Wahlhelfer, vom Bergführer bis zum Mühlenbesitzer.

Margay hatte keine genauen Pläne. Ferri, obgleich schon weit über fünfzig, hatte Pläne für zwei und setzte seine ganzen Hoffnungen auf einen notorischen Gangster, den er in Buenos Aires kannte, Rosendo Juarez genannt »der Schläger«. Rosendo, der Schläger, war einer von denen, die zu den Honoratioren in Villa Santa Rita gehörten. Ein Bursche mit einer Begabung für das Messer wie kaum ein zweiter, und damit war er einer der Männer von Don Nicolas Paredès, der selber wiederum einer der Männer von Morel war, der mit Sicherheit ein sehr wichtiger Mann war. Kaum an Land, suchten Ferri und Margay den Schläger auf und unterstellten sich seinem Befehl. Das kam sie teuer zu stehen, denn bei der ersten Sache, die er ihnen anvertraute – eine ganze gewöhnliche Drogenlieferung – wurden sie geschnappt, höchst wahrscheinlich vom Schläger selbst verpfiffen. Ferri der Itaker mußte die Zeche mit zehn Jahren Gefängnis bezahlen und starb dort nach einigen Monaten. Lino Margay, der keine Waffen bei sich hätte, bekam nur drei Jahre.

Lino Margay – Lino der Sabberer oder Lino-Knotenkopf, wie man ihn damals nannte – stellte im Knast fest, daß seine ekelhafte Häßlichkeit jedem – ob er nun Bulle oder Ganove war – Mitleid und Vertrauen einflößte. Wenn sie ihn sahen, wollten die Leute seine Geschichten erfahren, und wenn er sie ihnen erzählt hatte, erzählten sie ihm die ihre. Lino Margay merkte bei dieser Gelegenheit, daß er ein erstaunliches Gedächtnis hatte: als er neunzehnhundertzweiundvierzig aus dem Gefängnis entlassen wurde, kannte er aus dem ff den Stammbaum von dreiviertel der südamerikanischen Unterwelt. Er wußte nicht nur in allen Einzelheiten über ihr Strafregister Bescheid, sondern war auch aufs genaueste über ihre Geschmäcker, ihre Neigungen, ihre Fehler, ihre Lieblingswaffen, ihre Spezialitäten, ihre Tarife, ihre Verstecke, die Art und Weise, wie man zu ihnen finden konnte usw. ınformiert. Kurzum, er war bestens ausgerüstet, um der Impresario der Unterwelt Latein-Amerikas zu werden.

Er ließ sich in Mexiko in einer ehemaligen Buchhandlung an der Ecke der Calle Corrientes und der Calle Talcahuano nieder. Offiziell war er Pfandleiher, doch überzeugt von der Wirksamkeit des doppelten Deckmantels, wie Ferri der Itaker ihn benutzt hatte, versuchte er gar nicht sonderlich zu verbergen, daß er eher Hehler war. Und in der Tat geschah es selten, um ihm wertvolle Waren anzuvertrauen, daß immer großkopfetere Gangster aus allen Teilen Amerikas kamen, um ihn zu Rate zu ziehen: inzwischen bekannt unter dem respektvollen Spitznamen *el Fichero* (die Kartei), war Lino Margay der Who's who der Banditen der Neuen Welt geworden: er wußte alles über jeden, er wußte, wer was wann wo und für wen machte, er wußte, daß dieser kubanische Schmuggler einen Leibwächter suchte, daß jene Gang aus Lima einen guten »Souffleur« brauchte, daß Barrett einen Berufskiller namens Razza engagiert hatte, um seinen Konkurrenten Ramon abzuknallen, oder daß im Safe des Hotels Sierra Bella in Port-au-Prince ein Diamantenkollier lag, das auf fünfhunderttausend Dollar geschätzt wurde und für das ein Texaner dreihundert Mille in bar hinzublättern bereit war.

Seine Diskretion war beispielhaft, seine Tüchtigkeit verbürgt und seine Provision angemessen: zwischen zwei und fünf Prozent des Endprodukts der Aktion.

Lino Margay machte schnell ein Vermögen. Am Ende des Jahres 1944 hatte er genügend Geld zusammengespart, um in die Vereinigten Staaten zu fahren und zu versuchen, sich operieren zu lassen: er hatte erfahren, daß ein Chirurg aus Pasadena, California, gerade eine proteolytische Verpflanzungstechnik entwickelt hatte, die es dem Narbengewebe ermöglichte, sich zu regenerieren, ohne Spuren zu hinterlassen. Leider war das Verfahren nur an ganz kleinen Tieren beziehungsweise am Menschen nur an Hautstückchen, die nicht mit Nerven versorgt waren, zufriedenstellend getestet worden. Noch nie war es auf eine – und das seit so langer Zeit schon – so verwüstete und zerstörte Hautfläche angewandt worden wie das Gesicht Margays, und es schien so vergeblich, ein positives Ergebnis davon zu erhoffen, daß der Chirurg sich weigerte, überhaupt einen Versuch zu unternehmen. Doch Margay hatte nichts zu verlieren: unter der Drohung von vier mit Maschinenpistolen bewaffneten Gorillas mußte der Arzt den ehemaligen Radrennmeister operieren.

Die Operation gelang wunderbar. Lino Margay konnte endlich nach Frankreich zurückkehren und die zurückgewinnen, die er nie zu lieben aufgehört hatte. Einige Tage später nahm er sie mit auf seinen prachtvollen

Landsitz, den er sich am Ufer des Genfer Sees, in der Nähe von Coppet, hatte bauen lassen, und alles deutet darauf hin daß er, und das sicherlich in einem noch größeren Maßstab, seine lukrative Betätigung fortsetzte.

Massy blieb noch einige Wochen in Paris, dann verkaufte er die Sattlerei und kehrte nach Saint-Quentin zurück, um dort friedlich seine Tage zu beschließen.

VIERUNDSIEBZIGSTES KAPITEL

Maschinenraum des Aufzugs, 2

Manchmal stellte er sich vor, das Haus sei so etwas wie ein Eisberg, dessen Stockwerke und Dachgeschosse den sichtbaren Teil gebildet hätten. Jenseits der ersten Ebene der Keller hätten die unter Wasser liegenden Massen begonnen: Treppen mit schallenden Stufen, die sich um sich selbst drehend nach unten führen würden, lange, gekachelte Korridore mit von Metallgittern geschützten Kugelleuchten und mit Totenköpfen und aufgemalten Inschriften gekennzeichnete Eisentüren, Lastenaufzüge mit vernieteten Wänden, mit riesigen, unbeweglichen Propellern ausgestattete Lüftungsschächte, Feuerwehrschläuche aus metallüberzogenem Tuch, dick wie Baumstämme, auf gelbe Schieber von einem Meter Durchmesser gerichtet, zylindrische Schächte, direkt in den Felsen gebohrt, betonierte Stollen, stellenweise von Luken aus Milchglas durchbrochen, Verschläge, Bunker, Kasematten, mit Panzertüren versehene Tresorräume.

Weiter unten gäbe es so etwas wie das Keuchen der Maschinen und für Augenblicke mit rötlichen Lichtern angestrahlte Vorräte. Enge Verschläge gingen auf riesige Säle, auf unterirdische Hallen hoch wie Kathedralen, mit Gewölben über und über von Ketten, Rollen, Kabeln, Röhren, Kanalisationsleitungen, kleinen Eisenträgern bedeckt, fahrbare Arbeitsbühnen, die auf von Fett glänzenden Böcken montiert sind und Stahlskelette aus Röhren und Formstahl, die riesige Gerüste darstellen, auf denen Männer in Asbestanzügen, das Gesicht mit großen, trapezförmigen Masken bedeckt, aus Lichtbögen starke Blitze sprühen ließen.

Noch weiter unten gäbe es Silos und Schuppen, Kühlräume, Lagerräume zum Nachreifen, Postsortierzentren und Verschiebebahnhöfe mit Stellwerken und Dampflokomotiven, die offene Güterwagen und Flachwagen, plombierte Güterwagen, Container, Kesselwagen ziehen, ferner Bahnsteige bedeckt mit übereinandergestapelten Waren, Stößen von Tropenhölzern, Teeballen, Reissäcken, Pyramiden von Backsteinen und Mauersteinen, Stacheldrahtrollen, Eckpfeilern, Gußblöcken, Zementsäcken, Fässer und Tonnen, Seile, Kanister, Korbflaschen mit Butangas.

Und noch weiter weg Berge von Sand, Kies, Koks, Schlacken, Schotter, Betonmischmaschinen, Schlackenhalden, Grubenbohrlöcher, von Projektoren mit orangenem Licht angestrahlt, Tanks, Gaswerke, Wärmezentralen, Bohrtürme, Pumpen, Hochspannungsleitungsmasten, Transformatoren, Bottiche, von Stutzen starrende Heizkessel, Hebel und Zähler;

und von Stegen wimmelnde Docks, Laufkräne und andere Kräne, Winden mit Tauen, die gespannt sind wie Nerven und Sperrholz transportieren, Flugzeugmotore, Konzertklaviere, Säcke mit Dünger, Ballen mit Viehfutter, Billardtische, Mähdrescher, Kugellager, Kisten mit Seife, Fässer mit Teer, Büromöbel, Schreibmaschinen, Fahrräder;

und noch weiter unten Schleusen- und Docksysteme, Kanäle, über die mit Weizen und Wolle beladene Schleppzüge ziehen, und LKW-Bahnhöfe, auf denen Lastwagen herumkreuzen, Viehpferche voller stampfender schwarzer Pferde, Gehege voller blökender Schafe und fetter Kühe, Berge voller Gitterkörbe und Lattenkisten, die von Obst und Gemüse überquellen, Säulen mit Schweizerkäselaiben, ganze Reihen mit Tierhälften mit glasigen Augen, die an Fleischerhaken hängen, Berge mit Vasen, Töpferwaren und dickbauchigen Korbflaschen, Ladungen mit Wassermelonen, Kanister mit Olivenöl, Fässer mit Salzsole und riesige Bäckereien mit Bäckergesellen in weißen Hosen und mit nacktem Oberkörper, die aus den Öfen brennend-heiße Bleche mit Tausenden von Rosinenbroten holen und riesige Küchen mit Kesseln groß wie Dampfmaschinen, aus denen Hunderte von fetthaltigen Ragout-Portionen geschöpft werden, die in große, viereckige Pappteller kommen;

und noch weiter unten Grubenstollen mit alten, blinden Pferden, die Wagen mit Eisenerz ziehen und die langen Reihen der behelmten Bergleute; und schwitzende Schläuche, gestützt von wasserverquollenen Bohlen, die zu leuchtenden Stufen führen würden, unterhalb derer ein schwärzliches Wasser plätschern würde; flache Boote, kleine, mit leeren Fässern beschwerte Fähren würden auf dem lichtlosen See dahinfahren, überladen von phosphoreszierenden Geschöpfen, die unermüdlich Körbe mit schmutziger Wäsche, Partien Geschirr, Rucksäcke, Packen von mit Seil verschnürten Kartons, transportieren würden; Bottiche voller kränkelnder Grünpflanzen, Bas-Reliefs aus Alabaster, Gipsabgüsse von Beethoven, Sessel im Stil Louis XIII, chinesische Porzellanvasen, Bildvorlagen von Wandbehängen, die Henri III. und seine Mignons beim Geschicklichkeitsspiel darstellen, Hängelampen, noch mit ihren Fliegenfängern geschmückt, Gartenmöbel, große Obstkörbe mit Orangen, leere Vogelkäfige, Bettvorleger, Thermosflaschen;

weiter unten würde wieder das Durcheinander der Leitungen, Röhren und Schläuche beginnen, die Labyrinthe der Kanalisationen, der Sammelkanäle und Gänge, die schmalen, von Brüstungen aus schwarzen Steinen gesäumten Kanäle, die Treppen ohne Geländer, die ins Leere hineinragen, eine ganze labyrinthische Geographie von Buden und Hinterhöfen, von Portalvorbauten und Bürgersteigen, von Sackgassen und Passagen, eine ganze vertikale und unterirdische Stadtorganisation mit ihren Vierteln, Distrikten und Zonen: die Siedlung der Gerber mit ihren bestialisch stinkenden Werkstätten, ihren dahinsiechenden Maschinen mit den brüchigen Riemen, ihren Haufen Leder und Häute, ihren mit bräunlichen Substanzen gefüllten Bottichen, die Lager der Abbrucharbeiter mit ihren Kaminen aus Marmor und Stuck, ihren Bidets, ihren Badewannen, ihren verrosteten Heizkörpern, ihren Statuen scheuer Nymphen, ihren Laternenpfählen, ihren Parkbänken; die Stadt der Alteisenhändler, der Lumpensammler und der Trödler mit ihren Haufen alter Lumpen, ihren Kinderwagengestellen, ihren Ballen mit Battledresses, abgetragenen Hemden, Leibriemen und Koppeln, ihren Zahnarztstühlen, ihren Lagern an alten Zeitungen, Brillengestellen, Schlüsselbunden, Hosenträgern, Schüsseluntersetzern mit Spieldose, elektrischen Birnen, Kehlkopfspiegeln, Glaskolben, Fläschchen mit seitlichem Rohransatz und verschiedenen Gläsern; der Weinmarkt mit seinen Bergen an Korbflaschen und zerbrochenen Flaschen, seinen zerschlagenen Stückfässern, seinen Tankwagen, seinen Gärbottichen, seinen Flaschenschränken; die Stadt der Straßenkehrer mit ihren umgestürzten Aschenkübeln, aus denen Käsekrusten, Fettpapiere, Fischgräten, Spülwasser, Spaghettireste, alte Binden hervorquellen, mit ihren Riesenhaufen an Dreck und Kehrricht, von Planierraupen endlos herangekarrt, ihren Waschmaschinenskeletten, ihren hydraulischen Pumpen, ihren Kathodenröhren, ihren alten Rundfunkgeräten, ihren Sofas, die das Roßhaar verlieren; und die

Verwaltungsstadt mit ihren Hauptquartieren, in denen es von Militärpersonen mit tadellos gebügelten Hemden wimmelt, die auf Weltkarten kleine Fähnchen verschieben; mit ihren keramikgefliesten Leichenschauhäusern, bevölkert von nostalgischen Gangstern und weißen Ertrunkenen mit weit geöffneten Augen; mit ihren Archivsälen voller Beamter in grauen Kitteln, die den lieben langen Tag in Personenstandsregister Einsicht nehmen; mit ihren Telefonzentralen, in denen kilometerlang mehrsprachige Telefonistinnen nebeneinander sitzen, ihren Maschinensälen mit ratternden Fernschreibern, mit Computern, die jede Sekunde stoßweise Statistiken, Lohnzettel, Lagerzettel, Bilanzen, Aufstellungen, Quittungen, Fehlanzeigen ausspucken; mit Reißwölfen und ihren Papierverbrennungsöfen, die endlos Haufen veralteter Formulare, Presseausschnitte in braunen Sammelmappen, in schwarzes Leinen eingebundene und mit einer feinen, violetten Schrift bedeckte Standesregister schlucken;

und ganz unten eine Welt von Höhlen mit rußbedeckten Wänden, eine Welt der Kloaken und der Schlammlöcher, eine Welt der Larven und der Tiere, mit augenlosen Wesen, die Tiergerippe herumschleppen und dämonische Ungeheuer mit Vogel-, Schweine- oder Fischkörpern, und vertrocknete Kadaver, Skelette mit gelblicher Haut, erstarrt in der Pose von Lebenden, und Schmieden, bevölkert mit stumpfsinnigen Zyklopen mit schwarzen Lederschürzen, ihr einziges Auge geschützt durch ein in Metall gefaßtes blaues Glas, die aus ihren Erzmassen funkelnde Schilde hämmern.

FÜNFUNDSIEBZIGSTES KAPITEL

Marcia, 6

David Marcia ist in seinem Zimmer. Er ist ein Mann von etwa dreißig Jahren mit einem etwas fetten Gesicht. Er liegt ganz angezogen auf dem Bett, nur die Schuhe hat er abgestreift. Er trägt einen Kaschmir-Pullover mit Schottenmuster, schwarze Socken, eine petrolblaue Gabardinehose. Am rechten Handgelenk hat er eine Silberkette. Er blättert in einer Nummer von *Pariscope,* die auf dem Umschlag anläßlich der Wiederaufführung des Films *Die Vögel* in den Ambassadeurs-Lichtspielen ein Foto von Alfred Hitchcock zeigt, der mit einem kaum geöffneten Auge einen auf seiner Schulter sitzenden Raben ansieht und in Gelächter ausbrechen zu scheint.

Das Zimmer ist klein und spärlich möbliert: das Bett, ein Nachttisch, ein Clubsessel. Auf dem Nachttisch eine Taschenbuchausgabe von *The daring young man on the flying trapeze* von William Saroyan, eine Flasche mit Fruchtsaft und eine Lampe, deren Sockel ein mit bunten Kieselsteinen halbgefüllter Zylinder aus dickem Glas ist, aus denen einige Büschel Aloen hervorsehen. An der hinteren Wand, auf einem Fayence-Kamin, über dem ein großer Spiegel hängt, befindet sich eine Bronzestatuette, die ein kleines, grasmähendes Mädchen darstellt. Die rechte Wand ist mit Korkplatten verkleidet, die dazu bestimmt sind, den Raum abzuschirmen vom Nachbarzimmer, das von Léon Marcia bewohnt wird, den seine ständige Schlaflosigkeit zu endlosem nächtlichen Hin- und Herlaufen zwingt. Die linke Wand ist mit Einbandpapier tapeziert und mit zwei eingerahmten Radierungen geschmückt: die eine ist eine große Karte der Stadt und Zitadelle Namur und ihrer Umgebung mit Angaben der während der Belagerung von 1746 ausgeführten Befestigungsarbeiten; die andere ist eine Illustration von *Zwanzig Jahre danach* und stellt die Flucht des Herzogs von Beaufort dar: der Herzog hat aus der falschen Teigpastete zwei Dolche, eine Strickleiter und einen birnenförmigen Knebel herausgeholt, die Grimaud La Ramée in den Mund stößt.

David Marcia wohnt erst seit kurzem wieder bei seinen Eltern. Er hatte sie verlassen, als er Berufsmotorradfahrer geworden und nach Vincennes in eine gemietete Villa gezogen war, die eine große Garage besaß, wo er seine Tage damit zubrachte, an seinen Maschinen herumzubosseln. Er war damals ein ordentlicher, gewissenhafter Junge, dessen Leidenschaft ganz seinen Motorradrennen galt. Doch sein Unfall machte aus ihm einen Zauderer, einen Phantasten, der sich chimärischen Plänen hingab, in die er das ganze Geld hineinsteckte, das die Versicherungsgesellschaften ihm ausgezahlt hatten, nämlich annähernd hundert Millionen Francs.

Er versuchte, sich als Autorennfahrer umschulen zu lassen und nahm an mehreren Rallyes teil; doch eines Tages überfuhr er bei Saint-Cyr zwei Kinder, die aus einem Bahnwärterhäuschen herausgelaufen kamen und bekam nun endgültig den Führerschein abgenommen.

Dann wurde er Schallplattenproduzent: während seines Krankenhausaufenthalts hatte er einen autodidaktischen Musiker kennengelernt, Marcel Gougenheim, genannt Gougou, dessen Ehrgeiz und Bestreben es war, ein großes Jazz-Orchester zusammenzustellen, wie es sie in Frankreich zur Zeit Ray Venturas, Alix Combelles und Jacques Hélians gegeben hatte. David Marcia war sich natürlich klar darüber, daß es eine Illusion war, daran zu denken, seinen Lebensunterhalt mit einem großen Orchester zu bestreiten: selbst die ganz kleinen Formationen vermochten nicht zu überleben und sowohl im Casino de Paris wie in den Folies-Bergère kam es immer öfter vor, daß man nur die Solisten behielt und sie von Tonbändern begleiten ließ; doch Marcia redete sich ein, daß eine Schallplatte Erfolg hätte und so beschloß er, das Unternehmen zu finanzieren. Gougou engagierte etwa vierzig Jazzmusiker und die Proben begannen in einem Vororttheater. Aber Gougou hatte einen furchtbaren Fehler: er war ein chronischer Perfektionist und nach jeder Aufführung eines Stückes fand er immer eine Einzelheit, die ihm nicht paßte, eine ganz kleine Verzögerung hier, ein winziger Fehler da. Die Proben, vorgesehen für drei Wochen, dauerten neun Wochen, bevor David Marcia endlich beschloß, die Zahlung der Unkosten einzustellen.

Er interessierte sich darauf für ein Feriendorf, das in Tunesien auf den Kerkennah-Inseln lag. Von allen seinen Unternehmungen war es das einzige, das Erfolg hätte haben können: weniger überlaufen wie Djerba, boten die Kerkennah-Inseln den Touristen die gleiche Art von Vorteilen und das Feriendorf war gut ausgestattet: man konnte dort ebenso gut reiten wie segeln, konnte dem Wasserski frönen, der Unterwasserjagd, der Hochseefischerei, konnte auf dem Rücken von Kamelen ausreiten, einen Lehrgang in Töpferei, Weberei oder Flechtarbeit machen, Körperausdruck und autogenes Training lernen. David Marcia, der mit einem Reisebüro zusammenarbeitete, das ihn acht Monate im Jahr mit Kunden versorgte, wurde Direktor des Feriendorfs und in den ersten Monaten lief alles recht gut, bis zu dem Tag, an dem er, um einen Theaterkurs in Schwung zu bringen, einen Schauspieler namens Boris Kosciuszko anwarb.

Boris Kosciuszko war ein Mann von etwa fünfzig Jahren, groß und mager, mit einem kantigen Gesicht, vorspringenden Backenknochen, feurigen Augen. Nach seiner Theorie waren Racine, Corneille, Molière und Shakespeare mittelmäßige Autoren, die von phantasielosen, dem Herdentrieb gehorchenden Regisseuren in übertriebener Weise in den Rang von Genies erhoben worden waren. Die Titel des wahren Theaters, verfügte er, das waren *Venceslas* von Rotrou, *Manlius Capitolinus* von Lafosse, *Roxelane und Mustapha* von Maisonneuve, *Der verliebte Verführer* von Longchamps; die wahren Theaterautoren hießen Colin d'Harleville, Dufresny, Picard, Lautier, Favart, Destouches; er kannte Dutzende und Aberdutzende solcher Autoren, begeisterte sich unerschütterlich über die verborgenen Schönheiten der *Iphigenie* von Guimond de la Touche, den *Agamemnon* von Népomucène Lemercier, den *Orest* von Alfieri, den *Didon* von Lefranc de Pompignan und hob plump die Schwerfälligkeiten hervor, die, bei ähnlichen oder verwandten Themen, die sogenannten Großen Klassiker sich hatten zuschulden kommen lassen. Das kultivierte Publikum der Revolution oder des Empires, das, Stendhal als erster, den *Orosman von Zaire* von Voltaire und den *Othello* von Shakespeare oder *Rhadamnist* von Crébillon und *Der Cid* auf eine Stufe stellten, hatte sich da nicht geirrt und bis zur Mitte des neunzehnten Jahrhunderts wurden die beiden Corneilles zusammen veröffentlicht und das Werk Thomas' mindestens genauso geschätzt wie das Pierres. Aber die laizistische Schulpflicht und der bürokratische Zentralismus hatten ab dem Second Empire und der Dritten Republik diese hochherzigen, fruchtbaren und wilden Theaterautoren vernichtet und die schwachsinnige, phantasielose, schwülstig Klassizismus getaufte Ordnung vorgeschrieben.

Die Begeisterung Boris Kosciuszkos war offensichtlich ansteckend, denn einige Wochen später verkündete David Marcia über die Presse die Schaffung des Festivals von Kerkennah, dessen Bestimmung es war, wie versichert wurde, »die wiedergefundenen Schätze der Bühne zu wahren und zu fördern«. Vier Stücke wurden angekündigt: *Jason* von Alexandre Hardy, *Inès de Castro* von Lamotte-Houdar, eine Komödie in einem Akt und in Versen von Boissy, *Der Schwätzer*, alle drei von Boris Kosciuszko inszeniert, und *Der Herr von Polisy*, eine Tragödie von Raimond de Guiraud, in der Talma sich unsterblich gemacht hatte und die von dem Schweizer Henri Agustoni inszeniert worden war. Verschiedene andere Veranstaltungen waren vorgesehen, darunter ein internationales Symposium, dessen Thema – der Mythos der drei Einheiten – allein ein aufsehenerregendes Manifest bildete.

David Marcia knauserte nicht mit Geld, da er damit rechnete, daß der Erfolg des Festivals auf den Ruf des Feriendorfes zurückstrahlen würde. Mit der Unterstützung einiger Organisationen und Institutionen ließ er ein Freilichttheater mit achthundert Plätzen erbauen und verdreifachte die Anzahl seiner Bungalows, um die Unterbringung der Schauspieler und der Zuschauer sicherstellen zu können.

Die Schauspieler kamen in Massen – man brauchte etwa zwanzig, allein um *Jason* zu spielen – und auch der Zustrom der Bühnenbildner, der Gewandmeister, der Beleuchter, Kritiker und Akademiker war groß; hingegen gab es sehr wenige zahlende Zuschauer und mehrere Vorstellungen mußten annuliert oder wegen der heftigen Gewitter, die in dieser Gegend mitten im Sommer sehr häufig sind, unterbrochen werden: nach Abschluß des Festivals konnte David Marcia ausrechnen, daß sich seine Einnahmen auf 98 Dinar beliefen, während das Unternehmen ihn annähernd 30000 gekostet hatte.

Innerhalb von drei Jahren schaffte es David Marcia so, sein kleines Vermögen durchzubringen. Darauf zog er wieder in die Rue Simon-Crubellier. Anfangs wird das wohl nur eine provisorische Lösung gewesen sein und ziemlich lasch suchte er nach einem Beruf und einer Wohnung für sich, bis seine Mutter Mitleid mit ihm hatte und ihm die Verantwortung und den eventuellen Gewinn der Hälfte ihres Ladens übertrug. Es ist eine Arbeit, die ihn nicht allzu sehr ermüdet und deren Einkünfte ihm dazu dienen, seine neue Leidenschaft zu befriedigen, nämlich das Glücksspiel und hier ganz besonders das Roulette-Spiel, bei dem er ungefähr jeden Abend zwischen dreihundertfünfzig und tausend Francs verliert.

SECHSUNDSIEBZIGSTES KAPITEL

Kellerräume, 4

Kellerräume. Der Keller von Madame Beaumont.

Alte Gegenstände: eine ehemalige Schreibtischlampe mit Kupfersockel und halbkugelförmigem Lampenschirm aus hellgrünem Opalin, stark angeschlagen und schartig, ein Rest von einem Schürhaken, Kleiderständer. Von Reisen oder aus den Ferien mitgebrachte Souvenirs: ein getrockneter Seestern, winzige Puppen, als serbisches Paar gekleidet, eine kleine Vase mit einer Ansicht von Etretat; Schuhschachteln, die überquellen von Postkarten, Bündel mit Liebesbriefen, zusammengehalten von heute ausgeleierten Gummibändern, Arzneimittelprospekte:

ORABASE®

ORAL PROTECTIVE PASTE

- **strong adhesive properties hold the protective "bandage" at the site of application for up to two hours**
- **helps protect oral tissues against further irritation from chewing, swallowing, and other normal mouth activity**
- **easy to apply, convenient to use**
- **contains no antibiotic — harmless when swallowed**

Dab, do not rub, Orabase onto the affected area until the paste adheres well (rubbing this preparation on may result in a granular, gritty sensation). After application, a smooth, slippery film develops. Reapply as needed, particularly after eating; or as directed by your dentist or physician.

NOTE: Orabase is not intended for use in the presence of infection. If an infection is suspected, or if any mouth irritation does not heal within 7 days, consult your dentist or physician. If irritation is from dentures that do not fit properly, consult your dentist.

Available in 0.17 oz. (5 Gram) and ½ oz. (15 Gram) tubes.
Also available as ORABASE® with Benzocaine for protection and relief of pain associated with minor irritations of the mouth and gums.

Kinderbücher, in denen Seiten fehlen und die Einbände herausgerissen sind: *Die grünen Geschichten meiner Großmutter, Die Geschichte Frankreichs* in Bilderrätseln, aufgeschlagen bei einer Zeichnung die eine Art Operationsmesser, einen Salatkopf und eine Ratte zeigt, ein Bilderrätsel, dessen Lösung: L'An VII les tuera (lancette, laitue, rat = das Jahr sieben wird sie töten), wie erklärt wird, sich auf das Revolutions-Direktorium bezieht, obgleich dieses eigentlich erst am 18. Brumaire des Jahres VIII gestürzt worden ist, Schulhefte, Notizbücher, Fotoalben, aus gepunztem Leder, aus schwarzem Wollfilz, aus grüner Seide, in denen fast auf jeder Seite die Spur dreieckiger, seit langem gelöster Falze auf nunmehr leere Vierecke hindeutet; Fotos, geknickte, vergilbte, rissige Fotos; Fotos von Elizabeth mit sechzehn Jahren in Lédignan, wie sie mit ihrer damals etwa neunzigjährigen Großmutter in einem kleinen, zweirádrigen, von einem Pony mit sehr langen Haaren gezogenen Wagen spazierenfährt; ein Foto von Elizabeth, klein und unscharf, wie sie sich inmitten einer Tafelrunde von Männern im blauen Anton an François Breidel schmiegt; Fotos von Anne und Béatrice: auf dem einen ist Anne acht Jahre alt, Béatrice sieben; sie sitzen in einer Wiese am Fuße einer kleinen Tanne; Béatrice drückt einen kleinen, ganz gelockten Hund fest an sich; Anne neben ihr, mit ernstem, fast feierlichem Gesicht, trägt einen Männerhut: den ihres Onkels Armand Breidel, bei dem sie in diesem Jahr in Ferien waren; auf einem andern aus der gleichen Zeit ordnet Anne Feldblumen in einer Vase an; Béatrice liegt in einer Hängematte, sie liest *Die Abenteuer des Königs Babar;* man sieht den kleinen Hund nicht; auf einem dritten, späteren, sind sie, zusammen mit zwei anderen kleinen Mädchen, verkleidet im eichenholzgetäfelten Boudoir von Madame Altamont während eines Festes, das diese anläßlich des Geburtstags ihrer Tochter gab.

Madame de Beaumont und Madame Altamont haßten sich; Madame de Beaumont schimpfte Cyrille Altamont eine Doppelnull und sie sagte, daß er sie an ihren Mann erinnere und daß er zu jenen Leuten gehöre, die glaubten, es genügt schon, ehrgeizig zu sein, um intelligent zu sein. Aber Véronique Altamont und Béatrice, die gleichaltrig waren, mochten sich sehr und Madame Altamont war gezwungen, die kleinen Breidels einzuladen: Anne ist als Eugénie de Montijo verkleidet und Béatrice als Schäferin; das dritte kleine Mädchen, die kleinste der vier, ist Isabelle Gratiolet, als Squaw gekleidet; die vierte, Véronique, ist als kleiner Marquis angezogen, was ihr wunderbar steht: gepuderte Haare und mit einer Schleife geknoteter Pferdeschwanz, Spitzenkrawatte, kleiner grüner Frack mit langen Rockschößen, malvenfarbene Hose, das Schwert an der Seite und lange, weiße Fellgamaschen, die bis zum halben Schenkel reichen; Hochzeitsfotos von Fernand de Beaumont und Véra Orlowska, am sechsundzwanzigsten November 1926 in den Salons des Hotels Crillon: elegante Menge, Familie, Freunde – Graf Orfanik, Iwan Bunin, Florent Schmitt, Arthur Schnabel usw. – die hohe Torte, das junge Paar, er ihre offene Hand, die sie ihm reicht, in die seine nehmend, vor Unmengen von Rosen stehend, die über den luxuriösen Teppichboden mit dem blauen Dekor gestreut sind; Fotos von Ausgrabungen in Oviedo: eines davon, wahrscheinlich von Fernand de Beaumont aufgenommen, da er darauf fehlt, zeigt die Mannschaft zur Zeit der Siesta, ein Dutzend magerer, braungebrannter Studenten, das Gesicht fast vom Bart verdeckt, mit Shorts bekleidet, die ihnen bis auf die Knie gehen, sowie mit eher grauen Unterhemden; sie sitzen unter einem großen Segeltuchwetterdach, das ihnen zwar Schatten spendet, sie aber nicht vor der Hitze schützt; vier spielen Bridge, drei schlafen oder dösen vor sich hin, einer schreibt einen Brief, ein anderer löst mit Hilfe eines kleinen Bleistiftstummels ein Kreuzworträtsel, wieder ein anderer näht fleißig einen Knopf an eine zusammengeflickte Jacke; ein anderes Foto zeigt Fernand de Beaumont und Bartlebooth, als letzterer dem Archäologen 1935 einen Besuch abstattet. Die beiden Männer stehen lächelnd nebeneinander, die Augen wegen der Sonne zusammengekniffen. Bartlebooth trägt eine Golfhose, einen karierten Pullover, einen Schal, Beaumont, ganz klein neben ihm, ist mit einem grauen Flanellanzug bekleidet, der ziemlich zerknittert ist, dazu eine schwarze Krawatte und eine zweireihige Weste, die mit einer silbernen Uhrkette geschmückt ist. Das Foto wurde nicht von Smautf aufgenommen, da er im Hintergrund zu sehen ist, wie er mit Fawcett den großen, zweifarbigen Chenard und Walker wäscht.

Trotz ihres Altersunterschieds – Bartlebooth war damals fünfunddreißig Jahre alt, während der Archäologe auf die sechzig zuging – waren die beiden Männer sehr befreundet. Sie waren einander bei einem Empfang in der englischen Botschaft vorgestellt worden und hatten im Verlaufe des Gesprächs zunächst einmal festgestellt, daß sie im gleichen Haus wohnten – offen gestanden war Beaumont fast nie da und Bartlebooth war erst vor einigen Wochen eingezogen – und dann vor allem herausgefunden, daß sie eine gemeinsame Liebe zur alten deutschen Musik hatten: Heinrich Finck, Breitengasser, Agricola. Aber mehr noch als diese geteilte Verzauberung lag in der unwiderlegbaren Sicherheit, mit der der Archäologe eine Hypothese aufstellte, die alle seine Kollegen als die unwahrscheinlichste zu beurteilen sich einig waren, etwas, das geeignet war, Bartlebooth zu faszinieren und ihn in seinem eigenen Unterfangen zu bestärken und zu ermutigen. Auf jeden Fall war es die Anwesenheit Fernand de Beaumonts in Oviedo, die Bartlebooth dazu bestimmte, den nahen

Hafen von Gijon zu wählen, um dort das erste seiner Seestücke zu malen.

Als Fernand de Beaumont am zwölften November 1935 Selbstmord beging, war Bartlebooth am Mittelmeer und malte sein einundzwanzigstes Aquarell in dem kleinen korsischen Hafen Propriano. Er erfuhr die Nachricht am Radio und es gelang ihm, rechtzeitig auf den Kontinent zurückzukehren, um der Beerdigung seines unglücklichen Freundes in Lédignan beizuwohnen.

SIEBENUNDSIEBZIGSTES KAPITEL

Louvet, 2

Das Schlafzimmer der Louvets: ein von den Philippinen mitgebrachter Bastfaserteppich, ein Frisiertisch 1930 ganz mit winzigen Spiegeln verkleidet, ein großes Bett, bedeckt mit einem bedruckten Stoff, der eine romantisch inspirierte antike Hirtenszene darstellt: die Nymphe Io, die unter dem zärtlichen Schutz des Gottes Merkur ihrem Sohn Epaphos die Brust gibt.

Auf dem Nachttisch steht eine »Ananas« genannte Lampe (der Korpus der Frucht ist ein blaues Marmorei – oder eher ein Ei aus falschem Marmor – die Blätter und der Rest des Sockels sind aus versilbertem Metall); daneben ein graues Telefon mit einem automatischen Anrufbeantworter und ein Foto von Louvet in einem Bambusrahmen: barfuß, in einer grauen Leinenhose, den knallroten Nylonjumber weit über einem behaarten Oberkörper geöffnet, am Heck eines großen Außenbordmotors, ganz als »alter Mann und das Meer« aufgemacht, stemmt er sich, fast auf dem Rücken liegend, weit nach hinten, um zu versuchen, so etwas wie einen Thunfisch von offenbar bemerkenswerten Ausmaßen aus dem Wasser zu ziehen.

An den Wänden gibt es vier Bilder und eine Vitrine. Die Vitrine enthält eine Sammlung von Modellen antiker Kriegsmaschinen, die man selbst aufbauen muß: Sturmböcke, Belagerungstürme, deren sich Alexander der Große bediente, um seine Arbeiter bei der Belagerung von Tyrus zu schützen, syrische Katapulte, die ungeheuere Steine hundert Fuß weit schleuderten, Wurfmaschinen, Pyrobolen, Skorpione, die gleichzeitig Tausende von Wurfspeere warfen, glühende Spiegel – wie der des Archimedes, der im Nu ganze Flotten in Brand setzte – und mit Sicheln bewaffnete Türme, die von wilden Elefanten getragen wurden.

Das erste Bild ist das Faksimile eines Werbeplakats aus der Zeit zu Anfang des Jahrhunderts: drei Personen ruhen sich unter einer Gartenlaube aus; ein junger Mann in weißer Hose und blauer Jacke, einen Strohhut auf dem Kopf, ein Stöckchen mit Silberknauf unterm Arm, hat eine Kiste Zigarren in der Hand, eine hübsche, lackierte Schatulle, die mit einer Weltkarte, vielen Medaillen und einem von wehenden und goldverzierten Fahnen umgebenen Ausstellungspavillon geschmückt ist. Ein anderer junger Mann, auf die gleiche Weise gekleidet, sitzt auf einem Hocker aus Korbweide; die Hände in den Seitentaschen seiner Jacke, die braunbeschuhten Füße von sich gestreckt, hält er die lange, mattgraue Zigarre, die sich noch im ersten Stadium der Konsumtion befindet, das heißt, von deren Spitze er die Asche noch nicht abgestreift hat, in der Mitte der Lippen, so daß sie etwas abwärts hängt; neben ihm, auf einem runden Tisch, auf dem eine gepunktete Tischdecke aufliegt, befinden sich einige zusammengefaltete Zeitungen, ein Grammophon mit einem riesigen Trichter, dem er mit Andacht zu lauschen scheint, und ein Likörservice mit fünf Fläschchen mit vergoldeten Korken. Eine junge Frau, eine ziemlich rätselhafte Blondine, die ein schmales, fließendes Kleid trägt, neigt das sechste Fläschchen, das voll ist mit einem Likör von kräftigem Braun und füllt damit drei Ballongläser. Ganz unten rechts stehen in dicken, gelben, durchbrochenen Buchstaben, jenen Auriol Champlevé genannten

Schriftzeichen, die im letzten Jahrhundert reichlich Verwendung fanden, die Wörter

POR LARRANAGA 89 cts

Das zweite Bild stellt einen Strauß Klematis dar, auch unter dem Namen Bettelkraut bekannt, weil die Bettler es benutzen, um sich auf der Haut künstlich Geschwüre zu machen.

Die beiden letzten Bilder sind Karikaturen von eher langweiliger Machart und abgedroschenem Humor. Das erste trägt den Titel *Kein Geld keine Schweiz:* es stellt einen Bergsteiger dar, der sich im Gebirge verirrt hat und von einem Bernhardiner Beistand erhält, der ganz offensichtlich ein Fäßchen mit stärkendem Rum um den Hals trägt, auf das ein rotes Kreuz gemalt ist. Doch der Bergsteiger stellt zu seiner Verblüffung fest, daß in dem Fäßchen überhaupt kein Rum ist: es ist in Wirklichkeit ein Opferstock, unter dessen Schlitz geschrieben steht: Helft Henri Dunant!

Die andere Karikatur heißt *Das gute Rezept:* in einem Restaurant à la Dubout empört sich ein Gast, der in seiner Suppe eine tote Fliege gefunden hat. Der Oberkellner, ebenso wütend wie der Gast, hat den Koch kommen lassen, damit er sich rechtfertige, doch er sagt nur, sich zierend: »Jeder Koch hat seine kleinen Tricks!«

ACHTUNDSIEBZIGSTES KAPITEL

Treppenhaus, 10

Seit vierzig Jahren kommt der Klavierstimmer zweimal jährlich, im Juni und im Dezember, zu Madame de Beaumont, und es ist nun das fünfte Mal, daß er sich von seinem Enkel begleiten läßt, der seine Rolle als Führer sehr ernst nimmt, obgleich er noch keine zehn Jahre alt ist. Doch das letzte Mal hat der Junge einen Blumenständer mit Dieffenbachia umgeworfen und diesmal hat Mademoiselle Lafuente ihm verboten, hereinzukommen.

Auf den Treppenstufen sitzend, wartet der Enkel des Klavierstimmers also auf seinen Großvater. Er ist bekleidet mit einer kurzen Hose aus marineblauem Tuch und einem Jumper aus »Fallschirmseide«, das heißt aus glänzendem, himmelblauem Nylon, verziert mit Phantasie-Abzeichen: ein Lichtmast, von dem vier Blitze und konzentrische Kreise ausgehen, Symbol der Telegraphie; ein Zirkel, ein Kompaß und ein Chronometer, hypothetische Embleme eines Geographen, eines Landmessers oder eines Forschungsreisenden; die Zahl 77 in roten Buchstaben in einem gelben Dreieck; die Gestalt eines Schusters, der einen großen Bergschuh repariert; eine Hand, die ein Glas Schnaps wegstößt und darunter die Worte *»Nein danke, ich fahre«*.

Der kleine Junge liest im *Journal de Tintin* eine Biographie in Romanform von Carel Van Loorens mit dem Titel *Der Bote des Kaisers*.

Carel Van Loorens war einer der merkwürdigsten Köpfe seiner Zeit. In Holland geboren, aber aus Liebe zu den Philosophen Franzose geworden, hatte er in Persien, in Arabien, in China und in Nord- und Südamerika gelebt und sprach fließend ein gutes Dutzend Sprachen. Von selbstverständlich überlegener Intelligenz, sich aber sehr verzettelnd und offenkundig unfähig, sich länger als zwei Jahre ein und derselben Disziplin zu widmen, übte er im Laufe seines Lebens die verschiedensten Tätigkeiten aus, wobei er mit dem gleichen Glück und der gleichen Fröhlichkeit vom Beruf des Chirurgen zu dem des Geometers überwechselte, in Lahore Kanonen schmolz und in Chiraz eine Veterinärsschule gründete, in Bologna die Physiologie lehrte, in Halle Mathematik und in Barcelona Astronomie (wo er die Hypothese zu äußern wagte, daß sich Méchain bei seinen Berechnungen des Meters geirrt habe), für Wolfe Tone Gewehre eskortierte oder, als Orgelbauer, die Möglichkeit ins Auge faßte, die Registerzüge durch Klapptasten zu ersetzen, wie das ein Jahrhundert später geschehen sollte. Aus dieser systematischen Unbeständigkeit folgte, daß Carel Van Loorens sich im Verlaufe seines Lebens mehrere interessante Fragen stellte, mehrmals andeutungsweise Lösungsversuche unternahm, denen es weder an Eleganz noch bisweilen an Genialität fehlte, es jedoch fast jedesmal versäumte, seine Ergebnisse auf eine annähernd verständliche Weise schriftlich zu fixieren. Nach seinem Tod fand man in seinem Arbeitszimmer in den meisten Fällen unleserliche beziehungsweise unverständliche Aufzeichnungen, die sich unterschiedslos auf die Archäologie, die Ägyptologie, die Buchdruckerkunst (Projekt eines universellen Alphabets), die Linguistik (Brief an Herrn von Humboldt über das Idiom der Warsinis: es war sicherlich nur ein Briefentwurf; auf jeden Fall spielt Humboldt nirgends darauf an), die Medizin, die Politik (Vorschlag für eine demokratische Regierung, bei dem nicht nur der dreifachen Gewaltenteilung in Exekutive, Legislative und Jurisdiktion Rechnung getragen wird, sondern, in einer verwirrenden Antizipation, auch einer vierten Gewalt, die er die publizitäre nannte (von *Publizist*, Journalist), das heißt die Information, die numerische Algebra (Anmerkung über die Goldbachsche Vermutung, derzufolge jede Zahl n die Summe von K Primzahlen ist), die Physiologie (Hypothesen über den Winterschlaf der Murmeltiere, über den pneumatischen Körper der Vögel, den Atemstillstand oder Apnoe der Nilpferde usw.), die Optik, die Physik, die Chemie (Kritik der Theorien Lavoisiers über die Säuren, Entwurf einer Klassifizierung der einfachen Körper) sowie mehrere Erfinderprojekte, denen meistens nicht viel gefehlt haben soll, um vollkommen zu funktionieren: ein Celerifarum mit Lenkrad, der Draisine ähnelnd, ihr aber um zwanzig Jahre voraus; ein »pellette« getaufter Stoff, eine Art Kunstleder, das aus einer mit einer Mischung von Korkpulver, Leinöl, Leim und Harz bestrichenen Tuchbindung hergestellt wurde; oder eine »Sonnenschmiede«, die aus einer Garnitur wie Spiegel polierter Metallplatten bestand, die auf eine topische Feuerstelle hin ausgerichtet waren.

1805 suchte van Loorens Geld, um eine Expedition zu finanzieren, die endlich den Nil bis zu seiner oder seinen Quellen hinauffahren würde, ein Plan, den viele schon vor ihm hatten, den jedoch niemand zu Ende geführt hatte. Er wandte sich an Napoleon I., den er bereits einige Jahre zuvor kennengelernt hatte, als der künftige Kaiser der Franzosen, ein allzu volkstümlicher General für den Geschmack des Direktoriums, das ihn zu entfernen suchte, indem es ihn nach Ägypten schickte, einige der besten Gelehrten seiner Zeit um sich versammelt hatte, die ihn auf seinem Feldzug begleiten sollten.

Für Napoleon stellte sich damals ein schwieriges diplomatisches Problem; ein wesentlicher Teil der französischen Flotte war gerade in der Seeschlacht bei Trafalgar zerstört worden, und in dem Bemühen, der ungeheuren Vormachtstellung der Engländer zur See entgegenzuwirken, war der Kaiser auf den Gedanken gekommen, sich der Dienste des sagenhaftesten Berber-Korsaren zu versichern, jenes, dem man den Beinamen Hokab el-Ouakt, Adler des Augenblicks, gegeben hatte.

Hokab el-Ouakt befehligte eine richtige Flotte von elf Galeoten, deren perfekt koordinierte Aktionen aus ihm den Herrn eines guten Teils des Mittelmeers machte. Aber wenn er auch keinen Grund hatte, die Engländer zu lieben, die, seit über einem Jahrhundert bereits Besitzer Gibraltars, seit fünf Jahren Malta innehatten und die Aktionen der Berber immer stärker bedrohten, so hatte er auch keinen Grund, ihnen die Franzosen vorzuziehen, die, ebenso wenig wie die Spanier, die Holländer, die Genuesen und die Venezianer, es sich nie versagt hatten, Algier zu beschießen.

Auf jeden Fall stellte sich zunächst einmal das Problem, überhaupt an den Adler heranzukommen, denn in der Sorge, sich vor Attentaten zu schützen, umgab er sich ständig mit achtzehn taubstummen Leibwächtern, die keine andere Instruktion hatten, als jeden zu töten, der sich ihrem Herrn auf mehr als drei Schritte näherte.

In dem Augenblick nun, in dem sich der Kaiser fragte, wo er den seltenen Vogel finden könne, der in der Lage sei, die schwierigen Verhandlungen zu einem guten Ende zu führen, deren Präliminarien schon so entmutigend zu sein schienen, gewährte er Carel van Loorens eine Audienz, und er konnte sich, als er ihn empfing, sagen, daß der Zufall ihn wieder einmal begünstigte; van Loorens, das wußte er, sprach fließend arabisch, und er hatte in Ägypten seine Intelligenz, seine schnelle Auffassungsgabe, seine Entschlußfreudigkeit, sein Gefühl für Diplomatie und seinen Mut schätzen gelernt. Daher willigte Napoleon ohne Zögern darin ein, alle Kosten einer Expedition an die Nil-Quellen zu übernehmen, falls Loorens den Auftrag übernehme, Hokab el-Ouakt eine Botschaft nach Algier zu überbringen.

Einige Wochen später zog Carel van Loorens, in einen wohlhabenden Kaufmann vom Persischen Golf verwandelt, der auf den geachteten Namen Haj Abdulaziz Abu Bakr hörte, an der Spitze eines langen Zugs von Kamelen und einer Eskorte von zwanzig der besten Mameluken der Kaiserlichen Garde in Algier ein. Er beförderte Teppiche, Waffen, Perlen, Schwämme, Stoffe und Gewürze, alles Waren von bester Qualität, die sehr schnell Abnehmer fanden, obgleich Algier damals eine reiche Stadt war, wo man in Hülle und Fülle Erzeugnisse aus der ganzen Welt fand, die die Beutezüge der berberischen Seeräuber von ihrem ursprünglichen Bestimmungsort abgebracht hatte. Doch Loorens behielt drei eiserne Kästen für sich und alle, die ihn fragten, was sie enthielten, gab er immer wieder die gleiche Antwort: »Keiner von euch ist würdig, die Schätze zu sehen, die in diesen Kästen sind, außer Hokab el-Ouakt«.

Am vierten Tag nach seiner Ankunft erwarteten drei Männer des Adlers Loorens an der Tür seiner Herberge. Sie machten ihm ein Zeichen, daß er ihnen folgen solle. Er willigte ein und man hieß ihn, in eine mit dicken Ledervorhängen hermetisch abgeschlossene Sänfte zu steigen. Sie brachten ihn aus der Stadt, in ein abgelegenes Rundzelt, in das sie ihn einschlossen, nachdem sie ihn gründlich durchsucht hatten. Es vergingen mehrere Stunden. Endlich, bei Einbruch der Nacht, tauchte Hokab hinter einigen seiner Leibwachen auf:

»Ich habe deine Kästen öffnen lassen«, sagte er, »sie waren leer.«

»Ich bin gekommen, dir viermal mehr Gold anzubieten, als diese Kästen enthalten könnten!«

»Wozu brauche ich dein Gold? Eine einzige spanische Galeone gibt mir siebenmal soviel davon!«

»Wann hast du deine letzte Galeone erbeutet? Die Engländer versenken sie und du wagst die Engländer nicht anzugreifen. Neben ihren großen Dreimastern sind deine Galeoten nur kleine Boote!«

»Wer schickt dich?«

»Du bist ein Adler und nur ein anderer Adler kann sich an dich wenden! Ich bin gekommen, dir eine Botschaft von Napoleon I., Kaiser der Franzosen, zu bringen!«

Ganz sicher wußte Hokab el-Ouakt, wer Napoleon I. war und zweifellos schätzte er ihn hoch, denn ohne zwar auf den ihm gemachten Vorschlag ausdrücklich zu antworten, betrachtete er von da an Carel van Loorens als einen Botschafter und legte Wert darauf, ihn mit unendlicher Aufmerksamkeit zu behandeln; er lud ihn ein, in seinem Palast zu wohnen, einer riesigen Festung, die über das Meer hinausragte und in der stufenförmig Zaubergärten aufragten, die reich waren an Judendorn, Johannisbrotbäumen, Oleander und zahmen Gazellen, und gab für ihn prächtige Feste, in deren Verlauf er ihm seltene Gerichte zu kosten gab, die aus Amerika und aus Asien gekommen waren. Als Gegenleistung erzählte Loorens ganze Nachmittage lang dem Araber seine Abenteuer und beschrieb ihm die sagenhaften Städte, in denen er sich aufgehalten hatte: Diomira, die Stadt mit den sechzig Silberkuppeln, Isaura, die Stadt mit den hundert Brunnen, Smeraldina, die Wasserstadt und Moriane mit seinen im Sonnenlicht durchsichtigen Alabastertoren, seinen Korallensäulen, die mit Serpentin inkrustierte Giebel stützten, seinen Villen ganz aus Glas wie Aquarien, wo die Schatten der Tänzerinnen mit versilbertem Schildpatt unter Standleuchten in Form von Quallen umherschwammen.

Loorens war seit annähernd einer Woche der Gast des Adlers, als er eines Abends, alleingeblieben in dem vor seinen Gemächern liegenden Garten, wo er einen wunderbaren Mokka trank und dabei von Zeit zu Zeit an dem Amberrohr seines mit Rosenwasser parfümierten Nargilehs zog, ein sanftes Lied in die Nacht aufsteigen hörte. Es war eine überirdische, melancholische Frauenstimme und das Lied, das sie sang, kam Loorens so vertraut vor, daß er aufmerksam auf die Musik und die Worte zu lauschen begann, und er war kaum überrascht, ein Liebeslied von Walther von der Vogelweide zu erkennen:

Ich kam gegangen zuo der ouwe,
do was man friedel komen e.
Da wart ich empfangen, here frouwe,
daz ich bin saelic iemer me.
Kust er mich? wol tusentstunt,
tadaradei, seht wie rot mir ist der munt!

Loorens stand auf, ging in die Richtung der Stimme und auf der anderen Seite einer Vertiefung der Festung, die steil auf die Küstenriffe abfiel, erblickte er, etwa zehn Meter über seinen eigenen Gemächern, auf einer ganz von vergoldeten Gittern geschlossenen Terrasse, in der Nacht vom sanften Licht von Harzfackeln angestrahlt, eine Frau von so außergewöhnlicher Schönheit, daß er, jede Vorsicht außer acht lassend, über die Balustrade seiner Terrasse kletterte, den andern Flügel der Festung erreichte, indem er sich an einem schmalen Gesims vorwärts bewegte, und sich der Unebenheiten des Felsens bedienend, bald auf gleicher Höhe mit der jungen Frau war. Er rief sie mit leiser Stimme an. Sie hörte ihn, wollte zuerst fliehen, kam dann zurück, trat näher und erzählte ihm dann mit leiser, keuchender Stimme ihre traurige Geschichte.

Sie hieß Ursula von Littau. Als Tochter des Grafen von Littau, des ehemaligen Adjutanten Friedrich-Wilhelms II., war sie mit fünfzehn Jahren mit dem Sohn des spanischen Botschafters in Potsdam, Alvero Sanchez del Estero, vermählt worden. Die Korvette, mit der sie die Meere durchfuhr, um zu ihrem künftigen Gemahl nach Malaga zu gelangen, war von den Berbern angegriffen worden. Sicherlich verdankte sie es nur ihrer Schönheit, daß sie mit dem Leben davonkam, und so schmachtete sie schon seit zehn Jahren im Harem des Adlers vom Augenblick inmitten fünfzehn anderer Ehefrauen.

Halb überm Abgrund hängend, hatte Carel van Loorens, die Augen voller Tränen, Ursula von Littau gelauscht, und als sie ihre Geschichte zu Ende erzählt hatte, schwor er ihr, sie schon am nächsten Tag zu befreien. Und als Pfand seines Versprechens steckte er ihr seinen Siegelring an den Finger, ein Ring mit einer eiförmigen Fassung, in die ein opalinfarbener Korund eingesetzt war, der als Intaglio eingraviert eine liegende 8 trug. »Bei den Alten«, sagte er zu ihr, »war dieser Stein das Symbol des Gedächtnisses und eine Legende besagt, daß der, der einmal diesen Ring gesehen hat, ihn nie wieder vergessen kann.«

Die Mission, die der Kaiser ihm anvertraut hatte, völlig aufgebend, organisierte Loorens in weniger als vierundzwanzig Stunden die Flucht Ursula von Littaus. Am nächsten Abend, nachdem er sich im Verlauf des Tages die notwendige Ausrüstung besorgt hatte, kehrte er an den Fuß der Terrasse des Harems zurück. Aus einer seiner Taschen zog er ein schweres Fläschchen aus dunklem Glas und goß daraus einige Tropfen einer dampfenden Flüssigkeit auf einige Stellen des Gitters. Unter der ätzenden Wirkung der Säure begannen sich die Eisenstäbe aufzulösen und Loorens brachte eine schmale Öffnung zuwege, die es der jungen Preußin erlauben sollte, durchzuschlüpfen.

Sie kam gegen Mitternacht. Die Nacht war schwarz. Weit weg, vor den Gemächern des Adlers, gingen unbekümmert Wachen auf und ab. Loorens ließ eine bis zum Fuße der Festung reichende Leiter aus geflochtener Seide hinab, die zuerst Ursula und dann er benutzten, wo sie sich fünfundzwanzig Meter weiter unten auf einer kleinen, von Felsen und aus dem Wasser ragenden Riffs umgebenen Sandbucht wiederfanden.

Zwei Mameluken aus seiner Begleitung erwarteten sie mit Blendlaternen auf dem Sand. Inmitten von Steingeröll, das sich am Fuße der Klippen auftürmte, lotsten sie sie zwischen den Felsen hindurch, führten sie sie bis zur Mündung eines versiegten Wadi, das tief ins Innere des Landes vordrang. Dort erwartete sie die übrige Begleitung. Ursula von Littau wurde auf einen *atatich* gehoben, diese Art rundes Zelt, das die Kamele tragen und in dem sich gewöhnlich die Frauen aufhalten und die Karawane machte sich auf den Weg.

Loorens plante bis nach Oran zu gelangen, wo der spanische Einfluß vorherrschend geblieben war. Doch er hatte dazu keine Gelegenheit. Im Morgengrauen, als sie erst einige Stunden von Algier entfernt waren, holten die Männer des Adlers sie ein und griffen sie an. Die Schlacht war kurz und für die Mameluken verhängnisvoll. Loorens selbst sah nur wenig davon, denn eine Art Herkules mit völlig kahl geschorenem Schädel schlug ihn sofort mit einem gewöhnlichen Faustschlag zu Boden.

Als Carel van Loorens wieder wach wurde, tat ihm alles weh und er befand sich in einer Stube, die einer Gefängniszelle ähnlich sah: große Steinfliesen, eine dunkle, ganz kahle Wand, irgendwo eingemauert ein eiserner Ring. Das Licht fiel durch eine kleine, runde, mit fein gearbeiteten schmiedeeisernen Stäben versehene Öffnung herein. Loorens trat heran und sah, daß sein Gefängnis zu einem winzigen Dorf von drei oder vier Lehmhütten gehörte, die um einen Brunnen herum gruppiert waren, umgeben von einem kleinen Palmenhain. Die Männer des Adlers lagerten unter freiem Himmel, schärften ihre Schwerter, spitzten ihre Pfeile, beschäftigten sich mit Übungen zu Pferde.

Plötzlich ging die Tür auf und drei Männer kamen herein. Sie ergriffen Loorens und führten ihn einige hundert Meter vom Dorf weg, über einige Dünen hinweg, inmitten abgestorbener Palmen, die der Wüstensand der Oase wieder abgetrotzt hatte; dort fesselten sie ihn auf ein Holzgestell, das halb Pritsche, halb Operationstisch war, mit einer langen Lederleine, die sie ihm mehrmals um den Oberkörper und seine Glieder wanden. Dann entfernten sie sich im Galopp.

Langsam fiel der Abend herein. Loorens wußte, daß er, wenn er in der Nacht nicht den Erfrierungstod sterben würde, am andern Morgen so sicher von der Sonne verbrannt werden würde, als ob er sich im Zentrum seiner »Sonnenschmiede« befunden hätte. Er erinnerte sich, daß er Hokab dieses Projekt beschrieben hatte und daß der Araber nachdenklich mit dem Kopf genickt hatte, wobei er murmelte, daß die Wüstensonne keine Spiegel brauche und er sagte sich, daß der Adler, als er eine solche Marter wählte, um ihm den Tod zu geben, ihm den Sinn dieser Worte klarmachen wollte.

Jahre später, als er sicher war, daß Napoleon ihn nicht mehr verhaften lassen und Roustan, der sich geschworen hatte, seine zwanzig Kameraden, die durch seine Schuld niedergemetzelt worden waren, zu rächen, ihn nicht mehr ermorden konnte, schrieb Carel van Loorens ein kurzes Memorandum über sein Abenteuer und ließ es dem König von Preußen in der geheimen Hoffnung zukommen, seine Majestät würde ihm eine Rente aussetzen, um ihn dafür zu belohnen, daß er versucht hatte, die Tochter des Adjutanten seines verstorbenen Vaters zu retten. Er berichtete darin, wie ein günstiger Zufall über sein Weiterleben entschied, ein Zufall, der darin bestand, daß die Männer des Adlers sich, als sie ihn fesselten, einer Laufleine aus geflochtenem Leder bedienten. Hätten sie einen Strick aus Alfagras oder aus Hanf benutzt oder einen Leinenstreifen, er hätte sich nie befreien können. Leder aber gibt, wie jeder weiß, unter der Wirkung des Schweißes nach, wird schlaff, und nach einigen Stunden verkrampfter Verrenkungen, Keuchens, plötzlicher Schauder, auf die ein Zittern bis zum Rande der Ohnmacht folgte, spürte Loorens, wie der Riemen, der ihm bis dahin bei jeder Anstrengung immer tiefer ins Fleisch geschnitten hatte, anfing, sich ganz langsam zu lockern. Er war so erschöpft, daß er trotz der Angst, die ihn erstickte, in einen fiebrigen Schlaf verfiel, der unterbrochen war von Alpträumen, in denen er Armeen von Ratten sah, die von überall kommend über ihn herfielen und ihm mit ihren Zähnen Fetzen lebendigen Fleisches aus dem Leib rissen. Keuchend wurde er wach, schweißgebadet und er spürte, daß er seinen geschwollenen Fuß endlich frei bewegen konnte.

Einige Stunden später hatte er seine Fesseln gelöst. Die Nacht war eisig und ein heftiger Wind schleuderte Sandwirbel, die seine schon ganz wundgescheuerte Haut zerfetzten. Mit der Energie der Verzweiflung grub Loorens ein Loch in den Sand und versteckte sich darin so gut er konnte, wobei er das schwere Holzgestell über sich zog, auf das er festgebunden gewesen war.

Er konnte keinen Schlaf mehr finden und lange kämpfte er gegen die Kälte, gegen den Sand, der in seine Augen und seinen Mund drang und sich in den offenen Wunden seiner Handgelenke und seiner Knöchel festsetzte und er versuchte, seine Situation mit einem klaren Blick zu überschauen. Sie war nicht glänzend:

gewiß, er war frei in seinen Bewegungen und sicherlich würde es ihm auch gelingen, diese entsetzliche Nacht zu überleben, doch er war in einem kritischen Schwächezustand, ohne Lebensmittel und ohne Wasser, und er wußte nicht, wo er sich befand, außer daß er einige hundert Meter von einer Oase entfernt war, wo genau jene lagerten, die ihn verurteilt hatten.

Wenn dem so war, hatte er nicht die geringste Überlebenschance. Diese Gewißheit heiterte ihn fast auf: sein Heil hing somit nicht mehr von seinem Mut, seiner Intelligenz oder seiner Kraft ab, sondern nur von seinem Schicksal.

Endlich brach der Tag an. Loorens schaffte sich aus seinem Loch heraus, stellte sich auf die Füße, vermochte einige Schritte zu machen. Vor ihm, jenseits der Dünen, waren die Wipfel der Palmen deutlich zu sehen. Loorens spürte, wie seine Hoffnung wieder aufkeimte: wenn die Männer des Adlers, nachdem sie ihre Arbeit verrichtet hatten, ihren vorübergehenden Schlupfwinkel verlassen hatten und wieder nach Algier zurückgekehrt waren, so hieß das zum einen, daß die Küste nahe war, zum andern, daß er in der Oase Wasser und Nahrungsmittel finden würde. Diese Hoffnung gab ihm die Kraft, sich bis zu den Palmen zu schleppen.

Seine Schlußfolgerung war falsch oder zumindest hypothetisch, doch er vergewisserte sich zumindest eines Punktes: die Oase war menschenleer. Die halb eingestürzten Lehmhütten schienen seit Jahren verlassen zu sein, der Brunnen war versiegt und wimmelte von Skorpionen, die Palmen erlebten ihre letzten Jahreszeiten.

Loorens ruhte sich einige Stunden aus und verband seine Wunden, indem er sie mit Palmblättern umwickelte. Dann brach er in Richtung Norden auf. Er lief stundenlang mechanisch und geistesabwesend durch eine Landschaft, die keine Sandwüste mehr war, sondern irgend etwas Steiniges und Graues mit mageren, fast gelben Grasbüscheln mit scharfen, spitzen Stengeln und manchmal einem weißen, mürben Eselsgerippe oder einem halb zusammengefallenen Steinhaufen, der vielleicht einmal eine Hirtenschutzhütte gewesen war. Dann, als von neuem die Dämmerung hereinbrach, glaubte er ganz weit vor sich, ganz am Ende eines dürren, von Spalten und Wölbungen übersäten Plateaus Kamele, Ziegen, Zelte zu sehen.

Es war ein Berberlager. Die Nacht war schwarz, als er es endlich erreichte, und er brach vor dem Feuer zusammen, um das die Männer des Stammes saßen.

Er blieb über eine Woche bei ihnen. Sie verstanden nur ein paar Worte arabisch, so daß sie nicht viel miteinander reden konnten, doch sie pflegten ihn, setzten seine Kleider instand, und als er aufbrach, gaben sie ihm Lebensmittel, Wasser und einen Dolch, dessen Griff ein polierter Stein war, eingefaßt von einem mit feinen Arabesken verzierten Kupferblättchen. Um seine Füße zu schützen, die nicht daran gewöhnt waren, auf diesen steinigen Böden nackt zu bleiben, machten sie ihm so etwas wie Holzsandalen, die mit einem breiten Lederriemen am Fuß festgehalten wurden und er gewöhnte sich so daran, daß er später nie wieder Schuhwerk europäischer Art anziehen konnte.

Einige Wochen später war Carel van Loorens in Oran in Sicherheit. Er wußte nicht, was aus Ursula von Littau geworden war, und vergeblich versuchte er eine Strafexpedition zusammenzustellen, die es ihm ermöglicht hätte, die junge Frau zu befreien. Erst 1816, als der Adler vom Augenblick bei der Beschießung Algiers am siebenundzwanzigsten August durch eine englisch-holländische Schwadron ums Leben kam, erfuhr man von den Frauen seines Harems, daß die arme Preußin das den untreuen Frauen vorbehaltene Schicksal erlitten hatte: in einen Ledersack eingenäht, war sie von der Festung hinunter ins Meer geworfen worden.

Carel van Loorens lebte noch annähernd vierzig Jahre lang. Unter dem angenommenen Namen John Ross wurde er Bibliothekar des Gouverneurs von Ceuta und verbrachte den Rest seiner Tage damit, die Gedichte des Hofs von Cordoba zu transkribieren und auf die Vorsatzblätter der Werke aus der Bibliothek Ex-Libris zu kleben, die einen fossilen Ammonit darstellten, über dem die stolze Devise stand: *Non frustra vixi.*

NEUNUNDSIEBZIGSTES KAPITEL

Treppenhaus, 11

Die Tür der Rorschachs steht weit offen. Zwei große Koffer sind über den Treppenabsatz gezogen worden, zwei Schiffskoffer, verstärkt durch mit Nägeln beschlagenes Leder, verziert mit zahlreichen Etiketten. Man errät, daß ein dritter Koffer in der Diele steht, einem Raum mit dunklem Parkettboden und Holztäfelung bis in Mannshöhe, mit »rustikal-beleuchteten« Kleiderhaken in Form von Hirschgeweihen, die aus einer Ludwigshafener *Bierstube* kommen, und einem Jugendstil-Kronleuchter, halbkugelförmige Brunnenbeckenschalen aus Glaspaste, dekoriert mit inkrustierten, dreieckigen Motiven, der ein eher mittelmäßiges Licht spendet.

Olivia Rorschach besteigt an diesem Abend um Mitternacht an der Gare Saint-Lazare den Zug zu ihrer 56. Weltreise. Ihr Neffe, der sie zum ersten Mal begleiten wird, ist mit nicht weniger als vier Gepäckträgern gekommen, um sie abzuholen. Er ist ein Junge von sechzehn Jahren, sehr groß, mit ganz schwarzen Haaren, die ihm in Locken auf die Schultern fallen und mit einem Raffinement gekleidet, das gewiß nicht seinem Alter entspricht: ein weit geöffnetes weißes Hemd, eine Schottenweste, eine Lederjacke, ein aprikosenfarbenes Halstuch und ockerfarbene Blue-Jeans, die in breiten texanischen Stiefeln stecken. Er sitzt auf einem der Koffer und lutscht nachlässig an einem Strohhalm, der in einer Coca-Flasche steckt, wozu er das *Vademecum des Franzosen in New York* liest, ein kleines, touristisches

Werbefaltblatt, das von einer Reise-Agentur herausgebracht wird.

Neunzehnhundertdreißig in Sidney geboren, wurde Olivia Norvell mit acht Jahren das vergöttertste Kind Australiens, als sie im Royal Theater in einer Bearbeitung des Stückes *Das Regimentsmaskottchen* die Rolle übernahm, die Shirley Temple im Film zum ersten Mal gespielt hatte. Ihr Triumph war so groß, daß das Stück nicht nur bei schon wochenlang vorher ausverkauften Vorstellungen zwei Jahre hindurch gespielt wurde, sondern daß, als Olivia durch einige geschickt verbreitete Gerüchte wissen ließ, sie habe mit den Proben für eine neue Rolle begonnen, nämlich der der Alice in einem entfernt von Lewis Carroll inspirierten Stück *Ein Traum Alices*, das von einem erfahrenen Dramatiker, der eigens aus Melbourne gekommen war, speziell für sie geschrieben worden war, alle Plätze der ursprünglich vorgesehenen zweihundert Vorstellungen sechs Monate vor der Uraufführung aufgekauft wurden und die Direktion Wartelisten auflegen mußte für eventuelle spätere Vorstellungen.

Während die Tochter ihre sagenhafte Karriere fortsetzte, schlachtete ihre Mutter, Eleanor Norvell, eine kluge Geschäftsfrau, von einem tüchtigen Finanzberater intelligent beraten, die Popularität des kleinen Mädchens, das bald die beliebteste Modepuppe des Landes wurde, weidlich aus. Und es dauerte nicht lange, bis ganz Australien überschwemmt war von kleinen Zeitschriften und betörenden Plakaten, die Olivia zeigten, wie sie gerade einen Teddybären streichelte oder vor den professionellen Augen gerührter Eltern in einer Enzyklopädie *(Let your Child enter the Realm of Knowledge!)* blätterte, die größer war als sie selber oder wie sie, als Straßenkind mit Ballonmütze und Trägerhose gekleidet, auf einem Bordstein sitzend, mit drei Doppelgängern von Pim, Pam und Poum für eine Art australischer Vorfahre des Instituts zur Bekämpfung von Verkehrsunfällen Reklame machte. Obgleich ihre Mutter und ihr Finanzberater sich unaufhörlich Gedanken machten über die verhängnisvollen Folgen, die Adoleszenz und mehr noch Pubertät bald auf die Karriere dieser lebenden Puppe haben würden, erreichte Olivia das Alter von sechzehn Jahren, ohne auch nur einen einzigen Augenblick nicht Gegenstand der Anbetung zu sein, so daß es in manchen Gegenden der Westküste zu Tumulten kam, wenn die Krypto-Werbe-Illustrierte, die das ausschließliche Recht an ihren Fotos hatte, nicht mit der vorgesehenen Post ankam. Damals, es war ihr größter Triumph, heiratete sie Jeremy Bishop.

Wie alle Mädchen Australiens hatte Olivia zwischen 1940 und 1945 selbstverständlich die Patenschaft für mehrere Frontsoldaten übernommen. In Wirklichkeit hatte es sich bei ihr um ganze Regimenter gehandelt, denen sie ihr mit einer Widmung versehenes Foto schickte; ferner schrieb sie einmal im Monat einem einfachen Soldaten oder einem Unteroffizier, der sich durch eine mehr oder weniger glorreiche Heldentat hervorgetan hatte, einen kleinen Brief.

Kriegsfreiwilliger beim 28. Marine-Infanterie-Regiment (das unter dem Befehl des berühmten Oberst Arnhem Palmerston stand, der den Beinamen *Alter Donner* hatte, weil sich eine schmale, weiße Narbe durch sein Gesicht zog, als sei er vom Blitz getroffen worden), war der Schütze Jeremy Bishop einer dieser glücklichen Auserwählten: weil er 1942 während der blutigen Schlacht im Korallenmeer seinen Oberleutnant, der ins Meer gefallen war, wieder aus dem Wasser gezogen hatte, bekam er gleichzeitig mit dem Victoria Cross einen handgeschriebenen Brief von Olivia Norvell, der mit den Worten schloß »ich küsse dich von ganzem Herzen«, worauf ein Dutzend Kreuze folgten, von denen jedes einem Kuß entsprach. Bishop trug diesen Brief als Talisman bei sich und schwor sich, daß er noch einen weiteren bekommen werde, wozu er die Zahl seiner Heldentaten vervielfachte: von Guadalcanal bis Okinawa über Tarawa, die Gilbert-Inseln, die Marshall-Inseln, Guam, Baatan, die Marianen und Iwo-Jima schlug er sich so großartig, daß er am Ende des Krieges der höchstdekorierte Oberschütze ganz Ozeaniens war.

Die Heirat zwischen diesen beiden Idolen der Jugend war unumgänglich, und sie wurde am sechsundzwanzigsten Januar 1946, dem australischen Nationalfeiertag, mit dem gehörigen Prunk gefeiert. Mehr als fünfundvierzigtausend Personen wohnten der Trauung bei, die im großen Stadion von Melbourne von Kardinal Fringilli, damals apostolisch-ökumenischer Vikar Australasiens und der antarktischen Gebiete, vollzogen wurde. Dann wurde der Menge gestattet, gegen zehn australische Dollar pro Kopf – das entspricht etwa dreißig D-Mark – das neue Landhaus des jungen Paares zu betreten und an den aus den fünf Weltteilen gekommenen Geschenken vorbeizuziehen: der Präsident der Vereinigten Staaten hatte die in Büffelleder gebundenen gesammelten Werke Nathaniel Hawthornes geschenkt; Mrs. Plattner aus Brisbane, Stenotypistin, eine die Ehegatten darstellende, nur mit Hilfe von Schreibmaschinenbuchstaben ausgeführte Zeichnung; *The Olivia Fan Club of Tasmania* einundsiebzig gezähmte weiße Mäuse, die sich so aufzustellen wußten, daß sie den Namen Olivia bildeten; und der Verteidigungsminister ein Narwal-Horn, das länger war als das, welches Sir Martin Frobisher der Königin Elizabeth bei seiner Rückkehr aus Labrador geschenkt hatte. Wenn man zehn Dollar mehr zahlte, durfte man sogar das Brautzimmer betreten, um dort das aus dem Stamm eines

Mammutbaums geschnitzte Ehebett zu bewundern, ein gemeinsames Geschenk der *Innungen des holzverarbeitenden Gewerbes* und des *Nationalen Syndikats der Förster und Holzfäller*. Am Abend schließlich sang Bing Crosby, den eine Sondermaschine in Hollywood abgeholt hatte, im Verlauf eines gigantischen Empfangs eine Bearbeitung des *Hochzeitsmarsches,* zu Ehren der Jungvermählten von einem der besten Schüler Ernst Kreneks komponiert.

Es war ihre erste Ehe. Sie dauerte zwölf Tage. Rorschach war ihr fünfter Mann. In der Zwischenzeit hatte sie einen jugendlichen Helden geheiratet, den sie in einer Rolle als schnurrbärtigen österreichischen Offizier gesehen hatte, der einen mit Schnüren behängten Dolman trug und der sie vier Monate später wegen eines jungen Italieners verließ, der ihnen in einem Restaurant in Brügge eine Rose verkauft hatte; einen englischen Lord, der sich nie von seinem Hund trennte, eine Art kleiner Pudel mit lockigem Haar, der Scrambled Eggs hieß; und einen gelähmten Industriellen aus Racine (Wisconsin, zwischen Chicago und Milwaukee), der seine Gießereien von der Terrasse seiner Villa aus leitete, in seinem Rollstuhl sitzend, die Beine mit einem Berg von Zeitungen aus aller Welt bedeckt, die mit der Morgenpost gekommen waren.

Rémi Rorschach lernte sie im Februar 1958, einige Wochen nach ihrer vierten Scheidung, in Davos unter Umständen kennen, die der klassischen amerikanischen Komödien würdig waren. Sie suchte in einer Buchhandlung ein Buch über *Les Très Riches Heures du Duc de Berry,* von dem sie am Tag zuvor während einer Fernsehsendung einige Reproduktionen gesehen hatte. Selbstverständlich war das einzige verfügbare Exemplar gerade gekauft worden und der glückliche Käufer, ein

Mann reifen Alters, aber ganz offensichtlich noch rüstig, war gerade im Begriff, es an der Kasse zu bezahlen. Ohne zu zögern ging Olivia zu ihm, stellte sich vor und machte ihm den Vorschlag, es ihm abzukaufen. Der Mann, der kein anderer war als Rorschach, lehnte ab, doch schließlich kamen sie überein, es sich zu teilen.

ACHTZIGSTES KAPITEL

Bartlebooth, 3

Während des dritten Kongresses der Internationalen Union der historischen Wissenschaften, der im Oktober 1887 unter der Schirmherrschaft sowohl der *Royal Historical Society* als auch der *British Association for the Advancement of Sciences* in Edinburg abgehalten wurde, rüttelten zwei Mitteilungen die internationale wissenschaftliche Gemeinschaft ganz ungemein auf und fanden sogar einige Wochen lang ein breites Echo in der Öffentlichkeit.

Die erste Mitteilung erfolgte auf deutsch von Professor Zapfenschuppe von der Universität Straßburg. Ihr Titel lautete: Untersuchungen über die Taufe Amerikas. Als der Autor aus den Kellern des bischöflichen Palais' von Saint-Dié heraufgeholte Archive sichtete, hatte er eine Partie alter Bücher entdeckt, die ohne jeden Zweifel aus der berühmten, 1495 von Germain Lud gegründeten Buchdruckerei kamen. Unter diesen Büchern befand sich ein Atlas, auf den zahlreiche Texte des sechzehnten Jahrhunderts verwiesen, von dem aber kein einziges Exemplar bekannt war: es war die berühmte *Cosmographiae introductio cum quibusdam geometriae oec astronomiae principiis ad eam rem necessariis, insuper quatuor Americii Vespucii navigationes* von Martin Waldseemüller, genannt Hylacomylus, dem bekanntesten Kartographen der Schule von Saint-Dié. In diesem herzförmigen Atlas erschien unter der Bezeichnung TERRA AMERICI VEL AMERICA zum ersten Mal der neue Kontinent, den Christoph Columbus entdeckt und Westindien getauft hatte, und das Datum auf dem Exemplar – 1507 – setzte endlich der heftigen Kontroverse, die seit annähernd drei Jahrhunderten über Amerigo Vespucci entstanden war, ein Ende: für die einen war er ein ernsthafter Mann, ein integerer und gewissenhafter Forscher, der nie daran gedacht hatte, daß er eines Tages die Ehre haben könnte, einen Kontinent zu taufen und es auch nie wußte oder es erst auf seinem Totenbett erfahren haben soll (und mehrere romantische Stiche – davon einer von Tony Johannot – zeigen den alten Forscher, der im Kreise der Seinen 1512 in Sevilla sanft entschlummert, die Hand auf einem aufgeschlagenen Atlas, den ein Mann, der an seinem Krankenbett kniet, ihm unter Tränen hinhält, damit er mit eigenen Augen ein letztes Mal bevor er stirbt, das Wort AMERICA sich über dem neuen Kontinent ausbreiten sieht); doch für die andern war er ein Abenteurer vom Geschlecht der Brüder Pinzón, der, wie sie, alles getan hatte, um Columbus auszuschalten und sich das Verdienst seiner Entdeckungen zuzuschreiben. Dank Professor Zapfenschuppe war endlich erwiesen, daß sich der Gebrauch, die neuen Gebiete Amerika zu nennen, bereits zu Lebzeiten Vespuccis eingebürgert hatte. Vespucci war, obgleich weder seine Tagebücher noch seine Korrespondenz darauf anspielen, ganz sicher darüber informiert: das Fehlen eines Dementis und die Fortdauer der Benennung dürfte in der Tat darauf hinweisen, daß er letztlich wohl gar nicht so unzufrieden darüber war, seinen Namen einem Kontinent zu geben, von dem er sicherlich im guten Glauben annahm, daß er ihn eher »entdeckt« hatte als der Genueser, der sich im Grunde damit begnügt hatte, einige Inseln zu erforschen und von dem eigentlichen Kontinent erst sehr viel später Kenntnis erhalten hatte, während seiner dritten Reise, 1498–1500, als er die Mündung des Orinoko besuchte und sich schließlich klar wurde, daß die Unermeßlichkeit dieses Gewässersystems das unbestreitbare Zeichen für ein riesiges, unbekanntes Land war.

Doch die zweite Mitteilung war noch sensationeller. Sie hatte den Titel *New Insights into Early Denominations of America* und ihr Autor war ein spanischer Archivar, Juan Mariana de Zaccaria, der in Havanna in der Maestranza an einer Sammlung von fast zwanzigtausend Karten arbeitete, von denen eine große Anzahl aus dem Fort Santa Catalina kam und der unter ihnen eine Weltkarte von 1503 gefunden hatte, auf der der neue Kontinent ausdrücklich unter dem Namen TERRA COLUMBIA dargestellt wird!

Als der Präsident der Sitzung, der alte Lord Smighart Colquhoun of Darroch, Sekretär auf Lebenszeit der Caledonian Society, dessen unerschütterliches Phlegma noch nie so geschätzt worden war, endlich die Ausrufe der Überraschung, der Begeisterung, der Ungläubigkeit und des Glücks, die die strengen Gewölbe des großen Hörsaals des *Old College* erdröhnen ließen, zum Schweigen gebracht hatte und wieder eine relative Stille in den Saal einkehrte, die sich besser mit der Würde, der Unparteilichkeit und der Objektivität vertrug, deren der wahre Wissenschaftler sich stets befleißigen sollte, konnte Zaccaria seinen Rechenschaftsbericht fortsetzen und unter den übernervösen Zuhörern Fotografien umgehen lassen, die die Weltkarte in ihrer ganzen Größe zeigten sowie eine Vergrößerung des – einigermaßen beschädigten – Fragments, auf dem die Buchstaben

TE RA COI B I A

auf einigen Zentimetern eine zwar summarische, aber doch unleugbar erkennbare Darstellung eines großen

Teils der Neuen Welt säumten: Mittelamerika, die Antillen, die Küsten Venezuelas und Guyanas.

Zaccaria war der Held des Tages, und Korrespondenten des *Scotsman,* des *Scottish Daily Mail,* des *Scottish Daily Express* von Glasgow und des *Press and Journal* von Aberdeen, ohne selbstverständlich die *Times* und den *Daily Mail* zu vergessen, übernahmen es, die Neuigkeit in der ganzen Welt zu verbreiten. Doch einige Wochen später, als Zaccaria, wieder in Havanna, letzte Hand an den Artikel legte, den er dem *American Journal of Cartography* versprochen hatte, dem das kostbare Dokument, in voller Größe reproduziert, als Faltblatt beigelegt werden sollte, erhielt er einen Brief, der von einem gewissen Florentin Gilet-Burnachs, Konservator im Diepper Museum, kam: er hatte zufällig eine Nummer des *Moniteur Universelle* aufgeschlagen und dabei einen Bericht über den Kongreß und ganz besonders über das Exposé Zaccarias gelesen, der begleitet war von einer Beschreibung des beschädigten Fragments, auf das sich der Archivar bei seiner Behauptung gestützt hatte, die Neue Welt sei 1503 COLUMBIEN genannt worden.

Florentin Gilet-Burnachs, der nebenbei einen gewissen Monsieur de Cuverville zitierte (»die Begeisterung darf nicht die Gemütsverfassung des Historikers sein«) und den glänzenden Vortrag Zaccarias hoch schätzte, fragte sich, ob die Enthüllung, um nicht zu sagen die Revolution, die er enthielt, nicht äußerst kritisch hätte überprüft werden müssen. Gewiß, die Versuchung war groß,

COI B I A

mit

COLUMB I A

zu übersetzen, und diese Interpretation gab auch genau das allgemeine Gefühl wider: durch das Wiederauffinden einer Karte, auf der der Indische Ozean COLUMBIEN genannt wurde, hatten Geographen und Historiker den Eindruck, einen geschichtlichen Irrtum wiedergutzumachen; seit Jahrhunderten hielt die westliche Welt Amerigo Vespucci vor, daß er den Namen usurpiert habe, den Christoph Kolumbus jenen Ländern hätte geben müssen, die er als erster erforscht hatte: indem er Zaccaria zujubelte, hatte der Kongreß den Genueser Seefahrer zu rehabilitieren und vier Jahrhunderten Ungerechtigkeit ein Ende zu setzen geglaubt.

Aber, rief der Konservator ins Gedächtnis zurück, im letzten Viertel des fünfzehnten Jahrhunderts suchten Dutzende von Seefahrern, von den Cabotos bis zu den Cabrals, von Gomes bis zu Verrazano in westlicher Richtung den Weg nach Indien und – und gerade darauf wollte er hinaus – eine solide Diepper Tradition, die bis Ende des achtzehnten Jahrhunderts weiterbestand, schrieb die Entdeckung Amerikas einem Seefahrer aus Dieppe, Jean Cousin, genannt Cousin le Hardy, der 1487–1488, fünf Jahre vor dem Genueser, die Antillen besucht haben soll, zu. Das Museum von Dieppe, Erbe eines Teils der Karten, die im Auftrag des Reeders Jean Ango gezeichnet worden waren und aus der Diepper Kartographieschule mit Desceliers und Nicolas Desliens eine der besten ihres Jahrhunderts machten, besaß nun eine Karte von 1521, das heißt, die deutlich späteren Datums als die Karte von Maestranza war, auf der der Golf von Honduras – der »tiefe Golf« Christoph Kolumbus' – MARE CONSO genannt wurde, eine eindeutige Abkürzung für MARE CONSOBRINIA, das Meer von oder des Cousin (und nicht etwa, wie Lebrun-Brettil törichterweise behauptet hatte, MARE CONSOLATRIX).

Demnach, fuhr Florentin Gilet-Burnachs schonungslos fort, konnte dieses

COI B I A

das Zaccaria

COLUMB I A

las, in Anbetracht des Abstands der drei letzten Buchstaben, besser noch gelesen werden als

CONSOBRINIA

Abschließend legte der Konservator Zaccaria nahe, sich sorgfältig der Herkunft der Karte von 1503 zu vergewissern. Falls es sich um eine portugiesische, spanische, genuesische oder venezianische Arbeit handelte, konnte das

COI B I A

in der Tat Kolumbus bedeuten, selbst wenn dieser das Wort INDIA durchgesetzt hatte. Auf jeden Fall konnte es nicht Jean Cousin bedeuten, da dessen Ruf nur in Dieppe selbst fest begründet war und dem sich von Le Tréport bis Saint-Valéry-en-Caux, Fécamp, Etretat und Honfleur kühne Seeleute, die um die Wette neue Seewege eröffnet hatten, widersetzten. Wenn die Karte hingegen aus der Diepper Schule stammte – dies ließe sich leicht durch das Vorhandensein eines Monogramms feststellen, das im Mittelpunkt einer der Windrosen mit einem kleinen d verziert war – so handele es sich tatsächlich um TERRA CONSOBRINIA.

Wenn, fügte Gilet-Burnachs schließlich noch in einem Post-Scriptum hinzu, das Monogramm aus zwei ineinander verschlungenen R bestand, dann würde das bedeuten, daß die Weltkarte das Werk Renaud Régniers wäre, eines der ersten Kartographen der Schule, von dem angenommen wurde, daß er tatsächlich Jean Cousin auf einer seiner Reisen begleitet hatte. Dieser gleiche Renaud Régnier hatte einige Jahre später, gegen 1520, eine Karte der nordamerikanischen Küste gezeichnet und hatte, auf Grund einer ungewöhnlichen Koinzidenz, das Gebiet TERRA MARIA benannt, das ein Jahrhundert später, wegen Henriette-Marie von Frankreich, Tochter Heinrichs IV. und Gemahlin Karls I. von England, MARYLAND heißen sollte.

Zaccaria war ein redlicher Geograph. Er hätte den Brief Gilet-Burnachs' außer acht lassen oder sich den allgemein schlechten Zustand der Weltkarte zunutze machen können, um jede Möglichkeit, ihre Herkunft festzustellen, zunichte zu machen und dann dem Konservator aus Dieppe gegenüber zu behaupten, es sei eine spanische Karte und seine Kritik habe weder Hand noch Fuß. Doch gewissenhaft überzeugte er sich davon, daß es sich tatsächlich um eine Karte von Renaud Régnier handelte, unterrichtete seinen Briefpartner darüber und schlug ihm eine gemeinsam verfaßte und mit ihrer beider Namen signierte Berichtigung vor, die diesem dornigen Problem der Ortsnamenskunde ein Ende bereiten würde. Der Artikel erschien 1888 in der Zeitschrift *Onomastica,* doch sein Widerhall war unendlich geringer als der, den der Bericht beim dritten Kongreß gefunden hatte.

Dennoch war die Weltkarte von 1503 die einzige Karte, auf der der heute unter dem Namen Amerika bekannte Kontinent Cousinien genannt wurde. Diese Besonderheit kam James Sherwood zu Ohren, dem es ein Jahr später gelang, sie für eine nicht näher bekannte Summe dem Rektor der Universität von Havanna abzukaufen. Und so befindet sich diese Karte heute an einer der Wände im Schlafzimmer Bartlebooths.

Bartlebooth hing nicht wegen ihrer Einzigartigkeit an dieser Karte, die er schon als Kind in der großen Halle des Herrensitzes gesehen hatte, in dem er großgeworden war, sondern weil sie ein anderes Charakteristikum besitzt: der Norden ist nicht oben auf der Karte, sondern unten. Dieser Richtungswechsel, der damals häufiger war, als man gemeinhin annimmt, hatte Bartlebooth immer aufs höchste fasziniert: diese nicht immer um hundertachtzig, sondern manchmal um neunzig oder um fünfundvierzig Grad auf den Kopf gestellte Darstellung zerstörte jedesmal vollständig die übliche Wahrnehmung des Raums und bewirkte zum Beispiel, daß die Gestalt Europas, die all jenen vertraut war, die eine Schule, und sei es auch nur die Volksschule, besucht haben, sobald man sie um neunzig Grad nach rechts verschob, wobei der Westen nach oben kam, einer Art Dänemark glich. Und in dieser winzigen Verschiebung verbarg sich geradezu das Bild seiner Tätigkeit als Puzzleleger.

Bartlebooth war nie ein Sammler in der traditionellen Bedeutung des Wortes, und doch suchte er zu Anfang der dreißiger Jahre ähnliche Karten oder ließ sie suchen. Er hat noch zwei andere in seinem Zimmer. Die eine, die er bei einer Versteigerung im Hotel Drouot fand, ist ein schöner Druck des *Imperium Japonicum ... descriptum ab Hadriano Relando*, die zum Atlas Reinier Ottens aus Amsterdam gehört; die Spezialisten machen großes Aufheben von dieser Karte, nicht etwa, weil der Norden rechts ist, sondern weil die Namen der sechsundsechzig kaiserlichen Provinzen zum ersten Mal als japanische Ideogramme und in lateinische Buchstaben transkribiert wiedergegeben werden.

Die andere ist noch viel seltsamer: es ist eine Karte des Pazifiks, wie sie die Küstenstämme des Golfs von Papua benutzten: ein äußerst feines Netz von Bambusstengeln gibt die Seeströmungen und die beherrschenden Winde an; hier und da sind, offensichtlich aufs Geratewohl, Muscheln (Kauris) angeordnet, die die Inseln und die Klippen darstellen. Im Hinblick auf die heute von allen Kartographen angenommenen Normen scheint diese »Karte« eine Aberration zu sein: auf den ersten Blick bietet sie weder Richtung noch Maßstab, weder Entfernung noch Darstellung der Konturen; tatsächlich scheint sie sich aber bei der Benutzung als von unvergleichlicher Wirksamkeit zu erweisen, auf die gleiche Weise, so erklärte Bartlebooth einmal, wie der Plan der Londoner Metro nicht das geringste mit dem Stadtplan von London zu tun hat, während er bei der Benutzung jedoch einfach und klar genug ist, daß man sich seiner problemlos bedienen kann, wenn man sich mit der Metro von einem Ort zum andern begeben will.

Diese Karte des Pazifiks brachte Kapitän Barton mit zurück, der zu Ende des letzten Jahrhunderts die Seereisen eines dieser Stämme von Neu-Guinea, der Motus von Port Moresby, erforschte, Seereisen, die in gewisser Hinsicht an die *kula* der Trobriander erinnern. Nach seiner Rückkehr nach London bot Burton seinen Fund der Bank of Australia an, die seine Expedition teilweise subventioniert hatte. Die Bank stellte ihn eine Zeitlang in einem der Empfangsräume ihres Firmensitzes aus, dann schenkte sie ihn ihrerseits der Nationalstiftung für die Entwicklung der südlichen Hemisphäre, eine halbprivate Agentur, deren Aufgabe es ist, Einwanderer für Neuseeland und Australien zu rekrutieren. Die Stiftung machte Ende der zwanziger Jahre Bankrott und die Karte des Pazifiks, die vom gerichtlich bestellten Liquidator öffentlich zur Versteigerung gebracht wurde, gelangte schließlich zur Kenntnis Bartlebooths, der sie ersteigerte.

Das übrige Zimmer ist fast leer und ohne Möbel: ein heller, weißgestrichener Raum mit dicken Perkalvorhängen und einem Bett in der Mitte; es ist ein englisches Bett mit kupfernen Bettpfosten, bedeckt mit einer blumenbedruckten Kattundecke, flankiert von zwei Empire-Nachttischen. Auf dem linken eine Lampe, deren Sockel die Form einer Artischocke hat sowie ein achteckiger Zinnteller, auf dem zwei Stücke Zucker und ein Löffel liegen, daneben stehen ein Glas und eine Wasserkaraffe aus Kristall mit einem Stöpsel in Form eines Pinienzapfens; auf dem rechten eine kleine, viereckige Pendeluhr, dessen gemasertes Mahagonigehäuse mit Ebenholz und Goldmetall inkrustiert ist, ein Silberbecher mit einem Monogramm und eine Fotografie in einem ovalen Rahmen, drei der Großeltern Bartlebooths darstellend, William Sherwood, der Bruder James', seine Frau Emily und James Aloysius Bartlebooth, alle drei in Gesellschaftskleidung, hinter Priscilla und Jonathan, den Jungvermählten stehend, die aneinandergeschmiegt inmitten einer Überfülle von Blumenkörben mit Schleifen sitzen. Auf dem unteren Fach liegt ein großformatiges, in schwarzes Leder eingebundenes Notizbuch. Auf dem Deckel stehen die Worte DESK DIARY 1952 und ALLIANCE BUILDING SOCIETY, in großen, vergoldeten Lettern, über einem Wappen, rote Sparren, Bienen und Goldbyzantiner, begleitet von einem Spruchband mit der Devise DOMUS ARX CERTISSIMA, dessen englische Übersetzung direkt darunter steht: *The surest stronghold is the home.*

Es wäre ein langwieriges Unterfangen, wollte man eine Liste der Sprünge und Widersprüche aufstellen, die sich bei dem Projekt Bartlebooths zeigten. Wenn schließlich, wie wir nun bald sehen werden, das Programm, das der Engländer sich vorgenommen hatte, unter dem entschlossenen Angriff Beyssandres und unter dem sehr viel verborgeneren und subtileren Gaspard Wincklers zusammenbrach, so muß man dieses Scheitern zunächst einmal der Unfähigkeit Bartlebooths zuschreiben, diesen Angriffen entgegenzutreten.

Es handelt sich hier nicht um diese unbedeutenden Risse, die das System, das Bartlebooth hatte aufbauen wollen, nie in Gefahr gebracht hatten, selbst wenn sie bisweilen das Lästige und allzu Tyrannische daran verdeutlichten. Als Bartlebooth zum Beispiel beschloß, daß er innerhalb von zwanzig Jahren fünfhundert Aquarelle malen würde, wählte er diese Anzahl, weil es eine runde Zahl war; es wäre besser gewesen, vierhundertachtzig Aquarelle auszuwählen, das hätte nämlich zwei Aquarelle monatlich ergeben oder äußerstenfalls fünfhundertzwanzig, das heißt eines alle zwei Wochen. Um aber genau auf fünfhundert Aquarelle zu kommen, war er gezwungen, im Monat zwei zu malen, außer einem Monat, in dem er drei malte oder etwa alle zweieinviertel Wochen eins. Zusammen mit den Banalitäten der Reisen brachte dies den Zeitablauf des Programms ganz leicht in Gefahr: faktisch bekam Gaspard Winckler ungefähr alle vierzehn Tage ein Aquarell, denn im einzelnen konnten Verzögerungen von einigen Tagen und bisweilen sogar von einigen Wochen durchaus auftreten; doch wohlgemerkt, dies stellte die allgemeine Organisation der Aufgabe, die Bartlebooth sich gestellt hatte, nicht in Frage, so wenig wie sie die kleinen Rückstände, in die der Engländer manchmal bei der Zusammensetzung der Puzzles geriet, in Frage stellten, so daß die Aquarelle sehr oft, wenn sie genau an den Orten, an denen sie gemalt worden waren, »ausgelöscht« wurden, nicht exakt zwanzig Jahre danach gelöscht wurden, sondern ungefähr zwanzig Jahre danach, zwanzig Jahre und einige Tage danach.

Wenn man von einem globalen Scheitern reden kann, dann nicht etwa wegen dieser kleinen Zeitverschiebungen, sondern weil es Bartlebooth tatsächlich und konkret nicht gelang, seinen Versuch unter Einhaltung der Regeln, die er sich gesetzt hatte, zu Ende zu führen: er wollte, daß das ganze Projekt sich von selbst wieder schließt, ohne Spuren zu hinterlassen, wie ein Ölmeer, das sich über einem ertrinkenden Manne schließt, er wollte, daß nichts, aber absolut nichts davon übrigbleibt, daß nichts anderes als die Leere daraus hervorgehe, das makellose Weiß des Nichts, die zweckfreie Vollkommenheit des Nutzlosen, doch wenn er auch in zwanzig Jahren fünfhundert Seestücke malte, und wenn diese Seestücke auch alle von Gaspard Winckler zu Puzzles von je siebenhundertfünfzig Einzelteilen ausgeschnitten wurden, so wurden doch nicht alle Puzzles zusammengesetzt, und alle zusammengesetzten Puzzles wurden nicht genau an dem Ort zerstört, an dem, ungefähr zwanzig Jahre zuvor, die Aquarelle gemalt worden waren.

Es ist schwer zu sagen, ob das Projekt überhaupt realisierbar war, ob seine Durchführung überhaupt möglich sein konnte, ohne daß es früher oder später unter dem Gewicht seiner inneren Widersprüche oder allein durch den Verschleiß seiner konstitutiven Elemente in sich zusammenfiel. Und selbst wenn Bartlebooth nicht den Überblick verloren hätte, so hätte er trotzdem vielleicht nie dieses unerbittliche Abenteuer vollenden können, dem er sein Leben zu widmen beschlossen hatte.

Es war in den letzten Monaten des Jahres neunzehnhundertzweiundsiebzig, als Bartlebooth feststellte, daß er langsam erblindete. Begonnen hatte es einige Wochen zuvor mit Kopfschmerzen, steifem Hals und Sehstörungen, die dazu führten, daß ihn, wenn er den ganzen Tag über an seinen Puzzles gearbeitet hatte, das Gefühl überkam, sein Blick werde trübe, die Konturen der Dinge seien von einem verschwommenen Nebel umgeben. Anfangs genügte es ihm, sich einige Minuten in der Dunkelheit auszustrecken, damit das verging, doch bald wurden diese Störungen immer schlimmer, wurden immer häufiger und stärker und selbst im Halbdunkel kam es ihm vor, als spalteten sich die Gegenstände, als sei er ständig betrunken.

Die Ärzte, die er aufsuchte, diagnostizierten einen beidseitigen grauen Star, den sie mit Erfolg wegoperierten. Sie setzten ihm dicke Kontaktlinsen ein und verboten ihm natürlich, seine Augen zu überanstrengen. In ihrer Vorstellung hieß das, nur die fettgedruckten Überschriften in den Zeitungen zu lesen, bei Nacht nicht zu fahren, nicht zu lange vor dem Bildschirm zu sitzen. Es kam ihnen überhaupt nicht in den Sinn, daß Bartlebooth auch nur einen einzigen Augenblick in Betracht ziehen konnte, wieder mit einem Puzzle zu beginnen. Doch erst nach einem Monat setzte sich Bartlebooth an seinen Tisch und schickte sich an, die verlorene Zeit aufzuholen.

Sehr schnell kamen die Sehstörungen wieder. Diesmal glaubte Bartlebooth eine Fliege unaufhörlich neben seinem linken Auge umherschwirren zu sehen, und er ertappte sich ständig dabei, wie er die Hand heben wollte, um sie zu verjagen. Dann begann sein Sehfeld immer kleiner zu werden, bis es am Ende nur noch ein schmaler Spalt war, der ein blaugrünes Licht durchließ, wie eine Tür, die in der Dunkelheit halb offen steht.

Die Ärzte, die er an sein Krankenbett kommen ließ, schüttelten den Kopf. Die einen sprachen von Amaurose, das heißt völliger Erblindung, die andern von pigmentärer Netzhautentzündung. In dem einen wie in dem andern Falle konnten sie nichts mehr tun und die Weiterentwicklung zur Blindheit war unausweichlich.

Seit achtzehn Jahren nahm Bartlebooth die kleinen Einzelteile der Puzzles in die Hände und der Tastsinn spielte für ihn eine fast ebenso große Rolle wie das Sehen. Mit einer Art Trunkenheit stellte er fest, daß er seine Arbeit fortsetzen könnte: es wäre so, als müsse er sich von nun an dazu zwingen, farblose Aquarelle zusammenzusetzen. Tatsächlich gelang es ihm zu jener Zeit noch, die Formen voneinander zu unterscheiden. Als er Anfang 1975 anfing, nichts anderes mehr wahrzunehmen als verschwindend kleine, flackernde Lichtschimmer in dahintreibenden Fernen, beschloß er, sich von jemandem helfen zu lassen, der die Einzelteile des gerade in Arbeit befindlichen Puzzles nach ihren vorherrschenden Farben, ihren Nuancen und ihren Formen mit ihm aussortieren sollte. Winckler war tot und auf jeden Fall hätte er bestimmt abgelehnt, Smautf und Valène waren zu alt und die Versuche, die er Kleber und Hélène machen ließ, befriedigten ihn nicht. Schließlich wandte er sich an Véronique Altamont, weil er von Smautf erfahren hatte, der es von Madame Nochère wußte, daß sie die Aquarellmalerei erlernte und eine Freundin von Puzzle-Spielen war. Seitdem verbrachte das zerbrechliche junge Mädchen fast jeden Tag eine oder zwei Stunden mit dem alten Engländer, und ließ ihn eins ums andere alle Holzstücke berühren, wobei sie ihm mit ihrer ganz leisen Stimme ihre unmerklichen Farbvariationen beschrieb.

EINUNDACHTZIGSTES KAPITEL

Rorschach, 4

Das Zimmer Olivia Rorschachs ist ein heller, heiterer Raum mit einer blaßblauen Tapete mit japanischen Dekors und angenehm mit hellem Holz möbliert. Das Bett, auf das eine indianische Decke aus Patchwork geworfen ist, steht auf einer breiten, parkettbelegten Estrade, die auf beiden Seiten als Nachttisch dient: auf dem rechten eine hohe Alabastervase voller gelber Rosen; auf dem andern eine winzige Nachtlampe, deren Sockel ein schwarzer Metallwürfel ist, ein antiquarisches Exemplar von *Das Mondtal* von Jack London, das am Tag zuvor für fünfzehn Centimes auf dem Flohmarkt der Place d'Aligre gekauft worden war und ein Foto Olivias im Alter von zwanzig Jahren: ein kariertes Hemd, eine Lederweste mit Fransen, Reithose, Stiefel mit hohen Absätzen, Cowboy-Hut, auf einer Holzschranke sitzend und eine Coca-Cola-Flasche in der Hand; hinter ihr schwenkt ein muskulöser fliegender Händler mit einer einzigen kräftigen Bewegung des Vorderarms ein schweres, mit bunten Früchten überladenes Tablett: es ist ein Foto von den Dreharbeiten ihres vorletzten Kinofilms – *Nur zu, Jungs!* – dessen Star sie war, als sie, nach ihrem aufsehenerregenden Bruch mit Jeremy Bishop, Australien verließ und voller Mut in den Vereinigten Staaten eine neue Karriere zu machen versuchte. *Nur zu, Jungs!* lief nur kurz. Der darauffolgende Film, der auf Grund einer grausamen Koinzidenz den Titel hatte *Bleib lange auf dem Spiel-*

plan, Liebling! – sie spielte darin die Rolle einer Zirkusreiterin (die schöne Amandine), die in einen siebzehnjährigen Akrobaten verliebt ist, der mit brennenden Fackeln jonglierte – wurde nicht einmal geschnitten, da die Produzenten bei der Vorführung der Bildmuster zu der Meinung kamen, daß nichts dabei herauszuholen sei. Olivia wurde darauf der Star einer Touristenserie, in der sie die junge Amerikanerin aus gutem Hause spielte, voll guten Willens, die in Everglades Wasserski lief, sich auf den Bahamas, in der Karibik oder auf den Kanarischen Inseln bräunen ließ, beim Karneval von Rio außer Rand und Band geriet, den Toreros von Barcelona Beifall klatschte, sich im Escorial bildete, sich im Vatikan sammelte, im *Moulin Rouge* den Champagner wie Wasser herunterkippte, auf dem Münchener *Oktoberfest* Bier trank usw., usw., usw. So fand sie schließlich Gefallen am Reisen und sie war bei ihrem achtundfünfzigsten Kurzfilm *(Unvergeßliches Wien ...)*, als sie ihren zweiten Mann kennenlernte, den sie übrigens bei ihrem neunundfünfzigsten *(Verzauberndes Brügge)* wieder verließ.

Olivia Rorschach ist in ihrem Zimmer. Sie ist eine ganz kleine, etwas rundliche Frau mit lockigem Haar; sie trägt ein weißes Leinenkostüm, streng und tadellos geschnitten, eine Hemdbluse aus Rohseide und dazu eine breite Krawatte. Sie sitzt in der Nähe ihres Bettes neben einigen Sachen, die sie mitnehmen will – eine Handtasche, ein Toilettennecessaire, ein leichter Mantel, eine Baskenmütze, geschmückt mit der früheren Medaille des Ordens vom Heiligen Michael, den Erzengel darstellend, wie er gerade den Drachen niederstreckt, *Time Magazine, le Film français, What's on in London* – und liest noch einmal die Liste mit den Anweisungen und Verhaltensmaßregeln durch, die sie Jane Sutton zurückläßt:

– *eine Kiste Coca-Cola anliefern lassen*
– *das Blumenwasser alle zwei Tage wechseln, jedesmal eine halbe Tablette Aspirin hinzufügen, die Blumen wegwerfen, sobald sie verwelkt sind*
– *den großen Kristall-Kronleuchter reinigen lassen (die Firma Salmon anrufen)*
– *die Bücher in die Stadtbücherei zurückbringen, die bereits vor vierzehn Tagen hätten zurückgegeben werden müssen, und zwar ganz besonders* Die Liebesbriefe *von Clara Schumann,* Von der Angst zur Ekstase *von Pierre Janet und* Die Brücke am River Kwai *von Pierre Boulle*
– *für Polonius getrockneten Edamer kaufen und nicht vergessen, ihn einmal wöchentlich zu Monsieur Lefèvre zu bringen wegen seinem Domino-Unterricht* (1)
– *jeden Tag nachsehen, ob die Pizzicagnolis nicht die mundgeblasene Glastraube in der Diele kaputtgemacht haben.*

Der Anlaß für diese 56. Weltreise ist eine Einladung nach Melbourne zur Welturaufführung des Films *Es*

---

(1) Polonius ist der 43. Nachkomme eines gezähmten Hamsterpärchens, das Rémi Rorschach Olivia kurz nach ihrer Bekanntschaft geschenkt hatte: sie hatten in einem Varieté in Stuttgart einen Tiervorführer gesehen und waren so begeistert gewesen von den sportlichen Leistungen des Hamsters Ludovic – der an den Ringen ebenso großartig war wie am Barren, am Trapez oder am Reck – daß sie ihn kaufen wollten. Der Vorführer, Lefèvre, hatte abgelehnt, ihnen aber ein Pärchen – Gertrude und Sigismond – verkauft, denen er das Domino-Spiel beigebracht hatte. Die Tradition hatte sich von Generation zu Generation fortgesetzt, wobei die Eltern ihren Sprößlingen jedesmal spontan das Spiel beibrachten. Leider hatte im vergangenen Winter eine Epidemie fast die gesamte kleine Kolonie vernichtet: der einzige Überlebende, Polonius, konnte nicht allein spielen und war außerdem dazu verurteilt, dahinzusiechen, wenn er nicht weiterhin seinem Lieblingszeitvertreib nachgehen konnte. Daher mußte man ihn einmal wöchentlich nach Meudon zum Tiervorführer bringen, der, heute im Ruhestand, zu seinem persönlichen Vergnügen kleine gelehrige Tiere züchtete.

war einmal Olivia Norvell, ein Montagefilm, der die meisten ihrer besten Leistungen vereinigt, einschließlich der gefilmten Sequenzen ihrer großen Theatererfolge; die Reise beginnt mit einer Kreuzfahrt von London in die Antillen und wird im Flugzeug fortgesetzt bis nach Melbourne mit mehrtägigen Zwischenaufenthalten in New York, Mexiko, Lima, Tahiti und Nouméa.

ZWEIUNDACHTZIGSTES KAPITEL

Gratiolet, 2

Das Zimmer Isabelle Gratiolets: ein Kinderzimmer mit einer gelb-orangen gestreiften Tapete, einem schmalen, röhrenförmigen Bett, auf dem ein Kopfkissen in Form eines Snoopys liegt, einem niedrigen Sessel, bezogen mit einem Fransenstoff, dessen Armlehnen in Pompontroddeln auslaufen, einem kleinen, zweitürigen Schrank aus weißem Holz, dessen Paneelen mit einer selbstklebenden Kunststoffolie bespannt sind, die an rustikale Fliesen erinnert (*Delfter Muster:* hellblaue Kachel, ganz leicht angeschlagen, nacheinander eine Windmühle, eine Weinkelter und eine Sonnenuhr darstellend) und einem Schulpult mit einer Rille für die Bleistifte und drei Bücherfächern. Auf dem Pult steht ein Federkasten, der mit Abziehbildchen verziert ist, die auf eher stilisierte Art Schotten im Nationalkostüm darstellen, die ihren Dudelsack blasen, daneben befinden sich ein Stahllineal, eine etwas verbeulte Dose aus emailliertem Metall, auf dem das Wort GEWÜRZ steht und die voller Dauer- und Filzschreiber ist, eine Orange, mehrere in gemasertes Papier eingebundene Hefte, ein Papier, wie es die Buchbinder benutzen, eine Flasche mit Waterman-Tinte und vier Löschblätter, die zu der Sammlung gehören, die Isabelle anlegt, allerdings bei weitem nicht so ernsthaft wie ihr Konkurrent Rémi Plassaert:

- ein Säugling im Strampelhöschen, der einen Reif vor sich her stößt (ein Geschenk der Papeterie Fleuret Fils de Corvol l'Orgueilleux);

- eine Biene *(Apis mellifica L.)* (ein Geschenk der Laboratoires Juventia);
- ein Modebild, das einen Mann zeigt, der bekleidet ist mit einem Pyjama aus roter Shantung-Seide, Pantoffeln aus Seehundfell und einem Morgenrock aus himmelblauem, mit Silberbändern besetztem Kaschmir (NESQUIK: *davon möchte man gern noch eine Tasse trinken!*)
- und schließlich die Nr. 24 der Serie *Die großen Damen aus der Geschichte Frankreichs*, ein Geschenk der *Semaine de Suzette:* Madame Récamier; in einem kleinen Empire-Salon, wo einige wenige Fracks auf einem Kanapee sitzend lauschen, sieht man neben einem großen Drehspiegel, der von einer Minerva getragen wird, einen Liegestuhl, der innen wie eine Wiege eingebuchtet ist, auf dem sich eine junge Frau ausstreckt: die Schlaffheit ihrer Haltung kontrastiert mit dem wunderbaren Glanz ihres Kleides aus dikkem, hellrotem Satin.

Über dem Bett, überraschend in diesem Zimmer einer Halbwüchsigen, hängt eine Theorbe mit ovalem Körper, eine jener Lauten mit doppeltem Hals, deren vorübergehende Beliebtheit im sechzehnten Jahrhundert ihren Anfang nahm, unter Ludwig XIV. ihren Höhepunkt hatte – Ninon de Lenclos schien sich ausgezeichnet darauf zu verstehen – und dann zugunsten der Gitarre und des Cellos zurückging. Es ist der einzige Gegenstand, den Olivier Gratiolet nach der Ermordung seiner Frau und dem Selbstmord seines Schwiegervaters aus dem Gestüt mitnahm. Es hieß, sie sei schon immer in Familienbesitz gewesen, doch niemand wußte, wo sie herkam und schließlich zeigte Olivier sie Léon Marcia, der sie ohne allzu große Mühe identifizierte: aller Wahrscheinlichkeit nach war sie eine der letzten Theorben, die hergestellt worden waren; es war nie auf ihr gespielt worden und sie stammte aus der Tiroler Werkstatt der Steiners; sie war sicherlich nicht aus der großen Zeit dieser Werkstatt, jener Zeit, als man die Geigen Jakob Steiners mit denen Amatis verglich, sondern aus der letzten Zeit, wahrscheinlich ganz zu Anfang der zweiten Hälfte des achtzehnten Jahrhunderts, aus der Zeit, in der Lauten und Theorben eher zu Kuriositäten für Sammler wurden als daß sie Musikinstrumente waren.

Niemand in der Schule mag Isabelle und sie tut ganz offensichtlich nichts, um sich beliebt zu machen. Ihre Klassenkameradinnen sagen von ihr, sie sei völlig plemplem und mehrmals sind Eltern von Mitschülerinnen zu Olivier Gratiolet gekommen, um sich bei ihm darüber zu beklagen, daß seine Tochter den andern Kindern ihrer Klasse oder manchmal sogar auf dem Schulhof Schülerinnen, die viel kleiner sind als sie, Geschichten erzählt, die ihnen Angst machen. So hat sie zum Beispiel Louisette Guerné, um sich dafür zu rächen, daß diese ihr im Zeichenunterricht eine Flasche mit China-Tusche über den Kittel geschüttet hat, erzählt, daß ein *pornographischer* Greis ihr jedesmal folge, wenn sie aus dem Gymnasium komme, und daß er eines Tages über sie hergefallen sei, ihr alle Kleider vom Leibe gerissen und sie gezwungen habe, ihm ekelhafte Dinge zu tun. Oder sie hat Dominique Krause, die erst zehn Jahre alt ist, davon überzeugt, daß die Gespenster wirklich existieren und daß sie eines Tages sogar ihren Vater mit einer Ritterrüstung habe erscheinen sehen, wie ein Ritter des Mittelalters inmitten einer Masse entsetzter Wächter, bewaffnet mit Partisanen. Oder aber sie hatte, als ihr das Aufsatzthema gestellt worden war »Erzählt eure schönste Ferienerinnerung« eine lange und gewundene Liebesgeschichte verfaßt, in der sie, in Goldbrokat gekleidet und einem maskierten Prinzen nachstellend, dem sie geschworen hatte, daß sie nie sein Gesicht ansehen würde, mit großen Schritten marmorgeflieste Vorhallen und Vestibüle durchmaß, eskortiert von Armeen von Pagen, die Harzfackeln trugen und von Zwergen, die ihr berauschenden Wein in feuervergoldete Silberpokale gossen.

Ihr Französischlehrer, fassungslos, zeigte diesen Aufsatz der Schulleiterin, die, nachdem sie den Rat einer Schulpsychologin eingeholt hatte, Olivier Gratiolet schrieb und ihm dringend nahelegte, seine Tochter von einem Psychotherapeuten untersuchen zu lassen und ihm empfahl, sie im nächsten Schuljahr auf ein psychopädagogisches Institut zu schicken, wo ihre intellektuelle und psychische Entwicklung besser beobachtet werden könne, doch Olivier antwortete ziemlich knapp, daß man, nur weil die Schulmädchen im Alter seiner Tochter fast in ihrer Gesamtheit blökende Schafe seien, im besten Falle imstande, im Chor Sätze nachzusprechen wie *die Bäuerin gibt den Hühnern zu fressen* oder *der Bauer pflügt mit seinem Pflug*, Isabelle nicht als anormal oder einfach als einfältig ansehen dürfe, bloß weil sie Phantasie habe.

DREIUNDACHTZIGSTES KAPITEL

Hutting, 3

Das Zimmer Huttings, eingerichtet in der Loggia seines großen Ateliers, entspricht ungefähr dem ehemaligen Dienstmädchenzimmer Nr. 12, wo bis Ende 1949 ein uraltes Ehepaar lebte, das man die Honorés nannte; Honoré war eigentlich der Vorname des Mannes, aber niemand außer vielleicht Madame Claveau und den Gratiolets kannte ihren Familiennamen – Marcion – oder benutzte den Vornamen der Frau, Corinne, die man hartnäckig Madame Honoré nannte.

Bis neunzehnhundertsechsundzwanzig dienten die Honorés bei den Danglars. Honoré war Butler und Madame Honoré Köchin, eine Köchin von der alten Art, die jahrein jahraus ein Halstuch aus bedrucktem Stoff trug, das im Rücken mit einer Stecknadel befestigt war, eine Haube, die ihre Haare versteckte, graue Strümpfe, einen roten Rock und über ihrer Unterjacke eine Latzschürze. Ein dritter Dienstbote vervollständigte die Dienerschaft bei den Danglars: es war Célia Crespi, die einige Monate zuvor als Zimmermädchen eingestellt worden war.

Am dritten Januar neunzehnhundertsechsundzwanzig, etwa zehn Tage nach dem Brand, der Madame Danglars Boudoir verwüstet hatte, fand Célia Crespi, als sie morgens gegen sieben Uhr ihren Dienst antreten wollte, die Wohnung leer. Die Danglars hatten ganz offensichtlich einige unentbehrliche Dinge in drei Koffer geworfen und waren weggegangen, ohne Bescheid zu hinterlassen.

Das Verschwinden eines zweiten Präsidenten am Appellationsgericht dürfte wohl kein unbedeutendes Ereignis darstellen und bereits am Tag darauf begannen sich die Gerüchte über das zu verbreiten, was man sogleich die Affäre Danglars nannte: stimmte es, daß Drohungen gegen den Richter ausgestoßen worden waren? Stimmte es, daß er seit über zwei Monaten von Polizisten in Zivil beschattet worden war? Stimmte es, daß in seinem Büro im Gerichtsgebäude trotz eines formellen Verbots, das der Justizminister selbst dem Polizeipräfekten zur Kenntnis gebracht hatte, eine Hausdurchsuchung vorgenommen worden war? Das alles waren Fragen, die die großen, auflagenstarken Zeitungen, die satirischen Blätter an der Spitze, mit ihrem üblichen Sinn für Skandale und Sensationsgeschichten stellten.

Die Antwort kam eine Woche später: der Innenminister veröffentlichte ein Kommuniqué, in dem es hieß, daß Berthe und Maximilien Danglars am fünften Januar verhaftet worden seien, als sie versuchten, heimlich in die Schweiz zu gelangen. Und ganz verblüfft erfuhr man, daß der hohe Justizbeamte und seine Frau seit Ende des Krieges etwa dreißig Einbrüche begangen hatten, von denen einer dreister war als der andere.

Nicht aus Habgier stahlen die Danglars, sondern eher, wie in allen diesen in der psychopathologischen Literatur mit einer Fülle von Einzelheiten beschriebenen Fällen, weil die Gefahr, die sie bei der Ausübung dieser Diebstähle liefen, ihnen eine außergewöhnlich starke und ausgesprochen sexuelle Erregung verschaffte. Diese steifen Großbürger, die immer Verkehr à la Gauthier Shandy miteinander gehabt hatten (einmal in der Woche kam Maximilien Danglars, nachdem er die Pendeluhr aufgezogen hatte, seiner Ehepflicht nach) machten die

Entdeckung, daß die Tatsache, in der Öffentlichkeit einen wertvollen Gegenstand zu entwenden, bei beiden eine Art libidinöser Trunkenheit auslöste, die sehr bald ihr Lebensinhalt wurde.

Die Erkenntnis dieses gemeinsamen Triebes war ihnen ganz zufällig gekommen; als Madame Danglars eines Tages ihren Mann zum Juwelier Cleray begleitete, damit er sich ein Zigarettenetui aussuchen solle, hatte sie, von unwiderstehlicher Erregung und Angst ergriffen und der Verkäuferin, die sie bediente, fest in die Augen schauend, eine Gürtelschnalle aus Perlmutt gestohlen. Es war nur ein Luxusdiebstahl, doch als sie ihn abends ihrem Mann, der nichts bemerkt hatte, gestand, rief diese illegale Tat bei beiden gleichzeitig eine sinnliche Raserei hervor, die gewöhnlich bei ihren Umarmungen völlig fehlte.

Die Regeln ihres Spiels waren schnell aufgestellt. Wichtig dabei war, daß einer der beiden vor dem andern diesen oder jenen Diebstahl beging, den zu begehen er aufgefordert worden war. Ein ganzes System von in der Regel erotischen *Liebesbeweisen* belohnte oder bestrafte den Dieb, je nachdem, ob er Erfolg oder Mißerfolg hatte.

Da sie oft Gäste empfingen und häufig eingeladen wurden, suchten sich die Danglars ihre Opfer in den Salons der Botschaften oder bei den großen Raouts des Tout-Paris aus. So forderte Berthe Danglars zum Beispiel ihren Mann auf, ihr die Nerzstola zu bringen, die die Duchesse de Beaufour an diesem Abend trug und Maximilien, die Herausforderung annehmend, verlangte dafür von seiner Frau, sich die Zeichnung von Fernand Cormon *(Jagd auf den Auerochsen)* zu besorgen, die einen der Salons ihrer Gastgeber schmückte. Je nach der Schwierigkeit, an den begehrten Gegenstand heranzukommen, bekam der Kandidat eine gewisse Frist zugestanden und kam in gewissen komplexeren Fällen sogar in den Genuß der Komplizenschaft oder des Schutzes des Ehepartners.

Von den achtundvierzig Herausforderungen, die sie sich gegenseitig zuwarfen, wurden zweiunddreißig eingelöst. So stahlen sie unter anderem einen großen silbernen Samowar bei der Comtesse de Melan, eine Skizze von Perugina beim päpstlichen Nuntius, die Krawattennadel des Generaldirektors der Banque du Hainaut und das fast vollständige Manuskript der *Memoires sur la vie de Jean Racine* von seinem Sohn Louis beim Kabinettchef des Erziehungsministers.

Jeder andere wäre sofort ausfindig gemacht und verhaftet worden, aber selbst als sie in flagranti ertappt wurden, konnten sie sich fast mühelos rechtfertigen: es schien derart unmöglich, daß ein Richter und seine Frau des Einbruchdiebstahls verdächtigt werden können, daß die Zeugen lieber an dem zweifelten, was sie mit eigenen Augen gesehen hatten, als daß sie die Schuld eines Richters gelten ließen.

So erklärte Maximilien Danglars, als er im Treppenhaus der Villa des Kunsthändlers d'Olivet mit drei von Louis XVI. unterzeichneten königlichen Geheimbefehlen, die die Haftstrafen des Marquis de Sade in Vincennes und in der Bastille betrafen, ertappt wurde, mit der größten Ruhe von der Welt, daß er gerade einen Mann, von dem er glaubte, er sei sein Gastgeber, um die Erlaubnis gebeten habe, sie für achtundvierzig Stunden auszuleihen, eine völlig unhaltbare Rechtfertigung, die d'Olivet indes ohne mit der Wimper zu zucken akzeptierte.

Diese Quasi-Straffreiheit machte sie geradezu tollkühn, wovon ganz besonders die Affäre zeugt, die zu ihrem Untergang führte. Während eines Maskenballs, den Timothy Clawbonny – von der Geschäftsbank Marcuart, Marcuart, Clawbonny und Shandon – gab, ein alter, kahlköpfiger, affektierter und päderastischer

Angelsachse, verkleidet als Konfuzius, ein Mandarin mit Brille und großer Robe, stahl Berthe Danglars eine skythische Tiara. Der Diebstahl wurde im Laufe des Abends entdeckt. Die Polizei, die sofort gerufen worden war, durchsuchte die Gäste und entdeckte das Schmuckstück in dem frisierten Dudelsack der Frau des Gerichtspräsidenten, die sich als Schottin verkleidet hatte.

Berthe Danglars gab ganz ruhig zu, daß sie die Vitrine, in der die Tiara eingeschlossen war, aufgebrochen hatte, weil ihr Mann sie darum gebeten hatte; ebenso ruhig bestätigte Maximilien dieses Geständnis, wobei er sogleich einen Brief des Direktors des Santé-Gefängnisses vorwies, der ihn – streng vertraulich – darum bat, eine gewisse Goldkrone nicht aus den Augen zu lassen, da er von einem seiner besten Spitzel erfahren habe, da sie im Verlauf dieses Maskenballs von Chalia la Rapine gestohlen werden solle: Chalia la Rapine (Chalia der Raub), diesen Beinamen hatte man einem dreisten Einbrecher gegeben, der seine erste Missetat in der Opéra während einer Vorstellung von *Boris Godounow* verübt hatte; tatsächlich blieb Chalia la Rapine immer ein mythischer Dieb; später stellte sich heraus, daß von den dreiunddreißig Einbrüchen, die man ihm zur Last legte, achtzehn von den Danglars begangen worden waren.

Auch diesmal wurde die Erklärung, so unwahrscheinlich sie scheinen mochte, von allen akzeptiert, einschließlich der Polizei. Doch ein junger Polizeiinspektor, Roland Blanchet, ließ sich, nachdem er nachdenklich an den Quai des Orfèvres zurückgekehrt war, die Akten aller in Paris während mondäner Abendempfänge begangener und bis dahin noch nicht aufgeklärter Diebstähle bringen; er spürte, wie er zusammenzuckte, als er feststellte, daß die Danglars auf neunundzwanzig der dreiundvierzig Gästelisten standen. Für ihn stellte das den erdrückendsten Beweis dar; doch der Polizeipräfekt, den er von seinem Verdacht unterrichtete, wobei er ihn gleichzeitig darum bat, mit der Aufklärung der Angelegenheit beauftragt zu werden, wollte darin nur einen ganz gewöhnlichen Zufall sehen. Und nachdem er sich vorsichtshalber ans Justizministerium gewandt hatte, wo man empört darüber war, daß ein Polizist am Wort und an der Ehrenhaftigkeit eines Richters zweifeln konnte, der von allen seinen Kollegen hoch geachtet wurde, verbot der Präfekt seinem Inspektor, sich um diese Untersuchung zu kümmern und drohte ihm angesichts seiner Hartnäckigkeit sogar damit, ihn nach Algerien versetzen zu lassen.

Wutentbrannt suchte Blanchet um seine Entlassung nach und schwor sich, daß er den Beweis für die Schuld der Danglars beibringen würde.

Vergebens beschattete er mehrere Wochen lang die Danglars oder ließ sie beschatten und vergebens drang er heimlich in das Büro ein, das Maximilien im Gerichtsgebäude zur Verfügung stand. Die Beweise, die er suchte, befanden sich, wenn es sie gab, mit Sicherheit nicht dort und die einzige Chance Blanchets war die, daß die Danglars einige der gestohlenen Gegenstände zu Hause bei sich aufbewahrten. Am Weihnachtsabend 1925, als er wußte, daß die Danglars in der Stadt zu Abend aßen, die Honorés im Bett lagen und das junge Zimmermädchen mit drei Freunden (Serge Valène, François Gratiolet und Flora Champigny) im Restaurant der Fresnels Weihnachten feierte, gelang es Blanchet endlich, sich Einlaß in die Wohnung im dritten Stock links zu verschaffen. Er fand dort weder den mit Saphiren besetzten Fächer Fanny Moscas noch das von Félix Vallotton gemalte Porträt Ambroise Vollards, das Lord Summerhill bereits einen Tag, nachdem er es endlich erworben hatte, entwendet worden war, wohl aber eine Perlenkette, die vielleicht bei der Prinzessin Rzewuska kurz nach dem Waffenstillstand gestohlen worden war, und ein Ei von Fabergé, das ziemlich genau dem entsprach, das bei Madame de Guitaut gestohlen worden war. Doch er brachte ein für die Danglars viel kompromittierenderes Beweisstück an sich, als diese Beweise, deren Stichhaltigkeit seine Ex-Vorgesetzten nach wie vor hätten anfechten können: ein großformatiges Rechenheft, das die kurze, aber genaue Beschreibung eines jeden Diebstahls enthielt, den die Danglars begangen oder zu begehen versucht hatten, und dazu die Aufzählung der Belohnungen, die das Paar sich daraufhin gewährt hatte.

Blanchet wollte gerade mit dem aufschlußreichen Heft wieder verschwinden, als er ganz am Ende des Flurs die Wohnungstür aufgehen hörte: es war Célia Crespi, die vergessen hatte, im Boudoir von Madame Feuer anzumachen, wie Honoré es ihr aufgetragen hatte, bevor er schlafen ging und die nun zurückkam, um sich verspätet ihrer Pflicht zu entledigen, wobei sie die Gelegenheit nutzte, ihren Gefährten von der Weihnachtsfeier ein Gläschen Likör anzubieten und ihnen die wunderbaren glasierten Maronen zu versuchen zu geben, die ein dankbarer, der Zuständigkeit seines Gerichts unterstehender Mensch Monsieur Danglars geschickt hatte. Hinter einem Vorhang versteckt, sah Blanchet auf seine Uhr und stellte fest, daß es fast ein Uhr morgens war. Sicherlich war vorgesehen, daß die Danglars spät nach Hause kommen sollten, doch jede Minute, die verging, erhöhte das Risiko einer unerfreulichen Begegnung und Blanchet konnte nicht hinaus, ohne an der großen Glastür des Eßzimmers vorbeizukommen, wo Célia ihre Gäste bewirtete. Der Anblick des künstlichen Blumenstraußes brachte ihn auf den Gedanken, ein Feuer zu legen, bevor er sich im Schlafzimmer der Danglars versteckte. Das Feuer breitete sich mit rasender Geschwindigkeit aus und Blanchet fragte sich schon, ob er nicht in seiner eigenen Falle gefangen werden würde, als Célia

Crespi und die andern endlich merkten, daß der ganze hintere Teil der Wohnung brannte. Es wurde sofort Alarm geschlagen und dem Polizisten war es nun ein leichtes, sich davonzumachen, indem er sich unter die Menge der Rettungsmannschaften und der Nachbarn mischte.

Einige Tage lang stellte sich Blanchet tot, die Danglars grausamerweise in dem Glauben wiegend, das Heft, das sie entlarvte – und das sie, als sie in ihre halb verbrannte Wohnung zurückkamen, verzweifelt gesucht hatten – sei zusammen mit allen Gegenständen, die sich im Boudoir befunden hatten, verbrannt. Dann rief der Ex-Polizist die Danglars an: der Triumph der Gerechtigkeit und die Wiederherstellung der Wahrheit waren nicht mehr die einzigen Motive, die ihn antrieben: wenn seine Forderungen nicht so hoch gewesen wären, würde diese Affäre wahrscheinlich nie an die Öffentlichkeit gedrungen sein, und der zweite Präsident des Appelationsgerichts und seine Gattin hätten sich noch lange frei ihren libidinösen Veruntreuungen hingeben können. Doch die Summe, die Blanchet verlangte – fünfhunderttausend Francs – überstieg die finanziellen Möglichkeiten der Danglars. »Stehlen Sie sie«, gab Blanchet zynisch zurück, bevor er auflegte: die Danglars fühlten sich völlig außerstande, für Geld zu stehlen und zogen es vor, alles auf eine Karte setzend, die Flucht zu ergreifen.

Die Justiz schätzt es nicht, wenn ihre angenommenen Verteidiger sie verhöhnen und die Geschworenen griffen hart durch: dreißig Jahre Zuchthaus für Berthe Danglars, lebenslängliche Zwangsarbeit für Maximilien, der nach Saint-Laurent-du-Maroni deportiert wurde, wo er bald darauf starb.

Vor einigen Jahren, als sie in Paris spazierenging, erkannte Mademoiselle Crespi ihre ehemalige Herrin wieder; sie saß auf einer Bank in der Rue de la Folie-

Régnault, eine zahnlose Clocharde, bekleidet mit einem gelbgrünen Morgenrock, die einen Kinderwagen voll mit den verschiedensten Sachen vor sich herschob und auf den Spitznamen *die Baronin* hörte.

Die Honorés waren damals beide siebzig Jahre alt. Er war ein Lyoneser mit blassem Teint; er war viel gereist, hatte Abenteuer erlebt, war bei Vuillerme und bei Laurent Josserand Marionettenspieler gewesen, Assistent eines Fakirs, Kellner im Tanzcafé Mabille, Drehorgelspieler mit einem spitzen Hut und einem Äffchen auf der Schulter, bevor er sich als Dienstbote in bürgerlichen Häusern verdingte, wo ihn sein Phlegma, britischer als das eines jeden Briten, schnell unersetzlich gemacht hatte. Sie war ein robustes normannisches Bauernmädchen, die alles machen konnte und die genauso gut ihr Brot gebacken wie ein Ferkel abgestochen hätte, wenn man es von ihr verlangt hätte. Ende des Jahres 1871 im Alter von fünfzehn Jahren nach Paris verdingt, war sie als Küchenhilfe in eine Familienpension, *The Vienna School and Family Hotel* in der Rue Darcet Nr. 22 in der Nähe der Place Clichy gekommen, ein Betrieb, der von einer Griechin, Madame Cissampelos, mit eiserner Hand geführt wurde, eine kleine, klapperdürre Frau, die jungen Engländerinnen mit jenen fürchterlichen vorstehenden Zähnen, von denen zu sagen, man mache daraus Klaviertasten, damals für geistvoll angesehen wurde, gute Manieren beibrachte.

Dreißig Jahre später war Corinne dort Köchin, aber immer noch verdiente sie nicht mehr als fünfundzwanzig Francs im Monat. Um diese Zeit lernte sie Honoré kennen. Sie hatten sich auf der Weltausstellung gefunden, bei der Vorstellung der *Bonhommes Guillaumes*, einem Automatentheater, wo man auf einer winzigen Bühne fünfzig Zentimeter hohe Puppen, nach der letzten Mode gekleidet, tanzen und plappern sah und angesichts ihres Staunens gab er ihr technische Erklärungen, bevor er sie in die *Verkehrte Burg* führte, ein altes, gotisches Kastell, das auf seinen Schornsteinen steht mit umgedrehten Fenstern und Möbeln, die an der Decke befestigt sind, in den *Lichtpalast*, dieses Märchenhaus, wo alles, von den Möbeln bis zur Wandbespannung, von den Teppichen bis zu den Blumensträußen aus Glas war und dessen Erbauer, der Glasermeister Ponsin, gestorben war, bevor er es vollendet hatte; in den *Himmelsglobus, den Kostümpalast*, den *Palast der Optik* mit seinem großen Fernrohr, durch das man den *MOND* aus *EINEM* Meter Entfernung sehen konnte, die *Dioramen des Alpenvereins*, das *transatlantische Panorama, Venedig in Paris* und ein Dutzend anderer Pavillons. Was sie am meisten beeindruckte, war für sie der künstliche Regenbogen im Pavillon Bosniens, für ihn die unterirdische Grubenausstellung mit ihrem sechshundert Meter langen Gang, den man mit einer elektrischen Eisenbahn durchfuhr und der plötzlich in einer Goldmine mündete, in der richtige Neger arbeiteten, und das Riesenfaß von Monsieur Fruhinsoliz', ein regelrechtes Gebäude mit vier Stockwerken, die nicht weniger als vierundfünfzig Kioske enthielten, in denen alle Getränke der Welt ausgeschenkt wurden.

Sie aßen im *Cabaret de la Belle Meunière* zusammen zu Abend, gleich neben den Kolonialpavillons, wo sie Chablis aus der Karaffe tranken und Krautsuppe aßen und Hammelkeule, die Corinne schlecht durchgebraten fand.

Honoré war fürs ganze Jahr von Monsieur Danglars senior angestellt worden, einem Weinbauern aus der Gironde, Präsident der Sektion Bordeaux des Weinkomitees, der sich für die gesamte Dauer der Weltausstellung in Paris niedergelassen und bei Juste Gratiolet eine Wohnung gemietet hatte. Als er einige Wochen später Paris verließ, war Monsieur Danglars senior mit seinem Butler so zufrieden, daß er ihn zusammen mit der Wohnung seinem Sohn Maximilien, der heiraten wollte und gerade zum Beisitzer ernannt worden war, zum Geschenk machen wollte. Kurze Zeit danach stellte das junge Paar auf Anraten ihres Butlers die Köchin ein.

Nach der Affäre Danglars erwirkten die Honorés, die zu alt waren, um daran zu denken, sich anderswo zu verdingen, von Emile Gratiolet die Erlaubnis, ihr Zimmer behalten zu dürfen. Sie vegetierten mit ihren äußerst geringen Ersparnissen dahin, die von Zeit zu Zeit aufgebessert wurden durch unbedeutende Aushilfsarbeiten, wie etwa Ghislain Fresnel zu hüten, wenn die Ammen ihn nicht nehmen konnten oder Paul Hébert nach der Schule abzuholen oder für diesen oder jenen Mieter, der ein Abendessen gab, leckere kleine Pastetchen oder mit Schokolade überzogene Orangenstäbchen zu machen. Sie lebten so noch über zwanzig Jahre, hielten ihre Mansarde peinlich sauber in Ordnung, wachsten ihre rautenförmigen Fliesen, begossen ihre Myrte in dem Gefäß aus rotem Kupfer fast mit dem Tropfenzähler. Sie erreichten das Alter von dreiundneunzig Jahren, sie immer verschrumpelter, er immer länger und dürrer. Eines Tages im November 1949 fiel er dann hin, als er vom Tisch aufstand und starb in der folgenden Stunde. Sie selbst überlebte ihn nur um einige Wochen.

Célia Crespi, die bei den Danglars ihre erste Stellung hatte, war durch das plötzliche Verschwinden ihrer Arbeitgeber noch rat- und hilfloser als die Honorés. Sie hatte das Glück, daß sie sich fast gleich darauf im gleichen Haus bei dem Mieter verdingen konnte, der ein Jahr lang die Danglars ersetzte, ein lateinamerikanischer Geschäftsmann, den die Concierge und einige andere den Hochstapler nannten, ein jovialer Dicker mit lackiertem Schnurrbart, der lange Havanas rauchte, mit einem goldenen Zahnstocher in den Zähnen herumstocherte und anstelle einer Krawattennadel einen dicken Diamanten trug; dann wurde sie von Madame de Beaumont eingestellt, als diese nach ihrer Hochzeit in die Rue Simon-Crubellier zog. Später, als die Sängerin, fast unmittelbar nach der Geburt ihrer Tochter, Frankreich wegen einer langen Tournee in die Vereinigten Staaten verließ, kam Célia Crespi als Weißnäherin zu Bartlebooth und blieb dort, bis der Engländer seine lange Weltreise unternahm. Etwas später fand sie eine Stelle als Verkäuferin in den *Délices de Louis XV.*, der geschätztesten Café-Konditorei des Viertels, und sie arbeitete dort bis zu ihrer Pensionierung.

Obgleich man sie immer Mademoiselle Crespi genannt hat, hatte Célia Crespi einen Sohn. Sie brachte ihn neunzehnhundertsechsunddreißig diskret zur Welt. Fast niemand hatte gemerkt, daß sie schwanger gewesen war. Fast das ganze Haus fragte sich, wer wohl der Vater sein könne, und alle Namen der Personen männlichen Geschlechts, die im Haus wohnten und zwischen fünfzehn und fünfundsiebzig Jahre alt waren, wurden in Erwägung gezogen. Das Geheimnis wurde nie gelüftet. Der Junge erhielt auf dem Standesamt die Eintragung Vater unbekannt und wuchs außerhalb von Paris auf. Niemand im Haus hat ihn je gesehen.

Erst vor einigen Jahren erfuhr man, daß er bei den Befreiungskämpfen um Paris umgekommen war, als er einem deutschen Offizier dabei half, eine Kiste Champagner auf seinen Beiwagen zu laden.

Mademoiselle Crespi wurde in einem Dorf oberhalb von Ajaccio geboren. Sie hat Korsika im Alter von zwölf Jahren verlassen und ist nie wieder dorthin zurückgekehrt. Manchmal schließt sie die Augen und sieht dann die Landschaft wieder vor sich, die vor dem Fenster der Stube lag, in der sich alle aufhielten: die mit blühenden Bougainvilleen bedeckte Mauer, der Abhang, auf dem Büschel von Wolfsmilch wuchsen, die Feigenbaumhecke, das Kapernstrauchspalier; doch es gelang ihr nicht, sich an etwas anderes zu erinnern.

Heute ist das Schlafzimmer Huttings ein Raum, der nur selten benutzt wird. Über der Bett-Couch, auf der ein synthetisches Fell und etwa dreißig buntgescheckte Kissen liegen, ist ein aus Samarkand stammender seidener Gebetsteppich mit einem verschossenen rosafarbenen Dekor und langen schwarzen Fransen angenagelt. Rechts dient ein kleiner, mit gelber Seide bezogener Sessel als Nachttisch: darauf ein Wecker aus frottiertem Stahl, der die Form eines kurzen, schrägen Zylinders hat, ein Telefon, dessen Wählscheibe durch ein Tastensystem ersetzt ist und eine Nummer der avantgardistischen Zeitschrift *Bête Noire*. An den Wänden hängt kein Bild, aber rechts vom Bett, eingepaßt in einen beweglichen Stahlrahmen, der eine Art monströsen Wandschirm aus ihm macht, ein Werk des italienischen Intellektualisten Martiboni: es ist ein zwei Meter hoher, ein Meter breiter, zehn Zentimeter dicker Block aus Polystyrol, in den alte Korsetts versenkt sind zusammen mit Stapeln alter Tanzkarten, getrockneten Blumen, verschlissenen Seidenkleidern, von Motten zerfressenen Pelzfetzen, zernagten Fächern, die Entenfüßen gleichen, denen man die Schwimmhäute entfernt hat, Silberschuhen ohne Sohlen und Absätze, Speiseresten und zwei oder drei kleinen, ausgestopften Hunden.

ENDE DES VIERTEN TEILS

FÜNFTER TEIL

VIERUNDACHTZIGSTES KAPITEL

Cinoc, 2

Das Zimmer Cinocs; ein eher schmutziges Zimmer, bei dem man ein wenig den Eindruck von Schimmel hat, ein Fußboden voller Flecken, an den Wänden abbröckelnde Farbe. An der Türverkleidung hängt eine *Mezouza,* dieser mit den drei Buchstaben

שדי

geschmückte Wohnungstalisman, der einige Verse aus der Thora enthält. An der hinteren Wand, über der Bett-Couch, auf der eine mit dreieckigem Blattwerk bedruckte Decke liegt, lehnen auf einem kleinen Wandbort Bücher, gebunden und broschiert, schräg aneinander, und bei dem offenen Fensterchen ragt hochbeinig ein leichtgezimmertes Klappult mit einem kleinen, dicken Bodenbelag aus Filz davor, eben groß genug, um darauf stehen zu können. Rechts von dem Wandbort hängt eine ganz schimmelfleckige Graphik an der Wand mit dem Titel *der Purzelbaum:* sie zeigt fünf nackte Säuglinge, die Luftsprünge machen, dazu der folgende Sechszeiler:

A voir leurs soubresauts bouffons
Qui ne diroit que ces Poupons
Auroient ben besoin d'Ellebore;

Leur corps est pourtant bien dressé
Si, selon qui dit Pythagore,
L'homme est un abre renversé.(1)

Unter der Graphik, auf einem mit einem grünen Tischtuch bedeckten Tischchen, eine Wasserkaraffe, über die ein Glas gestülpt ist, sowie einige vereinzelte Werke, von denen ein paar Titel erkennbar sind:

Des Raskolniki d'Avvakoum à l'insurrection de Stenka Razine. Contributions bibliographiques à l'étude de règne d'Alexis Ier, par Hubert Corneylius, Lille, Imprimerie des Tilleuls, 1954;

La storia dei Romani, de G. De Sanctis (tome III);

Travels in Baltistân, P.O.Box, Bombay, 1894;

Als ich eine kleine Maus war. Kindheits- und Jugenderinnerungen, von Maria Feodorowna Vychiskawa, Paris 1948,

The Miner und die Anfänge von Labour, von Irwin Wall, Sonderdruck der Zeitschrift *Les Annales;*

Beiträge zur feineren Anatomie des menschlichen Rükkenmarks, von Goll, Gent, 1860;

drei Nummern der Zeitschrift *Rustica;*

Über die pyramidale Spaltung der Alabaster- und der Gipssteine, von Herrn Otto Lidenbrock, Lehrer am Hamburger Johanneum und Konservator des mineralogischen Museums von Herrn Struve, russischer Botschafter, Auszug aus der *Zeitschrift für Mineralogie und Kristallographie*, Band XII, Suppl. 147

und die *Memoires d'un Numismate*, par M. Florent Baillarger, ancien Secrétaire de Préfecture du Département de la Haute-Marne, Chalindrey, Librairie Le Sommelier, s.d.

---

(1) Sieht ihre närrischen Sprünge man / wer würde da nicht sagen, daß diese Babies / mal Nieswurz brauchen; / dabei ist ihr Körper schön aufgerichtet / wenn, wie Pythagoras sagt / der Mensch ein umgedrehter Baum ist.

Hélène starb in diesem Zimmer neunzehnhundertsiebenundvierzig. Sie hatte, ängstlich und unauffällig, annähernd zwölf Jahre darin gelebt. Nach ihrem Tod fand ihr Neffe François Gratiolet einen Brief, in dem sie erzählte, wie ihr Aufenthalt in Amerika ausgegangen war.

Am Nachmittag des elften September 1935 holte die Polizei sie ab und brachte sie nach Jemima Creek, um dort die Leiche ihres Mannes zu identifizieren. Antoine Brodin lag mit eingeschlagenem Schädel auf dem Rükken, die Arme gekreuzt, in einem schlammigen Steinbruch, dessen Boden völlig aufgeweicht war. Die Polizisten hatten ihm ein grünes Halstuch auf den Kopf gelegt. Man hatte ihm seine Hose und seine Stiefel gestohlen, aber er trug immer noch das Hemd mit den feinen grauen Streifen, das Hélène ihm einige Tage zuvor in Sankt Petersburg gekauft hatte.

Hélène hatte die Mörder Antoines nie gesehen; sie hatte nur ihre Stimmen gehört, als sie zwei Tage davor ihrem Mann seelenruhig erklärten, daß sie wiederkommen würden, um ihn kaltzumachen. Doch sie hatte keinerlei Mühe, sie zu identifizieren: es waren die beiden Brüder Ashby, Jeremiah und Ruben, wie gewöhnlich begleitet von Nick Pertusano, einem grausamen und bösartigen Zwerg, dessen Stirn ein unauslöschlicher, aschgrauer Fleck in Form eines Kreuzes zierte, und der ihr böser Geist und ihr Sündenbock war. Trotz ihrer sanften, biblischen Vornamen waren die Ashbys junge Strolche, die in der ganzen Gegend gefürchtet waren und die Saloons sowie die *Diner's*, diese zu Restaurants umgebauten Eisenbahnwagen, in denen man sich für ein paar Nickels beköstigen konnte, erpreßten; und unglücklicherweise für Hélène waren sie auch noch die

Neffen des Sheriffs. Nicht nur, daß dieser Sheriff die Mörder nicht verhaftete, er beauftragte auch noch zwei seiner Hilfssheriffs, Hélène nach Mobile zu geleiten, und riet ihr dringend davon ab, je wieder einen Fuß in die Gegend zu setzen. Es gelang Hélène, ihren Bewachern zu entkommen und sie ging nach Tallahassee, der Hauptstadt des Bundesstaates, wo sie beim Gouverneur einen Strafantrag stellte. Noch am gleichen Abend flog ein Stein durch eine der Fensterscheiben ihres Hotelzimmers. Eine Botschaft, die an diesem Stein hing, enthielt Todesdrohungen.

Auf Anweisung des Gouverneurs mußte der Sheriff trotzdem eine Scheinuntersuchung führen; vorsichtshalber empfahl er seinen beiden Neffen, sich für einige Zeit zu entfernen. Die beiden Tagediebe und der Zwerg trennten sich. Hélène wußte es und begriff, daß dies ihre einzige Chance war, sich zu rächen: sie mußte schnell handeln und sie einen nach dem andern töten, bevor sie überhaupt merkten, was mit ihnen geschah.

Der erste, den sie tötete, war der Zwerg. Das war das Leichteste. Sie erfuhr, daß er sich als Küchenjunge auf einem Schaufelraddampfer verdingt hatte, der den Mississippi hinauffuhr und auf dem das ganze Jahr über mehrere Berufsspieler operierten. Einer von ihnen erklärte sich bereit, Hélène zu helfen: sie verkleidete sich als junger Bursche und er brachte sie an Bord, indem er sie als seinen Boy ausgab.

In der Nacht, als alle, die nicht schliefen, eifrig endlose Partien Siebzehnundvier oder Faro spielten, fand Hélène mühelos den Weg zu den Küchen; der Zwerg, halb betrunken, döste in einer Hängematte neben einem Herd vor sich hin, auf dem ein riesiges Hammelragout bei schwacher Hitze kochte. Sie ging zu ihm hin und bevor er hatte reagieren können, packte sie ihn am Hals und an den Hosenträgern und warf ihn in den Riesenkochtopf.

Am andern Morgen verließ sie das Schiff in Bâton Rouge, als das Verbrechen noch nicht entdeckt worden war. Immer noch als Junge verkleidet, fuhr sie den Fluß hinunter, diesmal auf einem Holzschlepper, eine ausgesprochen schwimmende Stadt, wo mehrere Dutzend Männer bequem lebten. Einem von ihnen, einem ambulanten Händler französischer Abstammung, der Paul Marchal hieß, erzählte sie ihre Geschichte und er bot ihr seine Hilfe an. In New Orleans mieteten sie einen Lastwagen und begannen kreuz und quer durch Louisiana und Florida zu fahren. Sie hielten an Tankstellen, kleinen Bahnhöfen, Kneipen am Rande der Landstraßen. Er schleppte eine Art Ein-Mann-Orchester-Ausrüstung mit sich herum, eine dicke Trommel, Bandoneon, Ziehharmonika, Triangel, Cymbalo und Schellen; sie, eine verschleierte Orientalin, deutete einen Bauchtanz an, bevor sie den Zuschauern den Vorschlag machte, ihnen aus den Karten die Zukunft zu lesen: sie breitete drei Reihen zu drei Karten vor ihnen aus, deckte zwei Karten zu, die zusammen elf Punkte ausmachten, sowie die drei Figuren: es war eine Patience, die sie gelernt hatte, als sie ganz klein war, die einzige, die sie kannte und sie bediente sich ihrer, um in einer unentwirrbaren Sprachenmischung die unwahrscheinlichsten Dinge vorauszusagen.

Sie brauchten nur zehn Tage, bis sie eine Spur fanden. Eine Familie Séminole, die an Bord eines an den Ufern des Apopka-Sees verankerten Floßes lebte, erzählte ihnen von einem Mann, der seit einigen Tagen in einem riesigen, stillgelegten Brunnen in der Nähe eines Ortes namens Stone's Hill, etwa dreißig Kilometer von Tampa entfernt, lebte.

Es war Ruben. Sie stöberten ihn auf, als er, auf einer Kiste sitzend, versuchte, eine Konservendose aufzumachen. Er war derart vom Hunger geplagt, daß er sie nicht kommen hörte. Bevor sie ihn mit einem Genickschuß tötete, zwang Hélène ihn, Jeremiahs Versteck preiszugeben. Ruben wußte nur, daß sie, bevor sie sich trennten, einmal kurz über den Ort diskutiert hatten, an den sie gehen wollten: der Zwerg hatte gesagt, daß er gern weit herumkommen möchte, Ruben zog es zu einem gemütlichen Ort und Jeremiah hatte behauptet, daß man nirgends besser untertauchen könne als in den großen Städten.

Nick war ein Zwerg und Ruben ein Schwächling, doch Jeremiah machte Hélène Angst. Sie fand ihn fast leicht, am übernächsten Tag: an der Theke einer billigenSpeisewirtschaft in der Nähe von Hialeh, dem Rennplatz von Miami, stehend, blätterte er in einer Zeitschrift für Pferdesport, während er mechanisch eine Portion *breaded veal chop's* zu fünfzehn Cents kaute.

Sie verfolgte ihn drei Tage lang. Er lebte von schäbigen Tricks, leerte heimlich die Taschen der Wetter und trieb dem Inhaber einer schmierigen Spielhölle, die stolz den Namen *The Oriental Saloon And Gambling House* trug, nach dem Beispiel des berühmten Spielsalons, den Wyatt Earp und Doc Halliday früher in Tombstone, Arizona, gehabt hatten, Kunden zu. Es war eine Scheune, deren Bretterwände buchstäblich von oben bis unten mit Emaille-Schildern zugenagelt waren, auf denen Werbeslogans für Waren oder Wahlen zu lesen waren: QUALITY ECONOMY AMOCO MOTOR OIL, GROVE'S BROMOQUININE STOPS COLD, ZENO CHEWING-GUM, ARMOUR'S CLOVERBLOOM BUTTER, RINSO SOAKS CLOTHES WHITER, THALCO PINE DEODORANT, CLABBERGIRL BAKING POWDER, TOWER'S FISH BRAND, ARCADIA, GOODYEAR TIRES, QUAKER STATE, PENNZOIL SAFE LUBRIFICATION, 100% PURE PENNSYLVANIA, BASE-BALL TOURNAMENT, SELMA AMERICAN LEGION JRS VS. MOBILE, PETER'S SHOE'S, CHEW MAIL POUCH TOBACCO, BROTHER-IN-LAW BARBER SHOP, HAIRCUT 25 C, SILAS GREEN SHOW FROM NEW ORLEANS, DRINK COCA COLA

DELICIOUS REFRESHING, POSTAL TELEGRAPH HERE, DID YOU KNOW? J.W. MCDONALD FURN'CO CAN FURNISH YOUR HOME COMPLETE, CONGOLEUM RUGS, GRUNO REFRIGERATORS, PETE JARMAN FOR CONGRESS, CAPUDINE LIQUID AND TABLETS, AMERICAN ETHYL GASOLINE, GRANGER ROUGH CUT MADE FOR PIPES, JOHN DEERE FARM IMPLEMENTS, FINDLAY'S, ETC.

Am Morgen des vierten Tags ließ Hélène Jeremiah einen Umschlag bringen. Er enthielt ein Foto der beiden Brüder – das sie in Rubens Brieftasche gefunden hatte – und einen Zettel, in dem die junge Frau ihm mitteilte, was sie mit dem Zwerg und Ruben gemacht hatte und was ihn, diesen Hurensohn, erwartete, wenn er genug Mumm hätte, sie im Bungalow Nr. 31 des Burbank's Motels aufzusuchen.

Hélène, in der Duschkabine eines benachbarten Bungalows versteckt, wartete den ganzen Tag über. Sie wußte, daß Jeremiah ihren Brief erhalten hatte und daß er den Gedanken nicht ertragen könnte, von einer Frau herausgefordert zu werden. Doch das allein würde nicht genügen, daß er auf die Herausforderung antwortete; er mußte darüber hinaus auch noch sicher sein, daß er stärker war als sie.

Gegen sieben Uhr abends wußte sie, daß ihr Instinkt sie nicht betrogen hatte: in Begleitung von vier bewaffneten Übeltätern kam Jeremiah in einem verbeulten und rauchenden Bucket-Seat, Modell T, an. Unter all den üblichen Vorsichtsmaßregeln inspizierten sie die Umgebung und umzingelten dann den Bungalow Nr. 31.

Das Zimmer war nicht sehr hell, doch immerhin hell genug, daß Jeremiah durch die gehäkelten Vorhänge hindurch genau seinen Bruder Ruben sehen konnte, der brav mit gekreuzten Armen und weit geöffneten Augen auf einem der Zwillingsbetten lag. Jeremiah Ashby stieß ein wildes Gebrüll aus und stürzte in das

Zimmer, wobei er die Explosion der Bombe auslöste, die Hélène dort angebracht hatte.

Noch am gleichen Abend ging Hélène an Bord eines Schoners, der Kurs auf Kuba nahm, von wo aus sie ein reguläres Linienschiff nach Frankreich zurückbrachte. Bis zu ihrem Tod wartete sie auf den Tag, an dem die Polizei kommen würde, um sie zu verhaften, aber die amerikanische Justiz wagte sich niemals vorzustellen, daß diese kleine, zerbrechliche Frau kaltblütig drei Strolche hatte umbringen können, für die sie mühelos weitaus plausiblere Mörder fand.

FÜNFUNDACHTZIGSTES KAPITEL

Berger, 2

Das Zimmer der Eltern Berger: ein nicht sehr geräumiges, fast viereckiges Zimmer mit Parkettfußboden, dessen Wände mit einer hellblauen Tapete mit feinen gelben Streifen bedeckt sind; eine Karte der Tour de France 1975 in Großformat, ein Werbegeschenk der Firma Vitamix, Stärkungsmittel für Sportler und Champions, ist mit Nadeln an der hinteren Wand, links von der Tür, befestigt; neben jeder Etappenstadt sind Zwischenräume vorgesehen, damit der Sportsfreund jeweils die Leistungen der ersten Sechs einer Etappe sowie die drei Ersten der verschiedenen allgemeinen Wertungen (Gelbes Trikot, Grünes Trikot, Großer Preis im Bergfahren) eintragen kann.

Der Raum ist leer, bis auf einen dicken Dachkater – Poker Dice – der zu einer Kugel zusammengerollt auf der himmelblauen Plüschsteppdecke döst, die über eine von zwei Zwillingsnachttischen eingerahmte Bett-Couch geworfen ist. Auf dem rechten steht ein altes Röhren-Radiogerät (dessen von Madame Réol als übertrieben früh beurteiltes Einschalten die ansonsten freundschaftlichen Beziehungen zwischen den beiden Ehepaaren belastet): sein Oberteil, das sich abheben läßt und damit einen einfachen Tonabnehmer freigibt, trägt eine Nachttischlampe, deren konischer Lampenschirm geschmückt ist mit den vier Symbolen der Spielkartenfarben, daneben liegen einige Plattenhüllen von Singles: die erste des Stapels illustriert den berühmten

Schlager von Boyer und Valbonne, *Boire un petit coup c'est agréable,* gesungen von Viviane Malehaut, die von Luca Dracena, seinem Akkordeon und seinen Rhythmen begleitet wird; sie stellt ein junges Mädchen von etwa sechzehn Jahren dar, das mit dicken, freundlichen Fleischergesellen anstößt, die vor an Fleischerhaken hängenden Schweinehälften mit der einen Hand ihr Glas Schaumwein schwenken, während sie mit der anderen große, weiße Steingutplatten präsentieren, die überquellen von Schweinernem der verschiedensten Art: Burgunderschinken, Zervelatwurst, Schweinesülze, Andouille aus Vire, scharlachrote Zunge, Schweinshaxen, Kopfsülze und Preßkopf.

Auf dem linken Nachttisch finden wir eine Lampe, deren Sockel eine dickbauchige, langhalsige italienische Weinflasche (Valpolicella) ist sowie einen Kriminalroman aus der Série Noire *Die Tote im See* von Raymond Chandler.

In dieser Wohnung lebte bis 1965 die Dame mit dem kleinen Hund und ihr Sohn, der sich für den Priesterberuf entschieden hatte. Der Vormieter war lange Jahre hindurch ein alter Herr gewesen, den alle Welt den Russen nannte, weil er sommers wie winters eine Pelzmütze trug. Seine übrige Kleidung war eindeutig westlicher: ein schwarzer Anzug mit einer Hose, die ihm bis zum Steiß reichte und die gleichzeitig von dehnbaren Hosenträgern und einem unter dem Bauch hängenden Gürtel festgehalten wurde, ein Hemd von einem selten befleckten Weiß, eine große, schwarze Krawatte in der Art einer Künstlerschleife und ein Stock, dessen Knauf eine Billardkugel war.

Der Russe hieß eigentlich Abel Speiss. Er war ein sentimentaler Elsässer, ein ehemaliger Tierarzt bei der Armee, der seine Freizeit damit zubrachte, daß er an allen in den Zeitungen veröffentlichten kleinen Wettbewerben teilnahm. Er löste mit beunruhigender Leichtigkeit Rätsel:

Drei Pensionsgäste haben einen Bruder. Dieser Bruder stirbt, ohne Brüder zu hinterlassen. Wie ist das möglich?

historische Fangfragen

Wer war der Freund John Lelands?
Wer wurde von einer Eisenbahnaktie bedroht?
Wer war Sheraton?
Wer nahm dem Greis den Bart ab?

»von einem Wort zum andern«

TAU	KAMM	MUND
TAT	DAMM	RUND
TOT	DAME	HUND
ROT		HAND
		HANS
		GANS

mathematische Aufgaben

Prudence ist 24 Jahre alt. Sie ist doppelt so alt wie ihr Mann war, als sie das Alter hatte, das ihr Mann hat.

Wie alt ist ihr Mann?
Schreiben Sie die Zahl 120, indem Sie dazu vier »8« benutzen.

Anagramme

ILSE = SEIL
NAGER = RENGA
SIRENE = REISEN

Logikaufgaben

Was kommt nach EZDVFSSA?

Wer ist der Eindringling bei der folgenden Aufzählung: deutsch, kurz, vielsilbig, geschrieben, sichtbar, gedruckt, männlich, Wort, außerordentlich, amerikanisch, Eindringling?

magische Rätsel, Kreuzworträtsel, Dreieckrätsel, Verlängerungswörter *(e, er, erd, erde, erden, erdend, erdende)*, Schubladenwörter usw., und sogar die »Hilfsfragen«, diese Schrecken aller Rätselfreunde.

Seine große Spezialität waren die Kryptogramme. Doch wenn er auch im Triumph den mit einem Preis von DREITAUSEND FRANCS ausgestatteten Großen Nationalen Wettbewerb gewonnen hatte, der von der Zeitschrift *Réveil de Vienne* et Romans organisiert worden war, indem er herausfand, daß die Botschaft

aeeeil	*ihnalz*	*ruiopn*
toeedt	*zaemen*	*eeuart*
odxhnp	*trvree*	*noupvg*
eedgnc	*estlev*	*artuee*
arnuro	*ennios*	*ouitse*
spesdr	*erssur*	*mtqssl*

die erste Strophe der *Marseillaise* enthielt, hatte er nie das von der Zeitschrift *Le Chien français* gestellte Rätsel entziffern können

t' cea uc tsel rs
n neo rt aluot
ia ouna s ilel-
-rc oal ei ntoi

und sein einziger Trost war nur, daß es auch keinem anderen Konkurrenten gelungen war und daß die Zeitschrift sich dazu entschließen mußte, keinen ersten Preis zu verleihen.

Außer den Bilder- und Buchstabenrätseln hatte der Russe noch eine andere Leidenschaft: er war wahnsinnig verliebt in Madame Hardy, die Frau des Marseiller Olivenölhändlers, eine Matrone mit sanftem Gesicht, deren Oberlippe die Andeutung eines Schnurrbarts schmückte. Er suchte bei allen Leuten im Haus Rat, aber trotz der Ermunterungen, mit denen ihn alle überhäuften, wagte er es nicht – wie er selber sagte – »sich seiner Flamme zu erklären«.

SECHSUNDACHTZIGSTES KAPITEL

Rorschach, 5

Das Badezimmer der Rorschachs war zu seiner Zeit eine luxuriöse Sache. An der ganzen hinteren Wand, die sanitären Einrichtungen miteinander verbindend, Rohrleitungen aus Kupfer und Blei, mit sichtbaren Anschlüssen, die sich in gefälligem Durcheinander darbieten und mit einer Fülle wahrscheinlich überflüssiger Manometer, Thermometer, Wasseruhren, Hygrometer, Klappenventile, Schwungräder, Hebel, Schwengel, Mischer, Ventile und Schlüssel aller Art die Ausstattung eines Maschinensaals andeuten, der auf eindrucksvolle Weise mit dem Raffinement der Dekoration kontrastiert: eine Badewanne aus gemasertem Marmor, ein mittelalterlicher Weihwasserkessel, der als Waschbekken dient, Jugendstil-Handtuchhalter, bronzene Wasserhähne in Form funkelnder Sonnen, Löwenköpfe, Schwanenhälse und einige Kunstgegenstände und Kuriositäten: eine Kristallkugel, wie man sie früher in den Tanzbars sah, hing an der Decke und brach das Licht in seinen hunderten von kleinen fliegenaugenförmigen Spiegeln, zwei japanische Säbel für Zeremonien, ein Wandschirm aus zwei Glasplatten, in denen eine Überfülle von Hortensien eingeschlossen ist und ein Tischchen Louis XV aus bemaltem Holz, auf dem drei hohe Fläschchen für Badesalze, Parfüme und Gesichtsmilch stehen, die, ungeschickt geformt, die Reproduktionen von drei vielleicht antiken Statuetten sind: ein ganz junger Atlas, der auf seiner linken Schulter eine Erdkugel im verkleinerten Maßstab trägt, ein ithyphallischer Pan, eine scheue Syrinx, die bereits halb Schilfrohr ist.

Vier Kunstwerke ziehen ganz besonders die Aufmerksamkeit auf sich. Das erste ist ein Bild auf Holz, das aller Wahrscheinlichkeit nach aus der ersten Hälfte des 19. Jahrhunderts stammt. Es trägt den Titel *Robinson sucht sich so bequem wie möglich auf seiner einsamen Insel einzurichten*. Über diesem in zwei Zeilen in kleinen, weißen Großbuchstaben geschriebenen Titel sieht man, ziemlich naiv dargestellt, Robinson Crusoe mit spitzem Hut und einer Jacke aus Ziegenfell, auf einem Stein sitzend; er ritzt in den Baum, der ihm dazu dient, den Ablauf der Zeit zu messen, einen Sonntagsstrich.

Das zweite und das dritte sind zwei Graphiken, auf denen zwei ähnliche Themen auf unterschiedliche Weise behandelt worden sind: die eine, die rätselhafterweise den Titel *Der gestohlene Brief* trägt, zeigt einen eleganten Salon – Parkettboden im Fischgrätenverband, mit bedrucktem Leinen bespannte Wände – in dem eine junge Frau, die an einem Fenster sitzt, das auf einen großen Park geht, in die Ecke eines feinen, weißen Leinentuchs einen Plattstich stickt, nicht weit von ihr entfernt spielt ein bereits alter Mann von äußerst britischem Aussehen Virginal. Die zweite Graphik, surrealistisch angehaucht, stellt ein sehr junges Mädchen von vielleicht vierzehn oder fünfzehn Jahren dar, das mit einem kurzen Spitzenunterrock bekleidet ist. Die Zwickel ihrer Strümpfe laufen spitz zu und an ihrem Hals hängt ein kleines Kreuz, dessen beide Balken je ein Finger sind, der unter dem Fingernagel leicht blutet. Sie sitzt vor einer Nähmaschine an einem offenen Fenster, durch das man die aufgehäuften Felsbrocken einer rheinischen Landschaft sieht, und auf dem Wäschestück, das sie absteppt, kann man diesen in gotischen Lettern gestickten Spruch lesen

Verstörung des hübschen Schulmädchens

Das vierte Werk ist ein Gipsabguß, der auf dem breiten Rand der Badewanne steht. Er stellt, in ganzer Figur, eine gehende Frau dar, etwa ein Drittel ihrer natürlichen Größe. Es ist eine römische Jungfrau von ungefähr zwanzig Jahren. Der Körper ist hochgewachsen und schlank, die Haare sind leicht gewellt und fast ganz von einem Schleier bedeckt. Mit leicht geneigtem Kopf hat sie mit der linken Hand einen Zipfel ihres außergewöhnlich faltigen Kleides zusammengerafft, das ihr vom Nacken bis auf die Knöchel fällt und so ihre in Sandalen steckenden Füße freigibt. Der linke Fuß ist vorgestellt und der rechte, der sich anschickt, ihm zu folgen, berührt den Boden nur mit den Zehenspitzen, während die Fußsohle und die Ferse fast senkrecht erhoben sind. Diese Bewegung, die zugleich die agile Leichtigkeit einer gehenden jungen Frau und eine selbstsichere Ruhe ausdrücken, verleiht ihr ihren besonderen Reiz, indem sie einen festen Gang mit einer Art schwebendem Flug kombiniert.

Als kluge Frau hat Olivia Rorschach ihre Wohnung während der Monate vermietet, in denen sie abwesend ist. Die Vermietung – die den täglichen Dienst Jane Suttons einschließt – ist durch die Vermittlung einer Agentur erfolgt, die spezialisiert ist auf Ferienwohnungen für sehr reiche Ausländer. Der Mieter ist diesmal ein gewisser Giovanni Pizzicagnoli, ein internationaler Beamter, der gewöhnlich in Genf wohnt, aber hierher gekommen ist, um sechs Wochen lang den Vorsitz einer der Budget-Kommissionen der außerordentlichen Tagung der Unesco über Energieprobleme zu führen. Dieser Diplomat hat seine Wahl innerhalb weniger Minuten nach den vom Schweizer Vertreter der Agentur gelieferten Beschreibungen getroffen. Er selbst wird erst am übernächsten Tag nach Frankreich kommen, doch seine Frau und sein junger Sohn sind bereits da, und da er überzeugt ist, daß die Franzosen alle Diebe sind, hat er seine Frau, eine robuste Bernerin von etwa vierzig Jahren, beauftragt, an Ort und Stelle nachzuprüfen, ob alles auch wirklich dem entspricht, was ihnen versprochen worden war.

Olivia Rorschach hat es für sinnlos erachtet, bei diesem Besuch zugegen zu sein und sie hat sich mit einem bezaubernden Lächeln verdrückt, wobei sie ihre bevorstehende Abreise zum Vorwand nahm; sie hat sich damit zufrieden gegeben, Madame Pizzicagnoli zu empfehlen, darauf zu achten, daß ihr kleiner Junge weder die verzierten Teller aus dem Eßzimmer noch die mundgeblasene Glastraube in der Diele kaputtmacht.

Die Angestellte der Agentur hat die Besichtigung mit ihrer Kundin fortgesetzt, wobei sie das Mobiliar und das Zubehör aufzählte und es jeweils auf ihrer Inventarliste abhakte. Aber es hat sich sehr schnell gezeigt, daß diese Besichtigung, die anfänglich nur eine Routineformalität sein sollte, ernste Schwierigkeiten aufwerfen würde, denn die Schweizerin, ganz offensichtlich im höchsten Grade von den häuslichen Sicherheitsproblemen besessen, hat darauf bestanden, daß man ihr erklärt, wie alle elektrischen Haushaltsgeräte funktionieren und ihr zeigt, wo sich die Schmelzsicherungen und die Unterbrecher befinden. Die Besichtigung der Küche hat nicht allzu viele Probleme mit sich gebracht, doch im Badezimmer haben die Dinge ganz schnell eine böse Wendung genommen: von den Ereignissen überfordert, hat die Angestellte der Agentur ihren Direktor zu Hilfe gerufen, der in Anbetracht der Bedeutung des

Geschäfts – die Wohnung kostet für sechs Wochen zwanzigtausend Francs Miete – nicht anders konnte, als sich persönlich herzubemühen, der sich aber, da er natürlich keine Zeit gehabt hatte, sich eingehend die Unterlagen anzusehen, seinerseits an verschiedene Personen wenden mußte: zuerst an Madame Rorschach, die sich für unzuständig erklärte, wobei sie vorbrachte, daß ihr Mann sich um die Installation gekümmert habe; an Olivier Gratiolet, den früheren Hausbesitzer, der zur Antwort gab, daß ihn das seit beinahe fünfzehn Jahren nichts mehr angehe; an Romanet, den Verwalter, der den Vorschlag machte, den Innenarchitekten zu befragen, welcher sich darauf beschränkte, den Namen des Unternehmers anzugeben. der sich in Anbetracht der späten Stunde nur vermittels eines automatischen Anrufbeantworters meldete.

Schließlich sind jetzt insgesamt sechs Personen im Badezimmer von Madame Rorschach:

Madame Pizzicagnoli, die, einen ganz kleinen Diktionär in der Hand, unaufhörlich mit einer Stimme, die die Wut zornbebend und schrill gemacht hat, ausruft »Io non vi capisco! Una stanza ammobligliata! Ich verstehe Sie nicht! I am in a hurry! Moi ne comprendre! Ho fretta! Je pressée! Ich habe Eile! Geben Sie mir eine Flasche Trinkwasser!«;

die Angestellte der Agentur, eine junge Frau in einem weißen Alpaka-Kostüm, die sich mit ihren Handschuhen aus Flockseide Luft zufächelt;

der Direktor der Agentur, der überall fieberhaft nach etwas sucht, das einem Aschenbecher gleicht, um darin eine Zigarre abzulegen, die zu dreiviertel zerkaut ist;

der Verwalter, der in einer Miteigentümer-Satzung blättert und sich dabei zu erinnern versucht, ob darin irgendwo die Rede ist von Sicherheitsbestimmungen hinsichtlich der Warmwasserbereiter für die Badezimmer;

ein Klempner, der, niemand weiß von wem noch warum, eilends herbeigerufen worden war und nun seine Armbanduhr aufzieht, während er darauf wartet, daß man ihm sagt, er könne gehen; und der kleine Junge von Madame Pizzicagnoli, ein Knäblein von vier Jahren im Matrosenanzug, der, gleichgültig gegenüber dem Lärm um ihn herum, auf den Marmorfliesen kniet und unermüdlich einen Spielzeughasen laufen läßt, welcher auf eine Trommel schlägt und dazu in eine Trompete das Lied von der *Brücke am River Kwai* bläst.

SIEBENUNDACHTZIGSTES KAPITEL

Bartlebooth, 4

Im großen Salon der Wohnung Bartlebooths, einem riesigen, quadratischen Raum mit einer blassen Tapete, sind die Reste der Möbel, Gegenstände und Nippsachen versammelt, mit denen sich Priscilla in ihrer Villa am Boulevard Malesherbes Nr. 65 gern umgeben hatte: eine Couch und vier große Sessel aus geschnitztem und vergoldetem Holz, bezogen mit einem alten Gobelin, der auf gelbem Gittergrund Säulengänge mit Arabesken zeigt, um die sich Blattwerk rankt, dazu Früchte und Blumen, verziert mit Geflügel: Tauben, Papageien, Sittichen usw.; ein großer Wandschirm mit vier Blättern aus Beauvais-Tapisserie mit Rankenkompositionen und, im unteren Teil, kostümierte Affen, wie man sie bei Gillot kennt; eine große Aufsatzkommode mit sieben Schubladen aus der Zeit Louis XVI. in Mahagoni mit Zierleisten und Abschlußborten aus farbigem Holz; auf der weißen, gemaserten Marmorplatte stehen zwei zehnarmige Kerzenleuchter, eine silberne Deckplatte, eine Taschenschreibgarnitur aus Rochenhaut, auf der sich zwei Näpfchen mit Goldstöpseln, Federhalter, Radiermesser und Goldspachtel, Stempel aus gestochenem Kristall, und eine ganz kleine, viereckige Dose mit Schönheitspflastern aus blau emailliertem, guillochiertem Gold befinden; auf dem hohen Kamin aus schwarzem Stein eine Stutzuhr aus weißem Marmor und ziselierter Bronze, deren Ziffernblatt, gezeichnet *Hoguet, Paris,* von zwei knienden bärtigen Männern gehalten wird; auf jeder Seite der Stutzuhr zwei Apothekerpötte aus zartweißer Porzellanmasse; der rechte trägt die Inschrift *Ther. Vieille,* der linke *Gomme Gutte;* auf einem kleinen ovalen Tisch aus Rosenholz mit weißer Marmorplatte schließlich stehen drei Figuren aus Meißener Porzellan: die eine stellt Venus und einen Amor dar, in einem blumengeschmückten Karren sitzend, der von drei Schwänen gezogen wird; die beiden anderen sind die Afrika und Amerika darstellenden Allegorien: Afrika wird von einem kleinen Negerkind personifiziert, das auf einem liegenden Löwen sitzt; Amerika von einer mit Federn geschmückten Frau; als Amazone auf einem Krokodil reitend, drückt sie ein Füllhorn an ihre linke Brust; ein Papagei sitzt auf ihrer rechten Hand.

An den Wänden hängen mehrere Bilder; das imposanteste hängt rechts vom Kamin; es ist eine *Kreuzabnahme* von Groziano, düster und streng; links ein Seestück von F. H. Mans, *Die Ankunft der Fischerboote an einem kleinen holländischen Strand;* an der hinteren Wand über der großen Couch eine Studie auf Karton zum *Blauen Kind (»Blue Boy«)* von Thomas Gainsborough, zwei große Stiche von Le Bas, die *Das Kind mit Kreisel* und *Der Herbergsknecht* von Chardin wiedergeben, eine Miniatur, die einen Abbé mit einem von Stolz und Selbstzufriedenheit aufgeblasenen Gesicht darstellt, eine mythologische Szene von Eugène Lami, die Bacchus, Pan und Silene zeigt, begleitet von ganzen Scharen von Satyren, Halbpanen, Waldgottheiten, Faunen, Lemuren, Laren, Kobolden, Irrwischen und Wichtelmännern; dann eine Landschaft mit dem Titel *Die geheimnisvolle Insel* und der Signatur L. N. Montalescot: sie stellt einen Küstenstrich dar, dessen linker Teil, mit seinem Strand und seinem Wald, einen angenehmen Zugang erlaubt, dessen rechter Teil jedoch, aus Felsenwänden bestehend, die wie Türme gezackt und von einer einzigen Öffnung durchbrochen sind, die Vorstellung von einer uneinnehmbaren Festung beschwört; und schließlich ein Aquarell von Wainewright, diesem Freund Sir Thomas Lawrences, Maler, Sammler und Kritiker, der einer der berühmtesten »Lions« seiner Zeit war und von dem nach seinem Tod bekannt wurde, daß er, zum Spaß, acht Personen ermordet hatte; das Aquarell hat den Titel *Der Fuhrmann (The Carter)*: der Fuhrmann sitzt auf einer Bank vor einer gekalkten Wand. Es ist ein großer, kräftiger Mann, bekleidet mit einer Hose aus ungebleichtem Leinen, die in ganz rissigen Stiefeln steckt, einem grauen Hemd, dessen Kragen weit offen steht und einem bunten Halstuch; er trägt am rechten Handgelenk eine Gelenkstütze aus genietetem Leder; eine Tasche aus Möbelstoff hängt an seiner linken Schulter; seine Peitsche aus geflochtener Kordel, deren Endschmicke in borstigen Fäden wegsteht, liegt rechts von ihm, neben einem Krug und einem runden Laib Brot.

Sofas und Sessel sind mit Möbelschoner aus durchsichtigem Nylon überzogen. Seit mindestens zehn Jahren schon wird dieses Zimmer nur noch ausnahmsweise benutzt. Das letzte Mal, daß Bartlebooth es betreten hat, liegt vier Monate zurück, als die Entwicklung der Affäre Beyssandre ihn dazu zwang, sich an Rémi Rorschach zu wenden.

Zu Anfang der siebziger Jahre beschlossen zwei bedeutende Firmen des Hoteltourismus – MARVEL HOUSES INCORPORATED und INTERNATIONAL HOSTELLERIE – sich zusammenzutun, um dem ungeheuren Druck der beiden neuen Riesen des Hotelgewerbes, Holiday Inn und Sheraton, besser Widerstand leisten zu können. Marvel Houses Inc. war eine in der Karibik und in Südamerika gut eingeführte nordamerikanische Gesellschaft; was die International Hostellerie anging, so handelte es sich hier um eine Holding-Gesellschaft, die aus den arabischen Emiraten kommende Kapitalien verwaltete, und ihren Sitz in Zürich hatte.

Die Führungsstäbe der beiden Gesellschaften versammelten sich ein erstes Mal im Februar 1970 in Nassau auf den Bahamas. Die gemeinsame Einsicht in die Weltlage überzeugte sie davon, daß ihre einzige Chance, den Aufstieg ihrer beiden Konkurrenten einzudämmen, die Schaffung eines touristischen Hotelstils war, für den es nichts Gleichwertiges in der Welt gab: »Eine Konzeption des Hotelgewerbes«, erklärte der Präsident der Marvel Houses, »die nicht mehr auf der besessenen Ausbeutung des Kinderkults *(Applaus)* beruht und auch nicht auf der Fixiertheit auf die Spesenritter *(Applaus)*, sondern auf dem Respekt vor den drei Grundwerten: Freizeit, Ruhe, Kultur *(lang anhaltender Applaus)*«.

Mehrere Begegnungen am Sitz der einen oder der andern Gesellschaft führten schließlich in den folgenden Monaten dazu, die Ziele, die der Präsident der Marvel Houses so glänzend skizziert hatte, näher zu bestimmen. Als einer der Direktoren der International Hostellerie zum Spaß darauf hinwies, daß die Firmennamen der beiden Gesellschaften die gleiche Anzahl von Buchstaben, nämlich 24, hätten, griffen die Werbeabteilungen der beiden Organisationen diese Idee auf und schlugen in vierundzwanzig verschiedenen Ländern eine Auswahl von vierundzwanzig strategischen Standorten vor, wo vierundzwanzig Hotelkomplexe eines völlig neuen Stils sich ansiedeln könnten; dank eines äußerst ausgeklügelten Systems ergab die Aufzählung der vierundzwanzig ausgewählten Orte, senkrecht und Seite an Seite, den Namen der beiden Gründerfirmen (Fig. 1).

Im November 1970 trafen die Generaldirektoren in

Kuwait wieder zusammen und unterschrieben einen Gesellschaftsvertrag, in dem vereinbart wurde, daß Marvel Houses Incorporated und International Hostellerie gemeinsam zwei Zwillingsfilialen gründen würden, eine Hotel-Investement-Gesellschaft, die Marvel Houses International heißen und eine Bankgesellschaft zur Hotelfinanzierung, die man Incorporated Hostellerie taufen würde, Gesellschaften, die, von den beiden Muttergesellschaften ausreichend mit Kapital ausgestattet, damit beauftragt werden sollten, den Bau der vierundzwanzig Hoteleinheiten in den oben bezeichneten Orten zu organisieren und auszuführen. Der Präsident und Generaldirektor der International Hostellerie wurde Präsident und Generaldirektor der Marvel Houses International und Vize-Präsident der Incorporated Hostellerie, während der Präsident und Generaldirektor der Marvel Houses Incorporated Präsident und Generaldirektor der Incorporated Hostellerie und Vize-Präsident der Marvel Houses International wurde. Der Firmensitz der Incorporated Hostellerie, die ganz speziell die Finanzverwaltung des Unternehmens sicherstellen sollte, wurde in Kuwait selbst eingerichtet; was die Marvel Houses International anging, die sich mit dem Baubeginn befassen und den ordnungsgemäßen Ablauf der Arbeiten gewährleisten sollte, so wurde sie aus steuerlichen Gründen in Porto-Rico angesiedelt.

Das Gesamtbudget für die Baumaßnahmen überschritt bei weitem eine Milliarde Dollars – mehr als fünfhunderttausend Francs pro Zimmer – und sollte zur Schaffung von Hotelzentren führen, deren Luxus nur noch die Unabhängigkeit gleichkam: der Leitgedanke der Bauherren war in der Tat der, daß, wenn es gut ist, daß dieser ideale Ort der Ruhe, der Freizeit und der Kultur, der ein Hotel immer sein sollte, sich innerhalb einer klimatischen Zone befindet, die sich ganz besonders für ein bestimmtes Bedürfnis eignet

*MI*RAJ	Indien
*AN*AFI	Griechenland (Kykladen)
*ART*IGAS	Uruguay
*VE*NCE	Frankreich
*ER*BIL	Irak
ALNWICK	England
H*A*LLE	Belgien
*OT*TOK	Österreich (Illyrien)
H*UI*XTLA	Mexiko
S*O*RIA	Spanien (Alt-Kastilien)
*EN*NIS	Irland
S*A*FAD	Israel
*IL*ION	Türkei (Troja)
I*NH*AKEA	Mosambik
CHUR	Schweiz
*OS*AKA	Japan
A*RT*ESIA	Vereinigte Staaten (Neu-Mexiko)
*PE*MBA	Tansania
*OL*AND	Schweden
O*RL*ANDO	Vereinigte Staaten (Disneyland *)
*AE*ROE	Dänemark
*TR*OUT	Kanada
*EI*MEO	Archipel von Tahiti
*DE*LFT	Niederlande

Figur 1. Ansiedlungsschema der 24 Hotelkomplexe der Marvel Houses International und der Incorporated Hostellerie.

* Offensichtlich scheinen die Vereinigten Staaten, im Widerspruch zu dem Beschluß, die vierundzwanzig Hotelkomplexe in vierundzwanzig verschiedenen Gegenden zu bauen – mit Artesia und mit Orlando – zweimal ausgesucht worden zu sein; aber, wie einer der Direktoren der Marvel Houses sehr richtig bemerkte, Orlando liegt nur oberflächlich in den Vereinigten Staaten, und zwar insofern, als Disneyland eine Welt für sich ist, eine Welt, in der repräsentiert zu sein Marvel Houses und International Hostellerie sich schuldig waren.

(daß man im Warmen ist, wenn es anderswo kalt ist, daß man frische Luft, Schnee, Jod usw. hat) und in der Nähe eines Ortes, der ganz speziell auf eine bestimmte touristische Aktivität ausgerichtet ist (Meerbäder, Ski-Stationen, Badeorte, Kunststädte, Kuriositäten und natürliche [Park, usw.] oder künstliche Panoramen [Venedig, die Matmatas, Disneyland usw.], usw.), so sollte das auf gar keinen Fall ein Zwang sein: ein gutes Hotel ist immer dasjenige, in dem ein Gast ausgehen kann, wenn er Lust dazu hat, *und nicht auszugehen braucht, wenn ausgehen für ihn eine Last ist.* Folglich war das, was die Hotels, die die Marvel Houses International zu bauen sich vornahm, im wesentlichen charakterisierte, die Tatsache, daß sie, *intra muros,* alles das enthielten, was eine reiche, anspruchsvolle und träge Kundschaft zu sehen oder zu tun Lust haben könnte, ohne das Hotel zu verlassen, was ganz sicherlich der Fall war bei der Mehrheit jener nordamerikanischen, arabischen oder japanischen Gäste, die sich verpflichtet fühlen, sich gründlich in Europa und innerhalb seiner kulturellen Schätze umzutun, deshalb aber nicht unbedingt Lust haben, Museumskilometer zu durchmessen oder sich in unbequemen Bussen in die umweltverschmutzten Verkehrsstaus von Saint-Sulpice oder der Place Saint-Gilles fahren zu lassen.

Diese Idee war schon lange die Grundlage des modernen Touristik-Hotelgewerbes: sie hatte zur Schaffung von Privatstränden, zur immer weitergehenden Privatisierung der Seeufer und der Ski-Pisten geführt, sowie zur schnellen Entwicklung der Clubs und Feriendörfer und -zentren, die völlig künstlich waren und ohne jede lebendige Verbindung mit ihrer geographischen und menschlichen Umgebung. Doch hier war sie aufs wunderbarste systematisiert: der Gast eines der neuen Hostellerie Marvel-Hotels würde nicht nur, wie in irgendeinem Vier-Sterne-Hotel, seinen Strand, seinen Tennisplatz, sein beheiztes Schwimmbad, seinen Golfplatz mit 18 Löchern, seinen Reiterpark, seine Sauna, seine Marina, sein Kasino, seine Nachtclubs, seine Boutiquen, seine Restaurants, seine Bars, seine Zeitungskioske, seine Tabakläden, seine Reisebüros und seine Bank zur Verfügung haben, sondern er hätte auch sein Skifeld, seine Skilifte, seine Schlittschuhbahn, sein Unterwasser-Gelände, seine Surf-Wellen, seine Safari, sein Riesenaquarium, sein Museum für alte Kunst, seine römischen Ruinen, sein Schlachtfeld, seine Pyramide, seine gotische Kirche, seinen Souk, seinen Bordj, seine Cantina, seine Plaza de Toros, seine archäologische Landschaft, seine Bierstube, seinen Apachen-Ball, seine balinesischen Tänzerinnen usw., usw., usw., usw.

Um zu dieser genaugenommen schwindelerregenden Verfügbarkeit zu gelangen, die allein schon die Preise rechtfertigen würde, die vorgesehen waren, nahm die Marvel Houses International Zuflucht zu drei gleichzeitigen Strategien: die erste bestand darin, Standorte zu finden, die abgelegen waren und sofort reichhaltige und noch weitgehend ungenutzte touristische Schätze boten; es ist bezeichnend, wenn man in dieser Hinsicht feststellt, daß von den vierundzwanzig vorgesehenen Orten fünf in unmittelbarer Nähe von Naturparks lagen – Alnwick, Ennis, Ottok, Soria, Vence –, fünf andere Inseln waren: Aeroe, Anafi, Eimeo, Oland und Pemba und daß die Aktion auch zwei künstliche Inseln vorsah, die eine vor Osaka im Binnenmeer, die andere gegenüber von Inhakea an der Küste von Mosambik, sowie den kompletten Ausbau eines Sees, des Trout-Sees in der Provinz Ontario, wo man die Schaffung eines völlig unter Wasser liegenden Freizeit-Zentrums vorsah.

Die zweite Strategie bestand darin, den örtlichen, regionalen oder nationalen Verantwortlichen der Gebiete, wo Marvel Houses International sich anzusiedeln wünschte, die Schaffung von »Kulturparks« vorzuschlagen, deren Baukosten Marvel Houses gegen eine Konzession von achtzig Jahren (die ersten vorläufigen Berechnungen hatten ergeben, daß das Unternehmen in den meisten Fällen nach fünf Jahren und drei Monaten amortisiert und in den darauffolgenden fünfundsiebzig Jahren wirklich rentabel wäre) voll übernehmen würden; diese »Kulturparks« könnten entweder vollständig neu geschaffen werden oder bekannte Überreste oder Bauten einbeziehen, wie in Ennis in Irland, einige Kilometer vom internationalen Flughafen Shannon entfernt, wo die Ruinen einer Abtei aus dem 13. Jahrhundert in den Hotelbereich einbezogen werden oder aber bereits bestehende Strukturen eingefügt werden sollten, wie in Delft, wo die Marvel Houses der Stadtverwaltung das Angebot machten, ein altes Stadtviertel zu retten und hier das *Alte Delft* wieder aufleben zu lassen mit Töpfern, Webern, Malern, Ziseleuren und Kunstschmieden, die ständig dort wohnten, alte Trachten trugen und lediglich Kerzenbeleuchtung hatten.

Die dritte Strategie der Marvel Houses International bestand darin, die Rentabilität der angebotenen Sehenswürdigkeiten vorauszuberechnen, und dabei, zumindest für Europa, wo die Bauherren fünfzig Prozent ihrer Projekte zusammengefaßt hatten, ihre Rotationsmöglichkeiten zu prüfen; doch diese Idee, die anfänglich nur auf das Personal abzielte (balinesische Tänzerinnen, Apachen des Apachen-Balls, Tiroler Kellnerinnen, Toreros, Aficionados, Sportlehrer, Schlangenbeschwörer, Antipodiker usw.) bezog sich bald auch auf die Einrichtungen und führte zu dem, was zweifellos die wahre Originalität des ganzen Unternehmens ausmachte: die schlichte Aufhebung des Raums.

Tatsächlich wurde sehr schnell durch einen Vergleich der Einrichtungsbudgets mit den Betriebsbudgets nachgewiesen, daß es viel teurer zu stehen käme, vierundzwanzig Exemplare der Pyramiden, der Unterwasser-

Gelände, der Gebirge, der Burgen, der Canyons, der Felshöhlen usw. zu erbauen, als einen Gast, der den Wunsch hat, am fünfzehnten August Ski zu laufen, während er sich in Halle befindet oder auf Tigerjagd zu gehen, während er gerade im Zentrum Spaniens ist, kostenlos an den gewünschten Ort zu bringen.

So entstand die Idee eines Standardvertrags: ab einem Aufenthalt von vier Tagen zu vierundzwanzig Stunden würde jede Übernachtung, ohne Preisaufschlag, in einem anderen Hotel der Kette vorgenommen werden können. Jedem Neuankömmling würde eine Art Veranstaltungskalender überreicht werden, in dem ihm etliche siebenhundertfünfzig touristische und kulturelle Ereignisse angeboten wurden, von denen jedes für eine bestimmte Anzahl von Stunden zählte, und es sollte ihm erlaubt sein, davon soviele anzukreuzen, wie er wollte, und zwar für die Zeit, die er in den Marvel Houses zu verbringen gedachte, wobei die Direktion sich verpflichtete, achtzig Prozent dieser Wünsche ohne Preisaufschlag zu gewährleisten. Wenn, um ein einfaches Beispiel zu nehmen, ein in Safad angekommener Gast in loser Folge Ereignisse ankreuzte wie: Skifahren, eisenhaltige Bäder, Besuch der Kasbah von Ouarzazate, eine Kostprobe Schweizer Käse und Weine, ein Kanasta-Turnier, einen Besuch des Museums der Eremitage, ein elsäßisches Abendessen, einen Besuch des Schlosses Champs-sur-Marne, ein Konzert des philharmonischen Orchesters von Des Moines unter der Leitung von Lazslo Birnbaum, ein Besuch der Grotten von Betharram *(»vollständige Durchquerung eines von 4500 elektrischen Birnen märchenhaft erleuchteten Gebirges! Der Reichtum an Stalaktiten und die wunderbare Vielfalt der Verzierungen werden durch eine Gondelfahrt hervorgehoben, die an den unwirklichen Aspekt des Schönen Venedig erinnern! Alles, was die Natur an Einzigartigem auf der Welt hervorgebracht hat!«)* usw., würde die Direktion, nachdem sie sich mit dem Riesencomputer der Gesellschaft in Verbindung gesetzt hätte, sofort einen Flug nach Chur (Schweiz) vorsehen, wo die Skifahrten auf Gletschern, die Verkostung von Schweizer Käsen und Weinen (die Veltliner Weine), die eisenhaltigen Bäder und das Kanasta-Turnier stattfinden würde, und einen anderen Flug von Chur nach Vence zum Besuch der Rekonstruierten Grotten von Betharram *(»vollständige Durchquerung eines von 4500 elektrischen Birnen märchenhaft usw.«)*. In Safad selbst könnte das elsässische Abendessen und die Besuche des Museums und des Schlosses stattfinden, gewährleistet durch audio-visuelle Vorträge, die dem Reisenden, der bequem in einem Club-Sessel sitzt, die Möglichkeit geben, die künstlerischen Wunder aller Zeiten und aller Länder, intelligent präsentiert und zur Geltung gebracht, zu entdecken. Den Transport nach Artesia, wo eine phantastische Replik der Kasbah von Ouarzazate stand, und nach Orlando-Disneyland, wo das philharmonische Orchester von Des Moines für die ganze Saison engagiert worden war, würde die Direktion hingegen nur dann übernehmen, wenn sich der Gast für eine zusätzliche Woche eintrug, und würde als eventuellen Ersatz den Besuch der echten Synagogen von Safad (in Safad), einen Abend mit dem Kammerorchester von Bregenz unter der Leitung von Hal Montgomery mit Virginia Fredericksburg (Corelli, Vivaldi, Gabriel Pierné) als Solistin (in Vence) oder einen Vortrag von Professor Strossi von der Universität Clermond-Ferrand über *Marshall McLuhan und die dritte kopernikanische Revolution* (in Chur) vorschlagen.

Es versteht sich von selbst, daß die leitenden Herren von Marvel Houses sich immer bemühen würden, jeden ihrer vierundzwanzig Parks mit allen versprochenen Einrichtungen auszustatten. Im Falle höherer Unmöglichkeit würden sie an einem einzigen Ort diese oder jene Sehenswürdigkeit zusammenfassen, die sich anderswo durch eine gediegene Nachahmung leichter ersetzen ließe: so gäbe es zum Beispiel nur eine einzige Betharram-Grotte und anderswo Grotten und Höhlen wie Lascaux oder Les Eyzies, zwar weniger aufsehenerregend, aber genauso befrachtet mit Belehrung und Ergriffenheit. Vor allem jedoch würde diese geschmeidige und angepaßte Geschäftspolitik Projekte von grenzenlosem Ehrgeiz ermöglichen und bereits Ende des Jahres 1971 hatten Architekten und Stadtplaner, zumindest auf dem Papier, wahre Wunder vollbracht: der Transport Stein um Stein des Klosters der Heiligen Petronia von Oxford nach Mosambik und sein Wiederaufbau an Ort und Stelle, die Rekonstruktion des Schlosses von Chambord in Osaka, der Medina von Ouarzazate in Artesia, der Sieben Weltwunder (Modelle im Maßstab 1:15) in Pemba, der Tower-Bridge über den Trout-See und des Darios-Palastes aus Persepolis in Huixtla (Mexiko), wo die ganze Herrlichkeit des Hofs der Könige von Persien in den kleinsten Einzelheiten wiederhergestellt werden sollte, einschließlich der Anzahl ihrer Sklaven, ihrer Streitwagen, ihrer Pferde und ihrer Paläste, der Schönheit ihrer Maitressen, des Luxus ihrer Konzerte. Es wäre bedauerlich gewesen, hätte man daran gedacht, diese Meisterwerke zu dublieren, da die Originalität des Systems so offenkundig von der geographischen Einzigartigkeit dieser Wunder, verbunden mit dem unmittelbaren Genuß, den sie einem begüterten Gast vermittelten, herrührten.

Die Markt- und Motivforschung fegte die Unschlüssigkeiten und die Zurückhaltung der stillen Teilhaber und Geldgeber hinweg, da sie unwiderlegbar bewies, daß es eine so große potentielle Kundschaft gab, daß man vernünftigerweise darauf hoffen konnte, das Unternehmen nicht in fünf Jahren und drei Monaten zu amortisieren, wie die ersten Berechnungen hatten erkennen lassen, sondern in nur vier Jahren und acht Monaten. Das Kapital strömte herbei und zu Anfang des Jahres 1972 wurde das Projekt spruchreif und mit den Arbeiten an den beiden Pilotkomplexen, Trout und Pemba, begonnen.

Um den portoricanischen Gesetzen Genüge zu tun, mußten die Marvel Houses International 1% ihres Gesamtbudgets für den Ankauf zeitgenössischer Kunstwerke verwenden; in den meisten Fällen führen die Verpflichtungen dieser Art in der Welt der Hotels entweder dazu, in jedem Zimmer eine aquarellierte Tuschzeichnung aufzuhängen, die Sables-d'Or-les-Pins oder Saint-Jean-de-Monts darstellt oder aber eine mäßig monumentale Plastik vor den großen Eingang des Hotels zu stellen. Doch für die Marvel Houses International mußten originellere Lösungen gefunden und erfunden werden und nachdem man drei oder vier Ideen zu Papier gebracht hatte – die Schaffung eines internationalen Museums für zeitgenössische Kunst in einem der Hotelkomplexe, Ankauf oder Auftrag von vierundzwanzig bedeutenden Kunstwerken bei den vierundzwanzig größten lebenden Künstlern, die Gründung einer Marvel Houses Foundation, die an junge Kunstschaffende Stipendien vergibt usw. – schafften sich die Führungskräfte von Marvel Houses dieses für sie zweitrangige Problem dadurch vom Halse, daß sie es einem Kunstkritiker anvertrauten.

Ihre Wahl fiel auf Charles-Albert Beyssandre, einen Schweizer Kritiker französischer Zunge, der seine Chroniken regelmäßig im *Feuille d'Avis de Fribourg* und der *Gazette de Genève* veröffentlichte und in Zürich Korrespondet eines halben Dutzends französischer, belgischer und italienischer Tageszeitungen und Wochenzeitschriften war. Der Präsident und Generaldirektor der International Hostellerie – und folglich auch der Marvel

Houses International – war einer seiner treuen Leser und hatte mehrmals mit großem Gewinn seinen Rat eingeholt, als er sein Geld in Kunstwerken anlegen wollte.

Der Verwaltungsrat der Marvel Houses ließ Charles-Albert Beyssandre kommen, um ihn mit dem anstehenden Problem vertraut zu machen, und er konnte die Bauherren ohne Mühe davon überzeugen, daß die für ihre Prestigepolitik geeignetste Lösung darin bestehen müsse, eine ganz kleine Anzahl bedeutender Werke zu versammeln: kein Museum, kein Sammelsurium, auch keinen Farbdruck über jedem Bett, sondern eine Handvoll Meisterwerke, die eifersüchtig an einem einzigen Ort aufbewahrt wurden und die mindestens einmal in ihrem Leben zu betrachten sich die Kunstliebhaber der ganzen Welt erträumen würden. Begeistert von solchen Perspektiven, vertrauten die Führungskräfte der Marvel Houses Charles-Albert Beyssandre die Aufgabe an, in den kommenden fünf Jahren diese äußerst seltenen Stücke zusammenzutragen.

Beyssandre stand also vor einem zwar fiktiven – da die endgültige Abrechnung und Auszahlung einschließlich seiner eigenen Kommission von drei Prozent erst 1976 erfolgen sollte – aber nichtsdestoweniger kolossalen Budget: mehr als fünf Milliarden alte Francs, mit denen er die drei teuersten Gemälde der Welt kaufen oder, wie er zu seinem Vergnügen in den ersten Tagen ausrechnete, etwa fünfzig Klees erwerben konnte oder fast alle Morandis oder fast alle Bacons oder praktisch alle Margrittes und vielleicht fünfhundert Dubuffets, gut zwanzig der besten Picassos, etwa hundert Staels, fast die gesamte Produktion von Frank Stella, fast alle Klines und fast alle Kleins, alle Mark Rothkos aus der Sammlung Rockefeller und obendrein als Zugabe noch alle Huffings aus der Stiftung Fitschwinder und alle Huttings aus der Nebel-Periode, die Beyssandre übrigens nur sehr mäßig schätzte.

Die etwas kindische Begeisterung, die diese Berechnungen auslöste, verflog schnell und Beyssandre machte sehr bald die Entdeckung, daß seine Aufgabe viel schwieriger sein würde, als er glaubte.

Beyssandre war ein aufrichtiger Mann, der die Malerei und die Maler liebte, aufmerksam, gewissenhaft und aufgeschlossen, und glücklich, wenn es ihm, nach mehreren Stunden, die er in einem Atelier oder einer Galerie verbracht hatte, gelang, sich in aller Stille von der unveränderbaren Präsenz eines Bildes durchdringen zu lassen, von seiner zarten und heiteren Existenz, seiner kompakten Selbstverständlichkeit, die sich allmählich durchsetzte, zu einer fast lebendigen Sache wurde, einer vollen, runden Sache, die da ist, einfach und doch komplex, Zeichen einer Geschichte, einer Arbeit, eines Wissens, skizziert schließlich jenseits ihrer schwierigen, gewundenen, vielleicht sogar überwundenen Entwicklung. Die Aufgabe, die die Führungsspitze der Marvel Houses ihm anvertraut hatte, war sicherlich merkantiler Art; sie erlaubte ihm aber zumindest, indem er die Kunst seiner Zeit Revue passieren ließ, diese »magischen Augenblicke« – der Ausdruck stammte von seinem Pariser Kollegen Esberi – zu vervielfältigen, und er nahm sie fast mit Begeisterung in Angriff.

Doch Nachrichten werden in der Welt der Künste schnell verbreitet und gern entstellt und verzerrt; bald wußten alle, daß Charles-Albert Beyssandre der Bevollmächtigte eines tollen Mäzens geworden war, der ihn beauftragt hatte, die umfangreichste Privatsammlung lebender Maler anzulegen.

Nach einigen Wochen stellte Beyssandre fest, daß er über eine Macht verfügte, die noch größer war als sein Kredit. Allein bei dem Gedanken, der Kritiker könne eventuell in einer noch unbestimmten Zukunft den Erwerb dieses oder jenes Werkes für seinen sagenhaft reichen Kunden in Betracht ziehen, ließ die Kunsthändler die Beherrschung verlieren, während sich die unbedarftesten Talente von heute auf morgen in den Rang von Cézanne und Murillo erhoben. Wie in der Geschichte von jenem Mann, der alles in allem einen einzigen Hunderttausend-Pfund-Sterling-Schein hat und der es fertigbringt, einen Monat lang davon zu leben, ohne ihn anzubrechen, hatte allein die An- oder Abwesenheit des Kritikers bei einer künstlerischen Veranstaltung bald ungeheure Folgen. Sobald er zu einer Versteigerung kam, begannen die Preise zu klettern, und wenn er ging, nachdem er nur einen schnellen Gang durch den Saal gemacht hatte, gaben die Kurse nach, gingen zurück, brachen zusammen. Was seine Chroniken anging, so wurden sie zu Ereignissen, auf die die Anleger immer fieberhafter warteten. Wenn er von der ersten Ausstellung eines Malers sprach, verkaufte der Maler den ganzen Tag über, und wenn er nichts über die Vernissage eines anerkannten Meisters sagte, schmollten ihm die Sammler plötzlich, verkauften mit Verlust oder hängten die geringgeschätzten Bilder in ihrem Wohnzimmer ab, um sie in Panzerschränken zu verstecken, bis sie wieder in der Gunst stiegen.

Sehr schnell war er schließlich Pressionen ausgesetzt. Man überschwemmte ihn mit Champagner und mit Gänseleber; man schickte ihm Chauffeure in Livree am Steuer schwarzer Limousinen, um ihn abzuholen; dann begannen Kunsthändler von eventuellen prozentualen Beteiligungen zu sprechen; mehrere renommierte Architekten wollten ihm sein Haus bauen und mehrere Innenarchitekten, die gerade in waren, boten sich an, es einzurichten.

Mehrere Wochen lang veröffentlichte Beyssandre hartnäckig seine Chroniken, überzeugt davon, daß die Panik und die Schwärmerei, die sie auslösten, sich notwendigerweise abschwächen würden. Dann versuchte er, verschiedene Pseudonyme zu benutzen – B. Drapier, Diedrich Knickerbocker, Fred Dannay, M. B. Lee, Sylvander, Ehrich Weiss, Guillaume Porter usw. – aber das war fast noch schlimmer, denn die Kunsthändler glaubten ihn nun unter jeder ungewöhnlichen Signatur zu erkennen, und unerklärliche Umwälzungen erschütterten auch weiterhin den Kunstmarkt, noch lange nachdem Beyssandre völlig mit Schreiben aufgehört und dies in allen Zeitungen, für die er gearbeitet hatte, auf einer ganzen Seite verkündet hatte.

Die folgenden Monate waren für ihn die schwierigsten: er mußte es sich versagen, die Versteigerungsräume aufzusuchen und an Ausstellungseröffnungen teilzunehmen; er umgab sich mit außergewöhnlichen Vorsichtsmaßnahmen, wenn er Galerien besuchen wollte, doch jedesmal, wenn sein Incognito aufgedeckt wurde, hatte das verhängnisvolle Folgen, und schließlich faßte er den Entschluß, auf alle öffentlichen Veranstaltungen zu verzichten; er ging nur noch in die Ateliers; er bat den Maler, ihm das zu zeigen, was er als seine fünf besten Arbeiten ansah und ihn mindestens eine Stunde lang mit ihnen allein zu lassen.

Zwei Jahre später hatte er mehr als zweitausend Ateliers besichtigt, die sich auf einundneunzig Städte in dreiundzwanzig Ländern verteilten. Das Problem für ihn war nun, seine Notizen wieder durchzulesen und seine Wahl zu treffen: in dem Graubündener Chalet, das einer der Direktoren der International Hostellerie ihm liebenswürdigerweise zur Verfügung stellte, machte er den Versuch, über die seltsame Aufgabe nachzudenken, die man ihm anvertraut hatte und über die seltsamen Auswirkungen, die daraus folgten. Ungefähr um diese Zeit, als er sich, im Angesicht der Gletscherlandschaften, nur in Gesellschaft von Kühen mit schweren Glocken, Fragen über die Bedeutung der

Kunst stellte, kam ihm das Abenteuer Bartlebooths zu Ohren.

Er erfuhr ganz zufällig davon, als er sich anschickte, Feuer zu machen mit einer schon zwei Jahre alten Nummer der *Letzten Nachrichten von Sankt-Moritz,* einem Lokalblatt, das während der Wintersaison den Gesellschaftsklatsch des Kurorts brachte: Olivia und Rémi Rorschach waren gekommen, um etwa zehn Tage im Hotel *Engadiner Hof* zuzubringen, und jeder von ihnen hatte Anrecht auf ein Interview gehabt:

»Rémi Rorschach, bitte sagen Sie uns, welches Ihre augenblicklichen Pläne sind?«

»Man hat mir die Geschichte eines Mannes erzählt, der eine Weltreise gemacht hat, um Bilder zu malen und der sie dann auf wissenschaftliche Weise zerstört hat. Ich glaube, daß ich große Lust habe, einen Film darüber zu drehen...«

Das Resümee war dürftig und fehlerhaft, jedoch geeignet, das Interesse Beyssandres zu erwecken. Und als der Kunstkritiker ausführlicher darüber Kenntnis erhalten hatte, löste das Projekt des Engländers Begeisterung bei ihm aus. Nun war der Entschluß Beyssandres sehr schnell gefaßt: gerade diese Werke, die der Maler unbedingt verschwinden zu lassen wünschte, sollten das kostbarste Juwel der seltensten Sammlung der Welt ausmachen.

Und so bekam Bartlebooth Anfang April 1974 den ersten Brief Beyssandres. Bereits zu jener Zeit konnte Bartlebooth nur noch die Überschriften in den Zeitungen lesen, und so mußte Smautf ihm den Brief vorlesen. Der Kritiker erzählte darin ausführlich seine Geschichte und wie er darauf gekommen sei, für diese in ebenso viele Puzzles zerstückelten Aquarelle ein Schicksal als Kunstwerke zu wählen, die der Maler selber ihnen verweigerte: während seit Monaten schon die Künstler der ganzen Welt und ihre Händler davon träumten, eines ihrer Erzeugnisse in die sagenhafte Sammlung der Marvel Houses einzubringen, würde er dem einzigen Mann, der sein Werk weder zeigen noch behalten wolle, das Angebot machen, das, was davon noch übrigblieb, für zehn Millionen Dollar aufzukaufen! Bartlebooth bat Smautf, den Brief zu zerreißen und die, die eventuell noch kommen würden, ungeöffnet zurückzuschicken, sowie ihren Unterzeichner nicht zu empfangen, falls er sich zufällig melden sollte.

Drei Monate lang schrieb Beyssandre, telefonierte und klingelte völlig vergeblich an der Tür. Dann stattete er am elften Juli Smautf in seinem Zimmer einen Besuch ab und beauftragte ihn, seinen Herrn davon zu unterrichten, daß er ihm den Krieg erkläre: wenn die Kunst für Bartlebooth darin bestand, die Werke zu zerstören, die er ersonnen und gemalt hatte, so bestünde die Kunst für ihn, Beyssandre, darin, eines oder mehrere dieser Werke der Nachwelt zu erhalten, und er forderte den eigensinnigen Engländer auf, ihn daran zu hindern.

Bartlebooth kannte, und sei es auch nur, weil er sie an sich selber erfahren hatte, die Verwüstungen gut genug, die eine Leidenschaft bei den vernünftigsten Menschen hervorrufen kann, um zu wissen, daß der Kunstkritiker sicherlich nicht leichtfertig daherredete. Die erste der Vorsichtsmaßregeln wäre es nun gewesen, jedes Risiko mit den wieder zusammengesetzten Aquarellen zu vermeiden, und deshalb darauf zu verzichten, sie an den Orten selbst, an denen sie früher gemalt worden waren, zu zerstören. Aber dies hieße, Bartlebooth schlecht kennen: herausgefordert, würde er die Herausforderung annehmen und die Aquarelle würden, so wie es immer gewesen war, weiterhin an ihren Ursprungsort gebracht werden, um dort das Weiß ihres ursprünglichen Nichts wiederzufinden.

Diese letzte Phase des großen Projekts wurde von Mal zu Mal weniger protokollarisch ausgeführt als die vorangegangenen Etappen. In den ersten Jahren war es oft Bartlebooth selbst, der, solange nur zwei Züge oder Flugzeuge genommen werden mußten, diese Operation selbst vornahm; etwas später übernahm das Smautf, dann, als die Orte allmählich immer weiter entfernt lagen, bürgerte es sich ein, die Aquarelle an die Briefpartner zu schicken, mit denen Bartlebooth damals an Ort und Stelle Kontakt aufgenommen hatte oder jenen, die seitdem an ihre Stelle getreten waren; jedem Aquarell lag ein Fläschchen mit einem Spezial-Lösungsmittel bei sowie ein ausführlicher Plan, in dem genau angegeben wurde, wo die Sache geschehen sollte, eine erklärende Notiz und ein von Bartlebooth unterschriebener Brief, in dem er den besagten Briefpartner darum bat, die Zerstörung des beigefügten Aquarells nach den in der erklärenden Notiz gemachten Angaben vornehmen zu wollen und ihm nach beendeter Operation das wieder jungfräulich gewordene Blatt Papier zurückzuschicken. Bis zu diesem Zeitpunkt war die Operation stets wie vorgesehen abgelaufen, und Bartlebooth hatte zehn oder vierzehn Tage später sein Blatt weißes Papier erhalten, und es war ihm nie in den Sinn gekommen, irgend jemand habe vielleicht nur so getan, als habe er das Aquarell zerstört und ihm ein anderes Blatt Papier zurückgeschickt, dessen er sich allerdings dadurch vergewisserte, daß er alle diese Blätter – die eigens für ihn hergestellt worden waren – daraufhin nachprüfen ließ, ob sie wirklich sein Wasserzeichen trugen sowie die winzigen Spuren von Wincklers Ausstanzungen.

Um sich gegen den Angriff Beyssandres zu wehren, zog Bartlebooth mehrere Lösungen in Betracht. Die wirkungsvollste wäre sicher die gewesen, die Zerstörung der Aquarelle einem Mann seines Vertrauens anzuvertrauen und ihn von Leibwächtern eskortieren zu lassen. Doch wo einen solchen Mann des Vertrauens finden angesichts der fast unbegrenzten Macht, über die der Kritiker verfügte? Bartlebooth war sich nur Smautfs sicher und Smautf war viel zu alt und außerdem hätte der Milliardär, der, um den Erfolg seines Projekts zu gewährleisten, seit fünfzig Jahren nach und nach sein Erbe seinen Finanzberatern überlassen hatte, nicht einmal mehr die Mittel besessen, seinem alten Diener einen so kostspieligen Schutz zu gewähren.

Nachdem er lange gezögert hatte, verlangte Bartlebooth Rorschach zu sehen. Niemand weiß, wie es ihm gelungen ist, sich seiner Hilfe zu versichern, jedenfalls konnte er durch Vermittlung des Filmproduzenten Kameramännern des Fernsehens, die zu Dreharbeiten in den Indischen Ozean, ans rote Meer oder zum Persischen Golf reisten, die Aufgabe anvertrauen, seine Aquarelle nach dem üblichen Protokoll zu zerstören und diese Zerstörung zu filmen.

Mehrere Monate lang funktionierte dieses System ziemlich reibungslos. Der Kameramann bekam am Tag vor seiner Abreise das zu zerstörende Aquarell sowie eine versiegelte Schachtel, die hundertzwanzig Meter Umkehrfilm enthielt, das heißt, dessen Entwicklung eine Originalkopie ergäbe, ohne auf ein Negativ zurückgreifen zu müssen. Smautf und Kléber warteten am Flughafen auf die Rückkehr des Kameramanns, der ihnen das wieder weiß gewordene Aquarell und den belichteten Film aushändigte, den sie sogleich in ein Filmlabor brachten. Noch am gleichen Abend oder spätestens am nächsten Tag konnte Bartlebooth den Film auf einem 16-mm-Projektor ansehen, den er im Vorzimmer aufgestellt hatte. Anschließend ließ er ihn verbrennen.

Verschiedene Zwischenfälle, die man nur schwerlich als Zufälle ansehen konnte, zeigten jedoch, daß Beyssandre nicht aufgegeben hatte. Mit Sicherheit hatte er den Einbruch in die Wohnung Robert Cravennats, des Laborgehilfen, organisiert, der seit dem Unfall Morellets 1960 die Re-Aquarellisierung der Puzzles vornahm, ebenso wie die rechtzeitig entdeckte Brandstiftung, die beinahe das Atelier Guyomards verwüstet hätte. Bartlebooth, der immer schlechter sah, kam immer mehr in Verzug, und Cravennat hatte in dieser Woche kein Puzzle in seiner Wohnung; was Guyomard anging, so löschte er den Brandherd – benzingetränkte Lumpen – selber, bevor jene, die das Feuer gelegt hatten, sich den Brand zunutze machen konnten, um das Aquarell zu stehlen, das er gerade erhalten hatte.

Doch um Beyssandre zu entmutigen oder abzuschrekken, bedurfte es mehr, und nach nicht ganz zwei Monaten, am fünfundzwanzigsten April 1975, in der gleichen Woche, in der Bartlebooth endgültig das Augenlicht verlor, trat schließlich das Unvermeidliche ein: die Reportagemannschaft, die nach Tunesien gereist war und deren Kameramann sich nach Trapezunt begeben sollte, um dort die Zerstörung des vierhundertachtunddreißigsten Aquarells von Bartlebooth (der Engländer war damals bereits um sechzehn Monate mit seinem Programm im Rückstand) vorzunehmen, kam nicht zurück: man erfuhr zwei Tage später, daß die vier Männer bei einem unerklärlichen Autounfall ums Leben gekommen waren.

Bartlebooth beschloß, auf seine rituellen Zerstörungen zu verzichten; die Puzzles, die er von nun an fertigstellen würde, sollten nicht mehr zusammengeklebt, von ihrer Holzunterlage gelöst und in einem Lösungsmittel eingeweicht werden, aus dem das Blatt Papier völlig weiß herauskäme, sondern sie sollten ganz einfach wieder in die schwarze Schachtel von Madame Hourcade zurückgelegt und in den Müllverbrennungsofen geworfen werden. Dieser Entschluß kam zum einen zu spät und war zum andern unnötig, da Bartlebooth das Puzzle, das er in dieser Woche begonnen hatte, niemals fertigstellen sollte.

Einige Tage später las Smautf in einer Zeitung, daß Marvel Houses International, die Filiale von Marvel Houses Incorporated und International Hostellerie, Konkurs anmeldeten. Neue Berechnungen hatten ergeben, daß die Amortisierung der vierundzwanzig Kulturparks in Anbetracht der ständig steigenden Baukosten, nicht vier Jahre und acht Monate und nicht einmal fünf Jahre und drei Monate, sondern sechs Jahre und zwei Monate erfordern würde; aufgescheucht und erschreckt, hatten die Hauptgesellschafter ihre Gelder zurückgezogen, um sie in einem gigantischen Projekt der Eisberg-Verwertung anzulegen. Das Programm der Marvel Houses wurde *sine die* aufgegeben. Von Beyssandre hat niemand je wieder etwas gehört.

ACHTUNDACHTZIGSTES KAPITEL

Altamont, 5

Im großen Salon der Altamonts legen zwei Bediente letzte Hand an die Vorbereitungsarbeiten zum Empfang. Der eine, ein athletischer Schwarzer, der mit nachlässiger Nonchalance eine Livree Louis XV trägt – Cutaway und Beinkleider mit feinen grünen Streifen, grüne Baumwollstrümpfe, Schuhe mit Silberschnallen – hebt ohne erkennbare Anstrengung ein dreisitziges Sofa aus dunkelrot lackiertem Holz hoch, das mit stilisiertem Blattwerk und Perlmuttinkrustationen verziert ist und auf dem Chintz-Kissen liegen; der andere, ein Butler mit gelbem Teint und vorstehendem Adamsapfel, bekleidet mit einem schwarzen Anzug, der ein klein wenig zu groß für ihn ist, stellt auf einen langen Serviertisch mit Marmorplatte, der an der rechten Wand steht, mehrere große Platten aus Britanniametall, auf denen kleine Sandwichs angerichtet sind, belegt mit scharlachroter Zunge, mit Salmeiern, Bündener Fleisch, Räucheraal, Spargelspitzen usw.

Über dem Serviertisch hängen zwei Bilder, signiert von J.T.Maston, einem Genremaler englischer Herkunft, der lange in Mittelamerika gelebt hat und zu Anfang des Jahrhunderts Berühmtheit erlangte: das erste, mit dem Titel *Der Apotheker* stellt einen Mann im grünlichen Gehrock dar, kahlköpfig, einen Zwicker auf der Nase und eine riesige Beule auf der Stirn, der im Hintergrund eines düsteren Ladens voller großer zylindrischer Glasbehälter mit größter Mühe ein Rezept zu entziffern scheint; das zweite, der *Naturforscher*, zeigt einen hageren Mann mit energischem Gesicht und einem amerikanisch geschnittenen Bart, der üppig unterm Kinn wuchert. Er steht da mit gekreuzten Armen und sieht zu, wie ein kleines Eichhörnchen um sich schlägt, das sich in einem dichtmaschigen Spinnennetz verfangen hat, das zwischen zwei riesigen Tulpenbäumen gespannt ist und von einem häßlichen Tier, dick wie ein Taubenei und mit enormen Beinen, gewebt worden war.

An der linken Wand, auf dem Sims eines Kamins aus gemasertem Marmor, rahmen zwei Lampen, deren Sockel aus Geschoßhülsen aus gelbem Kupfer bestehen, eine hohe Glasglocke ein, die einen Blumenstrauß beschützt, bei dem jedes Blumenblatt ein feines Goldblatt ist.

Fast auf der ganzen Länge der hinteren Wand ist ein sehr beschädigter Wandteppich in völlig verblichenen Farben angebracht. Er stellt sehr wahrscheinlich die Heiligen Drei Könige dar:

es sind drei Personen, die eine kniend, die beiden anderen stehend, von denen eine einzige einigermaßen intakt geblieben ist: sie trägt ein langes Kleid mit geschlitzten Ärmeln; ein Schwert hängt an ihrer Seite und in der linken Hand hält sie eine Art Bonbonniere; sie hat schwarze Haare und trägt einen seltsamen, mit einem Medaillon geschmückten Hut, der gleichzeitig etwas von einer Baskenmütze, einem Dreispitz, einer Krone und einer Nachthaube hat.

Im Vordergrund, etwas rechts und schräg zum Fenster, sitzt Véronique Altamont an einem lederüberzogenen Schreibtisch, verziert mit vergoldeten Arabesken, auf dem mehrere Werke ausgebreitet sind: ein Roman von Georges Bernanos *Die Freude; Das Lilliputanerdorf*, ein Kinderbuch, auf dessen Umschlag man einige

Miniaturhäuser sieht, einen Feuermelder, ein Bürgermeisteramt mit seiner Uhr und verdutzte Kinder mit sommersprossigen Gesichtern, denen Zwerge mit langen Bärten Butterbrote und große Gläser mit Milch servieren; das *Wörterbuch der im Mittelalter benutzten französischen und lateinischen Abkürzungen* von Espingole, und die *Exercices de Diplomatique et de Paléographie médiévales* von Toustin und Tassin, aufgeschlagen bei zwei Faksimiles mittelalterlicher Texte: auf der linken Seite ein Muster-Mietvertrag

> *Connue chose soit a tous ceuz qui ces lettres varront et oiront que li ceuz de Menoalville doit a ceuz di Leglise Dauteri trois sols de tolois à randre chascun an a dict terme . . .*

auf der rechten Seite ein Auszug aus der *Veridicque Histoyre de Philemo et Bauci* von Garin de Garlande: es ist eine sehr freie Bearbeitung der von Ovid erzählten Legende, in der der Autor, ein im 12. Jahrhundert lebender Kleriker aus Valenciennes, sich vorstellt, daß Zeus und Merkur sich nicht damit zufriedengaben, eine Sintflut hervorzurufen, um die Phrygier zu überschwemmen, die ihnen die Gastfreundschaft verweigert hatten, sondern ihnen auch Legionen wilder Tiere schickten, die Philemon, zurück aus seiner zum Tempel gewordenen Hütte, Baucis folgendermaßen beschreibt:

> *J'y vy trois cens et neuf pelicans; six mille et seize oizeaux seleucierds, marchans en ordonnance et devorans les sauterelles parmy les bleds; des cynamolges, des argathyles, des caprimulges, des thynnuncules, des crotenotaire, voire, dis-je, des onocrotales, avec leur grand gosier; des stymphalides, harpyes, panthères, dorcades, cemades, cynocephales, satyres, cartasonnes, tarandes, ures, monopes, pephages, cepes, neares, steres, cercopiteques, bisons, musimones, bytures, ophyres, stryges, gryphes.*

Unter diesen Büchern findet sich eine Mappe aus graubraunem, starken Leinen, das mit zwei Gummibändern geschlossen wird und mit einem rechteckigen, selbstklebenden Etikett versehen ist, auf dem in Schönschrift sehr sorgfältig geschrieben der folgende Text steht:

Memoiren

zum Nutzen der Geschichte meiner eigenen

Kindheit

von

Véronique Marceline Gilberte Gardel Altamont

Véronique ist ein junges, sechzehnjähriges Mädchen, zu groß für ihr Alter, mit sehr blassem Teint, außergewöhnlich blonden Haaren, ungefälligem Gesicht und etwas mürrischem Aussehen; sie trägt ein langes, weißes Kleid mit Spitzenärmeln, dessen weit geöffneter Kragen Schultern mit vorspringenden Schlüsselbeinen sehen läßt. Sie betrachtet aufmerksam ein kleinformatiges Foto, streifig und zerknittert, das zwei Tänzerinnen darstellt, von denen die eine keine andere als Madame Altamont im Alter von weniger als fünfundzwanzig Jahren ist: sie üben an der Ballettstange unter der Aufsicht ihres Lehrers, eines hageren Mannes mit einem Vogelkopf, glühenden Augen, dürrem Hals, knochigen Händen, bloßen Füßen, nacktem Oberkörper, nur mit einer langen Hose bekleidet und einem großen, gestrickten über der Schulter hängenden Schal, der in der linken Hand einen langen Stock mit einem Silberknauf hält.

Madame Altamont – mit ihrem Mädchennamen Blanche Gardel – war neunzehn Jahre lang Tänzerin in einer Truppe, die sich die Ballets Frère nannte und nicht etwa von zwei Brüdern, sondern von zwei Vettern gegründet und geleitet wurde: Jean-Jacques Frère, der als kommerzieller Direktor fungierte, die Verträge aushandelte, die Tourneen organisierte, und Maximilien Riccetti, mit seinem richtigen Namen Max Riquet, künstlerischer Direktor, Choreograph und Startänzer. Die Truppe, der reinsten klassischen Tradition verpflichtet – Ballettröckchen, Spitzentanz, Luft- und Kreuzsprung, Jeté, *Giselle, Schwanensee,* Pas de deux und Suite in Weiß – trat bei Vorstadtfestivals – Musikalische Nächte von Chatou, Künstlerische Samstage von La Hacquinière, Son et Lumière von Arpajon, Festival von Livry-Gargan usw. – und in Gymnasien auf, wo die Ballets Frère, die vom Unterrichtsministerium eine lächerliche Subvention erhielten, die höheren Klassen in die Kunst des Tanzes einweihten, indem sie im Turnsaal oder in der Aula Vorführungen zeigten, die Jean-Jacques Frère mit gutmütigen, von abgenutzten Wortspielen und schlüpfrigen Andeutungen durchsetzten Kommentaren versah.

Jean-Jacques Frère war ein kleiner, lustiger Mann mit Bauchansatz, und er hätte sich gern mit diesem eher mittelmäßigen Leben begnügt, das ihm alle Muße ließ, seinen Tänzerinnen in den Hintern zu kneifen und den Gymnasiastinnen begehrliche Blicke zuzuwerfen. Aber Riccetti kam dabei nicht auf seine Kosten und er brannte darauf, der Welt den Beweis für sein außergewöhnliches Talent zu liefern. Dann, sagte er zu Blanche, in die er fast ebenso leidenschaftlich verliebt war wie in sich selber, würde ein verdienter Ruhm auch auf sie zurückfallen und sie würden beide das schönste Tanzpaar werden, das man je gesehen habe.

Die so heiß erhoffte Gelegenheit bot sich eines Tages im November 1949: der Comte Della Marsa, ein ballettbesessener venezianischer Mäzen, beschloß, beim nächsten internationalen Festival in Saint-Jean-de-Luz in die Uraufführung von *Der Taumel der Psyché,* eine

Buffo-Phantasie in der Art Lullis, von Réné Becquerloux (es ging das Gerücht, daß sich der Graf selber hinter diesem Namen verbarg), Geld zu stecken, und er vertraute die Realisierung den Ballets Frère an, denen zu applaudieren er ein Jahr zuvor anläßlich der Großen Stunden von Moret-sur-Loing Gelegenheit gehabt hatte.

Einige Wochen später stellte Blanche fest, daß sie schwanger war und daß die Geburt des Kindes fast auf den Tag mit der Eröffnung des Festivals zusammenfallen würde. Die einzige Lösung war die, daß sie abtreiben ließ; doch als sie es Riccetti verkündete, geriet der Tänzer in unbeschreibliche Wut und er verbot ihr, nur zugunsten eines glorreichen Abends das unersetzliche Wesen zu opfern, das er ihr schenken würde.

Blanche zögerte. Sie hing stark an dem Tänzer und ihre Liebe wurde genährt von ihren gemeinsamen Träumen von Größe; doch zwischen einem Kind, das sie nie gewollt hatte und für das immer noch Zeit wäre und der Rolle, auf die sie seit einer Ewigkeit wartete, war ihre Wahl eindeutig; sie fragte Jean-Jacques Frère, für den sie trotz seiner Vulgarität eine echte Zuneigung empfand und von dem sie wußte, daß er sie mochte, nach seiner Meinung: ohne ihr weder recht noch unrecht zu geben, erging sich der Direktor der Truppe in zotigen Bemerkungen über die Engelmacherinnen, die auf mit karierten Wachsdecken bedeckten Küchentischen mit Stricknadeln und Petersiliestielen hantieren, und empfahl ihr, doch wenigstens in die Schweiz, nach Großbritannien oder nach Dänemark zu gehen, wo gewisse Privatkliniken die freiwillige Schwangerschaftsunterbrechung unter weniger traumatisierenden Umständen ausführten. Und so beschloß Blanche, bei einem ihrer Jugendfreunde, der in England lebte, Rat und Hilfe zu suchen. Es war Cyrille Altamont, der kürzlich sein Abschlußexamen an der Verwaltungshochschule abgelegt hatte und nun an der französischen Botschaft in London ein Praktikum absolvierte.

Cyrille war zehn Jahre älter als Blanche. Ihre Eltern hatten ihre Landhäuser in Neauphle-le-Château und Blanche und Cyrille hatten als Kinder hier vor dem Krieg zusammen mit einem ganzen Haufen von Vettern und Kusinen vergnügte Ferien verbracht. Sie waren alle sorgfältig gekämmte kleine Pariser und gute Schüler, die wieder lernten, auf die Bäume zu klettern, Eier auszutrinken und auf den Bauernhof zu gehen, um Milch und noch tropfenden weißen Käse zu holen.

Blanche war eine der kleinsten und Cyrille einer der größten; Ende September, wenn die Kinder, bevor sie sich für ein ganzes Schuljahr trennten, den Erwachsenen ein Fest gaben, das sie unter größter Geheimhaltung vierzehn Tage lang vorbereitet hatten, trat Blanche als Ballettratte auf und Cyrille begleitete sie auf der Geige.

Der Krieg unterbrach diese Tage kindlichen Glücks. Als Blanche und Cyrille sich wiedersahen, war sie ein wunderhübsches junges Mädchen von sechzehn Jahren geworden, die man nicht mehr an den Zöpfen zu ziehen gewagt hätte und er ein zwar nur vorübergehender, aber doch mit Ruhm bedeckter Oberleutnant: er hatte an der Ardennenschlacht teilgenommen und nun gerade die Aufnahmeprüfungen für die Technische Hochschule und die Verwaltungshochschule bestanden. In den folgenden drei Jahren ging er mehrmals mit ihr auf Tanzveranstaltungen und machte ihr eifrig aber nutzlos den Hof, denn die stumme Leidenschaft, die sie den drei Star-Tänzern des Pariser Balletts – Jean Babilée, Jean Guélis und Roland Petit – entgegenbrachte, gab sie nur auf, um Maximilien Riccetti in die Arme zu fallen.

Cyrille Altamont erkannte ohne weiteres an, daß Blanche recht hatte, wenn sie an eine Abtreibung dachte und bot ihr seine Hilfe an. Am übernächsten Morgen, nach einem rein formalen Besuch bei einem Arzt in der Harley Street, bei dem Cyrille sich als der Ehemann Blanches ausgab, brachte der junge Spitzenbeamte die Tänzerin in eine Klinik in der nördlichen Bannmeile, einem Cottage, das allen Cottages glich, die rundherum standen. Wie ausgemacht kam er sie am nächsten Morgen abholen und brachte sie zur Victoria-Station, wo sie den Silberpfeil nahm.

Sie rief ihn noch in der Nacht an und beschwor ihn, ihr zur Hilfe zu kommen. Als sie nach Hause gekommen war, hatte sie, am Eßzimmertisch sitzend und eine Flasche Calvados leerend, Jean-Jacques Frère und zwei Polizei-Inspektoren vorgefunden: sie teilten ihr mit, daß sich Maximilien am Tag zuvor erhängt hatte. In einem kurzen Brief, den er ihr hinterlassen hatte, um ihr seine Tat zu erklären, schrieb er nur, er hätte nie den Gedanken ertragen, daß Blanche sein Kind abgelehnt habe.

Blanche Gardel heiratete Cyrille Altamont eineinhalb Jahre später, im April 1951. Im Mai zogen sie in die Rue Simon-Crubellier. Doch Cyrille wohnte gewissermaßen nie hier, denn einige Wochen später wurde er nach Genf versetzt und ließ sich dort nieder. Er kam seidem nur noch für sehr kurze Aufenthalte nach Paris, in deren Verlauf er meistens im Hotel abstieg.

Veronique ist 1959 zur Welt gekommen, und etwa im Alter von acht oder neun Jahren begann sie, zunächst einmal, um sich ihre eigene Geburt zu erklären, mit ihrer Untersuchung über ihre Eltern. In dem Alter, in dem man sich gern erzählt, daß man ein Findelkind, ein Königssohn oder eine Königstochter ist, die in der Wiege vertauscht wurden, ein Säugling, der in einem Hauseingang abgelegt und von Schaustellern oder Zigeunern aufgenommen wurde, erfand sie unglaubliche, phantastische Geschichten, um zu erklären, warum ihre Mutter ständig eine schmale Binde aus schwarzer Gaze um das linke Handgelenk und die linke Hand trug, und wer dieser immer abwesende Mann war, der behauptete, ihr Vater zu sein und den sie so sehr haßte, daß sie jahrelang auf ihrem Schulausweis und auf allen ihren Heften systematisch den Namen Altamont ausradierte, um ihn durch den ihrer Mutter zu ersetzen.

Daher wollte sie mit einer Besessenheit, die an Faszination grenzte, mit einer manischen und schmerzlichen Gründlichkeit die Geschichte ihrer Familie rekonstruieren. Ihre Mutter, die eines Tages schließlich auf ihre Frage antwortete, sagte ihr, daß sie diese Stoffbinde zum Zeichen der Trauer trage, zur Erinnerung an einen Mann, der ihr viel bedeutet habe. Véronique glaubte, daß sie die Tochter dieses Mannes sei und daß Altamont ihre Mutter nun bestrafte, weil sie vor ihm einen anderen geliebt hatte. Später entdeckte sie, als Lesezeichen auf Seite 73 von *Zeit der Reife*, das Foto ihrer Mutter, wie sie zusammen mit einer anderen Tänzerin unter der Aufsicht von Maximilien an der Stange arbeitete, und sie schloß daraus, daß dies ihr wahrer Vater sei. An diesem Tag nahm sie einen neuen Ordner und beschloß, darin alles abzuheften, was mit ihrer Geschichte und mit der ihrer Eltern zu tun hätte, und sie begann systematisch alle Wandschränke und Schubladen ihrer Mutter zu durchwühlen. Alles darin war stets zu gut geordnet und von ihrem Leben als Tänzerin schien keine Spur zurückgeblieben zu sein. Doch eines Tages entdeckte Véronique schließlich unter Bündeln von Rechnungen und Quittungen einige alte Briefe von Schulkameradinnen, Vettern, Kusinen, seit Jahren aus den Augen verlorenen Freundinnen, die Erinnerungen an Ferien beschworen, an Radausflüge, an Fünfuhrtees, Meerbäder, Kostümbälle, Schauspiele im Théâtre du Petit-Monde. Ein andermal war es ein Programm der

Ballets Frère für das Fest der Schülereltern des Lycée Hoche in Versailles, das einen Auszug aus *Coppelia* ankündete, getanzt von Maximilien Riccetti und Blanche Gardel. Wieder ein anderes Mal, als sie bei ihrer Großmutter mütterlicherseits die Ferien verbrachte, nicht in Neauphle, das schon längst verkauft worden war, sondern in Grimaud, an der Côte d'Azur, brachte sie auf dem Speicher eine Schachtel an sich mit dem Etikett *Die kleine Tänzerin:* sie enthielt einen sechzig Meter langen Film, gedreht mit einer Pathé Baby und als es Véronique gelang, ihn sich vorführen zu lassen, sah sie ihre Mutter als ganz kleine Ballerina im Gazeröckchen, auf der Geige begleitet von einem großen, pickligen Tölpel, in dem sie gleichwohl Cyrille erkennen konnte. Dann fand sie, vor einigen Monaten, an einem Tag im November 1974, im Papierkorb ihrer Mutter einen Brief von Cyrille und als sie ihn las, wurde ihr klar, daß Maximilien zehn Jahre, bevor sie geboren wurde, gestorben war und daß die Wahrheit das genaue Gegenteil dessen war, was sie geglaubt hatte:

> *»Ich war vor einigen Tagen in London und ich kam nicht umhin, mich in jene ferne Bannmeile fahren zu lassen, wohin ich Dich, fast auf den Tag genau vor fünfundzwanzig Jahren, gebracht hatte. Die Klinik ist immer noch da, 130 Crescent Gardens, aber es ist jetzt ein eher modernes, dreistöckiges Haus. Die übrige Landschaft hat sich praktisch nicht verändert, jedenfalls soweit ich mich an sie erinnern kann. Ich habe den Tag wiedererlebt, den ich in diesem Vorort verbracht habe, während man Dich operierte. Ich habe Dir nie von diesem Tag erzählt: ich wollte Dich am späten Nachmittag besuchen kommen, wenn Du wachwerden würdest, es lohnte sich also nicht, nach London zurückzu-*

kehren, weil es besser war, in der Gegend zu bleiben, selbst auf die Gefahr hin, einige Stunden in einem Pub oder einem Kino zu vergeuden. Eine gute halbe Stunde bin ich durch Straßen geirrt, die gesäumt waren von s e m i - d e t a c h e d *Cottages, die einander derart glichen, daß man hätte glauben können, es sei nur eines, das sich in einem riesigen Spiel von Spiegeln spiegelte: die gleichen dunkelgrün gestrichenen Türen mit ihren leuchtenden Türklopfern aus Kupfer und ihren Fußabstreifern, den gleichen Spitzenvorhängen an den Bow-windows, die gleichen Aspidistra-Töpfe am Fenster des Obergeschosses. Schließlich ist es mir gelungen, das zu finden, was sicherlich das Geschäftsviertel war: einige offenbar leere Läden, ein Woolworth's, ein Kino, das sich natürlich The Odeon nannte und ein stolz Unicorn and Castle benannter Pub, der leider geschlossen hatte. Ich habe mich an den einzigen Ort gesetzt, der mir Lebenszeichen zu geben schien, eine Art Milch-Bar, die in einem langen Wohnwagen aus Holz untergebracht war und von drei alten Jungfern bewirtschaftet wurde. Man hat mir dort einen ekelhaften Tee und Toasts ohne Butter – die Margarine habe ich abgelehnt – mit Orangenmarmelade, die nach Weißblech roch, serviert.*

Dann habe ich mir Zeitungen gekauft und habe mich in einen kleinen Square gesetzt, wo ich sie neben einer Statue las, die einen Herrn mit ironischem Gesichtsausdruck darstellte, der mit übereinandergeschlagenen Beinen dasaß, in der linken Hand ein Blatt Papier – ich meine natürlich aus Stein – das sich an beiden Enden stark aufrollte, und in der rechten Hand einen Gänsekiel; er hat mich an Voltaire erinnert und ich habe daraus geschlossen, daß es Pope war; aber es handelte sich um einen gewissen William Warburton, 1698–1779, Literat und Prälat, Autor, wie es auf der in den Sockel eingravierten Inschrift hieß, einer Beweisführung für die Göttliche Mission Moses'.

Gegen Mittag hat der Pub endlich seine Tore geöffnet, und ich bin einige Glas Bier trinken gegangen, wozu ich Sandwichs mit Anchoviskrem und Chester aß. Ich bin bis zwei Uhr dageblieben, an der Theke sitzend, in mein Glas starrend, neben zwei Schwägern, die beide Beamte der Stadtverwaltung waren: der eine war Hilfsbuchhalter beim Gaswerk, der andere Bürovorsteher bei der Pensionskasse. Sie verschlangen eine Art widerliches Ragout und erzählten sich dabei mit einem furchtbaren Cockney-Akzent eine endlose Familiengeschichte, in der eine in Kanada wohnende Schwester, eine Nichte, die in Ägypten Krankenschwester und eine andere, die in Nottingham verheiratet war, ein geheimnisvoller O'Brien mit Vornamen Bobby und eine Mrs. Bridgett, die in Margate, an der Themsemündung, eine Familienpension hatte, vorkamen.

Um zwei Uhr habe ich den Pub verlassen, um ins Kino zu gehen; ich erinnere mich noch, daß zwei große Spielfilme und mehrere Dokumentarfilme, Wochenschauen und Trickfilme auf dem Programm standen. Die Titel der Spielfilme habe ich vergessen; es war einer so langweilig wie der andere: der eine war die xste Geschichte eines Offiziers der RAF, der aus einem Gefangenenlager floh, indem er einen Tunnel grub; der zweite sollte eine Komödie sein; die Geschichte spielte im 19. Jahrhundert und man sah zu An-

fang einen dicken, reichen, gichtkranken Mann, der einem schmächtigen-jungen-Mann die Hand seiner Tochter ausschlug, weil der besagte schmächtige-junge-Mann arm und ohne Zukunft war. Ich weiß immer noch nicht, wie es der schmächtige-junge-Mann anstellte, um reichzuwerden und seinem künftigen Schwiegervater zu beweisen, daß er intelligenter war, als er aussah, denn ich bin nach einer Viertelstunde eingeschlafen. Ich bin ziemlich unsanft von zwei Platzanweiserinnen geweckt worden. Der Saal war hell erleuchtet, ich war der letzte Zuschauer. Völlig benommen verstand ich kein Wort von dem, was die Platzanweiserinnen mir erzählten, und erst, als ich auf der Straße war, stellte ich fest, daß ich meine Zeitungen, meinen Mantel, meinen Schirm und meine Handschuhe vergessen hatte. Zum Glück holte mich eine der Platzanweiserinnen ein und gab sie mir zurück.

Die Nacht war tiefschwarz. Es war halb sechs. Ein feiner Regen fiel. Ich bin in die Klinik zurückgegangen, aber man hat mich nicht zu Dir gelassen. Man hat mir nur gesagt, daß alles gut verlaufen sei, daß Du schliefest, und daß ich Dich am andern Morgen um elf Uhr abholen kommen sollte.

Ich habe wieder den Autobus genommen, der nach London zurückfuhr, durch diese unendlich großen, seelenlosen Vorstädte und diese Tausende und Abertausende von home sweet homes, wo Tausende und Abertausende von Männern und Frauen, die, kaum aus ihren Werkstätten und Büros gekommen, zur gleichen Zeit den Tea-cosy von ihrer Teekanne nahmen und sich ihre Tasse Tee eingossen, ein Tröpfchen Milch hinzugaben, mit den Fingerspitzen das Toast-

brot packten, das gerade aus dem automatischen Toaster sprang, und Bovril draufschmierten. Ich hatte ein Gefühl totaler Unwirklichkeit, als ob ich auf einem anderen Planeten gewesen wäre, in einer anderen Welt, watteartig, nebelhaft, feucht, durchzuckt von Lichtern von fast orangefarbenem Gelb. Und plötzlich begann ich an Dich zu denken, an das, was Dir passiert ist, und an die grausame Ironie, die wollte, daß wir, um Dir zu helfen, dieses Kind wegzuschaffen, das nicht von mir war, für einige Stunden Mann und Frau spielten, wobei wir nicht etwa sagten, daß Du Madame Altamont hießest, sondern daß ich Monsieur Gardel sei.

Es war halb acht, als der Bus in Charing Cross, der Endhaltestelle, ankam. Ich trank einen Whisky in einem Pub, der The Greens hieß, dann ging ich wieder ins Kino. Diesmal sah ich mir einen Film an, von dem Du mir erzählt hattest. Die roten Schuhe von Michael Powell, mit Moira Shearer und einer Choreographie von Léonide Massine; ich erinnere mich nicht mehr an die Geschichte, die der Film erzählt, sondern nur an eines der Ballette, in dem eine auf den Boden geworfene und vom Wind davongewehte Zeitung zu einem unheimlichen Tänzer wird. Ich verließ das Kino gegen zehn Uhr. Ich, der ich praktisch nie Alkohol trinke und den ein einziges Glas sofort krank macht, hatte ein unwiderstehliches Verlangen, mich zu betrinken.

Ich ging in einen Pub, der The Donkey in Trousers hieß. Das Schild stellte einen Esel dar, dessen vier Beine in so etwas wie Gamaschen aus weißem Tuch mit roten Punkten steckten. Ich glaubte, daß es so was nur auf der Ile de Ré gäbe, aber sicherlich herrschte irgendwo in Eng-

land eine ähnliche Sitte. Der Schwanz des Esels war ein geflochtenes Stück Seil und der Bildtext erklärte, wie dieser Schwanz als Barometer dienen konnte:

If tail is dry	Fine
If tail is wet	Rain
If tail moves	Windy
If tail cannot be seen	Fog
If tail is frozen	Cold
If tail falls out	Earthquake

Der Pub war knüppelvoll. Schließlich habe ich einen Platz gefunden an einem Tisch, an dem ein außergewöhnliches Paar saß: ein schon alter Mann von riesenhafter Korpulenz, mit hoher Stirn, einem mächtigen Kopf, den eine Fülle weißer Haare umgaben, und eine Frau von etwa dreißig Jahren, die etwas Slawisches und Asiatisches zugleich in ihrer Physiognomie hatte, breite Backenknochen, schmale Augen und rotblonde Haare, die in Zöpfen um den Kopf gelegt waren. Sie war schweigsam und legte ständig die Hand auf die ihres Gefährten, als wolle sie ihn daran hindern, wütend zu werden. Er sprach unaufhörlich, mit einem leichten Akzent, den ich nicht zu identifizieren vermochte; er sprach seine Sätze nicht zu Ende, unterbrach sie ständig mit »kurzum«, »gut«, »perfekt«, »vorzüglich«, ohne einen einzigen Augenblick aufzuhören, ungeheure Massen an Nahrung und Getränken zu verschlingen, stand alle fünf Minuten auf und bahnte sich einen Weg zur Theke, von wo er mit Tellern voller Sandwichs, Paketen mit Kartoffel-Chips, mit Würstchen, kleinen, warmen Fleischpastetchen, Pickles, Portionen

Apple Pie und Pinten dunklen Biers zurückkam, was er alles auf einen Schlag in sich hineinstopfte.

Es dauerte nicht lange, bis er das Wort an mich richtete und wir begannen zusammen zu trinken und uns über alles und nichts zu unterhalten, über den Krieg, über den Tod, über London, über Paris, über das Bier, über die Musik, über die Nachtzüge, über die Schönheit, über den Tanz, über den Nebel, über das Leben. Ich glaube auch, daß ich versuchte, ihm Deine Geschichte zu erzählen. Seine Begleiterin sagte nichts. Von Zeit zu Zeit lächelte sie ihn an; in der übrigen Zeit ließ sie ihren Blick in der verrauchten Kneipe umherschweifen, trank in kleinen Schlucken ihren Gin-Pink und steckte sich eine Zigarette mit vergoldetem Mundstück an der andern an, die sie fast sofort darauf in einem Reklame-Aschenbecher der Whisky-Marke Antiquarian *ausdrückte.*

Sicherlich verlor ich sehr schnell das Bewußtsein von Ort und Zeit. Alles wurde zu etwas wie einem verworrenen Gesumm, das markiert war von dumpfen Schlägen, Ausrufen, Lachen, Geflüster. Als ich dann plötzlich die Augen wieder aufmachte, sah ich, daß man mich auf die Beine gestellt hatte, daß ich meinen Mantel über der Schulter hatte, meinen Regenschirm in der Hand. Der Pub war fast vollkommen leer. Der Wirt rauchte auf der Türschwelle eine Zigarre. Ein Serviermädchen warf Sägespäne auf den Fußboden. Die Frau hatte einen dicken Pelzmantel angezogen und der Mann schlüpfte mit Hilfe eines Kellners in eine weite Houppelande mit einem Fischotterfell. Und auf einmal drehte er sich mit einer einzigen Bewegung des Körpers nach mir um und schleuderte mir mit einer fast donnernden Stimme entgegen: »Das Leben, junger Mann, es ist ein Weib, ein hingespreitet Weib, mit dicht beieinander quellenden Brüsten und großer, weicher Bauchfläche zwischen den ausladenden Hüften, mit schmalen Armen und schwellenden Schenkeln und halbgeschlossenen Augen, das in herrlicher, höhnischer Herausforderung unsere höchste Inständigkeit beansprucht.«

Wie habe ich es angestellt, nach Hause zu kommen, mich auszuziehen, mich ins Bett zu legen? Ich habe nicht die geringste Erinnerung daran. Als ich einige Stunden später aufgewacht bin, um Dich abzuholen, habe ich festgestellt, daß alle Lichter noch brannten und daß die Dusche die ganze Nacht über gelaufen war. Aber ich habe nach wie vor eine klare Erinnerung an dieses Paar und an die letzten Worte, die der Mann zu mir sagte, und jedesmal sehe ich den Glanz seiner Augen in diesem Moment wieder vor mir, und ich denke an alles das, was einige Stunden später geschehen ist, und an den Alptraum, zu dem unsere beiden Leben geworden sind.

Von da an hast du Dein Leben auf dem Haß und auf der bis zum Überdruß wiederholten Illusion Deines geopferten Glücks aufgebaut. Du wirst mich Dein ganzes Leben lang dafür bestrafen, daß ich Dir dabei geholfen habe, das zu tun, was Du tun wolltest und was Du auf jeden Fall so oder so, auch ohne meine Hilfe, getan hättest; Dein ganzes Leben lang wirst Du mich verantwortlich machen für das Scheitern dieser Liebe, das Scheitern dieses Lebens, das dieser von Eitelkeit aufgeblasene Tänzer unbarmherzig zugun-

sten seiner jämmerlichen Ruhmsucht zerstört hätte. Dein ganzes Leben lang wirst du mir die Komödie der Gewissensbisse vorspielen, der reinen Frau, die in ihren Träumen heimgesucht wird von dem Mann, den sie in den Selbstmord getrieben hat, so wie Du Dir selbst die schöne, beispielhafte Geschichte der schmerzgebeugten Frau vorspielen wirst, der von dem flatterhaften hohen Beamten verlassenen Ehefrau, der mustergültigen Mutter, die ihre Tochter großartig erzieht, indem sie sie dem schädlichen Einfluß ihres Vaters entzieht. Aber Du hast mir dieses Kind nur geschenkt, um mir noch stärker vorwerfen zu können, daß ich dazu beigetragen habe, das andere zu töten, und Du hast es im Haß auf mich erzogen, indem Du mir verboten hast, es zu sehen, mit ihm zu sprechen, es zu lieben.

Ich wollte Dich zur Frau und ich wollte ein Kind mit Dir. Ich habe weder das eine noch das andere, und das dauert nun schon so lange, daß ich aufgehört habe, mich zu fragen, ob wir im Haß oder in der Liebe die Kraft finden werden, dieses verlogene Leben fortzusetzen, ob wir aus dem Haß oder aus der Liebe die ungeheure Energie schöpfen, die es uns erlaubt, weiter zu leiden und weiter zu hoffen.

NEUNUNDACHTZIGSTES KAPITEL

Moreau, 5

Als Madame Moreau anfing, sich gebrechlich zu fühlen, bat sie Madame Trévins, zu ihr zu ziehen und brachte sie in einem Zimmer unter, das Fleury als Rokoko-Boudoir dekoriert hatte, mit locker fallenden Drapierungen, violetten, mit großen Blättern geprägten Seidenstoffen, Spitzendeckchen, bizarr geformten Kandelabern, Zwerg-Orangenbäumen und einer Alabasterstatue, die ein kleines, als Schäfer kostümiertes Kind darstellte, das in seinen Händen einen Vogel hielt.

Von dieser ganzen Pracht bleibt nur ein Stilleben übrig, das eine Laute auf einem Tisch darstellt: die Laute ist dem Himmel zugekehrt, im hellen Licht, während man unter dem Tisch, fast ins Dunkel getaucht, seinen umgedrehten Kasten erkennt; ein Chorpult aus vergoldetem Holz, reich geschnitzt, das den umstrittenen Stempel Hugues Sambins trägt, einem Dijoner Architekten und Kunsttischler des 16. Jahrhunderts; und drei große, handkolorierte Fotografien aus der Zeit des russisch-japanischen Kriegs: die erste stellt den Panzerkreuzer *Pobieda* dar, den Stolz der russischen Flotte, der durch eine japanische Unterseeboot-Mine am 13. April 1904 vor Port-Arthur außer Gefecht gesetzt wurde; als Kartusche vier der Militärführer Rußlands: Admiral Makharoff, Oberbefehlshaber der russischen Flotte im Fernen Osten, General Kuropatkin, Generalissimus der russischen Truppen im Fernen Osten, General Stoessel, Militärbefehlshaber von Port-Arthur und

General Pflug, Generalstabschef der russischen Truppen im Fernen Osten; die zweite Fotografie, ein Zwillingsbild des ersten Fotos, stellt den japanischen Panzerkreuzer *Asama* dar, gebaut von der Firma Armstrong, dazu, in der Kartusche, Admiral Yamamoto, Marineminister, Admiral Togo, der »japanische Nelson«, Kommodore des japanischen Geschwaders vor Port-Arthur, General Kodama, der »Kitchener Japans«, Oberbefehlshaber der japanischen Armee und General-Vicomte Tazo-Katsura, Ministerpräsident. Die dritte Fotografie stellt ein russisches Militärlager in der Umgebung von Mukden dar: es ist Abend; vor jedem Zelt sitzen die Soldaten, die Füße in Becken mit warmem Wasser; in der Mitte, in einem höheren Zelt, in Pavillonform drapiert und von zwei Kosaken bewacht, studiert ein ganz gewiß höherer Offizier auf mit Nadeln übersäten Generalstabskarten die kommenden Schlachten.

Das übrige Zimmer ist modern eingerichtet: das Bett ist eine Schaumstoffmatratze, die mit schwarzem Skai überzogen ist und auf einem erhöhten Platz liegt; ein niedriges Möbelstück mit Schubladen aus dunklem Holz und poliertem Stahl dient als Kommode und als Nachttisch; auf ihm befinden sich eine Nachttischlampe, die völlig kugelförmig ist, eine Armbanduhr mit Digitalanzeige, eine Flasche Vichy-Wasser mit einem Spezialverschluß, der den Austritt der Kohlensäure verhindert, eine Vervielfältigung im Format 21 × 27, die den Titel trägt *Normes AFNOR pour les matériels d'horlogerie et de joaillerie*, ein kleines Werk aus der Reihe »Unternehmen« mit dem Titel *Arbeitgeber und Arbeiter, ein immer möglicher Dialog*, und ein Buch von ungefähr vierhundert Seiten, das in einer Buchhülle aus geflammtem Papier steckt: es ist *Das Leben der Schwestern Trévins* von Célestine Durand-Taillefer (verlegt beim Autor, Rue du Hennin, in Lüttich (Belgien)).

Diese Schwestern Trévins sollen die fünf Nichten Madame Trévins sein, die Töchter ihres Bruders Daniel. Der Leser, der sich fragen mag, was im Leben dieser fünf Frauen wohl eine so umfangreiche Biographie verdient, wird bereits auf der ersten Seite beruhigt: die fünf Schwestern sind tatsächlich Fünflinge, geboren innerhalb von achtzehn Minuten am 14. Juli 1943 in Abidjan, die vier Monate lang im Brutkasten lagen und seither nie wieder krank waren.

Doch das Schicksal dieser Fünflinge übertrifft um tausend Ellen das Wunder ihrer Geburt: Adelaide wurde, nachdem sie zehn Jahre lang den Frankreichrekord (Jugendklasse) im Sechzig-Meter-Lauf gehalten hatte, vom Dämon des Zirkus gepackt und verführte ihre vier Schwestern zu einer Akrobatik-Nummer, die bald in ganz Europa berühmt wurde: *Die Töchter des Feuers* sprangen durch brennende Reifen, wechselten das Trapez, während sie dabei mit Fackeln jonglierten oder machten auf einem vier Meter über dem Boden gespannten Seil Hula-Hoop. Der Brand des *Fairyland* in Hamburg ruinierte diese frühen Karrieren: die Versicherungen behaupteten, daß *Die Töchter des Feuers* der Grund für das Unglück waren und weigerten sich, die Theater zu versichern, in denen sie künftig auftraten, selbst nachdem die fünf Mädchen vor Gericht nachgewiesen hatten, daß sie eine völlig harmlose künstliche Flamme benutzten, die bei Ruggieri unter dem Namen »Konfitüre« verkauft wurde und speziell für die Zirkuskünstler und die Stuntmen beim Film bestimmt war.

Marie-Thérèse und Odile wurden daraufhin Varieté-Tänzerinnen; ihre tadellose Figur und ihre vollkommene Ähnlichkeit sicherten ihnen fast unverzüglich einen ungeheueren Erfolg: man sah die *Crazy Sisters* im *Lido* in Paris, im *Cavalier's* in Stockholm, in den *Naughties* in Mailand, im *B and A* in Las Vegas, in der *Pension Macadam* in Tanger, im *Star* in Beirut, in den

Ambassadors in London, im *Bros d'Or* in Acapulco, im *Nirwana* in Berlin, im *Monkey Jungle* in Miami, in den *Twelve Tones* in Newport und in den *Caribean's* in La Barbade, wo sie zwei Große dieser Welt kennenlernten, die sich heftig genug in sie vernarrten, um sie auf der Stelle zu heiraten: Marie-Thérèse verheiratete sich mit dem kanadischen Reeder Michel Wilker, Ururgroßenkel eines unglücklichen Konkurrenten von Dumont d'Urville, Odile mit einem amerikanischen Industriellen, Faber McCork, dem König der Diät-Wurstwaren.

Beide ließen sich im darauffolgenden Jahr scheiden; Marie-Thérèse, die Kanadierin geworden war, versuchte ihr Glück mit Geschäften und Politik, indem sie eine riesige Bewegung zur Verteidigung der Verbraucher gründete und leitete, deren Tendenzen ökologischer und autarkischer Art waren, während sie gleichzeitig im großen Umfang eine ganze Skala von Fabrikerzeugnissen herstellte und verbreitete, die dem Trend zu einer Rückkehr zur Natur und dem wahren makrobiotischen Leben der primitiven Gemeinschaften angepaßt waren und damit den Erfordernissen der alternativen Bewegung entsprachen: Wassersäcke aus Segeltuch, Joghurtbereiter, Zeltleinwand, Windkraftanlagen (in Einzelteilen), Brotöfen usw. Odile kehrte nach Frankreich zurück; sie fand eine Stelle als Stenotypistin beim Institut für Geschichte der alten Texte und entdeckte dabei, obgleich durch und durch Autodidaktin, ihre Liebe zum Spät-Latein, und blieb in den folgenden zehn Jahren jeden Abend vier Stunden länger im Institut, um freiwillig und ohne Bezahlung eine definitive Ausgabe des *Danorum Regum Heroumque Historia de Saxo Grammaticus* herauszubringen, die seitdem als Standardwerk gilt; sie verheiratete sich dann in zweiter Ehe mit einem englischen Richter und machte sich an eine Überarbeitung der von Jérome Wolf und Portus besorgten lateinischen Ausgabe des sogenannten *Lexikons der Suidas,* woran sie noch arbeitete, als ihre Lebensgeschichte geschrieben wurde.

Die drei andern Schwestern hatten ein genauso eindrucksvolles Leben vorzuweisen: Noelle wurde der rechte Arm von Werner Angst, dem deutschen Stahlmagnaten; Roseline war die erste Frau, die allein an Bord ihrer elf Meter langen Jacht, der *C'est si beau,* eine Reise um die Welt unternahm; was Adelaide angeht, die Chemikerin geworden war, so entdeckte sie die Methode der Enzymteilung, durch die »verzögerte« Katalysen vorgenommen werden können; diese Entdeckung führte zu einer ganzen Reihe von Patenten, die in der Industrie der Wasch- und Spülmittel, der Lacke und Farben reichlich Verwendung fanden, und seitdem widmet sich Adelaide, steinreich geworden, dem Klavierspiel und den Körperbehinderten, ihren beiden Steckenpferden.

Die mustergültige und beispielhafte Biographie der fünf Trévins-Schwestern hält leider einer gründlicheren Überprüfung nicht stand und der Leser, der bei diesen ans Phantastische grenzenden Glanzleistungen den Braten riechen würde, sähe sich bald in seinen Zweifeln bestätigt. Denn Madame Trévins (die man im Gegensatz zu Mademoiselle Crespi Madame nennt, obgleich sie unverheiratet geblieben ist) hat keinen Bruder und folglich auch keine Nichten, die ihren Namen tragen: und Célestine Durand-Taillefer könnte auch gar nicht in der Rue du Hennin in Lüttich wohnen, weil es in Lüttich überhaupt keine Rue du Hennin gibt; hingegen hatte Madame Trévins eine Schwester, Arlette, die mit einem Monsieur Louis Commine verheiratet war und mit ihm eine Tochter hatte, Lucette, die ihrerseits einen gewissen Robert Hennin geheiratet hat, der in Paris in der Rue de Liège[1] (Sammler-)Postkarten verkauft.

[1] Liège = Lüttich

Eine aufmerksamere Lektüre dieser imaginären Lebensläufe würde es sicherlich erlauben, die Schlüssel dazu aufzuspüren und dabei festzustellen, wie einige der Ereignisse, die die Geschichte des Hauses geprägt haben, einige der Legenden oder Halblegenden, die hier über diesen oder jenen seiner Bewohner umgehen, einige der Fäden, die sie miteinander verbinden, in die Erzählung eingeflossen sind und gewissermaßen ihr Gerüst abgegeben haben. So ist es mehr als wahrscheinlich, daß Marie-Thérèse, jene Geschäftsfrau mit den außergewöhnlichen Erfolgen, Madame Moreau darstellt, die übrigens auch diesen Vornamen hat; daß Werner Angst kein anderer als Herman Fugger ist, der deutsche Industrielle, Freund der Altamonts, Kunde der Huttings und Kollege von Madame Moreau; und daß, nach einer signifikanten Verschiebung, Noelle, ihr rechter Arm, Madame Trévins selber sein könnte; und wenn es auch schwieriger ist, herauszubekommen, wer sich hinter den drei anderen Schwestern verbirgt, so verbietet es sich nicht zu denken, daß Adelaide, diese Chemikerin und Freundin der Körperbehinderten, Morellet ist, der drei Finger verlor, als er ein mißglücktes Experiment machte, daß Odile, die Autodidaktin, Léon Marcia ist und daß sich hinter der einsamen Seefahrerin so völlig verschiedene Gestalten wie die Bartlebooths und Olivia Norvells abzeichnen.

Madame Trévins brauchte mehrere Jahre, um diese Geschichte in den seltenen Augenblicken der Ruhe, die Madame Moreau ihr ließ, zu schreiben. Sie verwandte eine ganz besondere Sorgfalt auf die Wahl ihres Pseudonyms: ein Vorname, der ganz leicht an etwas Kulturelles erinnerte und ein Doppelname, von denen der eine von beispielhafter Banalität ist, während der andere an eine berühmte Persönlichkeit erinnert. Das genügte allerdings nicht, um die Verleger zu überzeugen, die nicht wußten, was sie mit diesem Erstlingsroman einer alten Jungfer von 85 Jahren anfangen sollten. Zwar war Madame Trévins erst zweiundachtzig Jahre alt, aber für die Verleger änderte das nicht viel und Madame Trévins, enttäuscht, ließ schließlich ein einziges Exemplar drukken, das sie sich widmete.

NEUNZIGSTES KAPITEL

Die Eingangshalle, 2

Der rechte Teil der Eingangshalle des Hauses. Im Hintergrund der Treppenaufgang; im Vordergrund, rechts, die Tür zur Wohnung der Marcias. Weiter hinten, unter einem großen, von Goldleisten eingerahmten Spiegel, in dem sich undeutlich die von hinten gesehene Silhouette Ursula Sobieskis spiegelt, die vor der Hausmeisterloge steht, eine große Holztruhe, deren mit gelbem Samt gepolsterter Deckel als Sitz dient. Drei Frauen sitzen darauf: Mademoiselle Lafuente, Madame Albin und Gertrude, die ehemalige Köchin von Madame Moreau.

Die erste, die von uns aus gesehen am weitesten rechts sitzende, ist Mademoiselle Lafuente: obgleich es schon bald acht Uhr abends ist, hat die Aufwartefrau von Madame de Beaumont ihren Arbeitstag noch nicht beendet. Sie wollte gerade weggehen, als der Klavierstimmer gekommen ist: Mademoiselle Anne machte ihre Leibesübungen, Mademoiselle Béatrice war oben und Madame ruhte sich vor dem Abendessen aus. So mußte Mademoiselle Lafuente den Klavierstimmer also selbst vors Klavier setzen und auch seinen Enkel mit seiner Illustrierten ins Treppenhaus schicken, um ihn daran zu hindern, wieder mit den Dummheiten anzufangen, die er das letzte Mal begangen hatte. Dann hatte Mademoiselle Lafuente den Kühlschrank aufgemacht und festgestellt, daß nur noch drei Becher Kefir zum Abendessen da waren, da Mademoiselle Anne sich das Obst und die Reste vom Braten und vom Hühnchen, die die Hauptmahlzeit bilden sollten, unter den Nagel gerissen hatte; trotz der späten Stunde und obgleich fast alle Geschäfte im Viertel montags geschlossen haben, ganz besonders aber die, die sie vorzugsweise mit ihrer Kundschaft beehrt, ist sie eilig hinuntergelaufen, um Eier, einige Scheiben Schinken und ein Kilo Kirschen *à la Parisienne* in der Rue de Chazelles zu kaufen. Als sie mit ihrem Einkaufsnetz wieder hinaufwollte, fand sie Madame Albin, die von ihrem täglichen Besuch am Grabe ihres Mannes zurückkam, in einem lebhaften Gespräch mit Gertrude in der Eingangshalle, und da sie Gertrude seit einigen Monaten nicht mehr gesehen hatte, ist sie stehengeblieben, um ihr guten Tag zu sagen. Denn Gertrude, die zehn Jahre lang die gefürchtete Köchin von Madame Moreau war, jene, die ihre monochromen Mahlzeiten zubereitete und um die ganz Paris sie beneidete, hat schließlich den Angeboten, die ihr gemacht wurden, nachgegeben, und Madame Moreau, endgültig von ihren großen Abendessen Abstand nehmend, hat sie gehen lassen. Gertrude ist jetzt in England in Stellung. Ihr Arbeitgeber, Lord Ashtray, ist bei der Wiederverwertung nicht eisenhaltiger Metalle reich geworden und gibt heute sein Vermögen dafür aus, daß er in seinem riesenhaften Besitz in der Umgebung von London, Hammer Hall, das prunkvolle Leben eines Grandseigneurs führt.

Lokalberichterstatter und Besucher haben oft Mund und Nase aufgesperrt angesichts seiner Regency-Möbel aus Rosenholz, seiner Ledersofas, deren Patina acht Generationen echter Edelleute gewährleistet haben, seines Tafel-Parketts, seiner 97 Lakaien in kanarienfarbener Livree und seiner Kassettendecken, an denen sich immer das seltsame Emblem wiederholt, das er sein ganzes Leben lang mit seinen Aktivitäten verbunden hat: ein roter, herzförmiger Apfel, der von einer Seite bis zur andern von einem langen Wurm durchbohrt und von kleinen Flammen umgeben ist.

Die verwirrendsten Statistiken sind über diese Persönlichkeit in Umlauf: es heißt, er beschäftige dreiundvierzig Gärtner, er habe soviele Fenster, Glastüren und Spiegel in seinem Besitztum, daß er vier Diener mit ihrer Pflege beauftragt hat und er habe, als es ihm nicht gelang, die zerbrochenen Scheiben sofort, nachdem sie zu Bruch gegangen waren, auswechseln zu lassen, das Problem dadurch gelöst, daß er ganz einfach die nächste Spiegel- und Glasfabrik aufgekauft habe.

Wie manche zu wissen vorgeben, besitzt er elftausend Krawatten und 813 Stöcke und ist auf alle Zeitungen in englischer Sprache in der ganzen Welt abonniert, nicht um sie zu lesen, was seine acht Dokumentaristen für ihn tun, sondern um die Kreuzworträtsel zu lösen, auf die er so versessen ist, daß sein Schlafzimmer alle acht Tage ganz mit Kästchen tapeziert wird, die eigens für ihn von dem Kreuzworträtselfreund konzipiert worden sind, den er am meisten schätzt, nämlich Barton O'Brien von der *Auckland's Gazette and Hemisphere*. Er ist gleichfalls ein eifriger Liebhaber des Rugbys und hat eine Privatmannschaft zusammengestellt, die er seit Monaten heimlich trainiert in der Hoffnung, den nächsten Sieger des Turniers der Fünf-Nationen siegreich herausfordern zu können.

Anderen zufolge sind diese Sammlungen und seine Manien in Wirklichkeit Köder und Lockmittel, die dazu bestimmt sind, die drei wahren Leidenschaften Lord Ashtrays abzuschirmen: den Boxkampf (bei ihm soll Melzack Wall, der Herausforderer auf die Weltmeisterschaft im Fliegengewicht, trainieren); die Geometrie im Raum: er soll die Untersuchungen eines Professors finanzieren, der seit zwanzig Jahren an einer Abhandlung über die Polyeder sitzt, von der noch fünfundzwanzig Bände zu schreiben sind; und vor allem die Decken von Indianerpferden: er soll schon zweihundertachtzehn zusammengetragen haben und alle sollen den besten Kriegern der besten Stämme gehört haben: White-Man-Runs-Him und Rain-in-the-Face von den Crows; Hooker Jim von den Mohawks; Looking Glass, Yasson und Alikut von den Nez-Percés; Chief Winnemucca und Ouray-the-Arrow von den Paiuten; Black Beaver und White Horse von den Kiowas; Cochise, der große Apachenhäuptling; Geronimo und Ka-e-ten-a von den Chiricachuas; Sleeping Rabbit, Left Hand und Dull Knife von den Cheyennen; Restroom Bomber von den Saratogas; Big Mike von den Katchinas; Crazy Turnpike von den Fudges; Satch Mouth von den Grooves; und mehrere Dutzend Decken von den Sioux, darunter die von Sitting Bull und seinen beiden Frauen, Seen-by-her-Nation und Four Times, und die von Old-Man-afraid-of-his-Horse, Young-Man-afraid-of-his-Horse, Crazy Horse, American Horse, Iron Horse, Big Mouth, Long Hair, Roman Nose, Lone Horn und Packs-His-Drum.

Man hätte erwarten können, daß eine solche Persönlichkeit Gertrude beeindrucken würde. Aber die robuste Köchin Madame Moreaus hatte schon ganz andere erlebt und hatte nicht umsonst burgundisches Blut in den Adern. Nach drei Tagen Dienst und trotz der sehr strengen Arbeits- und Dienstordnung, die der erste Sekretär Lord Ashtrays ihr gleich bei ihrer Ankunft ausgehändigt hatte, suchte sie ihren neuen Arbeitgeber auf. Er war im Musiksaal, wo er einer der letzten Proben der Oper beiwohnte, deren Erstaufführung er in der folgenden Woche seinen Gästen zu bieten gedachte, *Assuérus*, ein wiedergefundenes Werk von Monpou (Hyppolyte). Esther und fünfzehn Chorsängerinnen, die unerklärlicherweise als Bergsteiger angezogen waren, stimmten den Chor an, der den zweiten Akt abschließt

Da Israel aus Ägypten auszog

als Gertrude auftauchte. Ohne sich um die Verwirrung zu kümmern, die sie verursachte, warf sie dem Lord ihre Schürze ins Gesicht, wobei sie ihm sagte, daß die Produkte, die man ihr lieferte, einfach abscheulich seien und daß überhaupt nicht die Rede davon sein könne, daß sie damit koche.

Lord Ashtray hing um so mehr an seiner Köchin als er praktisch noch nie ihre Küche versucht hatte. Um sie zu behalten, stimmte er ohne Zögern zu, daß sie ihre Einkäufe selbst machen könne, wo sie wolle.

So kommt Gertrude einmal in der Woche, jeden Mittwoch, in die Rue Legendre und füllt einen Lieferwagen mit Butter, tagfrischen Eiern, Milch, Sahne, grünem Gemüse, Geflügel und verschiedenen Gewürzen; wenn ihr noch etwas Zeit bleibt, nutzt sie die Gelegenheit, um ihre alte Herrin zu besuchen und mit Madame Trévins eine Tasse Tee zu trinken.

Heute ist sie nicht nach Frankreich gekommen, um ihre Einkäufe zu besorgen – sie hätte das an einem Montag auch gar nicht tun können – sondern um der Hochzeit ihrer Enkeltochter beizuwohnen, die in Bordeaux einen Unter-Kontrolleur vom Eichamt heiratet.

Gertrude sitzt zwischen ihren beiden früheren Nachbarinnen. Sie ist eine Frau von etwa fünfzig Jahren, dick, mit rotem Gesicht und rundlichen Händen; sie ist bekleidet mit einer Bluse aus schwarzgeflammter Seide und einem Kostüm aus grünem Tweed, das ihr sehr schlecht steht. Am linken Knopfloch steckt eine Kamee, die ein jungfräuliches junges Mädchen mit feinem Profil darstellt. Es war ein Geschenk des stellvertretenden Außenhandelsministers der Sowjet-Union, der ihr damit für eine eigens für ihn zusammengestellte rote Mahlzeit dankte:

Lachsrogen
Geeister Borschtsch

Füllpastete mit Krebsen
Rinderfilet Carpaccio
Veroneser Salat
Geschmorter Edamer
Roter Dreifruchtsalat
Charlotte mit schwarzen Johannisbeeren

★

Wodka mit Piment
Roter Bouzy

EINUNDNEUNZIGSTES KAPITEL

Kellerräume, 5

Kellerräume. Der Keller der Marquiseaux'.

Im Vordergrund, eingeordnet in ein in Fächer unterteiltes Gestell aus metallenen Winkeleisen, Champagner-Kisten, die ein buntscheckiges Etikett tragen, auf dem ein alter Mönch einem Edelmann im Kostüm Louis XIV, der in Begleitung eines zahlreichen Gefolges ist, ein Sektglas hinhält: ein winziger Begleittext weist darauf hin, daß es sich um Dom Pérignon handelt, Kellermeister der Abtei von Hautvillers bei Epernay, der ein Verfahren entdeckt hat, den Wein der Champagne zum Perlen zu bringen und das Ergebnis seiner Erfindung Colbert zu kosten gibt. Darüber Kisten mit *Stanley's Delight*-Whisky: das Etikett stellt einen Forscher weißer Rasse dar, mit einem Tropenhelm auf dem Kopf, aber bekleidet mit der Nationaltracht der Schotten: ein Kilt, in dem gelb und rot vorherrschen, ein langer Schottenumhang aus Kaschmir, ein mit Nägeln besetzter Ledergürtel, an dem eine Geldbörse mit Fransen herabhängt, ein kleiner Dolch, der in Höhe der Wade in der Socke steckt; er geht vor einer Kolonne von 9 Schwarzen, von denen jeder eine Kiste *Stanley's Delight* auf dem Kopf trägt und deren Etikett die gleiche Szene zeigt.

Dahinter, bunt durcheinander gewürfelt, verschiedene Möbel und Gegenstände, die von den Eltern Echard stammen: ein verrosteter Vogelkäfig, ein zusammenfaltbares Bidet, eine alte Handtasche mit einem ziselierten Verschluß, in den ein Topas eingelassen ist, ein Leuchtertischchen und ein Jutebeutel, aus dem mehrere Schulhefte hervorquellen, karierte Doppelbögen, Karteikarten, Ordner-Blätter, Notizblöcke mit Spiraleneinband, Sammelmappen aus Kraftpapier, Presseausschnitte, die auf fliegende Blätter geklebt sind, Postkarten (eine von ihnen stellt das deutsche Konsulat in Melbourne dar), Briefe und etwa sechzig schmale, vervielfältigte Heftchen, die den Titel tragen

KRITISCHE BIBLIOGRAPHIE
DER QUELLEN, DIE IM ZUSAMMENHANG
MIT DEM TOD HITLERS
IN SEINEM BUNKER
AM 30. APRIL 1945
STEHEN

* *

erster Teil: Frankreich

*

von
Marcelin ECHARD
ehemaliger Hauptmagazinverwalter
der Zentralbibliothek des 18. Arrondissements

Von der gigantischen Arbeit, die Marcelin Echard in den letzten fünfzehn Jahren seines Lebens vollbracht hat, wurde nur dieses schmale Heftchen veröffentlicht. Der Autor untersucht hier nüchtern alle französischsprachigen Presseanzeigen, Erklärungen, Kommuniqués, Werke usw., die auf den Selbstmord Hitlers Bezug nehmen und weist nach, daß sie sich alle auf einen blinden Glauben beziehen, der sich auf Depeschen unbestimmter Herkunft gründet. Die sechs folgenden Heftchen, die im Zustand von Lose-Blatt-Sammlungen geblieben sind, hätten mit dem gleichen kritischen Geist die englischen, amerikanischen, russischen, deutschen, italienischen und anderen Quellen ausgewertet. Nachdem er so bewiesen hätte, daß es gar nicht bewiesen sei, daß Adolf Hitler (und Eva Braun) am dreißigsten April 1945 in ihrem Bunker umgekommen sind, hätte der Autor eine zweite Bibliographie in Angriff genommen, ebenso erschöpfend wie die erste, die sich mit den Dokumenten befaßt hätte, die darauf abzielten, das Überleben Hitlers zu beweisen. In einem letzten Werk dann mit dem Titel *Die Strafe Hitlers. Philosophische, politische und ideologische Analyse,* hätte er den Versuch unternommen, die entscheidenden Einflüsse dieses Überlebens auf die internationale Geschichte von 1945 bis auf unsere Tage zu untersuchen und hätte dabei nachgewiesen, wie die Infiltration in die höchsten nationalen und supranationalen Staatskreise von Individuen, die den Nazi-Idealen ergeben waren und von Hitler manipuliert wurden (Foster Dulles, Cabot Lodge, Gromyko, Trygvie Lie, Singman Rhee, Attlee, Tito, Beria, Sir Stafford Crips, Bao Dai, McArthur, Coudé du Foresto, Schuman, Bernadotte, Evita Perón, Gary Davis, Einstein, Humphrey und Maurice Thorez, um nur einige von ihnen zu nennen) es möglich gemacht hat, überlegt und bewußt den pazifistischen und versöhnenden Geist zu sabotieren, wie er auf der Konferenz von Jalta definiert worden ist, und eine internationale Krise zu schüren, Vorspiel zu einem Dritten Weltkrieg, den nur die gelassene Beherrschtheit der Großen Vier im Februar 1951 zu vermeiden vermocht hatte.

Kellerräume. Der Keller von Madame Marcia.

Es ist ein unglaubliches Durcheinander von Möbeln, Gegenständen und Nippsachen, noch deutlich unentwirrbarer als das, welches in dem Raum hinter dem Laden herrscht.

Einige erkennbare Gegenstände tauchen hier und da aus diesem Gerümpel empor: ein Goniometer, eine Art Winkelmesser aus beweglich gegliedertem Holz, von dem es heißt, er habe dem Astronomen Nicolas Kratzer gehört; eine *Matrosin* – Gefährtin des Matrosen –, eine Magnetnadel, die nach Norden zeigt und von zwei Strohhalmen auf dem Wasser eines halbgefüllten Fläschchens gehalten wird, ein primitives Instrument, das man als Vorfahre des wirklichen Kompasses ansehen darf, der erst drei Jahrhunderte später, mit einer Windrose versehen, in Erscheinung trat; eine Schiffsschreibgarnitur englischer Herstellung, völlig zerlegbar und eine ganze Auswahl von Schubladen und Ausziehbrettern bietend; eine Seite einer alten Sammlung von Pflanzenbildtafeln mit mehreren Mustern von Habichtskraut (gelbblütiges Habichtkraut, *Hieracium pilosella, Hieracium aurantiacium,* usw.), das durch eine Glasplatte geschützt wird; ein alter Erdnuß-Verkaufsautomat, der noch halb voll ist und dessen Glaskorpus die Aufschrift trägt »EXTRALECKEREIEN EIN GENUSS FÜR FEINSCHMECKER«; mehrere Kaffeemühlen; siebzehn kleine Fische aus Gold mit Sanskrit-Inschriften; eine ganze Partie Spazierstöcke und Regenschirme; Siphons; eine Wetterfahne mit einem ziemlich rostigen Hahn oben drauf, die Metallfahne eines Waschhauses, eine alte Karotte, wie sie als Warenschild über Tabakläden angebracht sind; mehrere Gebäckdosen, rechteckig und aus bemaltem Blech: auf der einen eine Imitation des *Amor und Psyche* von Gérard; auf einer anderen ein venezianisches Fest: Masken in den Kostümen von Marquis und Marquisen klatschen von der Terrasse eines taghell erleuchteten Palastes herab einer glänzend dekorierten Gondel Beifall; im Vordergrund, auf einem dieser bemalten Holzpfähle sitzend, an denen die Boote festmachen, betrachtet ein kleiner Affe die Szene; auf einer dritten mit dem Titel *Träumerei*, sieht man in einer Landschaft mit großen Bäumen und Rasen ein junges Paar auf einer Steinbank sitzen; die junge Frau trägt ein weißes Kleid und einen rosafarbenen Hut, und lehnt ihren Kopf an die Schulter ihres Begleiters, eines großen, melancholischen jungen Mannes, der mit einem mausgrauen Anzug und einem Hemd mit einer Brustkrause bekleidet ist; auf einem Regal schließlich ein ganzer Posten kleiner Spielsachen: Musikinstrumente für Kinder, Saxophon, Vibraphon, Schlagzeug, das aus einem Tom und einem Highhat besteht; Würfelspiele, Mensch-ärgere-dich-nicht-Spiele, ein gelber Zwerg, kleine Pferde und eine Puppenstubenbäckerei mit einem Ladentisch aus Weißblech und Verkaufsständer aus Messing, auf denen winzige Brote in Form von Kränzen, Laiben und dünnen Stangen liegen. Die Bäckersfrau steht hinter dem Ladentisch und gibt einer Dame, die in Begleitung eines kleinen Mädchens ist, das in ein Hörnchen beißt, das Wechselgeld heraus. Links sieht man den Bäckermeister und den Lehrjungen Brotlaibe in die Öffnung eines Ofens schieben, aus dem gemalte Flammen schlagen.

ZWEIUNDNEUNZIGSTES KAPITEL

Louvet, 3

Die Küche der Louvets. Auf dem Boden ein grünlicher Linoleumbelag mit Maserungen, an den Wänden eine Kunststoffblumentapete. An der rechten Wand sind »platzsparende« Apparate angebracht, die durch Arbeitsflächen voneinander getrennt sind: Spülbecken-Abfallzerkleinerer, Kochplatte, Grillgerät, Kühl-Gefrierkombination, Waschmaschine und Spülmaschine. Batterien von Töpfen, Regale und Wandschränke runden diese Modelleinrichtung ab. Im Mittelpunkt des Raums ein kleiner ovaler Tisch im spanischen Landstil, mit Eisenbeschlägen verziert, um den vier strohgeflochtene Stühle stehen. Auf dem Tisch ein Schüsseluntersatz aus Steingut, dessen Dekoration den Dreimaster *Henriette* mit Kapitän Louis Guion darstellt, in den Hafen von Marseille einlaufend (nach einem Original-Aquarell von Antoine Roux dem Älteren, 1818) und zwei Fotos in einem Doppelrahmen aus Leder: das eine zeigt einen alten Bischof, der seinen Ring einer sehr schönen Frau zu küssen gibt, die wie eine Bäuerin von Greuze gekleidet ist und vor ihm kniet; das andere, eine kleine Sepia-Stereotypie, stellt einen jungen Hauptmann in der Uniform des spanisch-amerikanischen Krieges dar mit ernsten und treuherzigen Augen unter hohen, feinen Augenbrauen und einem sensiblen Mund mit vollen Lippen unter einem schwarzen, seidigen Schnurrbart.

Vor einigen Jahren gaben die Louvets in ihrer Wohnung ein großes Fest und machten dabei einen solchen Krach, daß gegen drei Uhr morgens Madame Trévins, Madame Altamont, Madame de Beaumont und sogar Madame Marcia, die doch gewöhnlich dieser Art Dinge gleichgültig gegenübersteht, nachdem sie vergeblich an die Tür der Feiernden geklopft hatten, schließlich die Polizei anriefen. Zwei Polizeibeamte wurden an Ort und Stelle beordert, wo bald ein vereidigter Schlosser eintraf, der ihnen Eintritt verschaffte.

In der Küche entdeckte man das Gros der Gäste, ungefähr ein Dutzend, die unter der Leitung des Hausherren ein Konzert zeitgenössischer Musik improvisierten. Der Hausherr, bekleidet mit einem graugrüngestreiften Bademantel, die Füße in Lederpantoffeln, einen konischen Lampenschirm auf dem Kopf, stand wankend auf einem Strohstuhl und gab, den linken Arm erhoben, den rechten Zeigefinger vor den Lippen ausgestreckt, den Takt an, wobei er alle eineinhalb Sekunden, laut auflachend, wiederholte: »Chi va piano va sano, chi va sano va piano, chi va piano va sano, chi va sano va piano, usw.«

In einem Sofa hängend, das überhaupt keinen Grund hatte, in diesem Raum zu stehen, oder auf Kissen sich lümmelnd, folgten die Interpreten der Mimik des Kapellmeisters, indem sie entweder mit Gabeln, Schöpflöffeln oder Messern auf verschiedene Kochgeräte schlugen oder mit dem Mund mehr oder weniger mustergültige Schreie ausstießen. Die herzzerreißendsten Geräusche brachte Madame Louvet hervor, die, mitten in einer richtigen Pfütze sitzend, zwei Apfelmostflaschen solange gegeneinander schlug, bis einer der Korken von alleine herausfliegen würde. Zwei Gäste, ganz offensichtlich den Anweisungen Louvets gegenüber gleichgültig, nahmen auf ihre Weise an dem Konzert teil; der eine betätigte unaufhörlich eines dieser *Teufel* genannten

Spielzeuge, einen Kasperle-Kopf, der auf eine starke Feder montiert ist und nach Belieben aus einem Holzwürfel springt, in den er hineingepreßt wird; der andere leckte so laut er nur konnte einen Suppenteller voller Frischkäse aus, den man auch Hüttenkäse nennt.

Die übrige Wohnung ist praktisch leer. Im Wohnzimmer, wo eine Platte von Françoise Hardy *(C'est à l'amour auquel je pense)* sich weiterhin auf der Scheibe des Plattenspielers drehte, war niemand. In der Diele schlief, in einen Haufen von Mänteln und Regenmänteln geschmiegt, ein Kind von etwa zehn Jahren ganz tief, in seinen Händen noch den umfangreichen Essay von Contat und Rybalka über die *Schriften Sartres* in der Hand haltend, aufgeschlagen bei Seite 88, wo es um die Uraufführung der *Fliegen* im Théâtre Sarah-Bernhardt, damals Théâtre de la Cité genannt, am 3. Juni 1943 geht. Im Badezimmer gaben sich zwei Männer schweigend diesem Spiel hin, das die Schüler gern Knirps und die Japaner Go-moku nennen, ein Schreibspiel, das sie ohne Papier und Bleistift direkt auf den Fliesen spielten, wobei sie nacheinander der eine Reste ungarischer Zigaretten, die er aus einem überquellenden Aschenbecher angelte, der andere verwelkte Blumenblätter, die er aus einem Strauß roter Tulpen riß, auf den Boden legten.

Außer dieser nächtlichen Ruhestörung haben die Louvets wenig von sich reden gemacht. Louvet arbeitet in einem Bauxit- oder Wolfram-Unternehmen, und beide sind sehr häufig abwesend.

ENDE DES FÜNFTEN TEILS

SECHSTER TEIL

DREIUNDNEUNZIGSTES KAPITEL

Dritter Stock rechts, 3

Das dritte Zimmer dieser Scheinwohnung ist leer. Die Wände, die Decke, der Fußboden, die Scheuerleisten und die Türen sind mit schwarzer Lackfarbe gestrichen. Es steht kein einziges Möbelstück darin.

An der hinteren Wand hängen einundzwanzig Stahlstiche von gleichem Format, die alle gleichförmig mit mattschwarzen Metallstäbchen eingerahmt sind. Die Stiche hängen in drei Reihen zu sieben übereinander; der erste, oben links, stellt Ameisen dar, die einen dicken Lebkuchenkrumen transportieren; der letzte, unten rechts, zeigt eine junge Frau, die auf einem Geröllstrand kauert und einen Kieselstein betrachtet, der einen Fossilabdruck trägt; die neunzehn Stiche dazwischen stellen jeweils dar:

ein kleines Mädchen, das Korken auffädelt, um daraus einen Vorhang zu machen;

einen Teppichbodenverleger, der auf dem Fußboden kniet und mit einem Metermaß den Raum ausmißt;

einen ausgehungerten Komponisten, der in einer Mansarde fieberhaft an einer Oper schreibt, deren Titel *Die weiße Welle* lesbar ist;

ein Freudenmädchen mit platinblonden Schmachtlocken vor einem Bürger im Macfarlan;

drei Indianer aus Peru, die, auf den Fersen sitzend, den Körper fast gänzlich von ihrem Poncho aus grauem

Wollstoff versteckt, auf dem Kopf gebrauchte Filzhüte, die ihnen fast in die Augen fallen, Koka kauen;

einen Mann mit einer Nachtmütze, geradewegs aus dem Stück *Der Florentinerhut* gekommen, der gerade ein Senfmehlfußbad nimmt, während er das Erschließungsprotokoll der Eisenbahngesellschaft von Ober-Dogon für das Jahr 1969 durchblättert;

drei Frauen im Zeugenstand vor Gericht; die erste trägt eine ausgeschnittene, opalfarbene Balltoilette, elfenbeinfarbene Handschuhe, bis an die Ellbogen, einen mit Zobel besetzten, ziegelroten, gesteppten Dolman, Kamm mit Brillanten und Büschel Fischadlerfedern im Haar; die zweite, in Kappe und Sealcanine-Mantel, ist bis zur Nase eingemummelt, und sieht forschend durch ein Schildpattlorgnon, das sie aus ihrem großen Opossummuff nimmt; die dritte: Amazonenkostüm, harter Hut, Reitstiefel mit Hahnensporen, zinnoberrote Weste, rehfarbene Musketierhandschuhe mit geflochtener Raupe, lange, aufgeschürzte Schleppe und Jagdpeitsche;

ein Porträt von Etienne Cabet, dem Gründer der Zeitung *Le Populaire* und Autor von *Reise nach Ikarius*, der erfolglos versucht hatte, in Iowa eine kommunistische Kolonie anzusiedeln, bevor er 1856 gestorben ist;

zwei Männer im Frack, die an einem zerbrechlichen Tisch sitzen und Karten spielen; eine aufmerksame Betrachtung würde zeigen, daß auf diesen Karten die gleichen Szenen wiedergegeben werden, wie sie auf den Stichen abgebildet sind;

eine Art Teufel mit einem langen Schwanz, der auf der obersten Sprosse einer Leiter ein großes, rundes, mit Mörtel bedecktes Tablett hochzieht;

einen albanischen Straßenräuber zu Füßen eines Vamps, der in einen weißen Kimono mit schwarzen Punkten gehüllt ist;

einen Arbeiter, der ganz oben auf einem Gerüst steht und einen großen Kristallkronleuchter saubermacht;

einen Astrologen mit einem spitzen Hut und einer langen, schwarzen, mit Sternen aus Silberpapier besetzten Robe, der so tut, als schaue er durch einen ganz offensichtlich hohlen Zylinder in die Luft;

eine Ballettgruppe, die vor einem Herrscher in der Uniform eines Husarenobersten, weißer, mit Silberfäden bestickter Dolman und Säbeltasche aus Wildschweinborsten, einen Knicks macht;

den Physiologen Claude Bernard, der von seinen Schülern anläßlich seines siebenundvierzigsten Geburtstags eine goldene Uhr geschenkt bekommt;

einen Gepäckträger im Arbeitskittel, mit seinen ledernen Tragriemen und seinem vorschriftsmäßigen Schild, der zwei Kabinenkoffer herbeischleppt;

eine alte Dame, nach der Mode der Zeit von 1880 gekleidet, Spitzenkopfbedeckung, aber mit Fausthandschuhen an den Händen, bietet auf einer großen, ovalen Obsthorde aus Weidengeflecht schöne graue Äpfel feil;

einen Aquarellisten, der seine Staffelei auf eine kleine Brücke gestellt hat, über einem schmalen Kanal, der von Muschelzüchterhütten gesäumt ist;

einen verstümmelten Bettler, der dem einzigen Gast auf der Terrasse eines Cafés ein wertloses Horoskop anbietet: eine Drucksache, auf der oben unter dem Titel »Der Flieder« ein Fliederzweig abgebildet ist, der zwei Kreisen als Untergrund dient, von denen der eine einen Widder einkreist, und der andere einen zunehmenden Mond mit nach rechts zeigenden Spitzen.

VIERUNDNEUNZIGSTES KAPITEL

Treppenhaus, 12

Versuch eines Inventars einiger der Dinge,
die im Verlauf der Jahre im Treppenhaus
gefunden worden sind (Fortsetzung und Ende)

Ein Satz »technischer Daten«, die die Milchindustrie in der Region Poitou-Charente betreffen,

ein Regenmantel, der das Markenzeichen »Caliban« trägt und in London von der Firma Hemminge & Condell hergestellt worden ist,

sechs Glas-Untersetzer aus lackiertem Kork, die berühmte Pariser Schauplätze darstellen: den Elysée-Palast, die Abgeordneten-Kammer, den Senat, den Justizpalast und das Hotel des Invalides,

eine Halskette aus Alsenwirbeln,

das von einem mittelmäßigen Profi aufgenommene Foto eines Säuglings, der ganz nackt auf einem himmelblauen Nylonkissen mit Pompons auf dem Bauch liegt,

ein viereckiges Stück Bristolkarton, das in etwa das Format einer Visitenkarte hat und auf der einen Seite den gedruckten Text: *Did you ever see the devil with a night-cap on?* und auf der anderen: *No! I never saw the devil with a night-cap on!* trägt,

ein Programm des Kinos *Caméra*, 70, rue de l'Assomption, Paris 16., für den Monat Februar 1960:

vom 3. bis 9.: *Das verbrecherische Leben des Archibald de la Cruz,* von Luis Buñuel,

vom 10. bis 16.: Festival Jacques Demy: *Der Schöne Gleichgültige,* nach Jean Cocteau, und *Lola,* mit Anouk Aimée,
vom 17. bis 23.: *Tiens bon la barre, Jerry,* von Gordon Douglas, mit Jerry Lewis,
vom 24. bis 1. März: Das zeitgenössische ungarische Kino: jeden Tag ein anderer Film, darunter am 26. als Welturaufführung und in Gegenwart des Autors: *Nem szücksǵes, hogy kilépj a házból,* von Gabor Pelos,

ein Paket Sicherheitsnadeln,

ein völlig abgenutztes Exemplar von *Wenn du lustig bist, dann lach doch,* eine Sammlung von dreitausend Kalauern von Jean-Paul Grousset, aufgeschlagen bei dem Kapitel »In einer Druckerei«:

Guten Morgen, Krumpels!
Ein Abteil erster Kasse
Die Lettrinenarbeit
Vorschriften für den Schriftspatz
Falsche Bachstuben
Ein Schüler Glutenbergs

ein Goldfisch in einer halb mit Wasser gefüllten Plastiktasche, der am Türknauf von Madame de Beaumonts Wohnungstür hing,

eine Wochenfahrkarte gültig für die Linie der »kleinen Ringbahn«,

eine kleine viereckige Puderdose aus schwarzem Bakelit mit weißen Punkten und einem unbeschädigten Spiegel, doch ohne Puder und ohne Puderquaste,

eine lehrreiche Postkarte aus der Reihe *»Die großen Amerikanischen Schriftsteller«,* Nr. 57: Mark Twain

Mark Twain, mit seinem richtigen Namen Samuel Langhorne Clemens, wurde 1835 in Florida, im Staate Missouri geboren. Er verlor im Alter

von zwölf Jahren seinen Vater. Buchdruckerlehrling zunächst, wurde er Lotse auf dem Mississippi und behielt den Spitznamen Mark Twain (ein Ausdruck, der wörtlich soviel bedeutet wie »Markier zweimal« und den Matrosen dazu aufforderte, den Tiefgang mit Hilfe eines Senkbleis zu messen). Er war nacheinander Soldat, Bergmann in Nevada, Goldsucher und Journalist. Er bereiste Polynesien, Europa, den Mittelmeerraum, besuchte das Heilige Land und begab sich, als Afghane verkleidet, zu einer Wallfahrt in die heiligen Städte Arabiens. Er starb 1910 in Redding (Connecticut) und sein Tod fiel mit dem Wiederauftauchen des Kometen Halley zusammen, in dessen Zeichen schon seine Geburt gestanden hatte. Einige Jahre zuvor hatte er in einer Zeitung gelesen, daß er gestorben sei und dem Direktor sofort folgendes Telegramm geschickt: DIE NACHRICHT VON MEINEM TOD IST STARK ÜBERTRIEBEN! *Dennoch verdüsterten die finanziellen Sorgen, der Tod seiner Frau und einer seiner Töchter sowie der Wahnsinn seiner anderen Tochter die letzten Jahre dieses Humoristen und gaben seinen letzten Werken ein Klima ungewöhnlichen Ernstes. Die Hauptwerke:* Der berühmte Springfrosch des Bezirks Calaveras (1867), Die Arglosen im Ausland (1869), Durch Dick und Dünn (1872), Das vergoldete Zeitalter (1873), Huckleberry Finns Abenteuer (1885), Der Prinz und der Bettelknabe (1882), Leben auf dem Mississippi (1883), Die Abenteuer des Tom Sawyer (1875), Ein Yankee aus Connecticut an König Artus' Hof (1889), Persönliche Erinnerungen an Jeanne d'Arc (1896), Die Eine-Million-Pfund-Note (1906), Der geheimnisvolle Fremde (1916)

sieben Marmorknöpfe, vier schwarze und drei weiße, sind auf dem Treppenabsatz der dritten Etage so angeordnet, daß sie die Position darstellen, die man beim Go-Spiel das *Ko* oder die *Ewigkeit* nennt:

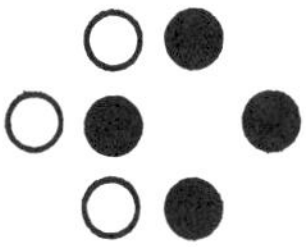

eine zylindrische Schachtel, die in ein Stück Papier eingewickelt ist, das aus dem Laden *Aux Joyeux Mousquetaires* kommt, Spiele und Spielsachen, 95 bis, Avenue de Friedland, Paris; die Verpackung stellte, wie sich das gehört, Aramis, d'Artagnan, Athos und Porthos dar, wie sie ihre erhobenen Degen kreuzen (»Einer für alle, alle für einen!«). Auf dem Paket, das Madame Nochère auf der Fußmatte der damals noch leeren Wohnung fand, die später Geneviève Foulerot bewohnen sollte, stand kein Hinweis auf den Empfänger. Nachdem sie festgestellt hatte, daß aus dem anonymen Päckchen kein verdächtiges Ticktack kam, machte Madame Nochère es auf und fand darin mehrere hundert kleiner vergoldeter Holzstückchen und hornartiger Plastikteilchen, die, passend zusammengefügt, ein getreues Abbild, reduziert auf ein Drittel der natürlichen Größe, der Wasseruhr sein sollte, die Karl der Große von Harun al-Rachid geschenkt bekommen hatte. Keiner der Bewohner des Gebäudes fragte nach dem Gegenstand. Madame Nochère brachte ihn in den Laden. Die Verkäuferinnen erinnerten sich, daß sie dieses seltene und teure Modell einem zehnjährigen Kind verkauft hatten: sie waren sogar sehr erstaunt gewesen, als sie sahen, daß es mit einem Hundert-Francs-Schein bezahlte. Weiter kam die Untersuchung nicht und das Rätsel wurde nie gelöst.

FÜNFUNDNEUNZIGSTES KAPITEL

Rorschach, 6

Auf dem Nachttisch im Schlafzimmer Rémi Rorschachs befinden sich eine alte Lampe, deren Fuß ein Kerzenspieß aus versilbertem Metall ist, ein zylindrisches Feuerzeug, ein ganz kleiner Wecker aus poliertem Stahl und in einem übermäßig verzierten Holzrahmen vier Fotos, die Olivia Norvell darstellen.

Auf dem ersten, aus der Zeit ihrer ersten Ehe, sieht man Olivia mit einer Korsarenhose und einem horizontal gestreiften weiß-blauen Trikot, auf dem Kopf eine Mütze mit Schiffsflagge und in der Hand einen Schrubber, wobei es sicherlich zwecklos gewesen wäre, hätte man sie gebeten, sich seiner zu bedienen.

Auf dem zweiten liegt sie bäuchlings neben einer anderen jungen Frau im Gras; Olivia trägt ein geblümtes Kleid und einen großen Reisstrohhut, ihre Freundin Bermudas und eine große Sonnenbrille, deren Gestell an Königinnen-Margeriten erinnert; unten auf dem Foto stehen die Worte *Greetings from the Appalachians* und darunter die Unterschrift: *Bea.*

Das dritte Foto zeigt Olivia als Renaissance-Prinzessin verkleidet: Brokatkleid, langer, mit Lilien verzierter Mantel, Diadem; Olivia steht vor Theater-Versatzstücken, an die Bühnenarbeiter mit großen Heftapparaten glänzende Schilder anbringen, die mit heraldischen Emblemen geschmückt sind; das Foto stammt aus der Zeit, in der Olivia Norvell endgültig dem Film, selbst dem Krypto-Werbefilm, entsagt hatte und hoffte, wieder Theaterschauspielerin zu werden: sie beschloß, die Unterhaltszahlungen, die sie von ihrem zweiten Mann bekam, darauf zu verwenden, ein Schauspiel auf die Bühne zu bringen, dessen Star sie wäre, und ihre Wahl fiel auf *Love's Labour Lost;* sie behielt sich die Rolle der Tochter des Königs von Frankreich vor und vertraute die Inszenierung einem jungen Mann mit romantischen Vorstellungen an, der von Ideen und Erfindungen nur so sprudelte, ein gewisser Vivian Belt, dessen Bekanntschaft sie einige Tage zuvor in London gemacht hatte. Die Aufnahme durch die Kritik war unfreundlich; ein geistloser und perfider Lokalreporter stellte die Frage, ob das Knallen der Klappsitze zum Klanghintergrund gehörte. Das Stück wurde nur dreimal gespielt, aber Olivia tröstete sich dadurch, daß sie Vivian heiratete, von dem sie inzwischen erfahren hatte, daß er Lord war und vermögend und von dem sie noch nicht wußte, daß er mit seinem lockenhaarigen Pudel schlief und badete.

Das vierte Foto war in Rom aufgenommen worden, mittags an einem Sommertag, vor der *Stazione Termini:* Rémi Rorschach und Olivia fahren auf einer Vespa; er sitzt vorne am Lenker, bekleidet mit einem leichten Polohemd und einer weißen Hose, an den Füßen weiße Leinenschuhe, die Augen von einer goldeingefaßten Brille geschützt, wie sie die Offiziere der amerikanischen Armee trugen; sie, in Shorts mit einem bestickten Hemd und barfuß, sitzt hinter ihm und umschlingt mit dem rechten Arm seine Taille, während sie mit einer großen Gebärde der linken Hand unsichtbare Bewunderer grüßt.

Das Zimmer Rémi Rorschachs ist tadellos aufgeräumt, als ob der Bewohner dieses Zimmers noch am gleichen Abend kommen und darin schlafen sollte. Doch es wird leer bleiben. Niemand wird je wieder hier eintreten, höchstens jeden Morgen für einige Sekunden Jane Sutton, die einen Augenblick lüftet und auf das große marokkanische Tablett aus gehämmertem Kupfer die Post des Produzenten wirft, alle Fachzeitschriften, auf die er abonniert war – *La Cinématographie française, Le Technicien du Film, Film and Sound, TV News, Le Nouveau Film Français, Le Quotidien du Film, Image et Son usw.* – alle diese Zeitschriften, die er während des Frühstücks so liebend gern fluchend und schimpfend durchblätterte und die sich in Zukunft mit unbeschädigter Banderole auftürmen würden, ihre veraltete Anziehungskraft völlig umsonst speichernd. Es ist das Zimmer eines bereits toten Mannes, und es hat den Anschein, als warteten die Möbel, die Gegenstände, die Nippsachen schon auf diesen kommenden Tod, erwarteten ihn mit einer höflichen, wohlgeordneten, sehr sauberen Gleichgültigkeit, ein für alle Mal erstarrt in ein unpersönliches Schweigen: die tadellos glattgezogene Bettdecke, der Empire-Tisch mit den Krallenbeinen, die Schale aus Olivenholz, die noch einige ausländische Münzen enthält, Pfennige, Groschen, Pennies, und ein Zündholzbriefchen mit der Aufschrift Fribourg and Treyer, Tobacconistes & Cigar Merchants, 34, Haymarket, London SW 1, das sehr schöne geschliffene Kristallglas, der Frottee-Bademantel in der Farbe gebrannten Kaffees, der an einem Kleiderhaken aus gedrechseltem Holz hängt und rechts vom Bett der Herrendiener aus Kupfer und Mahagoni, mit seinem geschwungenen Kleiderbügel und seinem patentierten System, das den Hosen die ewige Bügelfalte sicherte, seinem Gürtelhalter, seinem versenkbaren Krawattenhalter und seiner Ablage, auf der Rorschach jeden Abend gewissenhaft seinen Schlüsselbund, sein Kleingeld, seine Manschettenknöpfe, sein Taschentuch, seine Brieftasche, sein

Notizbuch, seine Armbanduhr und seinen Füllhalter aufreihte.

Dieses heute tote Zimmer war das Wohn- und Eßzimmer von fast vier Generationen Gratiolets: Juste, Emile, François und Olivier lebten hier vom Ende des Jahres 1880 bis Anfang der fünfziger Jahre.

Die Parzellierung der Rue Simon-Crubellier begann 1875 auf einem Gelände, das zur Hälfte einem Holzhändler namens Samuel Simon und zur anderen Hälfte einem Mietdroschkenverleiher, Norbert Crubellier, gehörte. Ihre unmittelbaren Nachbarn – Guyot Roussel, der Tiermaler Godefroy Jadin und De Chazelles, Neffe und Erbe Madame de Rumfords, die keine geringere war als die Witwe Lavoisiers – hatten seit langem mit dem Bauen begonnen, indem sie sich die Parzellierung der Umgebung des Parc Monceau zunutze machten, die aus dem Viertel einen der Lieblingsorte der Künstler und der Maler der damaligen Epoche machen sollte. Doch Simon und Crubellier glaubten nicht an die Wohnzukunft dieses noch der Kleinindustrie bestimmten Vororts, wo es wimmelte von Wäschereien, Reinigungsanstalten, Werkstätten, Schuppen, Lagern aller Arten, Fabriken und kleinen Werken, wie etwa der Gießerei Monduit und Béchet, in der Rue de Chazelles Nr. 25, wo die Restaurationsarbeiten an der Vendôme-Säule vorgenommen worden waren und wo, ab 1883, die riesige Freiheitsstatue von Bartholdi, deren Kopf und deren Arm über ein Jahr lang über die Dächer der umliegenden Häuser ragten, Stück für Stück errichtet wurde. Simon begnügte sich also damit, sein Grundstück einzuzäunen, wobei er behauptete, zur Parzellierung sei immer noch Zeit genug, wenn sich die Notwendigkeit dazu zeigen sollte, und Crubellier baute auf das seine einige Bretterhütten, in denen er seine schlechtesten

Fiaker zusammenflicken ließ; das Viertel war fast ganz zugebaut, als die beiden Grundstückbesitzer endlich begriffen, wo ihr Interesse lag und beschlossen, die Straße anzulegen, die seitdem ihren Namen trägt.

Juste Gratiolet stand seit langem mit Simon in Geschäftsbeziehungen und er trat sofort als Käufer einer Parzelle auf. Der gleiche Architekt, Lubin Auzère, Träger des Rom-Preises, baute alle Häuser auf der Seite mit den ungeraden Hausnummern, während die Seite mit den geraden Hausnummern seinem Sohn Noël anvertraut wurde: sie waren beide brave Architekten, jedoch ohne Phantasie, die ziemlich identische Wohnhäuser bauten: Fassaden aus Bruchsteinen, die Rückfront in Fachwerk, Balkone im zweiten und fünften Stock und zwei Dachgeschosse, davon eines als Mansarde.

Juste Gratiolet selbst lebte nur sehr wenig im Haus. Er zog seinen Bauernhof im Berry vor oder, für seine Aufenthalte in Paris, ein Häuschen in Levallois, das er aufs Jahr mietete. Trotzdem behielt er für sich und seine Kinder einige Wohnungen. Er richtete seine Unterkunft mit äußerster Einfachheit ein: ein Zimmer mit einem Alkoven, ein Eßzimmer mit einem Kamin – diese beiden Zimmer hatten englischen Parkettboden dank der Nutmaschine, für die er gerade ein Patent bekommen hatte – und eine große Küche mit sechseckigen Fliesen, die illusorische Kuben darstellten, welche man von zwei verschiedenen Abständen aus betrachten konnte. Es gab Wasser in der Küche; Strom und Gas wurden erst viel später gelegt.

Niemand im Haus kannte Juste Gratiolet, aber mehrere Mieter – Mademoiselle Crespi, Madame Albin, Valène – erinnern sich noch ganz genau an seinen Sohn Emile. Er war ein Mann von strengem Aussehen und mit sorgenvollem Gesicht, was weiter nicht erstaunlich ist, wenn man an die Unannehmlichkeiten denkt, die ihm die Tatsache einbrachte, daß er das älteste der vier Kinder Gratiolets war. Nur zwei Dinge machten ihm Vergnügen: Querpfeife spielen – er hatte zur städtischen Blaskapelle von Levallois gehört, aber außer *Der fröhliche Landmann* konnte er nichts anderes spielen, was seine Zuhörer mit der Zeit etwas reizte – und Radio hören: der einzige Luxus, den er sich in seinem ganzen Leben leistete, war der Kauf eines ultra-modernen Rundfunkgeräts: neben der Skala, auf der Stationen mit exotischen oder geheimnisvollen Namen stehen – Hilversum, Sottens, Allouis, Vatikan, Kergelen, Monte Ceneri, Bergen, Tromsö, Bari, Tanger, Falun, Horby, Beromünster, Pozzuoli, Maskat, Amara – leuchtete ein Kreis auf und vier rechtwinklige Lichtkegel, die von einem glänzenden Punkt ausgesendet wurden, zogen sich um so enger zusammen, je genauer man die gewünschte Wellenlänge einfing, bis sie nur noch ein äußerst schmales Kreuz waren.

Der Sohn von Emile und Jeanne, François, war ebenfalls kein sehr jovialer Mensch; er war ein langgliedriger Mann mit schmaler Nase, kurzsichtig, von einer frühzeitigen Kahlköpfigkeit heimgesucht und einen Eindruck von bisweilen fast herzergreifender Melancholie verbreitend. Da er von den Einkünften aus dem Haus allein nicht leben konnte, nahm er eine Stelle als Buchhalter bei einer Kaldaunenhändlerin en gros an. In einem verglasten Büro sitzend, das über den Laden hinausragte, reihte er Zahlenreihen aneinander ohne andere Zerstreuung als das Schauspiel der Metzger in den blutverschmierten Kitteln, die Haufen von Kalbsköpfen, Lunge, Milz, Gekröse, Zungen und Mägen verkauften. Er selbst verabscheute Innereien und fand ihren Geruch so widerlich, daß er jeden Morgen, wenn er den großen Saal durchqueren mußte, um in sein Büro zu gelangen, nahe daran war, in Ohnmacht zu fallen. Diese Prüfung, die er täglich über sich ergehen lassen mußte, trug sicherlich nicht dazu bei, ihn aufzuheitern, ermöglichte es aber einige Jahre lang den Liebhabern von Nierchen, Leber und Kalbsmilch im Haus, zu konkurrenzlosen Preisen hervorragend versorgt zu werden.

Von den Möbeln der Gratiolets ist nichts mehr übriggeblieben in der Zweizimmerwohnung, die Oliver für sich und seine Tochter im siebten Stock eingerichtet hat. Zunächst aus Platzmangel, dann aus Geldnot, trennte er sich nacheinander von den Möbeln, den Teppichen, den Tafelservicen und den Nippsachen. Die letzten Dinge, die er verkaufte, waren vier große Zeichnungen, die Marthe, die Frau François', von einem entfernten Vetter geerbt hatte, einem unternehmungslustigen Schweizer, der während des Weltkrieges ein Vermögen gemacht hatte, indem er ganze Waggons voller Knoblauch und Kähne voller Kondensmilch aufkaufte und Züge voller Zwiebeln und Laster voller Schweizer Käse, Orangenmark und pharmazeutische Erzeugnisse weiterverkaufte.

Die erste Zeichnung, die die Signatur Perpignani trug, war *Die Tänzerin mit den Goldstücken* betitelt: die Tänzerin, eine Berberin mit bunten Kleidern und einer Tätowierung in Form einer Schlange auf dem rechten Vorderarm, tanzt inmitten von Goldstücken, die die Menge um sie herum ihr zuwirft;

die zweite war eine sorgfältige Kopie des *Einzug der Kreuzritter in Konstantinopel,* von einem gewissen Florentin Dufay, von dem man weiß, daß er eine Zeitlang im Atelier Delacroix' verkehrte, der aber nur sehr wenige Werke hinterließ;

die dritte war eine große Landschaft in der Manier Hubert Roberts: im Hintergrund römische Ruinen; im Vordergrund, rechts, junge Mädchen, von denen die eine auf dem Kopf einen großen, fast flachen, mit Zitrusfrüchten gefüllten Korb trägt;

die vierte schließlich war eine Pastelstudie von Joseph Ducreux für das Porträt des Violinspielers Beppo. Dieser italienische Virtuose, dessen Popularität während der Revolutionszeit lebendig blieb (»Isch werde Geike schpielen« gab er zur Antwort, als man ihn, unter der Schreckensherrschaft, fragte, wie er der Nation dienen wolle), war zu Anfang der Regierungszeit Louis XVI. nach Frankreich gekommen. Sein sehnlichster Wunsch war es damals, Geige des Königs genannt zu werden, doch Louis Guéné wurde auserkoren. Von Eifersucht verzehrt, träumte Beppo davon, seinen Rivalen in allem auszustechen: als er erfuhr, daß François Dumont gerade eine Miniatur auf Elfenbein gemalt hatte, die Guéné darstellte, eilte Beppo zu Joseph Ducreux und bestellte bei ihm sein Porträt. Der Maler sagte zu, doch bald stellte sich heraus, daß der ungestüme Instrumentalist unfähig war, länger als einige Sekunden Modell zu stehen; nachdem der Miniaturist vergeblich versucht hatte, in Gegenwart dieses redseligen und aufgeregten Modells zu arbeiten, das ihn ständig unterbrach, zog er es bald vor, auf den Auftrag zu verzichten, von dem nur noch diese flüchtig hingeworfene Skizze geblieben war, auf der Beppo, unordentlich, die Augen zum Himmel gerichtet, die Geige fest in der Hand, den Bogen spielbereit, sich offensichtlich bemüht, noch inspirierter auszusehen als sein Feind.

SECHSUNDNEUNZIGSTES KAPITEL

Dinteville, 3

Das Bad, das neben Dr. Dintevilles Schlafzimmer liegt. Im Hintergrund, durch die halbgeöffnete Tür, erblickt man ein Bett mit einer Schottendecke, eine Kommode aus schwarz lackiertem Holz und ein Klavier, auf dessen Notenpult eine aufgeschlagene Partitur steht: eine Transkription der *Tänze* von Hans Neusiedler. Am Fuß des Bettes stehen Pantoffel mit Holzsohlen; auf der Kommode ein umfangreiches, in weißes Leder gebundenes Werk, *Der Große Küchendiktionär* von Alexandre Dumas und in einem Glaspokal Kristallographiemodelle, sorgfältig geschnitzte Holzstücke, die einige holoedrische und hemiedrische Formen der kristallinen Systeme nachbildeten: das gerade Prisma mit hexagonaler Grundfläche, das schiefe Prisma mit rhombischer Grundfläche, der abgestumpfte Kubus, der Kubooktaeder, der Kubodedekaeder, der rhomboidale Dedekaeder, das hexagonale pyramidenförmige Prisma. Über dem Bett hängt ein Bild, das die Signatur D. Bidou trägt: es stellt ein ganz junges Mädchen dar, das bäuchlings in einer Wiese liegt und Erbsen entschotet; ein kleiner Hund, ein Jagdhund mit langen Ohren und langer Schnauze, sitzt mit hängender Zunge und gutmütigem Blick brav neben ihr.

Der Boden des Badezimmers ist mit sechseckigen Terrakottafliesen ausgelegt; die Wände sind bis in halbe Höhe weiß gekachelt, darüber ist eine hellgelbe, abwaschbare Tapete mit wassergrünen Streifen. Neben der Badewanne, zum Teil von einem Duschvorhang aus Nylon von einem etwas schmutzigen Weiß verdeckt, steht ein schmiedeeiserner Blumenständer, der einige schmächtige Büschel einer Grünpflanze mit zart gelbgeaderten Blättern enthält. Auf der Ablage über dem Waschtisch sieht man mehrere Toilettenprodukte und -zubehöre: einen Rasierapparat vom Typ Weißkrautschneider, mit Haifischhaut bezogen, eine Fingernagelbürste, einen Bimsstein und ein Fläschchen Haarwasser gegen Haarausfall, auf dessen Etikett eine Art strubbeliger, heiterer und dickbäuchiger Falstaff einen übertrieben dichten Rotbart vor den mehr erstaunten als amüsierten Augen zweier lustiger Weiber zur Schau stellt, deren üppige Brüste aus Miedern mit gelockerten Schnürbändern hervorquellen. Über den Handtuchhalter neben dem Waschtisch ist nachlässig eine dunkelblaue Schlafanzughose geworfen.

Dr. Dinteville hatte eine durch und durch klassische Bildung erhalten: eine langweilige, gepflegte Kindheit, etwas Trostloses und Trübes; das Studium an der Universität Caen, die Studentenulks, der Militärdienst im Marinehospital in Toulon, eine hastig von schlecht bezahlten Studenten zusammengeschriebene These über *Die dyspnoischen Frequenzen in der Tetralogie Fallots. Ätiologische Betrachtungen an Hand von sieben Beobachtungen,* einige Vertretungen und die Übernahme, gegen Ende der fünfziger Jahre, einer Arztpraxis, die sein Vorgänger siebenundvierzig Jahre lang hintereinander innegehabt hatte.

Dinteville war nicht ehrgeizig und er fand weitgehend Befriedigung bei dem Gedanken, daß er ganz einfach ein guter Provinzarzt werden würde, ein Mann, den alle Welt in der kleinen Stadt den guten Dr. Dinteville nennen würde, so wie man seinen Vorgänger den guten Dr. Raffin genannt hatte, ein Arzt, der seine

Patienten allein schon dadurch beruhigen würde, daß er zu ihnen sagte »Sagen Sie Ah«. Aber etwa zwei Jahre nachdem er sich in Lavaur niedergelassen hatte, veränderte eine zufällige Entdeckung den ruhigen Lauf seiner Existenz. Eines Tages, als Dr. Dinteville einige alte Bände der *Presse médicale,* die der gute Dr. Raffin aufzuheben für gut befunden hatte und die wegzuwerfen er selber sich nicht entschließen konnte, als könne es in diesen Bänden mit den abgenutzten Einbänden noch etwas zu lernen geben, auf seinen Speicher hinauftrug, fand er in einem Koffer, der alte Familienpapiere enthielt, eine kleine, hübsch gebundene Schrift mit dem Titel *De structura renum,* deren Autor einer seiner Vorfahren, Rigaud de Dinteville war, ständiger Chirurg der Liselotte von der Pfalz, berühmt für die Geschicklichkeit, mit der er Gallensteinpatienten mit Hilfe eines kleinen, stumpfen Messers, dessen Erfinder er war, operierte. Die wenigen Brocken Latein, die ihm von seiner Gymnasialzeit noch blieben, sammelnd, überflog Dinteville das Werk und war von dem, was er darin fand, so angetan, daß er es zusammen mit einem alten Gaffiot mit in seine Praxis hinunternahm.

Das *De structura renum* war eine anatomisch-physiologische Beschreibung der Nieren, begründet auf Sektionen in Verbindung mit damals völlig neuen Kolorationstechniken: durch Injektion einer schwarzen Flüssigkeit – mit Tusche vermischter Weingeist – in die *arteria emulgens* (Nierenschlagader) hatte Rigaud de Dinteville gesehen, daß sich ein ganzes System von Verzweigungen färbte, wobei die kleinen Kanäle, die er die *ductae renum* nannte, zu dem führten, was er als die *glandulae renales* bezeichnete. Diese Entdeckungen, unabhängig von denen, die etwa zur gleichen Zeit Lorenzo Bellini in Florenz, Marcello Malpighi in Bologna und Frederyk Ruysch in Leiden machten und die, wie sie, eine Vorwegnahme der Theorie des Glomerulums als Basis der Nierenfunktion waren, gingen einher mit einer Erklärung der Sekretionsmechanismen, begründet auf dem Vorhandensein von Säften, die von den Organen im Hinblick auf die Assimilations- oder Eliminationsbedürfnisse des Organismus angezogen oder abgewiesen wurden. Eine herbe und manchmal sogar heftige Diskussion hielt diese galenische Theorie der »vitalen Kräfte« den von den »Atomisten« und den »Materialisten« inspirierten schädlichen Vorstellungen entgegen, wie sie ein gewisser Bombastinus verteidigte, ein Spitzname, unter dem der heutige Dinteville schließlich einen gewissen Lazare Meyssonnier identifizierte, ein mehr oder weniger alchimistischer burgundischer Arzt und Verteidiger Paracelsus'. Die Gründe für diese Polemik waren für diesen Leser des 20. Jahrhunderts, der sich nur ungefähr vorstellen konnte, was die Theorien Galens bedeutet hatten und für den Begriffe wie »Atomisten« und »Materialisten« mit Sicherheit nicht mehr die gleiche Bedeutung hatten, wie sie sie für seinen Vorfahren gehabt hatten, auch nicht annähernd klar. Dennoch war Dinteville über seine Entdeckung begeistert, die, seine Phantasie stimulierend, in ihm eine verborgene Berufung zum Forscher weckte. Und er beschloß, eine kritische Ausgabe dieses Textes vorzubereiten, der, auch wenn er nichts wirklich Wesentliches enthielt, doch ein ausgezeichnetes Beispiel für das bildete, was das medizinische Denken zu Beginn der modernen Zeiten gewesen war.

Auf den Rat eines seiner früheren Lehrer hin bot Dinteville sein Projekt Professor LeBran-Chastel an, Chefarzt im Pariser Krankenhaus Hôtel-Dieu, Mitglied der Ärzteakademie, des Kammervorstands und des Herausgebergremiums mehrerer Zeitschriften von internationalem Ansehen. Unabhängig von seiner Klinikarbeit und seiner Lehrtätigkeit begeisterte sich Professor LeBran-Chastel für die Geschichte der Wissenschaften, doch er empfing Dinteville mit einer Mischung von Wohlwollen und Skepsis: er kannte *De structura renum* zwar nicht, doch er zweifelte, daß die Ausgrabung dieses Werkes in irgendeiner Weise von Interesse sein könnte: von Galen bis Vesalius, von Barthélemy Eustache bis Bowman war alles reichlich veröffentlicht, übersetzt und kommentiert worden und Paolo Ceneri, ein Bibliothekar der medizinischen Fakultät der Universität Bologna, wo die Manuskripte Malpighis aufbewahrt wurden, hatte 1901 sogar eine Bibliographie von etlichen vierhundert Seiten herausgebracht, die ausschließlich den theoretischen Problemen der Uropoese und der Uroskopie gewidmet war. Sicherlich war es immer noch möglich, wie es auch Dinteville gerade gelungen war, an bisher unveröffentlichte Texte heranzukommen, und sicherlich konnte man auch die Möglichkeit ins Auge fassen, im Verständnis der früheren medizinischen Theorien weiterzugehen und die oft strengen Behauptungen der Epistemologen des vergangenen Jahrhunderts zu berichtigen, die von ihrem wissenschaftlichen Positivismus herab einzig und allein die experimentellen Betrachtungsweisen aufgewertet und voller Verachtung alles das hinweggefegt hatten, was ihnen irrational erschien. Doch eine solche Forschungsarbeit anzugehen war ein langwieriges, undankbares, schwieriges, mit Hindernissen gepflastertes Werk und der Professor fragte sich, ob der junge Arzt, der mit dem mittelaltertümelnden Jargon der früheren Ärzte und den seltsamen Verirrungen, die ihre Kommentatoren ihnen bisweilen unterstellt hatten, nicht sehr vertraut war, erfolgreich damit zu Rande käme. Nichtsdestoweniger versprach er ihm seine Hilfe, gab ihm einige Einführungsbriefe für ausländische Kollegen und machte sich anheischig, seine Arbeit durchzusehen, bevor er sich gegebenenfalls für ihre Veröffentlichung einsetzen würde.

Ermutigt von dieser ersten Begegnung, machte sich Dinteville ans Werk, widmete seinen Untersuchungen seine Abende, seine Samstage und seine Sonntage und nutzte noch den kleinsten Urlaub aus, den er sich erlauben konnte, ohne seine Patienten allzu sehr zu vernachlässigen, um sich in diese oder jene ausländische Bibliothek nicht nur in Bologna zu begeben, wo er bald die Feststellung machte, daß über die Hälfte der Bibliographie Paolo Ceneris fehlerhaft war, sondern auch in die Bodleian Library von Oxford, in die Bibliotheken von Aarhus, von Salamanca, von Prag, von Dresden, von Basel usw. In regelmäßigen Abständen setzte er Professor LeBran-Chastel über den Fortgang seiner Untersuchung in Kenntnis und ab und zu antwortete ihm der Professor in kurzen Worten, in denen er auch weiterhin am allgemeinen Interesse dessen zu zweifeln schien, was er die »kleinen Entdeckungen« Dintevilles nannte. Doch der junge Arzt ließ sich deshalb nicht entmutigen: jenseits der pedantischen Komplexheit seiner Untersuchungen hatte er den Eindruck, daß sich jede seiner winzigen Entdeckungen – eine unwahrscheinliche Spur, ein unsicherer Anhaltspunkt, ein ungewisser Beweis – in ein einzigartiges, globales, fast grandioses Projekt einfügte, und mit einer immer wieder neuen Begeisterung fuhr er mit seinen Nachforschungen fort, tappte blindlings zwischen den mit Pergamenteinbänden überladenen Regalen dahin, folgte der alphabetischen Reihenfolge nicht mehr existierender Alphabete, stieg quer durch Korridore Treppen hinauf und hinunter und ging über Laufstege, die vollgestellt waren mit zusammengeschnürten Zeitungspacken, mit Archivschachteln, mit alten Papieren, die die Würmer fast ganz zernagt hatten.

Er brauchte annähernd vier Jahre, um seine Arbeit abzuschließen: ein Manuskript von über dreihundert

Seiten, in dem die Ausgabe und die Übersetzung der eigentlichen *De structura renum* nur sechzig Seiten einnahmen; der kritische Apparat, der den übrigen Teil des Werkes ausmachte, enthielt vierzig Seiten Anmerkungen und Varianten, sechzig Seiten Bibliographie, davon ein Drittel de Ceneri betreffende Errata und eine Einführung von fast einhundertfünfzig Seiten, in der Dinteville mit einem fast romanhaften Feuer den langen Kampf Galens und Asklepiades' beschrieb, aufzeigte, wie der Arzt aus Pergamon die Theorien der Atomisten, die Asklepiades drei Jahrhunderte zuvor in Rom eingeführt hatte, verzerrt hatte, indem er sie lächerlich zu machen versuchte, Theorien, die seine Nachfolger, die man die »Methodiker« nannte, auf eine vielleicht allzu schulhafte Weise befolgt hatte; doch indem Galen den mechanistischen und sophistischen Unterbau dieses Denkens auf Grund des Experiments und des sakrosankten Prinzips der »natürlichen Kräfte« brandmarkte, hatte er in Wirklichkeit eine Strömung des kausalistischen, diachronistischen, homogeneistischen Denkens eingeleitet, dessen gesamte Fehler und Nachteile man im klassischen Zeitalter der Physiologie und der Medizin wiederfand, und das schließlich eine ausgesprochene Zensur begründet hatte, in seiner Wirkungsweise ähnlich der Freudschen Verdrängung. Indem Dinteville über formale Gegensatzbegriffe von der Art organisch/organistisch, sympathisch/emphatisch, Hierarchie/Struktur usw. arbeitete, hob er den Scharfsinn und die Triftigkeit der Vorstellungen Asklepiades und vor ihm Erasistratos' und Lykos' von Mazedonien hervor, brachte sie in Zusammenhang mit den großen Strömungen der indisch-arabischen Medizin, unterstrich ihre Verbindung mit der jüdischen Mystik, dem Hermetismus, der Alchimie, und zeigte schließlich auf, wie die offizielle Medizin ihre Verbreitung systematisch unterdrückt hatte, bis Männer wie Goldstein, Grodeck oder King Dri sich endlich Gehör verschaffen konnten und den unterirdischen Strom wiederfindend, der von Parazelsus bis Fourrier unaufhörlich durch die wissenschaftliche Welt floß, endgültig die eigentlichen Grundlagen der Physiologie und der medizinischen Semiologie in Zweifel zogen.

Kaum hatte das Tippfräulein, das er eigens aus Toulouse hatte kommen lassen, den letzten Satz dieses unübersichtlichen Textes voller Rückverweise, Fußnoten und griechischer Buchstaben getippt, als Dinteville auch schon eine Kopie davon an LeBran-Chastel schickte; der Professor schickte sie ihm einen Monat später zurück: er hatte die Arbeit des Arztes aufmerksam, unparteiisch und nicht ohne Wohlwollen geprüft und seine Schlußfolgerungen waren ganz und gar ungünstig: gewiß war die Edition des Textes von Rigaud de Dinteville mit einer Sorgfalt vorbereitet worden, die seinem Nachfahren alle Ehre machte, doch die Abhandlung des ständigen Chirurgen der Liselotte von der Pfalz brachte nichts wirklich Neues im Vergleich zum *Tractatio de renibus* Eustaches, dem *De structura et usu renum* Lorenzo Bellinis, dem *De natura renum* Etienne Blancards und dem *De renibus* Malpighis und schien keine Sonderveröffentlichung zu verdienen; der kritische Apparat legte Zeugnis für die Unreife des jungen Forschers ab: er hatte seine Sache zu gut machen wollen, doch er hatte nichts anderes zuwegegebracht, als den Text übertrieben schwerfällig zu machen; die Ceneri betreffenden Errata hatten überhaupt nichts mit der Sache zu tun und der Autor hätte besser daran getan, seine eigenen Fußnoten und Referenzen zu überprüfen (es folgte eine Liste mit fünfzehn Irrtümern oder Auslassungen, die von LeBran-Chastel wohlwollend hervorgehoben wurden: Dinteville hatte zum Beispiel *J. Clin. Invest.* statt *J. clin. Invest* in seinem Zitat Nr. 10 (Möller, McIntosh & van Slyke) geschrieben oder er hatte den Artikel von

H. Wirz in Mod. Prob. Pädiat. 6, 86, 1960 zitiert, ohne auf die frühere Arbeit von Wirz, Hargitay & Kuhn hinzuweisen, die in *Helv. physiol. pharmacol. Acta* 9, 196, 1951 erschienen ist); was die historisch-philosophische Einleitung anging, so zog der Professor es vor, die volle Verantwortung dafür Dinteville zu überlassen und lehnte es, für seinen Teil jedenfalls, ab, ihre Veröffentlichung in irgendeiner Weise zu fördern.

Dinteville war auf alles gefaßt gewesen, nur nicht auf eine solche Reaktion. Obgleich von der Richtigkeit seiner Nachforschungen überzeugt, wagte er es nicht, die intellektuelle Redlichkeit und die Kompetenz von Professor LeBran-Chantel in Zweifel zu ziehen. Nach mehreren Wochen des Zögerns beschloß er, daß er sich von der feindseligen Meinung eines Mannes, der schließlich nicht sein Arbeitgeber war, nicht aufhalten zu lassen brauche, und daß er selber versuchen müsse, sein Manuskript veröffentlichen zu lassen; er verbesserte die geringfügigen Fehler und schickte es an mehrere Fachzeitschriften. Alle lehnten es ab und Dinteville mußte darauf verzichten, seine Arbeit erscheinen zu lassen, womit er gleichzeitig auch seine Ambitionen als Forscher aufgab.

Das übertriebene Interesse, das er seinen Forschungen zum Nachteil seiner täglichen Arbeit als Arzt entgegengebracht hatte, hatte ihm einen beachtlichen Schaden zugefügt. Zwei praktische Ärzte hatten sich nach ihm in Lavaur niedergelassen und ihm im Laufe der Monate und Jahre praktisch alle seine Patienten geraubt. Ohne jeglichen Rückhalt, im Stich gelassen, angewidert, gab Dinteville schließlich seine Praxis auf und ließ sich in Paris nieder, entschlossen, nur noch ein Stadtteilsarzt zu sein, dessen harmlose Träume sich nicht mehr in das zwar glanzvolle, aber auch gefährliche Universum der Gelehrten und Wissenschaftler wagen, sondern sich mit den häuslichen Vergnügen und Freuden des Solfeggio und der Küche begnügen würden.

In den folgenden Jahren ließ Professor LeBran-Chastel von der Académie de Médecine nacheinander folgende Arbeiten veröffentlichen:

- einen Artikel über Leben und Werk Rigaud de Dintevilles (*Ein französischer Urologe am Hofe Ludwigs XIV.:* Rigaud de Dinteville, Arch. inter. Hist. Sci. 11, 343, 1962);
- eine kritische Ausgabe von *De structura renum*, mit einem Faksimile-Druck, einer Übersetzung, Fußnoten und Glossar (S. Karger, Basel, 1963);
- einen kritischen Nachtrag zur *Bibliografia urologica de Ceneri* (*Int. Z. f. Urol. Suppl.* 9, 1964) und schließlich;
- einen epistemologischen Artikel mit dem Titel *Skizze einer Geschichte der Nierentheorien von Asklepiades bis William Bowman*, veröffentlicht in *Aktuelle Probleme aus der Geschichte der Medizin* (Basel, 1966), ein überarbeiteter Eröffnungsbericht, den er vor dem 19. Internationalen Kongreß der Geschichte der Medizin (Basel, 1964) abgelegt und der beachtliches Aufsehen erregt hatte.

Die kritische Ausgabe von *De structura* und des Nachtrags zur Bibliographie Ceneris war ganz schlicht und einfach bis aufs Komma aus dem Manuskript Dintevilles abgeschrieben. Die beiden anderen Artikel beuteten im wesentlichen die Arbeit des Arztes aus, sie wegen verschiedener Vorsichtsmaßregeln abschwächend. Der Arzt selber wurde nur in einer einzigen Fußnote in ganz kleinen Buchstaben erwähnt, in der Professor LeBran-Chastel »Dr. Bernard Dinteville dafür dankte, daß er (ihn) von diesem Werk seines Vorfahren in Kenntnis gesetzt« habe.

SIEBENUNDNEUNZIGSTES KAPITEL

Hutting, 4

Hutting benutzt schon seit langem nicht mehr sein großes Atelier, da er für seine Porträts die Intimität des kleinen Raums vorzieht, den er in der Loggia hatte einrichten lassen und weil er es sich angewöhnt hat, an seinen anderen Werken, je nach dem Genre, in diesem oder jenem seiner verschiedenen Ateliers zu arbeiten: an den großen Gemälden in Gattières, hoch über Nizza, an den monumentalen Plastiken in der Dordogne, an den Zeichnungen und Radierungen in New York.

Dennoch war sein Pariser Salon jahrelang der Ort einer sehr lebhaften künstlerischen Tätigkeit. Hier fanden in den Jahren fünfundfünfzig bis sechzig die berühmten »Huttings Dienstage« statt, bei denen so verschiedene Künstler wie der Gebrauchsgraphiker Félicien Kohn, der belgische Bariton Léo van Derckx, der Italiener Martiboni, der spanische »Verbalist« Tortosa, der Fotograf Arpad Sarafian und die Saxophonistin Estelle Thierarch, deren Einfluß auf gewisse wichtige Tendenzen der zeitgenössischen Kunst immer noch spürbar ist, sich selbst bestätigten.

Auf die Idee seiner Dienstage war nicht Hutting selber gekommen, sondern sein kanadischer Freund Grillner, der seit dem Ende des zweiten Weltkriegs mit Erfolg solche Abende in Winnipeg organisiert hatte. Das Prinzip dieser Zusammenkünfte war es, Kunstschaffende zwanglos einander gegenüberzustellen und zu sehen, wie sie sich gegenseitig beeinflußten. So lösten sich am ersten dieser »Dienstage« Grillner und Hutting in Gegenwart von etwa fünfzehn aufmerksamen Zuschauern alle drei Minuten vor dem gleichen Ölgemälde ab, als würden sie eine Partie Schach miteinander austragen. Aber sehr bald schon wurde das Protokoll dieser Sitzungen viel raffinierter und man begann damit, sich an Künstler zu wenden, die in verschiedenen Bereichen arbeiteten: ein Maler, der ein Bild malte, während ein Jazz-Musiker improvisierte oder aber ein Dichter, ein Musiker und ein Tänzer, jeder mit seiner eigenen Syntax, das Werk interpretierten, das ein Bildhauer oder ein Modeschöpfer ihnen vorlegte.

Die ersten Begegnungen waren brav, gewissenhaft und ganz leicht langweilig. Mit der Ankunft des Malers Wladislaw nahmen sie dann eine sehr viel lebhaftere Wendung.

Wladislaw war ein Maler, der seine glorreiche Zeit gegen Ende der dreißiger Jahre gehabt hatte. Das erste Mal kam er als Muschik gekleidet zu den »Dienstagen« Huttings. Er trug auf dem Kopf eine Art scharlachrote Mütze aus äußerst feinem Tuch, mit einem Pelzrand ringsum, ausgenommen auf der Stirn, wo etwa zehn Zentimeter Raum ausgespart waren, dessen himmelblauer Untergrund mit einer leichten Stickerei bedeckt war; er rauchte eine türkische Pfeife mit einem langen Rohr aus mit Goldfäden verziertem Saffianleder und einem mit Silber geschmückten Pfeifenkopf aus Ebenholz. Er erzählte zunächst, wie er an einem Gewittertag in der Bretagne die Nekrophilie praktiziert hatte und wie er nur mit nackten Füßen und durch ein mit Absinth getränktes Taschentuch atmend malen konnte und wie er sich auf dem Lande nach dem Sommerregen in den warmfeuchten Schlamm setzte, um mit der Mutter Natur wieder Kontakt aufzunehmen, und wie er rohes Fleisch aß, das er nach Hunnenart mürbe machte, was ihm einen unvergleichlichen Wohlgeschmack verleiht. Dann breitete er auf dem Fußboden eine große Rolle unbemalter Leinwand aus, machte sie mit etwa zwanzig hastig eingeschlagenen Nägeln fest und forderte die Anwesenden auf, zusammen darauf herumzutrampeln. Das Ergebnis, dessen unbestimmtes Grau entfernt an die »diffuse grays« aus der letzten Periode Laurence Hapis erinnerte, wurde sogleich *Der Mensch mit den Sohlen vorn* getauft. Verblüfft beschlossen die Anwesenden, daß Wladislaw von nun an der bestallte Zeremonienmeister sein sollte, und als man sich trennte, war jeder der Überzeugung, zur Hervorbringung eines Meisterwerks beigetragen zu haben.

Am folgenden Dienstag trat zutage, daß Wladislaw seine Sache gut gemacht hatte. Er hatte alles, was in Paris Rang und Namen hatte, zusammengetrommelt und mehr als hundertfünfzig Personen drängten sich im Atelier. Eine riesige Leinwand war an den drei Wänden (ein hohes Glasfenster bildete die vierte Wand) angeheftet worden und mehrere Dutzend Eimer mit dikken Malerpinseln standen in der Mitte des Raums. Den Anweisungen Wladislaws folgend, stellten sich die Gäste entlang der Glaswand in einer Reihe auf und auf ein Zeichen hin, das er ihnen gab, stürzten sie sich auf die Töpfe, ergriffen die Pinsel und verteilten den Inhalt so schnell wie möglich auf der Leinwand. Das geschaffene Werk wurde zwar als interessant befunden, erhielt aber nicht wirklich die einmütige Zustimmung seiner improvisierten Schöpfer, und trotz seiner Bemühungen, sich Woche um Woche in seinen Erfindungen zu erneuern, erfreute sich Wladislaw nur einer Beliebtheit von kurzer Dauer.

Er wurde in den darauffolgenden Monaten von einem Wunderkind ersetzt, einem kleinen Jungen von etwa zwölf Jahren, der einer Modegraphik glich, mit lockigem

Haar, großem Spitzenkragen und schwarzer Samtweste mit Perlmuttknöpfen. Er improvisierte »metaphysische Gedichte«, deren Titel allein schon die Zuhörer nachdenklich machten:

Einschätzung der Lage
Aufzählung der Dinge und der Wesen, die unter-
[wegs verloren worden sind
Art und Weise, den Standort zu ermitteln
Geklirr der abgesattelten Pferde die im Dunkeln weiden
Roter Schein eines Lagerfeuers unter freiem Himmel

Doch leider machte man eines Tages die Feststellung, daß es seine Mutter war, die diese Gedichte schrieb – und in den meisten Fällen sogar nur abschrieb – und ihren Sohn zwang, sie auswendig zu lernen.

Dann folgten nacheinander ein mystischer Arbeiter, eine Striptease-Tänzerin, ein Krawattenverkäufer, ein Bildhauer, der sich selber als Neo-Renaissance-Anhänger einstufte und der mehrere Monate brauchte, um aus einem Marmorblock ein Werk mit dem Titel *Chimäre* herauszuhauen (einige Wochen später zeigte sich in der Decke der darunterliegenden Wohnung ein beunruhigender Riß und Hutting mußte ihn ausbessern und seinen eigenen Fußboden erneuern lassen), der Direktor einer Kunstzeitschrift, ein Nacheiferer Christos, der ganz kleine lebende Tiere in Nylon-Taschen verpackte; eine Sängerin aus einem Konzertcafé, die jeden »mein schöner Dunkelhaariger« nannte; ein Moderator öffentlicher Künstlerwettbewerbe, ein kräftiger Junge mit einer Weste in Hahnentrittmuster, mit Schmachtlocken, Siegelringen und billigem Phantasieschmuck, der in einem Tonfall und einer Mimik, die eines Kommentators von Catcher-Kämpfen würdig waren, die Tänzer und Musiker anfeuerte; ein Werbetexter und Anhänger des Yoga versuchte drei Wochen lang vergeblich die andern Gäste in seine Kunst einzuweihen, indem er sie in der Mitte des großen Ateliers die Lotus-Stellung einnehmen ließ; die Chefin einer Pizzeria, eine Italienerin mit weicher, voller Stimme, die einwandfrei Arien von Verdi sang, während sie dazu Spaghetti mit sublimen Soßen improvisierte; und der alte Direktor eines kleinen Provinzzoos, der Foxterriers darauf dressiert hatte, den Salto mortale nach rückwärts zu machen und Enten beigebracht hatte, im Kreis zu laufen und der sich im Atelier mit einer jonglierenden Ohrenrobbe niederließ, die erschreckende Mengen an Fischen verzehrte.

Die Mode der Happenings, die sich gegen Ende dieser Jahre in Paris auszubreiten begann, raubte diesen mondänen Zusammenkünften nach und nach den wesentlichen Teil ihres Interesses. Die Journalisten und Fotografen, die sie bis dahin fleißig besucht hatten, fanden sie auf einmal etwas veraltet und zogen ihnen wildere Gelage vor, in deren Verlauf ein Sowieso sich damit vergnügte, elektrische Birnen zu knabbern, während Dingsbums systematisch die Leitungsrohre der Zentralheizung abmontierte und Wieheißternoch sich die Pulsadern aufschnitt, um mit seinem Blut ein Gedicht zu schreiben. Übrigens unternahm Hutting nicht viel, um sie zurückzuhalten: er hatte am Ende festgestellt, daß er sich bei diesen Festen ausgiebig langweilte und daß sie ihm nie irgend etwas gebracht hatten. 1961, bei seiner Rückkehr von einem Aufenthalt in New York, den er länger ausgedehnt hatte als es in seiner Gewohnheit lag, unterrichtete er seine Freunde davon, daß er auf diese wöchentlichen Begegnungen verzichten würde, die ermüdend und langweilig geworden waren, weil vorhersehbar, und daß es angemessen sei, nun etwas anderes zu erfinden.

Sein großes Atelier ist seitdem fast immer menschenleer. Aber Hutting hat, vielleicht aus Aberglaube, reichlich Geräte und Einrichtungsgegenstände dort zurückgelassen, und, auf einer Stahlstaffelei, die von vier an der Decke angebrachten Scheinwerfern angestrahlt wird, ein großes Ölbild mit dem Titel *Eurydike,* von dem er gerne sagt, es sei und bleibe unvollendet.

Das Bild stellt einen leeren Raum dar, der in Grau gemalt und praktisch ohne Möbel ist. In der Mitte ein Schreibtisch von metallischem Grau, auf dem sich eine Handtasche, eine Flasche Milch, ein Notizbuch und ein Buch befinden, das bei den beiden Porträts von Racine und Shakespeare[1] aufgeschlagen ist. An der hinteren Wand ein Bild, das eine Landschaft mit einem Sonnenuntergang darstellt. Daneben eine halb geöffnete Tür, durch die, wie man errät, Eurydike vor einem Augenblick für immer entschwunden ist.

---

[1] Es mag nicht unnütz sein, in diesem Zusammenhang daran zu erinnern, daß der Urgroßvater mütterlicherseits von Franz Hutting, Johannes Martenssen, Professor für französische Literatur an der Universität Kopenhagen, der dänische Übersetzer von Stendhals *Racine und Shakespeare* (Kopenhagen, Ed. Gjoerup, 1860) gewesen ist.

ACHTUNDNEUNZIGSTES KAPITEL

Réol, 2

Kurze Zeit, nachdem sie in die Rue Simon-Crubellier gezogen waren, vernarrten sich die Réols in ein modernes Schlafzimmer, das sie in dem großen Kaufhaus gesehen hatten, in dem Louise Réol Fakturistin war. Das Bett allein kostete 3234 Francs. Zusammen mit der Tagesdecke, den Kopfkissen, dem Frisiertisch, dem passenden Polsterhocker und dem Spiegelschrank kam das Ganze auf über elftausend Francs. Die Direktion des Kaufhauses gewährte ihrer Angestellten einen vierundzwanzigmonatigen Vorzugskredit ohne Eigenmittel; die Zinsen des Darlehens wurden auf 13,65% festgelegt, doch in Anbetracht der Unkosten für die Kreditaufnahme, der Prämien für die Lebensversicherung und der Abzahlungsraten betrugen die Monatsraten, die auf die Réols zukamen, neunhunderteinundvierzig Francs und zweiunddreißig Centimes, die automatisch vom Lohn Louise Réols abgezogen wurden. Das bedeutete annähernd ein Drittel ihres Einkommens, und es wurde bald deutlich, daß es ihnen nicht gelingen würde, unter diesen Umständen ihren Lebensstandard zu wahren. Maurice Réol, der Hilfs-Redakteur bei der CATMA (Compagnie des Assurances des Transports Maritimes[1] war, beschloß also, seinen Abteilungsleiter um eine Gehaltserhöhung zu bitten.

---

[1] (Versicherungsgesellschaft für Seetransporte)

Die CATMA war eine von Gigantismus befallene Gesellschaft, deren Akronym nur zu einem geringen Teil immer vielfältigeren und vielförmigeren Aktivitäten entsprach. Réol seinerseits war damit beauftragt, jeden Monat einen Vergleichsbericht über die Anzahl und die Höhe der bei den Körperschaften der Nord-Region abgeschlossenen Policen vorzubereiten. Diese Berichte und die, welche die Kollegen in der gleichen Stellung wie Réol über die Tätigkeit anderer wirtschaftlicher oder geographischer Sektoren (Versicherungen, die bei Landwirten, Kaufleuten, freien Berufen usw. in Mittel-Westfrankreich, in der Region Rhône-Alpes, in der Bretagne usw. abgeschlossen wurden) abfaßten, wurden in das Vierteljahres-Dossier der Abteilung »Statistik und Vorhersage« aufgenommen, das der Abteilungsleiter Réols, ein gewisser Armand Faucillon, der Direktion an jedem zweiten Donnerstag im März, Juni, September und Dezember vorlegte.

Im Prinzip sah Réol seinen Abteilungsleiter jeden Tag zwischen elf und halb zwölf im Verlauf dessen, was man die Konferenz der Redakteure nannte, aber selbstverständlich konnte er nicht darauf hoffen, ihn in diesem Rahmen anzureden, um mit ihm über sein Problem zu sprechen. Außerdem ließ sich der Abteilungsleiter meistens vom stellvertretenden Abteilungsleiter vertreten und leitete die Konferenz der Redakteure nur dann höchstpersönlich, wenn sich die Dringlichkeit, die Vierteljahres-Dossiers abzufassen, bemerkbar zu machen begann, das heißt ab dem zweiten Montag im März, Juni, September und Dezember.

Eines Morgens, als Armand Faucillon ausnahmsweise an der Konferenz der Redakteure teilnahm, entschloß sich Maurice Réol also, ihn um eine Verabredung zu bitten. »Machen Sie das bitte mit Mademoiselle Yolande aus«, gab der Abteilungsleiter, sehr liebenswürdig, zur Antwort. Mademoiselle Yolande hatte die Aufsicht über die beiden Terminkalender, der eine, ein kleinformatiges Notizbuch, für die persönlichen Verabredungen, der andere, ein Bürokalender, für seine geschäftlichen Verabredungen, und eine der heikelsten Aufgaben Mademoiselle Yolandes bestand gerade darin, sich nicht im Terminkalender zu irren und keine zwei Verabredungen gleichzeitig zu treffen.

Ganz sicher war Armand Faucillon sehr überlastet, denn Mademoiselle Yolande konnte Réol keinen Termin vor Ablauf von sechs Wochen geben: in der Zwischenzeit mußte sich der Abteilungsleiter nach Marly-le-Roi begeben, um an der Jahresversammlung der Abteilungsleiter der Zone Nord teilzunehmen und gleich nach seiner Rückkehr müßte er sich um die Korrektur und die Überarbeitung des März-Dossiers kümmern. Dann würde er, wie er das jedes Jahr tat, am Tag nach der Direktionsversammlung des zweiten Donnerstags im März für zehn Tage ins Gebirge fahren. Es wurde eine Verabredung für den 30. März um elf Uhr dreißig getroffen, nach der Konferenz der Redakteure. Es war ein guter Tag und eine gute Stunde, denn jeder in der Abteilung wußte, daß Faucillon seine Stunden und seine Tage hatte: montags war er, wie jeder, schlecht gelaunt, freitags, wie jeder, zerstreut; am Donnerstag schließlich mußte er an einem von den Ingenieuren des Rechenzentrums organisierten Seminar über »Computer und Unternehmensführung« teilnehmen, und er brauchte den ganzen Tag, um die Notizen wieder durchzulesen, die er während des vorhergehenden Seminars zu machen versucht hatte. Ferner war es natürlich ausgeschlossen, vor zehn Uhr morgens und vor vier Uhr nachmittags mit ihm über irgend etwas zu sprechen.

Leider brach sich der Abteilungsleiter beim Wintersport das Bein und kam erst am achten April wieder zurück. Unterdessen hatte ihn die Direktion zum Mitglied der paritätischen Kommission ernannt, die sich nach Nordafrika begeben sollte, um dort die Streitsache zu untersuchen, die zwischen der Gesellschaft und ihren früheren algerischen Partnern bestand. Bei seiner Rückkehr am achtundzwanzigsten April annullierte der Abteilungsleiter alle Verabredungen, die er zu annullieren sich erlauben konnte und schloß sich drei Tage lang mit Mademoiselle Yolande ein, um den Text vorzubereiten, der die Vorführung der Dias begleiten sollte, die er aus der Sahara (»Mzab mit den tausend Farben: Ouargla, Touggourt, Ghardaia«) mitgebracht hatte. Dann fuhr er ins Wochenende, ein verlängertes Wochenende, weil der Tag der Arbeit auf einen Samstag fiel und die leitenden Angestellten des Unternehmens in Fällen dieser Art die Möglichkeit hatten, den Freitag oder den Montag zu nehmen. Der Abteilungsleiter kam also am Dienstag, den vierten Mai wieder zurück und tauchte kurz in der Konferenz der Redakteure auf, um die Angestellten seiner Abteilung und ihre Ehegatten zur kommentierten Vorführung einzuladen, die er für den andern Abend um acht Uhr im Saal 42 organisierte. Er richtete ein liebenswürdiges Wort an Réol, wobei er ihn daran erinnerte, daß sie sich treffen sollten. Réol ging sofort zu Mademoiselle Yolande und bekam eine Verabredung für den übernächsten Tag, einem Donnerstag (da der Ingenieur des Rechenzentrums in Manchester einen Lehrgang absolvierte, wurde das Informationsseminar vorübergehend ausgesetzt).

Die Vorführung der Dias war kein ausgesprochener Erfolg. Die Zuhörer waren dünn gesät und das Geräusch des Projektors übertönte die Stimme des Vortragenden, der sich überdies in seinen Satzperioden verhaspelte. Als dann der Abteilungsleiter, nachdem er einen Palmenhain gezeigt hatte, Dünen und Kamele ankündigte, sah man auf der Leinwand ein Foto von Robert Lamoureux in dem Film *Faisons un rêve* von Sacha Guitry, dem Héléna Bossis bei der Uraufführung von *Die ehrbare Dirne* sowie Jules Berry, Yves Deniaud und Saturnin Fabre in der großen Galauniform der Académie Française folgten, alle drei in den Hauptrollen einer Boulevard-Komödie aus dem Jahre fünfundzwanzig, die den Titel *Die Unsterblichen* trug und sich ziemlich sklavisch an *L'Habit vert* hielt. Wütend ließ der Abteilungsleiter wieder Licht machen und man stellte fest, daß der Vorführer, der die Diamagazine vorbereitet hatte, sich neben dem Vortrag Faucillons gleichzeitig auch um den Vortrag gekümmert hatte, den ein berühmter Theaterkritiker am übernächsten Tag »Über Glanz und Elend der französischen Bühne« halten sollte. Der Zwischenfall wurde schnell behoben, doch das einzige hohe Tier der Gesellschaft, das sich herbemüht hatte, der Direktor der Abteilung »Ausland«, nutzte die Gelegenheit, um sich unter dem Vorwand eines Arbeitsessens zu verdrücken. Auf jeden Fall war der Abteilungsleiter am nächsten Tag ziemlich schlecht gelaunt, und als Réol ihn aufsuchte und ihm sein Problem darlegte, erinnerte er ihn fast unfreundlich daran, daß die Vorschläge für Lohnerhöhungen im November von der Personalabteilung geprüft werden sollten, und daß überhaupt keine Rede davon sein könne, sie vor diesem Zeitraum in Betracht zu ziehen.

Nachdem Réol das Problem von allen Seiten beleuchtet hatte, kam er zu dem Schluß, daß er einen großen Fehler gemacht hatte: anstatt ohne Umschweife um eine Gehaltserhöhung nachzusuchen, hätte er darum bitten sollen, in den Genuß der Hilfe für junge Ehepaare zu kommen, die die Sozialabteilung des Unternehmens ihren verheirateten Angestellten gewährte, um die Eigentumsbildung, die Instandsetzung oder Modernisierung ihrer Hauptwohnung oder den Erwerb von Einrichtungsgütern zu ermöglichen. Der Leiter der Sozialabteilung, von dem Réol bereits am zwölften Mai empfangen wurde, gab ihm zur Antwort, daß diese Hilfe in seinem Fall durchaus in Frage kommen könne, unter der Voraussetzung selbstverständlich, daß die Réols auch tatsächlich verheiratet seien. Nun, wenn sie auch bereits seit über vier Jahren zusammenlebten, so hatten sie doch ihr Verhältnis nie legalisiert, wie es so schön heißt, und hatten auch nie, selbst nach der Geburt ihres Sohnes, die Absicht gehabt, das zu tun.

Sie heirateten also Anfang Juni, so einfach wie nur möglich, denn inzwischen hatten sich ihre materiellen Bedingungen weiterhin verschlechtert: der Rahmen für ihr Hochzeitsessen, mit den beiden Zeugen als einzigen Gästen, war ein Selbstbedienungsrestaurant an den Grands Boulevards, und anstelle von goldenen Eheringen benutzten sie gewöhnliche Messingringe.

Die Vorbereitungen für die Direktionsversammlung des zweiten Donnerstag im Juni nahmen Réol zu sehr in Anspruch, als daß er die Zeit gefunden hätte, die für die Anlegung einer Akte zum Antrag einer Sozialhilfe notwendigen zahlreichen Dokumente und Papiere zusammenzubringen. Diese war erst am Mittwoch, den siebten Juli vollständig. Und vom Freitag, den 16. Juli um Mittag bis zum Montag, den 16. August um 8 Uhr 45 schloß die CATMA ihre Pforten, ohne daß für Réol irgend etwas entschieden worden wäre.

In Ferien zu fahren kam für die Réols überhaupt nicht in Frage; während ihr kleiner Junge den ganzen Sommer in Laval bei seinen Großeltern mütterlicherseits verbrachte, wurden die Réols dank ihres Nachbars Berger, der sie einem seiner Kollegen empfohlen hatte, für einen Monat er als Tellerwäscher, sie als Zigaretten- und Souvenirverkäuferin (Aschenbecher, Halstücher mit dem Eiffelturm und dem Moulin-Rouge, kleine French-Cancan-Puppen, Straßenlaternen-Feuerzeuge mit der Inschrift »Rue de la Paix«, verschneite Sacré-Coeurs usw.) in einem Etablissement angestellt, das sich *La Renaissance* nannte: es war ein bulgarisch-chinesisches Restaurant, zwischen Pigalle und Montmartre gelegen, wo dreimal am Abend Autobusladungen mit Paris-by-Night-Touristen landeten, die für sechzig Francs alles einbegriffen eine Rundfahrt durch das angestrahlte Paris machten, in *La Renaissance* (»sein Bohème-Charme, seine exotischen Rezepte«) zu Abend aßen und im Sturmschritt durch vier Kabaretts zogen, *Les deux hémisphères* (»Striptease und Chansonniers; der ganze gallische Geist von Paris«), *The Tangerine Dream* (in dem zwei Bauchtänzerinnen, Zazoua und Aziza, auftraten), *Le Roi Venceslas* (»seine Kellergewölbe, sein mittelalterlicher Rahmen, seine fahrenden Sänger, seine alten, zotigen Lieder«) und schließlich *La Villa d'Ouest* (»a show-place of elegant depravity. Spanish nobles, Russian tycoons and fancy sports of every land crossed the world to ride in«), bevor sie wieder in ihr Hotel zurückgebracht wurden, beschwipst von süßlichem Champagner, zweifelhaften Schnäpsen und trüben Zakouskis.

Bei seiner Rückkehr in die CATMA erwartete Réol eine böse Überraschung: die Kommission für Sozialhilfe, überlastet mit Anträgen, hatte gerade beschlossen, daß sie von nun an nur noch solche Unterlagen bearbeiten würde, die sie auf dem Dienstwege bekäme und die die Zustimmung des zuständigen Abteilungsleiters und des Verwaltungsdirektors erhalten hätten. Réol legte seine Unterlagen auf den Schreibtisch von Mademoiselle Yolande und bat sie, alles zu unternehmen, damit der Abteilungsleiter drei Zeilen einer maßvollen Bewertung hinkritzele und seinen Namenszug daruntersetze.

Doch der Abteilungsleiter gab nie leichtfertig seine Unterschrift und hatte sogar, wie er scherzhaft von sich selber sagte, häufig Krämpfe im Füllhalter. Im Augenblick war das, worauf es ankam, die Vorbereitung des vierteljährlichen Rechenschaftsberichts vom September, dem er, aus Gründen, die nur er kannte, eine ganz besondere Bedeutung beimaß. Und er ließ Réol seinen Bericht dreimal neu schreiben, wobei er ihm jedesmal den Vorwurf machte, die Statistiken pessimistisch zu interpretieren, anstatt die verwirklichten Fortschritte stärker hervorzuheben.

Réol fand sich mit Wut im Bauch damit ab, noch zwei oder drei Wochen länger zu warten; ihre Lage wurde immer schwieriger, sie waren mit sechs Monatsmieten im Rückstand und hatten beim Kaufmann vierhundert Francs Schulden. Zum Glück gelang es Louise endlich, nachdem sie zwei Jahre lang gewartet hatten, ihren Jungen im städtischen Kindergarten unterzubekommen, was sie um etwa dreißig oder vierzig Francs entlastete, die seine Beaufsichtigung täglich gekostet hatte.

Der Abteilungsleiter war während des ganzen Monats Oktober abwesend: er nahm an einer Studienreise in die Bundesrepublik Deutschland, nach Schweden, Dänemark und in die Niederlande teil. Im November zwang ihn eine Virus-Otitis zu einer dreiwöchigen Arbeitsunterbrechung.

Verzweifelt gab Réol die Hoffnung auf, daß sein Vorstoß eines Tages von Erfolg gekrönt sein könnte. Zwischen dem ersten März und dem dreißigsten November war es dem Abteilungsleiter gelungen, vier volle Monate abwesend zu sein und Réol errechnete, daß er zwischen den verlängerten Wochenenden, den arbeitsfreien Tagen zwischen zwei Feiertagen, den Vertretungstagen, den Dienstreisen und der Rückkehr von den Dienstreisen, den Fortbildungslehrgängen, den Seminaren und anderen Reisen innerhalb von neun Monaten noch keine hundertmal in seinem Büro gewesen war. Ganz zu schweigen davon, daß er drei Stunden fürs Mittagessen brauchte oder daß er bereits um zwanzig vor sechs wegging, um nicht den Zug um sechs Uhr drei zu verpassen. Es gab überhaupt keinen Grund, daß sich das änderte. Aber am Montag, den sechsten Dezember wurde der Abteilungsleiter zum Stellvertretenden Direktor der Auslands-Abteilung ernannt und in der Freude über seine Beförderung schickte er endlich die Unterlagen mit einer positiven Stellungnahme weg. Vierzehn Tage später wurde Réol die Sozialhilfe bewilligt.

Darauf stellte die Finanzabteilung der Gesellschaft fest, daß die Höhe der Rückzahlungen, die das Ehepaar Réol für den Kauf ihres Schlafzimmers ableisten mußte, die für Darlehen gewährte Obergrenze überstieg: fünfundzwanzig Prozent der Einnahmen nach Abzug der in der Hauptwohnung anfallenden Unkosten. Der Kredit, der den Réols bewilligt worden war, war somit illegal und das Unternehmen hatte nicht das Recht, die Bürgschaft dafür zu übernehmen!

Am Ende des ersten Jahres hatte Réol also weder eine Gehaltserhöhung noch eine Sozialhilfe erhalten und alles mußte mit einem neuen Abteilungsleiter wieder von vorne begonnen werden.

Dieser Neue, gerade frisch von einer der großen Schulen gekommen, zukunftsorientiert und begeisterter Anhänger der Datenverarbeitung, versammelte am Tag seiner Ankunft alle seine Mitarbeiter und ließ sie wissen, daß die Arbeit der Abteilung »Statistik und Prognosen« auf überholten, um nicht zu sagen veralteten Methoden beruhte, daß es wirkungslos sei, wenn man eine brauchbare mittel- oder langfristige Politik von Informationen ausgehend erarbeiten wolle, die nur alle Vierteljahr zusammengetragen werden und daß man daher von nun an, unter seiner Leitung, an punktuellen, sozioökonomischen Mustern tägliche Schätzungen vornehmen werde, so daß man sich zu jedem Zeitpunkt auf ein entwicklungsfähiges Modell der Tätigkeiten des Unternehmens stützen könne. Zwei Programmierer vom

Rechenzentrum taten das, was sie tun mußten, und nach einigen Wochen waren Réol und seine Kollegen mit einer Flut von Papieren der maschinellen Datenverarbeitung überschwemmt, aus denen mehr oder weniger klar hervorging, daß siebzehn Prozent der normannischen Landwirte für die Formel A optierten, während achtundvierzig Komma vier Prozent der Geschäftsleute aus der Region Midi-Pyrénées sich mit der Formel B zufrieden zeigten. Die Abteilung »Statistik und Prognosen«, an klassischere Methoden gewöhnt, bei denen man die abgeschlossenen oder aufgelösten Versicherungen zusammenzählte, indem man Striche zeichnete (vier senkrechte Striche und ein waagrechter Strich, der durch die vier senkrechten ging), begriff schnell, daß sie Maßnahmen ergreifen mußte, wenn sie nicht völlig untergehen wollte und begann einen Dienst nach Vorschrift, der darin bestand, den neuen Abteilungsleiter, die beiden Informatiker und die Elektronenrechner mit mehr oder weniger sachdienlichen Fragen zu bestürmen. Die Elektronenrechner hielten durch, die beiden Informatiker ebenfalls, doch der neue Abteilungsleiter brach schließlich zusammen und bat nach sieben Wochen um seine Versetzung.

Diese Episode, die unter dem Namen Der Streit zwischen den Alten und den Modernen im Unternehmen Berühmtheit erlangte, regelte Réols Angelegenheit in keiner Weise. Es war ihm zwar gelungen, bei seinen Schwiegereltern zweitausend Francs zu leihen, um seine Mietrückstände zu bezahlen, aber auf allen Seiten häuften sich seine Schulden und Lösungen waren immer weniger in Sicht. Mochten sie, Louise und er, auch noch so viele Überstunden machen, an Sonn- und Feiertagen Bereitschaftsdienst übernehmen oder sich Heimarbeiten aufbürden (Adressenschreiben, Abschrift von Kundenkarteien, Herstellung von Strickwaren usw.), der Abstand zwischen ihren Einnahmequellen und ihren Bedürfnissen wuchs unaufhörlich. Im Februar und März begannen sie damit, ihre Uhren, Louises Schmuck, ihr Fernsehgerät und Maurices Fotoapparat, eine Konika Autoreflex mit einem Tele-Objektiv und einem Elektronenblitz, den er wie seinen Augapfel gehütet hatte, ins Pfandhaus zu tragen. Im April zwangen sie neue Drohungen mit Zwangsräumung von seiten des Hausverwalters, sich erneut um ein Privatdarlehen zu bemühen. Ihre Eltern und ihre besten Freunde lehnten ab und schließlich wurden sie in letzter Minute von Mademoiselle Crespi gerettet, die die dreitausend Francs von der Sparkasse abhob, die sie gespart hatte, um damit ihre Beerdigung zu bezahlen.

Ohne Rechtsmittel gegen den Beschluß der Sozialabteilung, ohne Abteilungsleiter, der einen neuen Antrag auf Gehaltserhöhung hätte unterstützen können, denn der frühere stellvertretende Abteilungsleiter, der die Vertretung machte, hatte viel zu viel Angst, seine Stelle zu verlieren, wenn er auch nur die geringste Initiative ergreifen würde, hatte Réol nichts mehr zu erwarten. Am fünfzehnten Juli beschlossen Louise und er, daß sie nun genug von dem Ganzen hätten, daß sie nichts mehr bezahlen würden, daß man ihnen pfänden könne, was man wolle, daß sie nichts tun würden, um sich zu wehren. Und sie fuhren nach Jugoslawien in Ferien.

Bei ihrer Rückkehr häuften sich die Gerichtsvollzieherbescheide und die Zahlungsaufforderungen unter ihrer Fußmatte. Man stellte ihnen Gas und Strom ab und auf Antrag des Hausverwalters begannen die Auktionatoren mit der Vorbereitung zur Zwangsversteigerung ihrer Möbel.

Da geschah das Unglaubliche: zur gleichen Zeit, zu der an der Tür des Miethauses eine gelbe Bekanntmachung angeklebt wurde, auf der kundgetan wurde, daß die Versteigerung des Mobiliars der Réols (ein schönes modernes Schlafzimmer, eine große Pendeluhr, ein Geschirrschrank im Stil Louis XIII, usw.) in vier Tagen stattfinden würde, erfuhr Réol, als er in seinem Büro ankam, daß er zum stellvertretenden Abteilungsleiter ernannt worden war und daß sein Gehalt von neunzehnhundert Francs auf zweitausendsiebenhundert Francs monatlich angehoben werde. Damit lag die monatliche Abzahlungssumme des Ehepaars Réol praktisch unter einem Viertel seiner Einkünfte und die Finanzabteilung der CATMA konnte noch am gleichen Tag völlig rechtmäßig eine Sonderbeihilfe in Höhe von fünftausend Francs freigeben. Auch wenn Réol, um die Zwangsvollstreckung zu vermeiden, die hohen Kommissionen der Gerichtsvollzieher und der Auktionatoren bezahlen mußte, konnte er doch innerhalb der folgenden zwei Tage seine Lage gegenüber dem Hausverwalter und den Elektrizitäts- und Gaswerken in Ordnung bringen.

Drei Monate später zahlten sie die letzte Monatsrate für das Schlafzimmer ab und fast mühelos trugen sie im darauffolgenden Jahr ihre Schulden bei den Eltern Louises und bei Mademoiselle Créspi ab und lösten Uhren, Schmuck, Fernsehgerät und Fotoapparat ein.

Heute, drei Jahre danach, ist Réol Abteilungsleiter und das so mühsam erworbene Schlafzimmer hat nichts von seinem Glanz verloren. Auf dem Teppichboden aus violettem Nylon ist das Bett, in der Mitte der hinteren Wand stehend, eine flache Muschel, die umkleidet ist mit einer bernsteinfarbenen Wildleder-Imitation, Ausführung »großer Sattler« mit Gurt und Kupferschnalle und einer Tagesdecke aus weißem Acryl-Fell. Zwei passende Konsolen mit Platte aus aufgerauhtem Metall, bewegliche Spotlichter und ein eingebauter Radiowekker mit Zwei-Wellen-Bereich befinden sich auf beiden Seiten. An der rechten Wand steht eine Frisierkommode auf einem halb-elliptischen, mit einer Wildlederimitation verkleideten Metallfuß. Sie hat zwei Schubladen und ein Fach für Fläschchen, einen achtundsiebzig Zentimeter großen Spiegel und einen doppelten Polsterhocker. An der linken Wand steht ein großer, viertüriger Spiegelschrank, mit einem mit matt-eloxiertem Aluminium verkleideten Sockel, einem Lichtband und Leisten, die ebenso wie die Seitenwände mit einem Stoff bespannt sind, der mit der übrigen Zimmereinrichtung abgestimmt ist.

Vier neuere Gegenstände sind zu dem ursprünglichen Mobiliar hinzugekommen. Der erste ist ein weißes Telefon, das auf einem der Nachttische steht. Der zweite, über dem Bett, ist eine große, rechteckige Radierung in einem flaschengrünen Lederrahmen: sie stellt einen kleinen Platz am Meer dar: zwei Knaben sitzen auf der Quaimauer und spielen Würfel. Ein Mann liest eine Zeitung auf den Stufen eines Denkmals im Schatten des säbelschwingenden Helden. Ein Mädchen am Brunnen füllt Wasser in ihre Bütte. Ein Obstverkäufer liegt neben seiner Ware. In der Tiefe einer Kneipe sieht man durch die leeren Tür- und Fensterlöcher zwei Männer beim Wein.

Der dritte Gegenstand, zwischen der Frisierkommode und der Schlafzimmertür, ist eine Wiege, in der mit geschlossenen Fäusten, auf dem Bauch liegend, ein Neugeborenes schläft;

und der vierte ist die Vergrößerung eines Fotos, mit vier Reißbrettstiften an das Holz der Tür geheftet: es stellt die vier Réols dar: Louise, im geblümten Kleid, hält ihren ältesten Sohn an der Hand, während Maurice, die Ärmel seines weißen Hemdes bis über die Ellbogen hochgekrempelt, mit ausgestreckten Armen den ganz nackten Säugling dem Objektiv entgegenhält, als wolle er zeigen, daß er wohlgebildet ist.

NEUNUNDNEUNZIGSTES KAPITEL

Bartlebooth, 5

Er suchte Ewigkeit sowie
zugleich Vergänglichkeit.

Das Büro Bartlebooths ist ein rechteckiger Raum, dessen Wände mit Regalen aus dunklem Holz bedeckt sind; die meisten von ihnen sind heute leer, aber es bleiben doch noch 61 schwarze Schachteln zurück, die alle gleicherweise mit grauen, wachsversiegelten Schleifen verschlossen sind, angeordnet auf den drei letzten Regalen an der hinteren Wand, rechts von der gepolsterten Tür, die auf die große Diele geht und in deren Füllung seit Jahren und Aberjahren eine indische Marionette mit einem dicken Holzkopf hängt, die mit ihren großen, schmalen Augen diesen strengen, neutralen Raum wie ein rätselhafter und fast gefährlicher Wächter zu bewachen scheint.

In der Mitte des Raums beleuchtet eine Operationslampe, durch ein ganzes Spiel von Tauen und Rollen, die ihre ungeheure Masse über die Gesamtfläche verteilen, an der Decke befestigt, mit ihrem unfehlbaren Licht den großen, quadratischen, mit einem schwarzen Tuch bedeckten Tisch, in dessen Mitte ein fast fertiggestelltes Puzzle ausgebreitet ist. Es stellt einen kleinen Dardanellenhafen in der Nähe der Mündung jenes Flusses dar, den die Alten Maiandros nannten und der bei uns Mäander heißt.

Die Küste ist ein Sandstreifen, kreidig, unfruchtbar, bepflanzt mit einigen wenigen Ginstersträuchern und Zwergbäumen; links im Vordergrund weitet er sich aus zu einer kleinen Bucht, die überfüllt ist mit Dutzenden und Aberdutzenden von Booten mit schwarzen Rümpfen, deren schlanke Masten in einem unentwirrbaren Netz von Vertikalen und Schrägen durcheinandergeraten sind. Dahinter als ebenso viele Farbkleckse Weinberge, Baumschulen, gelbe Senffelder, schwarze Magnoliengärten, rote Steinbrüche, die an den Hängen der etwas steilen Anhöhen stufenförmig ansteigen. Jenseits, auf dem äußersten rechten Teil des Aquarells, weit fort schon im Innern der Ländereien, tauchen die Ruinen einer antiken Stadt mit überraschender Genauigkeit auf: wie durch ein Wunder Jahrhunderte und Aberjahrhunderte hindurch unter Schichten von Anschwemmungen konserviert, die der gewundene Fluß mit sich führte, zeichnen die Marmorplatten und die behauenen Steine der Straßen, der Wohnhäuser und der Tempel, kürzlich freigelegt, auf dem Boden einen genauen Abdruck der Stadt: es ist ein Sich-Überkreuzen und Überschneiden von äußerst schmalen Gäßchen, der maßstabgerechte Plan eines vorbildlichen Labyrinths, das aus Sackgassen, Hinterhöfen, Kreuzungen, Seitenwegen besteht, die Spuren einer riesigen, prächtigen Akropolis einschließt, die gesäumt ist von Säulenresten, eingestürzten Arkaden, Treppen, die sich jäh über eingesunkenen Terrassen öffnen, als ob diese unvermutete Esplanade im Herzen dieses fast fossilen Irrgartens absichtlich verborgen geblieben wäre, nach dem Bild jener Paläste aus den orientalischen Märchen, in die man nachts eine Person führt, die, wenn sie vor Tagesanbruch wieder nach Hause geleitet wird, den magischen Ort nicht wiederfinden soll, und von dem sie schließlich glauben wird, sie sei nur im Traum dort gewesen. Ein stürmischer, dämmriger Himmel, von dunkelroten Wolken durchzogen, hängt über dieser unbeweglichen und erdrückten Landschaft, aus der jedes Leben verbannt zu sein scheint.

Bartlebooth sitzt am Tisch, in dem Sessel seines Großonkels Sherwood, einem Sessel Napoleon III, ein Schaukel- und Drehstuhl aus Mahagoni und weinrotem Leder. Zu seiner Rechten, auf der Platte eines kleinen Möbelstücks mit Schubladen, steht auf einem dunkelgrün lackierten Tablett eine Teekanne aus Krakelüre-Porzellan, eine Tasse mit Untertasse, ein Topf mit Milch, ein silberner Eierbecher mit dem noch unberührten Ei, daneben liegt eine zusammengerollte weiße Serviette in einem Serviettenring von geschraubter Form, von dem es heißt, er sei von Gaudi für das Refektorium des Collegio de Santa Teresa de Jesus gezeichnet worden; zu seiner Linken, in dem drehbaren Bücherschrank, neben dem sich James Sherwood früher hatte fotografieren lassen, stapeln sich, unterschiedslos nebeneinandergereiht, Bücher und verschiedene Gegenstände: der große Atlas von Berghaus, das Geographiewörterbuch von Meissas und Michelot, ein Foto, das Bartlebooth im Alter von etwa dreißig Jahren als Bergsteiger in der Schweiz darstellt, mit durchlüfteter Gletscherbrille, Alpenstock, Fausthandschuhen und bis zu den Ohren herabgezogener Wollmütze, ein Kriminalroman mit dem Titel *Dog Days*, ein achteckiger Spiegel in einem perlmuttinkrustierten Rahmen, ein chinesischer Totschläger aus Holz, der die Form eines Dodekaeders mit sternengeschmückten Seiten hat, *Der Zauberberg*, in einer in feines graues Leinen gebundenen zweibändigen Ausgabe mit dem Titel in Golddruck auf schwarzen Etiketten, ein Stockknauf mit Geheimfach, das eine brillantengefaßte Uhr enthält, ein winziges Porträt in ganzer Figur eines Renaissance-Menschen mit einem langen, schmalen Gesicht, der einen breitrandigen Hut und einen langen Pelzmantel trägt, eine Billardkugel aus Elfenbein, einige Einzelbände einer großen, englischsprachigen Ausgabe der Werke Walter Scotts in prachtvollen Einbänden, geprägt mit den Wappen der

Sippe der Chisholms und zwei Bilderbogen von Epinal, der eine Napoleon I. darstellend, wie er die Fabrik Oberkampfs besichtigt und dabei sein eigenes Kreuz der Ehrenlegion abnimmt, um es dem Spinnereibesitzer an die Brust zu heften, der andere eine nicht sehr genaue Version der *Emser Depesche,* wo der Künstler unter Mißachtung jeglicher Wahrscheinlichkeit innerhalb desselben Rahmens die Hauptprotagonisten der Angelegenheit versammelt und Bismarck, seine Fleischerhunde zu seinen Füßen, darstellt wie er mit einer Schere die Botschaft öffnet, die ihm Ministerialrat Abeken überreicht hat, während am anderen Ende des Raums Kaiser Wilhelm I., ein anmaßendes Lächeln auf den Lippen, dem Botschafter Benedetti, der unter der Schmach den Kopf beugt, bedeutet, daß die Audienz, die er ihm gewährt hat, beendet ist.

Bartlebooth sitzt vor seinem Puzzle. Er ist ein magerer, fast fleischloser Greis mit kahlem Schädel, wächsernem Teint, erloschenen Augen, bekleidet mit einem verschossenen, blauen, wollenen Morgenrock, den er um die Taille mit einer grauen Kordel zusammengeschnürt hat. Seine in Ziegenlederpantoffeln steckenden Füße stehen auf einem seidenen Teppich mit ausgefransten Rändern; den Kopf ganz leicht zurückgelehnt, den Mund halb geöffnet, umklammert er mit der rechten Hand die Lehne des Sessels, während seine linke Hand, die in einer wenig natürlichen Haltung auf dem Tisch liegt, fast verdreht, zwischen Daumen und Zeigefinger das letzte Einzelteil des Puzzles hält.

Es ist der dreiundzwanzigste Juni neunzehnhundertfünfundsiebzig und es ist kurz vor acht Uhr abends. Madame Berger, die aus ihrer Poliklinik zurück ist, bereitet das Essen vor und die Katze Poker Dice döst auf der Tagesdecke aus himmelblauem Plüsch vor sich hin; Madame Altamont schminkt sich vor ihrem Mann, der soeben aus Genf angekommen ist; die Réols haben gerade zu Abend gegessen und Olivia Norvell schickt sich an, zu ihrer sechsundfünfzigsten Weltreise aufzubrechen; Kleber legt sich eine Patience und Hélène näht den rechten Ärmel von Smautfs Jacke wieder an, und Véronique Altamont betrachtet ein altes Foto ihrer Mutter und Madame Trévins zeigt Madame Moreau eine Postkarte, die aus ihrem Heimatdorf kommt.

Es ist der dreiundzwanzigste Juni neunzehnhundertfünfundsiebzig und es wird bald acht Uhr abends sein. Cinoc macht in seiner Küche eine Dose Gewürz-Pilcharden auf, wobei er in seinen Karteikarten mit den veralteten Wörtern nachsieht; Dr. Dinteville schließt die Untersuchung einer alten Frau ab; auf dem abgeräumten Schreibtisch Cyrille Altamonts legen zwei Butler ein weißes Tischtuch auf; im Flur des Dienstboteneingangs begegnen fünf Laufburschen einer Dame, die auf der Suche nach ihrer Katze ist; Isabelle Gratiolet baut ein zerbrechliches Schloß aus Spielkarten neben ihrem Vater, der in einem Lehrbuch der menschlichen Anatomie liest.

Es ist der dreiundzwanzigste Juni neunzehnhundertfünfundsiebzig und es ist annähernd acht Uhr abends. Mademoiselle Crespi schläft; im Wartezimmer Dr. Dintevilles warten noch zwei Patienten; die Concierge wechselt in ihrer Loge eine der Sicherungen für das Licht im Vestibül aus; der Gasmann und ein Arbeiter überprüfen die Installation der Zentralheizung; ganz oben im Haus arbeitet Hutting in seiner Loggia am Porträt eines japanischen Geschäftsmanns; eine ganz weiße Katze mit verschiedenfarbenen Augen schläft im Zimmer Smautfs; Jane Sutton liest noch einmal einen Brief, auf den sie ungeduldig gewartet hatte und Madame Orlowska putzt die Kupferlampe ihres winzigen Zimmers.

Es ist der dreiundzwanzigste Juni neunzehnhundertfünfundsiebzig und es ist fast acht Uhr abends. Joseph Nieto und Ethel Rogers machen sich bereit, zu den Altamonts hinunterzugehen; im Treppenhaus befinden sich die Gepäckträger, die gekommen sind, um die Koffer Olivia Norvells abzuholen und eine Angestellte des Immobilien-Maklers kommt noch spät, um die Wohnung zu besichtigen, in der Gaspard Winckler gewohnt hatte, und Hermann Fugger verläßt unzufrieden die Wohnung der Altamonts, und zwei gleich gekleidete Kundenwerber begegnen sich auf dem Treppenabsatz des vierten Stocks, und der Enkel des blinden Klavierstimmers wartet auf den Treppenstufen auf seinen Großvater, wobei er die Abenteuer Carel van Loorens' liest, und Gilbert Berger bringt den Abfalleimer hinunter, wobei er sich fragt, wie er das verworrene Rätsel seines Fortsetzungsromans lösen soll; in der Halle sucht Ursula Sobieski den Namen Bartlebooths aus der Liste der Mieter, und Gertrude, die zurückgekommen ist, um ihrer früheren Chefin einen Besuch abzustatten, bleibt einen Augenblick lang stehen, um Madame Albin und die Putzfrau von Madame de Beaumont zu begrüßen; ganz oben schreiben die Plassaerts ihre Ausgaben auf und ihr Sohn ordnet seine Sammlung mit den illustrierten Löschblättern und Geneviève Foulerot nimmt ein Bad, bevor sie ihr Baby holen geht, das bei der Concierge in Obhut ist, und »Hortense« hört mit dem Kopfhörer Musik, während sie auf die Marquiseaux' wartet, und Madame Marcia macht in ihrem Zimmer einen Topf mit Einmachgurken auf, und Béatrice Breidel empfängt ihre Klassenkameraden, und ihre Schwester Anne versucht eine andere ihrer Abmagerungskuren.

Es ist der dreiundzwanzigste Juni neunzehnhundertfünfundsiebzig und es wird im Augenblick acht Uhr abends sein; die Arbeiter, die das frühere Zimmer Morellets herrichten, haben Feierabend; Madame de Beaumont ruht sich auf ihrem Bett aus, bevor sie zu Abend ißt; Léon Marcia erinnerte sich an den Vortrag, den Jean Richepin in seinem Sanatorium gehalten hatte; im Wohnzimmer von Madame Moreau schlafen tief zwei satte Kätzchen.

Es ist der dreiundzwanzigste Juni neunzehnhundertfünfundsiebzig und es wird acht Uhr abends sein. Vor seinem Puzzle sitzend, ist Bartlebooth gerade gestorben. Auf dem Tischtuch zeichnet irgendwo im Dämmerhimmel des vierhundertneununddreißigsten Puzzles das schwarze Loch des einzigen Einzelteils, das noch nicht eingefügt ist, die fast vollkommene Silhouette eines X. Doch das Einzelteil, das der Tote in den Fingern hält, hat, in seiner Ironie schon lange vorhersehbar, die Form eines W.

ENDE DES SECHSTEN
UND
LETZTEN TEILS

E P I L O G

Serge Valène starb einige Wochen später, zu Maria Himmelfahrt am fünfzehnten August. Er hatte praktisch seit annähernd einem Monat sein Zimmer nicht mehr verlassen. Der Tod seines ehemaligen Schülers und das Verschwinden Smautfs, der das Haus bereits am nächsten Tag verlassen hatte, hatten ihn furchtbar mitgenommen. Er aß fast nichts mehr, verlor seine Worte, ließ seine Sätze unausgesprochen in der Luft hängen. Madame Nochère, Elzbieta Orlowska, Mademoiselle Crespi lösten sich einander ab, um ihn zu pflegen, sahen zwei- oder dreimal am Tag nach ihm, kochten ihm einen Topf mit Brei, klopften seine Bettdecke und seine Kopfkissen auf, wuschen seine Wäsche, halfen ihm bei seiner Toilette, beim Kleiderwechseln, begleiteten ihn zum Abort, der am Ende des Flurs lag.

Das Haus war fast leer. Mehrere von denen, die keine Ferien oder keine Ferien mehr machten, waren in diesem Jahr weggefahren: Madame de Beaumont war als Ehrenpräsidentin zum Festival Alban Berg, das in Berlin zum 90. Geburtstag des Komponisten, zu seinem 40. Todestag (und zum 40. Jahrestag des *Concerto Einem Engel zum Gedenken*) und zum 50. Jahrestag der Welturaufführung des *Wozzeck* stattfand, eingeladen worden; Cinoc, seine Angst vor dem Fliegen und vor den amerikanischen Einwanderungsbehörden überwindend, hatte endlich die Einladungen angenommen, die zwei entfernte Vettern ihm seit Jahren schickten, ein Nick Linhaus, der einen Nachtklub (den *Club Nemo*) in Dempledorf, Nebraska, besaß, und ein Bobby Hallowell, Gerichtsmediziner in Santa Monica, Kalifornien;

Léon Marcia hatte sich von seiner Frau und seinem Sohn in eine in der Nähe von Divonne-les-Bains gemietete Villa locken lassen; und Olivier Gratiolet hatte trotz des sehr schlechten Zustands seines Beins großen Wert darauf gelegt, mit seiner Tochter drei Wochen auf der Insel Oléron zu verbringen. Selbst jene, die im Monat August in der Rue Simon-Crubellier geblieben waren, nützten das verlängerte Wochenende vom fünfzehnten August, um Paris für drei Tage zu verlassen: die Pizzicagnoli fuhren nach Deauville und nahmen Jane Sutton mit: Elzbieta Orlowska besuchte ihren Sohn in Nivillers und Madame Nochère fuhr nach Amiens zur Hochzeit ihrer Tochter.

Am Donnerstag, den vierzehnten August abends waren nur noch Madame Moreau im Haus, Tag und Nacht von ihrer Krankenschwester und Madame Trévin bewacht, Mademoiselle Crespi, Madame Albin und Valène. Und als Mademoiselle Crespi am andern Tag am späten Vormittag dem alten Maler zwei weichgekochte Eier und eine Tasse Tee bringen wollte, fand sie ihn tot vor.

Er ruhte, völlig angekleidet, friedlich und aufgedunsen, auf seinem Bett, die Hände über der Brust gekreuzt. Eine große, rechteckige Leinwand von mehr als zwei Metern stand neben dem Fenster, und verkleinerte den schmalen Raum des Dienstmädchenzimmers, wo er den größten Teil seines Lebens verbracht hatte, um die Hälfte. Die Leinwand war praktisch noch unberührt: einige Striche mit der Zeichenkohle, sorgfältig gezeichnet, teilten sie auf in regelmäßige Quadrate, Skizze eines Grundrisses eines Hauses, das nun keine Person mehr bewohnen sollte.

ENDE

Paris, 1969–1978

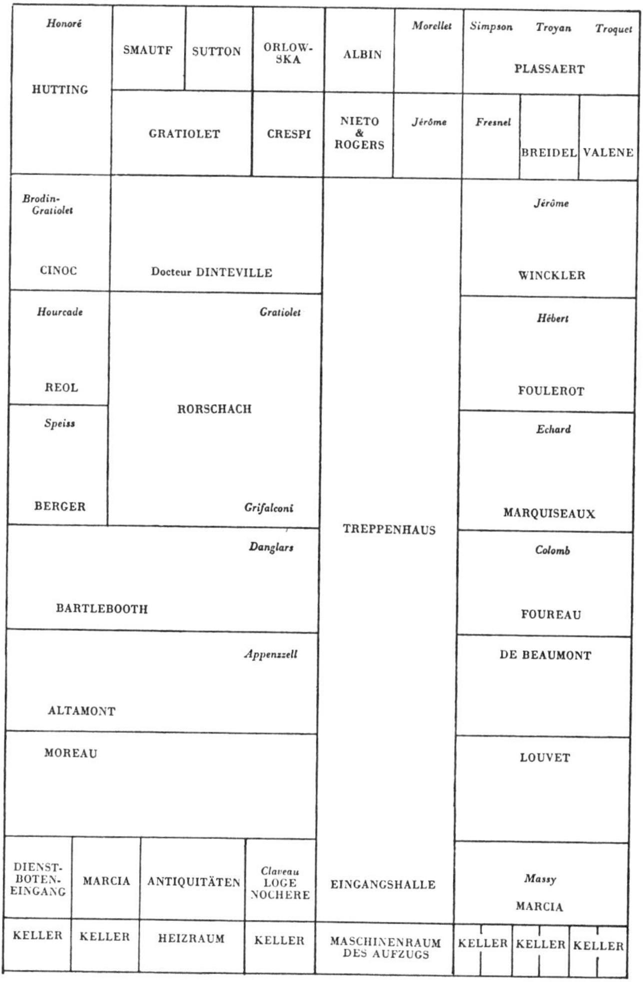

Plan des Hauses
die *kursiv* gedruckten Namen sind die der früheren Bewohner.

A N H A N G

PERSONEN- UND SACHREGISTER

CHRONOLOGISCHE ANHALTSPUNKTE

1833

Geburt James Sherwoods.

1856

Geburt der Comtesse de Beaumont.
Geburt Corinne Marcions.

1870

Geburt Grace Twinkers.
Boom von Sherwoods Hustenbonbons.

1871

Corinne Marcion findet in Paris eine Stelle.

1875

Beginn der Parzellierung der Rue Simon-Crubellier.

1876

Geburt Fernand de Beaumonts.

1885

Lubin Auzère stellt den Bau des Wohnhauses fertig.

1887

Dritter Kongreß der internationalen Union der historischen Wissenschaften.

1891

Diebstahl des »Passionsgefäßes« aus dem Antiquitäten-Museum von Utrecht.

1892

Geburt Marie-Thérèse Moreaus.

1896

James Sherwood kauft das »Passionsgefäß«.

1898

Verhaftung eines Falschmünzer-Netzes in Argentinien.

1900

Corinne und Honoré Marcion lernen sich auf der Weltausstellung kennen.
Tod James Sherwoods.
Geburt Vera Orlowas.
Geburt Cinocs.
Geburt Percival Bartlebooths.

1902

Geburt Léon Marcias.

1903

Caruso gibt sein Debüt an der Metropolitan Opera.

1904

16. Juni: Bloom's Day.
Geburt Albert Massys.

1909

Geburt Marcel Appenzzells.

1910

Geburt Gaspard Wincklers.

1911

Geburt Marguerites.
21. Januar: Verhaftung der panarchistischen Führer.

1914

26. September: Tod Olivier Gratiolets in Perthès-les-Hurlus.

1916

Geburt Clara Lichtenfelds.
Tod Juste Gratiolets.

19. Mai: Augustus B. Clifford und Bernard Lehameau verlieren bei der Bombardierung ihres Hauptquartiers den rechten Arm.

1918

Hinrichtung ohne Gerichtsverfahren aller männlichen Mitglieder der Familie Orlow; Vera Orlowa und ihre Mutter fliehen auf die Krim und dann nach Wien.

1919

Rémi Rorschach versucht unter verschiedenen Namen beim Varieté Karriere zu machen.
Monsieur Hardy macht in Paris ein Restaurant auf und stellt Henri Fresnel als Koch ein.
Oktober: Serge Valène zieht in die Rue Simon-Crubellier.

1920

Geburt Olivier Gratiolets.
Geburt Cyrille Altamonts.
Abbau der Erzvorkommen von Haut-Boubandjida.

1922

Gaspard Winckler beginnt bei Monsieur Gouttman eine Lehre.

1923

8. Mai: Ferdinand Gratiolet kommt in Garoua an.
Léon Marcia wird krank.

1924

Henri Fresnel heiratet Alice.
Albert Massy nimmt an der Tour d'Italia, dann an der Tour des France teil.
Juli: Adrien Jérôme erlangt die Agregation für Geschichte; als er eine Planstelle am Lycée Pasteur bekommt, zieht er im Oktober in die Rue Simon-Crubellier.

1925

Geburt Paul Héberts.
Einbau des Aufzugs.

Bartlebooth beginnt Unterricht im Aquarellieren zu nehmen.
15. Oktober: Massy schlägt den Weltrekord im Motorradrennen, doch seine Rekordleistung wird nicht anerkannt; am 14. November scheitert er bei seinem zweiten Versuch.
24. Dezember: Brand bei den Danglars.

1926

3. Januar: plötzliches Verschwinden der Danglars. Eine Woche später werden sie an der Schweizer Grenze verhaftet.
Fernand Gratiolet gründet nach seiner Rückkehr aus Afrika eine Gesellschaft für Lederwaren.
Vortrag Jean Richepins im Pfisterhof.
26. November: Fernand de Beaumont heiratet Vera Orlowa.

1927

Die Pensionsgäste des Pfisterhofs legen zusammen, um Léon Marcia ein Studium zu ermöglichen.

1928

Rémi Rorschach unternimmt eine Rundreise durch Afrika.

1929

Tod Gouttmans.
Geburt Blanche Gardels.
Geburt Elizabeth de Beaumonts; Tournée Vera Orlowas in Nordamerika.
Cat Spade Sieger bei einem Boxturnier aller Waffengattungen.
Bartlebooth kauft eine Wohnung in der Rue Simon-Crubellier.
März: Gaspard Winckler kommt in Paris an; im Mai meldet er sich freiwillig zur Armee und kommt nach Marokko.
Oktober: Henri Fresnel gibt sein Restaurant auf.

1930

Beginn der Ausgrabungen Fernand de Beaumonts in Oviedo.
Erste Veröffentlichung Léon Marcias.
Januar: Geburt Ghislain Fresnels.
Geburt Madame Nochères.
Geburt Olivia Norvells.

November: Gaspard Winckler, vom Militärdienst entlassen, lernt in Marseille Marguerite kennen.

1931

April: Feuersbrunst im Lager der exotischen Felle von Ferdinand Gratiolet.

Mai: Marc Gratiolet erlangt die Agregation für Philosophie.

1932

Marcel Appenzzell bricht nach Sumatra auf.

Erscheinen des Romans von Rémi Rorschach, DAS AFRIKANISCHE GOLD.

Tod Ferdinand Gratiolets in Argentinien.

Gaspard und Marguerite Winckler ziehen in die Rue Simon-Crubellier.

Auflösung der Truppe Henri Fresnels.

1934

Madame Hourcade stellt 500 schwarze Schachteln für die zukünftigen Puzzle-Spiele Bartlebooths her.

Geburt Joseph Nietos.

März: Tod Emile Gratiolets.

3. September: Tod Gérard Gratiolets.

1935

Tod Madame Héberts.

Januar: Bartlebooth malt sein erstes Aquarell in Gijon.

August: Ende der Ausgrabungen in Oviedo.

11. September: Mord an Antoine Brodin in Florida; in den folgenden Wochen findet Hélène Brodin-Gratiolet die drei Mörder auf und richtet sie hin.

12. November: Selbstmord Fernand de Beaumonts; am 16. wird er in Lédignan beerdigt. Bartlebooth, der eigens aus Korsika zurückgekommen ist, nimmt am Begräbnis teil.

1936

Bartlebooth in Europa; im März ist er in Schottland (Insel Skye).

Geburt Michel Claveaus.

Geburt des Sohnes von Celia Crespi.

1937

Bartlebooth in Europa; im Juli fährt er an Bord seiner Yacht ALCYON zusammen mit seinen Gästen Serge Valène, Marguerite und Gaspard Winckler an der jugoslawischen Küste zwischen Triest und Dubrovnik entlang; im Dezember ist er am Kap Saõ Vicente (Portugal).

April: Henri Fresnel schifft sich nach Brasilien ein.

Lino Margay heiratet Josette Massy.

1938

Bartlebooth in Afrika; im Februar ist er in Hammamet; im Juli ist er in Alexandrien.

15. März: Anschluß.

Tod Henri Gratiolets.

Ankunft Marcel Appenzzells in Paris.

1939

Januar: Smautf kauft in den Souks von Agadir ein dreiköpfiges Kruzifix.

März: Marcel Appenzzell bricht wieder nach Sumatra auf.

April: Josette Margay lebt wieder bei ihrem Bruder; auf dem Weg nach Südamerika lernt Lino Margay Ferri den Itaker kennen.

August: Bartlebooth in Kenia; am 10. ißt Smautf bei Monsieur Macklin zu Abend.

1940

Bartlebooth in Afrika.

François-Pierre LaJoie wird aus der Liste der Ärzte gelöscht.

April: Ankunft Henri Fresnels in New York, wo er von Grace Twinker als Koch eingestellt wird.

20. Mai: Olivier Gratiolet wird gefangengenommen.

6. Juni: Tod des Ehemanns von Marie-Thérèse Moreau.

1941

Bartlebooth in Afrika.

7. Dezember: Angriff auf Pearl Harbour.

1942

Bartlebooth in Afrika.
Die Operation »Cyclope« in der Normandie.
Die Schlacht im Korallenmeer.
Tod der Schwester Gaspard Wincklers, Anne Voltimand.
18. April: Marc Gratiolet wird im Kabinett Fernand de Brinon zum Missionsbeauftragten ernannt; im Mai interveniert er, um Olivier freizubekommen.
Juni: Lino Margay kommt aus dem Gefängnis.

1943

Bartlebooth in Südamerika.
Tod Louis Gratiolets.
23. Juni: Attentat auf den General-Ingenieur Pferdleichter.
14. Juli: imaginäre Geburt der fünf Schwestern Trévins.
7. Oktober: Verhaftung Paul Héberts.
November: Tod Marguerite Wincklers.

1944

Bartlebooth in Südamerika.
Mai: Tod Grégoire Voltimands auf dem Garigliano.
Juni: Madame Appenzzell wird bei Vassieux-en-Vercors getötet.
Juni: Ermordung Marc Gratiolets in Lyon.
Juli: Albert Massy kommt vom Zwangsarbeitseinsatz aus Deutschland zurück.
August: Befreiung von Paris; Tod des Sohns von Célia Crespi.
September: Rückkehr Troyans nach Paris.

1945

Bartlebooth ist in Mittelamerika.
Elizabeth de Beaumont läuft von zu Hause fort.
Geburt Elzbieta Orlowskas.
Entlassung Paul Héberts.
Anti-französische Aufstände in Damaskus; Tod René Albins.
Der Chemiker Wehsal wird von den Amerikanern im Rahmen der Operation »Paperclip« zur Mitarbeit in Amerika gewonnen.

Lino Margay, verwandelt, holt Josette zurück.
Léon und Clara Marcia ziehen in die Rue Simon-Crubellier; Clara kauft die Sattlerei Massy auf und macht daraus einen Antiquitätenladen.

1946

Bartlebooth in Nordamerika.
Geburt David Marcias.
Geburt Caroline Echards.
Flora Albin wird repatriiert.
26. Januar: Olivia Norvell heiratet Jeremy Bishop; am 7. Februar verläßt sie ihn und geht in die Vereinigten Staaten.

1947

Tod Hélène Brodins.
Cinoc zieht in die Rue Simon-Crubellier.

1948

Bartlebooth in Nordamerika; im November ist er in Kalifornien (Santa Catalina Island).
Brand des Rueil-Palace; François und Marthe Gratiolet sind unter den Opfern.
Ingeborg Skrifter und Blunt Stanley lernen sich kennen.

1949

Bartlebooth in Asien.
Geburt Ethel Rogers'.
November: Tod der Honorés.
November: Graf Della Marsa steckt Geld in die Ballets Frère; im Dezember fährt Blanche Gardel zu einer Abtreibung nach London; Selbstmord Maximilian Riccettis.

1950

Bartlebooth in Asien.
Geburt Valentin Collots, genannt der junge Riri.
Olivia Norvell dreht ihre beiden letzten Spielfilme.
Juli: Blunt Stanley muß nach Korea, einige Wochen später desertiert er.

1951

Bartlebooth in Asien; im Oktober ist er in Okinawa.
Tod Grace Twinkers.
April: Heirat Cyrille Altamonts und Blanche Gardels; im Mai ziehen sie in die Rue Simon-Crubellier; fast gleich darauf fängt er bei der BIDREM an und geht nach Genf.

1952

Bartlebooth in Ozeanien; im Februar ist er auf den Salomon-Inseln; im Oktober in Tasmanien.
Ingeborg, Blunt und Carlos kommen in Paris an.
Paul Hébert, der wieder in die Rue Simon-Crubellier gezogen ist, nachdem er sich in einem Sanatorium hat behandeln lassen, lernt Laetizia Grifalconi kennen.

1953

Bartlebooth im Indischen Ozean; auf den Seychellen tauscht Smautf sein Kruzifix gegen eine Statue der dreiköpfigen Muttergöttin.
11. Juni: Tod (vorsätzlich oder durch Unfall) Eric Ericssons; Flucht Elizabeth de Beaumonts; Selbstmord Ewa Ericssons; am 13. Juni entdeckt Sven Ericsson die beiden Leichen; zur gleichen Zeit verläßt François Breidel Arlon.
27. Juli: Waffenstillstand von Pan Mun Jon.

1954

Bartlebooth und Smautf durchqueren die Türkei, das Schwarze Meer, die UdSSR, stoßen bis zum Polarkreis vor, fahren an den Küsten Norwegens entlang; am 21. Dezember malt Bartlebooth in Brouwershaven sein letztes Seestück; am 24. ist er wieder in Paris.
Sven Ericsson identifiziert Elizabeth de Beaumont.
April: Ermordung Ingeborg Stanleys und Aurelio Lopez'.

1955

Bartlebooth beginnt die Puzzles Gaspard Wincklers wieder zusammenzusetzen.
Tod Michel Claveaus.
Kléber tritt in Bartlebooths Dienst ein.

Elizabeth de Beaumont versteckt sich in den Cevennen.
Tod Hervé Nochères in Algier.
Oktober: Paul Hébert wird nach Mazamet versetzt.

1956

Die Claveaus verlassen die Hausmeisterloge, die wieder von Madame Nochère bewohnt wird. Lise und Charles Berger lernen sich bei einem Solokonzert Gilbert Bécauds kennen. Olivier Gratiolet wird wieder nach Algerien einberufen und tritt auf eine Mine.
Juli: Vorabdruck von Luigi Pirandellos IM ABGRUND in der Nr. 40 der Zeitschrift LES LETTRES NOUVELLES.
Juli: Elzbieta Orlowska und Boubaker lernen sich in der Ferienkolonie Parçay-les-Pins kennen.

1957

Februar: die Comtesse de Beaumont stirbt im Alter von 101 Jahren.
Juni: Elizabeth de Beaumont und François Breidel lernen sich kennen; sie heiraten im August in Valence.

1958

Olivia Norvell und Rémi Rorschach lernen sich in Davos kennen.
Beginn der Forschungsarbeiten Bernard Dintevilles.
27. Juli: Geburt Anne Breidels; 8. August: erster Brief Elizabeth Breidels an Sven Ericsson.

1959

7. September: Geburt Béatrice Breidels; zweiter Brief Elizabeths an Sven Ericsson; 14. September: Mord an François und Elizabeth Breidel; am 17. September: Selbstmord Sven Ericssons.
Oktober: Geburt Véronique Altamonts.

1960

Gründung der Sekte der Drei Freien Männer.
Rémi Rorschach kauft Oliver Gratiolet die beiden letzten Wohnungen ab, die die Familie Gratiolet noch im Haus besaß.

Geburt Gilbert Bergers.
Olivier Gratiolet heiratet seine Krankenpflegerin Arlette Criolat.
Februar: Morellet verliert drei Finger der linken Hand.
Mai: Grégoire Simpson verliert seine Stelle in der Bibliothek de l'Opéra.
Mai: Ausstellungseröffnung der »Nebelbilder« Huttings in der Galerie 22.
7. Mai: Léon Salini schließt seine Untersuchung über den Tod der Eheleute Breidel ab.
19. Dezember: Uraufführung von Schmetterlings MALAKHITES.

1961

Verschwinden Grégoire Simpsons.
Die Bergers ziehen in die Rue Simon-Crubellier.
Ende der Forschungsarbeiten Dintevilles.

1962

Die Plassaertes ziehen in die Rue Simon-Crubellier.
Geburt Isabelle Gratiolets.
Beginn der »gestohlenen« Publikationen von Professor Le-Bran-Chastel.

1963

Geburt Rémi Plassaerts.

1964

Caroline Echard bricht mit David Marcia.

1965

Winckler beginnt mit der Herstellung von Hexenspiegeln.
24. Dezember: Arlette Criolat wird von ihrem Vater erdrosselt, der dann Selbstmord begeht.

1966

Caroline Echard heiratet Philippe Marquiseaux.
Elzbieta Orlowska kommt endlich in Tunis an.

1967

Untergang der SILVER GLEN OF ALVA.
Geburt Mahmoud Orlowskis.

1968

Tod Madame Echards.
Tod Monsieur Marquiseaux'.
Mai: Elzbieta Orlowska flieht aus Tunesien und kommt in Paris an; die Wäschebeschließerin Bartlebooths, Germaine, tritt in den Ruhestand; Elzbieta übernimmt ihr Zimmer.

1969

Hutting verkauft einem amerikanischen Sammler eine »Barrikade« aus der Rue Gay-Lussac.

1970

»Der junge Riri« begegnet in Bar-le-Duc zufällig Paul Hébert.
Madame Hourcade tritt in den Ruhestand; die Réols ziehen in die Wohnung, die sie aufgibt; der unbedachte Kauf eines Luxusschlafzimmers veranlaßt sie einige Monate später zu heiraten.
Henri Fresnel kommt zurück, um Alice zu besuchen, die fast gleich darauf zu ihrem Sohn nach Neu-Kaledonien zieht.
Februar: erste gemeinsame Versammlung der Marvel Houses Incorporated und der International Hostellerie; im November der Marvel Houses International und der Incorporated Hostellerie.

1971

Brief Alice Fresnels an Mademoisselle Crespi.
4. Juni: Motorradunfall David Marcias bei der 35. Bol d'Or.
Dezember: Aufenthalt der Rorschachs in Sankt Moritz.

1972

Beyssandre wird von der Marvel Houses International angestellt.
Madame Adèle tritt in den Ruhestand.
Tod Emilio Grifalconis.
Serge Valène trifft Bartlebooth zum letzten Mal.

1973

Bartlebooth wird an beiden Augen am grauen Star operiert.
Sam Horton wechsel sein Geschlecht.
Beyssandre entdeckt das Projekt Bartlebooth.
29. Oktober: Tod Gaspard Wincklers.

1974

Erscheinen der ERINNERUNGEN EINES RINGERS von Rémi Rorschach.
April: erster Brief Beyssandres an Bartlebooth; 11. Juli: Beyssandre besucht Smautf und fordert Bartlebooth heraus.
August: durch das Festival von Kerkennah ruiniert, kommt David Marcia wieder in die Rue Simon-Crubellier zurück.
November: Morellet wird in eine Anstalt eingewiesen.

1975

25. April: Bartlebooth erfährt den Tod des Kameramanns, der den Auftrag hatte, die Zerstörung des 438. Puzzles zu filmen.
Mai: die Marvel Houses geben ihren Plan auf.
23. Juni: Tod Percival Bartlebooths.
15. August: Tod Serge Valènes.

ERINNERUNG AN EINIGE DER IN DIESEM WERK ERZÄHLTEN GESCHICHTEN

(Die Zahl verweist jeweils auf das Kapitel, in dem diese Geschichte zum ersten Mal auftaucht, was aber nicht ausschließt, daß sie in einem anderen Kapitel weitererzählt wird.)

POST-SCRIPTUM

(Dieses Buch enthält, bisweilen leicht modifiziert, Zitate von René Belletto, Hans Bellmer, Jorge Luis Borges, Michel Butor, Italo Calvino, Agatha Christie, Gustave Flaubert, Sigmund Freud, Alfred Jarry, James Joyce, Franz Kafka, Michel Leiris, Malcolm Lowry, Thomas Mann, Gabriel Garcia Marquez, Harry Mathews, Herman Melville, Vladimir Nabokov, Georges Perec, Roger Price, Marcel Proust, Raymond Queneau, François Rabelais, Jacques Roubaud, Raymond Roussel, Stendhal, Laurence Sterne, Theodore Sturgeon, Jules Verne, Unica Zürn.)

INHALTSVERZEICHNIS

Dritter Teil

Vierter Teil

Fünfter Teil

Sechster Teil

ANHANG